KB231131

과수원에
먹을
포도송이가
있을까? 상

과수원에 먹을 포도송이가 있을까? 상

초판 1쇄 인쇄 2013년 10월 18일
초판 1쇄 발행 2013년 10월 25일

지은이 소쿠리씨
펴낸이 손 형 국
펴낸곳 (주)북랩
출판등록 2004. 12. 1(제2012-000051호)
주소 153-786 서울시 금천구 가산디지털 1로 168,
우림라이온스밸리 B동 B113, 114호
홈페이지 www.book.co.kr
전화번호 (02)2026-5777
팩스 (02)2026-5747

ISBN   979-11-5585-058-9 04810(종이책)
979-11-5585-057-2 04810(세트)
979-11-5585-060-2 05810(전자책)

이 도서의 국립중앙도서관 출판시도서목록(CIP)은 서지정보유통지원시스템 홈페이지(http://seoji.nl.go.kr)와
국가자료공동목록시스템(http://www.nl.go.kr/kolisnet)에서 이용하실 수 있습니다.
(CIP제어번호 : 2013020887)

지혜의 싹이 영혼에 깃들게 될 거라는 생각을,
이야기를 마칠 때쯤
떠올릴 직관이 될 것이다.

과수원에 떡을 포도송이가 있을까?

상

소쿠리씨 지음

book Lab

목차

프롤로그

이 소설은 누구나 읽어도 괜찮을 책인데 내용이 종교입문서 성격의 전문적 구절을 여럿 담고 있어서 어려울 수도 있겠다. 혹시 무신론자들이, 특히 스스로 이 땅의 석학이라고 자처하는 여럿 무신론자가 이 소설을 읽는다면 깜짝 놀라게 될 것이다. 그래서 한국의 종교인들 특히 기독교인들에게도 읽혀졌으면 하는 바람을 가져보지만 막상 어떤 결과를 가져올지는 모르겠다. 이 소설은 성경이 훌륭한 진리의 말씀을 담고 있어도 그것을 함부로 해석하거나 불순한 의도를 갖고 욕망 충족의 수단으로 삼는 자들에 의해 심하게 훼손되는 오늘의 현실을 돌아보면서 어떻게 해야 참된 진리에의 세계로 우리가 되돌아갈 수 있을까를 스스로 고민하고 탐구하면서 적는 글이다.

『과수원에 먹을 포도송이가 있을까?』 이 소설은 현재 한국의 불교에서 가르치는 내용의 주된 부분과 붓다의 초기불교의 가르침을 서로 비교해보면서 과연 진리에 어울릴 가치가 무엇이며 현재 한국의 기독교가 갖는 신의 존재에 대한 각성과 신앙체계가 어떠한 형편에 놓였는가를 알아보려는 의도를 갖는다. 작가인 소쿠리씨는 그러면서 여기에 성경의 내용을 다른 각도에서 생각해보고, 성경의 내용을 왜곡하는 주된 요소가 무엇인가를 스스로 되물어, 깊이 생각하는 사유의 자세를 가져서, 비로소 선에 가까이 다가가는 인간의 삶을 살아야겠다는 소망을 가져본다. 바로 이 소설의 주인공인 무씨가 걸어가는 과정을 눈여겨 지켜보면서 자신도 거기에 맞춰 정신적 수행을 이룰 수 있었으면 좋겠다는 생각인 것이다.

소설에서는 의외로 불교의 비중이 높을 것이다. 불교입문서라고 말해도 어울릴 분량을 할애하는 까닭은, 기독교인이 타종교에 대해 여러 지식을 익히는 과정에서 깊은 사유 속에 사물을 헤아리는 시선이 형성되기를 바라는 마음에서이고 이것은 정작 불자가 읽더라도 진리에의 접근에 상당한 도움이 되리라 짐작한다. 본격적인 기독교 관련 글은 속편이라 할 수 있을,『먹을 포도송이가 어디에 있을까?』에서 구체적으로 적을 생각이다. 작가 소쿠리씨의 의도대로 수행에 진척이 있어, 이 수행의 결과로 속편까지 적게 된다면 성경을 신학적 차원에서 살피는 기회가 될 거라는 기대를 가져본다.

조짐, 곤두세워야

　파리가 꽁무니를 잔뜩 빼고서는 바짝, 날개를 치켜드는 기색이다. 놈은 곧 닥쳐올 위기에 쭈뼛해지는 모양이다. 밥숟갈을 털컥 탁자에 팽개치고 사방을 두리번거리던 양군이 뻘건 김칫국물로 얼룩진 신문지를 구석 어디선가 찾아내어 툴툴 먼지를 터는 짓으로 둘둘 말더니 제 딴에 조심스런 몸짓을 지어보이며 큼직한 깡통처럼 생겨먹은 전기밥솥으로 다가간 것이다. 밥솥 뚜껑 위에는 밥풀이 덕지덕지 달라붙은 주걱이 자빠져 있고 아까부터 그곳에 사뿐히 걸터앉아 열심히 주둥이를 놀려대던 파리가 바로 이런 꼴을 놓치지 않았다.

　평소에 보던 양군은 파리가 떼거지처럼 날아다니다가 아무 데나 달라붙어 다리털을 비벼대는 기묘한 짓을 하더라도 태연하게 자기 먹을 것만 챙기면 된다는 듯이 밥과 반찬을 입 안 가득 집어넣고는 우걱우걱 씹어대던 아이였다. "무씨 아저씨! 정신 헷갈리구만." 음식에 붕붕 달려드는 파리를 내쫓느라 무씨가 팔을 휘저을라치면 힐끗 노려보고는 한소리씩 하던 이 녀석은, 그까짓 게 처먹으면 얼마나 처먹겠느냐는 생각이 분명한 것 같았는데, 이런 녀석이 오늘따라 유독 파리 한 마리를 놓고는 뜬금없이 시비를 거는 것이다. 파리가 많을 때는 속수무책이라서 아예 손을 놔버렸다지만 이렇게 한 마리가 유별나게 설쳐대는 꼴은 차마 두 눈 뜨고 볼 수 없다는 것일까? 이러나저러나 사실은 무씨도 성가시긴 하였다. 허기진 배를 얼른 채우고는 황급히 일하러 나가야 하는 바쁜 상황에서도 이놈의 붕붕거리는 파리의 비행이 자꾸 귀와 눈에 거슬렸던 심정은 아마 양군에게도 마찬가지였을 게다.

　양군은 파리를 멋지게 때려잡을 궁리에 보란 듯이 두 눈을 부릅떴지만 둘둘 말은 신문지 칼을 채 써먹기도 전에 파리가 붕 날아가 버린다. "아! 이놈의 똥

파리 새끼가?" 놀림을 당하는 느낌이 들었는지 파리를 뒤쫓으며 마구 허공에다 칼질을 휘둘러보지만 허사다. "아, 진짜! 내가 참자, 참아." 털썩 의자에 주저앉으며 다시 밥숟갈을 드는 양군이다. 지금 어딘가에 달라붙어 가쁜 숨을 할딱거릴지도 모를 파리를 찾는 시늉으로 천장 쪽을 휘둘러보고는 무씨를 힐끔쳐다본다. 서로의 시선이 마주치자 양군은 뭔가 한마디를 해야 한다는 의무감에 사로잡힌 듯 머릿속을 굴리는 표정이 된다. "무씨 아저씨." 양군이 무씨를 부를 때는 언제부턴가 아저씨 앞에 무씨, 이 소리를 덧붙였다. 그것은 일종의 습관에 기인한 것인데 이곳 주유소 사장이 무씨를 부를 때의 호칭이 항상 무씨였다. 무씨의 이름이 무시종이니 당연히 무씨라 불러도 되겠지만 요즘은 아무리 하찮은 직업이라 해도 직원을 이런 식으로 부르는 경우가 드물지 않는가. 직원을 하찮게 다룰수록 자기가 사장으로 있는 사업체도 덩달아 초라해진다는 사실을 몰랐던 것일까? 어쨌든 이런 사장의 특별한 배려로 얼마 전에 반장으로 승진한 양군이 어김없이 그 말투를 똑같이 흉내 내어 말하는 것이다.

"무씨 아저씨, 이층에 있는 화장실도 내일부터는 청소하세요."

뭔 소린가 싶어 무씨가 멀뚱하게 보고만 있자, 양군이 어깨를 들썩이며 목을 길게 빼본다.

"그러니까 무씨 아저씨, 제 말은 애들이 다들 바쁘잖아요. 아래층 화장실을 하시는 김에 그깟 조금 더 하는 거니까. 아 참내, 그냥 시키는 대로 하세요."

젊은이들과 이런저런 대화 나누기를 즐겨하는 무씨이지만 요즘 들어 이놈과는 도무지 말을 섞고 싶지 않은 심정에 차갑게 묻는다.

"양군아, 내가 왜 니들이 싸질러놓은 똥 찌꺼기까지 치워야 하지?"

기름 넣는 일은 어차피 월급을 받으려면 하지 않을 수 없지만 나머지 잡다한 궂은 일 따위는 손끝 하나 까딱하지 않으려는 요즘 애들이다. 더군다나 이곳 주유소 일자리는 공부하기를 귀찮아하고 올바른 직장에서 꾸준히 일하는 자체를 지겨워하여 몸서리쳐대는 그런 애들이, 잘 데가 없거나 돈이 일시 궁해지면 불나방처럼 잠시 기웃거리기도 하는 그런 곳이니까. 그렇게 날아 들어온 애들에게 직장에서 가질 정상적 행동을 요구하기가 어렵다는 것을 무씨는 알고 있다. 더군다나 비록 가난하여 많이 배우지는 못했어도 적당한 일자리 챙기기 전에 알바 삼아 주유기를 잡은 몇 아이에 비해, 이 양군은 일찍이 고아원을 뛰쳐나와 이곳저곳을 전전하던 끝에 어쩌다가 여기 번창주유소에 들어오게 됐다는 소리를 들은 적이 있다.

무씨가 여기에 처음 발을 디딘 게 작년 이맘때인데 그때 벌써 양군은 유류공급차량에 호스를 연결하여 지하 유류저장소로 기름을 옮기는 작업을 맡았고 주유 일도 주로 대형화물차량을 다루는 솜씨를 뽐내던 참이었다. 그럼에도 여느 아이들과 마찬가지로 이곳에 오래 머물지는 않을 듯하던 그가 외출에서 돌아오면서 한 여자애를 데려오더니 그 후에 몇 번 얼굴을 비치고는 바로 방을 얻어 동거를 시작하였다. 양군은 이른바 가정을 꾸리면서부터 뭔가 마음의 다짐을 새긴 듯 일에 성실성을 보이면서, 마치 이 주유소를 평생직장으로 삼으려는 양 열심을 내기에 이르렀는데, 바로 그러할 때 이 낌새를 눈치 챈 김사장이 그를 격려하면서 반장이라는 감투를 씌워준 것이다. 어려서부터의 열악한 환경이 그를 괴롭힌 것이지 천성은 순해빠진 애였을 거라는 생각을 무씨는 양군과 부딪칠 때마다 하게 되지만 한편으로 완장 차면 눈에 뵈는 게 없어질 여지가 다분한 아이라는 기분을 갖는 요즘이다. 지금도 무씨의 이 한소리에 움찔하는 양군인데.

"어르신, 제 말은 그러니까, 사장님이 시키셨는데요. 저도 어르신이 편하게 차에 기름 넣는 일만 하면 좋겠지만, 사장님 지시가……."

"알았어!" 허둥대는 말을 무씨가 끊는다. "알겠으니까 밥이나 먹어."

한숨 돌린 파리가 또 다시 아까보다 더한 기세로 공중곡예를 하는 전투기의 위용처럼 사력을 다해 공중을 휘젓는다. 파리가 주위에 윙윙거려도 이번에는 묵묵히 반찬 집어먹는 일에만 몰두하는 양군이다.

"내가 어르신 그 소리 하지 말랬지. 남들이 들으면 노인넨가 하겠어." 그는 이런 사족 같은 소리는 하지 않으려고 했지만 양군의 기를 더 죽일 필요가 있겠다 싶어 꺼내는 것이다. 무씨는 집을 떠나 이곳저곳 떠돌면서 이런저런 잡일을 하고 남는 돈으로 쪽방에 처박혀 공부도 하고 더러는 암자에 들러 스님으로부터 불교에 관한 지식을 습득하면서 참선 같은 수행을 덩달아 흉내 내보는 시절을 보냈고 계속해서 그런 세월을 보내는 도상에 있다. 지금은 이곳 주유소에서 숙식을 하면서 초저녁부터 주유를 하고 밤에 시설물을 지키는 야간반으로 일하는 중인데, 이러면서 터득한 하나가 뭐냐면 종종 본능에 의지하여 움직이는 자들에게는 회피나 인내보다는 간혹 적절한 대응을 폼 나게 해야 한다는 사실이다. 얌전이 왕따와 폭력의 대상이 되기 쉽다는 것인데, 이것은 동물의 세계에서는 아주 흔한 현상이다.

무씨가 의자에서 몸을 일으키며 말을 덧붙인다. "또 하나, 날 건드려서 좋을 거 없어. 조용히 네 할 일이나 해." 얼음이 담긴 물병을 벌컥벌컥 들이켜고는 탁자에 탁 내려놓는다. 물병 속에 든 물이 튀어나오는 바람에 무씨도 움찔한다. '이런! 좀 오버했나?' 헛기침을 하며 너부러진 반찬 주위를 붕붕 맴도는 파리의 율동을 지켜보는 무씨다. 저 위풍당당한 파리가 아까 느꼈을 조짐이 이제 자신에게 와 닿음을 느낀다. 진작부터 예감된 일이었지만 비로소 확신이 드는 것이다. 반 지하 식당 문을 밀치고 나가는 무씨의 뒷모습을 힐끗 보곤 양군이 투덜거린다. "약 왕창 쳤는데 저 똥파리 새끼 어찌 살았지?"

조짐. 사람이거나 동물들은, 아니 생명체라면 무엇이든 조짐이란 게 수시로 와 닿는다고 봐야겠다. 주로 좋지 않은 일에 예민하게 반응하는 이것은, 직접적으로 살기를 느끼거나 어떤 위협적인 분위기를 감지하는 원초적 본능이어서 생존에 매우 유용할 게다. 아까 파리의 경우처럼 낌새를 눈치채느냐 모르느냐에 따라 목숨까지 오락가락하는 현실이 될 수 있음을 감안할 때 이런 감지능력은 누구에게나, 특히 인간에게 매우 필요한 요소이겠다.

작업모를 푹 눌러쓰고 작업장으로 통하는 일층 계단을 올라온 무씨는, 바쁜 건 바쁜 거고 커피나 한잔 마시자 싶어 사무실 손잡이를 밀다가 주춤한다. 사장이 서성대며 담배를 뻐끔거리고 있어서이다. '젠장! 언제 왔지?' 보나마나 줄담배일 게다. 무씨는 생각도 안 한 화장실로 발길을 돌려 느긋하게 소피를 보고 나오다가 입구 근처 모퉁이에 설치된 자판기 앞에 멈춰 선다. '밥 먹고 이깟 커피도 못 마셔?' 자판기 옆 담벼락에는 국회의원을 뽑는다는 포스터가 줄줄이 도배되어 있다.

'있대도 놈들이 이미 꿀꺽했겠지?' 무씨는 숙직을 마친 한날 아침에 청소를 끝내고서 기분 좋게 여기 자판기 커피를 들이켜다가 종이컵을 집어던진 기억이 있다. 그는 뒤엉켜 둥둥 뜬 갈색 분말덩어리를 커피가루로 알고 쭉쭉 빨아먹다가 그게 죽어 나자빠진 개미들일 거라는 짐작에 눈이 점차 휘둥그레졌고, 그래도 못내 미심쩍어 연신 입맛을 다시면서 손끝으로 가루들을 빡빡 문질러보았던 그날의 일이 새삼 떠올랐다. 그는 그때 그러고서 즉각 이 사실을 사무실에 알렸지만 그쪽 사람들은 마치 남의 일처럼 방치하였다. 어차피 자기들이 먹지 않을 자판기 커피이고, 손님들은 자판기 없으면 그때서야 아우성이고, 단 냄새 맡고 몰려드는 들판의 개미를 어쩌지 못한다는 얘기다. 그런 수수방관에는 모르고 먹으면 약이라는 속담이 고리타분한 뇌세포를 건드려서일지 모른다.

무씨는 그게 오래된 일이고 아마 이제는 달라지지 않았을까 하는 막연한 생각에 자판기 버튼을 눌렀지만 막상 종이컵을 집어 들자, 끼얹듯 엄습하는 찝찝한 기분을 어쩌지 못해 종이컵 안을 이리저리 들여다보고 허연 거품을 후후 불어보며 마지못해 찔끔찔끔 커피를 들이켠다. '그래, 모르면 보약이다, 에이!' 이것도 음식인데 함부로 버릴 수가 없다. 어쨌거나 다들 한가한 기분이 들면 절로 눈요기를 찾는 법이다. 무씨는 두리번거리며 포스터를 장식한 인물들의 면면을 진열된 물건 고르듯 쭉 건성으로 훑는다. 집게가 공중에서 내려와 겹겹이 드러누운 인형을 마구 뽑는 오락 같다는 생각이 문득 미친다. 홍등가에 다소곳이 앉은 여인들의 모습도 얼핏 떠올랐지만 그건 지나치다는 생각에 흔들어 지워버렸다. '어쨌거나 또 뽑나? 대충 정해진 것들이래도 그냥 임명하긴 좀 그렇겠지? 다들 오락이라곤 생각지 않으니까. 그나저나 세월이 정말 쏜살같군, 젠장!' 무씨는 자기와 상관없는 자들의 선거보다는 금세 오고가는 세월의 반복이 짜증스러워졌다. 이런 반복적인 세상사를 되풀이해서 볼 때마다 굳이 인간들이 빠르게 달려가는 세월을 가만 놔두지 않고 거기에 날개를 자꾸만 달아준다는 묘한 기분이 들곤 하였다. 객지에 처박힌 무씨로서는 전혀 모르는 후보들이지만 이미 누가 뽑힐지 족집게처럼 훤하다는 생각이다. 지역과 정당을 보고도 그거 못 찍으면 필시 간첩이랄까? 점점 그의 상념이 깊은 데로 향한다.

'정신을 지닌 육체에 깃드는 개체의 이 조짐은 즉각적이고 즉물적인 현상에 대처하는 기운이겠지만 이것이 물질 따위를 배제한 조직 간의 알력이나 국가 간의 분쟁에 이르러서는 그 본능적 직관이 흐트러질 가능성이 많다. 이성적 판단에 의한 정확한 정세의 분석은 국가와 민족의 생명과 안전을 책임지겠노라고 큰소리친 정치가일수록 더욱 갖춰야 할 덕목이라 하겠지만, 이성적 능력이 탁월했을 텐데도 불구하고 왜적의 노골적 침략 야욕을 짐작조차 못해 상반된 견해를 내놓았던 우리네 선비들의 역사를 되돌아본다면, 그 이성적 능력이란 게 대체 무슨 도움이 되겠나? 사상적 충돌을 밟고 일으켜 세력을 확대하려는 야욕에만 골똘하여 사물을 바라보는 정확한 시각마저 되레 상실케 하는 눈 먼 봉사 같은 이성이, 눈앞에 확연히 펼쳐진 현상조차 육감적 본능을 가로막아 그 조짐 하나조차 느끼지 못할 지경으로 몰아넣는 이성의 역할이라면 도대체 무슨 소용이 있겠는가 말이다. 이러니 자기 목숨을 보전하려는 촉박한 생존본능이 정치적 역량으로까지 승화되어야겠다는 생각을 갖는다. 정치를 하겠다면 개인의 야욕적 본능을 깡그리 죽이고 민족의 대의를 위한 일에 비로소 낱낱의 세포가 곤두서는 그 정신부터 갖춰야 하지 않을까? 이것은 권력과 영달을 염두에 두는 한, 결코 생겨날 수 없는 생명 본능의 고유한 영역이겠다.'

무씨는 문득 행위 자체가 귀찮아졌다. 억지로 씹는 이 커피, 기어코 뽑을 저 인간. '지금 내가 뭐 하는 거야?' 물질을 버리고 생각을 접으면 되는 단순한 것들을 바보처럼 붙든 자신을 깨닫는다. 지금 거창하게 시국을 들먹일 때가 아니라 코앞에 닥친 자기의 현실이 바로 암울한 상황이라는 생각에 고개를 절레절레 흔들어댄다. 양군의 요즘 행동으로 봐서 김사장이 자기를 쫓아낼 궁리를 하는 게 틀림없겠다. '정신 나간 사장이지, 한창 일손 바쁜 시기에 뭐하자는 거야?' 하기야 이곳 주유소라는 터전 자체가 친척을 앉힌 경리와 영업, 관리 등 그런 몇 명을 제외하고는 오랫동안 이곳에서 죽치는 걸 바라지 않는 눈치다. 이유는 정확히 모르겠지만, 이런 까닭에 알바로 들어온 애들이든 생계에 급급한 어른이든, 마음을 채 풀어놓기도 전에 다들 뿔뿔이 떠나간다. 그는 자판기 옆 휴지통에, 먹다 남은 종이컵을 쑤셔 넣고는 미안한 마음을 표시하는 양 후다닥 작업장으로 뛰어간다. 주유원들이 아까부터 힐끔거리며 눈치를 준 성싶다.

"참, 다 드셨어요? 아, 배고파!" 기름때에 새까매진 면장갑을 까뒤집으며 헐레벌떡 지나쳐 가는 주유원 청년이 계단을 내려가며 외친다. "오늘따라 화물차가 열나게 들이닥치네요? 아, 시발!" 대학등록금에 보탤까 싶어 일한다는, 얼마 전에 갓 제대했다는 청년의 몸에서 비릿한 땀내가 와락 뒤따라왔다. 아직은 이른 봄인데도 아스팔트와 승용차에서 내뿜는 매연과 열기에 주유소 일대가 온통 한증막이 되어 후끈거린다. 이럴 때는 누구나 한두 시간만 뛰어도 녹초가 되기 일쑤다.

도시 외곽에 위치하여 멀리 화물기지창으로 연결되는 국도에 접한 이곳은, 온통 자갈이 굴러다니던 밭뙈기에다 언덕배기를 낀 땅이었다. 도시의 공장지대에서 자그마한 주유소를 운영하던 김사장은 은행의 빚을 감당하지 못해 쫓기다시피 처분하고서는 헐값에 이곳을 사들였다. 그런데 어떻게 허가가 났는지 언덕을 깎아내고 밭을 다지고 해서 땅 욕심에 널찍하게 주유소를 차렸다. 부근은 논밭에 야산이고 인가도 없는 지역이라 아무도 주유소를 차릴 생각을 하지 못했는데 궁지에 몰리면 통하는 데가 있다는 것일까? 컨테이너차량 같은 대형화물이 진입하기에 딱 좋은 널찍한 공간이라서 그런지, 뜻밖에도 화물차량들이 줄지어 몰리는 바람에 그만 수지맞은 장사가 되어버린 것이다. 이러니 김사장은 작달막한 체격에 금세 배가 불러왔고 사장 마누라는 얼굴이 점점 예뻐져 갔다.

그 김사장이 지금 투명하게 비치는 유리창 너머의 사무실 한편에서 안절부절못하며 누군가와 계속 통화하는 중이다. 승용차 연료통에 휘발유 주유기를 꽂으며 무씨가 그 광경을 힐끔거린다. "이 자식은 아직 밥 처먹나?" 무씨와 비슷한 연배로 보이는 주유원이 땀을 뻘뻘 흘리며 연달아 들어오는 차량을 상대하느라 분주하게 오간다. "아, 썩을! 이러다가 오늘도 밥 때 놓치겠네?" 바쁘기는 무씨도 마찬가지다. 먹은 게 바로 쑥 내려갈 지경이다. 이렇게 바쁘고 정신없는데도, 물론 이래도 물때 지나면 언제 그랬냐는 듯 썰렁해지지만, 사장은 사람을 더 부릴 생각이 없다. "무형, 오늘 국은 뭐던가요?" 그는 일하면서도 이런저런 너스레를 떠는 사람인데 보기에도 인상이 수더분하다. "설마 어제 먹던 병아리국은 아니겠지요?" 어제 먹던 그 국이 맞다! 무씨가 망설인다. 뭐라 말해야 하지?

"국보다도 오늘은 이형이 좋아하는 게장이 있던데?" 먹기 싫으면 맘에 드는 다른 반찬을 골라 먹으면 될 텐데, 굳이 이형은 투덜대면서도 끝내 국물까지

다 비웠다. 국물 낸다고 식당아줌마, 순천댁이 통째로 집어넣어 삶은 닭대가리
가 어쩌다가 이형의 국그릇에 담겼고 건더기라며 신나게 순갈로 뜨던 그가 질
겁했었다. 비위가 상해도 꾹 참고 후루룩 들이켠 속사정에는 아무래도 순천댁
이 평소에 던지던 은근한 눈길이 이형의 마음을 잔뜩 헤집은 까닭이 아닐까 하
고 넌지시 짚어보던 무씨였다. "배고플 텐데 후딱 가서 드쇼. 나머진 내가 처리
할게."

　말해주길 기다렸다는 듯 그는 트럭기사와 계산을 치르자마자 기름때에 절은
면장갑을 수거함에 집어던진다. "사무실에 뭔 일 있남? 바쁜데 애새끼가 코빼기
도 안 뵈네, 거참!" 이형에게 애새끼는 여기 주유소를 관리하는 김부장을 말한
다. 영업 등, 주유소 전반을 관리하러 들어온 30대 초반의 젊은이인데 김사장
의 먼 친척뻘이라고 한다. 고향 산골에서 드물게 대학을 나온 인재라며, 직원들
에게 그를 처음 소개할 적에 김사장의 자랑이 대단했었다. 이형은 왕왕 그 김
부장과 티격태격했고 버르장머리 없는 애새끼라며 아무도 없을 때는 무씨에게
이러쿵저러쿵 일러바쳤다. 자기를 싫어하는 줄을 당연히 김부장도 알고 있어
서 남들이 빤히 알 정도로 서로 앙숙이다. "어이 거기! 지금 잡담할 때요? 바쁜
거 눈에 안 뵈?" 차량이 밀리면 김부장은 수시로 작업장에 나와 주유원의 일을
도왔다. 그러면서 틈만 나면 무씨 곁에 달라붙어 잡담하는 이형의 근무 태도
를 놓치지 않고 지적하는 것이다. "어이? 그리 말하면 섭섭하지. 나랑 막 먹자
는 거네?" 뭐라 해도 직장 상사인 만큼 대놓고 시비 걸지는 못하겠고 혼잣말로
대꾸하던 이형이었다. "저 새끼 저러다가 언제고 큰 코 한번 다칠걸!" 이형이 좀
거칠어진다 싶으면 얼른 한마디 하여 그를 누그러뜨리는 무씨였다. "이형, 참아!
웬만하면 화해하고 잘들 지내보지 그래? 자기 일도 아닌데 저리 땡볕에 나와서
돕잖아."

　말에 따라서는 때로 더 발끈하는 이형인데, "무슨 소릴? 우릴 돕는 게 아니라
울화통에 부르릉대다가 내뺄까봐 저 지랄 떠는 거야." 하긴 그렇다. 여기저기
쫓기듯 들어오는 차들에게 재빨리 달려가 넣어주지 않으면 금방 초조해하며
불만을 터뜨리는 기사들이다. 그들은 주유소에만 들어오면 항상 급해지는 성
질머리라서 얼른 야쿠르트와 면장갑으로 잠시라도 달래줘야 한다. 그러면 그들

은 성질을 죽이고 더러 화장실에라도 시원하게 다녀오곤 하니까. 김부장 입장이야 얼마든지 그들이 돈으로 보일 게고, 돈이 다른 곳을 향해 시동 거는 짓을 그냥 두고 볼 수가 없지 않는가. 게다가 이곳이 장사가 잘된다는 입소문을 타고 큰손들이 근처에 주유소 부지를 물색 중이라는 소문까지 들려오는 판이니 사무실 쪽 사람들의 조바심이 필시 더할 게다. 이런 김부장이 오늘따라 작업장에 얼씬거리지 않으니 뭔가 심각한 일이 생기긴 생겼나 본데? 보나마나 돈과 관련된 문제일 게 분명하다.

어떤 직장이든 지위 고하를 막론하고 불협화음이 일어나지 않는 동네가 없다. 크고 작은 갈등들이 생겨나고, 소멸하기를 반복한다. 하지만 이렇듯 감정의 충돌이 지속되면 대개는 약육강식에 맞먹는 투쟁으로까지 치닫게 된다. 그럴 경우에 어느 한쪽이 그곳을 떠나는 것으로 대개 매듭을 맺는데, 그럴 때에 떠나는 자의 심정은 현재의 이곳, 이 순간이 인생에 아무런 의미가 없다는 자각이 일어 실행에 옮긴다는 얘기다. 나약한 의지에서 오는 굴복이라기에는 너무도 인간적인 행위라서 그런 의견에 찬동하지 않을 수가 없다. 그것이 무씨의 심정이자 결행이기도 하였다.

"아, 이제 드디어 나는 끝났다! 무형, 수고하이, 흐흐." 식사를 하고는 아직 두어 시간 더 일해야 할 이형인데, 오늘따라 만사를 제쳐놓고 퇴근할 사람처럼 말을 툭 내뱉고는 무씨의 어깨를 툭툭 건드린다. 불길한 예감은 어디서든 일어나는 것일까? '설마 훌쩍 떠나겠다는 소린 아니겠지?' 일손을 놓으면 이형은 늘 어기적거렸다. 그러고는 고개를 돌려 사무실 쪽을 뚫어져라 쳐다보며 유유히 식당으로 향하는 것이다. 오늘도 그는 별다른 행동 없이 그러고 있다.

김사장은 아직까지 사무실에서 전화통을 붙들고 있다. 그는 요즘 들어 돈에 쪼들려서 유류도매업자에게 지급해야 할 현찰을 마련하지 못해 전전긍긍하는 모습을 보인다. 이러니 일손이 부족해도 주유원을 더 고용할 겨를이 없을뿐더러 아마 어쩌면 이참에 셀프주유 방식으로 영업을 바꿀지도 모를 일이다. 김사장의 인간성으로 봐서는 언제든지 느닷없이 밀어붙일 것만 같다. 이러나저러나 오늘도 분명히 똥줄이 타고 있을 김사장일 게다. "돈도 많이 벌면서 왜 저리 쩔쩔매지?" 사람들이 영문을 몰라 갸우뚱거릴 때마다 무씨는 속으로 빈정거렸다.

‘욕심이 과해서 저 꼴인 게지.’ 언제부턴가 탱크에 저장되는 유류 양이 점점 줄어들고, 몇 시간씩 판매가 중단되는 사태를 빚기도 하더니만, 요즘은 일숫돈을 받으러 오는 아줌마 행렬과 거들먹대는 사채업자들의 차량이 줄서는 통에, 늦은 오후쯤이면 이곳의 분위기가 뒤숭숭해졌다.

그래서일까? 여태까지 탕수육과 군만두, 어쩌다가 팔보채 등 중화요리가 빠지지 않고 참으로 나오다가 이게 싹 사라질 정도로 처우가 나빠졌는데도, 이에 대해 김부장은 아무런 언급조차 없었고 주유원들은 어떠한 요구도 하지 않았다. 무씨의 눈에, 다들 이 현실을 탓하며 눈치만을 보는 것처럼 비쳤다. 누군가 투덜대면서도 그랬다. “원래 참이 없는데 사장님이 특별히 생각하셔서 그동안 나왔던 거라네?” 이러니 말을 꺼내기도 어려워 무씨는 속으로 빈정거릴 수밖에 없었다. ‘그게 사실이면 일도 허기지지 않도록 천천히 해야지?’ 그런데 여전히 일손은 바쁘고 정신없이 돌아가고 있다.

이렇게 된 이유를 무씨는 대충 안다. 언젠가 커피를 마시러 사무실에 들어갔을 때, 마침 김사장은 출근하여 시설물 안전장치를 점검하러 나왔다는 어떤 요원을 만나고 있었다. 사장실하고는 거리가 떨어진 편이지만 문이 반쯤 열려 있어 무슨 얘기를 나누는지 알아먹을 정도는 되었다. “말통을 오토바이에다 싣고 터덜터덜 산비탈 동네 구석구석을, 집집마다 일일이 찾아다녔지. 마누라가 나보다 잘 탔어, 으하하.” 같이한 사람도 맞장구를 쳐주었다. “하하, 그런데도 일찍 자수성가를 하셨습니다. 이게 다 사장님의 능력이 뛰어나셔서 그런 거 아니겠습니까.”

그때 무씨는 커피 잔을 들고서 뭔 소린가 싶어 무심결에 기웃거리다가 김사장과 눈이 마주쳤고 그에게 붙들려 들어갔다. “무과장, 이리 와 봐요.” 느닷없는 호출도 그렇지만 급조해서 부른 호칭 역시 무씨를 당황하게 만들었다. ‘무씨 소리가 편하고만! 뭔 일이래?’ 뜻하지 않은 상황에서 무씨는 그 요원과 의례적인 인사를 나눴고, 뭔가 공모하는 기분으로 그와 함께 김사장의 찬란한 인생 무용담을 가지런히 앉아 듣게 되었는데 잡다하게 주워들은 얘기의 골자는 그러하였다.

어려운 가정환경에 배움을 채 이루지는 못했지만 본래 지닌 탁월한 능력과 사업수완을 발휘하여 오늘에 이르렀고 이제 꿈꾸던 목표를 향해 나아가는 와중에 있으며 곧 이루게 될 거라는 거였다. 무씨는 그날 김사장의 얘기 중에서 유독 이것이 잊히지 않았는데, "이자 그거 몇 푼 돼서? 난 좀생이가 아냐. 빚이 겁날 거면 사업 이딴 거 못하지, 으하하. 돈은 계속 굴려야 달라붙어, 눈덩이같이 말일세."

어쩌면 그때 김사장은 자신의 현실세계를 무씨에게 인식시켜 그로부터 일말의 존경심을 이끌어내려는 생각이었는지 모른다. 무씨는 그게 어슴푸레 감지될 정도였다. 그럼에도 그는 김사장의 속내를 모르는 양 무시했다. 고생 속에 살아왔다면서 지금 고생하는 직원을 마구 부려먹는 행위가, 사장 마누라로부터 김사장의 타락을 듣고부터는 더욱 수긍할 수 없는 작태로 다가와 도무지 호감이 가지 않는 것이다.

언제 식당에서 올라왔는지 양군은 썰물처럼 빠져나간 작업장 주위를 휙 둘러보면서 세차장 쪽으로 다가간다. 거기는 자동세차기에 매달려 정비기사가 수리하고 있다. 그나마 오늘은 저것이 고장 나는 바람에 일손이 덜 바쁜 편이었다. 저것까지 돌아가면 두 사람이 수시로 달려들어야 할 정도로 번거롭고 고된 일이라서 주유에 미치는 영향이 적지 않다.

무씨는 문득 얼마 전에 그만둔 젊은이 모습을 떠올린다. 그는 애기 아빠였는데 공장지대 주유소 시절부터 줄곧 일하다가 이곳 외진 데까지 따라온 오랜 직원이었다. 그런데 김부장이 불쑥 그를 세차장 전담요원으로 맡기자 며칠 해보더니 일 자체를 그만두었다. "애도 생겼고, 공장에 들어가서 기술을 배워야겠어요." 모두들 잘한 결정이라며 축하해주었지만 그가 떠난다는 소리를 듣자 무씨 생각에, 세차장 일을 떠맡긴 조치에는 어떤 숨겨진 의도가 있지 않았나 하는 의구심을 갖기에 이르렀다. 세차장 전담이 무슨 벼슬도 아니고, 수당을 더 준다는 언질도 없었고, 일만 고될 뿐인데? 그 직원은 움직임이 좀 느렸고 더구나 갓난애가 아파서 병원에 데려가야 한다며 몇 시간씩 자리를 비웠던 기억이 자꾸만 치미는 것을 어쩌지 못한다. 그 직원은 물기어린 눈망울로 자신의 현실을 비관하는 기색이 완연하였다. '젠장!' 무씨는 공연한 생각에 짜증이 나서 멀리 서녘하늘을 바라본다. '오늘따라 왜 이리 짜증이 날까?'

퇴색되는 하늘빛을 얼마나 쳐다봤던가. 승용차 한 대가 유유히 들어와 주위를 한 바퀴 돌더니 주차장 구석에 차를 대고는 사장 마누라가 내린다. 뒤늦게 알아차린 무씨는 그녀가 갈수록 세련되어간다는 생각에 시선을 떼지 않는다. 더구나 오늘은 김사장 분위기와는 달리 느긋한 몸짓을 보이기까지 하는 그녀다. 이게 무씨의 단순한 느낌인 걸까? 사장 마누라는 사무실 문을 열고 들어가기 직전에 작업장에 서 있는 직원들을 향해 인사하는 것을 꼭 잊지 않는다. 그러니 직원들 거의가 그녀의 모습이 사라지기 전까지 줄곧 시선을 주어야 예의인 것처럼 되어버린 처지다. 무씨도 어김없이 시선을 던지기는 하는데, 답례하기 위해 바라보는 심정이 아니라 그간에 달라진 그녀의 동태를 구석구석 살피기 위해서라는 표현이 더 어울리겠다.

그녀의 감춰진 의도

그러니까 작년 여름 어느 날 밤이다. 무씨는 자정을 알리는 괘종시계가 땡땡 울리자, 주유소 안팎을 둘러보고는 주유기의 전기장치와 주변을 밝히던 조명등의 스위치를 심호흡하듯 천천히 내렸다. 빛이 훅 사라지면 단박에 칠흑의 빛깔이 와르르 쏟아지면서 온갖 풀벌레들이 일제히 클라이맥스를 향해 합창을 한다. 그는 매일같이 이 순간을 기도하듯이 기다렸고 감격에 맞이하였다. '누가 깨어 있어 풀벌레의 장엄한 찬송이 엮는 돛배에 실려, 둥실 떠올라 포말로 부서지는 은가루를 헤치며, 밤하늘의 노도를 만끽하겠는가!' 그는 언제나 이 순간, 신비로운 밤의 공간으로 빠져들며 꿈같이 달콤한 휴식을 맛보는 것이다.

휴식! 이렇듯 차마 눈을 뗄 수 없어 심호흡 속에 비췻빛 밤하늘을 얼싸안는데, 그 정취를 풀어헤치듯 그의 등 뒤로 여자가 귀신처럼 나타나 깜짝 놀란다. 김사장 마누라다. "간땡이가 작으시네? 도둑은 몰래 올 텐데? 호호." 굵직한 목소리가 이 야밤에 유독 을씨년스러워 무씨는 하마터면 잔소리가 튀어나올 뻔했다. '에구! 이 시간에 남정네 찾아온 여자가 무섭지 그럼?' 하지만 누구든 생각나는 대로 말을 꺼내지는 않는 법이다.

"이 늦은 밤에 어쩐 일이십니까?" 그녀도 별빛을 보았나, 두 눈이 반짝거린다.

"말씀 드릴 게 있어서요. 어디 좀 앉을까요?"

무씨는 자기가 앉으려던 의자를 내민다. 그리고 저만치 떨어진 주유대기실의 의자를 가져와 거리를 두고 앉는다. 그녀는 러닝셔츠 밖으로 드러난 무씨의 팔뚝과 가슴팍을 넉살 좋게 훑어보는 바람에, 이 노골적인 시선을 받는 무씨의 표정이 떨떠름하다. '아마 며칠 전에 바닷가 산책길에서 마주친 일로 이러는 걸 거야.'

　무씨는 오랜만에 가까운 바닷가를 찾았다가 멀리서 한 사내와 나란히 걸어오는 그녀를 보았다. 사내는 그녀의 남편, 김사장보다 나이가 들어 보였고 그녀의 얘기를 묵묵히 듣기만 하는 분위기로 봐서 친척 오빠이거나 사업상의 문제로 만나는 사람처럼 보였다. 그녀는 얘기에 온 신경이 쏠려서인지 다가오면서 물끄러미 무씨를 쳐다보지만 알아보지 못하는 눈치였다. 작업복에 모자를 눌러쓴 그의 얼굴을 주유소에서 겨우 몇 번 보고서, 이렇듯 인파로 어수선한 대낮의 바닷가 자갈길에 서 있는 그를 냉큼 알아본다면 그게 더 묘한 일이지 않겠나? 무씨가 바라보는 그녀의 얼굴은 순수한 빛이 어린 듯 말갛게 비쳤고 그게 그 둘의 관계를 긍정하게끔 이끌었다. 줄곧 그렇게 생각했다가 지금 불현듯 생각에 꼬리를 무는 직감이 뭐냐면, '나이가 좀 걸리긴 했다만 그 사내는 이 여자의 애인이야. 현재 불륜의 상태라는 것이지. 그래서 나를 모른 척 지나쳤던 것이고!' 지금 무씨에게 접근하는 그녀의 행동거지에서 어찌 이 생각이 치오르지 않겠는가?

　그녀는 이것저것 인사치레를 하고 무씨의 관심 밖에 있을 허튼소리를 쭉 뇌까리더니 잠시 침묵 속에 생각을 가다듬는 표정이다. 아마 여기 찾아온 이유를 말할 차례인가 보다.

　"남편하고 죽을 고생해서 이만큼 사업 일으킨 거, 선생님은 잘 모르실 거요. 남편이 이때껏 애썼다곤 하지만 지 혼자서 덜컥 된 게 아니라요. 그런데 이 양반은 아내의 수고 따위는 콧방귀나 뀌면서 허구한 날 젊은 것들하고 놀아나는 이것이 무슨 짐승새끼가 아니고서야 인간이 할 짓이겠어요?"

　근무복을 벗어던져 홀가분해진 무씨의 번들거리는 육체 위로 아까부터 그녀의 끈끈한 시선이 어둑한 얘기 와중에도 스멀거렸다. 무씨가 환기시키듯 손바닥으로 자기의 허벅지를 살짝 친다. 그녀는 별빛 찬란한 여름밤에 막상 남자의 구릿빛으로 그을린 살갗과 마주하니 그간에 억눌렀던 정념이 꾸물대기라도 한다는 것일까? 주위가 성가신 듯 무씨가 몸을 꿈질거려 모기향을 하나 더 지핀다. 이것을 유심히 바라보며 그녀가 띄엄띄엄 말을 잇는다.

　"팔자가 늘어지니까 조강지처는 눈에 뵈는 게 없다 이거지, 뭐겠어요? 그 양반은 이제 나하곤 완전히 등 돌렸어요. 나만 빙신된 거야!"

무씨는 이제 한마디 거들어야 했다. "글쎄요, 사장님이 그럴 분 같진 않던데요?" 일단 의례적으로 건네는 언사에 불과하였고, '그래서 내게 조언을 듣고 싶다는 거겠지?' 그런 생각을 무씨가 해보지만 단지 그것 때문에 그녀가 여길 들렀다고 보기 힘들다. 일개 주유원에게 부부간의 애정문제를 들먹이면서 조언을 얻겠다는 발상이 그다지 깔끔하게 와 닿지가 않는다. 그렇다면? 아무래도 연애 현장을 들켰으니 입막음하려고 자기 처지를 호소한, 일종의 술수로 봐야 하지 않을까? 어쩔 수 없이 외도하게 된 자기의 현실을 제발 알아달라는!

"선생님 생각은 어때요, 이런 일에 대해?" 방금 생각은 했지만 갑자기 물어오는 바람에 무씨가 난처해진다. "글쎄요?" 달려드는 모기의 앵앵거리는 소리에 신경이 쏠리는지 몸통 여기저기를 손바닥으로 툭툭 건드려본다. 속 타는 심정이라서일까? 그녀가 의자를 끌어당겨 무씨의 무르팍에 닿을 정도로 가까이 앉는다. 아니, 닿았다! 그녀는 냉큼 무씨의 손이라도 잡을 기세다.

"제가 그 양반보고 그랬어요. 〈빚에 시달리는 거 진절머리가 나지 않느냐? 이제 돈도 벌 만큼 버니까 그만 빚 청산하고 편안하게 살자!〉 그러니까 뭐랜 줄 아세요? 시내에 본격적으로 진출해서 외식사업도 겸해서 하겠대요. 이게 씻나락 까먹는 소리지 돈 될 소리예요?"

듣기에 따라서는 당장에도 열불 터질 소리 같다만, 그녀는 허스키한 목소리를 나지막하게 깔 정도로 차분하다. 하긴 그게 더 스산하게 들리기는 했다.

"사장님 나름대로 어떤 밑그림을 그리는 게 있으니까 그러시겠죠? 아내와 상의 없이 독단적으로 일을 추진하는 게 문제이긴 합니다만."

"밑그림? 그 양반은 그런 거 생각할 줄도 몰라요. 그냥 막무가내로 기다 싶으면 불도저처럼 밀어붙이는 그런 사람이라오. 싸질러놓으면 내가 치다꺼리를 해서 꾸역꾸역 여태 메꿔 왔던 거지."

그녀의 말을 액면 그대로 믿기는 힘들다. 속상하면 뭔 소린들 못할까? 김사장의 수완이 어찌됐건 사업을 이만큼 일으켰다는 게 아무렇게나 해서 될 일이 아닌 것이다.

"여기 주유소만 봐도 매일같이 돈이 쏟아져 들어오는 것 같던데, 빚을 달고 산다는 건 좀 그러네요. 지금이라도 사장님을 잘 설득시켜보세요."

　애기를 나눌 때에 그녀의 손이 무씨의 허벅지에 닿기도 하고, 몸을 기울여 그의 팔에 슬쩍 기대기도 하면서, 흐트러진 모습을 보이던 그녀가 울컥, 억눌린 감정이 치솟는지 의자에서 벌떡 일어나 주위를 어슬렁거린다. 그녀의 그림자가 별빛을 받아 어수선하게 땅바닥에 드리워진다.

　"말짱 헛일이여! 껍데기만 부부지 이젠 내 말은 통 귀담지 않어. 벌써 사채 빚까지 마구 끌어다가 빌딩인지 뭔지, 이미 공사도 들어갔구마는!"

　왠지 배부른 고민같이 들리긴 하는데도 그녀의 넋두리가 무씨에게 온전히 전해지는 기분이다. 탐욕의 어둑한 그림자가 벽을 타고 기어오르는 것을 느끼겠다.

　"노는 물이 생판 다른데 무슨 얼어 죽을 레스토랑이냐니까, 그쪽으로 날고 기는 마담을 확 낚아챘다나, 어쨌다나? 어휴, 내가 속 터져! 대관절 그딴 소리가 뭔 뜻이겠소?" 어느새 무씨 곁에 바짝 다가와 앉은 그녀가 거칠게 그의 손을 붙들고 문지른다. 마치 남편을 향한 질투와 증오의 맞바람이 무씨에게 몰아닥칠 기세다. "선생님, 있잖아요!"

　무씨가 화들짝 놀란다. 정말로 어처구니없는 일이 꿈처럼 일어나고 있다. 이곳이 어디인가! 남편의 사업장에서 사장 마누라가 이런 식으로 접근한다는 게 가능할까? "사모님, 이건 좀 그러네요?" 그가 난처하여 잡힌 손을 빼려는데, "선생님! 잠깐, 잠깐만요!" 그녀의 간절한 외침에 놀라 무씨가 눈을 들여다본다. "잠시만, 그대로 있어주시라요." 긴박한 속삭임과는 달리 그녀의 눈동자가 일순 다른 데를 향한다. 그러자 무씨는 처음에 누가 엿보나 했다. 그러다가 그녀의 표정에서 감춰진 속내가 있음이 느껴져 그녀의 고정된 시선을 따라 고개를 돌려보니, 시선이 끝나는 그곳에 감시카메라가 설치되어 있다. 아! 생각할 것도 없이 그녀는 카메라 앞에서 연기를 했다고 봐야 한다. 아니면, 사건이 발생해야만 살펴볼 감시용일 테니 아무 상관이 없다는 것일까?

　"카메라가 있는 걸 깜빡했네요." 그녀가 나서서 그런 말을 꺼내니 오히려 미심쩍다. "네, 그렇군요. 괜히 오해 생기고 그러진 않겠지요?" 무씨의 말에 빙그레 미소 짓는 그녀다. 오히려 아까보다 마음의 응어리가 풀어진 기색이다. "지금 이 시간에 언놈이 들여다보겠어요? 잠자기 바쁘지."

이때, 숙사 이층 창문에 불이 켜졌다. 잠결에 화장실을 다녀온 양군이 전등을 버럭 켜고, 창틀 철망에 바글바글 달라붙은 모기떼를 향해 세례인 양 모기약을 마구 뿌려대는 것이다. "참 부지런한 총각이라오." 양군은 여자애와 동거 중에도 가끔씩 숙사에서 잠을 청했다. 오늘은 결근한 주유원의 공백을 메우다 보니 그렇게 됐다. 양군의 모습이 시야에서 사라지고 다시 불이 꺼진다.

모기는 그녀를 물지 않는 것일까? 처음부터 그녀는 어떠한 기척도 보이지 않았다. "혹시 기록된 걸 본대도 상관없네요. 이걸 가지고 누가 시비 걸까나? 호홋!" 짓궂은 기분이 드는지 그녀가 소리 내어 웃고는 의자에서 일어난다. "걱정 마시라요. 오늘, 무슨 일이라도 있었나요?" 듣고 보니 그렇다. 공개된 장소에서 몇 마디 나눈 대화와 어설픈 몸짓들, 그것이 대체 뭐라고? "가 볼래요. 오늘 정말 고마웠어요." 그녀는 어색한 듯 인사하더니 다시금 감시카메라를 물끄러미 쳐다본다. 카메라 응시, 그 모습이 무엇을 말하는 것일까!

'내일은 새벽같이 죽은 매미들을 쓸어 담아 불태울까? 겨우 일주일 날 거, 뭐 하러 미리 처박나, 처박기는?' 어둠 속으로 달려가는 사장 마누라의 승용차를 응시하면서 무씨가 떠올린 생각이다. 조명등의 현란한 불빛에 거침없이 날아들어 무참히 대가리를 처박는 이곳 매미들의 존재가 새삼 그의 눈에 밟힌다. '먼 하늘을 퍼덕여 날아와 화려한 네온 불빛 간판에 허망하게 몸을 처박고 땅에서 죽어가는 매미들의 애잔한 산화가 언제나 연기로 피어날 것인지?'

사장 마누라의 그 모습은 두고두고 무씨를 상념에 빠트렸으며 점차로 이들 사장 부부를 혐오하게 만들었다. 김사장이 무씨를 무씨라 부르며 함부로 대하는 태도를 보인 것이, 이 일 이후부터였다고 기억되니 그게 이 일과 연관이 있다고 하면 너무 지나친 추측일까?

떠난다는 것

사장 마누라가 또 급한 불을 끈 모양이다. 어디서 돈을 끌어다가 변통했을 게다. 그녀가 사무실에 들어간 뒤, 김사장의 모습이 잠잠해졌다. 이형도 식당에 내려간 후론 보이지 않고 간간이 승용차가 덜커덩거리며 길을 묻는다. 차에서 내린 손님과 주유기를 깔짝거리며 대꾸하기에 딱 맞는 시간이다. 거뭇거뭇 어두워지는 저녁 이맘때에는 화물차가 뜸하고 여행길에 나선 승용차 몇 대가 오갈 정도다. 이곳은 반듯한 회사의 간부나, 땡 소리에 한발 앞서는 공무원이 지나치는 길이 아니다. 뒤이어 나타날 개인사업자나, 노조원의 길도 아니다. 내일을 기약하지 못해 하루하루가 고단한 일용노동자의 삶이 거쳐 가는 길목이다. 그래서 밤 아홉 시가 훨씬 지나서야 피날레를 장식할 밤의 불꽃이 주유소를 어지러이 휘덮는 것이다. 무씨는 그때에야 곤한 잠을 자게 될 몸을 푸는 운동이라 생각하며 부지런히 뛰어다니는데, 얼마 넣지 않는 기름들이라 일손만 더 바쁘다.

이럴 때에 이형이 숙사에서 어기적거리며 나타나 모자라는 일손을 보탰다. 그렇게 하루 일과가 할당되어 있는데, 오늘은 양군이 소매를 걷어붙인다. 물으나마나 이형은 이제 이곳에 발을 끊은 게 분명하다. 근래 들어 주유원이 한둘씩 떠나가자, 무씨는 이게 순리라는 생각이 들었다. 자기도 얼른 떠날 채비를 서둘러야 한다는 현실을 깨닫는다. 이제 조만간에, 아니 어쩌면 이 밤이 지나고 아침이 오면 마지막으로 화장실 청소를 끝내고서 훌훌 떠날지도 모른다는 예감에 온몸과 마음이 숙연해진다. 나름 이곳을 기반으로 해서 여러 사찰을 다녀보고 책을 구해 읽고는 했는데. 이제 어디로 가야 하는가? 이 문제로 막막한 심정에 스미는 외로움을 무씨가 놓치지 않는다.

주유소로 들어오는 차가 끊겼다. 예전과 다르게 도로를 질주하는 차량도 이 시간에 확실히 줄었다. 요새 경기가 나쁘다더니 정말 그런가 보다. 불황은 무엇보다 일용노동자를 힘겹게 하고 이 거리를 어둡게 만든다. 무씨 곁에 우두커니 서서 차량을 기다리던 양군이 부른다. "어르신!" 녀석은 당분간 어르신 소리를 빠뜨리지 않을 것이다. "왜?" 양군이 머뭇거린다. "얘기해." 좀 더 가까이 양군이 다가선다. "어르신, 제가 어르신이 힘드실까봐 남아서 이렇게 일을 도와드리지 않습니까? 이런 제 마음을 이해해주시고 내일 화장실 청소 좀 부탁드릴게요." 양군은 무씨가 이미 언질을 줬음에도 확신이 서지 않는지 재차 다짐을 받아두려는 모양이다.

"그래, 알겠어." 양군의 표정이 바로 밝아진다. "어르신, 내일부터는 다른 사람이 올 겁니다. 같이 일하던 사람은 그만뒀어요." 마치 승낙에 대한 답례처럼 들린다.

"그렇게 빨리?" 이형은 사무실에 퇴직을 미리 알리고, 사람이 들어오기를 기다렸던 모양이다. 그런데도 자기에게는 사전에 아무 언급이 없었던 무관심에 대해 문득 섭섭한 생각이 기어든다. '내게도 무슨 불만이 있었나?'

"들어올 사람이 지금 줄 섰다는데요? 다들 취직이 어려우니까." 양군은 괜스레 후련한 기색이다. "양군아!" 무씨는 즉흥적으로 양군에게 자신의 퇴직을 알려야겠다는 생각을 갖는다. "왜요? 말씀하세요." 양군이 호주머니에서 폰을 꺼내다가 멈칫한다.

"나도 그만둬야겠다. 내일 아침에 김부장에게 전해라." 이 말에 싱긋이 번지는 미소를 참느라 애쓸 줄 알았더니 의외로 양군의 표정이 굳어진다. "왜요? 어르신, 왜요?"

그 행동에 무씨가 좀 혼란스럽다. "흠, 나도 떠날 때가 됐어. 있어봐야 쓸데가 없겠어. 그래서 그래." 양군이 재빠르게 말을 받는다. "어르신이 가시면 주유소 일은 어떡하고요? 사람이 없잖아요. 뭣이 바로 뚝딱 생기는 것도 아니고요." 들어올 사람이 줄 섰다더니 금세 말이 다르다.

"사람이 없으면 구해질 때까지 있을 거다만 아마 그럴 필요는 없을 것 같다." 무씨는 이형의 일을 메꿀 사람이 금방 구해진 것처럼 자신의 자리도 금방 채워질 거라는 생각이다. 양군은 여전히 불안한 기색을 감추지 못한다.

"어르신, 생각 좀 해보세요. 어르신의 파트너하고는 경우가 다르잖아요. 그 사람은 거의 보조 역할을 하고서 그만두는 거지만 어르신은 경험도 많고 주유도 잘하시잖아요."

"누구나 다 처음을 거쳐 경험자가 되는 거야."

"참내, 어르신! 지금 야간 숙직을 혼자 하시잖아요. 근데 이 야간반에서 뭘 어른들이 있을 줄 아세요? 그렇다고 멋모르는 애들을 맡길 수도 없고요."

"맡기면 왜 안 되지?"

"애들이야 맡기면 불안하죠. 사장님이 그랬어요, 밤에 무슨 짓을 할지 모른다고 합디다."

사장 소리에 콩 볶듯 오가던 얘기가 바로 그친다.

'사장이 그렇다면야?' 어쨌든 아직 어린 양군이지만 세상 물을 일찍 먹어서 그런지, 제법 의젓한 생각을 드러내는 녀석 같아 말이라도 격려해주고 싶은 무씨다.

"그래, 양군아. 네가 고생이 많다. 주유소가 네 것도 아닌데 자기 일처럼 열심을 내고 이다지 수고를 아끼지 않는 모습을 보니 참으로 훌륭한 어른으로 성장할 거라는 생각이 든다. 아무쪼록 네가 신의 축복 속에서 살게 되기를 빈다."

"에이, 어르신! 또 시작이시네. 저는 교회에 나가지도 않는다고요."

말은 그렇게 하지만 싫은 기색이 아니다. 양군의 불안을 잠재우기 위해 무씨는 한마디 덧붙여야 했다. "어쨌든 숙직을 책임질 어른이 나타나기 전까지는 근무할 테니 염려 푹 놓고, 대신에 꼭 김부장에게 전달해라. 무씨 아저씨, 그만둔다고 했다고."

"어르신이 직접 말하면 안 돼요?"

"김부장이 출근할 때까지 기다리기 지겹다. 먼저 귀띔해 놓으면 나중에 내가 전화로 말할 거니까." 양군이 폰을 두드린다. 어디론가 전화할 모양이다. "알겠어요, 그럴게요."

"아무래도 물때가 끝난 거 같다. 이젠 혼자 쉬엄쉬엄 해도 되니까 가서 쉬든가 해."

"그래도 되겠어요?" 폰 스피커를 타고, "자기야! 어딘데?" 앳된 여자 목소리가 들린다. 동거한다는 정양이다. 양군이 잽싸게 블루투스를 귀에 꽂고 말한다. "아직 안 잤네? 어디긴, 오늘 못 들어간다고 했잖아. 그래그래, 내일은 일찍 들어갈 거야. 자기야, 밖에 문은 잘 잠갔어?"

양군은 통화하면서 주유대기실에 놓인 수거함을 번쩍 든다. 거기에는 기름때 묻은 면장갑이 가득 쌓였다.

"어르신, 그럼 수고하세요."

통을 들고 세면장 쪽으로 가는 걸 보니 이 밤에 세탁기를 돌릴 모양이다. 저토록 부지런을 떠는 행위에 과연 어떠한 결실이 찾아올 것인지, 바라보는 무씨의 표정이 착잡하다. '지나친 헌신은 때로 탄식을 불러들이곤 하는데?' 녀석은 아직 중고차 하나 없다. 야무지게 돈을 모을 수만 있다면 그리 나쁜 방법은 아니긴 하다만, 이곳은 대중교통이 없어 퇴근길에 주유소에서 모는 봉고를 놓치면 숙사에서 자거나 시내까지 동행할 손님을 운 좋게 만나는 수밖엔 없다. 그러니 양군은 앞으로도 얼마나 종종, 보고 싶어 안달하는 동거녀와 생이별하게 될지 알 수 없는 일이다.

'자정이 슬슬 되어가나?' 무씨가 주유대기실의 벽시계를 쳐다본다. 시곗바늘이 11시 30분을 가리킨다. 이때부터 무씨는 하나둘씩 영업 끝낼 채비를 차린다. 주유대기실의 문을 걸어 잠그고 주변의 이상 유무를 확인하면서 괘종시계가 울릴 사무실 안으로 들어가면 하루가 마쳐지는 것이다. 무씨는 마법에 걸린 사람처럼 반드시 괘종소리를 다 듣고서야 전원스위치를 내렸다. 하나의 종교의식처럼 치러지는 기분을 종종 그가 갖는데, 고된 하루를 끝낸다는 마음과 객지생활의 고독감이 버무려져 일어난 해프닝이라고 봐야겠다.

오늘 일의 마무리를 지으려고 주위를 살피던 무씨가 멀리서 다가오는 한 차량을 발견한다. 헤드라이트 불빛이 한차례 번뜩이더니 이윽고 승용차가 도로를 벗어나 주유소로 숨어들듯이 천천히 들어온다. '누구지?' 주유기 앞에 승용차가 멈추고 차문이 열리면서 남녀가 피곤에 지친 모습으로 내린다. "경유, 가득 넣어주세요." 남자가 길게 기지개를 켜면서 주위를 둘러본다. "밤길은 확실히 피곤해. 문주야, 화장실 가야지?" 여자가 뒤따라 내리고 화장실을 찾아 어기적거리며 걸어간다. 먼 길을 달려온 게 분명했다.

"인천 가려면 이쪽 방향이 맞죠?" 주유를 끝내자 어느새 곁에 다가온 남자가 신용카드를 내밀며 묻는다.

"네, 그쪽으로 쭉 가시면 됩니다. 어디 멀리서 오셨나 보네요?"

"부산에서 오는 길인데 처가에 갑니다. 인천 가서도 배 타고 한참 들어가야 됩니다."

"처가가 섬이군요. 좋은 곳에 사십니다."

무씨의 이 말은 빈말이 아니다. 그가 객지를 떠돌며 요즘처럼 내륙에 머무는 동안에도 반드시 성지순례처럼 한 번씩은 바다를 찾아가 파란 물결을 눈에 담아야 하고, 그 비릿한 갯냄새를 코로 맡아야 하며, 이따금 섬에 발을 디뎌 태곳적 신비의 흔적을 온몸으로 더듬어야 했다. 무씨는 자기 고향이 부산이라고 말하려다가 그만 둔다.

여자가 동행석에 오르다가 무씨에게 묻는다. "인천까지 시간이 얼마 걸려요?" 다리를 의자에 반쯤 걸친 자세에서 묻는 여자의 얼굴이 우수에 차 있어 무씨가 짐짓 놀란다.

"여기도 뭐 인천에 속하긴 합니다만, 연안 뱃머리까지 넉넉잡고 30분 정도면 갈 겁니다."

처음에 여자는 대수롭지 않게 물었다가 그의 얼굴을 바라보는 중에 뭔가 생각하는 표정으로 변했다. 그건 무씨도 마찬가지였다. 처음에 그가 당황한 것이 그녀의 우울한 표정 때문만이 사실은 아니었다. 물론 남편과 같이 친정에 가면서도 우울한 얼굴을 하는 아내의 모습에 무씨가 어색해질 수가 있긴 하였다. 하지만 영문을 모를 그들만의 속사정이 있는 법이니 그게 이유가 될 수는 없다. '어디서 봤더라?'

불교에서 그러듯이 마치 전생에 어떤 인연이 닿았던 사람처럼 그녀가 왠지 낯익어서였다. 그것을 그녀도 찰나에 무씨의 얼굴에서 느낀 기색이 완연했다. 무씨는 물어보고 싶은 충동을 참았다. '우리가 언제 만난 적이 있었던가요?' 분명 그녀도 그렇게 묻고 싶었을 게다. 그런 충동에 그녀의 입술이 움찔거리는 것만 같았다. 사소한 질문일 수도 있는 얘기를 차마 꺼내지 못하는 게 한편, 남편

앞에 선 뭇 사내의 옹졸함이던가?

남자가 친절한 길 안내에 감사를 표하며 시동을 건다. 여자는 일부러 무씨 쪽을 외면하면서 정면을 응시한 채 기억의 뿌리를 더듬는 것처럼 비쳐지는 모양이, 무씨의 일방적인 착각일 수도 있겠다. 왜냐, 무씨는 기억의 편린을 모아 퍼즐 맞추듯 끼어 맞추려고 해도 도무지 그녀에 관한 기억을 더듬을 수가 없으니 말이다. 이런 현상이 왜 일어날까? 언젠가 만났던 사람, 와 본 장소, 그런 돌출된 잔상이 기억처럼 마음속에 일어나는 까닭이 대체 무엇 때문인지를! 정녕 뇌세포의 착란에 불과하던가?

"아! 손님, 잠시만 기다리세요." 무씨가 황급히 주유대기실에 있는 생수와 화장지를 챙겨든다. "깜빡했네요. 고객 사은품입니다." 동행석의 그녀에게 미소로 건네자 받아들면서 가볍게 목례를 한다. 눈빛이 여전히 궁금해 하는 것만 같다.

'만난 적이 없으면서 만난 기억처럼 사람의 상이 맺힌다는 것이, 불교의 윤회를 설명할 근거의 하나일 수 있다는 것일까? 또는 윤회가 도저히 일어날 수 없는 기독교의 영혼 개념에 근거하여, 단지 기억의 한 단편에 불과한 것일까? 아니면 뇌세포의 호르몬 작용에 의해 피어나는 감정의 뒤엉킨 굴곡인 것일까?' 승용차가 사라지고 없는 어둑한 도로를 무씨가 한참동안 처다본다.

댕댕! 괘종시계가 자정을 알린다. 저 시계는 멈춰선 적이 없다. 아침마다 양군이 태엽을 감아둔다. 마치 저것이 없으면 무씨가 의자에 걸터앉아 한없이 꾸벅꾸벅 졸 것이고 주유소의 등불들도 꺼지지 않은 채 껌뻑껌뻑 부나비들이나 손짓할 거라 생각한 건 아니겠지? 어쩌면 자정 이전에는 좌판을 걷지 말라는 김사장의 엄명일지도 모른다. 그런 기분까지 일어나는 오늘 밤이 참 유별스럽다는 생각이다.

무씨는 조명을 꺼도 이제는 더 이상 밤하늘을 우러러보는 짓을 하지 않는다. 주변의 환경이 점점 공해에 찌들면서 이곳까지 죄어오는 기척이다. 풀벌레가 시원한 소리를 잃었고 쓸쓸한 밤새 울음도, 들뜬 개구리의 괴성도 듣기 힘들어졌다. '작년만 해도 두견이가 구성지게 울다 가곤 했는데……' 쏟아지는 별똥별도 더 이상 손으로 집어내기 어렵다. 외곽으로 번지는 아파트 단지의 불야성이 이곳 밤하늘까지 뿌옇게 흐려놓아 달빛마저 무색하니 말이다. 그래서 무씨는 스위치를 내리면 곧바로 세면장으로 가서 샤워를 하고, 사무실로 돌아와 철제금고 앞에다가 야전침대를 펼쳤다.

똑똑! 팬티 바람에 겨우 잠들었다 싶은데 누가 사무실 문을 두드린다. 창으로 보이는 어렴풋한 그림자를 살피니 이형이다. '어쩐 일이지? 말도 없이!' 의아한 무씨가 문을 열자 술 냄새를 풍기며 허겁지겁 이형이 들어선다. 이미 술을 한잔 걸쳤다. "벌써 자요? 무형이랑 한잔하려고 왔구먼." 손에 들린 검은 비닐봉지를 바닥에 내려놓자 모가지를 삐죽 내민 맥주병들이 딸깍 서로 부딪힌다.

"좋네요, 그러잖아도 한잔 생각에 허전했는데." 이형이 시원하게 걸걸 웃는다. "무형은 이래서 좋다니까, 부담 없이 대할 수가 있거든."

무씨가 곁에 벗어둔 바지를 걸치고 야전침대를 걷는 동안에, 이형은 사들고 온 맥주와 통닭을 주섬주섬 책상 위에다 차린다.

"말도 없이 훌쩍 가버렸나 어쨌나 했네요." 술을 따르면서 무씨가 한소리 하자 이형이 또 걸걸 웃는다. 무슨 좋은 일이라도 생긴 것처럼 오늘따라 웃음이 헤프다.

"무형에게 여태껏 진 빚이 얼만데 아무럼 그냥 갔을라고요. 졸린 눈을 부릅뜨고 지금 이 시간 아니면 한잔도 어림없겠다, 그 생각에 이러고 달려왔구먼."

"그래요, 잘 왔어요. 근데 술 먹고 차는 또 어쩌려고?"

전에도 이형은 무씨가 일 마칠 때쯤 찾아와 떡이 되도록 술을 마시고는, 위험하니 숙사에서 자고 가라는 만류를 끝끝내 뿌리치고 차를 경운기 몰듯이 끌고 간 적이 한두 번이 아니었다. 도시와 떨어진 농가에 방 얻어 지내다보니 다행히 경찰의 음주단속에 걸리지는 않았지만, 언제 논두렁에 차가 처박힐지도 모를 위험천만한 짓이 아닐 수 없다. 오늘도 그럴 거면 같이 먹고 싶은 마음이 그다지 없다. 게다가 이형은 누군가와 기분 좋게 마신 상태다.

"하하, 거기서 딱 걸렸네! 나중에 알릴까 했는데, 같이 왔어요. 까짓 숨길 거나 있나? 있지요, 나! 영옥씨랑 살림 차리기로 했습니다."

"누구요?" 누군지 대충 눈치챌 일이지만 이건 본인의 입으로 듣기 전에는 확정할 수 없다. "참! 무형은 이름 모르지. 식당아줌마, 거 있잖아요." 평소에 볼 수 없었던, 쑥스러워하는 표정이 얼굴에 가득하다.

"아! 그랬구나. 잘됐네. 하하, 결혼 축하해요. 좋은 아주머니 같던데?" 평소에 서로 오가던 눈빛이 심상찮다 했더니 결국 일을 저질렀구나 싶다.

"이 나이에 사랑타령 하자니 쑥스럽긴 하다만, 기분은 무지 좋네요. 앞으로 영옥씨 식당일을 거들려고요. 나야 요리할 줄도 모르고, 살살 허드렛일부터 해가면서 배워야지요."

"가정을 꾸리면 이형 생활도 차츰 안정될 게고 정말 잘된 일이네. 사업한 경험도 있으니 잘하시겠지. 근데 어떻게 아줌마를 꼬드겼을까? 하하, 이럴 게 아니라 들어오시라고 하세요." 무씨가 마중하러 일어나려 하는데 팔을 번쩍 들어 붙드는 이형이다.

"오늘은 우리끼리 그냥 마십시다. 아까부터 내가 들어가자니까 어색해진다고 차에서 기다리겠대요. 자기 온 거 말하지 말랬어요. 하하, 우리 건배나 하고 쭉 들이킵시다!"

그의 태도가 완곡하여 고집 피울 겨를이 없다. 하지만 모르는 사람도 아닌데 덩그러니 차에 내버려두고 사내끼리 시시덕거리는 모양이 썩 좋아 보이지는 않는다.

"난 좀 그렇긴 한데 뭐, 이형이 편할 대로 하세요. 뭐든 좋은 일을 위하여!"

잔을 부딪치고서 둘이 맥주를 들이켠다. 주거니 받거니 술자리가 점차 무르익어간다.

"참! 이형, 나도 여기 그만두기로 했어요. 아침 되면 사무실에 말할 생각이오."

"아! 또 그리 되는구나. 계속 다니지 그래요? 지나치는 길에라도 가끔씩 보게." 통닭을 뜯느라 잠시 말을 놓치다가 마저 말을 꺼낸다. "서운하긴 하다만 무형은 여기 주유소 일을 할 사람이 아니라는 거 진작 눈치챘어요. 나처럼 임시방편이지. 어딜 가시든지 가끔 연락하고 지냈으면 합니다." 그러면서 술잔을 높이 든다.

"자! 서로가 걷는 각자의 길을 축하하는 의미로 건배합시다, 하하."

무씨가 이에 화답한다. "이형이 하고자 하는 일들이 잘 이뤄졌으면 합니다."

"참, 무형. 그만두더라도 퇴직금은 끝까지 받아내세요. 일 년이 어쩌고! 원래 없는 조건으로 월급을 어쩌고! 애새끼가 퇴직금 떼먹는 쪽으로 이력이 났는지 하도 설레발치기에 그냥 관뒀지만, 노동부 근로감독관과 연락이 닿으면 받아낼 수 있답니다. 나야 영옥씨가 여기다가 부식거리를 대니까 고 눈치 땜에 그깟 몇 푼입네 하고 포기해버렸지만 무형이야 어디 그렇습니까. 돈이 문제 아니라 저놈들 버릇을 고쳐놔야 합니다. 괘씸한 녀석들!"

그의 말을 듣자니 아무래도 퇴직금을 받아낼 일이 막막할 것 같다. '그래도 받아내야지?' 하지만 받아낸들 고용주의 버릇이 당장 고쳐질 리 만무하다. 법 모르고 일하는 애들이 요구할 리 없고 애새끼가 순순히 내줄 리 없다. 이형의 말버릇처럼 고놈들은 애새끼가 분명할 거라는 생각이, 취하여 비실거리는 무씨의 뇌세포를 툭툭 건드렸다. 맥주병이 하나둘씩 바닥에 뒹굴고 둘도 축축 처져 흐늘거린다. 일에, 잠에, 거기다가 술까지 흠뻑 적시니, 몸이 파김치가 될 수밖에. 술이 취하자 둘은 사장 마누라의 얘기로 넘어갔다. 이형이 이런저런 주워들은 얘기까지 다 동원하여 안주삼아 늘어놓는다. 김사장이 오마담인가 하는 젊은 여자와 바람이 난 것은 분명하고, 맞바람을 피우자는 심보에 그러는지는 몰라도 사장 마누라, 정여사도 사내놈과 살짝살짝 만나는 눈치라는 얘기다. 하지만 김사장이 마누라의 애정행각을 여태 잡아내지 못한 걸로 봐서는 헛소문일지 모른다는 게 이형의 추측이다.

자기는 바람을 피울망정 아내의 부정에 대해서는 조금도 견디지 못하는 게 남자들의 심리라는 거다. 이러니 무씨는 술김에라도 정여사의 데이트 장면을 말해줄 수가 없다. 말하기를 즐기는 이형이 조만간에 아내가 될 순천댁에게 귀띔할 게 뻔하고 그 풍성한 입술의 말들은 다시 돌고 돌아 김사장의 귀에까지 들어갈 게 분명해 보였다. 소문이라는 기차의 종착역은 항상 당사자의 귀에서 끝나는 것이다. 그러니 이것을 예감하면서 감히 허투루 일러바칠 무씨가 아니다. 그는 종종 불행한 인간들의 암울한 현실을 직접 바라보기까지 했지만 그것이 자기의 행위로 인해 비롯된 현상이 아니어서 견딜 수 있었다. 이렇듯 자기로 인해 타인이 불행에 빠지게 된다면 그 꼴은 차마 버티고 바라볼 힘이 없을 거라고 늘 생각해왔다. 아직까지 자기 때문에 고통에 빠진 사람이 없어 다행이고 앞으로도 결코 없어야 한다는 것이 무씨의 일관된 의식 상태였다. 하지만 무씨의 그 장담처럼 실제로 그런 상황이 일어난 적이 없었는지는 알아낼 방법이 없다. 본인은 자각하지 못하는 가운데에서도 얼마든지 타인에게 고통이 가해질 수 있으니까. 그런 현대인의 삶이기도 하니까.

"어쨌거나 이젠 다 지나간 얘기지만 우리가 지금 술 먹는 모습도 저 감시카메라에 다 걸려요."

"그거야 당연히 기록이 되겠죠."

"녹화보다도 당장에라도 지켜볼 수 있다는 게 찝찝한 것이지."

"지금 여기 누가 있다고 그래요?"

"무형은 아직 모르시나 보네? 여기 주유소에 설치된 감시카메라는 사장집의 컴퓨터로 모두 확인이 가능해요. 아까 무형이 팬티 바람으로 자는 걸 훔쳐봤을지도 모르지. 우리의 사모님께서 말이요! 하하하."

'헉!' 무씨가 속으로 신음을 토한다. 그가 아무 생각 없이 놓친 사실이 그러했다. 디지털 방식의 감시카메라는 특정 소프트웨어가 깔려 있으면 언제 어디서든 화면의 상황을 지켜보고 조작이 가능하다는 사실을 무심결에 간과하였다. 그 사실을 깨닫자 갑자기 부끄러움과 불쾌감이 한꺼번에 해일처럼 영혼을 덮치는 순간을 맛본다. 그 격랑에 무씨의 육체가 흔들리지만 이런 조직의 억압구조를 개인이 어쩌지 못한다는 사실 앞에 무기력이 더한다.

무씨는 오랜만에 술을 질펀하게 마셔댔다. 어차피 일은 끝났다.

어디로 갈거나

　무씨는 그날 아침에 사퇴를 알리자마자 즉각 처리가 되면서 퇴직금은 없다는 단호한 통보를 듣고는, 더러운 돈 몇 푼에 그의 행로가 주춤거려질 일이 걱정되었다. 이형은 말을 꺼내기가 무섭게 일사천리로 살림을 차렸다. 마치 그들만의 은밀한 비밀을 귀신도 눈치챘으니 그 훼방을 염려하는 듯하였다. 가방 몇 개 양손에 달랑 들고 순천댁이 터 닦은 공간에 얹히면 되니 절차가 문제될 건 없었다. 혼인신고는 여자의 요구로 유보되었다. 아무래도 밑도 끝도 없을 남자의 속물근성에 대해 아직 우려의 시선을 떨치지 못해서일 게다.

　늦은 오후, 아파트 승강기 입구에 한 할머니가 기다리고 서 있다. 휴지 한 꾸러미를 손에 든 무씨가 가볍게 목례한다. 그는 이곳 아파트에 사는 이형의 집들이에 초대받아 들리는 길이다. 정갈하게 갖춘 외출옷에 작은 손가방을 든 할머니는 결혼한 딸을 보러 왔는지 낯선 공간에 약간 어리둥절해하는 것 같다. 문이 열리고 각기 갈 곳을 누른 그때에 저만치 현관 유리문 너머로 천천히 걸어오는 할아버지가 보였고 라면 박스를 끌어안은 그 위에는 애완용 개가 잔뜩 웅크렸다. 그 광경을 발견한 할머니가 얼른 버튼을 누른다. 저 정도의 거리에 저 발걸음이라면 승강기가 올라갔다가 내려도 시간이 남아돌겠건만 질끈 누른 할머니의 손가락이 떨어질 줄 모른다. '아, 바쁜 일이 없기 망정이지.' 같이 탄 사람의 속마음은 아랑곳하지 않고 오로지 할아버지에게 시선을 꽂은 채 꼼짝 않는 할머니다. 뒤질세라 자기가 탈 때까지 기다리고 섰다는 사실을 알만도 한데 오히려 할아버지의 걸음은 더 늦추는 모양새다. 기다리는 할머니나 느긋한 할아버지나! 무씨는 세상의 모든 시간이 일제히 저속으로 흐르는 기분에 빠진다. 할아버지가 마침내 승강기에 오르자 자신의 호의가 무척 대견하다는 생각이 든 것인지, 이참에 호의를 마무리 짓겠다는 것인지, 할아버지에게 친절히 묻는 할머니다.

"몇 층에 가세요?" 할아버지가 의외로 퉁명스럽게 대꾸한다. "13층!" 미처 생각지 못한 말투였는지 버튼을 대신해서 눌러주는 할머니의 손가락이 잠시 휘청거린다. 하지만 얼른 얼굴에 미소 가득 머금고는 할아버지에게 말을 건넨다.

"이 강아지 얼마 주고 사셨어요?"

할머니는 라면 박스에다 개를 올리고 오니까 아마도 같이 사 가지고 온 것이라 추측한 모양이다. 말을 꺼내면서 귀여운 강아지라는 듯 손을 내밀며 다가서려 하자, 왈왈! 개가 앙칼지게 마구 짖어댄다. 할아버지가 다급하게 말을 뱉는다.

"야는 산 게 아니오! 우리 집에서 옛날부터 같이 살았소!"

개가 드세게 짖자 할머니는 뒤로 주춤 물러나고 개는 더욱 표독스럽게 이빨을 드러낸다. "크르릉!"

"애야! 네가 참아라. 네가 참아야 한다."

무씨는 이 말에 얼른 할머니의 표정을 살핀다. 할머니는 당혹스럽다 못해 부아가 치미는 낯빛이다. 할머니는 무씨의 눈치를 힐끔 보다가 개를 노려보다가 말을 열심히 내뱉는 할아버지의 입천장을 들여다본다.

"애야! 네가 참아라. 어찌하든지 네가 참아야 한다! 어쨌든지 네가 참아라."

네가 참아야 한다? 이 말이 할머니의 가슴에 비수처럼 꽂혔지 싶다. 할머니는 물러선 채 입을 앙다물었고 개는 주인의 품에 아늑하게 안겼다. 할아버지는 자기 가족으로 여기는 사랑스러운 개를 거침없이 물건 취급한 할머니의 말이 무척 기분 나빴나 보다. 눈을 지그시 감고는 본체만체한다. 삽시간에 달라진 공기를 바꾸려는 듯 문이 열리고, 무씨가 어색하게 내린다. 승강기 문이 요동치듯 다시 닫히자 안에서 할머니의 고함소리가 터져 나온다. "네가 안 참으면 어쩔 건데! 네 놈이 안 참으면 어쩔 거냐고!"

요즘은 애완동물이라 하지 않고 반려동물이라고 부른다. 인간의 삶과 함께하는 짝이라는 것인데, 배신 잘하고 기분 내키는 대로 움직이는 뭇 인간보다 차라리 나은 존재가 이런 동물이어서 그러는지 모르겠다. 나이가 들면 친구도 하나씩 떠나는데, 이 늙은 몸뚱이가 좋다고 누가 엉겨 붙겠는가? 권태의 늪에 빠진 마누라는 지아비가 밤늦게 일을 마치고 들어올 때쯤이면 이미 코를 골며 의식이 우주를 떠돌 뿐이니, 꼬리 흔들며 주인 왔다고 현관문에 앞발 세우고 반기는 개가 어찌 사랑스럽지 않으리오. 관계의 단절, 사랑의 무미건조함, 개인 이기주의 사조에 떠밀려가는 현대인의 모습이 곳곳에 나타나지 않는가?

이형과 순천댁의, 아니 이제는 아내가 된 부인의 환대를 받으며 집에 들어선 무씨가 깜짝 놀란다. 거실에는 생각지도 않은 주유소 직원들이 떡하니 한 상 차린 음식에 들러붙어 시끌벅적하게 먹고 있지 않은가! 무리에 뒤섞인 김부장이 알은체한다. 역시나 퇴직금 문제가 도마에 오른 상태지만 여기선 다들 즐거워해야 한다. 애새끼를 초대한 이형의 심정이야말로 사회생활이 어떠한 것인가를 웅변하고 있다.

"무씨 아저씨!" 돌아보니 양군이다. 소주잔을 들고 어느새 곁에 섰다. "내 술, 한잔 받으소. 진짜로 그만두시면 어쩝니까?" 양군은 술을 먹었는지 얼굴이 붉고 말까지 더듬거리는 듯하다. 무씨는 술 먹은 양군을 오늘 처음으로 보았다. 이게 좋은 조짐일 수는 없다! 열악한 환경에서 생활할수록 정신을 어지럽힐 요소를 줄여야 한다.

"직원들이 점심때부터 왔네. 무형, 이쪽으로 앉으세요." 이형이 따로 차린 음식상 쪽으로 무씨를 앉힌다. 뒤따라온 양군이 술잔을 독촉하자 못 이겨 받아 드는 무씨다.

"어쩐 일이야? 안 먹던 술을 다 마시고?" 양군은 술기운이 퍼져 알딸딸한 모습이다.

"오늘 주유소 노는 날이고, 식당아주머니 족두리 올린 날이고, 헤헤, 신나잖습니까."

그래서 마셨다고? 앞으로도 이런 날들이 계속해서 생길 테고 차츰 음주가 습관이 되어갈 텐데, 그래도 계속 술 먹을 거냐고 물으려다가 그만둔다. 어차피 이제 곧 성인이고 제 앞길을 스스로 찾아서 갈 수밖에는 없다. 곁에 붙어사는 부모일지라도 조언에 한계를 맛볼 수밖에 없는 오늘날의 젊은이들이다.

"우리 김부장님이 참 대단하신 분이긴 해요. 어르신이 그만둔대도 눈 깜짝하지 않고 얼른 사람을 구해놓는 것 좀 보세요. 그게 인터넷에 올리면 직방으로 연락 온다네요?"

아직은 세상물정을 잘 모르는 양군이다. 무씨가 취직한 이후로 주유소는 한 번도 놀지 않았다. 여름휴가 때에 교대로 며칠 놀기야 했지만 주유소는 쉴 없이 돌아갔다. 유류저장소에 기름이 없어 주유기 고장을 핑계로 두어 시간 정도를 쉰 게 전부다. 그런데 하루를 통째로 논다니 이게 무엇을 의미하겠나?

"김부장이 오늘따라 야코가 죽었던데 뭐 아는 거라도 있냐?" 이형도 어떤 낌새를 챘는지 양군에게 넌지시 묻는다. 그러고 보니 식당 일에 영향이 미칠 문제이겠다.

"글쎄요? 술 때문이겠죠?" 의외로 현실에 둔감한 양군이다. 주유소야 어디든 옮기면 그뿐이니 자기 삶에 미칠 영향이 미미해서일까.

이형의 아내가 개량된 한복에 앞치마 차림으로 음식이 담긴 쟁반을 들고 다가온다. 나이 먹은 사람도 사랑을 하면 예뻐지긴 하나 보다. 부부의 몸짓이 생동감으로 넘쳐흐른다.

"음식이 입에 맞으려나 모르겠네요. 호호, 차린 건 없지만 많이 드세요."

"에고! 주유소 떠나고 나서 음식 맛을 통 잊지 못하겠더군요."

빈말이 아니라 순천댁의 음식 솜씨가 좋은 편이다. 그러니 비록 공장지대에 위치한 식당임에도 단골손님이 꾸준히 찾아오는 걸로 안다.

"가까운 데 계시면 우리 식당에도 들르세요, 호호."

결혼한 지 얼마 되지 않은 그새에 벌써 얼굴에 윤기가 자르르 흐르는 이형과 대작하면서 조금 전의 할머니와 개에 얽힌 풍경을 무씨가 잡담처럼 들려줬다.

"죽으면 화장해서 납골당에 안치까지 하던데? 개가 죽자 심각한 우울증에 빠지는 여자들이 많다고 그럽디다. 이래저래 세상이 온통 스트레스 천지라는 얘기가 되네요."

이런 소리는 처음이라는 듯 무씨가 깜짝 놀란다.

"그 정도야? 오! 바야흐로 동물이 인간과 동격이 되어가는 세상이란 말이지요? 양군아, 여기 내 술 한잔 받아라!"

시간이 어느 정도 흘렀고 더 이상 지체할 수 없어 무씨가 자리에서 일어난다. 다른 직원들은 여전히 술과 잡담에 빠졌다. 무씨는 그가 임시로 거처하는 고시원으로 돌아온다. 그리고 그는 새벽녘의 잠결에 뜬금없는 꿈을 꾼다.

승강기를 타고 아래로 내려가는데 갑자기 승강기가 요동치더니 빠른 속도로 역류하여 위를 향해 달린다. 무씨는 손잡이를 꽉 잡고 담담히 생각한다. '고장 났구나! 맨 마지막 층은 막혔을 텐데, 분명 승강기가 부딪혀 찌그러지겠지? 그때 내 몸은 어떻게 될까? 몸이야 어떤 몰골이 되던 죽는 게 분명하겠지? 그래, 죽자!' 무씨는 마음으로 죽음을 담담하게 받아들이며 짧게 기도한다. "신이시여! 이제 죽습니다. 살면서 쌓았던 나의 죄를 용서하여 주옵소서!" 잡은 손잡이가 느슨해지지 않았나 싶어 다시금 손아귀에 힘을 준다. 드디어 굉음과 함께 승강기가 어떤 물체에 부딪힌다. 그러고는 승강기가 천정을 뚫고 하늘로 치솟는다. '아! 하얀 구름이 한가롭게 떠 있는 평화로운 하늘!'

그것도 잠시, 실패한 로켓 발사처럼 승강기가 이내 힘을 잃고 도로 떨어진다. 묘하게도 승강기는 제자리 그대로 떨어져 들어가고 힘차게 아래로 내닫는다. 가속도가 엉겨 붙은 속력 때문에 마음이 약간 두근거려져 무씨는 다시 짧게 기도한다. "하나님! 내게 오는 이 죽음에 누구도 슬퍼하지 않게 하소서!" 그런데 뭐랄까? 승강기가 일층에 급정거하며 충돌 없이 닿고, 무씨가 무사히 내린다. '이게 꿈일까?' 하며 길을 걷는데, 저기서 공놀이하는 무리들이 보이고 무씨를 향해 공을 던진다. 무씨는 아슬아슬하게 공을 두 손에 받아 들고는 다가오는 그들에게 자기가 겪은 경험을 들려준다.

무씨는 정말 오랜만에 꿈을 꾼 것이다. 해석이 불가능할 기묘한 꿈이긴 하였지만.

누군가야를 만나다

무씨는 주유소를 떠나 어디로 갈거나를 궁리하다가 마침 가까운 도시에 프로덕션을 차려서 활동 중인 대학 후배를 떠올렸고, 영상작업이 그다지 내키지는 않았지만 달리 거처를 정할 방도가 당장에 없어 혹시나 하는 마음에 폰을 눌러보는 것이다. "아! 형, 어디야? 안 그래도 소식이 궁금했는데." 연락이 닿자마자 후배는 자기를 찾아줄 것을 바랐다. 일감이 지금 잔뜩 밀렸다는 얘긴데, 얼른 와서 일정 분량의 연출과 편집을 맡아줬으면 한다는 거였다. 당장 확답을 주진 않고 주저하는 무씨다. 막상 일감을 의뢰받으니 그의 심경이 과거 일로 어수선하게 꼬이려는 기척에 움찔해서이다. "영상작업 손 뗀 거 너도 잘 알잖아. 좀 쉬면서 생각해볼게." 무씨는 일단 얼마만이라도 자유로운 몸으로 그간에 정든 이 도시를 구석구석 훑어보고 싶었다.

그리하여 무작정 길거리를 배회하는데, 그런데 그가 불꽃같이 일군 이 방랑의 마음에, 한 여인이 느닷없이 운명처럼 다가올 줄이야 어찌 짐작이나 했으리오? 아니지! 무씨가 그 여인을 만난 것은 운명이 아니라 우연일지 모른다. 때는 초여름이고 햇살이 서녘을 향해 고개 숙이던 오후 세 시 넘어서의 일이니까. 이때쯤이면 낭만은 태양을 놓쳐버린 고들빼기 꽃잎처럼 삶의 피곤으로 시들어버리고, 세상의 파도를 넘나들다가 적당히 물먹은 영혼들이 육체의 눈을 빌려 함부로 부라리면서 산다는 것의 실체를 노려보기에 좋은 시간이니까. 또한 다른 세상에서 사는 모양새의 배부른 자들은 낮잠의 달콤한 흔적으로 정신이 물안개처럼 뿌옇게 퍼져나가기도 하는 때이니까 말이다. 그런 묘한 시간에, 정확하기로는 오후 4시 11분에 만나는 것이다. 운명이 아니라 우연이니만큼 시각은 의미가 없지만 사람들은 이런 식의 때와 장소, 날씨, 심지어는 그때 마침 부근에서 흘러나오는 음악에까지도 의미 달기를 무척 좋아하니까.

젊은 여자는 가느다란 다리를 길게 걸쳐 꼬고 한가롭게 반쯤 벗겨지려는 구두를 깔딱거리고 있다. 한가로운 그 몸짓은 표정에서도 드러나고, 하얗게 빛을 드러내는 얇은 블라우스 웃옷에 간신히 매달린 동그란 단추가 유방 곡선을 타고 헐겁게 흔들리는 그 모습에서도 드러난다. 그것을 바라볼라치면 그건 분명 오든지 말든지 그런 심정으로 누군가를 기다리는 한가로운 여인네로 비쳐진다는 게 틀린 말이 아니겠다. 무씨의 느낌으로는 그랬다. 그래서 무씨는 스스럼없이 여행으로 지친 가방을 맞은편 의자에 내려놓으며 말을 걸어본다.

"나, 어때요?" 이 말에 무지 권태를 부리던 젊은 여자가 살짝 얼굴에 긴장감이 돌며 눈을 반짝거린다. 여전히 상체는 곳곳하게 허리를 세웠으며 비스듬히 기울어진 어깻죽지는 더욱 굳는 듯도 한 채로. 밑도 끝도 없이 툭 던진 무씨의 질문에 젊은 여자는 의외로 진지하다. 진지해졌다!

"여자면 꺼지세요!" 자기가 던진 질문보다도 더 황당한 젊은 여자의 대답에 무씨가 잠시 머뭇거린다. '여기 잠시 앉아도 될까요? 그렇게 양해를 얻었어야 할 물음을 엉뚱하게 내뱉어버린 말은 그렇다 치고, 이 여자는 남자인 걸 뻔히 알면서 왜 저런 말을 하는 것일까? 나야 분명 남자이니 말을 끊고 다른 데로 옮길 거야 없겠고, 말을 걸고 상대해도 좋다는 얘기 같은데? 아아, 이 여인네는 남자가 필요해! 지금 외로운 거야. 말상대라면 여자와도 충분하고 아니 어쩌면 여자끼리는 서로의 심정을 더욱 이해할 수가 있겠지. 그렇다면? 아마도 열정으로 육체를 뜨겁게 불사를, 어둑한 존재 하나 찾는 중인지도 모르겠다.'

무씨가 쉽사리 그와 같은 결론을 내린 심사에는 지금 그의 처지가 그러하기 때문이겠다. 이유를 살피자면 그건 아주 쉽겠다. 무씨가 집을 나서고 세상을 떠돌면서 고행의 길로 들어선 이래로 한 번도 여자의 몸을 찾은 적이 없었고 여인네의 아늑한 마음속에 파묻혀 지낸 적이 없었다. 아니 그런 마음조차도 꺼내보지 않은 채 앞만 보고 길을 걸은 것이다.

소나기 내려 빗물 듣는 처마 밑에 고된 몸을 감추다가 무심결에 안으로 쫓겨 들어간 커피숍. 무씨에게는 사치였고 자판기로도 감사할 따름일 커피를 큰돈 들여 마시겠다고 비좁은 구석자리를 찾아 이렇게 주저앉은 건 우연이 아니었다. 마침 소나기를 피하려고 젊은 여자가 가방을 머리에 올려든 채 황급히 횡단보도를 건너고 있었고 무씨는 그녀로부터 눈길을 떼지 않았다. 기다란 머리카락이 어깨에서 흔들리고 작은 눈매에서 터져 나오는 미소가, 그녀의 웃음이 얼굴을 맑게 비추고 있었다는 그 사실에 무너져 그녀 뒤를 쫓을 수밖에 없었다. 그래서 우연을 가장하여 이제 맞은편에 앉았고, 무슨 말이든지 그녀를 붙들 수만 있다면 환심까지 섞은 미사여구마저 절실히 필요한 순간과 맞닥뜨렸다. 이런 마당에 무씨는 바로 자기의 본심을 속절없이 드러낸 것이다. 나, 어때요? 무씨의 그 떨리는 목소리에 젊은 여자가 마음으로 동조했다. 여자면 꺼지세요! 너무도 쉬운 그녀의 끌어당김에 무씨가 잠시 생각에 잠긴다.

무씨가 직장을 집어치우고 가족을 등지고 세상 밖으로, 더 깊숙한 세상 속으로 길을 걸으면서 여태 여인네에게 눈길 하나 주지 않았던 데에는 그의 도덕성이나 결백성 그 외, 인간으로서 가질 윤리 요소의 틀에 매여 있었기 때문이 아니었다. 비록 그가 진리를 추구하고 그걸 제대로 찾아내기 위해 고행의 길을 걷는 것은 분명했지만 그건 구도자로서 그러하겠다는 얘기이고 자기 다짐이지, 그러한 몸가짐으로 해서 여인네들이 곁에 기웃거리지 않았던 것은 아니었다. 무씨도 그걸 잘 알고 있다. 어쩔 때는 아니 아내와 작별하고 집을 나선 후로 그는 가뭄에 논이 갈라질 정도로 여자와의 사랑을 갈망하고 있었다. 여자의 따뜻한 마음씨를 그리워하고 여자의 위로와 격려와 포옹을 기다렸다. 이것저것도 아니면 그저 여자와의 몸 섞기 섹스로도 크나큰 힘이 되고 자기가 삶을 사는 이유가 될 것만 같기도 한 적이 여러 번 아니 세어보지 않아서 그렇지, 그것은 눈을 뜨고 자기가 살아 있음을 느낄 때마다 치솟는 속일 수 없는 감정이기도 하였다. 진리가 온통 거기에 몰려 있을지도 모르겠다는 본능으로 잠을 뒤척인 게 한두 번이 아니었으니까. 그런 무씨가 생각하기에 엄청 투박한 소리일 수도 있을, 꺼져! 그 소리에 움츠러드는 건 당연하다.

'거칠고, 섹스에 흥을 찾고, 투박한 언행에서, 그런 그녀의 모습에서 대체 무엇을 찾겠다고 무엇을 기대하겠다고 내가 이러는 것일까? 사선의 횡단보도를 달려와 내 곁을 스치던 그 체취 그 느낌이 허상으로 착각으로 무너졌으면 이제 자리를 박차고, 소나기 핑계로 들어왔듯이 소나기 핑계로 나가면 될 것을 말이다.' 하지만 무씨는 그러지 못한다. 사람들이 저마다 넘겨짚는 선입견에 따라서는 투박하고 음란하고 아무 생각 없이 사는 여인네의 모습으로 비쳐질 수가 있겠다마는, 무씨는 어떤 마법의 주술에 이끌린 듯이 꼼짝없이 그곳에 붙들려 있다. 어쩌면 젊은 여자가 툭 던지는 다음 언어 때문에 일어서지를 못했는지 모른다.

"폰 번호 불러보세요. 여기서 찢어져도 이따가 전화 줄게요. 그래도 되죠?"

무씨가 얼른 번호를 불러주고 젊은 여자가 바로 폰에 입력한다. 잠시 말이 끊기자 생각을 가다듬는 무씨다. '내가 이 여자를 뒤따른 것은 소나기 때문도 아니고 단순히 외모 때문도 아니다. 나는 이 여자의 모습에서 어떤 그리움의 근원 하나를 찾은 느낌이었고 그것에 이끌려 여기까지 다가온 것이다. 그러한데, 이제 겨우 영혼의 모습을 눈여겨볼까 하는데, 벌써 입술에서 새어나오는 소리가 은은한 멜로디라곤 전혀 없는 탁한 리듬으로 떠도는 게 아닌가? 행동거지를 일부러 흠 잡을 것까지야 없겠지만 그것도 그리 좋아보이지가 않는다. 더구나 그녀는 여자면 꺼지라는 말로써 남자와의 강렬한 만남, 섹스까지를 갈망하고 준비한다는 암시를 풍기지 않는가?' 무씨는 이 여자와 더 이상 자리를 같이 할 이유가 없겠다는 생각에 주위를 두리번거리자, 이런 기분을 눈치챈 젊은 여자가 서둘러 말을 꺼낸다.

"내가 이상한 여자처럼 보이죠? 이상한 건 그쪽이라는 것쯤은 알았으면 좋겠네요. 처음 보는 여자에게, '나 어때?' 이런 소리는 맨 정신에 나올 수 있는 소리가 아니거든요. 하지만 내가 이해하기로 했어요. 모욕적인 말에도 버티고 계신 걸로 봐서, 뭐 외모도 사실 그다지 싫은 타입은 아니네요. 그렇다고 날 음란한 여자나 섹스에 달뜬 여자 따위로 쳐다보진 마세요. 이상한 말에 대한 정당한 반응이었으니까." 여기서 잠시 무씨의 표정을 살피다가 내처 말한다. "좋아요. 있는 그대로 말하자면 기실 대화 상대가 필요하긴 해요. 요즘 내 머릿속이 온통 뒤엉켜 있거든요. 이 엉킨 실타래를 풀려면 대화 나눌 친구가 필요하고 그건 남자여야만 한다는 그런 것이죠."

언제 끝날지 모를 젊은 여자의 말을 끊은 것은 여종업원이다. 눈치 없게도 저쪽에 빈 테이블이 생겼다며 무씨에게 친절하게 알려주면서 커피를 내려놓는다. 한 잔이다! 만날 사람이 없거나 약속을 어겼거나 그럴 것이다. 무씨는 잠시 그녀의 눈치를 본다. 아하하! 약간 맛이 간 여자처럼 간드러지게 웃고는 그녀가 다시 말한다.

"누구 눈치를 보시고 어떤 행동을 하시려고 이러시나! 내가 아까 여자라면 꺼지라고 분명히 그랬죠? 나는 남자와의 말 상대가 지금 필요해요."

무씨는 엉거주춤하던 자세에서 몸을 바로 일으켜 세운다. "남자지만 꺼져주 겠습니다. 여자와 노닥거릴 시간이 내겐 별로 없으니까요."

그걸로 끝났다. 끝난 줄로만 알았다.

남녀가 만난다는 것

　여름엔 우산이 필요해. 햇살이 행인들의 목덜미를 타고 달라붙어 번들거린다. 저기 산등성이 하늘에 잔뜩 머문 먹구름 탓이 아닐 텐데 야시가 시집가는지 영혼의 부서짐처럼 빗방울이 주변에 흩뿌려진다.

　길을 무작정 걸으며 무씨는 생각한다. '사람이 사람을 만난다는 건 무슨 의미일까? 사람들은 삶을 살아가면서 무수히 많은 사람들과 만나고 관계를 맺고 헤어진다. 살아가기에 그저 잠시 마주치는 사람들과, 이해득실에 따라 선악의 개념까지나 연결되어 만나지는 사람들과, 전생의 기억까지 절로 떠올려질 깊은 감정이 교류하는 관계까지, 사람들은 만나고 또 만난다. 태초부터 인간은 혼자서는 살아갈 수 없는 심성을 지닌 모양새다. 단순히 먹고 입고 자고 하는 문제라면 혼자서도 얼마든지 가능한 일이다. 짐승처럼 호랑이처럼 때가 되면 이성을 찾아 교미하고 새끼가 생겨나면 또 다시 안개 짙은 수풀 속으로 사라진들 어쩌랴. 인간은 사냥을 수월하게 하거나 농사의 편리를 위해 또는 적으로부터 자신을 지키기 위해, 그것 때문에 무리를 지어 삶을 영위하는 건 아닌 것이다. 사람이 사람을 만난다는 건 외로워서다. 신께서 사람을 만드시고 그가 홀로 있는 걸 좋게 보지 않으셨다. 신 자신은 하나의 존재인지라 자기의 형상을 따라 무심결에 사람 하나를 만드셨지만 신이 될 수 없는, 신이 아닌 인간에게 홀로는 가혹한 것임을 아셨다. 그래서 사람의 갈비뼈로 사람을 만들었고 그것은 인류 탄생을 의미하게 되었다. 생육하고 번성하라! 사랑의 행위, 성행위로 번성을 이뤄야 할 무수한 생명체들, 특히 인간! 사람이 사람을 만난다는 것은 삶을 사는 존재이기에 마주칠 수밖에 없는 존재자 간의 관계일 뿐, 그게 인간 존재의 원천일 수는 없겠다. 인간 존재의 근원! 고독과 생명의 본질에 다가갈수록 마주칠 수밖에 없는 존재가 이성이다. 남녀지간이다. 암컷 수컷이 만난다는 건 바로 이런 생명 근원으로서의 고독과 마주치는 일이고 그 근원적 외로움과 그리움을 발견하는 마당이 되는 것이다.'

그러지 않아도 고독에 사무쳐가던 무씨는 자기의 행위를 이내 후회한다. '왜 자리를 박차고 일어섰던가? 순간적 느낌에 이끌렸다면 그걸 그대로 좀 더 지속시켰어야 온당하지 않았을까? 열 길 물속은 알아도 한 길 사람 마음속은 모른다고 했는데 어째서 나는 사소한 말 한마디에 휘둘려, 온몸으로 느끼고 받아들인 그 찰나의 교감을 차버렸단 말인가!'

그때 휴대폰이 울린다. 모르는 번호다. 평소 같으면 받지 않지만 무씨는 마음이 급했다. 조그만 기계 너머로 마치 곁에 누가 살포시 다가서는 듯이 여자 목소리가 들려온다.

"아무리 생각해봐도 안 되겠어요. 우리 만남은 없었던 걸로 해요. 폰 번호 받은 건 내 실수였어요. 잠시 짧은 만남이었지만 아무튼 잘 지내세요. 전화 끊을게요."

무씨는 마음이 무지 급하다. 하지만 그럴수록 그는 마음을 억누르며 아주 찬찬히 조용하게 말을 꺼낸다. "실수가 아녔어요. 우연도 아니고요. 아까 그때 우리가 만났던 일은 내가 의도한 행동이었습니다. 그쪽 이름 하나 묻지 않고 자리에서 일어선 것은 싫어서도 귀찮아서도 아닌 어색함 때문이라 보시면 됩니다. 전화, 잘 주셨어요."

목소리가 순간적으로 허물어지며 그녀가 띄엄띄엄 말을 잇는다. "아뇨, 어떤 경우든 이제 대화 상대가 필요 없어졌어요. 잠시 낯익은 얼굴이라 생각했고 내가 사랑하지만 만날 수 없는 그 사람의 대신으로 괜찮을 거라는 생각에 바보처럼 잠시 빠져서 그랬어요. 하지만 알겠네요. 그쪽은 그 사람이 될 수 없어요."

무씨는 헛웃음을 웃을 수밖에 없다.

"하하, 무슨 말인지 알겠습니다. 설령 그렇더라도 그 결정을 서두를 필요까지야 있겠습니까? 나는 괜찮으니까, 기꺼이 그쪽의 대화 상대가 될 생각이 있으니 찬찬히 아주 길게 심호흡하면서 오늘 하루 생각해보세요. 세월이 오늘만 있는 게 아니잖습니까. 전화 끊고 생각하시고 내일 다시 전화 주세요. 시작이든 마지막이든."

　'시작이든 마지막이든!' 무씨는 조바심에 급한 불을 끄려는 심정으로 떠오르는 대로 말을 내뱉고도 그 말을 참 잘 꺼냈다고 생각한다. 자신이 듣기에도 그 말은 꽤나 설득력 있게 들렸다.

　"고마워요. 그쪽에 상처가 되지 않았으면 좋겠어요."

　적막이 흐르다가 그렇게 짧게 말을 던지곤 젊은 여자가 전화를 끊는다. 자기의 마음이 한 여인의 말씨에 따라 반응에 따라 다르게 채색되고, 자기의 말과 행동이 뜻밖으로 뛰쳐나온다는 사실 앞에 무씨가 놀란다. 그다지 경험해보지 못한 색다른 느낌 앞에 무씨는 더욱더 갈 길을 잃고 있다.

연애의 조건

보름달이 남쪽 하늘에 걸려 웃는다. 별들도 오늘따라 시름을 털고 한가로이 우주를 떠돌겠다. 무씨는 오늘 낮에 있었던 일들을 가만 되짚어본다. '아직도 어리석다면 어리석은 세월이지만 사회에서 주목할 연륜으로만 따져본다면 세상을 대략이라도 경험했고 생활 기반도 다졌을 그런 세월이다. 이런 나이에 진리를 찾겠노라고 세상을 떠돈 날들이 참으로 많이도 흐른 기분이다. 남들이 부러워할 직장도 때려치우고 딸 둘을 아내에게 덜컥, 떠맡기고는 아무 방책 없이 이별과 고독의 상태로 어수선한 세월의 나날을 얼마나 보냈던가? 이게 좋은 말로 진리를 향한 여행인 것이지, 노숙자처럼 이리저리 바람 부는 대로 광야의 삶을 걷는다는 게 과연 온당하기나 할까?'

이런저런 생각들이 짙은 어둠의 밤, 해변 모래사장에 발을 굳게 디디고 선 무씨의 뇌리에 불쑥 치밀어 오른다. 그러자 무씨는 놀란다. 여태까지 사물에 대해 궁리하고 인간 행위를 이해하려고 할 때는 생각에 거침이 없었다. 남 눈치 볼 것도 없었고 자기 견해가 옳은 것인지 남들의 사고방식과 충돌은 없는 것인지 그것에 신경 쓸 이유가 없었고 필요도 없었다. 그런데 지금 무씨는 자기 사유의 옳고 그름을 떠나 자기 처지에 대한 되돌아봄이 일어나고 그것의 자각에 스스로 놀라고 그것의 일어남에 주목하면서 몸을 가볍게 떠는 것이다.

'이 나이에 다른 것 다 없으면서 아내는 있다. 이른바 유부남이라는 사실인데 이런 처지에 이런 모습으로 연애의 감정을 육체에 걸치고 품은 정서를 발산하며 실제로 연애질을 저지르는 행위가 합당하고도 가능한 것일까?' 무엇이든지 감정의 흐름에 몸을 맡기되 냉철을 잃지 않으려고 애쓴 무씨이지만 운명처럼 다가오는 이 여인과의 만남에 있어서만큼은 바람에 흔들리는 갈대처럼 속수무

책으로 자연 속에서 허적거리고 있다. 무씨는 자기의 한계를 무시하기로 결심한다. '될 대로 되라지. 부는 대로 떠내려가면 될 뿐!'

다소 마음이 차분해지자 이번에는 상대의 그 여인 조건이 궁금해진다. '혹시 유부녀가 아닐까? 아가씨라 하기엔 나이가 들어보였고, 대충 서른 중반? 노처녀일지도 몰라. 요즘은 모두들 결혼을 늦게 하니까. 독신으로 세월을 즐기는 부류도 많아지고 있잖아. 나의 조건이 마음에 좀 걸리긴 하지만 그거야 뭐 어때? 사랑에 국경도 없다는데 나이가, 조건이 뭐 중요하겠어. 느낌! 이끌리는 사랑의 감정이 절대적 아니겠어? 더구나 우린 아무 일도 없어, 없을 테고. 그러면 됐잖아!' 무씨는 궁한 일에 몰리면 자기 합리화를 찾는 인간 속성의 범주에 자기도 어김없이 또 가세하는 몰골에 잠시 고개를 떨어뜨린다. '나보고 어쩌라고?'

폰에 진동이 감지된다. 생각지도 않은 시간에만 골라 전화벨을 참 잘 울릴 여자 같다. 무씨는 그렇게 생각하며 휴대폰을 귀에 갖다 댄다.

"내 전화 많이 기다렸어요? 집에 들어갔다가 깜빡 잠이 들어서 그랬어. 오늘은 새벽녘에야 겨우 잠들었다가 아침에 후딱 일어났지 뭐야. 그 사람 만날 채비하느라 잠이 많이 부족했었어요. 아하하." 일방적으로 자기 말을 하면서 간드러지게 웃는 젊은 여자다. 낯선 남자인데도 그녀의 말씨는 마치 오랜 연인인 것처럼 스스럼없이 허공에서 뛰놀고 있다. "지금 거기가 어디예요?" 그렇게 묻고는 그가 대답할 새도 없이 이어 말하는 젊은 여자다.

"나는 바닷가 코앞에 살아요. 보니까 타지에 사는 분 같던데, 어차피 우리가 만날 입장도 아니고 그럴 시간과 여유도 없으니까, 뭐지? 거 있잖아요. 메일로 대화 나누는 것도 괜찮겠네. 메일, 뭔지는 알죠? 아! 이제 잠은 달아났는데 한밤중이라 더욱이 오래 통화할 수도 없네."

일반적으로 만나는 여자의 모습이 아니라는 사실 인식에 움츠러드는 무씨다. 자기를 이미 알고 있다는 듯이 다가서는 행동하며, 스스럼없는 말투가 흡사 남자를 꾀는 데엔 이력이 난 꽃뱀의 이미지로 와 닿는 순간이다. 무씨는 또 다시 망설일 수밖에 없다.

"하나 물어봅시다. 대화가 필요한 이유가 뭐지요, 하필 왜 나를?"

기다렸다는 듯이 웃는 젊은 여자다. 아하하! 잠시 호흡이 끊어지나 싶더니,

"밤에 잠이 오지 않아서 그래요. 그리고 어찌 됐건 마주쳤잖아."

"불면증입니까?"

종종 듣던 소리였는지 애써 부인하듯이 그녀가 읊조린다.

"그래도 그거랑은 많이 달라요. 불면증은 잠을 이루지 못하는 것이지만 나는 아침 되면 잠이 잘 와. 잤으니 밤에 잠이 안 오는 거지. 불면증이 아니라 밤낮이 바뀌어서 그래. 언젠가는 돌아오겠지. 내 메일 주소, 폰 문자로 찍어줄게요. 가끔 그쪽으로 편지 보내면 되어요. 다른 말할 거 있어요? 아님 전화 끊게. 참! 절대로 저녁 여섯 시 이후로는 전화나 문자 보내면 안 돼요."

마음이 바빠져 무씨가 얼른 묻는다. "이름은 어찌 됩니까? 우리가 만날 수 있긴 하나요?"

웃을 일도 아닌 것 같은데 그녀는 일부러 웃으려고 애쓰는 것인지 여전히 말 중간마다 말끝마다 웃음소리를 흘려보낸다.

"이름은 알아서 뭐하게요? 귀여워. 그냥 누군가야라 불러주세요. 내가 좋아하는 별명이니까. 뭐, 하기 나름이겠지만 만나고 그럴 가능성은 없다고 해야겠죠? 우린 아직 서로를 잘 모르고 알아져도 친해질지 어쩔지도 모르고 또 우린 곧 이사를 갈 거니까요. 아, 끊어요! 남편 왔나 봐요."

일방적으로 다급히 끊는 전화소리에 순간 몸이 굳는 무씨다. 잠시 심호흡을 한다. 만날 가능성도, 미래 예측도 불확실한 상태에서 그걸 상대방에게 알리면서도 무조건적으로 밀어붙이는 여자. 뭔가를 잃은 여자처럼 수시로 웃는 여자. 폰 스피커를 타고 들려오는 불안정한 음색에 말꼬리가 흐려지는 말투. 이런 것들이 무씨를 자꾸만 그 여자 생각으로 물들게 만든다. '그래, 심하게 우울증을 앓는 여자야.' 무씨는 그렇게 추측해버린다.

승용차 트렁크에서 낚시도구를 꺼내다가 문득 와 닿는 생각 하나가 있다. 아아, 그랬다! 그 여자는 남편이 있다고 했다. 분명히 들었다. 무씨는 그 사실을 무의식적으로 슬금슬금 피하고 싶었는지도 모른다. 그녀의 엉뚱한 소리에 말투에 웃음소리에만 신경을 쓰고, 그쪽에 시비를 거는 것으로 경직되어가는 자신의 상념을 풀어버리려고 했다. 그러나 그건 불가능한 짓이다. "남편 왔나 봐요!" 그랬다, 남편.

간음에 대하여

몇 해 전에 길을 걸으면서 무씨는 사람들에게 묻곤 했다. 간음을 아시냐고? 그것에 대해 어떻게 생각하시냐고? 그럴 때마다 사람들은 잘 모르겠다거나 생각해보지 않았다는 핑계로 자기 견해를 드러내기에 주저하였다. 마치 배고픈 아이에게 빵 도둑을 어찌 생각하느냐고 물은 심정과 비슷할지도 모르겠다. 그 질문에 대답한 사람들은 거의가 간음을 정죄한다. 도덕과 윤리를 내세우고 배우자에 대한 인간적 신뢰 문제를 들먹이고 종교적 타락에 의해 빚어지는 추악한 사탄의 행위까지를 침 튀기며 주장하기도 한다. 간음! 그 문제에 대해 다른 사람들에게 질문을 할 당시에는, 이미 무씨 자신이 어느 정도 간음에 대해 생각을 마친 상태였고, 그 결론에 확신을 가졌으며, 질문은 그 확신에 대한 굳힘 작업의 하나이거나 자기가 가지는 독특한 견해에 대한 남들과의 구별, 차이, 그것을 은근히 즐기기까지 하는 마음으로 그 간음 문제를 관조하지 않았나 하는 그런 기억으로 있다. 하지만 자기가 하면 로맨스이고 남이 하면 불륜이라는 우스갯소리가 속담처럼 들려오고 그걸 즐겨 사용하는 현 시대의 사람들에게, 진실로 드러날 자기 마음의 표현 요구가 쉽지는 않겠다.

한때는 인류의 태반이 간음을 생명과 맞바꿀 정도의 심각한 중범죄로 다뤘고, 도덕 윤리와 전통풍습에 의해 단죄할 정도로 막중한 삶의 원리와 법칙으로서 인간을 다스려오기도 한 역사였다. 지금은 미국과 유럽을 시발점으로 하는 느슨한 도덕성, 특히 성적인 것의 구속 완화에 의해 그런 기운이 점차 세계에 퍼져나가고는 있다지만 여전히 이슬람권이나 유교사상에 젖은 아시아 지역은 이런 간음이나 매춘 향락적 행위에 대해 강한 불쾌감을 쏟아내는 게 사실이다. 속으로야 본능에 휘둘려 자기 손아귀에서는 낭만이요 사랑이요 정당한 인간 표현임을 합리화하여 내세우겠지만, 어쩌면 그게 당연한 자기 권리이자 인간들의 순수 지향점일지도 모를 일이겠지만, 실제로 밖을 향해 구체적으로 그것을 드러낼 때에는 감추거나 모른 체 하거나 때로 도덕성으로 치장하여 반발하는 것이다. 몇몇의 사람들은 강하게 불쾌감을 토해내며 그런 행위의 노출이나 주장에 있는 자들을 정죄하는 것이다.

물론 무씨도 알고는 있다. 간음은 나쁜 짓이라는 것을. 자기 절제의 부족이며 본능에 휘둘리는 눈꼴사나운 동물적 인간의 모습이기는 하다. 하지만 그렇다고 해서 그것이 악인 것은 결코 아니다. 모든 간음이, 간음이라는 이름으로 세상에 드러나는 모든 사랑이, 죄이고 악이고 인간이 버려야 할 덕목일 수는 없다. 세상은 달라져 법률로도 간음에 대한 죄 항목이 사라졌으며 한국도 이미 유명무실해진 간통죄가 이제 곧 폐기될 거라 한다. 시대가 달라져 죄에 대한 불감증의 반영이 일반 법률에까지 영향을 미쳐 이런 결과가 도출되었다고 보는 자들도 있겠지만 그것 역시 신의 섭리가 아니겠는가. 일반 사람들이 미처 따라가지 못하는 정서와 사상과 진리적 삶을 앞당겨 선각자와 소수의 집행자에 의해 그들을 이끄는 것이라 봐야 하지 않을까?

뚜렷한 자기 견해의 피력 없이 간음을 헐뜯고 타인을 정죄하려는 자들은 마치 못 먹는 감 찔러나 보자는 식의 자기기만이자 극도의 이기심에 지나지 않는다. 인간이 타인에 대해 갖는 감정 특히 사랑의 감정은 그것이 육욕적이고 탐욕적으로 비쳐질지언정 서로가 그 감정에 어울려 호흡하는 것이라면 인간이 원래부터 지녔던 본능이자 속성이므로 이것을 죄악시해서는 아니 된다. 그것의 강제적 거부는 인간 고유의 심리와 본능을 파괴하려는 행위이며 죽어도 벗어날 수 없는 것임에도 불구하고 그것에서 초월한 양 위선과 가식의 가면을 뒤집어쓰고서 그것이 인간 본연의 모습인 척, 그러는 것이리라.

신은 사랑을 제일로 친다. 구약시대의 부분적 통제는 인간을 진리에 익숙해지고 올바른 사랑의 가치를 깨닫게끔 이끄는 과정의 모습이었지 그게 궁극적 바람이 아니었다. 때가 차니 신께서 인간으로 직접 오셔서 부탁하신다. '간음을 정죄하지 마라.' 그 당시 간음의 벌은 돌에 맞아 죽을 지경이었지만 여자들을 향한 돌팔매질이었고 남자들은 여전히 태연하게 매음을 하고 악한 행위에 노출되어 살아도 죄가 아니고 죄의식도 없었다. 이렇듯 여전히 하나도 다를 바 없는 오늘날의 인간들, 특히 남자들을 향하는 간음의 문제 규명은 이제 다시 그 위치를 놓고 세상에 나와 흔들려야 한다. 간음은 충족되지 못한 사랑의 색다른 표현이라고. 새로운 인식의 발견이라고.

간음은 죄가 아니지만 정죄하는 자들에게 다가가 죄로 싹트고 그 죄의 인식이 인간을 고독으로 몰고 간다. 불교나 기독교와 같은 종교단체의 일부 성직자들에 의해 선언되고 정죄하는 죄로서의 간음은 죄악이며 그것은 피할 수 없는 그들의 몫이다. 간음은 궁극적 인간의 옳은 행위가 아니며 나쁜 짓이기 때문에 신과 언약하고 신의 뜻을 따르고 경배 찬양 설교를 주도하는 위치에 놓인 자들은 인간의 본능을 깨고 순수정신의 영역에서 신과 연결되어야 하므로 신 이외의 감각적 사랑은 죄, 아니 더러운 악에 속하는 것이다. 그들은 간음을 정죄하므로 신 이외의 만물에 대해 숭상과 애정에의 굴복이 있을 수 없으므로 해서이다.

간음은 육체적 요소만 해당되는 것이 아니라 정신적 요소도 이에 속하며 생각하기로는 오히려 그것이 더욱 크다고 하겠다. 사람들은 아니 대개의 남자들은 배우자의 부적절한 부정행위, 즉 신체적 접촉을 거치는 타 남자와의 성행위에 매우 민감하여 그것이야말로 간음의 진수요 전부라고 생각하며 사는 모양새다. 육체적이라고 하더라도 동성인 여자들끼리의 간음은 우정이며 심지어 어린 대상들, 어린애들은 그것이 남자애일지라도 하나의 놀이로 치부하여 무관심으로 넘어가는 경향이 짙다. 그러니 여자가 갖는 육체적 간음의 전부는, 성인의 남자 그것만 아니면 모든 게 다 용납이 되는 것 같다. 말이 잘못 됐을까?

오늘날의 인간은 성인의 남자까지를 포함해서 일어나는 모든 정신적 간음 정도쯤은 무관심의 영역에서 관용으로 다가선다. 여자의 모성애를 눈치챈 배려일 수도 있겠지만 그것은 무엇보다 남자의 기질에 의해 형성된 판단 요소라 해야 옳겠다. 대개의 일반 남자들은 정신적 카타르시스를 위한 간음이나 사랑에의 이끌림보다는 육체적 교접인 성행위의 관계성에 모두를 걸고 그것에 의해 간음에의 만족에 이르기 때문이겠다. 오직 육체적 결합 여부에 의해 결말짓는 간음의 문제는 바로 남자의 단순성과 우매함을 드러내는 모습이다. 이러니 흔적 하나 남기지 않고 배우자의 마음 하나 차지하지 못할 육체적 간음에 목매달다보니 불가피한 성폭력이나 우발적 사고에도 견뎌내지 못하는 존재가 남자들인 것이다.

남자라는 속성으로 인해 제 아무리 힘들더라도 이제는 그것을 깨뜨려야 한다. 그것은 무지이며 인간의 삶을 고통과 절망으로 밀쳐버리는 추악한 버릇이다. 버려야 할 무의식인 것이다. 반면에 여자들은 애정이라는 감정을 소중하게 다루는 경향이 짙어 보인다. 그래서 불쾌해도 남자들의 매춘을, 부적절한 성행위를 눈감아주고 외도라 불러주며 자기에 대한 일말의 사랑이 남았는가를 확인하고 발견되면 더러는 그 몸짓이 가식으로 비쳐지더라도 그 노력에 두 손 꼭 쥐고 문지르며 넘어가는가 보다. 성행위 자체에 엄숙한 의미가 있는 게 아님을 잘 앎으로 해서. 그렇다면 사랑의 인식은 여자들로부터 비롯됐으며, 사랑의 행위마저도 여자들에 의해 완성되어야 하는 문제가 아닐까? 그런 만큼의 법칙성 발견도 여자의 삶에 거슬리지 않는 것으로부터의 추구가 이뤄져야지 싶은 것이다. 그것이 누군가야를 만나면서 자기 합리화를 시도하는 무씨의 심정이자 입장이 되어버린 상태다.

하지만 무씨는 확신한다. 아득한 2천 년 전에 예수가 이 땅에 오셔서 설파한 그 가르침이, 그 부탁이자 명령이 이제야 그 진리성을 깨닫고 이제 겨우 법률로 실행되고 인식되려 한다는 사실이다. 무씨는 그 사유와 자각에 '나'라는 존재가 가벼운 몸살을 앓는다. 인식으로도 믿음으로도 여전히 집착에서 벗어나지 못하는 것의 개념이자 감정이고, 달리 드러나는 본능이 간음이고 간음에의 거부라면 차라리 묻어라. 모르는 게 약이다. 간음의 모든 인식을!

어수선한 마음이야

무씨는 생각을 마치자마자 누군가야에게 편지를 적는다. 그것은 페이지 몇 장을 넘기는 긴 글이었지만 결론은 간단하다. 이걸로 끝내자는 거다. 시작도 없었는데 끝이라니? 모양새가 우습긴 하였지만 무씨로서는 자신의 상념을 추스르기 위해서라도 긴 글이 필요했을 게다. 첫눈에 반한다는 속담이, 전설처럼 이 땅의 삶들을 짓눌러도 사람들이 그것에 저항하지 않는 이유를 알게 한 그 만남이건만, 또한 누군가야는 이런 무씨의 감정을 전혀 모르고 있을 게 분명한데도 불구하고, 무씨는 마치 오래된 연인이 이제 결별하려는 심정처럼 단호하게 헤어짐을 통보하려는 것이다.

무씨는 편지를 마치고 긴 숨을 내쉰다. 이제 폰으로 메일을 전송하기만 하면 되었다. '후회도 없고 미련도 없는, 잘된 결정일까? 비록 짧았지만 강렬하게 내게 다가온 이런 여인을 다시 만날 수 있을까? 있기나 한 걸까? 아니, 없으면 어떻고 만나지 못하면 또 어때? 내겐 아내가 있고 아내를 무엇보다, 누구보다도 사랑하잖나? 이런 소용돌이치는 감정의 물살에 휩쓸려 대체 무엇을 얻겠다고? 이런 나쁜 짓에 말이다! 그래, 편지를 붙일 테고, 헤어지는 것은 이제 결정 났어.' 하지만 무씨는 메일 전송을 취소한다. '지금은 단지 잠시 미룰 뿐이야!'

'지금은 낚시에 몰두하자. 집중하자. 생각을 비우고 탐욕을 버리고 세상마저 잊자고 던지는 낚싯줄에 새삼 집착을 시도하다니?' 무씨는 씁쓰레한 미소를 흘린다.

이때 폰에 문자가 뜬다. 누군가야가 보냈다. "미안합니다. 상처 줄까봐 두렵네요. 만나야 할 사람이 한 분 계시는데 자꾸만 나를 피해서 화가 나서 일부러 그래봤어요. 잘 지내세요."

무씨는 어이가 없다. '이런 걸로 텔레파시가 통하나? 시작도 없이 서로가 차고 차이는 시도까지는 좋은데 대체 뭐 하자는 짓인지?' 햇살 머금은 소나기에 야시가 희롱하는 날씨였지만, 그런 뒤숭숭한 날에 우연히 만났지만 이건 뭔가 좀 심하다는 생각에 슬슬 부아가 치미는 무씨다. '미친 년 같네.' 무씨는 자신이 적은 편지를 눌러 삭제해버린다. 그러고는 "그러지 않아도 그러려고 그랬는데 먼저 그래줘서 잘됐습니다." 그렇게 갈겨 적고 전송하려다가 그것마저 지워버린다. '부질없는 짓이야!'

검푸르고 고요한 바다 물결 속을 비집고 자꾸만 파고들어 끝내 일렁이는 달빛이 시야에 어수선한 가운데, 문자의 도착을 알리는 진동음이 연이어 귓가에 떠돈다. 벌써 50통 넘게 문자가 왔겠다. '미친 여자가 분명해, 정신 나간 것 같으니라고.' 무씨는 폰을 꺼버린다. '나는 폰을 끄면 잘 켜지 않는데?' 자신의 앞길만큼이나 막막한 심정으로 무씨는 이 밤을 날로 지새울 생각에 웅크린다. 지쳐서 아침에 이 해변에다 장막을 치고 그렇게 하루를 자겠다며, 죽이겠다며. 다짐대로 무씨는 새벽 일찌감치 인적이 드문 방풍림 수풀 속에 텐트를 치고는 기어들어간다. 별들도 이미 먼 우주로 떠난 지 한참이 지났다.

폰을 다시 켠 건 이틀이 지나서였다. 버튼을 누르면 아마도 누군가야의 문자가 능구렁이처럼 혀를 날름거리며 똬리를 틀겠지 하고 예상했지만 막상 연거푸 터지는 진동에 손끝이 떨린다. 아니나 다를까, 눈앞에 떠오르는 문자의 행렬을 보자 처음엔 궁금증이 일어 솔깃하였다.

"바쁘셔도 전화 한통 내주세요." "통화가 가능한 시간을 문자로 알려주세요. 내가 할게요." "할 말이 있어서 그래. 무슨 남자가!" 얼핏 그런 식의 문자가 정신없이 무씨의 눈에 비쳤지만 그걸로 끝내버린다. 너무도 많이 전송된 문자에 그만 질려버려서이다. 더구나 협박과 애교로 뒤범벅이 된 문자가 들락거리는 광경이 마치 구토를 참을 수 없는 술주정뱅이의 주둥이처럼 온통 문자라는 배설물을 게워내고 있었으니. 한동안 무씨는 생각을 끊고 바다를 응시하였다. 한참을.

무씨는 묵언수행을 하는 스님처럼 표정을 거둔 채 또박또박 세어가며 사체처럼 너부러진 문자들을 하나씩 들것에 실어 나르는 엄숙함으로 지워나간다. 진리가 아득하듯 사랑의 먼 흔적마저 사치로 여겨지는 이 삶! '이제는 몇 달이든 아니 몇 년이고 집에 머물자. 돌아가자, 지쳤다. 좁고 음습한 공간에 시계 초바늘이 간신히 뚜벅거려도 이런 심정은 아니었겠다. 구겨진 사표를 움켜쥐고 바들바들 이빨이 흔들렸어도, 이미 죽었다는 소식을 끌어안고 택시에 흔들려 떠내려갔어도, 이런 기분은 아니지 않았나?' 무씨는 문득 떠오르는 생각에, 얼굴마저 어슴푸레한 그녀와 대기에 감도는 호흡 하나 나누지 못했다는 사실을 깨닫는다. '빗물에 뺨을 훔치듯 마주쳐 마주앉아, 바람결의 눈길과 말씨에 애정의 부스러기가 코앞에 흩날렸지. 그렇게 마구 흐트러지는 정서, 뜻 모르게 뇌까리는 그녀의 몸짓에, 어쩌해서 마음이 무너지고 무너져 무너지겠다니?' 읽을 마음 없이 삭제하지만 마지막 문자까지 다 치우고 나니 무씨의 뇌리에 뿌옇게 하나의 메시지가 떠오른다. "연락주세요!" 그거였다. 길게 숨을 내쉬며 또다시 검푸른 바다를 응시하는 무씨다.

진리를 향한 생각 한 토막

지나간 어느 날의 일이다. 직장 상사에게 불려가 이상한 압력을 받고 자기 책상에 돌아온 무씨는 아까 하였던 일의 흔적인 서류 나부랭이를 쓸어 담아 서랍 속에 쑤셔 넣고는 잠시 턱을 괸 채로 있다. 백일몽처럼 지나간 일상의 것들이 나른해져 뿌옇다. 평소에도 더 이상 머물고 싶지 않았던 직장이지만 이런 추한 주문을 받고도 미련을 떨치지 못한다면 그건 불의에 대한 굴복이자 자기 체념적 삶을 꾸리겠다는 비열이고 모멸감이라는 생각에 무씨가 자리를 박차고 일어선다. '절이 싫으면 중이 떠나야 하고 빈대가 싫다고 초가집을 태울 수야 없지 않은가?' 무씨는 평소와 같은 퇴근의 몸짓으로 회사를 나서고 직원 누구도 낌새를 맡지 못한다. 대합실을 빠져나가는 나그네처럼 승용차에 올라 핸들을 잡자, 무씨는 드디어 홀가분한 기분이 되어 바람을 일으키듯 집으로 향했다.

휘파람을 불어대고픈 후련한 기분도 잠시, 아파트 현관문을 열고 들어선 무씨는 죄지은 사람처럼 화들짝 놀란다. '어쩐 일이지?' 오늘따라 일찍 퇴근한 아내가 주방에서 요리하느라 분주하다. "알고서 일찍 들어온 거네? 아침에 진작 말해줄 것이지." 아내의 호들갑에 무씨는 거사 날짜를 잘못 잡은 쿠데타 장수처럼 초조해졌다. "오늘이 무슨 날이야?" 갈아입을 내의를 들고 욕실로 가면서 무씨가 묻자 아내가 경쾌한 목소리로 답한다. "자기 생일이잖아. 미안! 아침에 깜빡했네. 호호." 기념일을 놓쳐도 아내가 서운해 하지 않을 날이라 그나마 다행이라는 생각이다. "대신에 오늘 저녁, 푸짐하게 상 차려줄게. 미역국도 끓였어. 얼른 씻고 오세요, 호호."

생일날에 회사를 그만둔 걸 말한다? 야릇한 모양새에 무씨의 심경이 복잡해졌다. 그러나 무작정 감출 수는 없는 일이다. '그래, 나중에 축하주 한잔 하겠지? 취하도록 마시고 취중에 말하자! 아내도 술기운에 나처럼 호기를 부릴지 또 모르지.' 아내의 음성이 벌써 그렇게 들려오는 듯하다. "자기야! 그깟 직장, 정말 잘 때려치웠어! 걱정 마." 하지만 아무리 좋게 생각해도 '잘?' 거기서 벌써 주눅이 드는 무씨다. '대체 어느 마누라가 있어 지아비가 직장 때려치운 짓을 좋아하겠는가!' 홀떡 벗은 육체에 소나기처럼 퍼붓는 샤워 물줄기를 언제까지라도 맞고 싶은 무씨인 것이다.

"여보, 잠시 뭐 할 게 있네. 못 도와줘서 미안해. 다 되면 불러줘." 여전히 주방에서 요리하느라 바쁜 아내를 뒤로 하고 무씨는 서재에 놓인 책상머리에 앉는다. 감히 낯짝을 아내 코앞에 갖다 대기가 민망스런 것이다. 평소와 다른 남편의 태도에 묘한 이상을 감지한 아내가 요리 중에 점점 걱정에 잠겨드는 것을, 무씨가 되레 눈치채지 못하고 한없는 생각에 잠겨든다.

'아는 것은 나의 직접경험과 간접경험의 범주에 머물러 있다. 내가 직접 체험한 지혜와 듣거나 보거나 관찰에 의해 형성된 사고의 축적을 아는 것이라 하면 틀리지는 않겠다. 그러면 믿는다는 것은 무엇일까? 그것은 아는 것을 기반으로 추출된 의지의 작용이라 판단된다. 인간의 감각기관을 통해 형성된 지적 자료들이 뇌세포 내의 단위세포인 뉴런들에 전달되고 그것들이 서로 신경망을 통해 전달 교류한 결과, 서로 반응하고 화학적 작용을 일으키면서 형성되는 새로운 사고 에너지가, 곧 믿음 신념 새로운 의지 결심 등의 관념적 성격을 띤 새로운 기운이, 믿는다는 것의 원천이자 자체라고 판단된다.

옛날에 소크라테스는 인간의 무지를 안타까워하면서 깨어나 지혜를 갖기를 갈망하였다. 소크라테스는 아는 것을, 제대로 알 것을 호소했다. 잘못 알아 즉 몰라서 생기는 인간의 절망과 고통을 해소하고자 하였다. 어이없게도 소크라테스는 제대로 알지 못하는 인간들에 의해 희생당했다. 소크라테스의 희생은 인간의 무지, 알지 못하는 자들에 의해 일어났는데 그런 종류의 무지를 저지른 자들은 한결같이 자신은 아는 자 그것도 잘 아는 자라고 자부하는 인간들이었다는 사실이다. 그렇게 스스로를 착각하는 근원은 무엇일까? 그것은 믿는다는 것의 적극적 행위에 의해서이다. 잘못된 정보나 앎의 부족이 뇌세포에 따리를 튼 상태에서, 그리고 왜곡되고 변질되는 과정을 일으키면서 쌓여가는 뇌세포 속의 인자가, 어떤 일에 당하면서 그것을 해결하기 위해 서로 연결하고 작용하여 어떤 행동지침을 구체화할 새로운 물질을 만들어내면서 그것이 행위로까지 드러나게 되는 것이다.

그렇다면 믿는다는 것은 제대로 아는 것의 세계에 미치지 못하는 작용일까? 믿는다는 것의 함정은 자신의 판단이나 결정이 전적으로 앎에 기초하고 있으며 그것은 사실이고 정의에 입각한 것이라는 착각을 불러일으킨다는 점에서 매우 위험한 정신작용이라 할 수가 있다. 그런 면에서 보면 아는 것은 제대로 아는 것을 전제하므로, 그렇지 않을 경우 그것은 모르는 무지에 불과하므로, 참으로 아는 것은 인간의 삶에 있어 중요하다고 할 수 있겠다. 소크라테스의 진정한 인간 사랑을 이제야 깨닫게 된다. 그런데 달리 생각을 떠올려보자면 인간에게 있어 아는 것이 가능한 일일까? 세상에는 무수한 법칙과 이치가 있으며 논리와 학설이 떠돌아다니는데 무엇이 옳은지 어떻게 행하여야 하는지 도대체 그것을 아는 지혜와 행위가 어느 단계까지 가능하겠는가? 세상에는 다양한 사고와 거기에 기반을 둔 구체적 행위들이 죽을 때까지 이어지고 있다. 인류역사상 한 번도 이런 현상을 벗어난 삶을 살지 않았다. 이게 인간의 숙명이라면 아는 것은 불가능하다. 이제까지도 채 알지 못했는데 어떻게 앞으로는 알게 되리라고 추측할 수 있겠는가. 인간의 불완전성은 이렇게 인류 멸망까지 가게 된다는 절망 자체가 그다지 어리석지 않겠다. 그러나 인간이라면 죽을 때는 죽더라도 진리에 대한 갈망과 그 추구하려는 노력은 지속되어야 한다.

대체 진리란 무엇인가? 그것이 인간으로 하여금 인간의 숙명으로부터 벗어나게 하고 제대로 된 인간의 삶을 사는 데에 도움을 주기는 하는 것일까? 진리 자체가 있기라도 하는 것인지 그 의문조차 채 떨쳐버리지 못하는 이 마당에, 설령 있다고 하더라도 그것이 인간의 삶에 절대적 영향을 미치지 못하는 것들이라면 굳이 진리를 찾으려고 애쓸 이유가 뭐 있을까? 아는 것이 전적으로 중요하다면 인간은 절망에서 헤어날 수가 없다. 나의 지식과 지혜, 제대로 아는 것에는 한계가 있으며 나는 죽을 때까지 앎을 찾다가 죽을 일이다. 내가 모르는 사실을 타인은 알고 있으며 나의 지혜를 벗어난 범위를 타인은 알고 있는 것이다. 그러나 그 타인조차도 모르는 세계를 다른 타인은 알고 있으며 그의

모름을 나는 알 수도 있기 때문에 아는 것은 절대적 한계에 놓이게 되는 것이다.'

무씨는 작정한 대로 술기운을 빌려 아내에게 퇴직을 알렸다. 왜 그런지 아내의 태도가 두루뭉술하게 넘어가는 게 마음이 걸리긴 하였다. '술김에 잘못 들은 건 아니겠지?' 다음 날에 출근하지 않는 남편의 모습을 발견하고 새삼 놀라는 아내로 봐서는 무씨가 술 취해 내뱉은 말에 긴가민가했던 모양이었다. 불평에 그치기를 바랐던 일들이 사실로 다가왔지만 무씨의 아내는 속이야 어떻든 겉으로 여전히 두루뭉술한 태도를 취하였다. 달리 어쩌겠는가?

"자기야, 밥 잘 챙겨먹고 오늘 저녁에는 아이들 보러 가자. 나중에 전화할게."

아내가 출근하자, 무씨는 서재에 가지런히 놓인 책들을 하나씩 훑어간다. 일하느라 미룬 책들을 이번에 죄다 읽을 작정인 모양이다.

'나는 참된 진리를 알기 위해 몇 개의 사상서와 철학책을 뒤적거렸다. 스승은 내 곁에 없고, 어쩔 수 없이 이미 죽고 사라진 자들의 글을 통해서 알아낼 방법밖에 없었다. 물론 기도와 성경 그리고 성령의 향기를 맛보고 감흥하지 않았던 것은 아니었지만, 나는 폭넓은 인간의 소리를 듣고 싶었다. 얼마 되지 않는 사상서였지만 어느 순간에 하나의 낱말이 떠올랐다. 그것은 선(善)이었다. 사상 철학서들의 주제와 그 내용은 다 달라도 한결같이 선을 향한다는 사실의 발견이었다. 나는 깜짝 놀랐고 당황했다. 선은 인간 누구나 알고 있으며 나 또한 늘 선을 떠올리면서 그렇게 행동하며 살고 있다는 착각 속에 일상을 살아오지 않았던가? 그런데 왜 굳이 선이 떠올랐으며 그 당연한 낱말에 나는 놀랐던 것일까? 행복을 찾아 멀리 집을 떠났다가 지친 몸을 이끌고 돌아와 보니 자기 집에 그 행복이 머물러 있더라는, 그 어느 구절과도 유사한 그런 느낌의 떠오름. 나는 어려운 철학책을 싸잡고 끙끙 앓았지만 선이라는 단 하나의 낱말을 남기고 다들 사라져버렸음을 알게 되었다. 나는 비교적 많은 책을 읽었다고 생각했지만 다시 말해 안다는 것의 깊이를 더했다고 착각했지만 나는 모든 것을 다시 망각해버렸고 실제적으로 읽은 것의, 그래서 알았던 것의 용어 하나조차도 제대로 떠올리기가 힘든 실정에 놓였다. 나는 알았지만 다시 잃어버렸고 따라서 아는 것이 지금 없으며 나는 다만 선 하나만을 초라하게 붙들고 있는 것이다.

나는 허탈하였고 며칠을 드러누웠다. 그리고 나는 다시 생각을 떠올렸다. 아니 저절로 생각이 떠오르기 시작하였다. 너무도 당연한 이 낱말이 가리키는 참된 의미의 숭고함을 어떻게 알아차리고 거기에 다가갈 수가 있을까 하는 거였다. 선은 절대 가치이며 본래부터 홀로 있었고 영원불변할 정신세계 너머의, 크기를 가늠하지 못할 덩어리로 내게 와 닿는데, 그곳으로 어떻게 내가 접근 가능할 것인가? 나는 알아차렸다. 그것은 한마디의 선이지만 세상의 글을 다하여서도 제대로 전체를 표현할 수 없으나 그렇다고 해서 알기가 힘든, 까다로운, 엄청난 존재로서의 그것이 아니라는 사실을 알았다. 다시 말해 선 앞에서는 좌우도 없으며 다양성도 없으며 그 하나로써 모두를 품는 것이라는 생각에 이르렀다. 한쪽 날개로는 날 수가 없기 때문에 양쪽 날개가 있는 것이 아니라 그렇게 날고 있기에 착각을 한 것이라는! 나는 새로운 곤란에 봉착하였다. 선 그 자체는 존재하지만 그것은 아는 것을 초월한 상태에 놓여 있다는 거였다. 인간의 지혜로서는 앞서 말한 바와 같이 결국 자기 신념, 의지의 작용으로 저마다의 주장과 행위가 또다시 다를 것이 분명하기에 선을 발견하여도 그것은 퇴색되고 변질되어 사라져갈 것이 분명하다는 것을 직관으로 알기 때문이었다.

나는 새로운 명제가 떠올랐다. 선이라는 것은 아는 것의 차원은 아니지만 아는 것을 기초로 하고, 믿는다는 것의 실체는 아니지만 그것의 정신 화학적 작용과 우주적 에너지 작용이 더하여 형성된 정신적 세계의 본질이라는 거였다. 이러한 선이 진리임에는 분명하고 그것이 인간 고유의 힘만으로 만들어진, 인간 능력의 관념 자체가 아님이 확실하지만 인간의 심성이 그 근원이라는 점에서 한 가닥의 진리 발견 가능성의 가능을 맛볼 수가 있었다. 나는 바로 생각이 미쳤다. 나는 진리를 찾고 있는 게 아니었다고. 진리는 선자체이며 그것은 우리 인간의 마음, 곧 영혼, 정신 속에 이미 자리 잡은 정신 작용적 실체라고. 내가 찾는 것은 진리가 아니었고 다만 그 진리에 이르는 길을 알고자 하였다는 사실을 깨달았다. 곧 삶을 사는 이치를 알고자 함이었고 그것이 진리를 찾는 길목이니 그것이 진리의 범주에 들어간다는 생각이었다. 그러고는 냉큼 다음과 같은 명제 하나가 떠올랐다. 선으로 이끄는 것들이 진리이다!

나는 이것을 두고, 이렇게 한 문장으로 정리할 수 있는 명제를 두고 새로운 고민에 빠져들기 시작하였다. 선을 자각하고 그것으로 이끄는 것들은, 그렇다면 그것들은 발견하기가 쉽고 확증 가능한 것일까? 또 다른 사고체계에 의해 함몰될 우려는 없는 것일까? 나는 다시 다른 각도에서 생각을 떠올려본다. 앞에서, 믿는다는 것의 함정과 위험한 요소를 말하면서 그 우려를 드러냈기도 했지만 제대로 아는 것, 즉 앎의 폭은 다양하지도, 많이 알지도 못하지만 하나라도 제대로 알아차린 그것이 뇌세포에 자리를 잡고 그것이 배양되면서 올바른 방향으로 자라나는 가운데 정신 화학적 작용을 일으킨다면, 그 믿는다는 것이야말로 더할 나위 없이 소중한, 인간이 인간이게 되는 선의 가치로 자리매김이 되는 게 아닐까 하는 것이다. 성경에서 사랑의 정의를 아주 길게 표현한 구절이 있다. 사랑은 오래 참고……. 이런 구절을 안다고 해서 우리가 그것을 일일이 실천하는 것이 아니며 그 사랑을 알았다고 할 수가 없는 게 분명하다면, 사랑은 아는 것이 아니라 인간의 마음속에 그리고 뇌세포 속에 들어앉아 풍화작용을 거치고 화학반응을 일으키면서, 마치 먹구름을 뚫고 번갯불과 천둥이 요동치듯이 살이 떨고 에너지가 뒤섞이고 그렇게 변화하면서 형성되는 것이 사랑이라고 할 수가 있겠다. 그것은 분명히 아는 차원이 아니며 믿는다는 것의 범주에 넣을 신념이요 의지이며 결단의 요소임에 분명하다. 물론 그 차원을 넘어서는 사랑이 존재하고 그 사랑을 실천하는 인간들이 역사상에 존재하였지만 보편적인 인간들의 행위를 놓고 볼 때에 이것은 믿는다는 것의 범주에 드는 것이 분명하다고 봐야 하겠다.

이런 사랑이 진리이자 선을 향한 간구의 기도임이 분명하다면, 때로 그것이 에로스든 로고스나 아가페를 지향하든 간에, 부정하려야 부정할 수 없는 인간 내면에 도도히 흐르는 정신작용이며 아는 것에까지 미치는 이성적 행위가 되는 것이다. 아아, 고민은 또 다른 고민을 낳는다 했던가? 많이는 아니더라도 제대로 아는 것을 전제로 했고 거기로부터 파생되어 변화된 옳음 또는 행위가 진리에 이르는 길이라고 하더라도 그 제대로 아는 것을 어떻게 선택할 수가 있겠는가? 앎 이전에는 진리의 씨가 없었고 진리의 토양이 없는 가운데에서 어떻게 참된 앎을 알고 찾고 얻겠는가? 마치 씨앗을 고르는 지혜가 없어 무수한 씨앗 중에 한 움큼을 고르고, 하나를 고를 삶은 없으니, 그 씨앗들이 어떻게 발아될지를 몰라 지켜보는 모양새와 같지 않은가. 나는 생각한다. 제대로 알지 못했어도 잘못 골랐어도 믿음의 바탕을 올바르게만 가져간다면 그러한 진리에의 접근은 가능한 것이 아니겠는가 하는 것이다. 즉 씨를 잘못 골랐어도, 땅조차도 잘못 골라 척박할지라도 땅을 개간하고 거름을 구하고 적당하게 물을 뿌려주고 아껴주고 환경을 가다듬는다면, 그중에서 하나라도 씨앗의 배아 즉 진리의 새싹을 틔울 수 있지 않겠느냐는 것이다. 농부가 수많은 씨앗을 뿌려놓고는 나중에 솎아내듯이 하나만으로도 충분한 게 진리일 테니까.

다시 말해 잘못된 사상과 가치체계에 빠져 허둥대는 삶이더라도, 또는 착각하여 자신은 올바른 사고를 형성하고 의로운 삶을 산다고 주장할지라도, 설령 그렇더라도 그냥 내버려두면 시들고 말라빠질 것이기에, 결국 믿는다는 것의 영역에 속하는 풍화작용과 전기 화학적 작용의 올바르고 적당한 자극 촉매를 필요로 하며 그것을 적용시켜야 건강한 삶을 향유할 수 있게 된다는 것이다. 과학은 우주에 떠도는 현상의 이치를 물리적으로, 수학 논리적으로 푸는 학문이다. 밝혀지면 그게 법칙이 되기도 하지만 그것은 다른 학설과 실험의 증명으로 이내 붕괴되기도 한다. 그러한 과학을 가지고, 정신의 세계 내지는 영적 존재와 그 공간을 알아내지 못했다고 해서 앞서 말한 믿는다는 것의 현상과 본질적 존재를 부정할 수는 없는 일이다. 사람이 사람을 믿는다는 것은 아는 것과 별개임을 누구라도 알고 있듯이. 그리고 그 믿음이 부질없으며 아는 것에 미치지 못한다고 누구도 생각하지 않듯이.

나는 아는 것의 한계를 깨닫고 믿음의 영역으로 다시 회귀하여 선을 찾는 시도를 하게 되었다. 그것은 믿음의 근원을 다루는 종교와 그 종교의 가르침에 귀를 기울일 수밖에는 없는 일이기 때문이다. 드러난 사실을 말하는 과학과 이성적 체계에만 어떻게 의존하겠는가? 드러난 것은 빙산의 일각이며 그것은 또 다른 빙산을 자꾸만 만드는 것인데. 아는 것의 한계를 깨치기 위해 나는 정신 작용을 일으킬 촉매로써 기도와 말씀을 묵상한다. 말이 씨가 된다고! 경험으로 익히 깨달은 조상의 지혜 이 한마디로도 나는 알아차려 입술을 움직여야 하는 것이다. 나를 선으로 이끄소서. 나를 사랑으로 감싸소서. 나의 무지를 깨닫게 하시고 늘 깨어 있어 선으로 향하는 모든 것을 찬미하게 하소서. 이렇게

나는……'

세월은 쏜 화살보다도 빠른 듯하였다. 처가와 시댁에서 나눠 키웠던 아이 둘이 무럭무럭 자라났고 속속 부모가 있는 본집으로 돌아왔다. 시간의 반쯤은 아이들을 챙기고 살림을 살면서, 반쯤은 공부와 사유를 통해 여러 생각을 굳힌 무씨는 아이들이 어른의 손길이 없어도 될 시기에 이르자 망설임 없이 집을 잠시 떠나기로 하였다. 다시는 돌아오지 않을 먼 출가가 아니라 길을 걷는 중에 사람들의 삶과 만나고 사유하면서 혹 마주치는 사람이 있어 그와 얘기하고 진리와 친해지는 가운데 자신이 나름대로 깨닫는 진리적 사유가 정녕 현실의 인간과 마주하면 어떠한 빛깔로 채색되는가를 확인하고 싶어서였다. 즉 무씨 자신의 체험과 사유의 결과로써 갖는 진리적 명제들이 구체적 삶에서는 어떻게 적용되며, 사람들은 어떻게 이해하고 받아들이는 것인지 검증하려는 것이다. 현실에서 일어나는 행위들을 직접 체험하거나, 게을러서 피했더라도 그것은 다른 누군가가 체험한 것이며, 언젠가는 누구든 직접 겪을 가능성의 현실적 삶을 글에 담겠다는 것이 길을 떠나는 무씨의 생각이다. 형이상학적이고 관념론적 명제의 규정에 그칠지도 모를, 혹은 진리의 말씀을 빠트리거나 의미를 왜곡하여 참된 진리의 세계를 인식하지 못한 채 살아갈지도 모를 자신이거나 이웃에게, 진리에 이를 길을 추출해내어 알리고 같이 나누고자 하는 것이다.

길을 걷는 여정에서 길을 잘못 들거나 놓치고 스쳐갈 많은 것들이 자기 앞에 일어나더라도 그것은 후회 없는 삶이 될 것이라고 무씨는 확신한다. 이단이거나 사이비 같은 관념에 사로잡혀 인생을 그르치는 일은 결코 생기지 않을 것이다. 선을 향해 나아가는 길에 해악이 어찌 일어날 수 있으랴? 어차피 세상에 제대로 드러나지 않았을지 모를 진리, 그 선한 기운을 포기하고 머무는 권태로운 삶보다야 한층 아름다운 삶을 향하는 걸음이 될 게 분명하리라는 신뢰를 무씨 스스로 가져보는 것이다. 그리하여 무씨는 두 딸의 손을 쥐어보고 아내와 포옹하고는 길을 떠났다. 그런 도상의 끄트머리에서 불현듯 누군가야와 마주친 것이다.

대화가 필요해

누군가야를 만난 건 그로부터 보름이 지나서였다. 여태까지 무씨가 만났고 앞으로도 만날 사람들이 비단 도덕군자나 철학자, 또는 가진 자들의 향연에 빌붙는 사교에 있는 것이 아닐 바에야 그런 마당에 굳이 누군가야를 거부할 이유가 없다. 자기를 만나고 싶다면 그것만큼 가벼워 홀가분할 경우가 어디 있을까. 유부녀래도 그건 문제가 되지 않는다. 새장 속의 새처럼 가둔 주인이 주는 모이에 의지하며 사는 인생이 분명 아닐진대, 자기가 남자이고 만날 대상이 여자라고 해서 이른바 유부남과 유부녀의 처지라 하여 만남을 주저하고 대화를 꺼려 그 감정의 느낌을 삭여서야 될 말인가. 결혼이 한 개인의 사상과 정서 그리고 감정까지도 주저앉혀 낡은 가치적 굴레에 휘감겨 살게끔 강요하는 양식이 정녕 아니라면, 자기 스스로의 요구와 흐름의 순리에 어울리는 삶의 추구가 참되지 않을까 하는 것이다. 진리는 이런 행위에서도 싹을 틔우고 발견해야 하리라.

"나를 만나고 싶소?" 한참을 멍하게 걷다가 어느 허름한 식당에서 밥을 기다리면서 그렇게 적는다. 한참 만에 답장 온 문자는 이랬다.

"그러기 전에 할 일이 있어요. 내가 원하는 대로 따라주실 거죠? 나도 그렇게 할게요."

만나자고 먼저 손 내밀었으면서도 누군가야는 주문이 많다. 여자라서 그렇다기보다 시대의 반영일지 모르겠다. 무씨가 결혼할 당시의 시절만 해도 남녀지간의 만남은 매우 단조로웠다. 우연히 마주치거나 주위의 소개로 만나거나 친지 등의 중매로 선을 보거나 하여 관계를 맺었다. 일단은 무조건 마주쳐서 만나고, 호감이 가면 사귀어보면서 본격적인 연애나 결혼의 단계에 접어드는 게 일반적이었으니까. 그것이 요즘엔 무척 달라진 모양이다. 인터넷을 통한 사이버 만남이 흔하고 나중에 실제로 만남을 시도하면서 연애로 이어지기도 한다. 사회생활 속에서 만났더라도 만남의 지속은 인터넷을 통해 이뤄지는 모습을 보게 된다. 옛날의 연애편지라 해도 무방하겠지. 이렇듯이 누군가야도 비교적 시대의 흐름에 어울릴 발상으로 메일을 통한 정보교류와 그것을 통해 상대방의 조건, 환경, 지식, 심성, 정신 상태까지를 미리 체크하려고 애쓴다. 그럴 때마다 무씨는 고분고분하게 그녀의 요구에 따라준다. 색다르게 맛보는 사이버 세계와 거기서 일어나는 묘한 연애감정을 구태여 거절할 이유가 없기도 하니까.

무씨도 이런 식의 정보교류에 긍정적 입장이다. 사람이 특히 남녀가 만나서 서로를 알아가는 과정을 피부로 실 체험으로 느끼다보면 그 판단에 흐트러짐이 일어날 가능성이 높다. 만남을 더할수록 생긴다는 그 정(情)이란 놈이 문제가 된다. 이른바 콩깍지라 불리기에 족한 정이라는 것은, 남녀가 앞으로 평생을 같이할 삶에 필요한 서로 간의 조건을 충족시켜줄지의 여부를 판단케 하는 요소가 되지 않는다. 사람들은 착각하여, 부부는 정으로 사는 것이니만큼 만나서 정이 들 정도면 그게 천생연분이겠고 사랑일 거라 쉽게 치부해버려서 그것에 몰입하는 경향을 띤다. 그러나 그렇지 않다. 정은 일종의 습관으로, 삶에 문젯거리를 크게 지닌 사람이 아니라면 설령 그럴 경우에도 곰팡이처럼 피어나는 것이 정이라는 묘한 감정이니까. 특히 여자에게 더욱 돋아나는 괴물이니까. 그런 의미에서도 집착처럼 끈적거리는 이놈의 정이 깃들기 전에 서로의 건전성과 어울림을 파악해두는 작업이 쌍방에게 좋은 일이 될 수 있겠다. 무씨는 사이버 교류 때에 느껴오는 색다른 정감이랄까, 이 연애감정은 실제로 삶에서 만나 부딪혀보면 이 또한 낯선 느낌으로 와 닿을 거라고 막연하게 느낀다. 그건 모든 검열 과정을 거친 뒤 다시 누군가야를 만나면서 확실히 알게 되었다. 한 보름 지나서 땡볕더위로 지치는 날에 누군가야로부터 전화가 온다.

"우린 대화가 필요해요. 만나요."

바다를 사랑해

보름 만에 나타난 누군가야는 눈에 띄게 달라진 모습이다. 어깨선까지 찰랑거리던 머리카락이 짧게 잘려나가 이젠 멋대로 나부낄 수 없어서인지 갸름한 얼굴선을 타고 부드러운 깃털처럼 붙어 내렸고, 소낙비가 내리던 날의 그 청바지와 블라우스의 당돌한 부조화의 의상패턴이 사라지고 단아한 투피스 정장의 모습으로 눈앞에 나타났다. 약간 주름져 보이는 디자인의 투피스 웃옷은 뜨거운 여름날인데도 브라의 하얀 흔적을 찾기 어렵고 맨살은 그것대로 가볍고 얇은 옷감 속에 묻혀 그저 목덜미의 아래만 얼핏 보일 뿐이다. 그러면서도 주름지며 가운데가 움푹 타져 들어간 모양새의 치마는 되레 짧은 듯 적당한 듯 애매한 포즈로 적절한 관능미를 내뿜고 있다. 무씨는 일부러 훔쳐보자는 게 아니었지만 저만치서 천천히 걸어오는 누군가야의 모습을 외면하지 못하다보니 점차 그의 눈에 섬세하게 들어올 수밖에는 없다. 바닷가 그늘진 해송 아래에 우두커니 서서 현실이 되어 다가오는 그녀를 바라보자 불현듯 생각이 치민다.

'한 번 만나 헤어질 상대라면 그토록 치밀하게 나에 관한 정보를 얻으려 하지 않았을 것이다. 세상에는 사기와 거짓이 판을 친다고들 하지만 이런 하찮은 문제에까지 치열하다가는 맨 정신으로는 버티기 힘들지 않겠는가? 그렇다면 이 여자는 한 번으로 나와의 만남을 끝낼 심사가 아니다. 나도 비록 찰나였지만 신선한 충동으로 여자를 바라봤고 무언가에 이끌리듯 그녀 뒤를 밟지 않았던가. 여자도 비록 나중이지만 나를 발견하고는 역시 비슷한 감정에 이끌렸기에 나에 대한 접근을 포기하지 못하는 게 아니겠는가. 남편이 있는 여자이면서도 다른 남자를 사랑한다고 했던 것 같다. 그 사람을 사랑하고 따르고 사랑의 행위까지도 강렬히 원한다는 말까지 흘린 그녀가 새삼 나에게 다가오려는 것에는 어떤 분명한 이유가 없으면 불가능하겠다. 아, 그렇구나! 그녀 얘기에 차분히 귀 기울이고 그녀 행동에 적절히 맞춰가야겠다. 허둥거려 빠져드는 꼴은 없어야겠다.'

무씨는 생각에 빠져드느라 누군가야가 눈앞에 서서 부끄러운 듯 손끝으로 얼굴을 살짝 가리며 웃을 적에도 제대로 답례를 하지 못한다. "오랜만이네요. 잘 지내셨죠?" 미소를 머금은 누군가야의 인사말에야 무씨는 어색함을 떨치려는 과장된 몸짓으로 손을 내민다. "아 이거, 참 반갑네요." 손이 부드럽다. 가늘고 긴 손가락에서 시원한 냉기가 전해져온다. 길게 뻗은 손톱 열 마디 모두에 검정 매니큐어가 칠해졌고 죽은 이를 기리는 엄숙한 손짓으로 번지는 착각을 잠시 맛본다. 검정색이 칙칙한 죽음 말고도 이리 정결한 이미지를 가질 수 있다니? 색깔에 대해 아둔한 자신이 이렇게 색감을 두고서 음미하며 맛을 느낄 수 있다는 사실에 무씨가 놀란다.

그늘진 해송 숲길을 걸으며 시야에 펼쳐진 푸르른 바다를 바라보면서 무씨는 누군가야의 얘기를 귀담아듣는다. 이따금 걸으며 맞붙는 육체의 느낌과 향취까지를 놓치지 못하는 무씨다. '이 여자도 나만큼 느껴지는 걸까? 자기 상념에 빠져 지금 무감각할지 모른다.'

말을 건네는 누군가야의 얼굴이 시시각각으로 변한다. 어두웠다 밝았다 빛이 나타나다 그늘이 드리우다! 눈빛이 웃다가는 이내 슬픈 미소로 그러나 말씨는 낮으면서 차분하고 단오하다.

"옛날에 한 남자를 알게 됐어요. 친구랑 미술관에 놀러갔다가 마침 거기 들른 대학 동창과 같이 동행한 남자, 우연히 그 사람을 만났어요. 같이한 그 사람은 대학 강사라는데 의젓해보였어요. 우연이라기엔 너무도 강렬하여 '이게 운명이라는 거구나!' 나도 모르게 그런 열망에 휩싸였었죠. 허겁지겁 인사를 나누고 돌아섰는데 한참 만에 전화가 불쑥 왔어요. 자길 만나주겠느냐는 거였어요. 그래서 만났어요. 그래서 만났고 만나고, 그리고 마지막으로 만난 게 그날 소낙비 오던 날이었네요. 만나주지 않으려는 걸 내가 억지로 일방적으로 불러냈죠. 이렇게 말하려고 했어요. 〈저는 아직도 선생님 나이가 어찌되시는지, 어느 대학에 강사로 아니 지금은 교수님이시겠지요? 결혼은 하셨는지 그때 처음

만날 때도 사실 결혼하셨는지 어쨌는지 몰랐어요. 지금도 물론 모르고 있어요. 무관심해서가 아니라 선생님이 말해주지 않아서 말해줄 때까지 기다리느라 묻지를 못했어요. 나를 사랑하는 그 마음 하나로 전 충분했거든요. 이런 말을 꺼낼 때는 이젠 모든 진실을 알고 싶다는 마음이지만 그렇지만 강요는 아니에요. 선생님 편한 대로 하세요. 하지만 단 하나, 꼭 한 가지는 알고 싶어요. 알래요. 그건 알아야겠어요. 선생님은 지금도 여전히 절 사랑하는 거죠? 그게 죽도록 궁금해요. 우린 몇 달 전까지만 해도 아, 그래요. 부처님 오신 날. 그날도 우린 사랑을 나눴잖아요. 그때를 떠올리면서 우리의 사랑, 제발 포기하지 말아주세요. 가끔씩 아주 가끔씩 만이라도 좋아요. 절 사랑하고 내게서 떠나지만 않겠다고 말씀해주시면.)"

마음을 추스르는 듯 잠시 말을 끊다가 이어서 말한다. 어디서 나타났는지 갈매기가 갯바위에 내려앉는다.

"그렇게 말하려고 했어요. 그렇게 말하려고 했는데 두 시간이 훨씬 지나서야 나타나자 난 그만 와락 고함을 질러버렸어요. 〈네가 뭐야. 네까짓 게 뭔데 사람 병신 만들어! 내가 결혼해서 그래? 나타나지 않았잖아. 결혼한 지 한참 된 나를 불러내서 어쩌자고. 거짓말쟁이, 사기꾼! 이제 그만 사라져. 다신 내 앞에 얼씬거리지 말라고!〉 그게 끝이었어요."

그녀가 말을 그치며 바닷가 자갈마당 쪽으로 발길을 옮긴다. 무씨는 느닷없는 당혹감에 휩싸여 그녀의 뒤를 한 발짝 처져 걸으면서 생각한다. '말은 끝이라지만 결코 벗어나지 못하겠구나! 짝사랑하는 사람을 찾아 기어코 떠돌겠구나!' 그런 무씨의 속마음을 알 리 없는 그녀가 돌아서며 말을 잇는다.

"놀라워요? 나는 내 행동의 문제점을 잘 알고 있어요. 내 마음속에 품은 열망을 그 사람에게 전가하고 그를 힘들게 만든다는 거. 누구 말마따나 채 타지 못한 사랑의 찌꺼기 작용이라고 해두죠."

'그렇구나. 이 여자는 자기의 가슴에 맺힌 응어리를 풀어줄, 그 얘기를 들어줄 점잖은 남자가 필요한 게 맞구나. 내가 졸지에 선택된 것이로구나.' 그녀의 감정 굴곡에 따라 무씨의 기분이 쭉 움직일 거라는 예감에 마음이 무거워진다. 각오야 한 일이지만 얼마의 무게로 그녀의 독백을 들어야 하는지가 숙제다.

“있잖아요. 뭐라 불러야 하죠?” 메일로 줄곧 부르던 별명을 새삼 직접 부르기가 어색한 모양이다.

“그냥 그대로 무씨라 부르세요. 없을 무(無), 바다 씨(sea)니까. 바다가 없다! 하도 들어 이젠 다른 이름 부르면 내가 어색하겠어요, 하하.”

“무씨? 흠흠. 저기, 무씨요! 아, 우스워! 아하하.” 정말 재밌는지 그녀가 깔깔 웃는다. “남들에겐 좀 천박하게 들리겠지만, ‘무씨.’ 내게는 정든 이름이고 부르기가 참 좋아요.”

그녀는 자신의 삶을 얘기할 때는 표정이 우수에 잠겨들지만 일상적인 대화를 나눌 때만큼은 매우 활달한 기질을 보인다. 과거의 찌든 삶이 그녀를 짓눌렀고 거기에서 벗어날 정신적 수련이 그녀에게 필요하지 않겠나, 하는 생각이 들 정도다. ‘실제 그럴지도 모른다!’ 표면적 의식에 의해 표출되는 대화를 차근차근 더듬어 잠재의식의 일그러진 구조를 찾아 적절히 복원하는 정신과 의사의 분석치료를 흉내 내듯 무씨는 그녀의 언어와 몸짓에 집중한다.

“무씨는 내게 선물 하나 주었어요.” 치마가 더럽힌다는 생각 없이 그늘진 바위에 걸터앉고는 바다를 언제까지라도 바라볼 것처럼 시선을 놓다가 불쑥 꺼내는 얘기다. ‘무씨는 내게 선물 하나 주었어요.’ 거칠고 딱딱할 수도 있을 자기 별명이 여자의 입에서 부드럽게 소화되어 멜로디처럼 흐르는 것에 기분이 좋아진다. 더구나 선물까지 줬다는 묘한 소리에 무씨가 말을 비집고 들어온다.

“뭔가 풀리지 않는 일이 있나 봅니다. 힘들겠지만 내가 도움이 됐으면 좋겠군요.” 이젠 웃지도 않는다. 누군가야의 의식은 과거 속을 헤엄치고 있다.

“원피스가 생각나네요. 초등학교 때 엄마가 사다 주신 여름 원피스, 겨울 털외투, 모두 하얀색이었는데 그걸 입으면 토끼 같았어요. 그리고 아버지가 주신 선물은 여름 바다와 천장에 창문이 달린 내 방이었지요. 또 하나의 선물은 아무래도 시간 같아요. 시간을 선물한 친구가 가장 기억에 남는 걸 보면 내게 시간이란 모든 것인가 봐요. 그 시간 안에 내가 들어있고 그 친구가 들어있고 정성이 담긴 마음이 들어있으니까요.”

여자가 던지는 추상적이고 애매한 얘기에 비교적 약한 무씨다. 얘기를 들으면서도 그녀의 마음이 어떻게 흐르는가를 알아차리지 못하고 건성으로 흘러넘긴다. 자기를 향하는 친구가 되어 한숨 내쉴 하소연이랄까, 삶의 허무나 분노를 곱씹을 수 있도록 그런 시간을 마련해준 무씨에 대한 우정의 소리를 놓친 것이다. 이 놓침으로 해서 무씨와 누군가야는 나중에 가벼운 진통을 겪는다.

"엄마는 평생을 고생하면서 사신 분이세요. 우리 집은 부둣가에서 가게를 했어요. 내가 중학생 때까진가? 담 너머가 면사무소라서 때로 술집이 되기도 하고 쌀 매상이 있는 날은 방 가운데 문짝을 떼어내어 방마다 사람들로 북적이면 나는 장롱 속에 숨어 있거나 다락방이나 옥상에서 혼자 놀았어요. 어린 마음이지만 그때는 복잡하고 북적거리는 집이 얼마나 싫었던지. 나중에 장사를 그만두게 되자 엄마는 조금씩 먹을 정도로만 밭농사 논농사 지으시면서 얼마나 재밌어 하시던지. 엄마는 천성이 순하고 부지런하셨어요. 아버지는 계산이 밝아 그때 땅을 사고팔아서 자식들에게 약간의 터전을 남기기도 하셨는데. 물론 말아먹는 자식도 있었지만. 무턱대고 내 집안 얘기 꺼내니까 좀 우습죠? 가요."

바닷가를 약속장소로 서로가 원했다. 무씨도 누군가야도 바다에서 태어났고 자랐고 많은 기억을 바다와 함께하고 있다. 그들은 바다에 걸으며 비릿한 바다 냄새를 맡으며 생각하고 말하고 그렇게 서로의 몸짓까지를 맞대는 것이다.

누군가야의 영혼

누군가야의 목소리가 나무이파리에 머문 바람을 흔든다. 둘은 바닷가 오솔 길을 걷는다.

"우리가 서로를 알기 위해 다가갔을 때 무씨는 마음이 어떨까? 불안할까, 궁금해 할까, 나를 어떻게 믿는 것일까, 나를 믿기에 앞서 사랑이라는 감정을 주고받을 대상이 필요했던 건 아닐까? 그렇다면 나라는 존재가 아닌 그 누구라도 무씨에겐 아무 상관없는 것이 아닐까, 그럼 나는 뭔가? 이런 저런 생각이 막 떠올랐어요. 한편으로 무씨는 여자들과 살았고 지금 혼자 있는 상태이니까 여자의 마음을 편하게 해줄 줄을 아는 것일까? 내가 남자형제들의 틈바구니에서 자라났기에 남자가 그다지 어렵지 않았지만, 그렇지 않은 친구들은 어쩔 줄 몰라 하고 가슴만 설레다가 결국 남자에게 말도 못 걸어보고 물러서더라고요. 결국 좋은 남자를 못 알아보고 못 찾고 결혼도 성공할 확률이 떨어지는 것 같았어요. 행복해 하지도 않고요."

그녀는 친구들을 빗대어 행복하지 않은 삶을 말하는 것이 묘하게 그 소리가 마치 그녀 자신을 향하는 하소연처럼 들렸다. 또한 남자에게서 물러나지 않아 때때로 겪을 갈망의 고통을 모르는 그녀가 아닐 텐데 스스로 억압하여 수렁 속으로 밀어뜨린 형국 같기만 하다. 무씨는 그녀의 잠재된 의식을 일깨워야겠다는 생각이 들어 말을 꺼낸다.

"다양한 사람들과 구체적인 사교를 가져서 자기에게 적절한 배우자를 찾을 안목을 갖추는 게 우선은 필요하겠지요. 그리고 아무리 소극적인 여자라도 정말 원하는 남자가 나타났다면 적극적인 구애가 따라야 하겠습니다. 하지만 상대의 호감을 얻지 못하는 짝사랑은 바람직하지 않아요. 즉각 물러서야 합니다.

끈질긴 구애는 무모한 집착으로 빠질 뿐이니까요. 한발 물러나 주위를 둘러보면 여전히 많은 사람들이 자기를 향하고 있고, 마침내 바라던 대상이 자기에게 미소 짓는 모습을 발견하게 될 겁니다.”

누군가야의 두 눈이 반짝거린다. 무씨의 말 속에서 어떤 의미를 찾기라도 했다는 것일까?

“무씨와 처음 마주쳤을 때 난 순간적으로 당황했어요. 나는 나대로 뭔가 갈급한 상황이어서 아무 생각이 없었는데 느닷없는 얘기에 조금은 놀라고 조금은 불쾌했어요. ‘이 남자 뭐야? 이 남자는 아무 낯선 여자랑 대화를 즐겨 하는 모양이네?’ 그런 생각이 들면서 기분이 별로였어요. 그런데 묘하게 마음 한구석에서 느껴오는 게, ‘이 남자는 나보다 더 갈급한 상태가 아닐까?’ 나는 그 사람의 복잡한 사생활을 확인하고 정리하려는 과정에 있었는데도 그 상황의 그 순간에 새로이 뭔가가 나를 끌어당김을 느꼈어요. 지금 구체적으로 생각한다면 그건 두 가지였어요. ‘이 사람은 누구인가? 이 사람이 지금 하는 말을 어디까지 믿어야 하나?’ 그랬어요. 난 매우 불안한 상태였어요. 누가 나를 뒤쫓고 나를 지켜본다는 예감에, 마치 그물에 걸린 새처럼 맘껏 날지 못하는 기분 같은, 그건 뭐였을까? 내가 나를 구속하기도 했고 내가 누군가를 구속하기 위함은 아니었을까. 무씨가 전에 내게 그랬죠? 하지만 우울과는 달라요. 상황을 내가 주도하는 편이었으니까. 내 판단에 따라, 내 의지에 따라 움직일 수 있었으니까. 우울증의 정의가 뭔지 모르겠지만 그것이라기엔 즐거운 순간들이 자주 있었고 결국은 그 모든 상황조차 내 의도 안에 내가 만든 꼴이 되었어요. 하지만 불안을 버리기가 싫기도 했어요. 그러던 그것이 어느 순간에 갑자기 비가 그치듯 불안이 사라졌어요. 바로 내가 불안을 버리기로 작정한 것이야. 무씨! 인간에 대한 배려라든가 인간이라면 해서는 안 될 목차에 무씨 그대는 무엇을 두시나요? 사람마다 어쩜 그리도 다를까 모르겠어요. 순간적으로 환멸을 느낄 정도라는 걸. 내가 느낀 것들이 제발 아니기를, 내가 틀렸기를 바라고 또 바랐어요. 그런데 점점 드러나는 사실 앞에서 내가 변할 수밖에 없는 변화를 강요하는 순간을 맞게 되었어요. 무씨, 만약에 그대가 누군가를 다 안다고 생각들 때 그때 다시 오류가 시작된다고 생각해 보신 적은 없나요?”

　말을 그치고 울먹이는 표정으로 흐트러지는 누군가야다. 무씨는 서둘러 그녀의 어깨를 감싸 안으며 근처 나무벤치에 앉힌다.

　"나는 그런 샛길을 자꾸 자꾸만 다른 길을 밟아 보는 것이었어요. 내 머릿속 지도를 따라 걷다 보면 모든 것들이 이해되지 못할 게 없어져버려요. 내 머릿속 지하철을 타고 있으면 아름답지 않은 사람이 없어요. 그 꿈길 같은 길에서 만나는 여러 사람들의 가슴에서 느껴지는 냄새. 물소리도 새소리도 그저 예쁘다고 그저 예쁘기만 하다고. 그렇게 그런 느낌이 솔솔 와 닿는 거예요. 그러니 내가 누굴 미워할 수 있겠어요? 느끼고 겪고 그리고 알아봐야겠다. 모르고서 안다고 할 수 있나. 알고도 모르는 것이 너무 많더라. 내가 모르는 게 너무 많기에 찬찬히 바라보며 느껴올 때마다 아! 나는 존재들에 감탄하는 거예요. 옳구나. 그랬겠지. 그럴 수밖에. 저 아름다운 영혼들은 어디서 왔을까? 저 신비로운 움직임은 무엇을 위해서일까? 나와 만나지는 이들이여, 내 앞에 선 이들이여, 고맙고 눈물겹도록 아름다운 이들이여!"

　누군가야는 스스로 허무는 마음에 무너지며 다시 말을 끊는다. 눈물을 흘리지는 않지만 속으로 소낙비가 내리는지 모른다. 햇살 머금은 눈부신 소나기 말이다. 무씨는 부끄러워졌다. 아까 누군가야를 만나던 그 순간부터 지금까지 그는 알 수 없는 부끄러움과 어수선함으로 몸 둘 바를 몰랐다. 이 여인에 대해 가진 감정과 추측들은 낡고 무기력한 사고에서 기어 나온 단견과 오만, 자신의 탐욕스런 생각에서 빚어진 것이라는 인식에 어지러움을 느낀다. '내가 여태 이 여자에 대해 가졌던 감정은 무엇일까. 섹스, 유흥, 호기심, 권태, 심심풀이? 처음에 마주쳤을 때의 느낌과 감정을 사랑이라 말할 수 있을까? 강렬한 상황적 감각의 자극에 휩쓸려 뇌세포에서 물질이 분비되는 것인지, 아니면 철따라 때에 맞춰 마침 뇌세포의 신진대사 그 와중에 호르몬이 분비될 때에 그때 우연히 마주쳤는지, 도무지 명확하게 밝힐 수야 없겠지만 시간이 지나고 상황이 자꾸만 변하면서 달라져가는 이 감정의 곡선을 살피자면 그 처음의 자극은 그때로 온전한 것일 뿐, 가꾸지 않고 사유하지 않고 서로의 마음 구석구석에 머문 보석 같은, 씨알 같은 영혼의 흔적을 찾으려하지 않는다면 어떻게 사랑이, 사랑이 되겠고 그 사랑이 여전히 싹을 틔우고 자라나 아름다운 결실의 향기로 피어나겠는가?'

　누군가야는 벤치에 앉은 채로 묵묵히 바다를 응시하는데 주위를 불안하게 떠돌던 무씨가 엎드려 고해하는 심정으로 곁에 앉으며 그녀의 가냘픈 손을 감싼다. 이런 무씨의 행동에 놀라 손을 뿌리치려다가 그만둔다. 내버려두며 말을 잇는다.

　"나는 혼돈 속에 빠져, 있지도 않은 나를, 아니 있으나 속 깊숙이에서 나오지 않는 나를, 하나 더 끄집어내고 싶었어요. 얼마나 많은 내가 내 속에 숨어 있는 것일까? 내가 만나기를 바라는 존재는 이렇듯 무수하게 드리운 나를 어색하게 여기지 않으면서 많은 것을 나와 나눌 수 있는 존재일지도 모른다! 그렇게 난 언제나 두리번거리며 찾았어요. 이 곤란한 나를 그대로 드러내어 대화를 나눌 수 있는 존재가 없을까? 이 혼란스런 존재를 드러내어도 뜨악하여 도망가지 않을 존재는 없을까? 아주 냉철하며 이성적인 존재라야 나를 이해할 수 있을 것이다. 아이 같다가 노인 같다가 여자 같다가 남자 같다가 금세 본래의 자리로 돌아오는 나를 상대할 수 있는 존재는 누굴까? 그랬어요. 그런 생각에 머물러 살았어요."

　'남편과 속마음을 털어놓는 게 어떨까요?' 무씨는 그런 충고의 말을 꺼낼 뻔했다. 그건 무모한 조언이다. 이미 남편과의 괴리를 메꿀 수 없는 처지이기에 타인을 찾는 게 아니겠는가? 더구나 그녀의 번뇌는 아마 첫사랑일 그 남자, 그를 향한 정념에서 불붙은 것일 테니 더욱 곤란한 지경이 아니겠는가! 자칫 내뱉을 뻔했던 말을 도로 삼키자 이번에는 속에서 성적 욕망이 꿈틀꿈틀 기어오른다. '대화? 이것으로 그녀의 끈질긴 고통이 풀릴 수 있을까? 꿩 대신 닭! 이것으로 인간의 욕망이 산산이 흩어진다는 얘기를 들은 기억이 없다.'

　무씨의 잡념을 깨듯 누군가야의 목소리가 비집고 들어온다. 시선을 줄곧 바다에 두던 그가 마침내 곁에 앉은 그녀의 얼굴을 들여다보기 시작한다.

　"무씨, 무씨를 처음 보고 느낀 것은 여자 경험이 많은 남자 같다는 거였어요. 그런데 그 후, 글로 만나는 메일의 내용은 온순했어요. 두 가지의 다른 형태로 나눠 파악된 것에 대해 가만히 생각해보면 사람은 다 그럴 것이다, 순간마다 달라지는 게 사람이다. 똑같은 모습은 오히려 가짜다! 순간에 따라 변하고 그 안에 어떤 범위가 있다. 그 범위 안에서 올라가고 내려오고. 그런데 그 폭이 아주 큰 사람이 있다. 아마 그것은 인생 경험이 많아서일 테죠? 무씨에게 느껴지는 대부분의 기운은 선한 편이에요. 그래서 지금 이렇게 만나고 이 관계가 이뤄지는지도 몰라요. 아주 악하지는 않지만 닳고 닳은 것 같은 기운이 느껴지는 사람도 있답니다. 그런 사람을 보면 금방 슬퍼지기도 하고 더러는 그 더러움이 내게 마구 옮아오는 느낌이 들 때가 있어요. 그때는 나이가 먹기 싫어지죠. 나이가 들면 나도 역시나 지혜라는 이름으로 얼마나 많은 나의 이기심을 따를 것인지를! 그런데 다행히도 사람은 하루에도 수천 번 수만 번 생각이 바뀌고 행동도 다른 옷을 입는 것 같아요. 다시는 보고 싶지 않던 사람도 해맑간 얼굴로 다시 서면, 비온 날 햇살 속에 비춰지는 무지개처럼 영롱한 빛을 이뤄요. 그러니 사람이겠지요? 내 속에서는 어떤 빛들이 흘러나오는 것일까. 또 어느 순간 누구의 마음을 안개로 뒤덮는 것일까."

불안은 어디서부터 오나

하늘에 검은 먹구름이 몰려들고 검푸른 바다 물결이 남실거린다. 저편에 닻을 내린 작은 고깃배들의 수군거리는 모양이, 온다는 태풍의 조짐을 이제 걱정하나 보다.

"비가 오겠어. 여길 빠져나가야겠어요." 굽 높은 하얀 뾰족구두를 또각또각 숫자를 세듯이 소리에 맞춰 걷듯 길을 걸으며 무씨의 발길을 모처럼 무디게 만들었던 누군가야가 구두를 벗는다. 잔 돌멩이가 뒹구는 오솔길을 휘청거리며 빠르게 걷고 무씨가 길을 인도하듯이 오른손을 꼭 잡아준다. 재밌는지 까르르 웃는 누군가야다.

"지금 내 남편과 어떻게 결혼한 줄 아세요? 직장동료라 그저 그렇게 몇 번 데이트를 했는데, 어느 날 밤에 길을 걸으면서 내 손을 갑자기 꼭 잡고 걷는 거예요. 그런데 한참을 주물럭주물럭 만지기만 하더라고요. 그래서 결혼했어요."

"남자가 순진해보여서요?" 대꾸가 있어야겠다는 생각에 무씨가 건성으로 말한다.

"아뇨. 그건 아니고 사실 나는 그때까지도 남자를 잘 몰랐어요. 남자가 어떤 존재인지 결혼이 뭘 의미하는지도. 남편이 결혼 후에 묻더군요. 〈당신은 나, 뭘 보고 결혼한 거야?〉 생각할 것도 없이 내가 그랬죠. 〈자기가 처음 내 손 잡고 걸은 거 기억나? 내 손바닥을 자꾸만 한참을 문질렀잖아. 그때 내 몸이 붕 뜨는 기분이 들고 마음이 떨리고 정신이 좀 어지러웠어. 속으로 그랬지. 이게 뭐지? 이게 사랑의 기분이야? 그러고 있는데 자기가 불쑥 그랬잖아, 나랑 결혼하자고. 그랬지 뭐.〉 그래서 내가……."

깔깔깔! 그때로 돌아가는지 누군가야가 간드러지게 웃으며 무씨의 팔을 붙

든다. 팔에 느껴오는 감촉이 풋풋하다. 슬쩍 닿는 가슴 부분의 접촉에 무씨가
마음이 들뜬다.

"그래서 내가 남편에게 물었어요. 〈자기 그때 손 왜 만진 거야?〉 남편이 그러
데요. 〈만질 게 거기 밖에 없어서.〉"

큭큭! 무씨가 웃음을 흘리는데 그녀는 말을 끝내곤 이번에는 웃지 않는다.
걷는 속도를 조금 줄이는 그녀다.

"무씨, 말 놓고 싶으면 말 놓으세요. 괜찮아요."

걸음을 멈추고 바라보면서 진지하게 말하자 허둥대는 무씨다.

"그게 좀, 그러네요? 이제 처음 만났고. 원래 여자보고 말 놓기가 어려워요."

"그래야 내가 편할 거 같아. 내가 말 놓기 그렇잖아요. 친하고 싶어서 그러는
데." 아유! 무슨 남자가. 그런 장난기어린 미소를 지으며 마저 길을 걷는다.

"영화 좋아한다면서요? 나도 좋아해. 흠, 우리 영화 보러 갈까요? 영화란
게 참 묘해. 시차감각이랄까, 영화관에서 볼 기회를 놓치면 마치 철 지난 과일
처럼 맛이 밍밍한 걸 느끼겠어요. 요즘은 사운드가 너무 시끄러워 탈이지만."

그녀의 얘기에 잠시 영화판에서 뒹굴던 시절을 떠올리는 무씨다.

"오늘 늦게 들어가도 문제없겠어요? 몇 시까지 나와 함께해도 되는 거지요?"

말을 꺼내고 후회스러운 마음이 든다. 누군가야의 표정이 어두워지며 뭔가
계산을 하는 눈치다. 필시 남편의 귀가시간을 재보는 것이리라. 얼굴에 빗방울
이 든다. 무씨가 세워둔 승용차가 저만치 보인다. 이젠 세상이 폭우가 되어
마구 퍼부어도 문제가 없겠지만 그들의 마음 깊숙이 시공간적 궤도에 얽매인,
그 육체에 가득 도사린 족쇄의 자각 앞에서는 속수무책이 된다. 말없이 둘은
승용차에 오른다. 침묵이 두려운지 누군가야가 작은 목소리로 말을 꺼낸다.

"영화든 음악이든 그림이든 시든 우선은 아름다워야 해. 아름다움이 창조의
본능을 자극하니까. 영화에 나오는 맛깔스런 대사도 대사지만 아름다운 스토
리와 인간 본성을 꿰뚫는 진실의 한 획을 긋는 힘이 있어야 하고 감독만의 독
특한 개성이 느껴져야 해. 스치는, 스미는, 끼치는, 달려드는, 어룽거리는, 사로
잡는!"

마디마디의 말을 나지막하게 신음처럼 뱉고는 다시 적막이 흐른다. 무씨는

가만있을 수가 없다. 알 수 없는 불안의 그림자를 털어내야 했다. 기어를 넣고 달려 나간다. 승용차가 떠난 자리에 빗방울이 후드득 떨어지기 시작한다.

"우리 집 발코니 천장에 풍경이 하나 달려 있어요. 매단 기억이 가물가물한데 우는 소리를 통 못 들었어요. 운다는 사실조차 잊어먹을 정도였죠. 겨울 내내 봄날까지도 그냥 있더니 얼마 전에 울더라고요. 풍경소리를 내더라고요. 난 그제야 풍경의 존재를 인식했죠. 소리의 자유로움과 낭만도 만끽했고요. 왜 그런가 살펴봤어요. 겨울은 춥다고 창을 열지 않았던 거예요. 봄날에도. 여름더위에 뭐랄까, 몸까지를 녹일 무더운 열기에 창이 열리고 바람이 화답하여 그 안으로 몰려드니 풍경이 흔들려 울고 그 풍경소리가 바람에 어울릴 수 있었다는 사실을 알고는 깨달았죠. 타인이 비로소 나를 드러내는구나! 관계 속에서 내가 증명되어지는 것이구나. 그걸 아니까 새삼 버리지 못한 내 눈이 편안해졌어요. 나뭇가지도 산들바람에 고요하데요. 물론 긍정만이 전부는 아닐 테죠. 어른이 아이의 칭찬에 우쭐해지지는 않을 거니까. 그래도 어른이 빙그레 웃어주면 아이는 어깨를 실룩거리며 까르르 웃어요. 내가 그렇게 아이처럼 웃고 싶은 거예요. 나는 요즘 가만히 생각해요. 내 삶 중에 나를, 내가 사랑할 사람 하나 만날 수나 있으려나, 그런 걸 꿈꿔요. 망상이래도 상관없어요."

이건 분명히 누구를 향한 사랑의 세레나데다. 시적 표현으로, 애매한 묘사로, 듣는 이의 판단을 파스텔처럼 채색할 효과는 있을지언정, 정작 얻고자 하는 게 사랑이라면 그 정확하고도 단순한 말의 어휘를 사용하지 않고는 그 얻음이 어려운 게 아닌가? 무씨는 그녀가 누구를 바라보는가에 대한 애매함으로 해서 문득 갈증을 느낀다. 그 사람이라는 자인가? 자기일까! 자기가 분명할 거라는 생각이지만 구체적 지목 없이는 확증되지 못한다.

영화를 좋아하는 사람들은

해안도로와 시장거리를 거쳐 한 아담한 극장, 지하주차장으로 승용차가 몸을 숨기듯 들어간다. 관객이 별로 없어서 앉고 싶은 자리에 앉는다. 어둑한 공간이 주는 아늑함으로 둘의 마음이 누그러진다. 처음에 둘이 만나서 시간이 흐를수록 그리하여 둘의 마음이 하나가 되는 양 호흡할수록 둘은 어떤 불안과 초조감에 뒤엉켜 어수선해졌는데, 그런 마음이 영화를 보면서부터 슬쩍 손을 꼭 잡고 서로의 체온과 체취를 나누는 몸짓으로 영혼과 육체에 살 붙어간다.

사람들은 대체적으로 영화를 좋아한다. 좋아하는데 왜 좋아하는 것일까? 생각해보면 아무래도 영화관 영사기에서 쏟아져 내리는 빛 먼지에 숨이 꼴딱 넘어가서이겠지만 그 빛을 통해 뿜어내는 색감 때문이리라. 그 색감의 치열한 움직임, 키스까지도 격렬해 보이는 색채의 흐느낌에 아마 매료되었기 때문이리라. 그게 아니라면 요즘은 컴퓨터나 티비를 통해 대략 보기도 하니 색감의 치열함은 상실하였고 따라서 등장인물의 육체에서 풍기는 매력의 불꽃이 귓불에 뜨겁게 다가옴을 즐기는 것이리라. 인물의 요염이나 까칠한 액션과 함께 던지는 대사의 맛깔스러움에 귀 기울이는 그 재미로 영화를 찾을지도 모른다.

한편 생각에 영화의 재미는 그런 것만이 전부가 아니다. 스토리가 좋아야 하고 연출, 촬영, 편집, 조명, 분장, 미술, 음악, 의상, 소품, 엑스트라, 심지어 로케이션 현장 분위기까지 중요하니까 말이다. 그렇다면 사람들은 영화의 어떤 요소를 보고 잘 만들었다, 좋다, 그러한 나름의 평가를 내리는 것일까, 입맛대로? 부분만 좋아서는 안 되는 것일까, 전체적으로? 그렇다. 영화는 전체적으로 골고루 잘 만들어져야 좋은 영화로 받아들인다. 그러나 세상은 꼭 그렇지가 않다. 좋은 영화임에도 사람들은 외면을 하고 쓸모없는 영화에 아낌없이 돈을 던지

기도 하는 것이다. 왜 그런 현상이 벌어지는 것일까? 그것은 마치 적절한 인재가 필요한 곳에 배치되지 못하고 엉뚱한 자가 뚱딴지같은 일을 하는 사회현상과도 닮은꼴이다. 세상은 엉뚱한 방향으로도 곧잘 흘러가기 때문에 영화제작의 현실도 때로 거기에 초점을 맞춰야 한다. 좋은 영화가 사람들의 심금을 울리고 감동을 선사하지만 반드시 모든 이에게 적용되는 것이 아님을 인정해야 한다.

좋은 영화를 만들고도 흥행에 실패하여 무너져 내리는 자들이 얼마나 많은가. 이렇듯 모든 인생의 삶에 있어 쓴맛을 보는 자들이 얼마나 많은가. 그것을 인정할 때에 비로소 세상의 맛을 알게 된다. 다시 영화 본래의 이야기로 돌아와서, 영화는 감독의 예술이다. 배우와 스태프들이 일사불란하게 움직여 하나의 커트를 찍고 연결하여 꾸며서 한편의 영화를 완성하게 되는데 이런 낱개의 작업에는 반드시 통합하는 자가 있게 마련이다. 없어서는 아무것도 전개시켜 나갈 수가 없으며 오직 감독의 지시와 조정에 의해서만이 영화를 완성시킬 수가 있다. 이러니 감독의 책임과 권한이 막중하다. 감독의 역량에 따라 작품의 좋고 나쁨이 결정되는 것이다. 그건 그렇고 영화를 좋아하는 사람들은 사랑도 잘할 수 있을까?

사랑의 의미

누군가야의 자그마한 손가방에서 폰 진동음이 울린다. 무시하고, 다시 울리고, 다시 무시하다가 누군가야가 밖으로 나간다. 지켜만 보던 무씨도 몸을 일으킨다.

"가 봐야겠어요. 영화가 무지 재밌는데."

미소를 짓지만 서두르는 모습을 감출 수가 없다. 폰이 여전히 진동한다.

"전화 받지 그래요?"

둘은 영화관 복도를 빠져나간다.

"나는 거짓말을 잘할 줄 몰라요. 동창 만난다고 말해서 그리 알거든요. 여긴 영화관이고, 받으면 질문에 실수할지도 몰라요. 여길 떠나고 무씨와 헤어지면 그때 내가 전화하면 되어요. 그게 나아요."

정신없이 퍼붓는 폭우 속에 승용차가 길가에 멈춘다. "집에 도착하거든 버려요!" 작별의 인사를 나눌 겨를도 없이 어수선한 눈빛이 후딱 스칠 뿐이다. 그새 온몸이 흠뻑 젖은 무씨가, 펼쳐든 커다란 검정 우산을 그녀에게 건네고는 운전석으로 뛰어들고 그녀는 버스정류장 지붕 밑으로 황급히 몸을 숨긴다. 무씨는 그녀의 모습을 백미러로 살피지만 빗물 너머로 그 흔적마저 사라진다.

'의처증. 의처증이라 말할 수 있을까? 남편의 정당한 요구일 수도 있는 자기 권리의 행사를? 여자도 외출할 수 있다. 유부녀도 마찬가지다. 인간이니까. 아내가 외출하면 거기다가 들이대고 일상처럼 전화를 해야 하는 걸까? 그게 관심과 배려에서 나오는 행동일까? 아니 어쩌면 급한 볼일이 있어 전화했는데 받지 않자 초조감에 빗발치게 울려댄 건 아닐까? 그건 아닐 것이다. 그녀는 습관처럼 통상적 의례를 거치듯 남편의 전화를 처리하고 그 방법까지가 몸에 익었다. 외출할 때마다 이유를 알려야 하고 만나는 상황을 전해야 하는 그런 거라면, 그런 거 같다! 그렇다면 그게 의처증이 아니고 무엇이겠는가?' 거기에서 무씨는 의문부호 하나를 찍고는 생각을 떨쳐버린다. 추슬러야 할 자신의 영혼만으로도 세월의 모자람, 시간의 짧음을 한탄해야 할 삶일진대, 확실하지도 않는 추측의 나래를 펼쳐 그다지 의미 없는 그림자의 몸짓에 정신이 휘둘려질 수는 없는 일이니까!

사람들은 사랑을 노래한다. 사랑을 말하고 사랑을 움직인다. 행동하지 못하는 사랑을 비난하기도 하고 특히 종교적 사랑에 있어 더욱 그러하다. 연인과의 사랑, 배우자, 가족, 신념을 같이하는 자들끼리의 사랑, 이렇듯 세상에는 무수한 사랑이 뒹굴고 다닌다. 도대체 무슨 차이란 말인가? 잡부의 사랑이 다르고 점잖은 처자의 사랑이 다르고 성직자의 사랑이 다르고 늙어가는 이와 죽어가는 것들의 사랑이 다르단 말인가. 인간이 다르지 않듯이 다르지 않기에 저마다 다른 가치관이 틀리지 않기에 사람들은 살아가고 만나고 관계를 형성한다. 모습과 가치관이 다르고 영혼의 분량 또한 다르기에 그것들은 어울려 조화를 이루고, 다른 얼굴 다른 미소 다른 말 다른 모습으로 서로의 다른 영혼을 사랑하는 것이다. 다르지만 틀리지 않기에 그것은 어울림 속에서 같은 모습이다. 같은 얼굴이요 같은 영혼의 울림으로 풍경소리를 낸다. 그것이 사랑인데 그것이 어찌 그것에 차이를 두겠는가.

일상에서 만나는 사랑과 종교에서 만나는 사랑, 그것은 같은 것이다. 한결같은 것이다. 종교에서도, 종교를 떠나서도 누구나 서로 사랑하라고 말한다. 신께서 인간을 사랑하신 것처럼 서로 사랑하라고 말씀하신다. 사랑은 에너지가 필요하다. 영혼에 선한 싹이 틔어 자기가 가꾼 정서와 가치관을 세상의 태양과 공기와 물로 버무려 마침내 과실이 되는 그 사랑을 따서 먹고 건네는 행동에는 에너지가 필요하다. 실천하지 않는 종교는 사망에 이르는 반진리라고 사람들이 떠들 정도로 사랑엔 행위가 뒤따르고, 뒤따라야 하는 게 옳겠다. 사랑은, 사랑한다면 타인을 향해, 타인의 육신을 위해 수고를 아끼지 않아야 하며 타인의 정신을 위해 고통을 감내하여야 하며 타인의 영혼을 위해 희생을 감수하여야 하는 것이다. 그렇게 해야 진정한 사랑이자 사랑에 이르는 길이라고 말하고 있다. 사랑은 생각의 관념이 아니라 에너지라는 실체이며 본질적 실존의 구체적 형상인 사랑이라는 에너지의 분출이기 때문에 숨 쉬는 생명체라면 피 끓는 움직임의 존재라면 사랑은 피해갈 수 없는 생명의 근본 자체인 것이다.

이러한데 어떻게 우리가 인간의 사랑 행위를 비난 할 수 있을 것인가. 사람이 사람을 사랑하는데, 사랑하겠다는데 거기에 인간이 만든 도덕을 들이대고 법으로 저울질하고 가치관이라는 잣대로 사랑을 재단할 수 있겠는가. 누가 누구에게 그런 권능을 부여하겠는가, 떠맡겼겠는가! 사람이 사람을 사랑하더라도 그것이 신처럼 신을 닮은 모습으로 거룩하여야 한다면 그 거룩함이 어떤 사상으로 어떤 자태로 드러나야 할까? 가난한 이웃을 돕고 병자를 치료하고 어려운 자를 위로하는 사랑의 행위에는 어떤 사랑이 머물고, 남자가 남자를 사랑하고 늙은이가 젊은이와 사랑을 나누고 여자가 여자와 사랑하고 배우자가 있는 자와의 사랑은 또 어떤 사랑이 도사리고 있는가. 사랑에 악이 깃들고 거짓이 꿈틀거린다면 그것 자체가 이미 사랑이 아닐 텐데, 한편 사랑을, 그것의 행위를 악이라, 거짓이라, 탐욕의 발로라며 인간이 규정하는 짓 또한 매우 위험한 일이지 않을까?

사랑하더라도 도덕과 윤리를 지켜야 하고 질서와 통상적 예의를 염두에 둬야 한다고 일제히 못 박을 수 없는 것이다. 인간이 삶을 살면서 모든 것에 사람을 일을 행위를 사랑으로 하되 거기에 어떤 구속이 작용한다면 그건 사랑이 아니라 자비다. 불교에서 말하는 측은지심의 발로에서 나오는 동정이고 연민이요, 그것마저 떠난 선에의 버릇, 계율의 익숙함이다. 그것은 사랑이 아니라 또 다른 인간의 삶의 모습이요 가치관의 하나일 뿐이다. 종교에서 말하는 사랑이나, 인간의 보편적 삶에서 만나는 사랑이나 그 본질이 같다. 맞이하는 영혼도 같고 드러나는 행위도 같다. 인간의 모든 선한 것을 허용하는 사랑이 어찌 낡고 거칠고 삭는 냄새의 육체에 족쇄가 되고 어그러지고 산화되겠는가. 또 다른 인간의 욕망에 무너지겠는가. 사랑은 이웃에게 악을 행치 아니하나니 그러므로 사랑은 율법의 완성이니라.

멀리서 바람이 불고

"잘 놀고 잘 왔어요." 짧게 문자를 남기고 다시 며칠이 지나서야 전화가 온다. 논문 준비로 바빴고 앞으로도 그리 될 거 같다는 얘기다. 한 달 여, 그러니까 8월 초순까지는 만날 여유가 없으니 안부나 전할 말들은 메일이나 문자, 더러 전화로 하자는 거다. 무씨는 며칠을 그녀 생각으로 보냈다. 첫 마주침의 강렬함, 메일이나 전화에서 오는 당돌함과 어처구니없음, 만남의 대화에서 느껴진 순수와 담백함이 줄곧 뇌리에서 떠나지 않은 것이다. 너무도 태연하게 마치 오래된 친구처럼 며칠간의 일상을, 전화지만 곁에 머문 사람처럼 풀어내는 누군가야다.

"남편하고는 사이가 어때요?" 남편 얘기가 나오면 잘 웃는 거 같다. 재밌는 얘기라도 되는 양 말을 받는다.

"남편은 소중한 사람이에요. 내겐 보배와 같은 존재죠. 서로가 보배. 어찌 보면 까다로운 나를 잘 받아줘요. 퇴근 때는 곧잘 마트에 들러 장보고 오곤 해요. 요리를 만들어 내게 먹여주기도 하고요. 가끔 내가 주부인가? 그런 생각이 들 때도 있어요. 살 뺀다고 요즘은 저녁을 먹지 않고 아침엔 일찍 출근해서 회사 식당에서 먹어요. 나만 먹을 것을 해결하면 되는 그런 상태죠. 요즘 주부들이 다들 그렇지 않나?"

무씨는 아이의 얘기를 물으려다가 그만둔다. 저번에 메일이 오갈 때는 분명히 아이의 언급이 있었는데 지금은 거론조차 없다. 말하지 못할 사정이 있는데 괜히 묻는 게 아닐까 하는 우려가 들어서이다.

"무씨는 어땠어요?"

"뭐가요? 아, 우리도 사이가 좋습니다. 신혼 초부터 맞벌이라 아이 둘을 처가, 시가 쪽에다 어느 정도 클 때까지 차례대로 맡겨놓고는 늘 신혼처럼 보냈습니다. 선량하면서도 당당한 여자지요. 지금도 아이를 잘 키우면서 편안하게 지내더군요. 얼마 전 전화에서도 그만 집으로 돌아왔으면 하던데. 우리는 서로를 신뢰하고 아낀답니다."

한편으로 그렇다. 무씨 말이 엉터리가 아니고 사실을 말한 것이 분명하듯이 누군가야의 말도 사실일 게다. 사실이 그런데도 그들은, 그러니까 무씨와 누군가야는 왜 사랑하는 아내와 남편을 곁에 두고서 이렇게 타인과 전화를 하고 정감을 나누고 사랑에 몰입하려는 적극성으로 열심을 내는 것일까? 내 속에 또 다른 내가 있고 그걸 끄집어내려는 욕망에의 호소를 가감 없이 실토한 누군가야처럼, 무씨도 그런 마음상태인 걸까? 둘은 정녕 사랑을 원하는가? 세상의 권태를 조롱하듯이 사랑을 희롱하면서 섹스에 그 열정을 불붙여보려는 것일까!

"내 남편도 그래요. 술을 잘 먹진 않지만 어쩌다가 술 취해 들어오면 한 번씩 그래요. 나는 주방 식탁에 앉아 책을 읽고, 그이는 거실 소파에 앉아 티비를 보다가 불쑥 내게 말하죠. 〈자기야, 치마 걷고 팬티 내려 봐.〉 그러면 나는 군말 없이 앉은 채로 치마를 올리고 팬티를 내려요. 무릎까지."

이 말에 무씨가 충격을 받는다. 이런 소리를 아직 낯선 남자에게 스스럼없이 말한다는 것. 아무 부끄럼 없이 평소의 음색 그대로 구사할 수 있다는 것. 부부지간의 성적유희가 지나치게 퇴폐적이고 변태적이라는 생각을 떨쳐버릴 수 없다는 것. 그런 것들의 인식에 탄식처럼 저절로 말이 튀어나온다.

"충격이네요! 상당히 변태 같습니다."

"그래요? 그게 충격이에요?" 오, 마이 갓! 폰에서 그런 당혹감이 번질 것만 같은 침묵이 잠시 흐르다가 누군가야가 말한다.

"남자들이 다 그렇지 않나요? 웃통을 벗고 주스를 가슴팍에 흘리면서 〈빨아 먹어 봐.〉 그러면 나는 안기다가도 〈어, 싫어!〉 그러면서 빠져나가요. 그래도 그다지 싫다는 생각은 들지 않고 단순히 징그럽다는 느낌에 그냥 피해보는 거예요. 남편도 더 이상 요구하지는 않고. 그런데 그게 아니구나! 무씨 반응을 보니 그게 보편적인 부부의 모습은 아니군요? 한편으론 그게 궁금하기도 했어요."

"물론 모든 부부들이 천편일률적으로 어떤 형식을 정해놓고 성행위를 하진 않습니다. 다들 다르고 더 심할 경우도 많겠지요. 하지만 대체적으로 일반적인 부부들은 그러지 않을 겁니다. 부부라는 이미지의 고착된 인식 자체가 환락의 섹스를 연상시키는 짓의 시도를 가로막을 테니까 말입니다. 다는 아니더라도 최소한 나 같은 경우에는 그렇고. 그래서 그건 내게 충격으로 와 닿는 게 사실입니다. 지금도 놀라고 있습니다.”

자기가 내뱉는 말을 하나하나 기억하려는 듯이 말이 또박또박 느려지는 누군가야다.

“알겠어요. 사실 이 말을 다른 남자들로부터 묻고 싶었어요. 남편이야 다들 그렇다고 하니까. 이 사실을 그렇다고 남편에게 따질 수도 없겠어요. 누구한테 들었냐고 그럴 테니까. 깔깔, 나도 짐작은 하고 있었어요. 처음에 남편이 요구할 때 난 무지 싫어서 거절했어요. 여러 차례 거절하고 나니까 후회가 되더라고요. 걱정도 되고요. 혹시 다른 곳에 가서 불만을 해소하지 않을까. 죽은 사람 소원도 들어주는데 부부가 이 정도도 들어주지 못하면 어쩌나. 이왕 할 거면 억지로 하지 말고 즐기자, 누가 그러데요? 그 말이 떠올라서 즐기는 마음으로 받아들이고 그러니까 언제부턴가 나도 싫지가 않더라고요. 가끔 즐겁기까지 했어요. 내 웃옷을 걷어 올리고 유방을 바라보면서 〈아직도 자기 유방은 예뻐.〉 그럴 때는 나도 재밌기까지 하던걸요?”

가톨릭 신부 앞에 고해하듯이, 수사관 앞에 진술하듯이 묻지도 않는 얘기를 거침없이 술술 풀어내는 누군가야다. 무씨는 마음이 복잡해진다. 대화가 필요한 상대를 찾았고 그 상대와 대화를 나눈다고 해서 부부지간의 섹스 문제까지, 그것도 정상적이라기 곤란한 은밀한 내용의 묘사를 이토록 스스럼없이 내뱉는 여자의 속마음이, 그 심리가 궁금해졌다. 대체 내게서 뭘 원하는 걸까? 내게서 뭘 찾고자 하는 것일까? 이런 무씨의 마음을 알기라도 하듯이 누군가야가 덧붙인다.

“내가 무씨에게 이런 얘기를 하는 까닭은 한편으로 나는 섹스를 바라는 여자가 아니다. 섹스에 굶주려 단순히 남자로부터 육적 욕망에 매달리기 위해 이러는 게 아니다. 그걸 말해주고 싶은 거예요. 무씨에게는 말이지요. 내 말뜻 아시겠어요?”

무씨가 서둘러 대답한다. 그러지 않으면 바로 전화를 끊고 그녀가 그대로 허물어질지도 모른다는 직감이 치밀어서이다. "알겠어요, 무슨 말인지를. 단순히 섹스를 원하는 거라면 그쪽 말대로 주변에서 쉽게 찾을 수 있을 겁니다. 나도 대화 나눌 상대가 필요했고 그래서 만난 것이지 달리 무엇을 염두에 둔 게 아닙니다."

"고마워요. 무씨는 그 사람과도 다르군요. 그 사람은 내게 많은 영향을 끼치고 도움도 많이 주고 정신적 위로와 평안까지도, 얼마 전까지는 그랬죠. 사랑까지도 내게 안겨준 분이었지만, 그래도 행위로까지는 미치지 못했지만, 피하기까지 했지만 영혼의 교류로는 무지 정열적이어서 강렬하여 숨 막히는 말씀과 마음을 내게 듬뿍 주셨어요. 어쩌면 지금의 무씨 입장에서는 그 사람이 아마 남편보다도 더한 정신적 변태로 비쳐질 것 같다는 생각이 들어요. 컴퓨터 해킹 문제라든지, 그 사람의 여러 추잡한 요소들도 내가 많이 들려줬으니까요. 무씨, 어쨌든 내가 정말로 좋은 사람 만난 거 같아! 전화 끊을게요. 하고 싶은 얘기는 메일로 보내요. 나도 그럴게요."

폰이 끊긴다. 무씨는 후배가 운영하는 프로덕션을 즉각 떠올린다. '아무래도 당분간은 이 도시에 머물러야 할 것 같다!' 그러지 않아도 작업량이 밀린다며 언제든지 도와주길 바라던 참의 후배다. '그 사람, 남편, 그리고 나. 이렇듯 사랑하는 남편도 있고 오래된 연인도 있고 이제는 나를 자기의 마음속으로, 내가 원한다면 그녀의 품으로 나를 끄집어들이려 하고 있다. 그 사람이라는 존재에 대해 갖는 실망과 분노로 나를 찾는다고 하는데 그게 말이나 될까?' 무씨는 생각 중에 오래된 성벽을 허물어뜨리겠다고 창을 들고 나선 돈키호테가 문득 떠오른다. '지금 이럴 때가 아닌 것 같다. 가자! 가서 연출이든 편집이든 일을 하자. 무료한 상념을 털어내기에 참 좋은 일이니까.'

흔들리는 갈대

한동안은 연락이 오지 않을 줄 알았다. 서로가 바쁠 테니까. 어쩌면 이런 핑
계로 관심을 끊고 관계를 끊고 자연스레 잊히기를 바랐다. 서로가 연락만 없으
면 될 성싶었다. 그것만 참으면, 일이 바쁘면 만사가 순조롭게 제 궤도를 달릴
것 같다. 무씨는 도서관에서 자료로 쓸 책을 고른다. 유럽일주여행을 다녀온
고객이 맡긴 캠코더 촬영 테이프를 편집하고 거기에 깔 해설자 대본을 만들기
위해서다. 오랜만에 정장 차림의 말쑥한 모습으로 책을 읽는 무씨의 모습에서
지적인 풍모가 엿보이는데, 그건 누군가의 시선에서 그렇게 포착된 것이다. 얼
굴에 미소까지 머금으며 책을 읽다가 어리는 그림자에 고개를 든다. 아까부터
어정거리는 사람은 누군가야다. 그녀가 활짝 웃으며 무씨를 내려다보고 있다.

"공부하는 모습이 귀여웠어요."

"여긴 어쩐 일이세요?"

"호홋, 저는 여기 오면 안 되나요? 흠! 이상, 만나러 왔어요."

"이상? 그랬군요. 그게 누구지요?" 무씨는 순간적으로 그 사람을 떠올린다.

"이상, 모르세요? 오감도."

아차! 싶은 무씨다. 자기의 의식 속엔 아직도 그녀와 그 사람, 그 헛된 망상에
빠져 있지나 않나 싶어 불쾌감마저 깃든다.

"공부, 그동안 많이 했어요?"

"나를 보고 까뮈와 비슷한 몰골이라 하기도 하고, 개인적으론 이상이 마음에
들어 거기에 관한 소논문을 하나 준비하는데 참 어렵네요. 괜히 골랐다 싶기
도 하고."

말을 듣고 보니 그녀는 이상처럼, 마치 이상의 글처럼 묘한 구석이 많다는 자

각이 인다. 그 정신없음이 하나의 매력으로 다가와 무씨의 영혼을 붙들고 있는지도 모른다. 그게 뭐 좋은 거라고? 도서관 뜰을 걷는 누군가야는 하체를 압박하는 청바지에 느슨하게 헐렁거리는 빨간 티를 걸쳤다. 그녀에겐 마주칠 때마다 이질적인 모습이 엿보인다. 짧은 머리카락이 이번에는 거칠게 솟구쳤으며 빈틈없이 앞가슴을 동여맨 앞서와 달리 그것은 조금만 고개를 숙일라치면 속살의 유방 언저리가 쉽게 드러날 판이다. 앞서 허벅지에 포인트를 주려 한 인상의 약간 주름진 치마에 이어 이번에는 엉덩이에 뭇시선을 주고자 하는 의도일까, 그것은 너무도 팽팽하게 조여들었다. 무씨는 한때 여자들의 육체에 상당한 관심이 있는 것처럼 비쳤다.

영화 현장에서 활동할 때에 해당 작품의 이미지 적용으로 해서 여배우의 외모와 육체적 이미지에 시선을 던지고 살펴서 탈바꿈까지 시도하는 세월이었지만 그건 전적으로 작업에의 일환이었고, 여배우의 육체는 소품이랄까 배경이랄까 하나의 미술품으로 대하였다. 거기에 여자로서의 사랑에의 육감으로 바라보고 손댄 것이 아니었다. 그런 그가 새삼 누군가야의 육체와 의상에 자꾸만 시선이 이끌리고 하얀 마음에 색칠하듯이 그녀의 모습이 그려지는 까닭을 무씨로서는 도무지 자신의 마음을 파악하기가 힘들다. 사랑, 사랑의 감정이라는 말 한마디로 이걸 표현할 수 있는 것일까?

누군가야가 무씨의 시선에 어색해한다. "내가 뭐 잘못한 거라도?"

"아, 아니. 누군가야를 볼 때마다 색다른 모습을 발견해서 그래요. 매번 바뀌는 의상과 생각의 흐름, 드러나는 행동과 말들이!"

"그랬어요? 난 모르겠는데. 그렇다면 아마 그 사람 영향이 컸을 거예요. 그 사람은 정신세계가 참 다양했어요. 어쩔 때는 종교인처럼 보이다가 예술가로 변신하기도 했어요. 그 사람을 한때 따르고 존경하고 사랑했으니! 사랑? 아! 사랑은 어쩌면 나의 일방적 생각, 착각이었는지도 몰라요. 지금 다시 생각해보면요."

"그 사람은 지금 뭐 하는 사람입니까?"

"미국에 유학을 가셨다나 봐요. 과학자가 되겠다는 포부를 안고 갔는데 실패하고는 한국에 돌아와서 어딘가에서 강사로 지냈나 봐요. 시를 다시 공부해서 지금 시인으로 있어요. 학교에서는 여전히 과학 쪽으로 강의하는 것 같던데?”

'젠장! 얼어 죽을!' 무씨가 마음속으로 거친 말을 내뱉는다. 진리를 찾겠다며 마음을 곱게 먹고 욕과 나쁜 행실을 삼가려고 애쓰면서 지식과 사유와 삶의 체험 속에서 정말 반듯한 진리 하나 찾고자 한 세월이 꿈이요 헛된 망상 같은 오늘이다. 그런 오늘을 무씨가 느낀다. 그녀의 옆얼굴 눈가에 주름살이 보인다. 옅지만 여러 가닥으로 실금이 가 있다.

“나이가 어떻게 됐을까? 여태 모르고 있었네.”

“내 나이요? 나이는 묻지 마요. 대충 알아서 보시면 되어요. 하루가 다르게 늙어가.”

그렇구나! 서른 중반의 나이로 추측한 첫 만남 이후로 차츰 세월의 흔적이 하나씩 한 꺼풀씩 드러나는 그녀다.

“한, 마흔세 살 정도 되겠네?”

'어머! 세상에나!' 그러면서 자존심 때문에라도 슬쩍 자기의 나이를 홀릴 줄 알았더니 그녀는 거기에 촉각을 곤두세우지 않는다. 더 먹었다는 얘길까?

“오늘 날씨가 참 좋아요!”

“오늘 이렇게 마주치지 않았다면 언제쯤이나 나를 만날 생각이었지?”

“글쎄요? 원고 마감 날짜에 쫓기니까. 그래도 메일로 안부는 전했을 거예요.”

걷기가 상그러운지 벤치로 성큼 다가가 털썩 주저앉는 무씨다. 그의 행동에서 묘한 기운을 느끼는지 누군가야가 잠시 멀뚱멀뚱 바라본다.

“이리 와요. 피곤해서 그러니까.” 그녀가 다가와 앉자 말을 주섬주섬 꺼낸다. “내 마음을 전혀 모르지는 않겠죠? 앞으론 그 사람 얘기, 내 앞에서 꺼내지 말아요. 다른 얘기로도 할 게 천지고 세월도 짧은데 그런 얘기로 낭비하고 싶지 않아.”

무씨의 눈을 진지하게 들여다보다가 대답한다. “알겠어요. 원한다면 그렇게 할게요.”

“이런 말을 해서 미안해.”

“아녀요. 잘하셨어요. 나도 그 사람으로부터 벗어나고 싶어요. 그래서 무씨를 만났어요. 처음에는 남자에 대한 불쾌감도 있었어요. '남자들은 죄다 바람둥이야!' 그런 원망과 반감에 무씨를 상대했는지도 몰라요. 그땐 무씨를 잘 몰랐으니까. 남자를 골탕 먹이고도 싶었죠. 사랑하는 척, 그러면서 남자를 애태우다가 처절할 정도로 잔인하게 차버리는 거죠. 무씨가 접근할 때 그런 마음이 전혀 없었던 건 아니었어요. 곧 후회하고 제자리로 돌려놓으려 했지만, 하지만 그게 내게 행운이 됐네요. 골탕 먹이려던 접근이 이렇게 왔으니. 후훗, 그러지 않았으면 그때 우리 만남은 이뤄지지 않았어요. 결코 이뤄질 수가 없죠. 남자에 대한 증오로 속이 부글부글 끓을 때였으니까." 듣기에 따라서는 무슨 무용담을 늘어놓듯이 신나서 떠드는 기색이다.

"점심 먹읍시다. 밑에 구내식당 갈까?"

구내식당이 조용하다. 우동 국물에 도시락을 퍼놓고 먹는 여학생 둘이 전부다. 맛이 없어 모두가 외면하는 식당 같지만 어쩌랴. 주방 아주머니가 졸고 있다.

만만한 충무김밥을 테이블에 놓고는 머쓱하다. "자주 이런 거를 드세요?"

"아뇨, 먹어본 지가 한참 됐습니다. 먹을 만하지 않나?"

"괜찮아요. 조금만 먹을게요. 아침을 늦게 먹었어요."

문득 생각이 미치는 무씨다. '그래도 그녀와 처음 갖는 식사인데 아무 생각 없이 공간과 메뉴를 선택하다니!' 어설픈 각두기가 입안에서 겉돈다. 세상을 등지고 세상과 따로 놀면서 자유자재로 행동과 말을 내뱉는 삶에 젖어, 이런 간단한 남녀의 예의랄까 낭만조차 염두에 두지 않게 된 자신의 행동이 부끄럽게 여겨진다. '조금만 애써도 멋질 것을.' 철학적 삶에만 궁리에 궁리를 더했지, 인간의 보편적 낭만이나 즐김에는 점차 무뎌가는 자신을 보는 듯해 씁쓸하다.

"오늘은 뭐라 말하고 나왔습니까?"

"네? 아, 그거요. 도서관 가는 줄 알고 있어요. 논문 쓰는 줄 아니까. 내가 그 정도로 자유롭지 못한 줄 아세요? 일반 아줌마와 비슷하다고 보시면 되어요. 다들 그렇게 살지 않나?"

말을 듣고 보니 그런 것 같다. 확실히 기우에 불과한 게 분명하겠다. 한시바삐 음식을 처리해야 한다는 심정으로 김밥을 씹는데 누군가야가 묻는다.

"가령, 사랑하는 사람의 마음이 돌아선 것을 아는 어떤 사람이 시를 통해 사랑을 잃어버린 절망을 노래한다면 그건 우연이겠어요? 아니면 사랑하는 사람을 향한 자기 마음을 적은 거겠어요?"

또다시 이상한 소리로 자기의 마음을 긁을 모양새에 무씨의 몸짓이 어수선해진다.

"그 시를 어디서 봤습니까?"

"그게, 그러니까, 어제 그 사람 블로그에 올라왔었어요."

듣고 싶지 않다고 방금 일러줬는데도 다시 들먹이자 무씨의 기분이 착잡해진다.

"시라는 건 읽는 사람에 따라 느낌이 판이하게 다를 수가 있는데 그게 실연의 절망을 노래한 거라 단정 지을 수 있을까요?"

"물론 그렇긴 하지만 이번 시는 단순하고 쉽게 적은 거라 누구나 알 수 있는 거였어요."

"그 시가 누군가야의 메일로도 왔습니까?"

"아뇨, 그러지는 않았어요. 그 사람 블로그에 그냥 적혀 있었어요."

"그렇다면 짐작컨대 누군가야를 보고 누군가야 때문에 그 상심에 시를 적고 올린 건 아닐 겁니다."

약간 실망의 빛을 띠며 누군가야가 재촉한다. "그럼, 왜 그런 시를?"

서서히 불쾌감에 물드는 무씨다. "생각해보세요. 그분이 사랑하는 사람 때문에 그런 깊은 절망의 노래를 적었다면 최소한 그 당사자에게 최후의 통첩마냥 기별은 하지 싶습니다. 당연히 메일로 보내져야겠지요? 구석진 자기 블로그에 달랑 그거 한 줄 올린다고 해서 무슨 희망 하나 건지겠습니까?"

"내가 매일 거길 방문하니까요."

잠시 침묵이 흐른다. 이 짧은 순간에 둘은 제각기 어떤 생각을 하는 것일까?

무씨가 엄숙하게 말한다. "아직도 그 사람을 사랑하십니까?"

"나 때문이 아니면 왜 그런 시를 적었죠?" 무씨의 질문이 귀에 들어오지 않는 듯하다.

"답답하네! 방금도 말했지만 메일이 아니라 공개된 블로그에 오른 거라면 그건 불특정 다수이거나 다른 여자와의 비련을 노래한 것이겠지. 그것도 모르겠나? 여러 여자를 사귀는 것에 분노하여 떠났다고 내게 들려주기까지 했잖아."

"이젠 사랑하는 것은 아니지만 그래도 그 사람은 그동안 내게 많은 정신적 위로와 도움을 주셨어요. 그것에 감사하고 있어요, 지금도!"

"그러면 대체 여기서 왜 이러고 있지? 그 사람에게 돌아가면 간단하잖아. 나라는 놈이야, 이제 겨우 몇 번 되어서? 잘 들어요. 그 사람은 여전히 누군가야를 사랑하고 있고 누군가야도 그 사람을 여태껏 잊지 못하고 있으면? 뭐야, 그러니 서로 같이하면 되잖아!"

언성이 자신도 모르게 높아지자 둘은 서로가 놀라 멈칫거린다. 감정을 억누르며 무씨가 말한다.

"그래서 매일같이 그 사람의 블로그에 들어가서 글 읽고 생각하고 그러나?"

"매일 들어가서 둘러보는 건 맞아요. 하지만 그건 알았던 사람에 대한 안부 인사 정도의 마음이지 다른 감정이 있어서 그런 건 아녀요."

"누군가야씨, 앞으로도 그 사람의 그림자를 밟고 서성거릴 생각이십니까?"

"왜 그러세요? 이건 내 삶이잖아요. 내가 알아서 할 문제예요. 하지만 그런다고 해서 그 사람에 대해 다른 감정을 갖거나 그러진 않아요. 내 말을 믿어주세요. 왜 내 말을 받아들이지 못하는 거죠? 나는 거짓말을 하지 않아요."

부질없는 일을 가지고 감정이 틀어진 것이라 볼 수도 있지만 무씨로서는 뭔가 개운치 않은 어수선한 심정으로 식당을 나선다.

"알겠어. 누군가야 말을 믿을게."

"말은 그렇게 하지만 믿기 어려울 거야. 그 사람과의 관계를 일일이 설명하기가 어려워요."

그 말에 무씨의 감정이 터져 나온다. "사랑하지 않는다면서? 사랑하지 않는 게 확실하면 그걸로 충분한 것이지, 믿기 어렵고 설명이 어렵니 그런 말이 뭐 필요해, 그렇지 않나?"

"사랑을 떠나서 인지상정이라는 것도 있잖아. 서로가 끝났다고 다 걷어버려야 해? 무씨, 대체 왜 그래요? 사람이 갑자기 이상해졌어. 나, 싫어! 이런 거."

누군가야의 높아지는 언성에 덩달아 고함지르는 무씨다.

"내가 졸지에 바보가 되는군. 편하게 하고 싶은 대로 해, 어찌하든지!"

"아악! 미워. 정말 다들 죽어버려!"

가방을 휘두르며 쓰러질듯이 무씨로부터 떠난다. 모퉁이를 빠져나가도록 지켜보는 무씨다. 사회에서 질타 받을 추악한 인간들이 추악한 사랑놀이에 겨워 질투와 거짓과 분노로 절망을 끌어안는 작태를 연출하는 것만 같아 피부가 이글거리는 갈증에 가쁜 숨을 몰아쉰다.

고독한 도시

심장이 심하게 두근거리고 깊게 숨을 들이쉬어야 할 정도로 가쁜 압박을 받는 통증에 병원을 찾았지만 뚜렷한 병을 찾지 못한다. "소견으로는, 피로누적에서 오는 일시적 과민반응으로 보입니다. 기력이 떨어져 전반적으로 몸 기능이 약화되면 갱년기 증세처럼 오기도 하는데, 일단 안정을 취하시는 게 좋겠고 정밀검사를 원하신다면 큰 병원으로 가 보시는 것이 좋겠습니다."

무씨는 약국에 들러 오메가3, 아스피린, 영양제를 산다.

'이 나이에 벌써 몸에 이상을 느끼다니?' 객지를 떠돈 세월이 결국 몸만 상하게 만든 게 아닌가 하는 불안을 갖는다. '이 도시를 떠났어야 했는데!' 무씨는 이젠 되레 발목이 잡힌 마음 상태다. 맡은 편집은 끝마쳐줘야 한다. 밀린 것까지 하자면 육 개월은 족히 이 도시에서 맴돌아야 할 분량이다. 그는 한시도 누군가야를 잊은 적이 없다. 어느 새 자기의 삶에, 마음속에 깊숙이 파고든 여인이다. 그렇지만 찾지는 않는다. 도서관도, 전화도, 메일까지도. 그건 누군가야도 마찬가지다. 감정의 뒤틀림이 있고부터 연락이 끊겼다. 무씨는 일부러 영상 작업에 바삐 매달렸다. 마음 한구석으로는 빨리 이 작업을 끝내고 이 도시를 벗어나려는 갈증으로 해서.

스튜디오 한편에 놓인 야전침대에 눕자 무씨는 누군가야 생각에 잠긴다. '그녀는 왜 나에게 그 사람이라는 자와의 과거를 늘어놓은 것일까? 남편에게 사실을 고백하는 것처럼, 아니 남편에게 말할 수 없는 절박한 비밀이라서, 동화 속에 임금님 귀는 당나귀 귀라고 외친 이발사의 심정처럼 양심 속에 감춰져 부글부글 끓어오르는 가책을, 그 격정을 내게 쏟아내고 싶었던 것일까? 죽을 때까지 무덤 속에 가져가야 한다는 그 은밀하고도 달콤한 연정의 흔적들을 토해내고서 어떤 카타르시스를 노렸던 것일까? 나는 그녀에게 어떤 존재인가. 나를 사랑한다는 강한 메시지를 던져놓고서도 그 사람의 그늘에서 맴돌고 그걸 알리고 그 갈증에 목말라 하는 그녀를 어떻게 바라봐야 하는가. 어차피 세상에서 인정하는 사랑은 부부간의 사랑일 뿐, 연인이니 갈망이니 하는 따위의 사랑놀이는 빛을 잃으면 유령처럼 저 그늘로, 저 멀리 어둠으로 허겁지겁 달아나지 않던가! 그런 어설픈 관계 속에서의 질투, 갈등, 원망이 도대체 무슨 의미를 지닌다는 것인지?'

무씨는 담요에 얼굴을 파묻는다. 오늘은 술 마셔도 괜찮은 밤일 것 같다. 술마저도 당분간 끊은 무씨이지만 영혼을 일굴 뇌세포에게 마취의 휴식은 오늘축복이라는 생각이다. 마음 속 깊은 곳으로부터 어떤 한 소리가 들려온다.

'사랑해, 사랑해, 사랑해. 이제 이 소리가 지겹지 않아. 자꾸 듣고 싶어.'

무씨가 입을 열고 소리 내어 대답한다. "내가 보고 싶지? 나도 그래!"

전화번호가 없어졌다. 누군가야는 이제 흔적을 지울 작정인가? 도서관을 찾는 건 무의미할 것 같다. 무씨가 상심을 추스르며 메일을 찾는다. 누군가야의 편지다! 그녀는 오래 전에 편지를 남겼다.

"어릴 때부터 암송하던 시라 기억에 어떨지 모르겠어요. 100여 년 전, 프랑스 여류시인이 쓴 시라는데 지금 내 심정을 잘 표현한 것 같아 적어봅니다.

〈덤불 속에 가시가 있다는 것을 나는 안다. 하지만 꽃을 더듬는 내 손길 거두지 않는다. 덤불 속의 모든 꽃이 아름답진 않겠지만, 그렇게라도 하지 않으면 꽃의 향기조차 맡을 수 없기에, 꽃을 꺾기 위해서 가시에 찔리듯 사랑을 얻기 위해 내 영혼의 상처를 감내한다. 상처받기 위해 사랑하는 것이 아니라 사랑하기 위해 상처받는 것이므로.〉

집을 옮깁니다. 남편의 본사 근무가 일 년 만에 짧게 끝났어요. 본래의 자리로 돌아가는 것이라 잘됐다는 생각이에요. 남편이 원한 거지만 나도 이 기회에 전화번호를 바꾸는 게 좋겠다 싶어요. 새로 만드는 대로 무씨가 알고 싶다면 일러드릴게요. 너무 서두르다보니 참! 부산으로 가요. 지금 무슨 말을 적어야 할지. 정신이 없어요! 인터넷이 이럴 땐 좋네요. 주소가 그대로라서. 연락주세요, 누군가야가."

벌써 한 달이 지난 편지다. 가을이 한 발짝 성큼 다가서는 이 시간, 향기처럼 허공에 날리는 편지 한 구절에 감동의 떨림으로 울렁거린다. 오타를 지울 겨를도 없이 글을 적어 내려가는 무씨다.

"오오, 이제야 메일을 봅니다. 그새 다른 일이, 다른 마음이 생긴 건 아니겠지요? 답장이 없어 마음을 버리고 일상으로 돌아갔다면 그건 그것대로 누군가야의 축복이 될 게 분명하지만 내 욕망은, 더러운 이기심은 제발 부디 그대가, 그대로 그 자리에서 나를 기다리길 바란다는 것입니다. 오오, 내 사랑, 나의 불찰을 용서하오. 다 잊고 진정한 영혼의 대화자로, 연인으로 그렇게 만나지게 되기를 신께 기도하고 있다오. 신이시여, 감사합니다. 우리의 사랑이, 우리의 대화가 죽기까지 외롭게 하옵소서."

그러나 소식이 없다. 가을이 깊어가는 만큼씩 무씨는 속병에 시달린다. 독백처럼 누군가야를 향해 장문의 시를, 고백을 읊는다.

"이런! 누군가야도 상처를 받고 있구나. 사랑하기 위해 상처 받는다는 얘기는 진실이야. 사랑의 숭고함까지를 아는 누군가야 같아. 덤불 속에 가시가 있다면 대개의 사람들은 손길을 거두지. 꽃이 아름다워도 자기의 육체 혹은 영혼의 손상을 바라지 않으니까 말이야. 물론 처음에 꽃을 발견하고는 반가움에, 그 향기에 선뜻 꽃을 향해 손을 뻗게 되겠지. 하지만 가시에 손이 찔리게 되면 사람들은 손을 걷고 꽃을 탓하거나 마음의 상처를 언짢아하게 돼. 그런데도 누군가야는 여전히 꽃의 향기를 그리워하네? 정말로 꽃을 사랑하는 사람이라 느껴져. 내가 식물을 좋아하고 여러 가지 꽃들을 피워봤기에 느낄 수 있는 것인데, 꽃을 피우기까지 또는 그러한 꽃을 발견하기까지 자신의 살아왔음이, 살고 있음이 그토록 아름답다는 것을 알게 돼. 그런 뜻에서 누군가야의 마음은, 그 삶은 참 아름답나 봐. 목적이거나 물질의 획득을 원한다면 그런 사람들은 작대기 같은 다른 도구나 수단을 사용하여 꽃을 획득하려고 하겠지. 그런데도 누군가야는 가시가 주는 상처를 감내하고서라도 온전하게 꽃의 뿌리의 흙까지의 쓰다듬음을 원한다는 그것은 그러면서도 꽃의 향기만을 원한다는 그것은 참으로 꽃을 사랑하는 사람임을 절로 느끼게끔 해.

그래서 내가 말하는데, 다친 손을 이리 내세요. 내가 상처를 어루만져주고

찔린 손가락의 독기를 빨아내겠어요. 누군가야는 그러지 않겠지만 이런 나의 행동을 보고 어떤 사람들은 음란이라며 그들의 멀쩡한 손가락을 내게 길게 내밀지도 모르겠어. 사랑하기 위해 상처를 받는 누군가야에게 내가 그깟 상처의 어루만짐 정도야 못하겠어? 나는 신이 아니야. 신의 사랑이라면 누군가야를 삶의 기쁨으로 소망으로 삶의 존재 이유로 이끌어가겠지만 나는 단지 진리를 알아가려는 한 사람일 뿐, 신의 사랑의 한 조각에 불과하니 그래서 누군가야에게 어떠한 도움 하나 되지 않을지도 몰라. 그래도 말할래. 작지만 나의 사랑을 훔쳐가세요. 작지만 나의 사랑에도 향기가 있다면 맡으시고 그러다가 가시에 찔리면 상처도 그냥 받아가세요. 나는 말해. 신의 사랑은 자유롭다고. 신의 사랑을 알고 진리를 안다면 그 자유가 얼마나 소중한가를 알게 돼. '진리가 너희를 자유하게 하리라' 이런 신의 말씀처럼, 상처받더라도 사랑으로 자유를 누리려는 누군가야를 사랑해. 사람들의 사랑도 마찬가지가 되어야겠지. 나 자신 아직 어리석고 보잘것없기에 사랑의 본질을 찾고 따르려고 노력하는 인간에 겨우 불과해. 하지만 노력하려는 까닭은 사랑은 구속이 아니라는 진리를 알기에 그래.

자유롭지 않은 사랑은 사랑이 아니야. 머릿속에만 맴도는 이러한 진리지만 혹시라도 내게 닥쳐오고 누군가야가 도움을 요청한다면 거기에 맞추어 내 사유를 들려주려고 이제야 뒤늦게 거듭 되새기고 있는 것이야. 이러한 때에 누군가야가 들려주는 마음을 읽고는 모르는 사이가 아닌 사랑하는 친구이기에 이렇게 글을 적는 것이야. 많고도 좋은 사람들을 만나고 사랑하세요. 나도 사랑하겠어요. 그러다가 상처를 받거든 내게 와서 울어도 보고 안기셔도 좋아요. 누군가야, 진리를 도무지 모르던 날의 나는 바보였어. 음란을 비웃고 순수한 척하였고 영혼이 더러워 보이는 자들을 곁에서 멀리하고 싶어 했어. 마치 나는 깨끗한 척 말이야. 그러나 이제 알아. 내가 더러워지려 하고 음란해지려는 까닭은 그 더러움과 음란을 즐기려는 게 아니라 그 속에서 지내는 자들의 삶을 긍정하고 존중하고 받아들이려는 행위의 노력이라고 말이야. 나의 깨달음의 하나가 이것을 지향하는데 내 마음의 소리가 설령 말로 끝나더라도 그것을 뇌까리지 않는다면 어떻게 그 사유가 내 것으로 똬리를 틀 수 있겠어? 어쩌면 닥칠지도 모를 상황, 어쩌면 닥칠지도 모를 인간과의 부대낌에 앞서 이런 나의 사상의 갖춰짐이 있어야겠지. 그러다가 설령 내가 내 스스로에게 무너져 그 속에 그 욕망에 그 음란에 빠진다 한들 또 어떻겠어. 구더기가 무서워 장 못 담그는 게 아니듯이 그것이 진리임을 아는데 어떻게 사고의 확장을 피하겠어. 더구나 나 자신의 음란까지를 발견했는데 말이야.

나는 나의 변화된 사고가 올바른가를 잠시 사유하고 있어. 만약 내 딸이 성인이 되어 자신의 사상과 행동을 결정짓고 그것에 따라 이성을 접하고 행동 양식을 가져갈 경우에 내가 어떻게 해야 할까? 기존의 사고라면 분명히 아이의 행동을 구속하고 사고를 억압하고 이미 낡아빠진 내 방식으로의 존재가치를 아이에게 강제하려고 할 것이야. 어떻게 내 사상이, 내 행동만이 옳겠어? 한갓 인간에 불과한 인간인데 말이야. 이것의 사유는 아내에게도 적용돼. 만약 아내가 다른 사랑을 찾아 떠난다면야 할 수 없는 일이겠지만 일시적 로맨스에 빠져 다른 자와의 사랑을 즐겼다면 어떻게 해야 할까. 가정을 파탄내고 아이들을 희생하고 그렇게 감정풀이로 끝내는 게 사랑일까. 음란으로 본래 사랑의 순수성이 그 훼손이 있었다고 할지라도 감정의 충돌로 인한 가정파탄은 진리일 수가 없어. 사랑도 아닌 것이야. 진리의 사랑은 그 음란까지도 품어야 하는 것이야. 왜냐하면 그 음란은 음란이 아니라 인간이 가지고 있는 고유한 심성이며 사랑의 또 다른 표현이며 사랑의 부실에 대한 정당한 작용이기 때문이야.

인간에 내재한 동물적 감각과 본능에 기초한 정서와 감정을 터부시하는 것은 더 이상 미덕이 아니고 도덕도 아니며 실행해야 할 질서가 아니야. 그렇다고 절제와 순화 그리고 새로운 맑은 정서로의 변환이 불필요한 행위라 말하는 것이 아니고, 정말 바람직한 삶이기는 하지만 인간들의 그것에의 부적응을 나무라서도 아니 된다는 것이야. 인간의 삶이 정녕 진리로써 선을 향해 나아가기를 바랄 뿐, 그것의 이탈 자체가 죄일 수 없고 벌의 요소가 될 수는 없어. 누군가야를, 또한 나를 품기 위해 이런 사유를 하게 되었지만 이것으로 인해 내가 무너지더라도 나는 괜찮아. 거지를 동냥만 하기보다는 때로 그 속에 파묻혀도 볼 일이야. 하지만 두렵기는 해. 그러면서도 원하는 것은 이것이 진리이기를 바랄 뿐이야. 하지만 이것은 단순진리이기 때문에 인간에 따라서는 진리가 아닐 수도 있겠지."

세레나데처럼 목소리 높여 노래하고, 그것을 글로 적어 메일로 보냈다. 하지만 누군가야는 소식이 없는 것이다.

고독이라는 괴물

사람들은 살아가면서 한 번씩 고독을 만난다. 일부러 고독을 불러들이고 그 걸 즐기는 자는 흔치 않다. 흔하게 와 닿는 인간의 내적 갈증에서 시작되는 외로움이라 불리는, 고독과 유사한 그 감정은 인간의 감수성에서 오는 허전함이요 빈자리에 부는 바람의 의식일 뿐, 그것이 인간의 영혼을 뒤흔드는 처절한 혁명이 될 수는 결코 없는 일이다. 고독은 사상의 혁명이요 거기에 따르는 처절한 투쟁이다. 누구나 고독과 마주치고서 굴복하지 않는 한, 치열한 내면의 투쟁을 거쳐야 하고 그래야 그것이 피부에 스며들고 피에 녹아 유전자의 변이를 일으킨다. 뇌세포에 전달되고 온몸에 신경으로 퍼져 영혼을 일구는 것이다.

고독은 책을 통해서도 다가오고 인간과의 만남을 통해서도 다가오지만 그 자체로서의 고독은 불러들이는 자의 입장에서 형성되는 고독이라, 그것은 생명력을 얻기가 힘들고 치열한 투쟁으로 이어지기가 어렵다. 인간이라면 고통을 피하고 싶고 투쟁에서 떠나려 하고 관계와의 단절까지도 요구될 현실을 외면할 수가 없기 때문이다. 그래서 그것은 엄밀한 의미에서 고독이 아니다. 왜냐, 고독은 피할 수 없는 것이다. 선택의 여지가 없이 즉각적이고 즉물적으로 다가오고, 거기에 대적해야 하는 성질의 괴물이다. 고독은 운명처럼 다가오는 것이고 우연일지라도 피할 수 없기에 처절한 사투가 벌어진다. 악마처럼 천사처럼 창을 높이 쳐들고 영혼의 세계에 파고들어와 맞닥뜨린 고독을 애써 피하려 한다면 그건 굴복이요 삶의 도태다. 동물 같은 본능을 안고 살게 되는 것이다. 여전히 상처를 핥으며 쫓기는 야생동물이 되는 것이다.

고독은 자기 의지를 떠난 돌이킬 수 없는 환경, 도도하게 굴러간다는 운명의 바퀴에서 얽히는 삶의 본질에서 생겨난다. 삶의 본질을 풀 열쇠를 쥘 것인가,

포기하고 여전히 삶의 굴레를 굴러 갈 것인가 하는 자기의식의 의지가 내적 투쟁 여하를 가늠하는 것이다. 고독이라는 괴물을 통해 그 투쟁을 통해 쌓아올린 성벽은 굳건하게 자기를 지키는 새로운 사상으로 가치관으로 철학으로 우뚝 버티고 자리를 굳히겠지만 그것은 열쇠를 지녀야 한다. 투쟁을 거쳐 구축한 성벽은 다른 고독과의 충돌 속에 성벽을 더욱 다지고 또 다른 성질의 성벽에의 증축을 시도하겠고 해야겠지만 그럴수록 성문도 만들고 그 문을 열 열쇠까지도 같이 지녀야 한다. 고독과의 투쟁은 기존의 자신을 철저하게 무너뜨리고 새로이 쌓아올린 성벽에 성벽을 더하는 만큼 즉 철옹성을 구축하는 것이니 만큼 그것은 언제고 언젠가는 새로이 무너질 준비를 해야 하는 것이다. 열쇠가 있어 누구나 언제나 드나들고 그리하여 마침내 고독이라는 괴물이 아닌 한 작은 인간의 손길에 의해 허물어져야 한다. 무심결에 건네준 열쇠로, 그 열쇠를 손에 쥔 자그마한 손길에 의해 그 성벽은 무너지고 무너져야 그 성벽이 고독의 다른 이름이라는 사실을 자각하게 된다.

고독은 성벽을 쌓는 인간을 오늘도 노리는 것이다.

누군가야의 편지

무씨! 당신 이름을 하얀 종이에 적고 그 이름을 불러보고 싶었습니다. 나를 잊은 줄 알았는데 나를 버리고 또 다른 길을 걷는다 생각했는데 아, 당신이 믿는다는 신이 오늘은 떠오릅니다. 새벽에 무슨 잠꼬대가 그리 심하냐? 그 소리에 이름도 입 속에 묻어두고 마음도 자꾸만 묻어야 했습니다. 나는 당신이 아픈가, 했습니다. 그날, 당신은 무척 얼굴이 어둡고 뭔가에 쫓겨 있었습니다. 그럴 때 그렇게 가는 게 아니었는데, 두고두고 후회했답니다. 건강은 괜찮습니까? 당신을 원망하며 돌아설 때 그만 무씨의 절망을 봤답니다. 머루 알 같은 당신의 눈이 커지면서 검푸른 바다 물결이 격랑하듯이 당신의 속이 새까매지면서 나를 안으려는, 내가 당신에게 안겨들기를 간절히 바라는 당신 마음을 읽었답니다. 그래서 떠났습니다. 원망하면 아니 되는데 원망할 수 없는데 그만! 당신의 가슴을 두드리고 당신의 사랑에서 떠날 수밖에 없었습니다. 누구에게 해가 되지 않게 아무에게도 해가 되지 않게, 그렇게 당신을 사랑할 수 있을까요? 그런 의문부호가 자꾸만 내 마음을, 내 영혼이 노래할 때마다 나는 당신을 버리려 애썼습니다. 나는 너무도 많은 사람을 버리고 살았습니다. 시동생이 자살하고 연이어 시아버지가 자살했을 때 나는 너무도 충격을 받았답니다. 충격에 잠 못 이루고 밤마다 꿈을 꾸었습니다. 밤마다 서글픈 두 손으로 무덤을 파고 살려야 해, 죽어도 살려야 해, 그렇게 삼 년을 악몽에 시달렸습니다. 삼년상을 치르듯이 그렇게 꿈으로 삶으로 삼년상을 치르고 세상이 달리 보이기 시작했습니다.

이 세상에서 소중하지 않는 사람이 누가 있을까, 말 한마디 몸짓 하나에 아름답지 않은 게 어디 있을까, 눈 뜨고 바라보는 세상에 무엇 하나 내 마음을 떨게 하지 않는 존재가 있기나 할까. 내 남편은 쌍둥이였습니다. 죽은 내 시동생과 똑같았습니다. 나는 내 남편이 내게 다가와 육체를 원하면 그건 내 마음을 바라는 것이고 내 몸을 희롱하면 그건 사랑의 노닥거림이라는 것을 알았답니다. 처음엔 싫었지만 나도 고통이 채 가시지 않았지만, 죽은 사람의 소원도 들어준다는데, 살아보면 인생이 다들 덧없다 노래했다던데, 그 마음에 받아들이고 내가 다가가고 그랬답니다. 내 남편은 단순합니다. 일에 쫓기는, 세상을 사는 남자들이 다들 그렇겠지만. 그런데 내 마음을, 내 상처를 나는 어떻게 할 줄 모릅니다. 내 악몽이 끝나갈 즈음에 내 친정아버지가 돌아가셨습니다. 말이 나타내는 대로 원래 있었던 곳으로 되돌아가는 걸까요. 돌아가셨다는 소식을 듣고도 나는, 마저 하던 장롱 정리를 했습니다. 남편의 옷가지를 챙기고 아이의 내복에 코를 대고 냄새를 맡았습니다. 살아 있다는 걸 느껴보고 싶었는지 모릅니다. 나는 한참을 아무렇지도 않게 아무 일도 없었던 것처럼 그렇게 일상의 일을 마치고 남편에게 그 사실을 알렸습니다. 그리고 아버지를, 이미 죽은 아버지를 만나러 길을 떠났습니다.

세월이 한 뼘씩 내 몸의 세포가 한 눈금씩 늙어갈수록 남편의 집착에, 내 사랑 내 육체에의 집착에 내 영혼은 점점 갇혀가는 걸 느꼈습니다. 그 사람, 그분은 하나의 찻잔이었습니다. 찻잔에 불과했습니다. 잠시 창을 열고 바람을 쐬는 내 마음의 간단한 휴식이었습니다. 그것으로도 나는 숨을 내쉬고 아이 하나를 바라보며 삶을 살 수 있었습니다. 무씨, 내 글이 자꾸만 과거형으로 빠집니다. 내겐 과거밖에 없는 인생처럼 말입니다. 부디 마음 편하게 읽어주서요. 나는 괜찮으니까 말입니다. 정말, 이젠 괜찮습니다. 몇 년 전부터 시름시름 앓던 아이가 죽었습니다. 죽는다? 그 사실을 알고 그것을 준비하고 많이도 정말 많이도 그 아이를 사랑했기에, 그 아이도 엄마랑 아빠를 사랑했기에 정말 슬프지 않았답니다. 이제 열 살이 갓 넘은 아이라 아깝기는 하지만 어쩌겠어요. 아이를 보내고 내 마음에 묻고 나는 다시 이렇게 세상을 살아갑니다.

무씨가 보고 싶어요. 말한다는 거는 사랑한다는 거예요. 사랑하기 때문에 말해요. 보고 싶다보다는 보고 싶다는 말을 해보고 싶어요. 보고 싶다는 거, 그 감정을 느껴보고 싶어요. 말하면 그대로 되기도 할까요? 내가 무씨를 보고 싶은가? 보고 싶다! 그렇게 말하고 나면, 보고 싶어져 버릴까요? 보고나니까, 잘 보고 싶어 했어요. 너무 너무 잘 말했고, 그때 그날처럼 정말 잘 보고, 잘 봤던 그 기억으로 돌아갈까요? 무씨, 위로의 편지 하나 받고 싶어요. 이젠 슬프지는 않지만 당신의 위로 하나로 이 세상을 버티고 살아갈 수 있겠지요. 무씨를 만나고 편지를 나눠도 무씨는 내가 보여주는 나만 알아요. 내가 아직 볼 수 없는 그는 누구일까, 내가 아직 만나지 못한 그의 다른 모습은 어디 있을까, 내가 본 그가 그일까, 본 만큼 내 곁에 성큼 다가온 만큼 그는 와 있을까? 그가, 내가 보여주는 것만 본 것처럼.

그래요, 무씨. 한적한 도시 앞바다를 걷는 당신의 저녁이 오고 당신이 키우는 풍란 향기가 오고 당신의 시선이 스치는 풍경이 파장이 되어 내게로 내 곁에 다가옵니다. 무언가를 꿰뚫고 들어가는 그런 산뜻함을 느낄 수 있는 당신이 되기를 소망합니다. 무씨는 소설을 적고 싶다고 했습니다. 고생하면서 사는 인생들인데 그런 세상을 사는데 뭐 하나 남겨야 한다는 당신 얘기가 내게도 이렇게 와 닿습니다. 무씨의 시선이 일반적이지 않고 무씨만의 것으로 살아나서 좋은 글이 적히기를 바랍니다. 무씨의 말이나 행동에서는 틀 안에 갇힌 사고방식을 지니고 버틴다는 느낌을 받은 적이 있습니다. 그걸 깨부수고 나아가기를 바랍니다. 내가 모르는 타인을 오래 바라보는 것은 남다른 이들의 아름다운 모습을 내 것으로 하고 싶을 때였습니다. 멀리서 내가 이렇게 애태우듯 당신도 삶을 갈구하면서 당신이 찾고자 떠돌던 진리를 찾게 되기를 당신이 믿는 신에게 나도 기도 하나 합니다. 신이시여, 우리를 축복하시고 둘의 사랑이 죽기까지 의롭게 하소서. 누군가야가.

꿈꾸는 무씨

무씨는 꿈을 꾼다. 꿈속에서 깊은 생각에 빠져든다.

'큰애가 죽는 것이다. 아끼고 참 사랑하는 존재가 사라진 것이다. 죽었다는 사실 앞에 나의 마음은 묘하다. 분명 즐거운 일은 아니지만 그렇다고 해서 슬프다거나 절망에 빠져간다거나 하는 일반 통념적 감각의 정서 상태가 아니다. 나는 단지 마음이 아니 가슴이 답답할 뿐이다. 그렇다. 가슴이 답답할 뿐이었다. 그러나 답답하기로만 따지면 어처구니없는 일을 당할 때의 속상함이나, 억울한 일에 부딪혀 와 닿는 속 터짐과는 비교도 할 수 없을 정도로 가볍고 단순한 느낌이다. 그렇지만 그것은 일상적 우울이나 불편함과는 차원이 다르다. 그것은 마치 신앙을 가진 자들이 신의 존재를 알 수 없어 가지는 억눌림과 비슷하고 인간 존재의 의미를 도저히 알 수 없어 권태로워지는 심정과도 유사하다.'

무씨는 꿈이지만 꿈인 줄을 모르는 상태이고 따라서 그것은 그때는 현실이다. 그래서 무씨는 이런 의문이 든다. '딸이 죽었는데 그것도 정말로 아끼고 사랑했던 예쁜 딸이 죽었는데 이다지도 담담할 수가 있을까? 내가 이토록 감정이 삭막한 자였나?' 무씨는 자신의 마음 쓸쓸이에 다소 실망감이 들어 답답함에 이질적인 답답함을 더한다. 무씨는 계속해서 꿈을 꾼다.

'아아, 나는 얼마나 시간이 흘렀는지를 모르겠다. 나는 딸애가 떨어져 죽었다는 아파트 화단 근처 벤치 부근의 인도 블록 위에 서 있다. 나는 물끄러미 서서 죽음이 일어난 공간을 물끄러미 내려다보고 있다. 내 딸애가 베란다에서 뛰어내려 이곳에 떨어져 죽었다고? 나는 그렇게 두 손을 호주머니에 쑤셔 넣고 우두커니 서 있다. 문득, 근처 블록 사이에 놓인 물건 세 개가 눈에 띈다. 나는 천천히 쭈그리고 앉아 그 물건을 유심히 들여다본다. 자그마한 수첩 하나, 곁으로 펜이 놓였고 지우개 하나, 이렇게 물건이 가지런히 누워 있다. 나는 가만히 지우개를 들어올린다. 닳아 문드러져 동글해진 지우개가 나의 엄지와 검지 놀림 따라 뒹굴고 있다. 나는 지우개에 달라붙은 지우개똥을 보자 가슴이 아니 마음 깊숙한 곳을 도려내는 아픔이 삐져나오기 시작한다. 아직도 지우개에 달라붙어 있는 찌꺼기. 나는 쥔 엄지와 중지로 힘껏 문질러 악착같이 달라붙는 그놈을 떨쳐내다가 기척에 고개를 돌린다.

한 아주머니가 어린아이와 손잡고 눈치를 주더니 데리고 어디론가 사라져간다. 나는 슬프다. 슬퍼지기 시작한다고 해야겠다. 울지는 않았지만 정말 슬퍼서 죽은 딸애를 생각하기 시작하였다. 왜 죽었을까? 그토록 엄마와 아빠가 잘해줬는데 아끼고 사랑해줬는데 왜 죽었을까? 무엇이 너를 괴롭혔기에 너는 자살을 하게 되었을까? 평소에 밝고 명랑했고 얼굴도 예쁘고 공부도 잘한 네가 무엇이 불만이었고 이 세상이 짜증스러웠기에 죽음을 택하였단 말인가? 나는 도무지 알 수가 없다. 나는 작은딸의 얼굴을 떠올린다. 이제 남은 자식이라고는 이 둘째밖에 없다. 나는 이제 이 딸애에게 의지하고 위로를 받을 길밖에는 달리 없어 보인다. 그렇게 생각이 미치자 나는 급격하게 치솟는 절망감에 몸을 사린다.

아아! 죽은 딸애가 독특하게 예뻤고 더 공부 잘했고 기대가 많았던 아이였는데 어떻게 이 둘째가 그 자리를 대신할 수 있을까. 냉정하게 사실을 말하자면 그건 진실이다. 둘째는 도저히 언니와 비교의 대상이 될 수가 없다. 늘 언니를 경쟁상대로 삼았고, 따라붙으려고 애쓰는 기색이 완연했으며, 언니의 승승장구에 질투와 시기심이 불붙어 언니에게 한 번씩 대적하곤 하는 아이였다. 이것은 엄연한 사실이고 실제로 모자랐던 만큼, 이런 둘째가 나의 마음을 충족시켜 줄 리가 없는 것이다. 나는 죽은 아이가 아까워진다. 그 미모, 그 지혜, 그 마음씨를 아까워한다. 그리고 그런 빼어남을 지니고도 그것이 얼마나 삶에 있어 소중하고 아름다운 가치 요소임을 제대로 알지도 못하고 죽음을 택한 아이의 어리석음에 나는 절망한다. 나는 잠시 가슴을 수그려 아파하였다. 그리고 둘째를 다시 떠올린다. 그 아이는 지금 어떤 심정일까? 언니를 경쟁상대로 삼다가 때로는 자랑스러운 언니로서 존경심도 드러내던 아이가 이제 어떤 마음으로 삶을 살아가게 될까? 혹시 언니와의 다툼을 괴로워하며 일말의 죄의식에 빠지지는 않을까? 어찌되었건 둘째의 마음속에 여태 자리 잡았던 언니의 공간을 이제 무엇으로 메울 수 있을지가 염려된다.

　나는 다시 나의 문제로 돌아온다. 아이의 죽음에 비교적 담담했던 내가, 이제 점점 마음 아픔과 알지 못할 절망감으로 빠져드는 까닭은 왜일까? 아이의 빼어남이 아까워서는 분명 아니다. 그건 의식에 떠오른 겉핥기의 인식이며 본질적 아픔은 따로 있다. 그건, 상실! 둘째와의 비교됨에 의해 떠오른 딸애의 가치는 미모 지혜 마음씨가 아니고 고유한 존재자로서의 실존 가치 그 자체이다. 나는 둘도 없는, 둘이 아닌 그 고유한 존재의 상실에 절망하고 있다. 결코 그 무엇으로도 대체될 수 없는 존재의 상실에 나는 넋을 잃고 회피했으며 외면하려 하다가 결국 무릎 꿇고 절망을 노래할 수밖에 없는 것이다.'

　무씨가 눈을 뜬다. 담담하였고 꿈인 줄을 알았다. 그러고 길고도 긴 숨을 내쉰다. 아내에게 전화하려고 어둠 속에서 폰을 더듬거리며 찾는다.

두 여자

"밤늦게 어쩐 일이야?" 아내의 자다 깬 목소리가 폰을 타고 흘러나온다.

"아이들은?"

"다들 자. 무슨 일 있어?" 긴장하는 듯하다.

"아니, 그냥 집이 걱정되어서. 애들도 잘 있는가 하고."

"다들 잘 있지. 작은애가 이번 중간고사에서 전교 3등 했어. 애들이야 다 지들 알아서 잘하니까 별로 걱정 안 돼."

"당신 혼자 애들 돌본다고 고생 많다."

"내가 고생은 무슨. 당신은 어때? 하는 일은 만족해?"

"그저 그래. 내려갈까 봐, 이번 일만 끝내고."

"여보, 그러지 마. 이번에는 또 왜? 마음에 들지 않아도 그냥 진득하게 붙어 있으면 안 돼?"

"너무 오래 집을 떠난 거 같아서, 좀 쉬고 싶어서."

"그러게, 자주 오고 그러지. 한 달에 한 번이라도 다녀가. 요즘은 잘 오지 않데? 일이 많이 바빠?"

"애들 얼굴도 보고 싶고, 이번 주말에 내려갈게."

"친정엄마가 집에 와 있어. 요즘 기력이 많이 떨어지셨어. 걱정 돼, 죽겠어. 사위 얼굴도 보일 겸 꼭 와."

"그래, 알겠어. 피곤할 텐데 어서 자."

"오는 줄로 알고 있을게. 끊어."

딸깍, 하고 전화가 끊긴다. 폰을 털썩 놓고 다시 침대에 드러눕는 무씨다. 집은 걱정 없다. 아이는 무사하다. 아내도 자기의 인생을 잘 꾸려가고 있다. 모든 게 순조롭게 돌아가는 것 같다. 아내는 고등학교 교사다. 아이들 가르치는 일에 신명을 내고 열심히 가르치니 아이들로부터도 실력을 인정받고 존경받는 선생이다. 동료 교사들과도 유대관계가 좋아 친구가 많다. 그런 아내와 맞벌이 부부로 생활하면서 아이들은 태어나는 족족 처가로, 시댁으로 보내져 유치원까지 다녔다. 부모가 낯설고 정에 주릴 만도 하겠지만 그래도 용케 잘 자랐고 반듯하게 성장해서 얼마나 대견한지 모른다. 아이들이 아빠를 알아갈 나이에 직장을 잃고 지방으로 전전한 세월이니 아빠에 대한 정이나 제대로 붙어 있으려는지가 의문이다. 아내는 직장 때문에, 일 때문에 여러 도시를 떠돈다고 알고 있지만, 무씨가 그렇게 말했으니까, 그대로 믿는 아내지만 사실, 무씨는 직장이 없고 일이 없어도 나그네처럼 훌쩍 집을 떠났다가 돌아오곤 하는 것이다. 처음에 어른들은 말렸다. 돈을 벌면 얼마나 더 벌고, 하고 싶은 일이 있어도 어디지 새끼, 마누라 보고 사는 것만 하겠느냐고. 그러자 아내가 말했다.

"이 사람, 하고 싶은 대로 하게 내버려두면 좋겠어요. 실력도 있고 똑똑한 사람인데 뭣이 안 맞아서 그래요. 이것저것 하다보면 자기 일을 찾게 될 거예요."

그렇게 해서 아내의 격려와 도움에 힘입어 허울 좋은 지방 방송국에 들어간다는 얘기로 슬금슬금 도둑 지나가듯 떠날 수가 있었다.

"돈 걱정은 마. 혼자 벌어도 먹고 살 순 있으니까. 돈 벌면 알아서 저축하고, 혹시 모자랄지 모르니까 한 달에 얼마 정도는 통장에 입금시켜 줄게. 자기는 잘할 거야."

나만을 바라보고 내게 매달리는 여자였다면 내 인생이 어떻게 흘러갔을까. 성질부릴 거 다 부리고, 하고 싶은 짓 다하면서 살 수 있었을까. 이빨을 꽉 물고 쥔 주먹을 감추면서 아이를 떠올리고 아내를 생각하며 침을 한 번 더 꿀꺽 삼키고 숨을 다시 들이켜면서 그렇게 세파에 휩쓸려 떠내려가지 않았을까. 무씨가 몸을 일으킨다. '어쨌든 아내 덕이다. 후회하지 않으니까, 결코 후회 없으니까. 나는 지금 잘 살고 있다.' 그걸 세상에 알리기라도 하듯이 무씨는 서서히 웃어 보인다. 음악에 리듬을 타듯 고개를 까닥거리며 크게 웃는다. 춤추듯 일어나 흥얼거리며 편집 테이블에 놓인 노트북을 펼친다. 누군가야에게 보낼 편지를 적어 내려간다.

"누군가야! 뭐랄까, 어스름이 깃드는 바닷가를 걷는 내 모습이 보여. 철새도 잠시 깃을 접고 노을을 바라보더라. 심장으로 녹아드는 색깔, 그 흥분을 뭐라 말할까. 내 존재를 느끼지. 살아 숨 쉬는 존재의 의미를 깨닫는 시간이 되면 내 발길은 늘 그곳으로 향해. 어디에 머물든 내 숨결은 바다를 향하고 노을에 물드는 하늘의 구름을 찬미하지. 누가 그랬을까? 어느 그대가 의미를 주어 구름이 형형색색으로 모양에 색깔을 더하는 것일까. 누군가야의 편지를 보고 난 울었어. 지금도 울고 있어. 그래도 그대는 울면 안 돼. 내 편지는 희망의 노래거든. 경쾌한 사운드야. 노을에 물든 구름처럼 색깔을 내고 철새의 울음처럼 시원한 소리를 내. 그대는 나를 봤잖아. 나의 모습을. 어땠어? 선하고 큼직한 검은 눈동자가 시원했잖아. 그대를 바라보는 눈빛에 그대도 눈빛이 반짝거렸어. 우린 사랑하는 거잖아. 사랑하는데 사랑하면 어쩔 수가 없어. 즐거워하면 돼. 기뻐하면 돼. 노을 보고 감탄하면 되는 것이지, 그것에 우울하면 어떻게 해. 우울해서 뭐해. 사람은 누구나 살다가 죽는 거야. 아아, 슬프지만 정말 싫은 것은 산다는 존재의 무기력이지만 어쩌겠어. 가는 사람은, 떠나는 존재는, 죽어가는 생명은, 그것대로 그들에게 맡기고 우린 우리의 길을 가는 것이지. 내 편지를 읽거든 그냥 읽지 마. 오디오를 틀어. 뭐랄까, 경쾌하고 가볍고 기타의 선율이 강렬하면 더 좋겠어. 아니면 첼로 반주에 바이올린 선율이 흐르는 클래식도 괜찮겠지. 나도 보고 싶어. 만나서 그간에 밀렸던 얘기를, 우울을 털어버릴 그런 얘기들로 가득 채우고 싶다. 곧 만나게 될 거야. 이 편지 받는 대로 전화를 해. 목소리가 듣고 싶어."

편지 쓰기를 끝내고 노트북 뚜껑을 닫으면서 무씨가 잠시 숨을 고르며 주춤거린다.

'부산에 가면 두 여자가 있다. 도대체 아무 문제가 없는 것일까, 빛과 그림자처럼 그것은 불가분의 관계로 이어갈 수 있기나 한 걸까. 사유로, 감정으로 형성되는 연인의 자리는 어느 정도의 무게와 가치로 세상에 인지되는 걸까. 그것은 여전히 간음이요, 정욕의 음탕한 분출에 지나지 않는가.'

무씨는 이것저것 생각하다가 자기 아이들, 가족을 떠올린다. 언젠가 무씨가 집에 잠시 들렀을 때, 잠을 뒤척이는 이부자리 속에서 아내가 큰애의 네댓 살 됐을 때의 일이라면서 속닥속닥 무씨에게 들려준 적이 있다. 일찌감치 친정엄마로부터 들었다는 그 케케묵은 이야기를 새삼 무씨에게 들려주는 이유를 그

땐 명확하게 알 수가 없었지만 객지생활에서 오는 남편의 방심, 그것에서 비롯될 남자들의 흔한 바람기에 제동을 걸고픈 소망이 아내에게 있지 않았나 싶다. 그때 무씨가 아내의 얘기를 듣고는 알 수 없는 외로움으로 쑥쑥 가슴이 저려왔던 기억이, 이제 새삼 다시 돋아나 생각을 일군다. 얘긴즉슨,

엄마 아빠가 자고 간 다음 날 새벽녘이 되면 어린아이가 벌떡 일어난다는 거다. 그러고는 외할머니가 물어도 대꾸 없이 쪼르르 달려 나가 온 방문을 열어 살펴본다는 거다. 마지막으로 욕실 문을 열어본 뒤에야 찾기를 그만두고, 바로 장난감을 만지면서 놀더라는 거다. 외할머니는 처음에 영문을 몰랐고 나중에야 눈치챘지만 가만히 지켜볼 수밖에 없더라는 거다. 처음이라 그렇겠지, 생각했지만 엄마 아빠가 떠나고 없는 아침이면 매번 그런 짓을 되풀이하더라는 거다.

그런 얘기를 그때 새삼 말을 꺼내는 아내가 당시의 느낌이 새록새록 와 닿는지 가볍게 목소리를 떨었고, 듣고 있던 무씨는 묘하게도 파란 하늘의 흰 구름을 떠올렸다. 아이가 얼마나 엄마를 마음에 그렸을까? 장난감 만지작거림으로 그리움을 삭혀야 하다니, 아직 어린애가! 그때 아이가 빠져버린 그리움의 바다, 그 깊이의 수심은 과연 어느 정도였을까? 그때 무씨는 눈을 감고 잠든 시늉으로 깊은 흑암에 자기의 상념을 밀어뜨려보았다. 어느 정도의 수심이었지? 무씨는 아이가 가졌던 그리움의 그 깊이를 결국 헤아리지 못하고 말았다. 다만, 아이에게 있어서는 엄마 아빠가 항상 자기를 찾으러 왔다는 확률의 사실과 그 소망 속에 견딜 수 있었다는 사실은 분명했다. 또한 아이들은 자신에게 와 닿는 삶의 정서를 무진장 용해시킬 수 있는 탁월한 능력을 지니고 있다는 사실이다. 그래서 지금 무씨가 느끼는 마음 저려옴보다도 더 깊이 더 넓게 그리움과 아픔을 아이가 안고 살았을 거라는 추측은 진실일 것이다. 단번에 즉시 녹으려면 그만큼 뜨거워야겠기에 말이다.

아이를 생각하고 가정을 지키라는 아내의 지난 얘기가 무씨에게 침묵의 압력으로 다가온다. 무씨는 누군가야를 향하는 이 정서를, 생각을 녹이려면 얼마나 뜨거워야 하고 녹으면 어떻게 되느냐 하는 것이다. 그 답을 알 수 없어 오늘도 밤이 새는 것이다.

10월의 가을

피아노 협주곡 선율이 배경음악으로 깔리느라 아침이 어수선하다. 편집실 컴퓨터에 붙어 앉아 그새 많이 엎드러진 아침햇살이 자기의 어깻죽지를 타고 반짝거린다는 사실도 모르는 무씨다. 몇 달은 지났을 거라는 착각에 달력을 보고는 겨우 열흘 정도밖에 죽이지 못한 세월에 놀란 그였다. 세상의 시간은 얼마 흐르지 않았어도 그가 보낸 세월이 길었던 착각만큼 무씨는 자기 앞에 던져진 일감 속에 파묻혀 사랑의 번뇌를 어느 정도 가라앉힐 수 있었다. 냉정하게 생각하면 그렇다. 이것은 헤어지는 아픔이 아니라 서로가 만나기를 주저하는, 그래야 한다는 강박관념 속에 거리를 두는 행위이니 만큼 그것은 남녀의 단순한 이별의 정서와는 다른 성질의 것이다. 마음만 먹으면 여느 때와 마찬가지로 인터넷 메일 등을 통해서 얼마든지 그들은 관계를 지속시킬 수가 있는 것이다.

그런데도 무씨와 누군가야는 거리가 멀다는 이유만으로 그들의 이별을 서두르고 관계의 단절을 사실로 몰아갔다. 누군가야의 절박한 심리적 동요를 알았다고 해서 그러한 연민이 사랑의 느낌으로 이어질 수는 더욱 없는 것이다. 만나기를 갈망하는 서로의 마음을 편지에 가득 담고서도 정작 그들은 감정의 곡선을 끊고 도주하려는 이성의 발버둥에 놀라, 이 현실에 주저하는 상태에 놓였다. 무씨는 한편으로 그게 섧었다. 인간의 조건과 환경을 무시할 수 없는 것이 삶이고 사랑이라면 그것의 본질은 무엇이냐는 거다. 업에 의해 인과가 형성되고 그것으로 삶이 윤회하여 영혼이나 정신, 마음, 그런 무형의 세계에까지 파고들어 달라붙고서 벗어나지 못하는 것이라면, 무엇 하나 그 고유의 본질이라는 것이 존재하기나 하겠는가 말이다. 결코 떨쳐버리지 못하고 털어내지 못하는 것이 사실이고 운명이라면 그것은 살아가는 모든 생명체의 공통될, 존재한계라는 사실의 인식까지도 깨쳐야 하지 않겠나.

무씨는 며칠 전에 뜻밖의 전화를 받았다. 작업의 빈틈을 이용해 당분간 집에서 보내려고 가방을 꾸리는 중에, 가족과의 재회는 겉으로 나타나는 무씨의 생각이고 마음 깊숙이에는 누군가야와의 만남을 기대하는 것이었는데, 마치 그 억누른 갈망의 심리를 녹이려고 작정한 양 기억에도 가물가물한 비구니 스님이 무씨의 안부를 물어온 것이다. 스님은 자기 사찰의 모습을 담은 다큐멘터리 영상물 제작을 의뢰해왔고 정중하게 시일을 미뤄야겠다는 의견을 전했음에도 스님은 화급을 다투는 의뢰임을 강조하였다. 회사에 속한 무씨의 입장에서 프로덕션 사장인 후배의 눈치와 직업인으로서의 의무를 소홀히 할 수는 없는 일이다. '그래, 물 흐르는 대로 떠내려가자. 억지를 부려봐야 좋은 일 하나 없어. 누구를 만나고 만나지 않는 이 흐름이 분명 어떤 의미를 갖는 것이겠지? 그게 나에게 유익이 되기를 바랄 뿐.'

사리풋타! 붓다의 제자 중에 가장 지혜로운 제자였다는 그 비구의 이름을 떠올려 무씨가 불러준 그 이름의 비구니. 언제였던가? 떠돌기를 작정한 그 초창기에 찾은 어느 한적한 산골마을에 자리 잡은 절간에서, 오로지 공부에 매진하던 아리따운 여자였다. 그때는 이미 뜻한 바의 공부를 일단락 지은 상태였고 스님이 되고자 삭발하여 수계 과정을 밟으려던 참이었다. 그때 그녀가 이렇게 말한 기억이 있다.

"막연하게 불자로서 부처님을 믿고 엎드려 참배하고 그랬던 습관이, 이건 아니다 싶었습니다. 어디 한번 제대로 붓다를 만나고 진리의 세계를 알아보자 싶었습니다. 그래서 먼저 공부부터 시작했습니다. 나로서는 일말의 확신이 서야 머리를 깎아도 후회가 생겨나지 않을 거다, 그렇게 생각했습니다. 이제 저는 붓다를 알겠고 더 잘 알고 온전하게 부처님을 사모하는 비구니로 몸과 마음을 바꾸어 그 길을 걷기로 했습니다."

맑은 눈망울을 구슬처럼 굴리며 무씨의 눈에서 시선을 떼지 않은 채 말갛게 소리를 울리던 그녀에게 무씨가 그때 그랬다.

"나는 불교를 잘 모르지만 불교도 중요한 진리를 담은 세계일 거라 짐작은 하고 있습니다. 내가 아는 건 붓다와 그 제자 중 한 분인 사리풋타가 떠오르는

군요. 스님이 되신다니 법명이라나? 이름을, 나는 사리풋타라 불러주고 싶습니다. 단순한 내 개인 취향의 발언이지만 다음에 혹 만나게 된다면 그렇게 불러도 괜찮을지 모르겠습니다."

"붓다를 공부하면서 제자 사리풋타에 깊은 감명을 받았답니다. 감히 그 이름을 불러주겠다니요? 저로서는 고마울 따름입니다."

아직도 앳된 티를 벗어나지 못한 소녀 같은 여자가 산골 절간에 묻혀 수행이네 참선이네 공부네 하면서 살아갈 일을 생각하자니 참으로 아까운 인생을 날리는 거나 아닌지, 어떤 삶의 고뇌가 이 나이에 깊었기에 이 길로 나서게 된 것인지, 안타까운 마음을 품고 그날 헤어졌던 기억이 새삼 다시 떠오른다. 그 비구니, 사리풋타가 자기 절간을 영상으로 담아달라고 한 것이다. 내일은 촬영 사전작업으로 그녀가 머무는 절간을 찾기로 했다. 수계를 받고 법명을 받고 잠시 포교당을 열어 포교에 나섰다가 이제는 산골짝 고즈넉한 사찰에 몸을 담고 있다고 한다.

무씨가 사리풋타를 만난 건 그때 그 사찰에서가 처음이 아니다. 그가 광고회사에서 활동할 당시에 맞은 편 꽃집에서 꽃을 팔던 아가씨였다. 아니지, 아가씨인지 아줌마였는지는 물어보지 않아서 지금도 모르는 상황이지만 어쨌거나 생기 넘치는 환한 미소로 손님을 맞아들이던 그녀였다. 무씨는 회사 건물의 이층 사무실 유리창 너머로 가끔 그런 그녀의 모습을 눈여겨본 기억으로 있다. "저 아줌마는 인심도 좋아." 꽃을 싸게 팔아서인지 종종 여직원들이 꽃을 들고 와서는 사무실을 그윽한 분위기로 만들어주곤 하였는데, 나중에 알고 보니 꽃이 시들라치면 그걸 말린 꽃으로 곱게 포장하여 주위를 오가는 사람에게 그냥 가슴에 꽃을 한 다발씩 안긴다는 거였다. 그녀가 정말로 꽃을 좋아하여 꽃가게를 열었다고 말할 정도로 정성들여 꽃을 장식하는 그녀 모습의 호감으로, 꽃가게를 오가는 사람들 사이에 소문이 자자하였다. 그같이 오가는 사람들의 눈길을 사로잡을 정도로 그녀가 매일같이 꽃가게를 화려하게 장식하는 풍경을 창 너머로 무씨가 보았고 즐겼다.

무씨는 잠시 가졌던 사리풋타에 관한 지난 기억을 털고 자리에서 일어난다. 아침 제작회의가 열린다는 폰이 울려서이다.

산사의 한낮

　절간을 찾아가는 길이 참 멀다. 도시를 벗어나 한참을 달리는 밋밋한 권태도 졸리지만 울퉁불퉁한 자갈밭 산길을 승용차가 기어오르기엔 버거운 일이다. 이런 길에 차들은 왜 그리 많이 다니는지. 울긋불긋한 옷들을 태운 차들의 행렬과 마주쳐서는 벼랑길 흙이라도 밟을세라, 무씨를 태운 승용차가 조마조마 옆으로 비껴서는 일로 온통 신경이 곤두선다. 요즘은 유명한 사찰이 아니더라도 산세가 그럴듯하면 인파로 북적인다. 게다가 단풍놀이로 바쁜 가을철이지 않은가. 사색보다는 몸으로 때우는 짓에 익숙한 현대인이다 보니 이런 가을날에 이런 길이 차량으로 붐빈다고 해서 하나 어색한 게 아니다. 등산길에 청년이 사라지고 건강을 걱정하는 어른들로 바뀌었어도 별로 이상하게 생각지 않듯이. 절 근처에 다다르는가 싶더니 길을 가로막는 매표소가 보인다. '아, 여기도 어김없이 돈을 받는구나. 여기부터는 절 사유지에 속하는가 아니면 국유지를 위탁받아 공원사업을 대행하는 것인지?'

　무씨는 사찰 사무실에 들러 사리풋타, 비구니 스님을 기다린다. 동행한 구성작가와 촬영감독은 절을 둘러보겠다며 내놓은 차를 홀짝 마시곤 밖으로 나선다. 영상작업에 익숙한 그들이라 할 일 먼저 해놓고 보자는 것이다. 이미 이런 홍보물 제작엔 뭘 찍으며 어떤 영상 결과물이 나올 것인지를 빤히 안다는 투다. 타성에 빠진 작업이라는 책망을 받을 수가 있겠지만 이러지 않고서는 영상이라는 괴물을 천직으로 삼고 살아가기엔 숨 막혀 질식하지 않겠는가. 이른바 정해진 콘티 따라 연출하고 찍고 붙이면 되는, 공산품을 닮은 영상작업. 이번 영상물 제작도 그런 방식이 되지 않겠는가 싶어 버릇처럼 단정 짓고는 그들 방식의 일에 벌써 착수하려는 것이다. 무씨는 그걸 알면서도 그냥 내버려둔다. 사리풋타가 내세우는 영상물의 제작의도가 무엇인지 일일이 들어보고서 의뢰자의 주문대로 만들어줘야겠지만, 잘 모르니 알아서 만들어달라는 일반적인 의뢰라면 역시 자신도 버릇처럼 타성과 어울려서 만들 생각이기 때문이다. 그것이 제작팀과 손발을 맞추는 작업이 될 것이며 피곤에 찌든 그들을 다소나마 돕는 행위가 되는 것이니까.

젊은 날의 무씨는 사소한 것 하나라도 그냥 대충 넘기려 하지 않았다. 프로그램에 빈틈이 보이고 불완전이 드러나면 즉각 수정을 가하려 했고 그것은 공동 작업으로 이뤄지는 모든 스태프들의 심리를 어수선하게 만들었다. 어차피 완벽해질 수 없는 인간들의 창작물에 부질없는 에너지를 쏟아 붓는다는 투덜거림에다 현실적인 육체의 피곤함에 짜증이 나는 것이다. 시간을 다투고 금전을 다투는 치열한 작업 환경에서, 그것도 모자라 창작의 미세한 세계에까지 온 신경을 집중하고 스태프 전원의 일치되는 호흡을 요구한다는 것은 무리한 욕심이자 불가능에의 집착으로 비쳐지기에 충분한 모습이다.

무씨는 그걸 눈치채고 어느 날 제풀에 지쳐 그 짓을 그만두었다. 스태프들에 맞춰 적당한 선을 긋고 공산품을 만들면서 그는 시름시름 속으로 앓아갔다. 그건 자기가 하고 싶은 방식의 일을 포기한 상태에서 오는 무기력증의 하나일 거라, 무씨는 생각했다. 그때는 그런 생각에만 골몰하였고 그것은 결국 그러한 대충주의 시스템에 대한 거부와 그 달아나려 함으로 이어졌다. 언젠가 날이 오면 훌쩍 홀가분하게 옷을 벗으리라, 기회를 엿봤고 마침내 때를 타서 결행하기에 이르렀다. "이봐! 촌지는 학교가 아니고 방송국에서 처음 시작된 거야! 알간?"

남편의 생일을 축하한다며 아내가 마련한 술자리에서, 무씨가 아내의 흐릿해진 눈을 들여다보며 말한다. "여보, 나 회사 그만둘까 해!"

술잔을 앞에 놓고 이미 어느 정도 술이 취한 상태에서 툭, 뱉는 말이라 아내가 말을 잃는다. 남편의 기분이 좋아보이진 않았지만 으레 그러려니 하고 같이 마시던 술 앞이라 아내도 알딸딸한 술기운에 이런 거창한 말의 의미를 그때 무심히 놓쳤는지 모르겠다.

"말이 없네? 알겠어, 내가 알아서 결정할게." 무씨는 그 말을 최후통첩처럼 던지고 술을 들이붓듯 마셨는데 나중에 아내로부터 들은 얘기로는, 자기의 의사를 물은 건 알겠는데 자기가 그 문제에 달리 언급을 하지 않았기에, 그리고 그런 문제의 남편의 언급이 계속되지 않았기에, 그것은 그걸로 끝난 줄로 알았다는 거였다. 일시적인 감정으로 말을 뱉었고 그것으로 말을 도로 주워 담은 거라 판단했다는 거다. 결국 부부끼리의 구체적 의논 없이 무씨가 일방적으로 직장을 그만둔 결과가 되었고 그것은 부부간에 누적될 사랑과 성관계에 있어 하나의 장애로 남게 된다.

"선배, 무슨 소립니까? 에이, 눈먼 돈이야 다들 모른 체하는 거죠. 세상 혼자 살 것도 아니고." 친했던 동료 후배의 야무진 소리에 훌렁 벗어던진 직장 문제는 시간이 흐르면서 수면 아래로 가라앉았고 아무 일도 아닌 것처럼 여전히 부부로서 가정을 꾸리고 삶을 살아갔지만, 그것은 말 그대로 눈에 보이지 않는 수면 아래로 잠겼을 뿐이지 잠재의식 저 깊숙이에 도사렸다고 봐야 한다. 무씨는 삶이 갑갑해져 결국은 진리를 찾겠다는 핑계로 길을 떠나고, 아내 역시 삶을 개척하려는 남편의 의지를 긍정한다는 핑계로 보내는 것이다. 서로가 손을 놔버리는 모습인데도 그것은 여전히 드러나지 않고 있는 것이다.

세월이 한참 흐른 후에 무씨는 자신의 제작 방식이 그릇됐다는 사실의 인식에 부끄러워했다. 그것은 수시로 자기 뇌리에 나타났고 그럴 때마다 그는 영상작업을 내던지고 그것으로부터 멀어져갔다. 되도록 단순노동적인 일로 세월을 보내려 했다. 그리하여 어느 날인가, 그는 구두판매원 생활을 시작으로 건설현장 야간 경비원, 주차관리인, 주유원 등의 일용직으로 떠돌다가 지금 일시적이지만 본업이랄까, 후배의 프로덕션에서 머무는 상태에 놓인 것이다. 하지만 무씨는 약속한 기간이 채워지고 작업이 소강상태가 되는 겨울이면 프로덕션을 떠날 거라 예고한 형편인 만큼 굳이 이곳 직원을 피곤하게 만들면서까지 자기 방식의 제작에 매달릴 이유가 없었다. 그것의 자각에 그는 오늘 이곳에 오면서 홀가분한 심정이었고 오히려 오랜 친구 같은 사람을 만난다는 약간의 설렘까지 감돌고 있다.

무씨가 직장을 그만둘 때까지만 해도 몰랐고 뒤늦게 자각이 일은 것이 뭐냐면, 자기가 추구하는 방식의 결과물이 반드시 옳은 것이 아니며 창작이라는 것이 조금 더 조금만 더, 그런 의식의 갈망으로 이뤄지고 이뤄져야 하는 것은 사실이지만 그것에의 한계를 알고 인간이 만드는 모든 것의 불완전과 때로 일어나는 부조리까지도 품으며 그걸로 만족하고 멈춰야 한다는 사실의 인식을 눈치챈 것이다. 그 눈치에 그는 수시로 부끄러워졌고 모든 사회적 행동반경의 축소에 자학적인 희열을 느꼈다. 이러나저러나 마찬가지야. 이 말은 옳은 소리가 아닌 것은 분명하다. 그러나 그것이 진리에 영향을 미치는 것이 아니면, 이러나저러나 마찬가지가 분명하다. 그걸 무씨는 미처 몰랐고 몰라서 그를 고통으로 몰고 갔으며 그를 앓게 만들었다. 그러나 이젠 다르다. 알기에 조심스럽게 다시 영상작업을 해볼까 하여 후배가 운영하는 프로덕션의 문을 두드렸고 아직까지는 무리 없이 일을 처리해오고 있다.

이름을 알지 못하는 발그레한 색깔의 차가 식어가는 줄 모르고 창 너머 가을 풍경을 넋 놓고 바라보는 그의 앞에 사리풋타의 모습이 나타난다.

"아, 사리풋타 스님!"

지난 생각에 잠시 깃든 우울을 터는 무씨다. 합장하며 사리풋타가 미소를 짓는다.

"거사님, 먼 길을 오셨네요. 고맙습니다."

사람이 사람을

　가을날 밤에 익어가는 감처럼 세월의 바람을 쐬며 얼굴이 익었다. 무씨가 바라보는 사리풋타의 모습은 그랬다. 여린 여자의 골격인데도 느껴오는 무게감과 둔중하게 버틴 몸가짐이 꽃을 팔던 시절의 그녀가 아니다. 수 년여 전, 수계 받기 직전의 모습과도 다르다. 그녀는 수행의 결과에서 나오는 몸짓인지, 깨달음의 과정에서 나오는 깊은 정신의 드러남인지, 일반 불자와는 다른 자세와 정신으로 무씨 앞에 서 있다. 무씨는 그동안 막연하게 품은 불교의 세계가 그렇게 허술하지만은 않겠다는 생각에 이르자 새로운 감흥을 느낀다. '알아보자, 파헤쳐보자. 내가 알지 못하는, 도저히 스스로는 파악이 어려운 경지의 세계가 여기에 도사리고 있을지 모른다. 스님이 그동안 터득한 진리적 경지가 무엇이고 어디에 있는지 반드시 캐내어보리라!'

　사리풋타가 건네는 영상제작 주문은 이렇다. 사찰의 불교대학에서 일반 불자를 상대로 강의하는 자기를 촬영하고 그 설법을 시각화하는 자료들을 영상으로 담아 하나의 교육프로그램으로 만들겠다는 얘기다. 자기가 가진 자료로는 한계가 있으니 무씨가 알아서 영상자료까지를 찾아 화면에 삽입해달라는 부탁을 잊지 않는다.

　'시일이 많이 걸릴 텐데?' 무씨는 속으로 걱정이 앞선다. 강의하는 모습의 촬영이야 정해진 분량을 몰아치기로 촬영하면 되겠지만 그 근거의 영상자료를 찾아내고 선택하여 편집하는 작업이 수월하지 않기 때문이다. 게다가 자료에 따라서는 저작권 문제의 발생이 예상되기에 여간 복잡해지지 않을 수가 없다. 잠시 머뭇거리는 기색을 보이자 사리풋타가 조심스러워진다.

　"무리한 부탁을 했나 봅니다."

무씨가 서둘러 낯빛을 바꾼다. "아, 아닙니다. 제작방식을 잠시 떠올렸습니다. 다소 까다로운 구석이 있긴 한데, 그 정도면 무난하게 처리할 작업이겠습니다. 마음에 들도록 한번 만들어보겠습니다."

평소 같지 않게 미소를 띠며 의뢰자에게 프로그램 제작물의 결과에 확신을 주려는 무씨다. 책으로 내기에는 시각적 요소가 많이 부족하겠다 싶어 멋모르고 영상물 제작을 생각하였고 저절로 무씨가 떠올랐다는 그녀의 이런 선택에 일말의 불안감도 주지 않으려는 배려에서이다. 무씨는 구체적인 제작계획서를 짜서 메일로 보낸 뒤, 협의를 거쳐 촬영 일정이 정해지는 대로 다시 산사를 방문하기로 약속한다. 일이 있다며 사리풋타가 먼저 자리를 뜨고, 무씨 일행은 이곳 종무원 스님과 제작에 관한 구체적 협의에 들어간다. 구성작가에게 마무리 일처리를 맡기면서 무씨는 경내를 거닐다가 문득 생각한다. '출가하려는 당시의 그녀는 붓다의 고유한 세계를 알고 싶다고 분명 그랬다. 그렇다면, 과연 지금 그것을 알아냈을까? 알아냈기에 이제 그것을 영상물로 만들려고 하는 것인가!'

무씨가 파악하기로는, 한국불교는 대승불교이며 중국불교의 영향을 깊이 받아 이미 불교의 원형인 붓다의 사상으로부터 많이도 멀어진 모습일 거라 판단한다. 윤회 문제가 그렇고 영혼의 파악이 그렇고, 어찌 보면 붓다가 벗어던지려 한 브라만교적 사상을 도로 주워 입었고 게다가 중국불교의 영향 탓에 도교적 요소마저 곁들인 짝퉁의 낡아빠진 옷을 걸친 한국불교가 아닐까, 라고 무씨는 추측하는 것이다. 사리풋타의 등장으로 무씨는 불교의 본질이 새삼 궁금해졌고 소승불교의 그 실체까지 알고 싶다는 충동을 맛본다. 그가 산사 주변의 풍경을 둘러보는데 마침 한 비구니가 마룻장에 걸터앉아 산중턱에 병풍처럼 둘러놓은 단풍나무들을 묵묵히 응시하고 있다. 무씨는 주저 없이 나이가 지긋해 보이는 그 비구니 곁으로 다가간다.

"스님, 잠시 대화를 나눠도 되겠습니까? 불교에 대해 궁금증이 일어서 그렇습니다."

자리에서 일어나며 합장하는 비구니다. "네, 제가 아는 것은 없지만 물어보셔요."

무씨는 대화 나눌 시간이 얼마 없음을 느껴 다짜고짜 궁금중의 핵심을 던진다.

"윤회가 있습니까?"

"윤회는 있습니다."

"나는 불교의 고유한 원형이라 할 붓다사상에 대해 알고 싶은 사람입니다. 붓다는 윤회를 부정했다고 봅니다. 윤회사상은 그 당시 지배세력이 하층 억압 대상의 통제수단으로 써먹기 위해 갖춘 논리라고 봅니다. 윤회에서 벗어날 수 있다는 붓다의 설법이 윤회 없음을 의미하는 게 아니겠습니까?"

"윤회는 분명 있습니다. 세상의 모든 만물이 윤회에 의해 생겨납니다. 윤회에 의하지 않고서는 무엇 하나 존재할 수가 없습니다. 부처님께서도 윤회를 말씀하셨고 연기설로 생로병사를 설명하셨습니다."

"한국불교는 대승불교이고 그것이 중국불교를 거쳐 한국의 샤머니즘과 만나면서 원래의 붓다불교와 많이 달라졌다고 보는데 그 달라진 모습이 시대의 흐름에 따른 자연스러운 현상으로 봐야 할까요, 아니면 붓다의 정신을 잃어버린 이질적 불교로 봐야 할까요?"

"부처님 사상이 대승의 정신입니다. 소승의 부파불교가 오히려 법 논쟁에 치우쳐서 부처님의 진실한 뜻을 잃어버렸습니다. 개인의 생사해탈에만 치중하여 중생구제를 놓친 부파불교의 잘못을 바로잡기 위해 대승운동이 일어났고 그 정신을 계승한 것이 한국불교입니다. 부처님의 원래 정신은 상구보리 하화중생입니다. 그걸 대승불교가 실천합니다."

"삶은 고이고 그것의 극복이 해탈이자 부처의 경지라고 하는데 그 상태는 윤회가 끊어진 경지 아니겠습니까? 그런데 아까부터 부처님, 부처님이라 말씀하시니 마치 기독교의 인격신처럼 느껴집니다."

"누구나 깨달으면 부처님입니다. 그러니 부처님은 인격체이십니다."

"아니, 그렇다면 해탈하고 죽어서도 어떤 인격체가 여전히 존재하게 된다는 말씀이십니까?"

"그렇습니다. 식이 존재하고 그것이 윤회하니까 말입니다."

"그 식이라는 게 의식까지를 의미하는 것입니까?"

"네, 식은 사라지지 않고 인간의 의식 같은 성질이라 보셔도 됩니다."

"그런 식이라면 그건 영혼의 또 다른 이름이라고 봐도 되겠습니까?"

"네. 영혼이라 보셔도 됩니다."

"나는 천도재나 49재 같은 불교의식이 무속신앙의 영향으로 생겨나, 붓다와는 전혀 상관없는 문화랄까, 하나의 풍속으로 치러진다고 봤는데 그렇다면 그것들도 타당성을 지닌다고 해야겠군요?"

"식은 존재하고 그 식을 위해 제사를 지내는 것이니 필요한 일입니다."

"자기가 지은 업에 의해 윤회가 이뤄진다고 했을 때, 그런 천도재나 49재가 실제 그 근거를 지닌다고 하더라도 업인과보라는 논리에 어긋나는 게 되지 않겠습니까?"

"물론 자기의 업을 잘 쌓아야겠습니다. 그러나 불경을 들려주고 재를 지내면 업장이 무너지고 녹아내려 좋은 길로 식을 인도할 수가 있습니다. 아귀들조차도 교화할 수 있는 염불이 어찌 일반의 식에게 위안과 더러운 것의 씻어 내림이 이뤄지지 않겠습니까?"

무씨에게도 익숙한 단어, 녹아내린다는 것! 그것의 언급으로 해서 비구니의 설명이 설득력을 갖는 것처럼 다가온다. 어찌 보면 한국불교의 여러 요소 중에서도 가장 미신적이고 취약한 논리를 갖는 것이 천도재가 아니던가? 그런데 그 어리석어보이는 천도재를 설명하는데도 녹아내린다는 그 말 한마디에 무씨의 마음이, 한국불교에 대한 부정적 이미지가 불현듯 자기의 마음에서 녹아내리는 심정이 되어버린다.

하긴, 대화의 처음부터 그랬다. 시간의 여유 없음에 서둘러 말을 꺼냈고 스님이 압축해서 답을 하면서도, 무씨는 순간순간 어떤 설득력을 지니는 비구니의 얘기와 그 느낌을 주목했다. 전에도 무씨의 이러한 질문에 그러한 답을 하는 불자들이 많이 있었다. 그들 불자와도 거의 다르지 않는 대답을 들으면서 그 불자들과는 전혀 다른 느낌의 설득력으로 와 닿는 까닭이 무엇인지, 그 이유를 곰곰이 설명 듣는 와중에도 자기를 살폈다. 그것은 미간의 변화 없이, 깜빡거리는 눈썹의 움직임 없이, 오로지 무씨의 시선을 붙들듯이 응시하며 말하는 스님의 얼굴과 여전히 곧은 모습으로 땅을 디디고 선 몸짓에, 다르지 않아도 다름을 피부로 느끼게 된 것이다. 같은 말이래도 누가 하느냐에 따라 달라질 수 있다니……. 이래서 수행이 필요하고, 수행을 받쳐 줄 종교가, 그 집단이 필요하겠다는 인식을 맛보는 무씨다. 마치 기독교 신앙에 회의하여 방황하는 많은 무리들이 그 정신적 갈증에서 벗어나기 위해서는 목사를 잘 만나야 한다며 이구동성으로 떠드는 말들이 바로 이런 현상에 기인한 것일 거라는 생각에 미친다. 종교 비판자들은 평생의 삶을 살아도 이런 경지를 맛보지 못하고 죽어갈 것만은 분명하겠다.

"한국불교는 중국의 영향으로 화두에 의미를 두는 것 같습니다. 제가 볼 때는 거의가 말장난처럼 들립니다."

"아닙니다. 화두는 매우 중요합니다. 말장난처럼 들릴지 몰라도 그건 심오한 의미를 담고 있습니다. 가령, 누가 〈선(禪)이 대체 무어냐?〉 그렇게 질문을 해온다면 어떻게 단번에 그것에 답할 수 있겠습니까? 그때 화두로 〈선은 저기 보이는 저 대나무다!〉 그렇게 말하기도 합니다. 그걸 듣고는 대나무를 보면서 선이 뭔가를 사유하게 되는 것입니다."

무씨는 순간적으로 숨이 차다. 시간적 여유가 있다면 이 스님을 붙들고 대승불교라는 한국불교의 현재 얼굴을 좀 더 알아보고 싶다. 생각 없이 무씨가 묻고 스님은 곁가지 소리를 말하지만 무언가 서로에게 영감을 불어넣어 순간적 깨침까지 번뜩일 것만 같다. 어쩌면 세상에 떠도는 소리를 가지고 무기처럼 휘두르면서 한국불교를 진단할 것이 아니라, 당사자인 그 불교에 깊숙이 파묻혀 사는 스님들로부터 파악되는 한국불교가 정녕 진정한 의미의 소리가 아니겠는가 하는 생각이 스친다. 갑자기 서둘러지는 마음에 고개를 돌리니 저편에서 사리풋타가 걸어오고 있다. 아마도 일행을 배웅하려나 보다. 무씨가 서두른다.

"나는 기독교인이고 불경을 제대로 읽지 않았습니다. 그렇지만 종교라는 것의 같은 입장에서 서로가 충분히 토의대상이 될 거라는 생각으로 다가갔는데 아무래도 구체적으로 불교를 알아봐야 옳겠습니다."

"거사님, 화엄경을 읽어보셔요. 그리고 우리나라 불교가 바탕이 된 일본의 신수대장경을 읽어보셔서도 좋겠습니다."

"짧은 시간에 함축된 설명, 고맙습니다. 다음에도 대화 나눌 수가 있을지 모르겠습니다. 여긴 계속 계시겠지요?"

"소승은 학승이라 하안거 삼 개월 참선하러 왔습니다. 곧 여길 떠나게 됩니다."

"아, 그렇습니까? 그럼 이제 어디로 가시게 됩니까?"

"그건 소승도 모릅니다. 갈 곳이 정해져 있지가 않습니다."

"네. 오늘 말씀 고맙습니다." 합장으로 비구니 스님이 물러나고, 서투른 합장으로 화답하는 무씨다.

"동원스님과 말씀 많이 나누셨습니까?" 무씨 일행을 계곡물이 흐르는 다리 난간까지 배웅하면서 사리풋타가 묻는다.

"그 스님은 대승불교가 붓다의 원형이라고 말씀하시더군요."

"여기 스님들은 나를 보곤 소승불교 스님 같다고들 그럽니다. 내가 알고 깨친 것들이 소승불교의 불경에 의해 영향 받은 거라 생각하나 봅니다."

"그럼, 스님은 여전히 소승불교가 붓다의 본질에 가깝다고 보시는군요?"

"그렇지는 않습니다. 소승, 대승을 떠나 어느 불경이 가장 석가모니 부처님의 설법을 원형에 가깝게 잘 담았느냐가 문제겠지요. 그런 면에서 그 당시의 언어에 가장 가까운 불교의 초기경전인 팔리어로 된 니카야 경전자료를 잘 파악해야 합니다. 저는 그 니카야 경전군락에 담긴 부처님의 소리를 전하려는 것일 뿐입니다."

"동원스님은 식이 윤회하고 영혼과 유사한 개념으로 식을 설명하시던데요?"

사리풋타는 말없이 땅으로 시선을 던지며 몇 발짝을 옮기다가 말한다. "연기에 대해 부파불교가 한 견해를 나타내고 그 견해 방식 속에서 전개되어 한 체계를 이룬 것이 3세양중인과설이라 생각됩니다. 이것이 다시 통속적인 태내외5위설 및 4유설(有說)과 결합하여 태생학적 연기관을 낳게 되었습니다. 무슨 얘긴지 어려우실 겁니다. 식의 윤회 주장이 잘못되었다는 말씀을 드리는 것입니다. 제대로 불교를 알릴 날이 왔으면 좋겠습니다만, 가능할지……."

무씨의 마음이 바빠져 서둘러 말을 꺼낸다. "내게 알려주십시오. 갈증에 목마릅니다."

다음에 만나면 영상물 제작 외에 불교를 놓고서 대화 나누자는 무씨의 의견을 사리풋타가 수락한다. 바쁘고 고될 스님의 하루 일과를 쪼개어 외부인과 대화 나눌 시간을 갖는다는 게 그리 녹록한 일이 아닐 것이다. 그런데 고맙게도 사리풋타는 제의를 받아들였고 그것에 들떠 자신의 탐구욕에 다시금 불을 지피는 무씨다. '시간을 쪼개어 추천한 불경을 탐독하자. 화엄경이랬지? 신수대장경? 그것을 읽자. 세상에 떠도는 불교의 선입견과 오해를 떨쳐버리고 어디! 불경과 스님을 상대로 부딪혀보자. 불교가 어디로 굴러가고 있는지, 어떤 모습을 내가 보게 되는지, 그걸 읽고 듣고 보고 그래서 알아내자. 비록 머리를 빡빡 깎고 출가자의 길을 걷지는 못하더라도 살펴보고 사유하는 것만으로도 그 실체가, 불교의 진면목이 드러날 것이 아니겠는가.'

신통이란

  몇 번의 전화 토의 끝에 제작 일정이 짜여졌다. 처음의 프로그램 제작 구상과 달라진 제작 방식이 있다면, 사찰 교육현장에서의 촬영이 종교적 분위기에 어색하고 제작기술상의 어려움을 가져온다는 판단에 의해 여기 스튜디오에서 별도로 강의 내용을 촬영하기로 했다는 점이다. 강의는 선명한 목소리가 중요한 만큼 보다 완벽한 오디오 녹음을 위해 내려진 결정이기도 하다. 사리풋타가 촬영 준비를 위해 무씨를 찾아온다. 프로그램 제작 때 필요한 여러 가지 기술적, 내용적 숙지사항을 스태프들과 의논한 사리풋타가 다소 상기된 얼굴로 무씨와 자리를 같이한다.

  "제작을 쉽게 생각했는데 그렇지만은 않은 것 같습니다."

  "말씀처럼 쉽습니다. 제작은 우리 스태프들이 알아서 하니까 스님께서는 그냥 마음 편하게 평소 하시던 대로 설법하시면 됩니다."

  무씨의 얘기에 금세 긴장이 풀리며 미소로 답한다. "거사님은 처음보다 얼굴이 좋아지셨습니다. 삶의 고뇌 같은 것이 벗겨진다고나 할까요? 그럼에도 채 떨치지 못하는 번뇌가 있어 어찌될 것인지가……."

  "그렇게 보이십니까? 지금 내 고민이 뭔지 알고 계시기라도? 스님들은 수행을 거치고 나면 혜안이 열리고 타심통까지 얻는다는 얘기가 들리던데 혹시 스님도 그러하십니까? 내 개인적으로는 그런 것을 인정하지 않습니다만. 수행을 한다고 무슨 도인이 되고 그런 것이 아니지 않겠습니까? 그저 전에 사찰에서 뵈었을 때보다 마음이 많이 차분해진 표정이 얼굴에 그려져서 말씀하신 것이겠지요? 누구라도 그 정도의 기척은 눈치챌 수 있을 테니까. 하하."

  "하하, 의문하고 답하고 거사님 혼자서 다하십니다."

같이 웃고는 잠시 조용하다. 말할까 말까를 망설이는 듯싶더니,

"불교 수행은 계칙을 지켜야 삼매(定)에 드는 것이 가능하며 그런 다음에 지혜가 나타납니다. 삶과 죽음인 인생을 바르게 알고 보는 지혜는 삼매에 들어서 파악한 그 무엇을 바탕으로 얻게 된다는 것입니다. 말하자면 이 순서를 지키지 않으면 불교에서 말하는 지혜는 아니라는 것입니다. 신통이라는 한자 번역은 원어가 Abhijna로 '뛰어난 지혜'입니다. 거사님께서 거론하신 신통은 계정혜 순서를 통하여 삼매에서 얻은 뛰어난 지혜를 이릅니다. 그럼 어떻게 그런 뛰어난 지혜를 얻게 되는가에 대한 것으로, 중국 선종에서는 아무런 이론적 근거도 없이 통째로 '이 무엇인가?'에 집중하다가 탁! 직관하여 답을 찾아낸 그 경지는 혼자만 안다는 것입니다. 남들은 그 경지를 파악하지 못한다는 것입니다. 그에 비하여, 붓다의 선(禪)은 색계4선인데 물질적 집착에 대한 고찰을 하는 영역입니다. 물질과 정신으로 구성된 생명체에서 과연 이런 몸을 구성한 물질적 집착은 어떤 과정으로 전개되는가?

이걸 알아내기 위하여 제1선, 제2선, 제3선, 제4선에서 부처님은 수많은 문제를 수행자에게 주십니다. 물론 답도 얻습니다. 문제가 생겼기에! 혜안은 저 수많은 문제의 해답을 얻어가는 과정입니다. 흔히 말하는 세상을 잘사는 그런 지혜의 눈이 아니라는 것입니다. 한 문제에 집중하여 선(禪)에서 고찰한 논리적 사유 끝에 확실한 답을 찾아서 그 답으로 이 세상을 보면 온 세상이 한번 바뀌어 보이게 됩니다. 그 눈이 혜안입니다. 거사님께서 거론하신 타심통도 마찬가지입니다. 혜안이나 타심통을 얻게 되는 어떤 법을 파악하여 법담을 나눠야지요. 법을 파악한다는 것은 부처님의 완전한 열반(pari nirvana)에서 강조하신 '자등명법등명'처럼 깨달음의 법을 자신의 것으로 확증하는 것인데, 한국불교는 법을 파악하여 얻은 눈이 아니라 혼자 직관하여 무엇을 보았다고 주장하는 그런 형편이기에 자신이 본 것을 남이 확인할 도리가 없다는 것입니다. 이런 한국불교 실정에 제가 얻은 눈에 대하여 사실대로 말하라면 그건 불가능합니다. 아마 시비부터 하겠지요? 네가 뭔데, 이런 식으로. 그러니 이 문제는 아무렇게나 말하고 넘어갈 성질이 아니라서 조심스럽습니다. 불교에서 서로의 경지를 확인하려면 그 매개체가 법이 되어야 함이 당연할 것입니다."

선뜻 수긍하기 어려운 문제를 한참 말하는 사리풋타다. 무씨는 대략 난감해졌다. 신통의 확증을 살피려는 것보다 대체 뭘 눈치챘다는 것인지에 먼저 관심이 쏠린다. 고뇌의 정체를 안다는 것일까? 사리풋타가 무씨 자신에게 불어 닥친 고뇌의 근원을 알고 있다고 해서 어색해할 이유는 없다. 오히려 그렇다면 그것을 물어 그것의 근본원리와 해결방법을 차라리 묻고 싶다는, 그런 마음이 더욱 앞선다. 무씨가 넘겨짚듯이 슬쩍 묻는다.

"불교는 사랑을 뭐라고 합니까? 여전히 버려야 할 대상으로 다루겠지요?"

"거사님, 불교에서 사랑은 문제로 다룹니다. 왜냐하면 사랑에 이별하는 괴로움을 겪으니까요."

사리풋타의 이 말에 순간, 아차 싶었지만 그러나 말은 그렇게 했지만 사리풋타의 얼굴은 더없이 맑고 평온하다. 무씨 자신의 문제를 짚는다는 질문이 아무래도 사리풋타의 과거를 건드릴 것만 같아 조심스럽다. 얼른 화제를 바꾸는 무씨다.

윤회란 무엇인가

"저번에 스님께 말씀드렸듯이 나는 불교에 관한 궁금증이 참으로 많은 놈입니다. 양해를 구한 것도 있고 해서 이참에 여러 가지를 물어볼까 합니다. 괜찮으시겠습니까?"

잔잔하게 미소를 짓는 사리풋타다. "물어보세요. 불교는 기독교와 달리 질문을 하고 답을 하고 끊임없이 토의하는 종교입니다. 묻지도 않으려는 불자보다 더 알고 싶어 하시니 기꺼이 아는 대로 소견을 말씀드려야겠지요."

"불교의 핵심적인 가르침은 윤회가 아닐까 하고 판단합니다. 대체 윤회가 무엇이며 그 윤회가 실제로 존재의 타당성을 가질 근거가 있는지 그걸 알고 싶습니다."

잠시 생각하는가 싶더니 찬찬히 말을 꺼내는 사리풋타다.

"윤회는 변화를 고찰하는 과정에 드러나는 사실입니다. 그래서 생명체의 변화에 대한 여러 가지 공부부터 먼저 해야 합니다. 불교는 변화에 대한 많은 소식을 거론합니다. 제행무상이 그렇고 부처님의 수많은 비유에서 우유에서 치즈로 변화하는 과정도 그려집니다. 그런 과정을 거쳐서 윤회라는 주제를 다룹니다. 그만큼 윤회는 불교에서 까다로운 문제입니다. 사람은 누구나 죽습니다. 아니 모든 생명체가 발생을 했기에 소멸의 길을 걸어야 합니다. 종교는 결국 그런 죽음의 영역을 다루고 접근하는 것입니다. 그러니 이 죽음의 문제를 풀어야 하는 것이 종교이고 종교인이 지녀야 할 자세입니다. 하지만 윤회라는 것은 죽음과 직결된 것이기에 단박 이 눈에 보이는 상황이 아닙니다. 죽은 자는 말이 없다고, 죽음 이전과 이후의 속성은 대략 드러나는 것이 아닙니다. 하지만 불교에 입문하려는 분들에게 들려줄 기초적 언급은 가능하기에 그것을 잠시 들려드리겠습니다."

　무씨 생각으로는, 사리풋타 자신도 확증 짓지 못한 윤회라는 숙제를 그냥 지식 전달 차원에서 들려주겠으니 알아서 판단하여 나름대로 익히라는 소리처럼 들려온다. 아니라면 사리풋타가 강조한 대로 윤회라는 사실을 확증이라도 했다는 것인가. 아까 사리풋타는 부처님의 논리에서 아주 중요한 문제를 설명하는 것이 가능하다고 했는데, 그럼 혹시 그 논리에서 윤회의 비밀이 밝혀진다는 것인가? 무씨의 궁금증이 더해진다.

　"지금도 힌두교가 마찬가지 주장을 하고 있지만 붓다 당시에 브라만교 가르침도 유아윤회였습니다. 인간의 몸에는 자아라는 존재가 있는데 이것은 불변불멸이며 이것이 윤회를 한다는 거였습니다. 실제 삶의 경험을 터득하고 축적하는 현상이라는 존재가 따로 있지만 그 너머에는 영혼과 유사한 존재자로서 실체아라는 존재가 있다는 주장입니다. 인간이 죽으면 그 실체아가 윤회를 한다는 것입니다. 그 실체아가 진리를 얻고 깨달음을 얻으면 해탈하여 열반에 이르게 되는데 그것을 유아열반이라고 합니다. 그것을 주장하는 사람들은 그 근거의 논리로 이렇게 말합니다. 자아라는 실체가 존재해야 그것에 의해 자각이 일어나고 깨달아 해탈하게 되는 것이다. 즉 인식이 가능한 깨달음의 주체가 있어야 하는데 그것이 아트만이라 명명한 실체 자아이고 그것은 브라흐만이라 부르는 우주적 실체 자아인 절대아와의 교감과 그 합일에 의해 완전한 열반 그러니까 범아일여에 이를 수 있다는 얘기입니다. 붓다께서는 외도들의 그런 주장은 잘못된 견해라 이르셨고 범망경에서 거론하시길, 62가지 외도들의 견해는 '부딪침. samsparsa. sampassa. 觸'이라고 하셨습니다."

　그 당시 고대 인도인들은 윤회가 없는 세계를 이해하지 못했고 삶에 있어 윤회를 벗어나서는 아무것도 생각할 수가 없었다. 아무도 죽음을 부정하지 못하는 사실처럼 윤회도 당연한 인간 삶의 몫이었다. 그런 고착된 사상의 세계에서 붓다는 새로운 깨달음을 얻었고 그걸 세상에 알리기 위해 새로운 가르침을 펼쳤으니 그것이 불교이다. 잘못된 견해로 얼룩진 사람들의 의식구조를 뒤흔들어 새로이 사고를 정립할 필요가 있음을 절실히 자각한 것이다. 진리를 들려주면 알아들을 사람들을 위해 붓다가 설법을 결심한 사실로 봐서도 불교는 자기 깨달음에 그쳐서는 아니 되고 그 깨달음을 중생들에게 알려야 하는 상구보리 하화중생이 옳다고 해야겠다.

"지금 한국불교는 붓다의 가르침을 순수하게 따르는 상태가 아니고 일부 힌두교적 사상과 다른 종교사상의 영향 등으로 해서 다소 변형된 불교 모습을 보이는 것은 사실입니다. 붓다께서는 그랬습니다. 영혼과 다를 바 없는 실체 자아인 아트만과 우주의 절대 신인 브라흐만을 들먹이는 당시의 사상풍조에 대해 사실의 관찰에 근거한 논리로써 그 유아윤회와 유아열반을 배격하셨습니다. 윤회의 주체인 그 실체 자아가 있어 그것이 윤회하고 열반에 이른다면 그 존재를 어떻게 찾아낼 수 있겠느냐는 것입니다. 자아를 이루는 구성 요소인 오온의 어디에도 자아는 없으며 오온의 작용이 자아에 의해 생겨나지 않는다는 사실에 근거하여 무상, 고, 무아의 삼법인을 설법하셨습니다. 그러니까 영혼의 다른 표현인 실체라는 자아는 영원불변하는 존재가 아니라 지금 여기서 계속 변하는 무상의 존재, 즉 무아라는 존재라고 말씀하셨습니다. 변하더라도 변하는 어떤 것이 존재하지 않는 것은 아니지만 그것은 항상 하지 않는 존재인 무상으로서 언제든지 소멸이 가능한 것으로 보신 것입니다. 그러니 윤회 자체를 부정하신 것이 아니라 윤회는 하되 무아윤회이고 열반에서도 무아는 지켜집니다. 열반이라는 경지에 든 수행자의 본질이 무아라는 것이지요. 또한 윤회하는 존재가 그 상태를 벗어난 경지가 생사해탈입니다. 죽음 이후의 사후세계를 묻는 제자들에게 붓다는 잠시 무기를 하셨고, 그 해답은 차츰 풀어가는 형식이 불교이며, 윤회의 비밀은 12연기에 나타납니다. 그러니까 붓다는 윤회를 인정하셨다는 근거가 됩니다."

"무아가 윤회한다고 확신하시는군요?"

"무아가 윤회하는 것이 아닙니다. 언제나 지적하는 것인데 무아를 주체로 만들면 안 되겠지요? 불교에서는 그런 주체나 실체가 없어요. 그게 무아입니다. 오온 상태로 혹은 무아 상태로 윤회한다는 말이 옳습니다."

그러니까 사리풋타 얘기로는 윤회는 하되 그것은 고정된 실체의 자아가 아닌, 자기가 아닌 무아 상태로 윤회한다는 얘기다. 실체적 자아가 있느냐 없느냐 하는 문제는 경험의 입증이나 논증으로 풀 수 있는 문제가 아니다. 그건 누구도 증명 불가능하지 않을까? 직접적 종교체험에 의한 자각은 다만, 신비적 직관이나 삼매 상태의 기이한 현상에 지나지 않는 것이라 봐야 하지 않을까. 아닌가? 기독교는 영혼의 존재를 믿는다. 그리고 영혼의 불변 불멸을 믿으며 힌두교의 절대자아와 유사한 개념의 그런 신과의 교통까지를 믿고 체험한다고 하는 측면에서 보면, 기독교는 브라만교와 어떤 유사한 모양새를 가졌다고 볼 수가 있다. 교회를 다니면서 유일의 절대자이신 인격의 신을 믿는 무씨 입장에서는 무아윤회 개념이 매우 낯설 수도 있다. 그러나 삶을 살아오면서 여러 다양한 지식과 사상을 뇌세포에 담으면서부터는 지금 사리풋타가 들려주는 얘기가 하나도 어색하지 않으며 오히려 친근한 구석이 있는 지식으로 마치 지혜의 소리처럼 들려오는 것이다. 그것에 무씨는 마음이 흥겨워져 두 눈이 반짝거린다.

"그러면 어떻게 무아 상태로 윤회를 하는가에 대한 문제가 생겨나는데, 이 오온에서 저 오온으로 상속하는 윤회가 무아윤회의 본모습이라 보시면 됩니다. 한마디로 말하자면 업인과보의 윤회가 무아윤회인 셈입니다. 그렇게 업인과보의 법칙대로 움직이는 존재를 더욱 깊게 분석하면 오온이라는 상태입니다. 그 오온은 물질적 집착·느낌·생각·결합·식별의 5가지입니다. 존재의 근간이지요. 이런 오온이 무아라는 말은 그것들 어디에도 자아가 없으며 자아가 아니며 그것들이 자아를 드러낸 것도 아니라는 얘깁니다. 오온의 작용은 눈·귀·코·혀·몸·뜻과 다른 작용입니다. 그래서 눈·귀·코·혀·몸·뜻으로 얻어지는 느낌과 생각과는 형식이 다르겠지요. 하지만 이 오온의 작용 역시 모두 무상하여 변화하는 것들이기에 괴로움이라는 느낌을 갖습니다. 그게 불교에서 말하는 '4고 8고'에도 나타납니다. 이런 오온을 두고 '이것은 나다. 이것은 나의 것이다. 이것은 나의 자아다.'라고 말하지 못한다는 것이지요. 옳지 않은 것이니까 버려야 합니다. 존재를 구성하는 요소에 실체적 자아란 존재하지 못하기에 무아이고, 그런 상태로 윤회하기에 상주론도 거부하고 단멸론도 거부하는 것입니다. '이음상속'이라는 법은 다음으로 재생하는 상속 과정에 오온 상태로 윤회한다는 것이며, 그것은 인간이 가지는 행위와 그 행위가 경험하여 쌓았던 고착화된 모든 습관과 버릇이 생기고, 그렇게 업 자체가 주체는 아니지만 행위를 했던 습관적 버릇들이 이곳저곳 닥치는 대로 집착하여 환희한 탓에, 생명체가 윤회를 한다는 것입니다. 업인과보가 윤회를 하면서도 그것이 실체적 자아가 아니라는 말은 단독으로 독립하여 실재하여 활동하는 존재가 아니라는 것을 의미합니다.

이렇게 업인과 과보가 윤회를 하는데 존재가 변화하여 달라진 상태를 바르게 알아차리는 지혜가 '식별'이라고 붓다는 지적하시지만, 현재 한국불교에서는 '식'이 윤회한다고 보는 것이지요. 붓다는 당시에 '식의 윤회'를 말하던 사티 비구의 견해가 틀렸다고 설법을 하셨습니다. 업은 행위이며 농부의 노력에 비유합니다만 후대논사들은 업이 밭이라면 식은 거기에 뿌려진 씨앗이고 갈애가 그 씨를 싹 틔울 수분이라고 본 것이지요. 붓다는 인연론에서 농부의 노력을 원인으로 씨앗을 기대어서 열매를 맺었다고 설법을 하십니다. 열매의 발생은 어떠한가? 씨앗의 변화는 어떠한가? 농부의 노력을 원동력으로 하여 씨앗이 변화하여 열매를 맺었다는 것이겠지요? 같은 맥락으로 초기경전에서는, '안(眼)인연(因緣)색(色) 안식(眼識)생(生)'입니다. 눈을 원인으로 색(형체)을 기대어서 안식이 발생한다고 하십니다. 이것은 존재의 발생론입니다.

여기에서 한국불교는 안식을 또 인식론으로 해설하지만 잘 살펴보면 눈이라는 감각기관 자체가 대상을 인식하니 결국 대상을 인식하는 인식 주관은 눈·귀·코·혀·몸·뜻의 감각기관이 담당합니다. 우리 눈이 인식 주관이듯이 말이지요, 이렇듯 안식은 존재의 변화를 거론하기 위한 고타마붓다의 설명이고, 어쨌거나 어느 조건 하나라도 충족되지 않는다면 결코 발생하지 않을 안식인 것입니다. 현재 불교가 이론적으로 어려워진 이유는 고타마붓다의 진실한 뜻을 찾아가는 법을 잘 파악하면 될 일을, 한 가지 법을 해설하는데 이미 변질된 해석을 가지고서 그 해석을 다시 바르게 잡아놓고, 그 다음에 법을 살펴야 하니까 얼마나 복잡하겠습니까?

부처님 당시의 불교 교단에 수많은 아라한이 배출될 수 있었던 까닭은, 뛰어난 스승이신 붓다에게 직접 배울 수 있었던 좋은 환경과 더불어 붓다의 법 자체가 순수하게 드러났던 시대였다는 것인데, 그게 참 부러운 것입니다. 그렇게 불교의 궁극가치인 생사해탈에 다다른 아라한은 발생과 소멸에 대한 이해를 완전하게 파악하여 생명체의 발생과 소멸 과정에 만들어진 번뇌를 절멸시킨 것이며, 그랬기에 다시는 이런 상태의 몸을 받지 않는다고 스스로 알아차린 것입니다."

　그러니까 사리풋타의 얘기로는 나라는 신체 속에는 그 어디에도 자아가 없
다는 말이다. 그건 과학적으로도 이치에 맞는 소리다. 오온을 이루는 구성 요
소의 낱개를 살펴보고 그 다섯 가지 근간을 끌어당긴 작용의 오취온을 살펴봐
도 불변하는 자아이거나 불멸의 영혼은 자리하지 않는다. 오직 오온 상태인 존
재이다. 외부의 자극에 대해 몸이 반응하고 그것에의 적절한 대처가 뇌신경에
의해 통제된다는 사실이 밝혀진 마당에 이런 논리를 부정할 이유가 없다. 만물
이 무상인지라 모든 존재가 변화하고, 그런 변화의 구체적 표현의 하나라 할,
식이라는 것이 돌연, 대승불교의 유식설에 의해 하나의 실체로 자리한다는 주
장은 기독교 신자인 무씨로서도 받아들이기가 어렵다. 그만큼 사리풋타의 견
해가 설득력을 갖는다는 얘기이겠다. 행위를 한 당사자가 책임을 지는 것은 마
땅하며 그런 업인과보로서 버릇이 윤회한다는 얘기는 유전자의 개념을 도입하
면 과연 어떻게 될 것인가. 불완전한가? 일면, 수긍이 가는 정도일까? 윤회에 관
한 사리풋타의 얘기가 계속된다. 이러다가 날밤을 샐지도 모를 일이다.

연기에 의한 윤회

　"붓다사상과 현재 한국불교가 숭상하는 부파불교의 법에 대하여 어차피 서로 정확한 비교를 해야 할 필요성이 있습니다. 12연기는 붓다의 보리수 아래에서의 대표적인 깨달음으로 나타납니다. 그게 해석이 잘못되면 붓다의 뜻과 멀어지게 됩니다. 붓다께서는 연기법에 의해 윤회가 일어난다는 사실을 깨달으셨고 이에 근거해 성스러운 네 가지 사실로서 사성제 그리고 수행론으로 팔정도를 세상에 펼치셨습니다. 연기를 통해 윤회 과정에 겪는 고통이 어떻게 일어나는가를 보았고, 역설로 어떻게 윤회와 고통에서 벗어날 수 있는가를 보았습니다. 12연기가 갖는 중요성은 초기경전에서 정확한 의미를 찾겠지만, 현재 한국불교에서의 12연기 학설 중에는 과거, 현재, 미래의 삼세에 걸친 윤회와 두 번의 인과관계를 갖는다는 해석의 삼세양중인과설이 견해의 주류를 이룹니다만, 12연기란 무명(無明), 행(行), 식(識), 명색(命色), 육처(六處), 촉(觸), 수(受), 애(愛), 취(取), 유(有), 생(生), 노사(老死)입니다. 이 12연기는 논리적이고 순차적으로 일어나는 과정이지만 동시다발적으로 일어나기도 하고, 윤회하는 존재의 정신적 구조도 포함됩니다. 그래서 실질적으로 현재도 윤회적인 삶을 이어감은 물론 다음 생에도 윤회가 거듭된다고 하는 것입니다."

　"윤회가 연기법에 근거하여 설명이 가능한데, 그 연기법의 이치에 관한 해석이 다양하다는 말씀이시네요? 그렇다면 그 해석의 차이에 의해 윤회를 바라보는 시각도 다양하게 나눠지겠는데요?"

　"삼세양중인과(三世兩重因果). 이 문제를 잘 짚어봐야겠습니다. 19세기에 들어서야 겨우 그릇된 이론으로 판명될 지경으로 가장 큰 영향력을 발휘했습니다. 오죽하면 한국불교는 이것을 눈치채지 못하고 여전히 영향력 있는 이론으로 남아 있겠습니까? 불교 교리 중에서 이 12연기만큼 많은 학자들이 이견 이설을 드러낸 것도 드물 것입니다. 그중에 특히 중요한 것으로 구사론에 나오는 유부(有部)의 4종 연기설을 들 수 있는데, 찰나(刹那, ksanika), 연박(連縛, sambandhika), 분위(分位, vasthika), 원속(遠續, prakarsika)입니다. 이 중에서 찰나연기는 한 찰나에 연기의 12지분이 동시에 함께 일어나는 것을 말하고, 연박연기는 12찰나에 걸쳐서 연속적으로 12지분이 연이어서 발생하는 것을 말합니다. 그리고 분위연기는 12지분은 모두 오온을 본질로 하여 매순간 오온이 생멸하면서 상속하지만 특정 순간의 두드러진 상태(분위)에 근거하여 각각의 명칭을 설정한 것이고, 원속연기는 여러 생에 걸쳐서 시간을 건너뛰어 12지분이 상속(相續)하는 것을 가리킵니다.

이 4종의 연기에서 붓다의 뜻은 분위연기에 있다는 것이 유부의 주장입니다. 연기에 대한 이런 부파불교의 견해 속에서 전개되어 한 체계를 이룬 것이 삼세 양중인과설입니다. 이것은 유부뿐만 아니라 남방 상좌부와 대승교단에까지 지지를 받았습니다. 그러나 아함 혹은 니카야의 정신에 비춰볼 때 그 부당성이 명백하여 근대의 불교학자들은 수긍할 만한 논거를 들어서 그것을 지적합니다. 3세양중인과설이란, 12지분 가운데 무명과 행 지분을 과거의 원인으로 보고 그 다음에 5지분인 식·명색·육처·촉·수를 현재의 결과로 보면서 애·취·유·지분을 미래의 원인으로 보고 생·노사·지분을 미래의 결과로 보아서 3세의 양중 인과로 12연기를 보는 견해입니다. 이런 분위적인 해석은 아함에서 12연기의 '식' 지분을 결생(結生)식으로 설명하는 것을 근거로 한 것인데, 이와 같이 식 지분을 결생식(patisandhivinnana)으로 보면, 식은 현재의 발생이 되고, 이전의 무명과 행 지분은 과거로 보게 되고, 동시에 뒤의 생과 노사 지분은 미래의 발생으로 보게 됩니다. 그리고 무명과 갈애 지분은 번뇌로 생각되므로 현재에 배속되는 지분에서 갈애 이하가 미래의 발생에 대한 현재의 원인으로 생각되는 것이 당연하겠지요.

이런 견해를 뒷받침해주는 것은, 아함에서 다시 12지분의 일부를 수태에서 시작되는 생장 과정으로 설명하는 대목이 나오기 때문입니다. 이리하여 12연기는 분위와 원속적인 3세양중인과설로 전환된 데다가 다시 그 위에 태생학적 해석이 보태지게 된 것입니다. 다시 말해 식이 갈애의 원인에 의해 명색을 만나 수태에 이른다는 얘기입니다. 이렇게 3세양중인과설의 성립 근거가 된 결생식설은 당시의 한낱 통속적인 설에 불과했음이 의심할 여지가 없습니다. 왜냐하면 식 수태설은 12연기와 관계없이 아함의 곳곳에 설해져서입니다. 이처럼 식 수태설이 본래의 12연기와 밀접한 관계를 가진 것이 아니라면 그것이 12연기에 결합된 이유를 이렇게 봐야겠지요. 즉 지혜가 낮은 자에게 어려운 연기설을 이해하기 쉽게 하기 위해 이미 갖춰진 본보기를 들어 비유적으로 설법한 것이라 봐야 온당하겠습니다.

따라서 그런 통속적 비유를 가지고 연기법의 내용 파악에 있어 최고의 의미로 해석한 과거의 3세양중인과설은 커다란 잘못이라 하지 않을 수 없습니다. 뿐만 아니라 연기 지분의 결합방식의 견지에서 볼 때에도 그런 분위연기는 있을 수 없습니다. 오온과 같이 분단된 것이라면 몰라도 적어도 12연기의 각 지분은 함께 결합하여 일어난 것이므로 분위 배속 같은 것은 생각할 수 없는 일입니다. 12연기는 각 지분마다 윤회의 한 요소이지만, 12연기 지분에서 무명을 끊어내면 다음 지분이 끊어지고 계속해서 삶과 죽음까지 윤회의 끊김을 의미합니다. 그 까닭은 바로 각 요소들 간의 연쇄성 때문입니다. 이것을 12연기의 환멸문이라고 합니다. 이런 까닭에 붓다께서는 죽은 후에 나는 어떻게 될 것인가? 나는 어디서 와서 어디로 가는 존재인가? 등의 궁극적 물음은 수행 과정에서 점차적으로 나중에 해결될 것이라고 하셨습니다. 이른바 12연기는 벽지부처가 공부하는 차원입니다."

통속적 비유로서 등장한 식 수태설이 뜻하지 않게 12연기의 해석에 있어 엄청난 혼란을 초래했다는 얘기다. 그러면서도 정작 12연기법의 정확한 해석을 미루는 사리풋타다. 벽지 부처(prati eka buddha)의 경지가 아니면 이해할 수 없다는 것일까? 언뜻 들으면 삼세양중인과설은 무수한 학설 중에 하나일 뿐이며 주장의 오류가 밝혀졌으니 그것으로서 연기법의 이치를 되찾을 실마리를 잡은 것이라 단정 지을 수 있을 것 같지만 속사정은 분명 그렇지가 않을 것이다. 삼세양중인과설이라는 이 사상의 오류를 아직 한국불교가 눈치채지 못했다는 말이 무엇을 의미하겠는가. 지금 와서 어쩌겠느냐는 게 아닐까? 선뜻 바꿀 수 없다는 얘기다. 불교의 가장 으뜸가는 가르침이라는 12연기법이 무지한 자의 그릇된 해석에 의해 지금껏 근간의 불교 정신으로서 뿌리를 내리고 위치를 다졌다는 얘긴데 이제 와서 통째로 어찌 갈아엎겠는가? 사리풋타는 아마 그 점을 우려하는지도 모른다.

그렇듯 무씨의 마음도 편치가 않아졌다. 왜냐, 당시의 무지한 백성에게 알렸던 통속적 비유로 인해 파생된 혼선은 기독교의 성경 해석에서도 얼마든지 찾아볼 수가 있어서이다. 특히 그중에는 신의 의도를 완전히 바꿔놓은 그릇된 해석이 정통 신학으로까지 뿌리박히지 않았나 하는 우려를 가질 만한 구석이 있으니, 그런 몇 가지의 핵심적 교리내용이 무씨의 뇌리를 강하게 후려치는 것이다. 사탄, 영혼, 천국, 지옥 등에 관한 예수의 비유가 불교의 12연기법 현실에 맞물려 지금 그러하다. 무씨 생각에 언젠가는 기독교 성경을 놓고 해석하는 와중에 신학적 논의가 반드시 일어날 거라는 뚜렷한 예감을 안고 사리풋타의 견해에 귀 기울인다.

어쨌든 사리풋타의 설법은 윤회의 선택이 우리 인간 자신에게 있다는 말을 하고 있다. 인간 스스로의 행동에 의해 윤회할 수도 있고 윤회를 끊을 수도 있으며, 우리 자신이 윤회하고 있는지 그렇지 않은지, 윤회를 원하는지 그렇지 않은지에 대해 검토할 수 있으며, 그 선택과 의지에 따라 자신의 미래가 결정된다는 얘기다. 과거가 우리의 선택에 의해 굴러왔듯이 그렇게 미래를 향해 굴러간다는 것이다.

"무아라는 존재의 본질을 착각한 무명 상태로 아집을 지속하고 계속되는 결합(행)으로 인해 변화하여 달라진 존재가, 12연기의 잘못된 구조적 삶을 유지한 채로 죽음에 이른다면 윤회가 분명하다는 붓다의 설법입니다. 삼법인(三法印)인 무상 고 무아의 속성을 모르는, 윤회하는 생명체는 오온에 집착하는 삶을 살게 됩니다. 그러니까 붓다께서는 오온에 집착할 때 오취온이 되고 그런 존재가 미래에 태어남을 거듭할 뿐만 아니라, 사람이나 사물과 같은 외부대상들에 대해 집착할 때에도 윤회를 거듭한다고 말씀하셨습니다. 그것은 특히 12연기의 '애(愛)' 지분으로 마치 소금물을 마시면 더욱 목이 타듯이 그처럼 갈증 나게 애착한다는 것이고, 외부대상에 대한 집착도 본질적으로는 오취온의 변형 형태이거나 오취온으로부터 비롯되었기 때문입니다. 오취온의 존재방식은 '나 만들기', '나의 것 만들기' 형태로 나타나며 이 오온에 대한 집착이 윤회를 생겨나게 하고 외부대상에 대한 집착이 윤회를 지속시키는 것입니다.

붓다께서는 이렇게 말씀하셨습니다. 〈마음이 색 수 상 행 식, 이 오온에 끌리지 않아 집착에 의한 번뇌로부터 해탈이 되고 열반에 이르러 윤회를 끊게 된다. 한편으로 오온에 대한 집착, 끌어당김인 취(取)를 조건으로 존재인 유(有, bhava. 됨의 뜻)가 되고 그것을 조건으로 태어남이 생겨나고 태어남을 조건으로 하여 늙음, 병듦, 죽음, 슬픔 등의 괴로움이 생겨난다.〉 이 말을 달리 표현하면 중생은 윤회의 조건 속에 있으면서도 윤회의 조건을 구하기 때문에 윤회를 계속한다는 뜻입니다. 다시 말해 윤회를 끊는다는 것은 윤회의 조건을 직시하고 윤회를 일으키는 것들을 끊어내는 것입니다. 붓다도 완전한 깨달음을 얻지 못한 구도자보살이었을 때는 태어남의 조건에 묶여서 여러 가지 형태로 윤회를 하는 모습이 본생담(쟈타카)에 나타납니다. 하지만 윤회를 하더라도 붓다께서는 지혜로운 상태에서 때로 사슴으로 때로는 원숭이로 재생하는 과정에 언제나 지혜를 발휘하셨지만, 하여튼 윤회하는 생명체가 윤회의 조건을 끊어내지 못하여 필연적으로 탄생하고 필연적으로 죽을 수밖에 없다는 그 위험을 널리 알리면서 열반을 힘써 구하는 것이 바람직한 추구라고 붓다께서 설법하셨습니다."

무씨는 여기서 의문 하나가 생겨난다. 영원한 소멸에 이르는 죽음을 원할 인간이 과연 몇이나 될까? 윤회하여 새로이 인간으로 태어날 수 있다면 그거야말로 축복받을 일이지 않을까? 윤회의 과정에 놓인 인간은 위험하다고 사리풋타가 언급하지만, 기독교에서는 죽어서 천국에 가고 새로운 몸으로 영원한 생명을 얻는 삶을 신앙하고 있다. 이것에 열광하여 사람들은 간절히 그리 되기를 갈구한다. 그런데 어찌하여 붓다는 영원한 소멸을 열반이라 하여 가장 고귀한 구함으로 삼은 것일까? 붓다의 설법처럼 삶 자체가 괴로움이고, 괴로움을 피할 수 없다면 붓다가 내린 처방이 옳을 것이다. 하지만 살려는 생명체의 본능을 거스를 존재는 없다. 누구에게나 닥치는 죽음이기에 거기에 순응하여 기꺼이 받아들이는 간결한 존재자들이 있을지언정 말이다.

　붓다의 속마음은 혹시 이랬던 것이 아닐까? 윤회는 없지만 없음을 짐작조차 못하는 여기 중생들에게 그것의 없음을 말하면 설법의 시작조차 불가능하다. 그러니 윤회는 있지만 그것의 극복이 소중하다는 각성을 일깨우는 것이 우선이 되어야겠다, 동물적 습성이 여전히 몸에 배인 인간들에게 탐욕적 집착에서 벗어나는 삶의 실행이 무엇보다 필요하니까, 라고 말이다. 삶에는 희로애락이 있다. 이것을 싸잡아 괴로움이라 선언한 붓다 가르침의 참뜻은 과연 무엇일까? 변하지 않을 수 없는 인간의 감정이고 삶의 굴곡이니, 무상하다는 것에 근거하여 단순히 고라 하였을까, 과연? 불교는 그렇다고 말한다지만.

　"앞서 말씀드렸듯이 고정 불변하는 주체의 자아는 없지만 변화하는 과정의 행위자는 현상으로 존재한다고 했습니다. '무엇'이라는 존재의 의미가 아니라 '어떻게'라는 작용의 의미입니다. 이 무아의 자아가 행위의 자아라고 했을 때의 이 행위는 단순히 일회적 행위만을 말하는 것이 아니라 신체의 행위와 말 그리고 생각에 의해 형성되는 습관, 성향, 성품까지를 말합니다. 업은 특히 의도적 행위를 중요시합니다. 모든 행위에는 의도가 전제되었다고 보는 것입니다. 업의 자아는 악행을 멀리하고 선한 행위, 즉 선업을 쌓아야 합니다. 그러면 선업은 어떻게 쌓느냐 하는 문젠데 초기경전에서 열 가지 선행, 10선업을 언급합니다. 정견이란 잘못된 견해를 갖지 않는 것인데 팔정도에서도 언급되는 것으로, 불교윤리의 출발점이면서 기본입니다. 그것은 올바른 견해를 가짐으로써 올바른 사유를 하게 되고 이에서 올바른 말과 올바른 행위가 생겨나기 때문입니다. 그릇된 견해는 이와 반대되는 결과를 초래합니다. 한편으로 업의 존재가 선업을 추구한다는 말은 탐욕, 싫어함, 미워함, 성냄, 어리석음인 '탐, 진, 치'의 소멸을 추구한다는 의미입니다. 선한 습관은 이 탐, 진, 치를 여읜 마음에서 비롯된다고 하기 때문입니다. 궁극의 선은 탐, 진, 치가 소멸된 마음 상태이며 아라한의 최종 도달점이라고 합니다. 더 이상 추구할 선행이 없어져버리므로 이 상태는 업의 소멸상태로서 도덕적 인과로 말하자면 악함과 선함을 넘어서는 어떤 행위에 대하여 악하지도 선하지도 않는 결과의 인과법이 적용되는 의업을 분석한 것입니다. 말하자면 외적 행위로서의 착하고 악한 업은 넘어섰다는 것입니다. 이런 아라한에게는 청정한 수행이 완성되었고 쌓아놓은 악업도 없기에 윤회를 움직이지 못하는 것입니다. 윤회의 근거로서 무명이라는 번뇌를 분석했으며 내면의 작용을 다 분석했다는 것입니다."

사람이 선하게 산다는 것은 참으로 중요한 일이다. 혼자서는 도무지 살아가지 못하는 사회적 존재로서 인간이 서로를 선행으로 감싸는 일이야말로 결국은 자신에게 다가올 행복을 서로 나누는 행위이니까. 이런 선한 행위를 불교가 추구하는 것은 매우 가치 있는 사상의 실천이기에 의미가 깊다고 해야겠지만 그것이 윤회의 동인으로서 작용한다는 가르침은 여러 가지로 의문을 던져준다. 자아가 '무엇'이 아니라 '어떻게'이라면 그 '어떻게'의 작용이 어딘가에 축적되지는 않을 것이다. 작용을 마치면 그 작용은 사라지겠지? 과학적으로 살피자면 뇌세포와 유전자에, 혹은 밝혀지지 않은 그 외의 육체 어딘가에 깃들 수가 있긴 하다. 그런데 한국불교에서 말하는 행위로서의 자아인 업이 인식 상태의 식이거나 그 식에 들러붙는 것이라면, 식과 업의 결합이거나 분리이거나 간에 그 존재를 영혼이라 봐야 하지 않을까?

물론 힌두교나 기독교와 같은 유신교의 영혼 개념과는 다르긴 하다. 하지만 지금까지의 윤회에 관한 사리풋타의 견해를 종합해보면, 불변 불멸의 자아가 아니라 비록 무상하여 늘 변화하는 무아라고 하더라도 그것이 행위의 결과를 쌓고 오온의 상태로 윤회한다는 의미에서, 역시 하나의 영혼으로 보려는 무씨의 생각이 그릇된 것일까? 얼마 전에 찾아간 사찰의 대승불교 동원스님이 무씨와의 짧은 대화에서 소리했듯이, 업은 식에 묻게 되고 그 식에 의해 윤회하며 그 식을 영혼이라 불러도 하나도 어긋나지 않는다는 얘기가 사실이 아닐까? 결국 개념의 차이가 있을 뿐이지 영혼, 즉 육체와 분리되는 다른 존재의 실재함을 부정하지 못할 것 같다. 없으면 아예 없이 그저 뇌세포 기능으로 그칠 작용의 자아이든가 그렇지 않다면 주장의 차이가 있을 뿐인 영혼의 존재!

또 하나의 의문은 궁극의 선업이 탐, 진, 치가 소멸된 상태라면 그리하여 악하지도 선하지도 않는 행위와 그 결과의 인과법이 적용되는 상태가 해탈이고 열반에 이르는 것이라면 그것은 현실도피적인 행위가 아닐까? 사리풋타가 말하길, 궁극의 선업은 선과 악이라는 윤리를 벗어난 더 높은 차원의 윤리로서 선과 악이 인과법의 적용을 받는다면 궁극의 선업은 다른 법칙의 지배를 받을지 모르겠다고 한 얘기가 사실이라면 또 몰라도, 본래 인간의 선행은 아무리 하여도 끝이 없고 궁극에 이를 수가 없다. 병자를 돌보고 가난한 이를 봉양하는 구도자의 길을 걷는 종교인들은 죽기까지 그 길을 걸어가야만 한다. 왜냐? 그러한 인간들이 끊어지지가 않으며 돌볼 손길이 늘 부족하기에 말이다.

그런데도 도를 이루겠다며 탐, 진, 치의 소멸에 몰두한다는 것은 결국 속세를 떠나 홀로 은둔할 수밖에 없는 한계를 지니지 않겠는가. 병자를 쓰다듬고 무지한 자와 부딪치는 인간의 감정구조에서 탐, 진, 치로부터 온전하게 벗어나는 것이 과연 가능하겠는지? 불교의 역사가 그다지 사회 참여적이지 못하고 산속으로 들어가 은둔의 종교로 남은 까닭이 그래서일까? 혹시 불교의 인과법에 문제가 있을지 모른다. 연기 즉 서로 기대어 일어나는 발생에 의하여 윤회가 생겨나니 그 인과법의 인과를 끊어야만 윤회에서 벗어날 수 있다는 논리에 얽매여, 그로 인해 형성된 억지주장의 수행이고 해탈이라 봐야 하지 않을까? 다시 말하지만 살아서 선행을 완성할 인간은 아무도 없다고 생각하니까. 무씨는 사리풋타의 설법을 들으면서 특히 인과법에 대해 강하게 의문이 드는 찰나에 때마침 윤회의 과정으로서 마땅히 짚어져야 할 문제인 그 인과법에 대한 얘기를 사리풋타가 풀어낸다.

업인과보에 따른 윤회

"자신이 지은 행위는 그대로 원인이 되어서 그 결과의 열매를 맺습니다. 그런데 그 열매가 모습이 달라졌기에 잘 알아보기 어렵습니다. 그 원칙에 대하여 윤리로 설명을 하자면 선인선과 악인악과라는 도덕적 인과법이 적용됩니다. 행위에는 반드시 거기에 합당한 결과를 얻기 마련인데 그 열매를 맺기까지 어느 정도의 기간이 걸립니다. 그리고 똑같은 행위래도 어떤 의도로 지었느냐에 따라서 과보가 달라지기도 합니다. 이런 다양한 변수가 언급된다는 것은 업인과보 원칙에 예외라는 것이 아니라 예외는 있을 수 없다는 설명이 됩니다. 행위의 과보는 존재의 범주에 영향을 끼칩니다. 초기경전에 의하면 욕계 색계 무색계의 삼계에서 인간이 사는 계층은 욕계로 지옥, 아귀, 축생, 아수라, 인간, 천상의 여섯 세계 중에서 그 중 다섯 번째가 인간계라고 말합니다. 어떤 범주의 중생이 되느냐 하는 것은 자신이 어떻게 행위를 해왔느냐에 따라 결정된다는 것으로 비치기도 합니다. 색계와 무색계는 물질적 집착계층과 물질적 집착을 벗어난 계층인데 붓다 당시의 브라만교 유신론의 영향을 받아서 붓다의 선(禪)에서 고찰하는 영역을 색계 18천(天)과 무색계 4천(天)으로 분류한 것입니다. 경전 비유로, 개 같이 살면 개가 되고 소 같이 살면 소가 된다고 하는 구절은 〈중생은 행위의 소유자이며 행위의 상속자이며 행위로부터 태어난 자이며 행위를 친척으로 하고 행위를 의지처로 한다. 중생을 열등하게 혹은 탁월함으로 구분하는 것은 업이다.〉라고 설법하신 부처님의 뜻에 맞춰 해석을 합니다. 〈사람으로 태어나기 어렵고 붓다의 법을 만나기는 더 어렵다.〉는 지적처럼 지적 사유 능력을 가진 인간 몸을 받았을 때 깨달음을 얻어 열반을 이루는 것이 이상적이라고 하겠습니다."

무씨는 당황스럽다. 깨달음을 얻은 성자 붓다가 어째서 윤회의 수레바퀴를 인정하다 못해, 무슨 까닭으로 지배계급인 브라만의 입장을 두둔하는 설법을 했느냐며 속으로 던진 의문이야 곧 있을 설명으로 풀리겠다는 생각이 들지만 그래도 당혹감이 쉬이 가시지 않는다. 붓다의 의도는 자신의 행위가 존재조건과 존재범주를 규정하여 윤회하는 것으로 비쳐지겠지만 이런 업인과보에 의한 윤회는 자신의 존재조건에 대한 스스로의 선택과 책임을 강조하는 것이다. 이것은 좋다. 인간을 선으로 이끄는 데 있어 인간 스스로의 의지와 실천을 요구하는 자체가 유전자의 진화나 영혼의 성장 또는 윤회를 위해서라도 바람직한 가르침이라 해야겠다. 하지만 도덕적 인과법을 강조하는 붓다의 주장은 최소한 양면성을 벗어나는 것이 가능하기나 할까? 현실의 불평등을 정당화하여 고착시킬 수가 있고, 한편으로는 보다 나은 존재조건을 갖기 위한 각자의 노력을 촉구하는 설법일 수가 있다. 이처럼 위험한 양날의 칼이 되는 거나 아닌지?

"초기경전에 나타나는 붓다의 설법에서 업인과보 사상은 현실의 불평등을 정당화하고 부조리한 삶 앞에서 체념하게 하면서 그저 위로 속에 평온이나 얻으라는 그런 메시지가 아닙니다. 붓다는 이렇게 말씀하셨습니다. 〈출생에 의해서가 아니라 행위의 업에 의해서 브라만이 된다.〉 이 말씀은 출생이나 사회적 신분에 의해서가 아니라 인간됨의 기준에 따라서 새로운 가치의 평등사회를 이뤄야 한다는 뜻으로 받아들여야 합니다. 이것은 누구나 변화와 혁신의 능력을 지녔고, 그러한 능력의 인지와 행위를 통해 진정한 인간평등과 인간존엄의 실현을 이루라는 뜻입니다."

사리풋타는 아마도 얘기 도중에 무씨가 품는 의구심을 표정으로 읽었나 보다. 윤회가 도덕적 인과법에 의해 결국 브라만교와 다를 바 없는 색깔을 내고 브라만교와 마찬가지의 윤회의 덫에 얽힌 모양새로 붓다불교가 퇴락한 것이 아닐까 하는, 무씨의 주장에 대해 붓다사상의 이해를 도울 마땅한 설명을 찾는 기색이다. 무씨가 불쑥 먼저 말을 꺼낸다.

"업인과보에 의한 윤회의 강조는 인간의 존재조건을 향상시킬 수 있다는 가능성 측면을 봐서는 매우 적절한 가르침이라 봅니다. 하지만 스님께서 말씀하셨다시피 한국불교의 윤회가 삼세윤회를 표방하고 변화하는 현재의 삶까지도 윤회의 갈래로 보는 입장에서는 인간 자신의 현재 처지를 체념이든 수긍이든 그대로 받아들일 수밖에 없도록 만드는 것이 아닙니까. 미래를 인간 스스로가 선택할 수 있을 뿐이지 과거의 자기 업에서 일어난, 과보에 의한 자기 현재 존재의 조건을 선택이라 할 수는 없지 않습니까. 도무지 모를 윤회에 의해 결정된, 그러니까 자기 동일성이 아닌 것의 존재조건이 어찌 자기의 선택이라 할 수 있겠습니까. 이게 과연 옳은 생각인지 모르겠지만 운명론이나 숙명론을 불교가 거부한다고 하면서도 실상은 윤회의 굴레에 얽혀 숙명적인 삶을 사는 인간들을 보게 될 것입니다. 그들이 현재의 삶을 딛고 미래지향적으로 발돋움을 시도할 수는 있겠지만, 그렇다고 해서 붓다가 제시한 설법과 그 길을 되새기며 걸어간다 한들 그것만이 어찌 향상된 인간의 삶이라 단정 짓겠습니까. 불교 가르침의 측면에서 가장 고귀한 발걸음이라는 것은, 출가하여 법에 귀의하여 승가의 공동체로 수행하는 삶이라 하겠는데 일반 사람들의 심성은 그걸 인정하기가 어렵습니다. 객관적 사실이 될 수 없는 주장에 휘둘리는 삶이 오히려 무명이라 해야 옳지 싶습니다."

"거사님은 아무래도 기독교인이라 불교의 근본사상을 피부로 느끼기가 쉽지 않을 것입니다. 무아윤회는 자기 동일성을 가진 자아의 존재를 인정하지 않는, 즉 조건과 귀결의 윤회를 말하는 것이니 그것은 앞 존재와의 어떤 관계의 연속성을 가리키는 말이라 해야겠습니다. 죽었다가 재생하는 존재가 동일성을 가지지 못한 존재라 하여도 전과 후의 존재가 서로 어떤 관계를 맺어 발생한 것이므로 같지도 않고 다르지도 않은 존재의 윤회라고 생각하시면 됩니다. 실존하던 개체가 죽음으로 말미암아 떠났고 사라졌고 달라졌다고 해도, 소멸되지 않은 업인과 과보는 알거나 모르거나 그 결과를 받을 수밖에 없다는 것이지요. 현재의 삶을 형성하는 조건으로 업인과 과보를 드러내야 하는 것을 받아들여야 합니다. 불교는 집착에서 벗어나 자유로운 삶을 중요시합니다. 과거가 어쨌든 현재 지금 여기서의 자기 행위가 중요한 것입니다. 붓다 가르침의 핵심은 미래를 지향하려는 의지 속에 지금 여기서의 고귀한 행위를 실천 덕목으로 강조하셨습니다. 마지막 유훈으로 제자 비구들에게 〈내팽개치지 말고 정진하라.〉 그렇게 말씀하셨습니다. 그것은 인간 각자가 스스로 미래를 선택하라는 붓다의 정신이 사실 그대로 분명함을 우리에게 알려줍니다."

생명은 어떻게 태어나는가

무씨가 기독교인이라서 불교를 피부로 느끼기가 어렵듯이, 사리풋타도 자기들이 추구하는 불교사상에 빠져서 사실적 객관성을 놓치는 사유와 행위에 몰입하는 것은 아닐까? 불교는 무엇에 빠지고 집착하는 것을 그치게 하는 종교임을 표방하고 사리풋타가 평소 그걸 강조해왔지만 말이다. 사리풋타는 자신이 추구하는 붓다사상에서 어떤 확신을 가졌다고 한다. 불교는 생명체의 보편타당한 사실부터 거론하여 점차 궁극으로 나아가기에 윤회 같은 궁극의 문제는 차츰 풀린다며 앞에서도 언급하였다.

하지만 윤회 문제만 하더라도 무씨 생각은 그렇다. 윤회란 경험으로 입증 가능하거나 논증으로 실체를 드러낼 수가 없는 관념론이며 오로지 믿음에 기초한 신념의 표출에 머물 수밖에 없는 한계의 학설이라고. 그런데도 그 가르침을 거리낌 없이 받아들이고 정진하는 모습들을 보면, 이미 구축한 정신과 사상을 진리적 각성에 맞춰 종교인 스스로가 갈아엎고 바꾼다는 것이 참으로 어려운 일이겠다는 생각이 든다. 그런데 사리풋타는 이렇게 말한다. 윤회는 고타마붓다의 논리에서 출발한다고 한다. 불교가 추구하는 것은 생사에 윤회하는 굴레에서 벗어나는 것이므로 당연히 윤회가 드러나야 한다고. 그래야 벗어나는 게 가능하리라고 한다. 또한 불교는 관념론이 아니라고 하는데, 그것이 바로 무엇에서 풀려나는 해탈과 그 해탈을 검증하는 해탈지견이라는 법이라고 한다. 이러하니 사실을 확증할 방법이 없는 한, 무씨는 윤회에 관한 대략적인 설명을 들은 것으로 일단은 만족해야겠다는 생각이다. 그래서 더 깊이 캐묻고 싶은 윤회의 의문을 접기로 한다. 논쟁이나 반박보다는 사리풋타의 얘기를 듣는 것이 오늘 더욱 필요하겠다는 생각이 들어서이다. 무씨는 윤회의 설명을 듣는 중에 불꽃처럼 피어올랐던 궁금증 하나를 짧게 묻기로 한다.

"스님, 윤회가 이뤄진다면 어떤 방식으로 그것이 가능해지는 것입니까? 그러니까 죽어 오온 상태이거나 버릇, 혹은 그 업이라는 것이 새로운 생명을 얻는 과정이 궁금합니다."

"윤회에 대한 깊은 이해와 신뢰가 없이는 태어남의 과정을 설명해도 받아들이기가 쉽지 않을 텐데요? 실증과 검증은 법을 확증하여야 가능할 테니까요."

사리풋타는 이제 윤회에 얽힌 문제는 언급하고 싶지 않나 보다. 확증해야 하는 문제를 놓고, 일방적으로 설명하는 방식이 아닌 논쟁거리식의 토론이라면 그것은 피곤한 일이고 다람쥐 쳇바퀴 도는 식의 무의미한 행위에 불과할지도 모른다. 그런 생각이 들어 대화를 대충 마무리하고 싶은가 보다. 그걸 알아차리는 무씨지만 말을 그치지 않는다.

"초기경전에는 식이 어떻게 인간의 몸으로 태어나는가를 설명한 걸로 알고 있습니다. 간다바라는 출생 시기의 식이 자궁의 가임기에 부모의 성행위와 결합되어 태어남이 생겨난다고 알고 있습니다. 대승불교의 중유라는 개념도 여기에 기초한 것이겠지요?"

"부파불교의 간다바는 출생의 의식이라고 할 수 있는 의식의 유사개념입니다. 하지만 사후에 다음 생을 받기까지의 중간 존재로 인식되는 중유와는 다른 의미입니다. 중유는 대승불교와 남방불교가 서로 다른 말을 하는 개념입니다. 간다바라고 부르는 의식은 부모의 성행위와 어머니의 가임기에 간다바가 있을 때 태아가 생긴다는 말입니다. 부파불교가 전승한 초기경전을 보면, 〈여기에 만일 부모의 성행위가 있고 어머니가 가임기일 때 간다바의 옴이 있다. 이 세 가지의 결합으로부터 태아의 들어옴이 있다.〉라고 적혀 있습니다. 달리 말해, 의식이 자궁에서 명색을 만나면 생명이 나타난다는 얘기입니다. 물론 이때도 의식은 태아가 생겨나는 데 있어 한 조건을 이루는, 의존적으로 기능하는 존재라는 사실입니다."

"아, 그러니까 정자가 난자를 만나 수정할 때, 제 삼의 식이 들어와 같이 결합한다는 말씀이군요?"

"하하, 왜 그리 놀라세요? 지금까지 한국불교가 이해하는 내용이 그걸 언급한 것이 아니었던가요?"

"스님의 설명을 들으면서 긴가민가했습니다. 육체를 벗어나는 무아의 식이 있고 그 식이 다시 윤회하여 인간의 몸으로 태어나려면 어머니가 임신되었을 때는 이미 그 식도 물질인 육체와 결합된 상태일 거라 짐작했습니다. 다만, 어느 시기에 그 식이 명색인 태아와 결합하느냐 하는 의문이었습니다. 그런데 수정되는 그 시점에 식이 결합되는 것이군요?"

"거사님 얘기처럼 대충은 그렇습니다. 그러나 불교의 정확한 이해로는 오온으로 윤회합니다. 혹은 버릇이 윤회한다고 보시면 됩니다. 오온은 현상인데 가짜의 나로 불립니다. 마치 셋집에 세 들어 사는 사람처럼 오온이라는 집에 잠시 몸을 담았다가 다시 새로운 오온의 몸을 받는 것이 불교의 윤회입니다. 그 오온이 무아이기에 무아윤회라는 말도 합니다."

"알겠습니다. 시간이 벌써 이리 흘러갑니다. 바쁜 스님을 붙들고 무례한 질문도 서슴지 않아 부끄럽습니다."

"토론은 가치 있는 일입니다. 저로서도 다시금 돌아보는 시간이 됐습니다. 기독교에서는 태어날 존재가 이미 정해져 있다고 하던가요? 그렇게 들었던 기억이 납니다."

"창세 이전부터 지은 바 되었다는 성경 구절과 예정론 등의 여러 말씀들로 해서 그렇게 탄생의 의미를 설명하나 봅니다. 하지만 내 개인적인 생각으로는 그렇지 않습니다. 지금은 시간도 많이 흘렀고, 다음에 대화 나눌 때나……."

무씨의 말을 끊으며 사리풋타가 말한다. "짧게라도 거사님의 견해를 듣고 싶네요. 저도 불교 바깥사람들은 이런 얘기에 대해 어떤 생각을 갖는지가 궁금합니다."

"내 생각은 간단합니다. 정자와 난자가 수정되면 그 자체로서 태아가 되고 인격체가 되고 인간이 된 것입니다. 아트만이든 무아든 식이든 영혼이든 그런 존재가 될 수 있는 요소는 이미 정자와 난자, 그 유전자 체계 속에 있었고 다만 그것들의 결합에 의해 인간이라 할 만한 물질적 존재의 형성이 가능해지는 것이고 비로소 영혼이 싹을 틔우기 시작한다는 것입니다. 나는 스님의 설법을 듣고 공감이랄까, 나와 견해를 같이하는 것 중 특별한 하나는 태아가 생겨났을 때 영혼이 비로소 씨 상태에서 싹을 틔우고 그것이 행위의 버릇에 의해 자라난 다는 것에 있습니다. 물론 스님이 설법하신 오온의 윤회는 이미 전생의 버릇을 가져온 상태라서 내가 말하고자 하는 그런 순수한 영혼 상태에서의 시작의 의미와는 다르지만 버릇이 쌓인다는 의미와 유사하달까, 그런 영혼의 성장을 믿습니다. 영혼은 인격체가 아닌, 즉 실체적 자아의 존재가 아니라는 사실 또한 붓다불교와 생각을 같이하는 것들 중 하나임을 알게 되었습니다."

드러나야만 사실인가

　사리풋타를 배웅하려고 건물 입구에 나서니 후드득 빗줄기가 바람을 타고 뿌려댄다. 이를 알아챈 직원이 허겁지겁 우산을 들고 내려와 무씨에게 건넨다. 생각도 못한 비다. 하늘엔 먹구름이 잔뜩 끼어 있어 금방 그칠 비가 아니다. 잠시 멍하니 쏟아지는 비를 바라보자 사리풋타가 미소 짓다가 주섬주섬 말을 꺼낸다.

　“거사님도 비를 좋아하시나 봅니다.”

　“생활엔 좀 불편하겠지만 비를 싫어할 사람이 있을까요? 아! 내 정신 봐, 하하, 가시죠.”

　검정 우산을 받쳐 들고 건물 벽에 세워둔 승용차에 둘이 오른다. 사리풋타는 프로그램 촬영을 위해 프로덕션과 가까운 동네 암자에다 임시 거처를 정해 놓았다고 한다. 멀리 떨어진 산사에서 매일같이 촬영하러 나서기엔 힘겨운 일이다. 게다가 이동거리만큼이나 촬영기간도 길어져 제작에 여러모로 어려움이 뒤따르게 된다는 제작진의 조언을 받아들여서이다. 무씨는 암자까지의 배웅은 생각지도 못했는데 갑자기 쏟아진 비로 인해 거기까지 동행하게 되었다. 뒷좌석에 앉은 사리풋타가 묻는다.

　“아까 말씀에서 비로소 영혼이 싹을 틔우기 시작한다는 표현은 정신을 물질과 따로 분석한 점에서 걸리지만, 영혼은 인격체가 아니고 씨처럼 발아되고 성장하는 마치 업의 자아와 비슷한 존재로 받아들인다면서도 수정 찰나에 명색과, 그러니까 육체와 영혼의 결합 방식은 인정하지 않는 이유가 궁금해집니다.”

　“업 또는 버릇이라는 존재는 실체적 자아가 아니고 행위에 의해 형성된 일종의 에너지라고 봐야겠는데 그것이 어떤 원리에 의해 이끌린 작동처럼 파악되니 자연히 신의 운행이 연상됩니다. 누군가의 손길 없이 우연히 어쩌다가 그런 원리로 돌아간다는 것이 있을 수가 없다는 애깁니다. 아마 그 때문에 대승불교가 아미타불이나 관음보살 등 여러 신적 부처를 탄생시킨 이유가 되지 않았나 싶기도 합니다. 그런 이유 말고도 현대 과학은 유전자에 의해 닮은꼴 생명이 태어난다는 사실을 밝혔습니다. 그건 비슷한 업의 상태에 있는 부모를 찾아 식에 의해서 태아가 태어나는 것이 아님이 드러났다는 얘기입니다. 또한 요즘은 줄기세포 배양에 의해서도 생명이 태어난다는 사실을 실제로 확증했습니다. 불교에서 말하는 윤회의 태어남의 조건 과정이 인간의 단순한 추측이었음이 밝혀졌다고 봐야 합니다. 인구의 증가 등 그 외의 현상적 관찰로도 윤회의 타당성이 결여됐음을 확인할 수 있습니다.”

무씨의 얘기를 잠자코 듣고는 생각에 잠긴 사리풋타다. 과학을 들먹이고 역사적 사실을 거론하면서 확신에 찬 목소리로 말하는 무씨 앞에서 달리 언급할 윤회의 존재 근거를 설명할 길이 없을뿐더러 앞서 말했듯이 윤회는 논증이나 경험으로 입증 가능한 영역이 아닌 만큼 과학의 근거를 내세우는 사람에게 믿음에 기초를 두는 종교 설법을 강요할 틈바구니가 없는 것이다. 잠시 침묵 속에 빠지자 바깥 비바람이 드세져온다. 윈도우브러시가 획획 정신없이 오가고 양철지붕을 때리는 빗소리로 차 안이 다 요란하다.

“불교 공부는 공부 차례가 있고 법을 뚝뚝 건너뛰어서는 제대로 진리를 파악하기가 어렵다는 얘기를 듣긴 했습니다. 그게 사실인지는 모르겠지만, 어쩌면 그런 이유로 윤회에의 몰이해가 내게 있는지 모르겠습니다.”

혹시 사리풋타가 앞으로 불교에 관한 얘기 자체를 입 다물지 모른다는 우려와 함께, 불교에 관해 언급한 자신의 얘기가 무지에서 나온 삿된 소리일 가능성을 배제할 수 없어, 조심스레 건넨 무씨의 말에도 사리풋타는 말이 없다. 승용차가 암자 입구에 도착한다. 비를 피해 처마 끝에 바짝 붙여 정차하자 사리풋타가 입을 연다.

“윤회는 증명이 됩니다. 그게 불교의 깨달음 영역에 속합니다. 윤회는 논리에 입각하여 변화를 설명한 것입니다. 제 입장은 윤회를 논리적으로 설명이 가능할 정도입니다. 단지 일반 불자들은 대체적으로 윤회라는 것이 우주 속의 질서로서 작용할 거라는, 신뢰만을 가지고 있을 뿐이라는 것도 압니다. 세상에는 드러나지 않았다고 해서 반드시 사실이 아닌 것이 아니듯이, 우리들이 그릇된 견해를 전제로 하면서도 그것을 채 알아 차리지 못하고 사물을, 그리고 진리를 알고 있다고 착각하는 것도 생각해 볼 문제 같습니다. 어쨌든 올바른 사유를 위한 하나의 화두로 좋은 의문입니다. 오늘 고마웠습니다. 거사님과 다시 여러 토론이 있기를 기대합니다."

사리풋타가 미소 띠며 두 손으로 합장하고는 무씨가 건넨 우산을 들고 승용차 밖으로 나간다. 우산이 비바람에 휘청거려 갈피를 잡지 못하자, 걱정에 무씨가 얼른 차 밖으로 나와 보지만 벌써 바쁜 걸음으로 모퉁이를 돌아가는 사리풋타다. 무씨는 처마 끝에 서서 잠시 빗속의 암자를 바라본다. 그리고 멍한 기분에 우두커니 서 있다가 산등성이를 타고 흐르는 실안개의 흩어지는 모양에, 흐릿해져가는 날들의 체취가 코끝에 닿아 아른거린다. 심장 속에 억지로 눌러둔 누군가야가 무씨 몰래 비의 율동에 흔들려 피어오르는 것이다. 축축해진 머리카락으로 빗물이 흘러내리고 속눈썹에 간신히 매달린 빗방울이 끝내 미끄러진다.

영혼이 바라는 것

결국, 무씨는 보고 싶다는 메일을 보냈고 메일을 읽은 누군가야로부터 전화가 온다. "야호! 이게 꿈은 아니겠죠?" 기뻐 목소리가 들떴다. 토요일 오전에 잠시 얼굴을 보자는 약속을 한다. 작업 내용을 다른 직원에게 대충 설명하고 일찌감치 목요일에 부산으로 향하는 무씨다. 그는 이번 여행이 다큐멘터리 제작에 들어가기에 앞서 잠시 갖는 휴식임을 후배에게 알렸다.

사랑은, 사랑한다는 것은 인위적으로 되는 문제가 아니다. 종교적 의무감에 도덕적 양심에 의해 일어나는 의식의 표현이 아니라 뇌세포의 화학작용에 의해 영혼이 발작하는 것이다. 영혼은 처음부터 실존하는 게 아니다. 불교의 고타마붓다가 주장하는 영혼 없음과 무아가 바로 이런 상태를 말하지 싶다. 그러나 없기도 하는 영혼이지만 그것은 본래 없는 것이 아니기 때문에 생명체라면, 인간이라면 자기 몸에, 뇌세포에 영혼의 씨가 뿌려지는 것이다. 반드시 뿌려지게 되어 있다. 농부가 땅에 다니며 배추씨를 흩뿌리듯 무수한 씨가 뿌려지고 그 중에 적절한 씨가, 생명에 의해 받아들여진 씨가 마침내 거름을 먹고 비를 맞고 내면을 들여다보는 자각 속에 그 영혼의 씨가 발아하는 것이다. 싹을 틔운 영혼은 마음의 양식을 먹고 자란다. 인격에 사랑으로 깨달음에 의해 그 생명이 자란다. 이건 중요한 문제다. 불교의 공즉시색이나 진화이거나 창조에 의해, 그런 인간들의 주장에 의해 비로소 형성되는 게 아니라, 인간들은 여러 가능성에 대해 관찰과 판단에 의해 그리 주장됐을 뿐, 결국 태초의 근원에서 시작된 어느 의도된 창조의 시작에서 이미 원리가 시작됐다고 봐야 한다. 생명의 몸에, 정신에 뿌려진 영혼은 전적으로 자기의 몫이다. 신이 어떻게 뭐 하러 그 영혼에 간섭하겠는가? 어떻게 생명의 자유의지를 의지라 하고선 건드리겠는가.

영혼은 스스로가 일궈야 하는데, 스스로 뿌리를 내리고 자양분을 얻어 자라고 자라서 잎을 뻗고 열매를 맺어야 한다.

무씨는 고속도로를 달리면서 두 여자를 생각한다. 아내는 아내다. 선량하고 이지적이고 직장과 가정에 헌신적이다. 연인도 마찬가지다. 남편에게 헌신하고 사회에 봉사하고 문학을 통해 인간의 삶을 이해하는 착한 여자다. 살아가면서 무수한 남녀를 만나고 관계를 맺고 대화를 나눴지만 이렇게 운명처럼 와 닿는 사랑 앞에 어떻게 그 감정을, 도도히 흐르는 물결을 거스르겠는가. 아내와 연인, 빛과 그림자라는 관계의 양립을 거절하겠는가, 단절이 가능하겠는가? 누군가야가 그랬다. 흘러간 강물은 돌아오지 않는다고. 그래서 무씨가 그랬지, 나는 어디쯤 흐르고 있냐고. 누군가야가 그랬다. "같이 흘러가고 있어요. 같이 흐르고 있어요. 같이 바다까지 가게 될 거예요." 바다!

바다. 어스름한 저녁, 승용차가 톨게이트에 진입하는데 아내로부터 다급한 전화가 온다. 자기 엄마가 이상하다고! 빨리 좀 와달라고!

돌아가는 존재들

무씨가 집에 도착하니, 장모는 기력이 다한 모습으로 침대에 누웠다.

"빨리 왔네. 내 연락 받고 온 거야?"

"병원은?"

"이틀 전에 다녀왔어. 영양제주사 맞고, 피검사 결과가 곧 나올 거야."

아내는 겁먹은 눈망울로 무씨를 반긴다. 무씨를 남편으로, 친구로 사랑하는 아내지만 말이나 행동에서는 늘 도도함이 흘렀다. 마치 아이를 다루듯, 학생을 가르치듯 다가오고 저만치 물러서는 여자다. 부부가 세월이 흐르면 사랑이 아니라 정으로 산다고 누가 그러듯 정을 듬뿍 무씨에게 쏟는 아내다. 이런 아내의 행동이 싫은 건 아니다. 고맙고 친구처럼 때로 함부로 대할 수가 있어 편하다. 장난도 치고 농담도 하고 말꼬리를 물고 늘어져 아내의 잠잠한 성질을 억지로 끄집어내어 희롱하는 짓거리도 가끔 즐거울 지경이다. 지경이었다. 그 아내가 지금 무씨의 팔을 붙들고 자기 엄마의 건강을, 곧 닥쳐올 피하고 싶은 불안을 걱정하고 있다. 무씨는 아내를 그 자리에 선 채로 가만히 안는다. 안아도 안겨도 둘의 시선은 장모를, 엄마를 향한다. 어찌 되시려나!

"많이 수척해지셨어. 언제부터 의식이 흐릿하시지?"

"며칠 전만 해도 말도 했고 오늘 아침까지도 죽을 드셨어."

오전엔 요양사가 와서 돌보고, 오후엔 둘째가 학교 파하는 대로 달려와 외할머니를 돌봤다고 한다. 다니던 미술학원과 음악학원 수강도 끊고 열심히 간호하더라는 거다.

"나도 봐서 알아." 그건 무씨도 봐서 안다. 누군가야를 만나기 전, 지난 겨울날에 장모님이 집에 오신 것을. 장인어른이 돌아가시고 홀로 오랫동안 머물며 살던 처갓집을 정리하고 둘째 딸에게 귀의했다는 거. 겨울잠을 자는 곰처럼 그 겨울에 산골을 떠나 집으로 돌아온 무씨는 참으로 장모를 섬겼다. 귀엽고 착한 따님을 제게 주서서 고맙습니다. 그 인사의 절을 이제 올리는 사위가 되어 무씨는 그때 비로소 장모를 들여다 본 것이다.

그때 큰애는 대학 진학에 실패하여 재수를 굳히던 시기다. 큰애를 키운 외할머니. 큰애는 그걸 아는지 인간의 원래 심성인지 이제는 외할머니가 애기가 되어 큰애의 품에 안겼다. 안겨 화장실에 가고 밥을 삼키고 몸을 뒤척였다. 말동무가 되어 여생을 반추하고 얼굴에 미소가 머물게 했다. 외가가 아닌 할머니 품에서 자라 외할머니를 낮가리는 둘째지만 그걸 놓치지 않는다. 언니의 행동을 보고, 더 나아가 엄마의 엄마에 대한 마음씀씀이와 간호하는 몸짓과 말씨까지 바라보면서 즐거워했다.

언니가 재수로 공부에 처박히자 둘째가 그 자리를 대신했다. 이 일은 앞서야겠다는 것인지 인간의 원래 심성인지 참으로 즐거움 속에 까르르, 웃음을 날리며 그렇게 외할머니를 모시고. 그런 그 아이의 행위에 얼굴이 부끄러워져 무씨도 그때 그걸 배운 것이다.

아내가 자기 엄마를 위해 정성스레 음식을 만들어놓으면, 무씨가 그걸 시간에 맞춰 다시 데우고 끓이고 그릇에 담고 약봉지를 챙기면, 방문한 요양사가 그걸 장모에게 떠먹였다. 갈아입을 옷가지와 이불을 빨래하고 널고 걷고 그러면서 인간의 여생이 무엇인지, 인간의 육체가 어떻게 쇠잔해 가는지 바라보았다. 장모를 안고 업고 병원에 찾아 검진 받고 치료하고 점차 가벼워가는 육체의 무게에 우주의 가벼움이 눈에 맺히곤 하였다. 아내가 착한 줄은 진작 알았지만 자기 엄마를 섬기는 모습에서 아아, 정녕 그렇구나. 사실 확인 앞에 감흥을 느끼던 나날들. 그런 아내와 아이들과 장모를 뒤로하고 봄날이 되자, 도지는 병처럼 떠날 채비를 한 것이다.

"언니가 와서 돌보겠다니 다행이야. 집에 무슨 일 생기면 바로 연락하고."

그렇게 훌쩍 떠난 집을 이번에는 참 오래도 되어 돌아온 느낌이다. 10개월 정도 되었나?

"엄마, 엄마!"

아내의 소리에 무씨가 안방 침대에서 눈을 뜬다. 일어나 다른 방에 가보니 장모 곁에서 같이 자던 아내와 둘째가 들여다보고 있다. 장모가 거친 숨을 가쁘게 몰아쉰다. 시계를 보니 밤 두 시가 되어간다.

"엄마, 숨쉬기가 힘들어서 그래요?"

나지막하면서도 물기를 담은 목소리가 어둑한 방 공기를 가라앉힌다. 딸의 목소리에 고개를 끄덕이는 자기 엄마! 엄마의 거친 몸짓에 무너지려는 가슴을, 자기 가슴을 쓸어내리려는 듯 엄마의 가슴을 매만지고 문지르고 쓸어내린다.

"엄마, 이제 어때요? 좀 괜찮아요?"

엄마는 딸의 목소리에 고개를 끄덕인다. 딸의 말에, 그 마음에 영혼이 진정하는 듯 정말로 숨이 골라진다. 아기의 숨이 되어 잠으로, 무의식으로 잠겨든다. 무씨는 달리 할 말이 없음을, 방법이 없음을 알고 바라보기만 한다. 이부자리를 다독거리고 길게 숨을 내쉬며 아내가 몸을 일으켜 무씨를 바라본다. "더 자지 그랬어? 엄마, 이제 자나 봐."

"내일 날 밝는 대로 병원에 가자."

"괜찮을 거야. 이러다가 좋아지기도 해."

둘째는 눈을 비비며 잠시 뒤척이다가 몸을 돌려 잠든다.

"눈 좀 붙여. 내일 학교도 가야 하잖아. 내가 지키고 있을게."

"아냐, 가서 자. 나도 이제 잘 거야. 엄마도 아침까지는 곤하게 자겠지."

말은 그렇게 했지만 그 말을 침묵에 녹이며 둘은 말을 잃고 그 자리에 우두커니 서서 장모를, 엄마를 바라본다. 운명으로 다가오는 인간의 절대적 삶인 돌아감을 애써 외면하는 것이다. 그들의 앞에 펼쳐지는 죽음의 그림자를 무의식조차 반발하는 것이다.

그렇게 새벽이 오고, 장모는 마지막 가쁜 숨을 몰아쉬며 숨을 거둔다.

"엄마, 할머니가 좀 이상한 거 같아요." 큰애가 학원 갈 준비로 서두르다가 말한다. 둘째는 몸짓이 흔들리며 두려운 눈망울을 굴린다.

"엄마, 엄마, 왜요? 숨쉬기가 힘들어요? 애 아빠! 엄마가 이상해!"

어디론가 전화를 하던 무씨가 다가와 차분하게 장모를 끌어안는다.

"연락해뒀어. 병원에 가자."

“엄마가 죽은 건 아니지? 몸이 아직 따뜻한데?”
“여보, 괜찮아. 차분해져야 해. 당황하지 말고 편하게 마음먹어.”
아이들에게 집에서 기다리라 말하고 무씨와 아내가 현관문을 나선다.

장례가 치러지고

울지 마. 울면 아니 돼. 운다고 해결되는 문제가 아니야. 울지 않는다고 부끄러운 것도 미안한 것도 아니야. 무씨는 마음속으로 그렇게 되뇌며 의사로부터 사망 소견을 듣고 아내의 눈을 들여다보고 눈빛을 헤아렸다. 참으로 오랜만에 아내의 눈을 바라다본다. 모든 게 잘되어간다. 그래, 이렇게 길을 걷는 거야. 차분하게 담담하게 아내를 가볍게 안고 장례식장으로 길을 걷는다. 아아, 장모는 젊었을 때부터도 죽음에 대해 두려움이 없었다. 삶도 적극적이지 않았다. 생사를 여의고 도에 정진한다는 노승들보다도 담담한 인생을 살았지 싶다. 남편과 아이들을 뒷바라지하면서 평범한 인생을 사셨다. 아내의 증언도 그렇고 뒤늦게 가족으로 합류한 무씨의 관찰로도 장모는 그랬다. 그 장모가 오늘 하늘나라로 돌아가는 것이다.

한국행 비행기를 탔다는 전화가 손아래 처남에게서 온다. 처남은 현재 미국의 어느 대학교 의대 유전공학연구소 연구교수로 있다. 아들이 똑똑하면 자기 부모를 떠나 살면서 처가가 덕보고, 딸이 똑똑하면 자기 부모 곁을 지키면서 사위 덕까지 본다더니, 그 말이 그냥 우스갯소리 같지가 않다. 장인어른은 잘난 아들을 뒀지만 결국 얼굴 한번 속 시원히 보지도 못한 채, 그 잘난 미국 구경 한번 없이 쓸쓸히 아들을 그리워하며 돌아가셨을 게다. 그것에 내색 없는 장인어른이셨지만 그것이 후회가 되고 한으로 남았던지 처남은 언제부턴가 아무리 바빠도 자기 엄마를 보러 일 년에 한 번씩은 한국에 들러 꼬박 같이하는 시간을 보내는 것이었다.

이번에는 그 후회가 덜하겠지 싶어도 임종을 보지 못한 건 마찬가지가 되어버렸다. 하지만 핵가족 시대에 들어 임종을 보는 자식들이 몇이나 될까. 장례식에 참석할 수만 있으면 그걸로 자식의 도리를 다하는 시대이지 않은가. 손위 동서는 배를 타고 멀리 바다를 운항 중이라 상 치르기가 불가능하단다. 어쨌든 처남이 올 때까지 사위인 무씨가 상주 행세로 이 장례식을 치러야 한다. 무씨는 평소에 생각했던 장례식 모습을 떠올리고는 그대로 실행하기로 한다. 아내 직장에서 보내온 화환 하나, 무씨 친구 쪽에서 보내온 화환 하나, 그 두 가지를 제외한 일체의 화환을 사양한다.

"괜찮으시다면 직접 오셔서 조문하시고 모든 화환은 감사하지만 받지 않겠습니다."

검소하면서 적절한 장례용품 채택, 불필요한 의식 생략, 처남과 무씨 가족 외엔 친지 모두가 비록 기독교 신자가 아니었지만 기독교 방식의 장례식 채택 등, 여러 가지 것들을 검토하고 결정하였다. 무씨는 장모를 알지 못하는 자기 쪽의 동문 친구 동료들 일체에게 연락을 하지 않는다. 아내도 직장 동료 외에 평소 엄마를 알지 못하는 사람들에게 연락하지 않았다. 조문객이 다가와도 곡소리 하나 없이 맞이하였고, 조문객 중 더러는 국화 한 송이의 헌화에 익숙하지 않아 머뭇거리기도 하였다. "편한 대로 하시면 됩니다. 절하셔도 괜찮습니다."

조문객들 대부분은 기실 제사상이 차려진 영정 앞에 향을 피우고 절하는 한국 전통풍습에 익숙하다. 그럼에도 상주 쪽의 형편을 배려하는 것인지 거의 모두가 헌화와 묵념에 선선히 따라준다. 맞절을 하고 일어나서는 환하게 밝은 미소로 여기까지 찾아주심을 답례하는 무씨다. 무씨는 경건하게 앉아 빈소를 지켰다. 가끔 무료해지면 상에 올려놓은 성경을 펴보기도 하고 몰두하여 구절을 풀어보려고도 애쓴다.

아내와 언니는 길게 뻗은 테이블에 앉아 조문객을 상대하면서 뭔가 쉴 새 없이 조잘거린다. 표정들이 모두 밝다. 다행이다. 무씨는 다행이라고 생각한다. 불효자는 웁니다, 라는 말이 있듯이 살아생전에 엄마와 자주 토닥거렸던 언니는 조문객에 따라 눈시울을 붉게 물들이곤 했지만 아내는 엄마와 같이했던 추억들이 색다른 의미로 다가오는지 미소를 머금고 친구와 동료를 맞이한다. 이가 드러나도록 미소를 밝게 지으며 아내의 동료들을 배웅하고 맞이하고 분주하게 조문객을 맞던 무씨에게 문득 이런 생각이 든다.

'아내는 20여 년을 줄곧 나의 사랑 속에 사랑을 먹으며 살아왔던 것이 아닐까? 오랜 세월을 오래도록 만나고 지낸 엄마와의 관계 단절, 그 상실을 지금 겪고 있으면서도 저리 차분하고 담담하게 미소를 띠며 맞을 수 있다는 것이! 내 곁에 서서 조문객들에게 나를 소개하는 아내의 말씨와 눈길에는 나를 향하는 풍성한 사랑과 신뢰와 든든한 존재에의 의지가 짙게 배여 있기까지 하다. 바로 그러한 것들이 소중한 것의 상실에도 그 불안감과 어수선함을 딛고서 영혼의 흔들림을 떨쳐버릴 수 있게 된 것은 아닐까? 울고 싶었던 거 다 끄집어내어 이 때 실컷 울어버리라는, 아내의 동료가 내뱉는 소리의 뜻만 살펴도 최소한 내가 아내를 애먹이고 살진 않았구나. 아니! 아내가 그리 받아들이고 살아줘서 고맙구나. 고마운 일이었구나!' 무씨의 이 생각은 사실일지 모른다. 하지만 그는 달리 예감도 하고 있다. 상실은, 소중한 것의 상실은, 시간을 두고 점차로 그 감각이 눈덩이처럼 커질 가능성이 있다는 또 다른 사실을 인식하는 것이다. 무씨는 누군가야에게 폰 문자로 장모의 돌아감을 알린다. 물론 약속은 기약 없이 취소되었다.

기독교 논쟁의 서곡

처남이 도착하였다. 장모는 화장되어져 제주도 선산, 장인 옆에 나란히 묻힌다. 제주도의 옆 마을에서 각기 태어나 자랐고 이제 같은 고향에 나란히 함께하는 것이다. 가족을 둔 채 혼자 황급히 왔던 처남이 약 열흘 정도를 한국에서 보낼 거라는 소리에 무씨는 허겁지겁 회사에 연락하여 보름 정도의 휴가를 얻어냈는데, 처남과 함께할 시간이 필요하다는 그럴듯한 구실을 붙였다. 어차피 사리풋타와의 프로그램 완성은 불교대학이 열릴 내년 가을에 맞춘 만큼 여유가 있다. 처남은 독실한 기독교도다. 미국의 한인교회에 다니면서 영어를 모르는 교포를 위해 뜻을 같이하는 동료와 함께 신앙서적을 한글로 번역하여 매달 보급하고 있다.

장모를 땅에 묻고 돌아선 그날부터 비가 내린다. 무씨는 누군가야에게 문자를 주지 않고 일부러 컴퓨터 메일도 확인하지 않는다. 아내에 대한 배려랄까. 어쩌면 자기감정이 떠도는 자리가 어딘지를 확인하고 싶어서일지 모른다. 태풍이 오고 빗줄기가 거센 오후, 달리 갈 데가 없는 무씨가 서재 바닥에 퍼져 앉아 일종의 심심풀이에 들어간다. 처남이 마침 성경을 들여다보는지라 무씨가 이런 분위기를 틈타 자연스레 논쟁을 이끌어내려는 것이다. 기독교의 의문을 공격하고 처남의 심기를 건드릴 아주 좋은 절호의 기회라 생각되어서이다. 무씨가 넌지시 묻는다.

"세상의 질서는 특히 인간의 삶은 자유의지일까, 예정일까?"

처남이 무씨를 쳐다본다. 분명히 매형이 그걸 모를 리가 없을 텐데 왜 묻는걸까, 그런 표정이다.

"거기에 대해서 의견이 나눠지는 걸로 알고 있어요. 그래도 성경적으로 보면 예정론이 옳다고 봐야죠."

"인간에게 자기의 고유한 자유의지가 있어야 선악이 발생하고 거기에 따른 심판도 생겨나는 것이지, 이미 예정된 거라면 모든 책임은 전적으로 신의 몫으로 돌아가게 되잖나?"

"그렇게 생각해볼 수 있긴 하지만 성경 구절을 보면, 예정을 말하고 있고 믿음조차도 하나님에 의하지 않고는 가질 수 없다, 그렇게 말하고 있으니 그대로 받아들일 수밖에요. 하나님의 뜻을 우리가 채 알 수가 없는 것이고."

기독교를 믿고 교회에 다니는 기독교 신자가 이단사상에 빠진 상태가 아니라면 누구나 처남과 같은 생각을 하고 말을 하게 된다. 무씨 자신도 한때 그런 생각에 물들어 살았으니까. 건전한 교회의 건전한 목사로부터 꾸준하게 설교를 들은 신자들은 아무 의심 없이 이 사상을 받아들이는 것이다. 사상! 그래, 이것은 사상이다. 인간이 성경을 읽고 성령의 감화에 의해 진리를 깨쳤다고 주장하여 만든 하나의 교리이고 신학인 것이지, 인간인 신학자가 주장한 것들이 어찌 다 신의 메시지를 제대로 해석하고 표현한 것이라고 누가 단정 지을 수 있겠는가? 그런데도 신자들은 매일같이 성경을 들여다보면서도 아무 의심 없이 신학에 의해 결정된 것들을 비판 없이 받아들인다.

"인간은 꼭두각시가 아니고 인형이 아니잖아. 예정된 거라면 그건 운명이나 다를 바가 없고 누구도 그 운명에서 자유로울 수 없는데 어떻게 인간 스스로 자기의 삶을 헤쳐 나가고 신에게 도움과 용서를 바랄 수 있겠나?"

"일반적인 것들의 자유의지론이나 예정론은 좀 더 생각할 여지가 있겠지만 최소한 분명한 것은, 구원은 예정된 것이라는 건 확실해요. 성경에도 그렇게 언급하고 있으니까."

"성경에 그런 구절이 있다고 해서 모든 게 그렇다는 것을 의미하는 것일까? 만약 그렇다면, 그것과 의미가 다른 구절은 어떻게 받아들여야 하지? 성경 구절에는 얼핏 봐서 서로 상반돼 보이는 것들도 있잖아. 그렇게 서로 모순되는 구절은 어느 쪽이 옳다고 손을 들어줘야 할까? 그럴 경우 다른 구절은 가치가 없는 쓰레기에 불과한 걸까? 목회자들은 그러잖아. 달라 보이는 성경 구절일지라도 그것들대로 의미를 지니고 상황과 형편에 따라 각기 적용할 수가 있다고. 그런 마당에 굳이 구원의 예정론만큼은 그 구절만큼은 변할 수 없고 달리 적용할 수 없다는 것이야말로 독단적 사고가 아니겠는가. 예정론과 다르게 표현하는 구절들도 성경에서 찾을 수 있는데, 즉 인간의 자유의지를 드러내는 많은 구절들이 성경에 있는데 그걸 무시할 수 있을까?"

"그럼, 매형은 뭐라고 생각해요? 자유의지?"

"나는 인간의 기본적인 삶은 다 자유의지라고 봐. 특별하게 신이 간섭해야 할 특별한 사건이나 인물에 대해서는 더러 신의 의지에 의해 역사가 만들어지겠지. 둘 다가 존재하고 있어."

"하지만 나는 하나님의 간섭과 주관, 그 예정론을 믿어요. 그래야 기독교인인 것이지."

"칼빈의 구원예정론은 가톨릭과의 투쟁에서 살아남기 위해 만들어진 것이야. 승리에의 확신이 필요했던 거지. 자기들이야말로 신을 잘 알고 성경을 제대로 해석하고 신앙적 삶에 있어 의로운 집단이니, 이런 자기들의 투쟁에 신이 반드시 함께하고 있을 것이며 자기들의 구원은 예정되어 있다는 믿음이 절실했겠지. 그래서 생겨났다고 봐."

하지만 처남은 자기 생각을 굽히지 않는다. 무씨도 그렇듯이 인간들은 자기가 갖는 신념에의 포기가 어렵다. 그것은 거의 철옹성이고 박제된 영혼이라 봐야 할 지경이다. 무씨가 돌려 다른 말로 묻는다.

"그전, 동남아에 쓰나미가 왔잖아. 그건 예정된 거야, 뭐야?"

"예정이라 언급하기가 좀 그렇긴 하지만 신의 뜻이 있겠지요?" 말이 궁해진 자신을 눈치챈 처남이다.

"한국에서 잘나가는 교회 목사 중에 누가 그랬다던데? 벌 받아서 그렇다고. 그런 거야?"

"아무도 알 수 없죠, 그것은."

무씨는 답답해졌다. 처남의 심기를 살살 건드려보자는 의도가 오히려 자신이 피곤해짐을 느낀다. 배웠다는 자도 신앙이랄까, 한번 고착된 신념 앞에서는 그것과 다른 얘기들이 먹혀들지 않는다는 걸 새삼 다시 느끼는 순간이다. 마치 정치판에서 보수와 진보의 다툼만큼이나 이것도, 성경의 해석이나 신앙적 신념의 차이도, 타 종교와의 충돌만큼이나 까다롭고 복잡한 문제다. 처남도 마음이 어수선해졌는지 역공을 가한다.

"그럼, 매형은 쓰나미가 우연히 일어났다고 보는 모양이죠?"

"나는 우연이라는 게 존재한다고 판단하는 사람이야. 하지만 쓰나미를 가지고 우연이다 뭐다, 라고 말하고 싶진 않아. 쓰나미는 자연재해에 의해 일어난 인명피해지, 신의 뜻이나 벌하고는 아무 관련이 없는 거야. 우연이랄 수 없는 것은 지구도 살아 숨 쉬는 존재야. 신이 애초에 지구를 만드셨을 때 그렇게 작동하게 설계하신 거지. 화산 폭발이 있고 지진이 일어나고 태풍이 불고, 이런 모든 자연현상은 그것들대로 그렇게 움직이고 순환해야 지구로서 제 역할을 하고 모양을 지닐 수 있는 거라 봐. 그런 정당한 순리적인 원리로서 당연히 일어날 자연현상인데 그걸 인간들이 눈치채지 못하고 게을러서 그것에 대비가 없었기에 인재에 의해 그런 불상사가 일어난 것이야. 그런 자연현상에 대비하지 못한 인간들의 잘못인 게지 그게 어찌 자연 탓이겠나, 신의 뜻이겠나."

"그렇게 속단해서 말할 성질의 문제가 아니라고 봐요. 우리 인간은 하나님의 뜻을 모르니까."

"왜 믿는다고 하는 사람들은 한결같이 신의 뜻을 모른다고만 말할까? 이상하잖아."

"매형은 하나님의 뜻을 안다고 생각하세요?"

"나야 알지."

"말도 안 돼. 어떻게요?"

무씨가 비스듬히 벽에 기댔던 몸을 바로 하고 앉는다.

"도대체 신을 믿는다면서 신을 모르고서 어떻게 믿는다는 것이지? 신을 믿는다는 건 신을 아는 게 전제가 되어야 해. 알아야 믿는 것이지. 다는 몰라도 알려고 노력 정도는 해야 하잖아. 우리가 성경을 읽는 이유가 뭐지? 성경은 신의 말씀이라고 우리가 결론을 내린 이상 그것은 신의 목소리야. 그게 목소린데 우린 그 목소리를, 말씀을 들으면 잘 들으면 그게 바로 신의 뜻이잖아. 그런데도 우린 신의 뜻을 알 수 없다고 노래하잖아. 그게 무슨 대단한 발견인 것처럼, 신에 대한 복종과 겸손을 드러내는 행위라도 되는 것처럼."

무씨 얘기를 듣는 처남 표정이 달라진다. ‘언제 저렇게 사유가 깊어졌을까. 진리를 찾아 이것저것 들쑤시고 다닌다는 소리가 들리던데 과연 뭔가 찾기는 찾으려고 하는 모양이다?’ 그런 생각이라도 드는 기색이다. 처남은 아까와는 달리 조금은 묻는 자세가 되어 묻는다.

“매형, 그렇다면 성경을 통해 하나님의 뜻을 파악할 수 있고 파악 가능하다고 하였는데, 현재도 보면 사람들은 같은 성경 한 구절을 놓고서도 견해가 다른 소리를 내는 경우가 많아요. 교파가 갈라질 정도로 그들의 소리가 다양하다고도 볼 수 있어요. 이러한데, 대체 누구 견해가 옳을까? 인간이 저마다 다른 소리를 내는데 어떤 소리가 신의 뜻이며 제대로 된 성경 해석이라고 감히 주장할 수 있을까요? 그런 면에서도 신의 뜻은 갈라지니 결국 그건 신의 뜻을 채 알지 못한다는 소리가 되잖아요.”

무씨가 되묻는다. “그럼, 그렇게도 신의 뜻을 모르는데, 분명 신의 뜻은 있겠지만 그걸 모르는데, 어떻게 그럼에도 신의 뜻에 맡길 수 있다는 것이지? 숙명처럼 그런 것인가?”

처남은 기다렸다는 듯이 말이 빨라진다.

“그러니까 그게 예정론이지요. 신은 모든 걸 이미 아시는 분이니까, 세상이 어떻게 흘러갈 것인지를 이미 아시니 그게 예정되어 있다는 의미와 같은 것이 되지요. 그러니까 적어도 크리스천이라면 항상 성경을 읽고 묵상하고 무엇보다도 경건한 예배와 기도를 드려야 하는 것이에요. 하나님의 은혜 속에 우리가 성령의 인도하심을 입어 거기에 순종하는 삶을 살도록 해야겠지요. 그러면 하나님께서 우리를 간섭하시고 역사하셔서 우리를 하나님의 뜻에 합당한 마음과 행동의 그런 삶을 살게 인도하신다고 봅니다.”

많이 듣던 소리다. 아니, 이런 유의 말은 항상 듣는 것 같고 어느 누구의 입이든지 기독교 신자이기만 하면 저절로 입에서 술술 나오는 그런 소리이겠다. 하나도 틀린 소리가 아니고 오류가 없지 싶다. 잠시 멍한 기분에 빠져 자기가 할 말, 하려고 했던 말을 놓친 무씨다.

“좋은 소리야. 그렇겠지. 그릇된 말은 아니니까. 죄다 옳은 소리의 조합이니까. 그런데 말이다, 그렇게 따지면 그러니까, 인간의 견해에 따라 성경 해석도 달라진다면 그래서 기도와 예배가 중요하다면, 그래서 형성된 생각은 누구의 견해지? 그렇게 해서 도출된 결론은 과연 옳은 것일까? 그게 성령의 인도하심이라는 그 확신은 자기의 또 다른 주장이고 견해일 뿐, 그게 신의 목소리라는 근거가 아니잖아. 근거가 될 수 없잖아. 성령이니 체험이니 하는 모든 신앙적 이적이나 신비 또한 그걸 경험한 인간의 생각과 판단과 결정에서 나오는 것이기 때문에 그것 또한 인간의 견해에 불과한 것이지 결코 신의 뜻이 될 수가 없어. 이단이 왜 나오겠어? 그런 현상을 옳다고 고집해서 발생하는 것이야.

처남에게 다시 말하자면, 방법은 하나밖에 없어. 신의 뜻을 알려면 성경을 통해야 해. 성경 해석! 올바른 해석이 필요한데 그게 열쇠야. 어떻게 그 해석, 즉 신의 뜻에 합당한 성경 해석을 할 수 있느냐 하는 것이지. 성경이 신의 말씀이고 신의 목소리인 이상, 신의 뜻이 성경에 있으니 그것을 똑바로 해석만 하면 찾을 수 있다는 얘기가 되지, 온전한 신의 뜻을! 내가 요즘 그걸 눈치채고 있어. 이제 그 열쇠를 찾을 수 있겠고 그런 만큼 신을 알게 되는 날이 올지도 모르겠어. 물론 그 안다는 것은 내가 완전하게 진리를 찾았다는, 진리를 안다고 하는 소리가 아니라 올바르게 성경을 해석할 수 있는 원리로서의 열쇠의 필요성을 찾았다는 소리야. 찾더라도 그건 해답이 아니라 그 열쇠를 찾은 것에 불과하니 열쇠로 문을 열고서 성경을 한 줄씩 또박또박 올바로 읽을 가능성을 지니는 상태라 봐야 한다는 것이겠지. 나도 사실 장담은 하기 힘들어. 하지만 여러 가지의 사회 문제, 신앙과 인생 문제 등을 놓고서 내가 찾게 될 열쇠로 성경의 구절, 신의 목소리를 들을 때 그 해답이 생생하게 보일 거라는 것이지. 아직도 그 열쇠를 찾는 형편이지만 흐릿하게나마 마음에 어리는 기운을 두고 이 세상의 현상을 비춰봤을 때 거의 무리가 없었어, 아직까지는."

무씨는 여기서 말을 그쳐야 했다. 처남의 표정이 호기심에서 점차 의혹의 눈길로 바뀌기 때문이었다. "내 말이 이단의 소리처럼 들릴지도 모르겠다. 오늘은 이만 하자. 나중에 보고 또 얘기 나누지 뭐."

처남이 웃는다. "나중에 또 얘기해요? 나는 매형 얘기에 전적으로 공감할 수는 없지만 일부는 그렇겠다는 생각은 들어요. 한번 본격적으로 신학을 공부해보는 건 어때요?"

"나는 그러고 싶지 않아. 그다지 의미가 있을 것 같지 않아. 왜냐면 신학교를 나온 무수한 목사와 신학자들이 이미 있어. 그런데도 그들 중 누군가가 진리를 밝혔다는 소리를 듣지 못했어. 그들 중 어느 누가 나서서 오늘날 한국 교회의 오류와 부패를 질타하며 바로 잡으려고 애쓰는 꼴을 보지 못했어. 대형 교회 목사들은 심지어 아주 간단한 기초적인 수준의 성경 구절조차 자기 마음대로 편리하게 해석하여 주장하고는 설교하기까지 해. 황당한 정치적 발언까지 서슴지 않아. 이것은 신학을 안다는 것의, 신학을 성경에 적용한다는 것의 한계를 내포하는 것이기도 해. 신학은 신의 소리가 아니라 철저히 인간의 소리라는 반증이야."

누가 구원에 이르는가

간식이 준비됐다는 소리에 둘은 식탁으로 자리를 옮긴다. 빵과 커피.

무씨가 묻는다. "대체 누가 구원에 이르는 것일까?"

처남은 이제 매형의 얘기에는 궁리를 하면서 답해야겠다는 생각인가 보다. 빵이 입안에 있다는 구실로 잠시 말을 아낀다. 커피까지 맛보고는 차분하게 말을 꺼낸다. '나중에 빨리 달리려면 시동이 필요하겠지?' 속으로 무씨가 짓궂게 웃는다. 그 전 같으면 이런 종교 주제를 가지고 대화할 때의 무씨는 감정이 경직되어 있었다. 종교인들의 위선과 오류를 거론할 때에는 강직한 분노까지 품으니 자연히 대화나 토론이 부드럽게 전개되기가 어려웠다. 그러던 것이 방황과 사색을 거치면서 점차 절제된 감정과 정제된 사고로 충분히 풀어갈 수 있게 된 것이다. 그것은 여러모로 마음의 여유를 의미하는 것이다. 사상에의 미련과 집착을 놓음으로써 안도하는 삶을 살게 되었다고도 볼 수가 있겠다.

"예수님을 그리스도로 영접하고 하나님의 아들이심을 믿는 자들이 구원을 얻는 것이잖아요. 물론 믿는 자들의 행위에 따라 구원에 이른다는 가톨릭 등 일부 교파들의 주장이 없는 건 아니지만 성경에서 분명하게 드러나듯이 율법으로는 그 누구도 죄에서 벗어날 수 없고 오직 믿음으로 의롭다 하심을 받는다 하였으니 예수의 피로 말미암아 대속함을 받은 우리는 이것을 진리로 받아들여야 하지요. 그러한 믿는 자들만이 구원에 이르게 됩니다."

"그러나 성경에는 선한 양심을 지닌 자들도 신께 이를 수 있다고 해."

"그건 예수님이 이 땅에 오시기 전까지의 사람들 얘기겠지요. 예수님은 오셨고 그런 만큼 이제는 사람들이 예수님을 믿느냐 믿지 않느냐에 달려 있어요."

"그럼 오늘날의 유대인은 구원이 없나?"

"당연히 예수님을 믿지 않으니 없지요."

"신께서는 유대인을 선택하시고 유대인을 축복하시면서 모래알처럼 창대할 거라고 하셨어. 세상 끝 날까지 다시는 버리지 않겠노라, 그렇게도 말씀하셨어. 그런데 이제 구원이 없다 하면 신의 약속은 뭐가 되는 거지?"

"그러니까 유대인에게 기회를 줬잖아요. 예수님이 직접 오셔서 자기를 알리셨고 믿기를 주문했잖아요. 알렸지만 듣지 않고 믿지 않는 유대인에게 그 잘못을 돌려야 해요."

"그럼 이제 유대인은 구약으로 자기의 역할을 마쳤다, 그렇게 봐도 되나?"

생각지도 않은 얘기에 주춤거리는 처남이다.

"그렇다고 봐야겠죠? 하지만 지금부터라도 예수님을 믿고 구주로 영접하기만 한다면야."

"아까 처남은 구원 문제는 예정되어 있는 거라 했어. 그런 거라면 유대인이 예수를 믿거나 믿지 않거나 그 문제는 전적으로 신의 몫이 되어버리잖아. 유대인이 예수를 믿지 않는다는 것은 신이 그것을 허락하지 않는다는 얘기가 되고, 그것은 신이 스스로 유대인과의 약속을 파기한다는 얘기가 되지. 그건 결국 신도 자신의 말을 때로는 바꾸기까지 하는, 믿을 수 없는 존재가 된다는 소리가 되어버리잖아."

"그렇다면 매형의 말대로 한다면 매형은 예정론이 아니라고 그랬으니 자유의지에 의해 유대인이 스스로 포기했다고 봐야 하니까, 그러니 어쨌든 이러나저러나 유대인에게 구원이 없는 건 사실이 되잖아요. 매형의 자유의지에 의해."

"그렇지. 유대인이라고 해서 다들 구원이 있는 게 아니지. 그 말은 유대인이라고 해서 구원이 죄다 없다는 말도 틀렸다는 소리가 돼. 마치 기독교 신자가 다 구원에 이르는 게 아닌 것처럼, 그것처럼 유대인과 무슬림도, 불자와 힌두교 신자도, 그 어느 종교, 심지어 무신론자조차도 모두가 구원에 이를 수 없는 게 아니라는 것이지. 예수를 믿는다고 다들 구원에 이르는 게 아닌 것처럼 말이다. 성경에도 예수께서 직접 말씀하셨잖아. 나를 믿고 주여, 주여, 하는 자마다 다 천국에 가는 게 아니라고."

"물론 예수를 믿는다 해도 여러 죄악에 의해 못 가는 자들이 생기겠지요. 그렇다고 해서 예수를 믿지 않는 자들까지 구원에 이를 수 있다는 얘기는 억지입니다. 그건 크리스천으로 예수를 믿어야 마땅한 신자의 입장에서 마음에도 품을 수 없는 얘기입니다. 우리가 그렇다면 왜 전도하려고 나서겠습니까? 굳이 믿어야 할 이유가 없는데."

격앙되어가는 처남의 심기를 추슬러줄 겸 무씨는 대꾸를 한 템포 늦춘다. 언젠가 길을 걷다가 우연히 불교 스님을 만나 붓다를 얘기하면서 윤회와 불성에 대해 거론하다가 무언가 꽉 막혔던, 죽어도 기존의 교리와 사상을 목숨처럼 붙들고 받드는 주장에 질렸던 그런 기억들이 새삼 새록새록 살아나는 지금이다. 그걸 맛보자 더 이상 이 대화를 길게 끌어가고 싶지가 않아졌다. 더군다나 거실 소파에서 책을 읽는 아내가 걱정스러운 듯 자주 고개를 돌려 바라보기까지 하니 아무래도 논쟁은 감정싸움으로 번질 가능성이 있고 그건 가족의 불화를 조장하는 짓이 될지도 몰라 조바심이 이는 모양새다. 무씨가 차분하게 말한다.

"기독교도가 구원에 이를 가능성은 다른 종교인이나 무신론자들보다 높은 건 인정해. 사실이라 봐. 왜냐, 성경엔 진리로 가득 찼고 현실의 삶에서도 그것의 적용률이 높으니까. 하지만 다른 종교, 다른 사상에도 진리가 담겨 있고 찾아낼 수가 있어. 진리의 희소성으로 해서 그것을 제대로 찾아낼 가능성이 낮아지는 만큼의 구원 가능성은 낮아지겠지만, 그건 사실이라 판단되지만, 그럼에도 진리가 머물고 있으니 그것들도 구원으로 이끌 수가 있다는 것이지. 그걸 내가 주장하는 거야. 세상의 모든 선한 것들을 창조하신 신인데 어찌 그 선한 가르침이 신의 것이 아니고 신의 메시지가 아니겠나?"

"매형은 범신론에 가깝군요. 그들이 주장하는 거랑 비슷하게 들리네요."

"처남, 때로는 인간의 상식도 중요한 거야. 온갖 악행을 저지르고도 믿기만 하면, 회개하기만 하면 구원을 얻는다고 착각하는 기독교도와, 세상을 살아가면서 선한 양심을 가지고 착하게 살아가는, 예수를 모르거나 예수를 믿지 않는 사람들 중에 과연 누가 의로울까. 어느 누가 신이 보시기에 흡족할까. 대체 누가 구원에 이르러야 합당한 것일까?"

"무조건 착하게만 산다고 구원에 이르는 게 아닙니다. 그 착하다는 것도 인간이 보기에 그런 것이지 하나님의 뜻에 순응된 거라 볼 수 없는 거예요."

"구원이 예정된 거라면 인간을 탓할 수 없어. 인간의 기도와 인간의 노력이 정말 무의미한 것이 되어버리니까."

"그래도 그런 행위는 가치가 있어요. 하나님이 보시고 받아들일 수가 있으니까요."

"그 말은 예정되어 있지 않다는 소리잖나?"

"아니죠, 예정되어 있지만 바꿀 수가 있는 건, 그 바뀐다는 것도 이미 다 알고 계셨으니 그건 예정되어 있던 것이지요."

"예정된 걸 수정했으면 바뀌는 것이고, 바꿔 새로 시행하는 것이니 예정되어 있던 게 아니라는 얘기가 되지, 어떻게 바뀔 것까지 미리 알았으니 그걸 예정이라고 주장할 수 있다는 것이지? 인간의 자유의지를 보시고 신께서 새로이 수용한 문제를 놓고."

"생각을 해봐요. 바뀔 거라는 걸 모르면 그게 신일까요? 우리는 모두 하나님은 전지전능하신 분이라고 얘기하고 믿잖아요. 그런데 그 전지전능하신 분께서 바뀔 거라는 걸 과연 모를까요? 모르는데 우리가 전지전능한 신이라 이름 할 수 있겠어요?"

"신은 전지전능하시지. 하지만 전지전능하다는 얘기가 모든 것을 다 알고 모든 것을 다 할 수 있다는 얘기를 의미하는 게 아니야. 인간에게 자유의지를 줬으니 맡겨두는 것이고 다 할 수 있는 걸 포기하는 것이지. 모든 걸 다 할 수 있지만 다 하지 않고, 다 알 수 있지만 사사건건 알려고 하지 않는 그것이야말로 전지전능의 입증이지. 그래서 신인 것이지."

"좀 더 생각해봐야겠지만 매형은 지금 다른 길을 가는 게 분명한 거 같네요. 기독교인은 기독교에 맞는 신앙을 가져야 비로소 크리스천이라 이름 붙일 수 있는 거잖아요."

"무슨 말인지는 알겠어. 잘 생각해 봐, 우리는 삼위일체를 믿잖아. 성부, 성자, 성령. 이 삼위는 다르지만 그것은 일체라는 얘기잖아. 본질이 같다는 소리잖아. 그러한 같은 본질의 하나인 성부를 믿는 유대인을 어찌 왜 예수를 믿지 않는다고 정죄할까? 분명히 성부이신 하나님을, 야훼를 누구보다도 무엇보다도 잘 믿는데 그런데도 믿지 않는다고 떠들까. 삼위일체가 무엇이기에 예수가 야훼이고 하나님이고 성령이고 같은 신이라 부르짖으면서도 그것의 하나를 찾으면, 하나만을 믿으면 그건 엉터리이고 구원에 이를 수 없다고 단정 지어도 될 그런 성질의 것이란 말인가? 도대체 삼위일체가 무엇이기에."

처남이 성경을 뒤적거리더니 한 구절을 읽는다.

"예수께서 이르시되 내가 곧 길이요 진리요 생명이니 나로 말미암지 않고는 아버지께로 올 자가 없느니라."

무씨가 재빠르게 말한다. "처남, 그 구절 잘 읽었다. 그걸 가지고 말해보자."

나로 말미암지 않고는

   기독교인들은 이 구절에 절대적 의미를 둔다. 다른 성경 구절에서도 예수 말씀의 진리성과 절대적 신성이 드러나고는 있지만 가장 명료하게 직설적으로 예수 자신 스스로가 자신을 알린 글귀이기 때문이다. 그런 까닭에 기독교인들은 예수만이, 예수를 믿어야만 천국에 갈 수 있다고 믿는다. 이 강력한 글귀로 해서 기독교인은 전도에 자신 있게 나서고 예수를 믿지 않는 종교, 즉 예수 외의 종교에 대해 배타성을 갖는다. 물론 구약의 야훼에 의해 선포된, 다른 신을 섬기지 말라는 계명이 이에 가세하여 더욱 그 위력을 발휘하는 것이리라.

   한편으로 그런 만큼이나 타 종교, 특히 한국에서는 불교가 이것에 심한 스트레스를 받는 모양이다. 유명한 고승들조차도 이 구절을 놓고 곡해할 정도로 오류의 주장을 하는 실정이니 말이다. 예수를 믿지 않으면 아버지께로 즉 천국에 가지 못하니 곧 지옥에 떨어진다는 얘기라 단정 짓고는, 믿지 않는다 하여 자신의 자식이라고 하는 인간들을 어찌 지옥 불에 던져버릴 수가 있으며 그런 당신네 신을 도무지 이해할 수 없으니 차라리 자기는 지옥에 가서 당신네 신에게 버림받은 그 억울한 영혼들을 구제하겠다고 큰소리쳤겠는가.

   불교 스님들의 타 종교에 대한 몰이해에 의해 비롯된 것이겠지만, 모든 종교인들은 저마다 정도의 차이가 있을 뿐 이런 배타성에 허덕이겠지만, 궁극적으로는 기독교인들의 책임이 큰 것이 사실이다. 하지만 불교도 엄연히 지옥을 말하고 있고 더러운 짓을 하는 자들이 가는 곳이 지옥이라며 그들도 죄의 응징을 거론하거늘 어째서 타 종교의 지옥에 대해서는 그리 쌍심지를 켜는 걸까? 행위가 올바르지 않은 삶을 살 경우에 가는 불교의 지옥이나 믿지 않아 간다는 기독교의 지옥은 그다지 다른 개념이 아님을 모르는 데서 생긴 오해의 무지다.

물론 그들이 말하는 지옥이, 그런 장소의 개념이 아님을 모르고서 한결같이 떠드는 소리이긴 하지만 말이다. 기독교인은 앞서도 언급했듯이 율법으로는 의로움을 받을 수 없고 오로지 믿음에 의해 구원에 이른다는 것에만 열중하여, 죄를 지었지만 예수를 믿는 믿음이 자기에게 있으니 당연히 천국에 간다는 망상을 억지로 하면서 거짓 회개를 한다. 이런 영향 탓에 타 종교인이나 무신론자들이 잘 걸려들었다는 듯이 이를 비판하고 나서서 온갖 죄라는 죄는 다 짓고도 죽을 때 회개 한판이면 만사가 끝난다고 떠드는 이기심 가득한 불량종교가 기독교라며 그 말살까지 부르짖는다. 그리고 이에 편승하여 새로운 사이비까지 득세하면서 묘한 논리를 전개하기도 하는데 그것은 이러하다.

내가 곧 길이요 진리요 생명이라는 이 말에는 시중에 두 가지 해석이 있는데, 첫째는 예수 자신이 길이고 진리이고 생명이라는 것과 둘째는 내가 그러니까 나라는 존재가 길이고 진리이고 생명이라는 주장이다. 첫 번째는 지금의 기독교인이 채택하는 주장이고, 두 번째는 기독교 중에서도 극소수의 사람들만이 받아 지키는 말씀이라는 것인데, 곧 소크라테스가 말한 너 자신을 알라, 그 말과 같은 개념으로 받아들인 것이라고 한다. 나 자신의 진정한 모습, 진짜 나, 나의 본질을 아는 것이 바로 길이고 방법이며 그것을 알게 되면 진리를 아는 것이고 진리를 알게 되면 곧 그 안에 생명이 있다는 주장이다.

한마디로 사이비다운 발상인 것이, 이런 주장은 힌두교나 대승불교의 잘못된 차용으로 보인다. 자기 자신의 진정한 모습을 어떻게 찾는다는 것일까? 진화한 동물이 인간이라면 그것의 본질은 역시 아메바이거나 영리한 박테리아이겠고, 진화하지 않았다면 신의 형상을 닮은 창조된 피조물의 인간 모습일 텐데 대체 거기에 무슨 본질적 생명이 깃들어 있다는 것인지 도무지 의문이 아닐 수 없다. 뒤늦게 안 사실로는, 이런 논리가 무신론자들에게 구미가 당겼는지 석학을 자처하는 자들의 주장으로까지 연결된 상태라는 소리를 들었다. 이렇듯 한 구절을 놓고서도 잡다한 이론이 들고일어나는 어수선한 현실에서 무씨는 처남이 새롭거나 독특한 어떤 해석을 내릴 거라 기대하지 않는다. 바람이라면 처남이 성경 해석에 있어 새로운 발상의 전환, 그 첫걸음이라도 내디뎠으면 하는 것이다.

"처남이 그 구절을 읽은 까닭은 오직 예수라는 말을 하고픈 거였겠지."

"당연하지요. 여기 성경에 나와 있잖아요."

"내가 곧 길이요 진리요 생명이라는 말씀은, 예수가 그러하다는 말은 맞아. 하지만 오늘날 기독교인들이 주장하는 건 그런 뜻이 아니야. 기독교인들은 예수가 진리라는 사실 인식보다는 예수의 이름이 진리라고 착각하며 살아."

"뭐가 다른가요?"

"예수를 표방하기만 하면, 예수라는 이름을 내세우고 전도에 나서기만 하면, 그것이 마치 정통교단이자 진리의 말씀을 전하는 것이라는 착각들을 받잖아."

처남은 무씨의 이 말에 동요를 일으키는 기색이다. 예수라는 이름이 예수 자신을 의미하는 거라고만, 그러니까 한 번쯤이라도 냉철한 판단이나 분석을 가한 기억이 없이, 그저 남들 따라 무턱대고 긍정하며 살지 않았나 하는 자각이 이는 듯하다. 이걸 눈치챈 무씨가 내처 말한다.

"내가 길이요 진리요 생명이라고 예수가 말한 배경은 처남도 알잖아. 그 당시의 바리새인이나 유대인들은 진리를 잃어버렸어. 신을 잘 알고 있다는 착각 속에 살았고 성경을 그릇 이해하였고 여전히 율법의 굴레에 빠져 앞을 제대로 볼 생각조차 하지 못했어. 그러할 때 예수가 오셔서 새로운 복음을 전하셨지. 올바른 가르침을 유대 백성과 제자들에게 펼치시는 걸 그들은 못 마땅하게 본 것이지. 자기들의 기득권 영역뿐만 아니라 고래로부터 내려오는 전통까지 발칵 뒤집히고야 말겠다는 그릇된 생각에 그들은 반발하여 죽음에까지 이를 음모를 꾸민 것이야. 그러한 무지한 존재들을 향해 예수가 외치신 거지. 나를 믿지 않더라도 내가 한 행위의 결과들은 믿으라고. 이게 뭘 의미하는 말씀이겠니? 예수가 신의 아들이라는 사실의 언급이 누차 있었음에도 예수 자신, 즉 예수의 존재를 너희가 끝내 믿지 않을지언정 예수 자신이 직접 행한 기적들과 의로운 행위들과 선에 합당한 가르침은 너희들이 눈으로도 직접 봤으니 믿을 수 있고 믿어야 하는 게 아니냐는 것이었지. 다시 말해 예수의 이름을 믿는 게 아니라 길이요 진리요 생명이신 예수의 본질과 그 가르침을 알고 그걸 믿고 따르라는 메시지였어."

처남이 거든다. "그러니까, 예수가 하나님의 아들이시고 그 가르침이 진리이자 생명의 길이니 예수를 믿고 따르면 되는 것인데도 사람들이 예수의 신성을 거부하고 시기하기에 바쁘니 그렇다면 예수 자신을 믿지 않더라도 예수의 옳고 도 선한 의로운 행위와 기적, 그 가르침은 눈으로 보고 귀로도 들은 것들이니 그것만이라도 믿고 받아들여 따라줄 것을 바라는 부탁의 말씀이셨다, 그게 바로 내가 읽은 성경 구절 내용의 해석이라는 말이군요."

"그렇지, 잘 이해했어."

"그런데 그건 이렇기도 하네요. 예수를 부정하니까 가르침만이라도 따르라는 것이지, 예수가 구주이심을 알고 믿는 자라면 그 가르침도 당연히 받아들일 것이니 굳이 그걸 분리해 생각할 필요가 없겠네요. 예수의 이름이나 가르침이나 모두 다 하나님을 향한 신앙이고 그러한 삶을 살겠다는 것이니까요."

"처남, 내 얘기가 같은 말처럼 들리나 본데 차이가 있어. 그건 어쩌면 엄청난 차이야. 왜냐, 아까도 말했지만 자칫하면 또 다시 진리를 보지 못하고 이름에만 얽매여 신앙하게 된다는 것이야. 유대인들은 예수의 이름을 믿지 않았나? 예수가 야훼이고 같은 성령이고 진리인데 그들은 예수를 몰라봤잖아. 왜 몰라본 걸까? 야훼를 믿고 신앙하고 따르는 존재자들이 말이다. 그건 바로 예수라는 신의 본질을 보지 못하고 형식, 껍데기, 율법, 전통이라는 미명하의 습관, 이런 것들로부터 자유하지 못해서 그런 거야. 신의 본질을 찾을 수행 없이 이름에 매달려 살았기 때문이지. 다시 말하자면, 신 존재가 길이요 진리요 생명이니 그걸 믿고 따르는 삶을 살아가라는 말씀이야. 길, 진리, 생명의 근원이 신 자체이니 그걸 배우고 행하며 살아가라는 말씀이지. 성경에도 나와 있잖아. 태초에 말씀이 있으셨다고. 그 말씀이 하나님이라고. 그러니 진리의 말씀을 찾아 익혀 행하는 삶이야말로 하나님 아버지께로 나아가는 길이 어찌 아니 되겠는가."

"그렇다면 처음부터 예수께서는 진리를 향하는 삶을 살면 천국에, 구원에 이를 수 있다고 선포하시지 굳이 자기 자신인, 나를 강조해서 가르침을 펼 필요가 있었겠어요?"

잠시 뭔가 궁리하던 무씨가 다시 입을 연다.

"그 당시 사람들이, 아니 지금의 사람들도 마찬가지야. 사람들이 뭐가 진리인지 길인지 생명의 말씀인지를 찾아낼 수 있었을까? 알아낼 수 있고 그걸 행

동으로 세상에 드러낼 수 있는 상태의 세계라면 예수를 죽이지도 아니 오실
필요도 없었을지 몰라. 그런 무지의 상태에서 뭐가 길이고 진리이고 생명인지
를 알게 하려면 과연 뭐라 언급해야 적절하면서도 간단하게 드러날 표현이 될
까? 내 말을 듣고 내 가르침에 따르라. 내가, 내가 하는 말씀이 길이요 진리요
생명이니 나로, 나의 가르침으로 말미암지 않고는 아버지께로 올 자가 없느니
라. 그러셨던 게 아닐까? 세상에 무덤처럼 묻혀버린 신의 소리를 스스로 되살
리기 위해."

당신에게

나중에 다시 토론하자며 처남은 성경을 읽으러 서재로 들어간다. 아내는 여전히 소파에 앉아 책을 읽고 있다. 아직까지는 상실감을 느낄 수 없는 얼굴이다. 무씨는 우산을 펼쳐들고 밖으로 나간다. 아까 누군가야로부터 폰 문자가 왔었다, 메일을 열어보라고. 무씨는 한시라도 누군가야를 잊은 건 아니지만 견디지 못할 그런 감정은 아니다.

빗속을 걸으며 아까의 문자를 다시 보는 순간, 무씨는 누군가야가 지금 열병에 걸렸을지도 모른다는 직감에 사로잡혔다. 아내가 가질 상실감에만 붙들렸지, 더하면 더했을 누군가야의 상실감은 내팽개쳐져 있었다니. 하지만 무씨는 고개를 가로젓는다. 그녀에게는 남편이 있다. 그건 남편의 몫이다. 남편이 끌어안고 같이 울어줘야 한다. 이 고비를 넘겨야 한다. 무씨는 전화로 들려주듯 소리 내어 읊조린다. "누군가야, 강물은 흘러가고 있어. 따로 흐르기 시작했어. 어쩔 수 없어." 집에 머물 때면 늘 걷는 산책길인데도 빗소리 따라 걸으니 새삼스럽다. 오랜만에 이 길을 거닐어서 그러할까? 한가로운 마을의 정취 앞에 서자 문득 누군가야의 목소리가 들려온다.

"무씨는 바보! 사랑이 뭔지, 그 의미가 뭔지 아세요? 객관성을 유지하기가 어려운 게 사랑이에요. 가장 모르겠다 싶은 게 사랑 같기만 하고요. 그 실천은 더욱 어렵겠지요? 모든 사랑이 첫사랑이라고 누군가 노래했듯이 묻고 또 묻고, 하고 또 해도 언제나 새로워지는 게 사랑이라던데, 그렇게 생각하세요? 사랑해서이거나, 이 정도면 괜찮겠지 해서 결혼하는데 사람들은 어때요? 결혼을 해야 할 것 같아 하나 보던데, 그래요? 사랑의 달고 쓴맛을 모른 채로 결혼한 여자들은 때로 간절한 사랑을 알고 싶고 또 하고 싶고 그런다던데, 그것만큼 바보 같은 소리가 없을 거 같아요. 환상을 품는 암탉처럼 우스꽝스러운 게 어디 있을까! 나는 그렇게 생각했어요. 아침을 준비하는 손길에, 이웃에게 생긋 웃어주는 미소에도, 그렇듯 익숙하게 행동하는 모든 순간에 사랑은 있다, 그렇게요. 그런 밥내 나는 사랑이 아니라면 남녀 간에 죽도록 사랑해서 육신이 뜨거운 불속에서 어스러진대도 좋을 정도로, 마치 사그라지기 전에 더 붉게 타오르는 진홍빛 꽃들처럼, 노을처럼, 그럴 사랑을 만나려고 숙명처럼 운명처럼 한순간도 놓치지 않고 어딘가를 바라보는 사람들도 있긴 하겠지요? 아하하, 내가 그래요. 우스꽝스러운 암탉이 되어 꼬꼬댁, 바라보는 거랍니다. 누굴? 알아맞혀보세요.

내가 무씨에게 비밀 하나 가르쳐드릴게요. 바로 음! 사랑을 하면요, 사랑이라는 그 고통 속에서 인간의 영혼이 커져감과 동시에 열려간답니다. 아침에 일어나 새소리에 귀를 기울이게 되는 것, 그것이 사랑의 시작이고요. 비가 내리면 비만 오는 게 아니라 그의 마음이 그녀의 영혼에 스며드는 게 사랑이더라고요. 무씨 당신의 눈으로 세상을 바라보고 싶은 게 사랑이더라고요. 방금 당신이라 불렀어요. 내가 무씨를! 무씨, 아까 내가 그랬죠? 사랑의 의미가 뭐냐고. 아마 무의미일 거 같아요. 의미 없는 일 같아 포기하고 싶어도 하게 되고, 문득문득 의미 없이 생각이 들고나고, 당신에게 내가 의미 있는 존재가 되고픈 게 아니라 당신에게 어떤 의미가 심겨지기를. 그래서 먼 훗날에 내가 의미로 남는 게 아니라 당신의 어떤 의미들 가운데 하나쯤 나로 인해 더 새겨졌기를. 무의미가 의미로 꽃 피어나기를 바라는 거랍니다. 그랬으면 좋겠어요."

그랬다! 누군가야는 메일을 통해 참으로 많은 얘기를 무씨에게 들려줬다. 너무도 많은 얘기들이라 건성으로 읽고 무심결에 잊기도 하고 일부러 버리기도 하면서 거쳐 온 날들, 그 날들이 새삼 떠오르자 무씨는 지나간 길로 발길을 되돌린다. '가자, 돌아가서 편지를 읽자. 그녀가 들려주는 영혼의 노래에 귀 기울여야겠다. 듣고 싶다. 친구로 인생 동료로 또 어떻겠는가!' 누군가야의 편지는 뜻밖에 담담했다.

"사람들의 인연에는 여러 가지가 있을 수 있는데 아마도 당신과 나와의 얽힌 인연은 선한 인연이 아닐까 하는 생각이 듭니다. 우연에 잇닿은 순간 하나하나가 참으로 어색한 구석 없이 술술 이어져왔으니 말입니다. 살얼음이 깔려 삐걱거리던 내 차가운 심장에 인간이 가질 따뜻한 피를 돌게 하고 굳게 닫혀 열릴 줄 모르던 내 입술을 움직이게 하였으니 말입니다. 당신이 살아온 나날들이 어떠한 그림자를 드리우곤 하였는지 나를 향하면서도 침묵의 언어로 물끄러미 바라보기만 하는 당신에게 호흡을 전하듯 나의 얕은 마음을 띄워보곤 하지만 그것에 돌아오는 당신의 말은 참 단출하여 내 영혼 속을 하얀 여백으로 남겨두게 됩니다. 때가 되면 잎사귀를 바람에 띄우는 푸르른 나무들처럼 당신의 지난 이야기들이, 그 속의 사람들이 내 마음에 빼곡히 들어차기를 바라고 있습니다. 우리가 가졌던 짧은 시간에 너무 많은 것을 토해낸 내가 마치 해감을 토해낸 바닷가 갯벌 바지락처럼 부끄러워 숨다가도 당신의 그 선한 눈매를 떠올리고는 금방 미소로 돌아서게 됩니다. 내가 수다로 당신의 마음을 흔든 건 당신을 알고 싶다는 까닭에서였습니다. 그러니까 당신의 추억과 삶을 이제라도 풀어내주세요. 아! 이건 또 쓸데없는 참견이 될지도 모르지만 그런 부딪힘과 쓰라림 없이 어떻게 내가 당신을, 당신이 나를 알게 되겠습니까? 그렇게 서로 알아가며 쌓여가는 것들이 저녁놀을 밟고 새벽이슬을 맞으면서 계속 내일을 향해 걸을 수 있는 힘이라 하겠습니다.

　무씨가 요즘에 슬픈 기색을 보였습니다. 사랑은 유치해야 슬퍼지지 않는다는 말이 떠오릅니다. 유치하게 싸우고 유치하게 떠들고 유치하게 속내를 드러내고 유치하게 사랑타령을 하고! 그러다보면 금방 웃을 수밖에 없긴 하겠습니다. 그렇죠? 하루 중의 어느 때인가, 소낙비처럼 몰아치는 하얀 슬픔을 맞으며 그림자가 더욱 또렷해지는 실체 앞에서 어둠과 빛이 공존함을 나는 새삼 느꼈답니다. 당신이 진리를 찾아 떠돌지만 언젠가는 소설을 쓸 거라는 말이 나를 이렇게 붙들었는지 모르겠습니다. 글을 쓴다는 것은 자신을 끝없이 연마하는 일이라 선을 향해 나아갈 수밖에는 없으니 말입니다. 모든 문학이 다들 그렇게 탄생되었다고 할 수는 없지만, 나 또한 시를 만나고 시 짓기를 소망하는 사람이고 보니 글을 쓴다는 그 몹쓸 희구 앞에서 함께하고픈 예쁜 마음이 생겨났습니다. 미모사처럼 예민한 내 신경 줄에 당신이 곤란해 하는 순간들이 있을 줄은 알지만, 그 너머는 당신이 탐색해내시어 나를 아름다이 바라보아 주리라 그렇게 믿고 있습니다. 쉽지 않구나! 그렇게 여겨질 때가 있습니다. 아, 이러한데, 어리석다 못해 나는 청맹과니인가? 그러면서 나를 휘돌아보지만 결국은, 삶이란 그늘진 곳에서 더 잘 숙성되기에 삶을 만들어가기 위한 차례이고 자라게 하기 위해 맞아들이는 비바람인 것을. 이러니 당신이, 내가 어찌 피하려고만 하겠습니까. 스치듯 끌어안고 스치듯 다듬어서 당신의 영혼이, 내 생명이 자라고 거듭나기를, 그렇게 우리가 함께하기를 원합니다.

　당신과 내가 앞으로 또 어떤 약속을 하게 될지, 또 어떤 시간 앞에서 모종의 꽃을 피울지 알 수 없지만, 멀리 바라보며 스스로 다짐한 먼 길 앞에서 부끄럽지 않은 시간을 열어 가기로 합시다. 엇길을 걷게 될지도 모를 나를 잘 믿어주시고 잘 세워주시고 잘 이끌어주셨으면 합니다. 열리지 않는 문이 있거든 열릴 때까지 함께 인내할 수 있는 용기를, 우리 서로를 위해 기원해주기로 합시다. 당신과 처음 만났던 짧은 시간 속의 바닷가 풍경이 지금 어른거립니다. 그런 풍경을 바라보며 사색에 잠겼을 착한 당신이 내 안에 오래 머물러 주기를, 알지 못할 당신의 슬픔이 내게 풀려나 기쁨으로 환생하기를, 그렇게! 누군가야가."

이상한 이끌림

"여보세요."

"나야, 무씨."

"알고 있어요. 말하세요."

마치 낯선 사람에게 처음 전화하는 기분 같아 주춤거리자 누군가야가 담담하게 말한다.

"듣고 있어요. 얘기하세요."

"어떻게 지내나 해서. 편지는 잘 읽었어."

"장례식은 잘 치르셨어요? 힘드시진 않고요?"

"어, 잘 지내고 있어."

잠시 말이 끊긴다. 생각해보면 무씨로서야 무슨 할 말이 많겠는가? 만나봐야 잠시 잠시씩의 만남이었고 대화와 편지도 누군가야의 몫이었다. 무씨는 그저 들어주고 추임새를 넣고 그녀가 품은 사랑과 절망, 기다림과 우울의 노래를 바라보는 것에 지나지 않았다. 무씨와 누군가야에게 생겨난 모든 일은 철저하게 누군가야가 창조하고 가꾸는 그런 역사라 봐야겠다. 그러니 이 전화 역시 그녀의 표현을 빌려, 누군가야가 수다 떨지 않는다면 마찬가지로 단절과 침묵 속에 어색해져 자기가 숨 쉬는 존재라는 걸 실감하게 될 게 분명하였다. 무씨는 어서 빨리 전화를 끊어야겠다고 생각한다. "우리 만날까? 전화로는 좀 그러네."

"얘기할 게 있으세요? 지금 여기서 말해보세요."

그전 같으면 아니, 기억에는 없지만 어쨌든 그가 만나자고 말하면 군말 없이 그러겠다며 시간과 장소를 서둘러 정할 그녀일 거라 생각했다. 그녀는 항상 무씨를 떠올리며 마음의 열정을 다해 매달릴 그런 존재일 거라고 무심결에 생각했던 것일까? 그러나 지금의 누군가야는 비릿한 염색물을 뿌린 비췻빛 밤하늘에 얼음처럼 차고 간결한 초승달이 되어 거기 떠 있다는 기분이 든다. 말까지 더듬어진다.

"아니! 뭐 별다른 건 아니고 그냥 한번, 오랜만이니까 얼굴도 보고 싶고, 그런 거지, 뭐."

누군가야가 웃는다. 자기 말이 어색하고 말의 구색도 엉망이라 저러겠지 싶다. 누군가야가 말한다.

"무씨는 여전해요. 내 서정이, 나의 감정이 어떻게 어디로 흘러가는지 전혀 눈치채지 못하고 있어요. 내 마음의 풍경을 참 친절하게 적고 설명하고 말해줘도 마음에 전해지기가 그리 어렵다니. 어려운 이유, 그게 뭔지 이제 나는 알지만 그건 지금 말하지 않을래요. 알게 될 테니까. 지금 내 영혼의 풍경을 다시 그려볼게요, 잘 새겨보세요. 무씨, 얼마 전까지도 내게는 그리움이 참 많았어요. 그러던 내게서 그리움이 어느 날 차츰 사라지더니 이제 다 사라졌어요. 사라지고서 더욱 또렷해지는 말간 얼굴, 핼쑥한 미소, 억만년 전 그대로인 이상한 이끌림으로 해서 내 영혼이 궤도를 벗어나 있는 듯, 원래 없는 듯 그렇게 바라보는 거예요. 누굴까? 그게 누구지? 이렇게 말해도 누군지 전혀 모르시겠어요? 내가 조금이라도 말을 돌리면, 사실 말을 돌리는 것도 아니고 가장 정확하고 가장 아름답게 가장 내 영혼을 바라보기에, 살펴보기에 좋으라고 힘들여 말하는 내 말을, 나를 사랑한다면 아주 쉬운 말인데도 무씨는 그걸 여태 알아차리지 못하고 있어요. 그게 때로 나를 속상하게 만들지만 그래도 이젠 괜찮아요. 무씨를 향한 내 그리움이 사라졌으니까요. 참 신기해요. 그 힘든 진통을 거치고 돌아보니 말간 당신 얼굴 하나가 그대로 남는걸요. 다 사라질 줄, 다 잊혀서 아무것도 남지 않을 줄로만 알았는데." 다시 침묵이 흐른다.

"누군가야."

"말씀하세요. 듣고 있어요."

"내일 얼굴 보자. 오후 3시. 장소는 자기가 정해."

말이 없는 누군가야다.

"여보세요? 듣고 있나?"

누군가야가 찬찬히 말한다. "내일 만나면 어떤 일이 생길지 그게 궁금해요. 어젯밤, 내 꿈에 무씨가 보였어요. 처음으로."

전화를 가만 끊고 무씨는 알 수 없는 생각에 빠져든다. 내일 그녀를 만날 근거라도 찾을 기색으로. 내일 그녀와 만나 어떤 일이 생길지 예측하기라도 할 작정처럼. 무씨 자신도 채 알지 못할 망상에 시달린다.

믿는 자들의 넋두리

　일요일, 그러니까 주일이 되었고 무씨 가족이 교회를 간다. 장례를 치르고 첫 예배라 되도록 검은 계열의 옷을 챙겨 입는다. 장례를 치를 때 교회의 지원을 받으면 참 편리하다. 교인들이 찾아와 위로하고 일손을 돕는 손길까지 더해진다. 없는 형편에 처한 사람들에게는 이보다 도움 될 집단이 없겠다. 장례 치르는 데 힘이 될 부조금도 들어오고 일손도 생기고 잃은 상심에 어쩔 줄 모르는 유족들을 위로도 하고 어수선할 장례 절차도 간결하고도 순조롭게 처리하는 기독교 장례의식. 세상에는 별의별 직업이 다 있다 보니 죽은 자를 상대로 하는 상술 또한 마구 치닫는데, 이런 마당에 교회가 치르는 장례의식만큼은 참으로 소중하게 여겨진다. 영혼이 없다 해도 그렇고, 있다 해도 어디론가 떠나는 존재들인데 그걸 두고 있을지 없을지 모를 그 영혼을 두고서 위로합네, 좋은 곳으로 인도하네 하는, 그러면서 돈벌이에 혈안이 되어 움직이는, 정말 말그대로 사후약방문을 하는 집단이 있다면 그건 죽은 자를 모독하는 것이며 산 자들의 삶을 뒤엉키게 만드는 짓이 되는 게 아닐까? 살아서 잘해야 하고 살아서 좋아야 하는 것이지 죽어서 뭘 어쩌겠다는 것인지. 혹세무민하는 습성이 여태껏 인간에게 도사렸다는 사실이 참으로 안타깝지 않을 수 없다.

　예배를 마치고 주차된 승용차에 오르려는데 한 남자가 아내에게 다가간다. 무씨도 아는 신자다. 그는 결혼 전에 아내가 교회 고등부 주일교사를 맡았을 때 거기 학생이었다. 지금은 다들 늙어가니 언뜻 아내만큼 나이 들어 보이기도 하지만 여전히 선생님, 그러면서 친밀감을 나타낸다. 직장 일로 해서 거처를 서울로 옮겼지만 그래도 틈만 나면 이곳 교회를 찾는 신실한 신자다. 그런 그가 오랜만에 아내를 보자 손을 붙들고 한참을 얘기한다. "집사님은 여전히 얼굴이 좋으십니다." 아내와 대화가 끝나자 무씨에게 짧게 인사를 건네곤 돌아서간다. 아내와 연관이 없었다면 같은 교회 신자라 하여도 모르고 지냈을 게다. 돌아오는 승용차 안에서 처남이 묻는다.

"누나, 아까 걔가 동수야? 정말 몰라보겠네. 걘 줄 알았으면 알은 체했을 텐데. 그런데 뭔 얘기를 그리 많이 했어?"

아내가 아까 나눴던 얘기를 들려준다.

"쟤는 부모한테 참 잘하는 효자지. 여름휴가가 되면 항상 부모님을 모시고 휴양지에서 보내는데 이번에도 그랬나 봐. 근데 대화 중에 아버지가 몸이 이상하다고 해서 병원에 검진 받으러 갔대. 물론 휴가는 보내고 나서지. 검진 결과, 췌장암 3기라 그러는 거야. 굉장히 놀랐다고 하더라. 병을 알아서도 그랬지만, 그전에도 몸이 이상해서 부근 병원을 찾았을 때는 그저 간이 좀 나쁠 뿐이지 다른 병은 없다고 했다는 거야. 암을 진단한 병원에서 결정을 요구했다네. 가능성은 매우 낮지만 치료를 시도해보겠느냐고, 환자가 원한다면 한번 의사로서 노력해보겠다고 그랬다네. 그런데 그 아버지가 뭐랬냐면, 자기가 아는 병원 가서 치료 받겠다고 했대. 그 병원이 바로 처음에 이상 없다고 진단한 그 병원이야. 울 엄마 장례를 치렀던 그 병원이지. 아들은 아버지 말을 따랐어. 그 병원은 알다시피 기독교 계열 병원이잖아. 오랫동안 그 동네 부근에서 사셨고 사소한 병으로 그 병원을 자주 찾고 했던 정 때문인지 뭔지, 병원이 기독교 계통이라 그랬는지, 하여간 그 병원을 정말 마음에 흡족해 하신다는 거야. 자기에게 오진을 내린 병원이라는 생각도 전혀 없이. 동수 생각에 그 병원은 시설이 낙후됐고 의사의 자질도 부족해보여 꺼려졌지만 아버지의 요청을 거절하지 못했대. 그래서 그 병원을 다시 찾았는데 정작 병원이 치료를 거부하더라는 거야. 아버지는 치료가 없어도 좋으니 여기서 죽을 때까지만 지내게 해 달라 그랬다고 하네. 병원은 그것마저 거절해서 다른 요양병원으로 옮겼는데 그 상심이 심하셨는지 지금 급격히 기력이 쇠잔해지셨대."

처남이 조심스레 말한다. "오진에 대한 부담감에 거부했을까? 혹시 이러다가 환자 쪽에서 오진 문제로 시비를 걸어올까 봐. 아님, 마다할 거까지야 없잖나?"

"글쎄, 오진 병원의 거부가 있기 전까지는 그래도 몸을 생각해서 약도 조절하려 하고 진통제도 가능하면 참으려 하고 그러셨다는데, 그 일 있고는 조금만 몸이 아파도 진통제를 찾으신다고 그러네. 어쩜 삶의 의지를 포기하셨나 봐. 그 짐작에 자식들도 지금 장례 준비를 하고 있다 그러네.”

　무씨도 그 병원을 잘 알고 있다. 무씨도 그 병원에서 아버지를 잃었다. 아니 정확하게 말하자면 거기서 잃었어야 했는데 병원은 아픈 사람을 엉뚱하게 치료하고서는 회복이 불가능해지자 다른 곳으로 가든지 집으로 돌아갈 것을 요구했다. 그 당시의 정서야 객지 죽음을 피하고 집에서 숨을 거두길 바라는 풍습으로 해서 다들 그렇게 조치했으리라 생각되지만, 오늘 이 말을 듣자 불쑥 그때의 불쾌했던 기억이 치미는 것이다. 당시 인턴의 실토로도 오늘날의 상식적인 판단으로도 아버지의 상태는 그렇게 치료하는 게 아니었다. 응급환자를 일요일이라는 이유로 당직 인턴만 남겨두고 그가 엉터리로 응급처치 하는 것을 그대로 방치하고, 몰라서 그랬겠지만 말이다. 그런 의료사고가 그때 그 병원에서 일어났었고 지금도 여전히 앞다퉈 각 병원에서 일어나는 걸로 알고 있다.

　무기력한 환자들. 상하고 상한 몸과 마음만큼이나 별수 없이 병원에 끌려 다녀야 하는 현실. 이건 세상이 돌아가는 풍조와 별반 다르지 않다. 가장 극명하게 드러나는 영역의 하나이겠다. 정치판의 술수와 그 권력 앞에 하염없이 무기력한 백성의 증세와 버금가지 않을까? 요즘도 빈번하게 의료사고가 일어나지만 어디 하소연할 데가 없다. 재판은 말뿐이고 법은 멀리 있다. 의사가 고생하는 줄 모르는 사람이야 없겠지만 그럴수록 겸허하게 하나의 생명을 마주하고는 그 존재가 하나의 우주임을 자각하여 최선을 다해야 하는 것인데, 그래야 하는데 젊은 의사일수록 오만으로 자기의 의술을 과신하고 망상에 집착하여 종종 환자들을, 손발이 묶인 불쌍한 존재들을 자기 방식으로 요리하는 것이다. 비프스테이크를 썰듯이! 묘사가 과해도 어쩔 수 없다.

　그건 그렇고, 믿는 자들의 심리 그 넋두리는 대체 어떤 모양일까? 육체의 치료조차도 기독의 냄새를 맡아야 안정이 느껴질 정도로 신앙의 흔적은 그런 것일까. 병원을 찾는 환자들처럼 전적으로 의지해야 하니까, 어쩔 수 없으니까, 의사에게 육체를 맡기듯 영혼도 그저 내맡길 수밖에 달리 방도가 없으니까, 그래서 그러는 것일까? 마음속에, 영혼 속에 어떤 그림을 그리고 어떤 색깔을 덧칠

했기에 신도 아닌, 교회와 성직자에게 그들의 영혼을 떠맡기려고 나부대는 것일까. 누가 그런 명령을 내렸지? 의사도 의술이 미숙할수록 무지의 오만을 갈고 닦아 휘두르고, 영혼의 의사라 자처하는 성직자들도 유치할수록 무지의 자기 기만을 빛내려 애쓴다. 그들에게 넘어가고 부서지고 녹아드는 것들은, 정말로 불쌍한 그들은 대체 무엇을 바라기에 그토록 불나방으로 살아가려는 것인지, 살 수밖에 없는 것인지. 아버지의 기억마저 담긴, 오진의 병원을 주저 없이 장모의 장례식장으로 선택한 것은 무씨였다. 그 역시 기독 계열의 병원이라는 사실 하나만으로 여전히 일말의 신뢰를 놓지 않으려는 까닭에서였는지 모른다. 그는 그녀를 떠올린다. 절망을 맛볼라치면 어김없이 모습을 드러내는 누군가야! 그 존재의 인식에 무씨가 놀란다.

영혼, 그 속삭임

"일요일이면 남편, 쉬지 않나?"

가급적이면 남편이라는 용어 자체를 입 밖에 꺼내지 않으려 했다. 스스로에게 어떤 압박이 오고 누군가야도 그것에 자유롭지 못할 테니. 그런데도 이 말을 할 수밖에 없다. 무리한 방법을 감수하면서까지 만난다면 그건 서로에게 불행이 될 수가 있기 때문이다.

"원래는 노는 날인데 공사장에 일이 생겨서 요즘 매일같이 나가요. 일에 미친 사람처럼."

일에 미친다, 그건 무씨에게도 낯선 말이 아니다. 한국의 남자들은 대체적으로 일에 중독되어 지낸다고들 한다. 일에 중독되어 회사에 매달리고, 돈벌이에 쫓겨 피할 수 없어 일하기도 하고, 승진이나 출세를 노려 그 최면 속에 빠져 살기도 한다. 무씨도 한때 성취욕으로 일에 미쳐 살았다. 일에 미쳐야 인간의 잡다한 번뇌와 욕망의 사슬에서 벗어날 수가 있고 그래야 수행승 닮은 삶에 귀의할 수 있겠다고 스스로를 다독였다. 일에 미치면 가장 원초적이라 부르짖는 성욕을 잠재울 수 있음을 무씨는 기대하였다. 그 기대는 아주 단순하다. 불교의 스님이나 가톨릭의 신부와 수녀들은 어떻게 해서 독신을 유지할 수 있겠는가. 보나마나 무씨 자신이 갖는 수행과 유사하기에 가능하지 않을까 하는 것이다. 그러니 무씨가 갖는 성욕의 색깔과 냄새가 그런 독신자들의 수행에서 오는 경건과 유사한 경지에 있을 거라 막연하게나마 느끼면서 그것으로써 만족감을 지녔다. 그 일에 미친 사람처럼, 아마 누군가야의 남편은 아이를 잃은 깊은 상실감에 그것을 잊어먹고자 일에 정신을 파는 건지도 모른다. 만약 그럴 정도라면 누군가야는 지금 어떤 상태일까, 애써 태연하려는 몸짓이 아니라면? 무씨는 오늘도 그녀의 눈치를 보면서 말수가 적어진다.

"무씨는 항상 날 유심히 바라봐요. 그게 그전엔 어색하고 부끄럽고 그랬는데 오늘은 좀 다르네요. 친근하게 와 닿아 정겹기도 해요. 여전히 내 쑥스러움이 가시진 않지만."

말을 듣는 무씨지만 그 눈길 멈추지 않는다. 오랜 습관이기도 하고 눈빛이 그러하기도 하지만 오늘 누군가야를 바라보는 눈길은 그전과 다르다. 그녀도 그걸 느끼고 정겨움을 표현한 것 같다. 그가 바라보는 그녀의 모습은 어딘지 옛날과 다르다. 머리 모양도 얼굴 화장도 귀에 걸려 대롱거리는 귀걸이도 그대로지만, 다르게 와 닿는 이미지로 해서 잠깐 그 외모에 취해져 간다. 소낙비를 맞으며 마주쳤던 그날의 느낌처럼 강렬하지는 않지만 오랜 기억 속의 여자처럼 그런 친밀감으로, 친밀감 속의 사랑으로 자리매김하려는 자기 영혼의 속삭임을 들여다보는 착각을 받을 정도다. 무씨가 말이 없으면 불안해하던 누군가야도 오늘은 말없이 그의 눈을 들여다본다. 침묵이 어색하지 않게 흘러가고 그들은 그 공간 속에서 자유를 맛보는 듯이 이따금 미소를 띤다.

처음에 그들은 공개된 장소에서 만나고 바다에서 만나고 도서관에서 마주쳐도 주위를 의식하지 않았다. 무씨의 접근으로, 서로의 끌어당김으로 해서 간음, 불륜 등의 여러 비도덕적 언어가 떠올랐지만 그래도 그들의 의식과 행동은 거리를 활보하는 자유로운 마음 상태였다. 그러던 것이 오늘은 서로가 약속이라도 한 양 그늘 속으로 더 깊은 구석으로 내몰리는 눈치에 허둥거렸다. 거리에서 만났지만 의미 없는 뭇시선에 달아나고 또 달아나 으슥한 변두리 숲길에 차를 세우고 그대로 멈춰 선 것이다. 갈 데가 없다니? 그 무수한 공간 어디에도 발길을 옮길 공간이 사라졌다는 사실 앞에 무씨는 놀랐다. 누군가야는 그런 상황에 어색해 하는 그의 모습에 즐거워하는 기색이었고 그가 움직이는 대로 순순히 맡겨 두었다. 외진 변두리 숲길, 그 차 속에서 같이 호흡한다는 평화를 맛보다니! 바보처럼 그들은 실실 웃음을 흘리며 즐거워하는 것이다.

"밖으로 나갈까?"

차문을 열고 바람을 맞으니 하늘이 더 파랗다. 구름이 한들한들 몰려다닌다. 여기저기 단풍으로 울긋불긋하다. 바람이 얼굴을 간질이는지 땅으로 나무로 하늘로 향하는, 자꾸만 바라보는 누군가야다.

"자기를 보니 기뻐. 평온한 표정을 보니 마음도 놓이고."

"나도 내가 신기해요. 이렇게 즐거운 감정을 가질 수 있다니."

그랬다. 정말 그랬다. 누군가야가 같은 사람의 다른 모습으로 나타날 수 있는 근원은 마음의 변화다. 그게 분명하겠다. 마음먹기에 따라 달라지는 얼굴 모습에 사람들이 노래했던가. 사랑하면 얼굴이 예뻐지고 눈은 마음의 창이라고. 그래서 오늘 그녀의 눈빛이 당당한 자신감으로, 진정한 애정의 눈길로 밖을 향할 수 있었던 것일까? 무씨는 더 이상 속으로 생각하고, 속으로만 머물고 싶지 않아진다.

"누군가야 오늘 모습이 참 아름다워! 지금까지 보지 못한 모습이야."

"그래요? 어떻게 달라졌어요? 듣고 싶어요!"

"전까지는 얼굴이 어두웠어. 수심으로 가득한 모습이었지. 아니지, 그건 지금 그때를 생각하니 지금 이렇게 표현되는 것이고, 사실은 그때 그 순간들의 느낌으로만 말한다면 뭐랄까? 이따금 문득 섹스에 절은 피로의 그늘, 어둑한 빛의 잔상이 비쳐지곤 했어. 아마도 자기가 내게 들려준 변태 같은 섹스, 잦은 섹스로 인해 그런 흔적이 얼굴에 깃든 거라 생각든 거겠지?"

"그래서요?" 눈을 반짝거리며 살포시 다가서는 누군가야다.

"그래서기는? 그럴 때마다 보기 싫었다는 소리지."

까르르 웃는 누군가야다. "마른하늘에 날벼락 같아!"

"누가? 뭐가?"

"섹스는 즐거워서 하는 것인데 피로에 절기는 왜 절어요. 지금 내 모습이 여전히 그래요?"

"오늘은 그런 기색이 하나도 없어. 달라졌어."

"다를 수밖에요. 무씨 생각이 틀렸다는 얘기죠."

누군가야는 무씨가 가지는 여러 생각들을 이미 알고 있는 눈치다. 그 비밀을 즐기려는 듯 미소를 띠며 그를 장난스럽게 바라보려고만 한다.

"요즘은 절제하겠지. 정욕은 한때고 잠시니까."

"아, 어떻게 말해줘야 하나? 사랑하면 예뻐진다는 말은 지극히 정상적일 때 그런 거예요. 우리가 그런 사이예요? 당신을 처음 보고 대화를 나누고 위로를 받았을 때 나는 사랑의 열병에 걸린 상태였어요. 만날 수는 없고 만나서는 안 될 것 같고 그런데도 보고 싶기는 하고 곁에 남편은 있고. 그런 상태에서 겪는 감정 탓에 속으로 심하게 앓았어요. 그래도 좋았어요. 지난 찌꺼기들이 단번에 녹을 수 있었으니까요. 아이까지 곁에서 죽어 가는데 당신이 떠오를 지경이었으니 미쳐도 단단히 미친 건 분명했어요. 날벼락 맞은 거야!"

섹스로 찌든 얼굴이 아니라 사랑의 열병에 그 속이 타들어가서 까매졌다는, 어둠의 그늘이 드리워졌다는 그녀의 얘기다. 그 얘기에 무씨가 숨을 들이켠다. '나는 뭘까, 어떤 상태에 놓인 걸까, 지금 어떤 모습으로 그녀 앞에 서 있는 것일까, 내가 그녀를 사랑하는 게 사실일까, 성욕의 변형이거나 인생의 권태에서 오는 장난거리는 아닐까, 우리가 이 자리에 서서 마주하고 있다는 사실이 무엇을 의미하는 것일까?' 이런 저런 의문의 생각으로 어수선하다.

"나는 지금 어떤 모습이지?"

무씨의 얼굴을 갸우뚱거리며 훑다가 말한다.

"곧 익을지도 모르겠어요. 아직까지는 눈부시도록 반짝거리기만 해요."

시간이 그들을 계속 붙들어 주지 않는다. 차에 올라 다시 떠나야 할 시간이다. 전엔 비 핑계였을망정 손목 정도는 잡아주더니 이젠 그런 것도 없다. 구실을 찾지 못해서일까? 그의 속내가 뭔지 그녀가 궁금한 표정을 잠시 짓고는 묻는다.

"언제 또 만나요?"

"글쎄, 언제가 좋을까?"

"이렇게 계속 만나는 건 좀 그러네. 간절해지면 연락주세요. 그때가 언제일지 모르지만 기다릴게요."

그녀가 탈 지하철 입구에 차를 세운다. 오는 동안 별 얘기가 없었다. 얘기는 많았지만 무씨의 두 딸에 대한 궁금증의 질문이었고 묻는 대로 건성으로 들려준 얘기였으니, 그것이 무씨의 기억에 남을 리가 없다. 언제 다시 만날지도 모르는데 이대로 헤어진다면 무지 아쉬울 거 같다. 후회로 잠을 뒤척이는 거나 아닐까, 그런 생각이 미치자 갑자기 조바심이 나 견딜 수가 없다.

"지금 가야 돼? 있다 가면 안 될까?"

누군가야의 얼굴이 굳어진다. 미소를 지으려다가 굳어져 파리해지면서 눈매가 바다 물빛으로 짙어진다. 말을 잊고 바라보는 그녀의 입술에 그대로 굳어버린 미소 위로, 무씨가 작별의 키스를 건넨다. 아주 짧게 아주 가볍게 닿을 듯 그렇게 키스를 하자 입술이 열려 말을 짧게 뱉는다. "갈게요."

문을 열고 내려서는 뒤돌아보지 않고 곧바로 계단을 내려가다가 뭔가 생각난 듯 옆으로 돌아보지만 내친걸음에 그대로 사라지는 누군가야다. 갑자기 불어 닥친 폭풍 같은 소용돌이 격랑에 차가 움직이지 못한다.

방랑의 시작 그 한때

돌아오는 길에 무씨는 많은 생각들이 주마등처럼 스쳐간다. 자기가 걸어온 잡다한 공간과 시간들. 그렇게 걸은 걸음걸이가 무슨 가치를 지녔는지 어떤 갈지자걸음으로 여기까지 왔는지 지금은 아무 의식조차 들지 않는다. 몇 년 전, 짧게 내뱉던 어머니의 목소리가 불현듯 들려온다. 진리를 찾겠다며 방황의 시작을 알리던 그날쯤으로 기억된다.

"에고, 무서워죽겠다!"

그랬다. 길을 걷다가 나의 어머니가 혼잣소리로 가냘프게 숨을 뱉는다. 길은 겨울이지만 햇살이 반짝거렸고 언덕진 곳의 나뭇가지 사이로 동박새 닮은 새 한 마리가 소스라쳐 오르는, 눈이 시리도록 아름다운 한낮인데 무섭다니, 무섭다니 말이다. 나는 걸음을 멈추지 않고 걸었으며 나의 어머니도 한 발치쯤 떨어져 아까부터 걷고 있었다. 나는 묻지 않는다. 충분히 인생을 사셨고 위험한 수술은 아니었으나 두어 번의 수술대를 거친 분께서 이렇게 길을 걷다가 무서움을 느낀다면 그것은 마음 한구석에 도사렸다가 흘러나온 탄식임이 분명하겠다. 아직 나의 어머니보다 인생을 채 살지 못한 내가 무슨 말을 할 수 있으랴. 길은 밝고 나의 마음은 아직 흥겨움이 채 가시지 않는데. 평소 말참견을 잘하던 내가 조용해서인지 어머니가 다시 말을 주섬주섬 끄집어낸다.

"이제 살날도 얼마 남지 않았는데 다 무슨 소용이 있나."

나는 이제 말을 거들어야 했다. "요즘은 백 살까지는 쉽게 산다, 그러네요."

'몸이 안 아프고 그리 살아야지.' 언제나 추임새처럼 들려오던 그 소리가 오늘따라 끊기고 있다. 나는 얼른 말을 잇는다. "뭐가 무섭다고 그러세요?" 어머니는 기다렸다는 듯이 재빠르게 말을 쏟아낸다.

"내가 죽는다고 생각만 하면, 죽는 건 그렇다 치고, 죽어서 깜깜한 관 속에 들어가 땅에 묻힌다고 생각하니 비좁고 갑갑해서 죽겠어. 좁은 관에만 있어도 그렇겠는데 땅속에 파묻혀 거기 갇혀 있다고 생각해 봐. 무섭지!"

나는 일부러 웃는다. "에고, 엄마도 참말! 죽은 놈이 어찌 알아요? 죽으면 그만이고 어차피 썩어 없어질 몸뚱이인데."

죽음을 두려워하는 나의 어머니한테 죽으면 그만이라는 말, 썩어 없어질 몸 따위를, 사후에까지 걱정할 일이 아니라는 말들이 과연 정당한 소리인가를 떠올려본다. 그러지 않아도 따뜻한 겨울날에 한낮의 거리를 걸으며 죽음에의 공포를 느끼고 있는, 남도 아닌 나의 어머니에게 매몰찰 정도의 말을 해야만 하는가를 잠시 생각했으나 그건 문제가 되지 않는다. 해석하기 나름이겠지만 나의 말은 가혹하지 않았고 오히려 어머니의 지하세계에 대한 막연한 불쾌감을 씻어주기 위한 아들로서의 배려임을 알겠다. 어머니는 죽음 이후의 의식을 의심치 않는 대신에 죽음의 물질현상에 매달리는, 일시적이겠지만 묘한 심리 상태에 머물러 있다는 생각이 내게 미치었다. 나는 서둘러 어머니의 마음을 환기시켜 줄 필요성을 느낀다. 어머니가 잊어먹으려는 세계를 들먹거려야 했다.

"어머니, 죽으면 육체는 아무것도 아니지만 영혼은 살아 천국에 가잖습니까? 그런데 뭐가 무섭고 뭐가 어둡고 갑갑해요? 몸은 썩어 없어져도 영혼이 즐겁게 사는데요, 뭐. 사람들이 여태까지 다 이렇게 살아왔잖아요, 걱정 마세요."

아들의 얘기에 어머니는 즉각적으로 달라지는 모습을 보인다. 나는 놀랐다! 아들의 얘기라서? 나의 어머니는 그렇게 무지하지 않고 세상살이를 모르는 분이 아니다. 일찍이 과부가 되어 코흘리개 셋을 대학까지 공부시킨 그 억척이 나의 어머니를 성숙시켰고 세상을 아는 경지에까지 끌어올렸다. 스스로의 체득으로 깨쳤던 삶들이 비록 투박할지라도 거기에는 순수와 진실 그리고 땀 흘림의 숭고까지를 아는 분이시다. 그러한 어머니는 이제 세월의 풍파에 서서히 삭아져 아들에게 죽음의 공포를 넌지시 토해야 하는 초라한 노인네의 입장에 놓여버린 것이다. 눈이 부시도록 시린 겨울날의 한낮에 동박새인지 천상의 새인지가 허공을 오르내리며 쨍쨍거리는 노래까지 들리는 이런 날에 나의 어머니는 자신이 죽음의 공포에 떨고 있음을 아들에게 고해성사하고 있었다.

"어머니는 성당에 다니시잖아요. 하나님을 믿고 천국에 소망을 두는 신자가, 그러면 된 것이지 죽음을 두려워하지 마세요. 알아보니 천국은 정말 있더군요. 빠지지 마시고 성당에 낙을 붙이세요."

나의 얘기는 이걸로 일단락되었다. 나의 어머니는 더 이상 이 문제로 내게 말을 걸지 않았기 때문이다. 어머니의 표정이 밝아지고 걸음은 활기차며 일상사 얘기를 꺼내느라 여동생 곁에 바짝 붙어 걷고 있다. 나는 나를 생각하기 시작하였다. 한때 엄마의 손을 잡고 성당엘 나갔고, 언제는 무신론의 세월을 보내다가, 다시 성령체험의 과정을 거쳤고, 선데이 크리스천으로, 교회 비판자로서 진리를 찾겠다고 철학을 파고들다가, 불교적 사유 그러면서 종교 저항적 경향에 빠져보려 했으나 회의감에 멈칫거리는 이때이지 않은가! 그런데도 나는 나 자신도 확신하지 못하는 얘기를 어머니에게 들려준 것이다. 어머니는 나의 신념 없음을 알고 있다. 교회를 떠났고 무신론자가 되어 어머니와 가족들에게 공공연히 무신론적 사상을 전하는 나의 행위를 나로부터 직접 접하여 익히 알고 있던 사실이다. 그런데도 어머니는 나의 얘기에 활기를 찾았음은 왜일까? 죽음의 공포는 분명했으나 그 극복은, 내 얘기 중에 천국에의 진실성에 있었던 게 아니었고 그 말의 내뱉음을 통해 드러나는 나의 신앙에의 복귀 가능성, 혹은 엄마를 애써 위로해주는 아들의 마음을 헤아린 기쁨에서 왔던 것은 아니었는지.

그 후로 나의 어머니는 성당에 더욱 열심히 다니시고 죽음의 공포가 사라져 갔다. 사라짐의 여부를 말로 듣지는 못했지만 평강의 표정을 느낄 수가 있었다. 나는 생각을 마무리 지었다. 나는 신의 존재를 모른다. 사후도 모르며 진리도 모르겠다. 그러나 나는 살고 있다. 살고 있는 동안에 나는 선하게 살아야 하며 평화를 바라고 있다. 종교에 있어서의 진정한 비판자는 숭고하다. 그들이 있어야 부패와 거짓됨이 줄어들며 정의를 망각하지 않는 순간들이 이어진다고 믿는다. 나에게는 비록 짧았지만 비판자의 삶을 따르려는 시기가 있었던 만큼 그들의 심정과 갈등을 알며 그들을 두둔한다. 그러나 나의 몫은 아니다. 나는 신앙을 가져야 나의 삶이 고상해지려 함을 깨닫는다. 선해지고 남을 배려하며 깨끗한 인생을 추구할 힘이 생겨난다. 기도 한 번에 술 담배가 끊어지는데 어찌 그걸 배타하겠는가.

나는 기복하지 않는다. 교회의 모순과 부패에는 여전히 칼날을 갈아야 한다. 나는 나를 위해 가난한 교회에 들어가지만 교회 자리가 진리를 닮아가도록 내가 노력하겠다. 소수 때문에 다수가 욕먹는 일이 없도록, 아니 다수 때문에 소수가 희생되는 일이 없도록 소수를 아끼고 또한 그들 속에 내가 들어가도록 살아가겠다. 나는 신을 발견하고 진리를 깨닫고 선한 삶에 이르게 되기를 바라며 그렇게 살아가겠다. 신은 죽었고 성경은 엉터리며 거짓과 불의의 교회가 이 땅을 허문다고 하더라도 나는 눈에 보이지 않는 실오라기로 세상을 꿰매며 살다가 가겠다. '그렇게 살다가 가겠다.' 가겠다! 그렇게 마음에 다짐을 하며 교회에 다시 발을 들여놓았지만, '이게 뭔가? 무엇 하나 해놓은 것도 없고 하는 것도 없이 그저 세월만을 잡아먹고 무기력과 권태의 게으름으로 뒹구는 삶이 아니던가! 교회도 변하지 않았고 나 자신도 변하지 않았다. 감춰진 동물성의 인간으로 여전히 살아가고 있는 것이다!' 그것이 그때 무씨가 갖는 감정이었고 방랑의 첫걸음을 내딛는 동인의 하나였다.

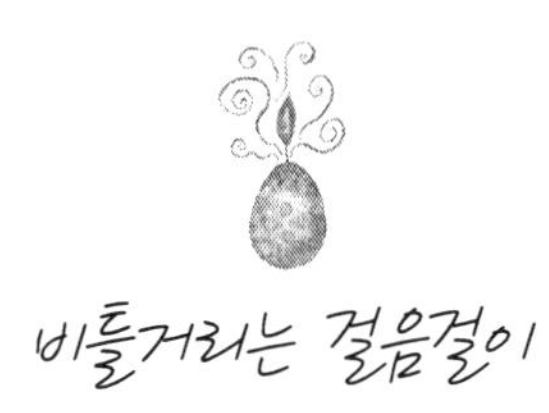

비틀거리는 걸음걸이

무씨는 바로 집에 들어가지 않는다. 멀찌감치 차를 주차하고는 아파트 밖으로 향한다. 아내에게는 산책을 알렸다. '하늘은 왜 이리도 파랄까? 하늘 저만치 너무 짙어 뚝뚝 듣는 파란 물을 바라보는 내 파란 눈망울에 이 마음까지도 파랗게 물들여지기나 할까?' 한가한 길이라 생뚱맞은 생각에 길을 걷는데 몇 발짝 앞서 걷던 청년이 발을 헛디뎌 비틀거린다. 청년은 이내 곧장 가던 길을 계속 가지만 어쩐지 불안한 걸음걸이다. 그랬다! 비틀거리기 전까지는 그 청년의 뒷모습이 말쑥하게 보였고 누구나 걷는 길을 차근차근 걸어가는 사람으로 보았다. 무씨는 그가 걸음을 비틀거리자 약간 움푹 파인 구덩이가 눈에 띄었고 그의 왼손에 낀 성경책이 흔들거렸다. 무씨는 하늘 색깔의 상념에서 구덩이로 시선을 옮긴다.

'내게도 다가온 이 구덩이!' 무씨는 피하려는 생각 없이 슬쩍 그 구덩이를 밟아보고 지나간다. '이렇게 얕은 구덩이에도 그는 휘청거렸다니? 청년은 몰라 헛디뎠고 나는 알았기에 아무렇지 않았다고 하기에는 너무 얕은 굴곡이잖은가!' 무씨는 일부러 걸음을 늦춰 청년의 몸짓을 훑으며 따라간다. 깨끗하지만 값싸 보이는 양복바지와 양복 윗도리. 같은 한 벌의 양복이 아니라 비슷한 색깔로 맞춘 게 분명한 어눌한 옷차림이, 청년의 뒷모습을 갈수록 낡게 만든다. 그래, 성경책! 그는 교회에 다녀오는 길인가? 주일의 초저녁, 이 푸르른 가을날에! 길을 걷는 청년의 발걸음은 구덩이가 없어도 미풍에 흔들리듯 여전히 흔들거린다. 알 수 없는 어떤 느낌에 이끌려 그의 뒤를 따라 무씨도 골목 모퉁이를 돌았을 때, 한 초라한 개척교회 입간판이 한눈에 들어온다. 무씨는 걸음을 멈췄고 그 청년은 어둑한 교회 지하계단 속으로 사라져간다. 분명, 가난한 교회 목사이거나 전도사일 게다. 무씨는 원래 가던 길을 마저 걸으며 답을 찾으려 애쓴다.

그 청년이 비틀거렸던 걸음은 무엇이었을까? 인생은 그다지 아름답지가 않다. 돌이켜 생각해보고 미래를 그려보아도 그리고 현재의 삶을 거닐어도 결국 인간이라면 죽는 문제로 이어지게끔 결정되어 있다. 이 사실을 직시한다면 삶은 고독이며 그래서 권태이다. 기독세계의 역사를 살펴보면 천국에 소망을 두는 시절이 있었다. 그 시대는 기독인에게 삶이 핍박이었으며 고통이었고 현실에서는 아무런 즐거움을 기대할 수 없는 암울한 세월이었다. 그러나 지금의 기독교 시절은 많이도 다르다. 정당하게 복음을 전할 수가 있으며 때로는 군림하는 위치에 올라앉아 기독의 위력을 유감없이 발휘하기까지 한다. 이런 시절에는 천국 소망이 빛을 잃어버릴 수밖에 없으며 부분적으로 핍박과 고달픈 삶이 엄습한다 하더라도 현실적 삶의 포기 없이, 해결의 소망을 이 땅에 두고는 쉽사리 자구책을 찾아간다.

붓다의 설법에는 과거, 현재, 미래를 한눈에 파악하는 경지가 있다고 한다. 공부한 불자라면 이런 지경에 이를 수가 있다는 것인데 이것으로써 '있다와 없다'에 대한 파악에 이르고 그게 불교라는 것이다. 있기도 하고 없기도 하는 물질과 정신의 이 현상을 뭐라고 풀이해야 할까? 궁리는 다음에 하기로 하고, 파악했을 경우 과연 삶이 아름다워지게 될까? 알아봤자 전능한 신도 아니고, 물질과 정신을 파악했으므로 혹 조절 가능한 경지라 하더라도 말 그대로 그래봐야 '있고 없고'니까.

사람은 기억의 동물이라서 망각하기 전까지는 언제든지 현실처럼 생각에 떠오르게 된다. 그러면 부끄럽기도, 뿌듯하기도 하고 삶의 지혜로써 되새기기도 한다. 그러나 정말로 기억에 떠올려서는 안 되는 나쁜 사실이 과거에 있었다면 그 사람은 평생을 고통으로 살게 되지나 않는지, 과거 현재 미래를 한눈에 직시한다는 것이 정녕 올바른 수행법이 되는 것인지? 사람들은 매번 어려운 시절을 살다가도 여생을 남겨두고서 즐겁고 기쁘면 그걸로 아름다운 삶을 살았다고 생각한다. 과거는 지나간 것이고 현재의 삶에서 풍요와 여유와 즐거움을 지닌다면 가히 그릇된 정서가 아니리라 본다. 그래서 뭐든 마지막이 좋아야 한다고 말하며 유종의 미를 강조하는 진리적 글귀까지 생겨났다. 탐욕스런 얘기지만 온갖 못된 짓을 저지르고도 죽을 때 회개하면 천국이라는, 세상에 영합적인 묘한 묘사까지 등장하였으니만큼.

다시 앞 얘기로 돌아가서 과거, 현재, 미래가 동시에 드러나는 불교의 세계에서 참된 즐거움이 있을까? 모든 인간적 감정을 벗어버리는 해탈의 경지에서는 파악만으로 충분하겠지만, 그것이 열반 이전의 과정에서 드러나는 상태이니만큼 인간이 어떻게 삶의 고뇌에서 달아날 수가 있겠는가? 과거지만 현재로서 그리고 미래의 절망까지 껴안는 심리 상태에서 어떤 아름다운 삶이 깃들 수가 있겠는가? 인간은 백 번 좋아도 한 번 그르치면 그걸로 끝이 난다. 남녀 애정사가 그러하며 일과 건강, 그리고 실수로 청산가리를 마시면? 이렇듯 종종 한 번으로 결정되는 삶이 인간일진대 어찌 시공의 초월로써 해결이 되겠는가? 오히려 일이 더 꼬이고 권태의 늪에 빠지게 될 뿐이 아닐까. 시공의 초월은 생각에 있고 육체는 땅에 처박혀 여전히 머무는데.

투덜거리는 하루

가족과 저녁식사를 마치고 거실에 옹기종기 모였다. 무씨는 내일 미국으로 돌아가는 처남과의 시간 나눔이 필요하겠다는 생각에 소파 깊숙이 몸을 묻는다. 여러 일상사 얘기들이 오가는 가운데 무씨는 묵묵히 듣는 쪽이다. 일상에 매달려 살아가는 삶이 차라리 축복이다. 할 얘기들이 차츰 떨어졌는지 교회 문제로 넘어간다. 십일조, 건축헌금, 장로 등 여러 소재가 잡동사니를 뒤적거리듯 건드려지다가 목사 얘기로 이어진다.

"보면, 목사 부인들이 대체적으로 예쁜 편에 속하던데 왜 그렇지? 목사들이 그런 여자를 선호하나?"

듣기만 하다가 툭 던지는 무씨의 말에 아내가 대답한다. 질문 같지 않게 빈정거리듯이 그냥 던진 말인데도 아내는 친절하게 그 이유까지 풀어준다.

"아무래도 여자 교인들을 상대하다 보면 여러 유혹도 생기겠지? 아내가 외모로라도 받쳐주면 눈썰미가 생기니까 잘 헤쳐 나갈 수 있겠지?"

"성직자들의 간음과 강간사건이 요즘 많이 생겨나던데 그 목사들 부인은 별로라서 그럴까?"

처남이 거든다. "목사님들도 인간이니까 사탄의 계략에 넘어갈 수가 있겠지요, 아주 극소수이지만." 아내가 덧붙인다. "목사님들이 얼마나 힘들겠어. 이 신자 저 사람, 이 상황 저 일, 다 챙기고 처리해야 하고."

"직업인데 그리도 안 해?" 무씨가 퉁명스럽게 대꾸하자 처남이 말한다.

"나도 교회가 개혁되고 변하길 바라는 사람이지만 매형은 좀 지나친 느낌이 있어요. 물론 교회가 부패하고 목사들이 그렇긴 하지만 그건 아주 적은 일부 잖아요. 그걸 가지고 기독교 전체가 타락한 것처럼 말하면 좀 그렇지 않아요?"

여전히 몸을 묻은 채로 무씨가 말한다. "물론 전체가 아니야. 나도 일부라고 생각하고 싶어. 하지만 뭐가 어떻게 해서 일부가 되고 소수가 되지? 왜 내 주위만 그런 거야? 내가 알고 나와 관계된 몇 개의 교회, 나는 그 몇 개만 아는데 그 아는 몇 개 전부가 지금 타락으로 다투고 싸우고 엉망진창 상태야. 그건 왜 그렇지? 확률치고는 내게 너무 가혹하잖아. 왜 내가 아는 교회만 골라서 문제가 생기는 거지? 내가 아는 문제의 교회를 빼고는 다 괜찮은 거야? 그래서 소수이고 극히 일부의 현상이라고 여전히 주장할 수 있다는 것이겠지?"

대화를 통해서 가족 간에 사랑을 나누자고 시작한 얘기가 이상하게 흘러간다. 하지만 무씨는 멈추지 않는다.

"내 주위의 교회만 그러면 일부다, 그러겠어. 하지만 대형교회는 또 어때? 건물이 크고 신자가 많고 목사도 많고 유명 목사까지 있고 헌금도 많이 쌓이는, 그런 교회들인데 왜 그것들도 그렇게 말썽을 피우고 문제를 드러내는 것이지?"

"사람들이 모인 곳은 다들 잡음이 생기게 마련이잖아요."

"사람들이 모여서 그렇다면서 목사들은 왜 교회가 번성하기만 하면 마치 자기의 능력에 의해 그리된 것처럼 자기 기업인 양 맘대로 휘두르고 신자들은 그것에 굴복하나? 탐욕스런 입술로 신이 자기와 함께하셔서 이런 창대함이 가능하다는 식으로 몰고 가는지. 인간들이 모여 형성된 집단 속에서 문제가 생기면 그건 못된 인간들과 사탄이 한 짓이고, 잘된 건 모두 신의 은혜 속에 신의 대리자인 목사 자기가 그 권능을 입은 것처럼 교만의 칼을 휘두르는 것이지?"

"매형은 무슨 근거로 그렇게 말하는 것인지 모르겠네요. 어디 한번 말해보세요."

"까닭은 모르겠지만, 하여튼 어려워 비틀거리는 목회자들이 무지 많지만, 이 땅에는 참으로 잘나가는 대형교회와 목사들도 있어. 설교를 잘해서 신자가 많은 건지 신의 은혜에 힘입어 모여드는 것인지는 알 수 없지만, 하나 분명한 것은 그들의 설교 내용이 엉망이라는 사실이야. 엉망으로 설교하는데도 사람들이, 특히 가진 자들이 그들의 힘을 과시하고 세력을 결집하겠다는 기세로 우글우글 몰려들다보니 자연히 그들의 입맛에 맞는 설교로 변질될 수밖에는 없겠지? 서울의 노른자위에 위치한 아무개 교회가, 현재 가지고 있는 땅과 건물만으로는 쪽팔려서 새로 삐가뻔쩍 찬란하게 교회 빌딩을 새로 짓겠다고 했잖아. 등록교인이 8만 명이고 출석교인이 4만5천 명이나 된다니! 당연히 이 땅에서 내놓으라 하는 대표적인 대형교회 중 하나에 들어간다고 자랑하는 교회지. 그 숫자가 뻥튀기가 아니고 사실인지는 확실하지 않지만 말이다.”

아내가 잠시 말에 끼어든다. 상스러운 단어는 빼고 부드럽게 말하라는 것이다. 특히 교회 일로 말하는데 욕이 나오면 듣기 좀 그렇다고 한다. “알겠어!” 짧게 대꾸하곤 계속해서 말하는 무씨다.

“교회 위치가 말해주듯이 부자 동네답게 이해득실을 따져 정치권 우파세력을 지지하고 교인들도 거의 우파 색깔에다 장로들의 입김을 쐬려고 그 입맛에 맞는 편향된 우파적 설교를 즐거이 하고들 있잖아. 하긴, 목사의 개인 취향도 그러하겠지? 언젠가는 이런 얘기를 설교하던데 상징적이라 덧붙여볼게. 〈나보고 자꾸만 정치발언 하지 말라고 하도 그리 말해서 웬만하면 안 하려고 하는데 그래도 이번에는 한마디 해야겠습니다. 하고 넘어가야겠어요. 아, 글쎄! 빨갱이가 어쩌고 좌파들이 어떻고 사회를 어쩌고저쩌고.〉 정치발언 하지 말라고 한 놈이 참 겁대가리 없는 소리한 거지. 나중에 그 말한 놈, 안 찍혔나 몰라. 처남, 진리라는 것은 좌에도 우에도 치우치지 않는 게 아니라 좌우를 떠난 그 무엇임에도 불구하고, 무수한 교인들을 이끄는 목자라고 행세하는 자가 우파의 늪에 빠져 허우적거려서야 어찌 진리를 안다고 할 수가 있겠나? 그런 자의 설교 바탕에 우파적 사고가 깊숙이 도사리고 있어서야 진리는커녕 어찌 설교마다 그 사실적 타당성조차 인정받을 수가 있겠는가? 그런데도 열나게 설교하는 목사나 거기에 흡족하여 아멘을 부르짖는 자들을 보고 있자면, 확실히 신은 한국교회를 떠났다고 선언해도 좋을 정도야.

그런데 문제는, 그 교회가 2100억 원밖에 안 드는 교회주식회사 빌딩을 짓겠다는 데 있지가 않아. 공동의회 투표에서 94%가 넘는 지지율을 얻었다는 데 있지도 않아. 문제는 목사라면 최소한 이렇게 말했어야 해. 〈어쨌든 성도들이 찬성하셨지만 조심스럽습니다. 하나님의 뜻인지는 지금 확신하기 어렵지만 우리가 앞으로 헤쳐 나감에 있어 하나님의 뜻을 헤아려서 결국엔 하나님의 뜻에 합당한 일이 되게끔 기도하며 행해 나가야겠습니다.〉 그런데 투표 결과에 대해 그 목사는 이렇게 말했다고 하네. 맞겠지? 일간신문에 나온 기사니까. 〈온 성도들의 눈물겨운 헌신과 기도응답에서 나온 결과라고 봅니다.〉 아무리 돈이 돈을 벌고 권력으로 벌고 부패로도 벌고 하니, 남아도는 게 돈이다 보니 그깟 2천 몇백억으로 집따까리 하나 짓는 게 뭐 거창한 일이겠느냐마는, 하지만 그목사의 그 같은 발언은 결국 신을 싸구려로 만들고 말았어. 돈을 갖다 바치는짓도 요새는 헌신이라 해대는 희한한 소리도 같잖은데, 더구나 기도응답이라면신이 승낙했다는 소리잖아. 도대체 어떻게 알아서? 신께서 그깟 집따까리나 돈에 해롱거린다고? 원래 이 땅에 건축을 하면, 특히 건설의 역군이 되면 온갖 더러운 비리가 싹트지. 이것도 보나마나 일찍 해 처먹고 튀는 놈이 장땡이겠지?요즘은 지하주차장 공사 문제로 지역주민과 마찰이 많은 모양이던데. 하긴 이제는 더 이상 그쪽에 신경 쓰기도 귀찮아. 그런데 또 있네? 대충 끝내려는데 이것들이 줄을 서네.

아무개 목사가 있어. 역시 대형교회 유명 목사지. 아침에 차를 몰고 교회에가는 길이면 반드시 그 목사의 설교가 들려왔어. 주일 아침시간대라면 기독교인에게는 황금의 시간이라서 기독 관련 방송에 있어서는 청취율 높은 이른바골든타임일 거야. 그 목사가 라디오 선교방송을 설립했는지 아직도 사장인지는 모르겠지만 어쨌든 그 선교방송에서 영향력이 있는 것은 사실이겠지? 한때사장이면 사장이지, 자기들 돈으로 만든 게 아니잖아. 신자들의 헌금 등으로선교방송을 만들고 운영을 한다면 순수복음에 입각해서 방송이 진행되어야겠지? 그런데 어떻게 그런 황금시간대에 그 목사의 설교를 방송하느냐는 거다. 인재들이 없어서이겠나? 훌륭한 목사가 그리 없어서 그랬다면 기독교 망신이고그렇지 않다면 이건 부질없는 기득권을 향유하려는 비진리적 작태인 것이지.내가 왜 기득권을 헛된 비진리적 작태라고 말하느냐면, 정당한 기득권은 보호받아야겠지. 하지만 선교방송은 자기들의 것이 아닌데다가 그 목사의 설교가그만큼의 가치가 있는 게 아녔기 때문이야. 엉터리 설교를 하여 많은 기독교인을 싸구려로 세뇌시킨다면 이것은 분명 기득권의 고집에 만사가 흐트러지는 짓거리에 지나지 않아. 물론 그 목사의 설교를 10여 차례 정도밖에는 듣지 않았어. 아까도 말했지만 교회 가는 길에 듣게 됐고 그 후로 잘 듣지 않았으니까.

겨우 그 정도 듣고 어떻게 그 목사의 세계를 안다고 떠들까, 그리 생각도 들겠지만 싹수는 보면 안다는 말이 있잖아. 묘하게 라디오를 켜고 설교방송을 들을 때마다 두어 가지가 반드시 엉터리였어. 한 번도 온전한 설교를 하고서 마친 적이 없었어. 그러면 그러겠지? 목사도 사람인데 온전할 수야 있겠나, 듣는 사람이 좋은 소리는 받아들이고 나쁜 소리는 흘려들으면 되지, 그러겠지?

그런데 내가 지금 토씨 틀리고 인용 틀리고 성경 해석 틀리고를 말하려는 게 아니야. 그 정도는 많은 목사들이 저지르는 오류니까. 정말 심각한 문제는 바로 근본정신 자체가 엉망이라는 것이야. 이전에 설교한 내용을 가지고 언급하자면, 그때 방송 서두에서 4대강사업을 거론했어. 그러면서 성경 창세기에 나오는 4대강을 들먹이면서 마치 그러한 치수사업이 거룩한 일인 양 몰고 갔지. 나는 4대강사업의 타당성에 대해서는 반반이야. 전문가가 아닌 입장에서 결과를 예측하기가 쉬운 문제가 아니니까, 그래서 그냥 지켜보는 입장이야. 그런데 목사라는 자가 어떻게 강에 대해 그리 잘 알기에 정녕 필요한 사업인 양 떠벌릴 수가 있느냐는 것이지. 엉터리로 성경까지 끄집어내면서 말이다. 권력층에 아부하는 스타일임을 대충 눈치는 채겠어, 기득권을 사랑하는 족속이니 말이야. 하지만 정 그러고 싶으면 몰래 해야지, 많은 기독인을 망신시키면서까지 방송을 통해 공개적으로 떠들어야겠나? 자신의 행복이나 욕망 충족이 그리도 만인보다 소중해?

이것도 있어, 자기 마누라가 미국 놀러 가면 갔지 돈 봉투 얘기는 왜 꺼내지? 무슨 거시기가 몇십 통의 돈 봉투를 누구 목사를 통해 자기에게 전달했는데 배달 사고를 걱정해 돈 건넨 신자들이 자기한테 전화를 하더라는 얘기까지 태연스레 했어. 그 돈을 손자한테도 주고 자기도 가지고 마누라도 주고, 아주 돈 가지고 나눠먹는 소리가 진동을 하더라. 여기까지는 좋아, 돈 싫은 놈 없으니까. 문제는 돈 액수까지 거론했어. 20여만 원짜리 돈 봉투가 10여 개, 30여만 원짜리 돈 봉투가 10여 개. 축복 받으려면 자기한테 돈 봉투를 건네는 신실한 신자가 되어야 하고, 시시하게 몇만 원짜리 잔돈 줄 생각은 집어치우고, 중간에서 꿀꺽 빼돌릴 생각은 어림없는 짓이고, 그렇게 그 목사는 그게 당연한 주문인 것처럼 사고방식이 뇌세포에 박혔다는 것에 심각성이 있는 것이야. 굶주리고 추운 인간들도 많은데 성직자와 가족이라는 자들이 미국에 놀러갈 겨를이 있는 거야? 뭐 공부하러 연구하러 선교하러 방문으로 등등, 변명은 많겠지. 그러면 자기 돈으로 조용히 다녀오든가, 싸구려 돈 봉투를 거절하든가, 받았으면 가난한 자들에게 나눠주든가, 아니면 조용히 받아먹고 방송에서 떠들지나 말든가, 목사라는 자가 함부로 까부니까 세상이 엉망이 되잖아. 진리가 무엇인지 신이 어디 있는지도 모르면서 뭔 설교지? 더구나 자기는 은퇴 목사잖아. 은퇴했으면 조용히 지내야 하지 않나? 미국 가서 놀든지, 뭐하든지, 다들 자기보다는 나으니까 이제 설교는 그만해야 순리가 아닐까? 옛날에 자기가 통역했다고 떠든 빌리 그래함 목사가 이런 말을 했다고 스스로 말하더라고. 〈미친 인간 열 명이 세상을 망하게 한다.〉 정말 옳은 소리야. 그 목사는 망하게 할 정도의 인물은 아니 되지만 일부의 신자들이 추종하는 모양이던데, 제발 이제라도 입 다물기를 바라는 거야. 언젠가 그 목사가 한 말이 기억난다. 〈사람들이 이렇게 말하더라. 빌리 그래함 목사가 설교하고 내가 통역한 게 아니라, 내가 설교하고 빌리 그래함 목사가 미군들에게 영어로 통역했다고.〉 그 얼마나 교만의 극치를 달리는 말인지. 그것도 설교로, 라디오방송을 통해, 전 기독교인이 들을 수도 있는 상황에서 말이야. 내 말이 의심스러우면 그 당시 방송을 다시 들어보면 알겠지.

이것뿐만이 아니야. 한 아무개 목사는 부활절 연합예배에 설교로 나서면서 좌파의 선거판도 우세를 견제하기 위해 사탄이 몰려오고 있다는 등의 발언을 했어. 예수의 부활로 악의 권세를 이겼다는 성경의 말씀과 그 축하예배에다가 버젓이 초를 치는 악다구니를 아무 생각 없이 마구 떠들었어. 결국 좌파가 집권했으니 사탄의 승리로 끝난 것이겠네? 다른 아무개 목사는 헌금 거둔 돈으로 자기 명의의 개인별장을 사들이고 목사 집무실 대형벽면에 자기 초상의 대형부조를 내걸었지, 무슨 우상놀음을 하는 것도 아니고 말이야. 대체 그런 짓들이 왜 일어나는 것이지? 목사가 자기 자식에게 교회를 사유물처럼 뻔뻔스럽게 물려주는 짓이나, 간음하다가 들통 나고도 거액의 헌금을 교회로부터 뜯어내어 버젓이 챙겨들고 나가는 짓들이 왜 생겨나느냐는 것이야. 엄격해야 할 교회법이 목회자를 향해서는 오히려 세상 법보다도 비윤리적이고 반도덕적이어

서야 될 법이냐는 것이지. 신자가 엉망이고 내가 개판이라고 해서 그런 놈들을
향해 아무 소리도 못 해야, 안 해야 타당한 것이야? 정죄하지 말고 주둥이 처닫
고 신의 뜻만을 기다려야 그게 옳은 신앙의 길이라도 된다는 것이야?"

　무씨가 나지막한 소리로 끊고 맺듯이 말을 뱉었기 때문인지 아내와 처남은
동그래진 눈에 입을 다물고 있었다. 아내의 표정으로 봐서는, 남편의 저 자신
감이 어디서 나오는 것일까? 하며 불안 속에서도 무척 궁금해 하는 것 같았다.
처남은 매형이 쓰겠다는 소설에 긍정의 응원을 보내며 떠나갔다. 아내와 함께
공항까지 배웅하면서 무씨가 속으로 외친다. '어쨌든 나는 옳고 하여간 너는
그르다. 이 정신이 아니고는 한마디도 세상을 향해 뱉을 수가 없구나!'

새벽에 눈뜨다

모든 게 일상으로 돌아갔다. 처남은 떠났고 자기의 삶을 가족과 함께 살아갈 것이다. 아내는 아침 일찍 일어나 아이들을 깨우고 요리하고 자신의 일터로 떠난다. 무씨도 새벽같이 일어난다. 너무 일찍 눈이 떠져 침대에서 뒤척이는 시간이 많을 정도다. 무씨는 아침형인간이 아니다. 밤늦게까지 작업하고 아침엔 늘 잠이 모자라 억지로 눈을 뜨는 사람이다. 글을 적더라도 밤이어야 정서적으로 안정을 찾는다. 그런 그가 장례를 치르고부터는 새벽에 일어나는 사람으로 바뀌었다. 처음에는 일시적 현상으로만 알았다. 시일이 지나면 본래로 돌아가겠지, 그랬다.

"교회 가서 새벽기도 드리기 딱 좋은 인간이 되었네?"

아내가 지나가는 소리로 그렇게 말하자 무씨는 이게 하나의 체질로 굳혀진다는 생각이 들었다. 그래서 무씨는 새벽에 눈이 떠지면 뒤척이지 않고 바로 벌떡 일어나 구상하는 소설에 적용할 단상을 적기 시작하였다. 밤에 적을 때보다도 맑은 정신에 많은 생각들이 주옥같이 일어나고 구슬 꿰듯이 글로 엮이기 시작하였다. 무씨는 미국의 처남에게 메일을 보낸다.

"처남, 지금부터 몇 차례에 걸쳐 처남에게 메일을 보낼까 해. 성경과 신앙에 대한 내 생각의 일단을 몇 년 전에 글로 적어둔 것이야. 그동안에 많은 생각이 교차하면서 달라진 사유의 결과들도 많이 있겠지. 그것은 추후 다시 보낼 수 있을 게고 우선은, 이전의 내 생각을 가감 없이 보여주고 싶네. 이전의 내 생각에 어떤 문제가 있었는지, 그래서 이제 어떠한 새로운 생각으로 살아가야 할 것인지를 가늠해보는 시간이 될 거라고 봐. 이 글들을 처남이 읽고 그 견해를 듣고자 함이야. 처남은 정통한 기독교인이잖아. 나는 곁길을 걷는 아리송한 교회

신자일 뿐이지. 내가 생각하는 것들이 처남에게 어떻게 비쳐지고, 그것이 기독
교의 정통사상과 교리, 그 가르침에 있어 내 생각과 어떻게 다르고 어긋나는지
를 알고 싶은 것이야. 다른 견해가 없어도 좋고 짧은 충고도 좋아. 가능하면 많
은 내용들이 나와 달라 견해의 충돌까지를 겪고, 그래서 참되고 올바른 방향
이 서로에게 설정되기를 바라지만, 처남은 유전공학 쪽이라 나의 사고와는 그
접점을 찾기가 어려울지도 모르지. 가족은 다들 잘 지내지? 다음에 보자."
　메일을 전송한 뒤, 무씨는 누군가야에게도 편지를 쓴다.
　"누군가야, 간절하면 연락하라는 그 목소리가 아직도 귀에 생생해. 난 많은
생각을 해봤지. 대체 간절한 게 뭘까? 어떤 마음이어야 간절하다고 하는 것인
지, 그래서 누군가야를 다시 만날 핑계가 되는 것인지 한참을 생각해봤어. 문
득 한 영화가 떠오르더군. 〈쉘부르의 우산〉, 많은 영화들이 그렇지만 이 영화
도 이별의 간절함, 사랑의 간절함을 노래한 것으로 기억되고 있어. 그 기억을
더듬어 무엇이 어떻게 간절함으로 와 닿는지 알아보려고 해. 옛날영화들이 대
체적으로 그렇듯이 〈쉘부르의 우산〉, 이 영화도 전반적으로 단순해. 스토리텔
링부터 등장인물의 성격과 제작 스타일까지 그 시대의 영화들과 엇비슷하지.
영화가 예술이라고는 하지만 과학기계에 의존하고 산업구조의 틀 속에서 기획
되고 만들어져 배급되다보니 아무래도 경제논리에 끌려갈 수밖에 없어. 대자
본에 의해 만들어지는 스펙터클영화를 제외하고는 그 당시의 영화산업 수준과
경제적 능력에 맞추어 영화 모양새가 만들어지게 돼. 옛날 영화들이 그러하듯
이 〈쉘부르의 우산〉 역시 인간의 감성을 노래하는 영화라서 아무래도 스토리
텔링을 중심으로 등장인물의 삶을 다루어야겠어.
　이제 본격적으로 그것을 다루기 전에 기본적인 영화의 기술적 문제를 간단
하게 짚어볼까 하네. 〈쉘부르의 우산〉을 보면 인물들의 움직임이 자연스레 보
일 뿐 카메라가 전혀 의식되지 않아. 사실 카메라는 마치 물이 아래로 흘러가
듯이 끊임없이 인물을 따라가고 있으며 그것은 물결처럼, 멜로디의 선율처럼 영
화가 끝날 때까지 그림을 그리고 있어. 인물의 움직임인 블로킹이거나 미장센의
구성에 따라 촬영이 이뤄지는데 마치 반도체의 정교한 회로를 설계하는 모양
새를 엿보게 하더라. 인물에 따라 우연히 움직이는 카메라가 아니라 약속과 연

습에 의해 시행착오를 거쳐 다듬어진 미술품처럼 그것은 미적 정교함으로까지 연결되고 있어. 이처럼 찬사가 가능한 것은 카메라의 움직임이 인물의 움직임만을 포착한 것이 아니라 인물의 내적 심리까지 렌즈가 다가가 밝혀내고 있기 때문이야.

한편으로 주목할 것은 영화가 시작되는 프롤로그 부분의 화면인데 완전 부감으로 보도블록을 잡은 점이지. 그 유화 닮은 그림에 인간들이 지나가고 비 듣는 걸 느끼고 퍼붓는 빗줄기에 가지각색의 우산을 쓴 인간들이 지나가는 것이야. 살아 숨 쉬는 그림의 이미지! 그런데 감독은 아무래도 미술적 감각만을 노려 그 장면을 만든 것 같지가 않아. 형이하학적 사실은 위로부터 밑으로 빗물이 떨어져 시간의 흐름과 연속성을 드러내고 있지만, 그 시간의 연속성에 얽혀 인간들은 공간을 이동하며 살고 있지만, 그것의 형이상학적 시선으로는 시간이 정지된 상태에서의 공간이동을 보게 되는 것이야. 블랙홀을 통과하는 순간의 공간이동을 닮은. 이 말은 시간에 의해 인간심리가 생성되고 움직이는 게 아니라 시간과는 상관없이 내재해 있는 인간본성을 끄집어내어 자극해서, 그것이 살아서 꿈틀거리는 원초적 인간의 본능적 심리세계를 이 영화가 노린 게 아닐까 하는 생각을 덧없이 해보는 것이야.

〈쉘부르의 우산〉을 보면 모든 장면이 한 폭의 명화지. 특히 원색적이고 강렬한 색감을 추구하는 미술사조인 야수파를 빼닮았어. 세트나 로케이션 현장에 설치된 세트 공간의 풍경들이 다름 아닌 야수의 울부짖음을 색채로 그려내고 있잖아. 제작비와 제작 현실에 있어서의 한계로 인해 부분적으로 허술한 장치가 엿보이고 현장의 조잡한 디자인과 거리의 구도가 드러나긴 하지만, 그것마저도 조명의 사용으로 훌륭하게 넘겨가고 있어. 자구책이기도 하겠지만 조명의 빛을 하나의 유화물감으로 사용하고 있는 것이지. 인물들의 의상도 여기에서 벗어나지 않았어. 프랑스 영화의 한 성질이지만 〈쉘부르의 우산〉 역시 미장센 위주로 이루어졌다 하여 지나친 말이 아니야. 이 영화를 연극이라 하여도, 연극으로 올려도 전혀 어색하지 않을 구성들인데 확실히 감성을 드러내고 자극하는 묘사에는 미장센 구사가 적절하지 싶어. 춤, 연극, 오페라, 영화, 아니 인간들의 삶 자체가 미장센이라 하여도 무리가 아닐 것이야. 극도로 압축된 몽타

주기법이 만연한 오늘날의 상업영화에 무작정 노출된 인간들에게는, 이런 미장
센 구사가 한편으로 무척 신선하게 다가올 것 같기도 해. 물론 이것을 지겨워
할 많은 아이들이 있겠지만.

　뮤지컬영화이니만큼 노래가 많아야겠지만 현재 개념의 뮤지컬은 아니야. 정
작 테마뮤직은 〈쉘부르의 우산〉이라는 한 가지밖에 없으며 그것을 편곡하고
다른 가사를 붙여 사랑의 테마로 사용하고 있어. 그 대신 처음부터 끝까지를
노래로 대사하는 것에 정녕 아름다움이 있넹? 처음에 내가 받은 어색함은 이
내 익숙함으로 친근감으로 급기야는 간절함으로, 그리하여 노래어(語)로 칭송
하게 되었어. 인간들이 노래만으로 대화하고 세상을 살아갈 수 있다면 참 좋겠
다는 생각이 절로 들게 되는 것이야. 뮤지컬 속에서 정비소 사장과 주인공 기
가 다툴 때의 그 무미건조하고 딱딱한 음색에다 멜로디를 상실한 그런 대화들
이 참으로 인간의 삶에 있어 힘들고 지겹고 어려운 일임을 자각하게 하기에, 깨
닫는 인간들은 이제야 노래 같지 않은 대화를 그치고 버리고 잊어먹게 되지 않
을까? 그 영화 속의 인물들처럼 이제라도 인간들은 항상 노래 속에서 노래를
부르며 살았으면 하는 것이야. 아마도 에덴동산에서 인간은 노래하며 살았지
싶어. 짐승들의 울부짖음과 새들의 지저귐처럼 인간도 자연을 멋들어지게 노
래하다가 어느 날 그만 죄에 빠져 허겁지겁 달아나면서 노래까지 잃어버린 게
아닌가 하는 것이야. 그나마 인간은 느낌을 부르짖을 때에야 성대가 찢어지듯
열려, 노래가 목소리에서 퍼져 흐르나니!

　〈쉘부르의 우산〉에서 가장 주목하여야 할 점은 시나리오와 배우의 연기에
달렸다고 해야겠어. 이제 내가 거론해야 할 문제도 영화의 내용과 등장인물의
심리분석에 있는 만큼 미리 이 부분을 살펴봐야 하겠네. 우선, 영화의 주제를
파악하기가 쉽지 않아. 단조로운 구성의 영화라 하여도 살아 움직이는 인물들
이 벌이는 사랑 타령의 주제를 밝혀낸다는 것은 어지간하지가 않지. 굳이 지금
말하자면, 느낌에 따라 움직여져야 하는 인간의 그 자유스러움! 그 정도로 해
둘까나? 그러면서도 이 영화는 많은 것을 담고 있어. 시공간에 머물 수밖에 없
는 존재의 절망감, 우연에의 기대, 죽음의 받아들임, 포기와 상실감, 일상의 기
쁨 등이 영화 전체에 인생축소판처럼 엮여 흐르게 하였어. 이 영화를 보고 내

가 두 번 눈물을 흘렸으니 인생에 비해 이 영화는 그러면서도 긍정과 희망을 노래하는, 기쁨의 노래라 할만 해.

시나리오와 인물의 분석에 들어가 보자. 〈쉘부르의 우산〉의 시대배경은 알제리독립전쟁이 얽혀 있는 1957년 11월부터 1963년 12월까지의 프랑스 한 어촌마을인 쉘부르에서 일어난 이야기를 담고 있어. 정비공장에 다니는 정비기사인 기가 남자 주인공으로, 그에게는 어머니 우산가게에서 일을 돕는 여주인공인 쥬느비에브와 서로 사랑하는 사이야. 영화를 본 사람들만이 비평에 대한 이해가 가능하겠기에 줄거리는 생략하겠어. 여기서부터는 장면이 떠오르는 대로 적어가자. 어디서부터 실타래를 풀어야 할까? 사람들은 영화를 보고 나면 마지막에 떠오른 이미지의 의미를 먼저 짚어보게 돼. 나 역시도 줄거리에서 벗어나 사색을 하기로 한 만큼, 이런 방식의 사고전개가 바람직해 보이네. 딴 남자와 결혼한 여자(쥬느비에브)가 우연히 주유소에 들러 옛 애인 남자(기)와 마주치게 되었을 때 그 담담함에 내가 오히려 당황하였지. 너무나도 태연하고 침착하고 자연스러워 보이는 그들의 행동 앞에 선뜻 의미를 파악할 수 없어서였어. 그동안에 살았던 얘기를 간단하게 나누고 다시 갈 길을 떠나는 여자와 그것을 지켜보는 남자의 정서를 어떻게 봐야 할 것인가? 여자와 딸이 떠나자마자, 외출 뒤에 돌아온 아내 마들렌과 아들을 반기면서 아들과 잠시 눈싸움 장난하다가 아들을 안아들고 주유소로 들어가는 남자 가족의 모습에서 영화가 끝이 나는데 말이야. 처음에 나는, 남자의 그런 행위가 한때 사랑했고 자신의 딸까지 낳은 여자에 대한 미련의 잔상을 털어내기 위해 헛된 몸짓을 아들에게 풀었던 것은 아닐까 하고 잠시 떠올렸어. 떠난 여자와의 정서에 대한 반발작용 내지 보상심리의 제스처라고 말이야.

나는 영화에 관한 생각을 중단하고 일상적 일을 마무리하면서 다시 생각을 떠올려보았지. 왜 그토록 담담했을까? 마음속의 정서가 겉으로 드러나지 않은 것이 결코 아니었는데 말이야. 그리고 여자는 남자를 사랑하면서도 곁에 없다는 이유만으로 이별하는 게 가능했던 것일까? 물론 보석상인 카자르의 청혼이 있었지만 그것이 여자의 마음을 움직이는 결정적 계기가 될 수는 없는 일이야. 영화 속에서 살펴보면, 여자는 나이가 어리고 여린 마음에다가 남자와는 첫사랑이었어. 사랑의 시작점이 단순한 감성에서 비롯되었다고 봐야겠는데, 남자의 군 입대로 해서 불가피하게 헤어지게 되었지. 그 이별이 여자에게 새로운 갈망과 그리움을 불러일으키고 마침내 자신을 돌아보게 되는 새로운 자각에의 사색이 차츰 그 남자로부터 멀어지게 하였을 것이야. 여자는 남자와의 사랑에서부터 끊임없이 그런 감수성을 노래하였지. 그것이, 보지 않으면 멀어진다는 속담처럼, 여자 앞에 등장한 다른 남자(카자르)의 청혼을 거절할 수 없게 한 것이야. 여자의 마음은 갈대라느니 보석에 약하다느니 등의 속설이 떠돌고는 있지만 그러한 것이 변심의 결정적 원인은 아니었어. 남자가 돌아오지 않을 이유가 없었고 돌아오리라는 확신에 가까운 생각을 지니고 있었지만, 그럼에도 여자는 이유 없이 점차로 불안해졌고 자신의 생명과 행복을 맡길 안식처가 필요해졌어. 임신한 여자로서. 아아, 그렇군! 아이의 생명까지 걸머져야 할 불안정한 어머니의 위치로서! 그녀는 이성적 작용보다는 인간심리에 내재한 본성에 몸을 던진 것이야. 남자가 입대하기 전날, 남자의 품에 안겼듯이 말이다.

나의 사색이 여기서 끊기네. 누군가야가 이 편지를 읽고 아직 영화를 보지 않았다면 감상한 후에 대화를 가져, 누군가야가 던진 그 간절함의 답을 찾아보는 것은 어떨까? 생각하면, 누군가야는 보고픔의 간절함을 내게 주문했지만 그것은 이별이 간절했어야, 그러려면 그 사랑이 간절했어야만, 이별의 간절함에 보고픔의 간절함으로 와 닿는 거겠지. 아닐까? 어느 쪽이든 한쪽의 간절함으로 그 시작에 의해 사랑의 간절함으로까지 이어지기라도 하는 것일까? 내게 답을 알려줘. 누군가야를 향하는 나의 간절함이 어디서 시작되고 어디까지인지를."

인간은 물질적 존재이다

무씨는 몇 년 전에 적어둔 글들을 하나씩 처남에게 메일로 보낸다. 자기로서는 당시에 한국교회가 엎어져야 하는 이유라며, 그걸 의식에 붙들고 적었지만 거기에는 신에 대한 경외로 가득했음을 알아달라며, 자기가 지금 읽기에도 억지스러운 주장들이 곳곳에 도사렸지만 그런 시각이 혹 기독교 신자라는 색채에서 비쳐진 마음이 아닐까 싶어, 그냥 저항하는 일반인들의 심정을 살펴서 적은 글이려니 하고 첨삭 없이 보낸다며 편지에 첨부하였다.

아마 어쩌면 무씨는 자신이 예전부터 줄곧 품었던 신과 성경에 대한 의문을 이번에 속 시원하게 드러내는 과정에서 의문의 모양과 이유를 찾아내어 일말의 해답을 건지고픈 심정일지도 모른다. 머릿속에 감도는 생각들은 때로 문자라는 표현을 통해 정리하는 과정을 거쳐야만 뚜렷한 사상체계가 갖춰질 것이고, 자신이 구축한 것들의 논리적 오류의 발견에 따르는 사유의 수정 또한 가능할 것이니까. 글의 시작이 이러하다.

지구라는 땅덩어리에 인간이라는 모순된 존재가 불쑥 나타나 주인처럼 행세하며 살기 시작한 지도 제법 꽤 오래되었다. 창조의 입장에서 보면, 인간은 신이 진흙으로 짓이겨 만든 피조물에 불과한데도 똑같은 피조물의 처지에 놓여 있는 자연만물을 기어코 다스리려는 욕망을 드러내어 무심으로 흘러가는 자연세계와 힘을 다투려는 그 잘난 맛에 인간은 살아가고 있다. 모든 우주만물의 창조가 말씀 한마디로 하여 육일 만에 다 이뤄졌는데, 유독 인간만은 땅에서 취한 티끌을 만지작거려 만들었다. 물론 짐승과 새들도 흙으로 지었음이 성경에 묘사되고는 있지만 미약한 언급에 그치는 것으로 차이를 두긴 하였다. 인간은 토우나 흙집과도 다를 바 없는 상태였지만 신께서 직접 인간의 코에다 생기를 불어넣음으로 해서 비로소 생령이 되었다는 점이다. 같은 흙으로 빚었다고 하여도 동물과 구별되는 중요한 이유다.

한편, 이것을 두고 일부 신학자들은 신이 손수 땅의 흙을 사용하여 인간을 만들었으니 그 특별함이 다른 만물에 비할 수가 있겠느냐고 우월의 근거로 내세우기도 하는 모양인데, 약간의 사색으로도 신의 이러한 창조행위가 인간생명의 덧없음을 한눈에 드러낸 표현에 지나지 않음을 곧바로 눈치채게 된다. 흙으로 만든 형체는 때가 되면 반드시 허물어지는 것이니 말이다.

이러니 흙으로 사람을 만든 것을 두고 인간과 땅의 연관성을 말하며 인간 육신의 근원과 한계를 품는 거라 말하기도 하지만, 이것도 가당치 않은 얘기다. 이 말은 인간의 탄생 시점부터 이미 육체의 소멸인 죽음을 염두에 뒀다는 얘기이고 신은 애당초 그렇게 하기로 음모를 꾸몄다는 발상에 지나지 않는다. 하긴 한국교회는 성경의 해석을 이런 방식으로 하고 있기는 하다. 직역, 오역, 의역 등을 마음대로 넘나드는 것이다. 귀걸이를 코에 걸면 코걸이가 되듯이, 인간이 함부로 휘갈겨 적은 글조차도 성경의 해석이랍시고 때로 신학의 반열에 버젓이 오르는 것이다.

글이라는 것은 사물의 상징과 추상할 수 있는 개연성을 담은 언어의 표기이고, 그 언어를 구사하는 인간의 상상력에 의해 마음대로 글의 뜻과 이미지를 달리할 수 있는 특성을 내포하고 있다. 유추하지 못하는 인간과 언어는 없으며 이런 속성으로 인해 인간은 글이나 언어뿐만 아니라 세상사의 왜곡과 변질에도 태연할 수가 있는 것이다. 두뇌에 담긴 개념은 언어나 글자로 묘사되면서 늘 차이를 드러내며 그걸 인식하기 때문에 인간의 삶 자체가 오류와 모순 따위를 담을 수밖에 없겠다고 하는 것이다.

앞서 얘기로 돌아가, 신학자의 견해대로 육체의 한계를 내포한 것이 옳다고 인정해버리면 그건 오히려 기독교 스스로가 오류에 빠지는 해석을 저지르게 된다. 신의 계획에 의해 영원히 사는 존재로 설계된 존재가 아니라 오히려 인간 육체의 한계를 처음부터 설정했다는 얘기가 되기 때문이다. 그러니까 인간을 죽게 만든 것은 선악과를 따먹은 원인에서 발생한 결과가 아니라, 인간의 운명을 그렇게 몰아갈 작정으로 결과를 만들어놓고 그 원인을 조작한, 마치 신의 의도적인 함정수사가 되는 꼴이다. 그게 아니라면 육을 떠난 영의 세계가 에덴 동산이어야 할 것이며 영원한 생명이나 새로운 삶 등이, 육체적 몸의 부활을 말함이 아니던지 해야 할 것이다.

인간의 육체 말고도 땅과 연관되지 않는 생물이 어디 있으며 물질로 형성된 실체적 존재로서 그 외형적 존재의 한계를 내포하지 않은 사물이 어디 있단 말인가? 오히려 모든 만물은 말씀 즉 영적 작용으로 이뤄졌음에 비해 인간은 철저하게 물질적 요소의 결합에 의해 만들어진 육체적 존재에 불과하다는 것을 희한하게도 성경은 말해주는 것이다. 우주적 자연은 한때 시들고 소멸할지라도 말씀에 의해 이루어진 존재들이라 그 말씀의 에너지에 의해 생성을 거듭 반복할 가능성이 있지만 인간은 암수간의 육체적 접촉을 통해 끊임없이 닮은꼴을 만들어내지 않는 한, 물질적 존재인 육체로서의 인간은 그 영원한 소멸이 불가피하다는 것을 인간들에게 알려주는 것에 지나지 않는다.

왜냐하면, 생기라는 입김도 물질의 한 요소이고 곧 분해될 원자 알갱이가 아니던가. 신학자의 주장을 곧이곧대로 받아들여, 생기는 신의 영 또는 정신을 이르는 것이라 하더라도 어차피 신의 것이며, 흙이 말라 부스러지면 자연히 증발하여 사라져야 할 속성을 지닌 신의 하품 닮은, 물거품처럼 음습한 입김이지 않겠는가. 설령, 입김이 영혼이니 어디론가 돌아간다고 주장할지라도 그것은 신의 형상 속으로 도로 복귀한다는 것을 의미할 뿐이지 어찌 존재자로서의 인간 그 자체, 그 유일한 존재감으로의 자각을 이루는 생명체가 되겠는가?

그래서인지 구약성경을 썼거나 편집하였던, 야훼를 믿는 히브리 유대인들은 애당초 인간이 죽으면 흙으로 돌아가서 개체로서의 인간은 소멸에 이른다고 보았다. 물론 구약성경에도 인생의 혼은 위로 올라가고 짐승의 혼은 아래 곧 땅으로 내려간다는 구절 등, 여러 영적 요소와 영혼의 존재를 알리는 내용을 더러 담고는 있지만 저 아리안 계통의 종족이 믿던 윤회의 개념 따위가 당시의 그들에게는 희박하였던 것이다. 자연과학에 대한 지식과 관찰이 유치했던 구약 시대의 유대인들은 신께서 창조한 자연의 질서정연한 법칙과 순리를 온전하게 깨닫지를 못했고 생물들의 결합이나 분열 등 각기 개체들의 독특한 생존방식과 존재형태에 의해 우주 만물이 자연스럽게 순환하고 변화한다는 것을 알아차리지 못했다. 시대의 사람들이 알아들을 정도의 사고와 한계를 지닌 채로 성경을 쓰고, 주변 민족의 문학이나 세계관을 가져오고, 그것이 세월을 두고 거듭 편집되다보니 당연한 결과로서 이해하기 어렵고 설득력을 갖기 힘든 성경 구절들이 부분적으로 기술되지 않았겠나 하는 것이다.

물론 인류의 모든 기록물이 신의 영역에 속하는 것이고, 인류가 신에 대해 갖는 기억의 흔적들로 해서 수메르문명 등의 여러 지역에 창조설화 등의 표현이 싹을 텄겠지만 말이다. 어찌 됐든 간에 정신의 결정체인 말씀으로 이루어진 우주적 자연과 물질적 결합체인 인간 중에 어느 것이 우위에 있다는 말은 하지 않겠다. 다만 흙장난하는 아이들을 바라보면서 물질적 창조의 유치를 확인할 뿐이다.

생각해보라. 말로써 이루어지는 것이 얼마나 근사하겠는가를! 궁지에 몰려 다급해지면 성경의 내용이야말로 온통 비유로 이루어진 것들이라 떠들면서도, 정작 신중해야 할 해석에 부딪히면 쉽사리 문자 그대로를 내세우고는 그것이 사실이며 진리라고 주장하는 맹신의 소리를 흔히 듣게 된다. 평소에는 신의 뜻을 인간이 헤아릴 수 없다고 하면서 말이다. 야훼는 선악을 알게 된 인간에게 선언하였다. 너는 흙이니 흙으로 돌아갈 것이니라. 지금도 때가 되면 인간은 물질로 났으니 흙으로 돌아가고 우주만물은 정신으로 돌아가고 있는가?

신은 인간적 존재이다

신은 인간을 만들기 위해 흙으로 빚으면서도 이런 전제를 두었다. 〈우리의 형상을 따라 우리의 모양대로 우리가 사람을 만들고 그들로 바다의 물고기와 하늘의 새와 가축과 온 땅과 땅에 기는 모든 것을 다스리게 하자 하였다. 그래서 신은 자기 형상 곧 신의 형상대로 사람을 창조하시되 남자와 여자를 창조하였다.〉 이 성경 구절에 따르자면 인간은 물질로 만들어진 조잡성이나 유별스러움을 극복하고 단번에 만물의 절대 강자로 군림할 근거를 지니게 된다. 신을 닮은 형상이라니! 그 존재감이 얼마나 엄청날 것인가. 그리하여 인간은 과연 만물 위에 군림하게 되었는가? 결코 아니다. 인간들이 이러한 성경 구절 그대로 자연을 다스리며 살고 있다면야 그 성경의 말씀은 당연히 설득력을 가지게 되겠지만 불행하게도 인간은 여전히 자연을 다스리며 사는 형편이 아니다. 지진과 화산폭발, 해일, 태풍, 홍수, 사막화 등의 갖가지 자연재해로 인해 인간들은 수시로 대량 살상의 수모를 겪는 중에 있고, 그 후유증으로 발생하는 전염병, 굶주림, 자살 등 아직도 인간 옆구리에 바짝 도사리고 있는 죽음의 그림자를, 인간은 도무지 잠시도 비껴가지 못하는 것이다.

옛날엔 그랬더라도 요즘의 인간들은 나름대로 자연을 정복하고 다스리는 위치에 있는 것이 아니냐고 항변할지 모르지만 성경 구절이 무엇을 말했겠는가? 땅을 정복하고 모든 생물을 다스리라는 축복은 그렇게 어설픈 주술이 아니었다. 신과 닮은, 같은 형상을 한 존재가 자연이나 생물에게 죽임을 당하는 꼴사나운 일이 벌어졌을 경우에 신 또한 얼마나 민망할 것인가. 자기 부끄러움을 스스로 맛보려고 자기 형상을 따라 자기 모양대로 만들지는 않았을 게 분명하다. 이것을 죄악으로 인한 낙원으로부터의 추방 때문이라고 한다면 그것에 대해서는 할 말이 없다. 예수에 의해 사망 권세를 이겨냈고 죄악에서 벗어났다고 하면서도 여전히 사망과 죄악에 시달리는 것에 대해서도 지금은 달리 할 말이 없다.

그러나 이것은 어떠한가. 신학자들은 우리의 형상을 따라, 그 표현을 두고 삼위일체의 신을 이르는 것이라고 정의를 내렸다. 유일무이한 하나의 신이지만 성부와 아들인 성자 그리고 성령으로 이뤄진 삼위의 존재라는 것, 그것이 하나의 신이라는 정의다. 하지만 그 명제를 역사적 사실만 가지고 판단할 경우에는 궁여지책에 불과한 잡담이 되어버린다. 일찍이 로마가 기독교를 국교로 채택할 전후의 시기에 예수의 신적 위치에 관한 삼위일체의 규명을 놓고서 다양한 철학적 논리적 견해가 표출되었고, 삼위일체의 교리 채택 여부를 두고도 각기 파벌을 이루고서는 조금도 물러서지 않았다.

진통을 거듭한 끝에 결국은 권력을 장악한 교부들의 주장이 관철되어 결정지어진 명제가 삼위일체론이다. 예수를 신으로 볼 것인가, 본다면 야훼와는 어떻게 되며 예수가 보낸다는 성령의 본질은 무엇인가의 신학적 해답을 찾기 위해 다툰 결과의 소산으로 삼위일체 개념이 등장했으니, 엄밀히 말해 삼위일체론 자체는 신의 말씀이 아니며 성경에 적확하게 기록된 구절을 근거로 하는 주장이라 말하기 어렵다.

역사적 사실로만 본다면 삼위일체론이 그렇게 해서 탄생했지만 그 개념이 성경에 아예 없는 것은 아니다. 성경 여러 곳에 나타나 있고 특히 예수의 말씀을 통해서 그것은 강조된다. 요한복음 10장 31절을 보면 예수가 직접 말씀하신다. 〈나와 아버지는 하나이니라.〉 거기에 자기를 보내신 하나님이 아버지이고 자신은 하나님의 아들이라 선언하였으니 분명히 삼위일체의 개념인 것은 확실하다. 하지만 그럼에도 삼위일체라는 낱말을 진리에 합당한 의미라고 확정지어도 괜찮을, 사실에 입각한 논리의 근거로 삼기에는 부족하다. 신은 영적 존재라고 선언하면서도 형상이 있고 그 형상이 인간의 인격체적 모습인데 어떻게 성부, 성자, 성령, 그 삼위가 똑같을 수가 있겠는가? 신 존재 자체의 본질적 의미로서의 영 또는 정신이 같음을 뜻하는 것이라고 한다면, 그럴 경우에 같은 영이나 정신을 형상화한 것이므로 형상이 다를 수가 없으며, 구태여 형상이 다를 필요도 없는 것이 합당하지 않을까?

　그리고 형상이 같으면 세 개의 존재로 나뉠 이유가 없어 보인다. 형상이 같은 데, 세 개로 분열해봐야 그 정신이 여전히 일치하는데, 굳이 나눌 필요가 뭐 있겠는가? 구약의 야훼처럼 직접 세상에 오르내리는 모습이 보기에도 단순해서 좋고 그 분열의 불편함도 없을 테니 말이다. 그런데 만약에 삼위가 없다면, 아니라면, 예수의 역사적 등장은 야훼라는 신의 소멸을 의미하는 것이다. 그렇다면 야훼는 소멸되었고 예수는 인간으로 오셨으니 신은 철저하게 인간으로서 새롭게 출발하였고 인간적이라는 얘기가 된다. 다시 말하면 야훼는 소멸하였고 인간이 신을 만들었거나 신이 되었다는 얘기가 되는 것이다. 야훼의 율법에 억눌려 살던 인간이 마침내 신의 형상, 사랑의 형상을 완성한 모양새가 된다. 그러나 이것은 삼위일체가 아닐 경우에 적용될 견해이니 삼위일체일 경우에는 어떠할까. 마찬가지일까?

남자는 신이 아니다

신은 인간을 신의 형상대로 사람을 창조하시되 남자와 여자를 창조하셨다. 이 성경 구절의 해석은 신은 남녀 양성을 포함하는 존재라는 의미를 내포한다. 여기에 대해서 신학자들은 신의 속성 일부를 나타내는 의미라며 점잖게 손을 내저을지 모르겠다. 물론 생물학 연구 결과에 의해 밝혀진 유전자 염색체 식별로써 남자에게 존재하는 XY 염색체를 근거로 내세워 남자 속에 내재된 여성적 요소가 과학적으로 입증됐다고 말할 수도 있겠다.

정신의학적으로 살펴봐도 남자 속에 내재된 여성 성질을 주창하기에 이르렀으니 아마도 남자 형상의 이미지를 갖춘 신으로서 그 속에 내재된 여성성질을 끄집어내어 여자를 만들었으리라는 추측을 할 수가 있어 보인다. 아아, 남자의 갈빗대로 만든 여자! 이런 성경 구절을 내세워 신은 남자의 형상을 하고 있으며, 남자와 여자를 같이 만든 것이 아니라 남자를 먼저 만들었으므로, 더군다나 예수가 남자의 육신을 입고 이 땅에 왔으니 그것만큼 확실한 근거가 세상에 어디 있겠느냐고 주장할 수가 있겠다.

성경의 대체적인 기술은 이미 세상에 나타나 보편화된 사회현상들을, 세상 인간들의 구술이나 기록으로서 떠돌거나 관찰되는 것을, 성경기자들이 자료 수집과 첨삭, 그 편집 과정을 거쳐 정리한 것이 분명한데도, 그렇게 작성됐다는 사실이 역사적이고 합리적인데도 일부 신학자들의 주장은 성경이야말로 전적으로 신의 감동으로 써졌으며 신의 계획에 의해 시대를 초월하여 쓴 절대적인 진리인 양 외치고 있다. 그렇다면 그러한 성경이 극단의 남자우월사상을 성경 구절에 집어넣어 씻지 못할 편향과 부조리를 자초한 까닭은 무엇일까?

그 당시의 시대 상황이 남자들의 절대적 지배하에 있었기 때문이라고 단순하게 설명할 수 없는 까닭이 그래서일까, 시대를 뛰어넘는 성경 구절이 되어야 하니까. 시대를 넘나들며 살아남을 가치의 글을 성경에 남기려고 무지 애를 썼기에 모순으로 비칠 만한 구절들을 성경에 남겼음에도 불구하고, 유독 인간의 성별문제나 계급문제에 있어서만큼은 절대적 편향을 유지하려는 이 외골수의 근거는 대체 무엇이란 말인가? 신은 영적 존재이지만 그 존재를 형상화한, 형상을 갖췄기 때문에 그 모습대로 인간을 만들 수가 있었으므로 스스로 형상화된 존재가 분명한데도, 그런데도 신의 형상을 남자의 형태로만 묘사한다면 정말 어처구니없는 일이 아니겠는가?

어쨌든 영의 형상화가 인간이면서 남자와 여자로 구별되었으니 영은 반드시 남녀의 형상으로 분리되었든지 결합한 한 몸이든지 또는 구별 자체가 없어야 한다. 신이 공상하여 여자를 남자와 다르게, 하찮은 별개의 피조물로 만들지 않은 이상 신의 형상 자체는 남자와 여자의 형상이 각기 고유의 모습으로 나타나야 한다. 그렇지 않다면 오늘날의 여자들이 남자와 동등한 입장에서 삶을 영위하는 존재행위 자체가 신의 뜻에 위배되는 것이며, 그것은 전지전능을 박탈당한 신의 무력감이거나 악적 존재에 패해 멸망한 결과로서의 신의 부재를 드러내는 것이 될 뿐이다. 그러니 그것을 용납하기 어려운, 그래서 여전히 낡은 율법에 얽매여 사는 유대교나 이슬람교의 사람들은 여전히 시대감각을 잃은 채 여자를 경시하여 천박한 존재로 다루려는 까닭일까?

유대인들이 신이라는 존재를 남자라고 강조하는 주된 이유는 그들의 역사에서 찾을 수가 있겠다. 그들은 근본 바탕이 떠돌아다니는 유목부족으로 소수집단이었다. 이라크 우르지방의 조상을 뒤로하고 유랑의 길을 걷는 아브라함의 첫걸음이 그랬으며, 애굽을 탈출할 때와, 방랑 끝에 가나안으로 잠입해 들어갈 때에도, 그들은 거친 기질의 남자들이 다수를 이루고 있었다. 여자들은 필요하면 언제든지 약탈할 수 있었고 평소에는 그들의 방랑에 짐이 될 뿐인 존재가 여자였다. 사막지대를 오가면서 약탈과 유목에 의해 생존하려니 자연히 그들로서는 억센 남자와 강력한 지도자가 절대적으로 요구되었다. 반면에 땅을 딛고 씨를 뿌린 만큼의 수확을 바라는 농경민족들은 중요한 일손인 여자를 존중하였고 다양한 자연의 신들과 함께 여신을 추앙하기에 이르렀다. 이러니 나중에 유대인들이 농경민족을 제압했을 때 얼마나 여자 존중이 꼴사나웠겠는가.
철저히 몰살해야 할 우상의 존재가 여자였고 자연이었다. 그런 행위의 결과가
성경에 반영되었고 그것은 글을 배웠으므로 쓸 줄 알았던 남자들에 의해 쭉 이
어져갔다. 그것이 남자를 신으로 만들었다.

인간은 부모 아래 태어나느니

옛날에 히브리 유대인을 제외한 사람들이 신을 형상화할 때는 다양한 의미와 형태를 지닌 신들을 창조하였다. 아아, 신이 인간을 창조한 것이 아니라 인간이 신들을 창조했다는 견해가 저절로 새어나왔다. 그 까닭은 천천히 말하겠지만 유대인이나 성경 속의 주장도 어차피 야훼 이외의 신들은 인간이 만든 물건처럼 다루고 있으니 야훼를 건드리지만 않으면 환영받을 주장이긴 하겠다.

어쨌든 밝혀진 역사적 사실을 통해 살펴보면 사람들은 반인반수 또는 둘 이상의 다른 존재에서 공통되는 속성의 각기 다른 이미지를 끄집어내어 신을 형상화했음을 알 수가 있겠고, 그렇게 한 까닭은 탁월하면서도 동질성을 지닌 존재에게로의 귀의가 절대적으로 필요해서일 게다. 그들은 의식에 떠오르는 나름의 상상적 관념을 현실에 구체적으로 끄집어내어 그 심미적 감각을 자랑하였거나 아마도 얼떨결에 신으로 섬겼던 모양이다. 그 당시는 없는 것보다는 뭐든지 있는 것이 좋을 때였으며, 아직 제대로 자연현상을 규명하지 못한 상태에서 벌어지는 모든 일들이 신의 장난이라 생각되어 평안을 비는 것만이 속 편할 시절이었으니까. 그렇게 머릿속 관념을 실제로 불러내어 신의 형상을 만들었고, 유대인들은 그것을 비꼬아 우상이라 불렀다.

차라리 이렇게 부르는 건 어떨까? 성경 구절에 있는 우리의 형상을 따라, 그 우리를, 삼위일체의 신을 뜻한다는 애매한 설정을 포기하고, 왜냐하면 예수를 믿지 않는 유대인이 삼위일체를 주장할 리가 없는데다가 구약을 유대인이 편집한 만큼 그냥 부부, 즉 남자신과 여자신, 이렇게 복수의 개념으로 해석해버리는 것은 어떻겠는가? 그렇게 받아들이면 남자로서의 신성한 자존감이 상하겠는가. 감히 여자와 동등의 위치에 놓다니, 그런 불쾌감이 치솟는가? 성경기자

의 판단으로는 남녀가 존재해야 자손이 번성할 수 있으니 신도 아마 그런 입장
이겠지 싶어서 그렇게 쓰지는 않았을까. 단순하면서도 명확하게 쓴 구절을 남
자들이 제 입맛대로 해석한 것은 혹 아닐까. 남자우월주의에 빠져 성경 구절을
애써 달리 풀려고 하지 말고 그냥 가나안의 신화처럼 부부의 신이라 해보자.
우리 부부가 우리의 형상을 따라 우리의 모양대로 우리가 사람을 만들고 남자
와 여자를 만들었으니. 자, 어떠한가? 그다지 무리한 풀이가 아니지 않은가, 현
상과 본질에 맞아떨어지는 사실이 혹시 아닐까?

인간은 모순투성이 존재이다

신의 모습이 남녀 양성의 분리된 둘이냐 아니면 한 몸에 붙은 둘이냐, 조합의 형상인 중성이냐 아니면 일부 신학자의 주장처럼 남자냐, 그것을 지금 여기서 끝장낼 필요는 없겠다. 억지로 누구를 설득시킬 생각에 이 글을 쓰는 게 아니라 한국교회의 가르침에 대해 그 타당성을 검토하고 과감하게 견해 차이를 드러내어 문제 제기 속에서 참된 진리를 도출해내고자 하는 바람이기 때문이다.

어쨌거나 기독교의 변형된 형태로서 묘하게 세상에 나타난 이슬람교는 우상 숭배를 철저히 배척하고 있는데 그것은 성경의 구약에 논리적 기반을 두고 있다. 이슬람교는 다른 신의 형상인 우상뿐만 아니라 자신들의 신을 형상화한 묘사와 추앙까지도 물리치고 있다. 신의 형상을 하나도 모르니 아예 만들지 말라는 것이기도 하겠지만 신은 형상이 없는 영적 존재라는 나름의 표명이라 봐야겠다.

기독교의 원류인 유대교가 우상숭배를 배척한 것은 이와는 약간 다르게, 다른 신을 섬기지 말라는 신의 질투에서 나온 요구였지만 어쨌든 유대인도 신의 형상 자체를 만들지 않았을 뿐만 아니라 신의 이름조차 감히 부르기를 꺼려했기 때문에 아직도 정확하게 신의 이름을 알지 못하고 다만 야훼라고 추측할 뿐이다. 그런데 공교롭게도 유대교는 신의 형상이 없는 데서 오는 인간들의 불만과 갑갑증을 우려해서인지 한동안 놋뱀을 숭앙했던 역사적 사실이 남아 있다. 뱀이라니?

구약을 기술했다는 유대인들도 이러한데 어떻게 인간이 신의 형상대로 지어졌다고 자신 있게 말할 수가 있겠는가? 개신교의 주장대로라면 가톨릭은 우상을 만들었고 신의 형상도 만들었는데 모두가 성경 구절대로 사람의 형상을 하고 있다. 그러면 됐지 않은가? 얼굴 모양새야 조금씩 다르면 어떠랴, 인간의 모습을 하기만 하면 그것으로 충분하지 않은가. 그런데도 가톨릭에 반발하여 봉기한 개신교는 이러한 가톨릭의 우상화 행위를 거부하였고 현재도 이슬람 수준의 우상배척을 외치고 있다.

그런데 그럼에도 그들은 성경 구절을 인용하고서는 신은 인간의 모습이며 남자라는 소리를 자꾸만 늘어놓는 것이다. 이슬람교의 여자 멸시도 구약의 성경 구절에 깊은 뿌리를 박고 있어서가 아니겠는가. 하긴 신이 인간의 모습이 아니라면 기독교는 그 존재 근거를 상실하게 될 것만 같다. 하지만 말한다. 인간은 신의 형상을 닮지도 않았고, 한풀 꺾여 말하더라도 인간은 신의 모습을 닮지는 않았지만 신의 성품만큼은 닮았다고 말하지도 않겠다. 왜냐, 인간은 모순투성이의 존재이기 때문이다. 아니면 신도 모순투성이든가.

인간은 선악을 몰라도 죽나니

땅을 정복하고 모든 생물을 다스릴 권력을 신으로부터 받았음을 인정하여도 인간의 실체는 참으로 유별나다고 말할 수밖에 없다. 그 까닭은 이렇다. 신의 형상을 따라 특별히 인간을 만들었음에도 불구하고 신은 인간을 시험하여 당연히 그 시험에 넘어갈 줄을 알면서도 의도적으로 인간을 괴롭혔고, 괴롭힌 결과로 해서 인간은 신의 예정된 계획대로 신으로부터 특별한 저주를 온전히 온몸에 받았다. 선악을 아는 일이 나쁜 짓이 아닐 텐데, 신은 선악을 알고 있으므로 그 인식에서 나온 선악이므로 말이다.

그런데도 신 자신과 동등한 존재로 살아갈 것을 두려워하여, 또한 인간들이 영생할까 싶어 그게 싫어서 인간을 추방하기에 이르렀다. 이게 뭔 괴이한 일인가. 신의 형상대로 인간을 만들어놓고서는 정작 그 닮음을 두려워하는 것이 말이나 되는 걸까. 더군다나 이 사건으로 인해 신의 약점이 적나라하게 노출되었는데, 그것은 인간을 추방해야 할 정도로 신 자신의 나약한 심성이 그대로 드러나고, 과일서리 사건에 대해 대책을 강구해야 할 정도로 몹시 두려워하는 심리에서 파악되는 신의 실체가, 그다지 전지전능하지 못한 한계의 속성을 그대로 드러내고 있음이 어쩐 일인가? 하긴 질투하는 신이라는 것을 야훼 스스로 나중에 고백한 사실을 미루어본다면 이것은 해결되겠다. 질투란 자기 스스로 자신감이 없을 때에 발생하는 나약한 심리의 표출이기 때문이다.

어쨌든 신은 낙원의 동쪽에다 느닷없이 등장하는 천사의 무리들을 철통같이 배치하고 그것도 모자라 두루 도는 불칼을 두어 생명나무를 지키게 하였다. 보잘것없는 벌거숭이 남녀 둘이 생명나무 열매를 몰래 따먹고 영생을 얻게 될까 봐 그게 두려워 내세운 조치였다. 그래 어쨌거나 이 일로 하여 인간은 죽게 되었다. 죽는 존재가 된 것이다. 그런데 선악을 알면 죽는다는 것은 뭘 의미하는가? 그것은 선악을 모르는 동물적 속성으로 살면 영생할 수 있다는 말에 다름 아니지 않은가. 성경기자들이 보기에는 죽음의 공포를 모르면 즉 인식 자체가 없으면 죽음 자체를 모르는 것과 마찬가지이니 자연히 죽음은 없는 것이며 만물의 생물처럼 생멸을 거듭하는 자연의 이치에 어울려 순차적으로 생을 반복할 수가 있겠다는, 인류의 마음에 깔린 윤회나 환생 또는 순환과 유사한 사고라고 할, 불멸사상의 흐름을 채택하여 쓴 것은 혹 아닐까?

죽음을 모르면 영생이나 마찬가지다, 그렇게 말이다. 선악을 모르는 자연체계는 죽음이 없다고 착각한 결과로 보인다. 또한 선악과라는 과일을 먹는 행위가 환생을 가로막는다는, 그 당시 유대인보다도 앞서 가나안에서 살고 있었던, 정확하게 말해 요셉의 형제들이 기근을 피해 애굽으로 떠나갈 때에 가나안을 버리지 않고 그대로 지켜낸 본토의 히브리인, 그 가나안인의 통념이나 주술적 신화에 영향을 받지 않았나 싶기도 하다. 가나안 족속과 그 주변 민족들은 특별히 정한 음식을 함부로 먹으면 환생하지 못한다는 전설까지 가지고 있었다고 한다. 아마도 유대인을 제외한 민족들은 경우에 따라 환생을 어느 정도 믿었던 모양인데 그것은 애굽의 오랜 사상이기도 하다.

선악과 사건 이후로 인간은 죽어갔고 죽음을 받아들였다. 그러다가 예수의 등장으로 인간은 사망의 권세를 이기고 구원을 얻었고 죄의 사함을 받았으니 약속대로 영생을 되찾아야 합당하겠지만 그러나 그것은 이루어지지 않는다. 무슨 일이 일어난 것일까? 삼위일체의 신이 분리되어 서로 합의점을 찾지 못한 것일까, 야훼의 승낙 없이 아들인 예수가 일방적으로 선언해버린 탓일까. 그렇다면 삼위일체가 아니란 말인가? 요한계시록에서 요한은 궁색한 예언을 한다. 마지막 날, 심판하러 올 때에 그때 보자고.

처남! 이 제목의 글에서 유독 억지에 가까운 나의 주장이 두드러지는 이유를 혹 눈치챘는가? 메일로 보내는 다른 제목의 글들도 대개 그러하겠지만, 한국교회의 가르침에 입각하여 사색하다보면 반드시 빚어지게 될 충돌의 문제를 꼬집어서 그래. '자유의지에 의한 불순종으로 영의 소멸을 가져왔고 그것이 예수의 보혈로써 회복을 이뤘으며 새 땅에서의 영의 부활을 의미하는 것이다.' 이것이 아니라면, 한국교회가 문자적 교리를 여전히 가져간다면, 이러한 의문은 여전히 계속될 것이다.

신은 사랑이 허물어지면 사라진다?

　어쨌거나 한편으로 진화론의 입장에서 보아도, 허다한 세월을 무수히 등장한 생물들이 제각기 살아남자고 먹거리를 다투었고 강한 놈들이 땅을 장악한 흔적을 찾아볼 수가 있다지만, 그럼에도 고금을 통틀어 지구라는 땅덩어리의 실질적 지배자로 우뚝 선 존재는 아무래도 인간이라 볼 수밖에 없다. 단순히 자기 종족의 보존을 위하여 다른 생물을 삼키는 그런 즉물적 행위로서가 아니라 모든 생물과 자연까지도 자기들이 원하는 방향으로 다루고 탈바꿈시키려는 그러한 지적 능력을 소유한 상태에서 이 지구를 지배한 존재는 역사상으로 인간밖에 없기 때문이다.

　이렇듯 인간이 출현한 그때부터든지, 점차로 진화를 거듭한 결과든지, 어쨌든 인간은 고도의 두뇌능력과 마음씀씀이 따위를 갖춘 유별난 존재인 것은 확실하다. 현재도 인간은 그 존재감을 유지하고 있다. 이 유별난 존재감을 지닌 인간이 문명을 형성하려는 욕구와 행위를 일으키는 것은 당연해보이며 그 문명의 발달 과정에서 그중의 하나라 할 종교를 만들었다고 하여 하등 이상할 일이 아니다. 신을 기억하여 그 권위에 찬 영적 존재를 찬양하기 위해 제단을 쌓았든, 아니면 인간의 간절한 필요에 의해 제단을 만들었든, 인간의 삶에 달라붙은 종교 자체는 매우 자연스러운 사회문화적 현상이었고 그것은 적어도 종교가 인간을 해롭게 만들 이유가 없었다는 것을 의미하기도 한다.

　종교가 정녕 해로운 현상으로 나타났다면 인간은 그것을 회피했을 것이고 발생하였더라도 소멸되었어야 했을 것이다. 하긴 인류 앞에 등장한 수많은 종교들이 물거품처럼 사라지긴 했지만 사라진 그것들이 모두가 해로워서 또는 유익이 없어서 사라졌는지는 두고 볼 일이다. 그런데 신이라는 존재에 의해 생겨난 종교라면 인간에게 이롭거나 해롭거나를 떠나서 반드시 존속해야 하겠다.

종교의 존속은 신의 존재를 간접적으로 입증하는 근거일 수가 있으니까, 신이 존재한다면 그 신을 알아차릴 종교라는 매개체가 뒤따라야 타당하니까.

여기서 다시 생각해보자. 그렇다면 종교가 사라지면 신은 원래 존재하지 않았거나 혹은 덩달아 사라짐을 의미하는 것일까. 구약의 야훼는 가나안족 및 주변 민족의 신이었던 바알과 무척이나 많이 다투고 싸웠다. 심지어 신들의 대리전이라고 일컫는 블레셋과 유대와의 전쟁에서는 야훼가 참으로 많이도 졌다. 어쩌다가 유대가 이길 경우는 적의 세력이 한숨 놓고 있을 때뿐이었으며 유대는 언제나 강박관념과 피해의식 속에서 이를 갈며 사는 입장에 있었다. 더군다나 유대의 신인 야훼는 바알과 주변 민족의 여러 신들을 우상이라 깎아내리면서도, 나는 질투하는 신이니 다른 신들을 섬기지 말라고 경고와 저주를 퍼부을 지경에까지 이르게 된다.

야훼가 블레셋의 그늘 아래에서 살았던 역사적 근거로는, 블레셋은 야훼와 무수한 전쟁을 치르면서도 여전히 중동 해안가 지역의 기름진 땅을 장악하였고 지중해 지역의 국가들과 무역을 하면서 선진 문화민족으로 살았던 흔적이 있다. 나중에는 북부아프리카에 카르타고라는 강력한 식민지국가까지 건설하였고 그 무렵 유럽 남부에서 떠오르던 신흥 로마제국과 지중해 패권을 놓고 대규모의 치열한 전쟁까지 치르게 되는 그 찬란한 역사를 요즘의 인간들은 훤히 알고 있는 것이다.

야훼도 어찌하지 못했던 바알이었지만 어느 날 갑자기 절대적 신처럼 비치던 바알이 순식간에 사라졌다. 로마에 역전패한 카르타고와 본국의 블레셋은, 로마의 잔혹한 살육과 점령에 이어 국가 해체까지 감행되는 수난 속에 무참하게 바알마저 허공에 흩뿌려진 것이다. 나중에 로마가 야훼까지 해체하려고 예루살렘 성전을 무너뜨린 것과 유사한 상황이었다.

신학자들은 이렇게 주장할지 모른다. 바알은 사라졌지만 야훼는 현재 우뚝 서 있지 않은가. 결국은 야훼가 최종 승리를 거두었고 그것은 야훼의 전지전능을 입증하는 것이지 않은가. 이처럼 세상은 야훼의 섭리에 의해 움직이고 있는 것이다. 하지만 그 주장은 어처구니없는 자기기만과 합리화일 뿐이라는 것을 약간의 지혜가 있는 인간이라면 눈치챌 문제이니 따로 언급하지 않겠다. 이유는, 본래 말하고자 했던 의도는 이렇다.

인간이 종교를 만들었다

야훼도 함부로 대적하지 못했고 다른 신을 섬기지 말라며 자기 백성들에게 호소할 정도로 세력이 막강했던 그 실체의 바알은 대체 어디로 사라진 것일까, 국가와 함께 또는 성전의 붕괴와 더불어 사라지는 존재가 정녕 신이란 말인가? 사당이 무너졌다고 해서 사라진다면 그건 신이 아니다. 영적 존재일 수가 없고 권위의 존재 역시 아니다. 인간이 만든 허상이다, 허위의 존재다. 공허한 존재를 두고 야훼가 그렇게나 싸움질을 한 까닭은 무엇일까? 야훼는 허상 앞에 무릎을 꿇기도 할 정도로 허약한 실체였던가, 아니면 바알과 똑같은 허상에 불과한가? 신학자들은 말한다. 바알은 지금도 사탄으로 우리 앞에 도사리고 있다고 말이다. 바알은 악이고 악은 사탄이며 아직도 그 사탄과의 전쟁이 계속된다고 말하는 모양이다. 참으로 난감하다. 억지에 이길 장사가 없으니 물러서자. 그런데 궁금하다. 로마에게 박살난 바알을 아직도 이기지 못하는 야훼는 대체 어느 정도의 전지전능한 존재라는 말인가?

여러 사실들을 사유해볼 때 종교가 성립할 수 있는 요건은 딱 한가지다. 종교는 인간의 필요에 의해 만들어졌고 수공업 생산품처럼 현재도 만들어지는, 물질들의 구성 요소를 설명하는 개념들이 인간사회와 결합하여 나타난 현상이라는 것이다. 종교라는 관념이 발생하고 구체화가 이뤄지게 된 밑바탕에는, 원시시대에 맨 먼저 가족이라는 구성원이 자연적으로 결속되고 점차로 혈연을 엮는 친족으로 확대되는 양상에 힘입어 종교가 태동되었다고 여겨진다. 가족이라는 단위공동체가 발생하면서 연장자에 의해 절대적 권위의 형성을 추구하게 되었고, 가족이라는 혈육의 끄나풀을 굳건히 잇기 위해서는 필연적으로 뒤따를 수밖에 없는 인류애적 사랑의 발생을 수용하였고, 공동체를 유지하기 위한 강력한 질서의 구축을 모두가 합의하게 되었다.

이러한 씨족공동체가 부족집단이라는 강력한 사회조직체의 형태로 급속히 발전하자 공동체 구성원들은 각자의 삶을 살아감에 있어 서로가 이롭기 위해서는 사회 체제를 다듬고 완성하기 위한 사상과 제도가 필요함을 절감하게 되었다. 이에 자연스레 선택된 종교가 교육과 제례 등을 책임지면서 사회질서 수호의 선봉에 확고히 서서 문명을 일으키며 인류의 영혼을 꿰찬 것이 아닐까 싶다. 혈연을 기반으로 형성된 종교성이 부족단계, 즉 국가차원의 사회체계로 나아가면서 형성된 정치조직과 결합한 것이니, 이러한 자연발생적 현상과 뒤이은 사회현상들을 구체화하는 관념체계가 사상적으로 제도화되는 가운데 비로소 문명종교로서의 틀이 갖춰졌다고 본다. 제정일치의 세계를 소수가 이끌고 나아가려면 당연히 거쳐야 하는 과정을 밟아 종교가 완성되었고, 그 결과물이 경전으로 나타난 것이다.

이렇게 정치사회적 현상으로서의 종교 발생을 언급하는 까닭은 앞서 말했듯이, 허상의 존재가 신이라면 허상으로 종교를 완전하게 이루기에는 한계가 있다. 그 근거로는 오늘날에도 갖가지 종교가 태연히 만들어지고 있다는 사실에서 찾을 수 있다. 타 종교의 신을 빌려오기도 하고 새로이 만들기도 하는데 신흥종교들은 기존의 여러 잡신을 섞고 반죽하여 시중에 내놓는 것이 현실이다. 즉 각각의 경전에서 추려낸 구절로 짜깁기를 하는 것이다. 오늘을 보면 어제를 대충 알 수가 있다. 오늘날의 종교는 사람이 만들었고, 그 종교가 확실히 신을 만들고 있다. 이보다 정확하고 구체적인 근거의 제시가 어디 있겠는가.

한때 사람들은 죽음의 공포가 종교를 만들었다고 생각했다. 아마 학교에서 배운 영향 같은데 지금도 그걸 주장하는 학자들이 적지 않은 모양이다. 그러나 살펴보면 꼭 그렇지가 않다. 종교에 있어 죽음은 어쩌면 부차적인 문제다. 그 근거를 찾자면 성경의 구약을 믿는 유대교에서 쉽게 엿볼 수가 있다. 인간은 죽으면 흙으로 돌아가 끝이라는, 속세 추구의 현세주의사상이 가득한 유대인의 시선에 대체 죽음을 놓고 종교가 개입될 여지가 어디 있겠는가? 유대인들은 살아서 복을 누리고 구원을 얻고 메시아의 임재로 지구 이 땅에 그들의 지상왕국을 건설한다는 마음에 변함이 없다고 한다. 왕국은 하늘에 세워졌다는 예수의 가르침을 묵살하는 그들이다. 혹시나 다른 인간들은 죽음이 두려워 종교를 만들었을지라도 유대인들은 결코 죽음 문제를 가지고 종교를 만들지는 않은 것이다. 치열한 생존을 놓고 만들었다.

문명은 인류의 자산이다

　창조든 진화든 역사적 사실을 들춰보면 인간사회는 혈연을 밑바탕으로 점차 민족이라는 집단을 꾸리게 되었고 이해와 운명을 같이하는 공동체로서의 국가를 건설해나가면서 이를 토대로 인류문명을 차근차근 하나씩 이루었다. 문명을 창조한 인간과 창조된 문명은 시대가 흘러감에 따라 명멸하였고 무수한 문명의 확산과 응축이 반복적으로 이뤄지면서 오늘날에는 높은 수준의 문명을 인간이 향유하기에 이르렀다. 높은 수준의 문명이라 말할 수 있는 까닭은 역사적으로 봐서 요즘처럼 인류의 문명이 다양했던 시절이, 폭넓게 확산된 기록이 없으며 그토록 다양하게 분포하는 갖가지 문명들이 그 깊이의 수준을 제대로 가늠하지 못할 정도로 저마다 심오한 경지에 접어든 시대가 없었기 때문이다. 그러한 문명의 제요소들이 현대의 첨단과학인 통신기술에 의해 인류문명이라는 단어 아래 총집결하게 되었으니, 이처럼 고도로 농축된 현대문명이 인류의 탄생 이후로는 없었다는 사실을 긍정하는 입장에서 높은 수준의 문명이라는 얘기를 꺼낼 수가 있다.

　이렇듯 현대문명의 우월성을 누구도 부정할 수 없겠지만 종교의 사회적 역할이나 사상적 탁월성까지도 여전히 높은 경지인가 하는 문제는 별개로 두어야겠다. 누구는 이르기를, 고대의 인도종교와 철학이야말로 높은 경지의 문명 상태에 있었으나 세월의 흐름에 따라 인간의 타락이 진행되면서 퇴색되어 지금은 고고한 영혼의 명맥조차도 잇기가 어렵다고 말한다. 어찌 보면 이 말은 사실이겠다. 기독교만 봐도 그렇다. 다른 종교의 경지가 원래 어떠했는지는 구체적으로 모르겠지만 기독교만큼은 확연하게 영적 가치를 잃어버렸다고 봐야겠다. 종교의 발생시점부터 기독교는 오직 신의 계획 아래 일방적으로 이뤄졌다고 주장하느니만큼 인간의 사상적 깊이가 애당초 없었는지도 모를 일이다만, 어쨌든 사상이 퇴보할 수도 있다는 사실 앞에 무력감을 느끼지 않을 수가 없다. 물질문명의 호들갑스러운 발달과 그에 따르는 끝없는 탐욕의 축적이 인간의 맑은 영혼을 앗아가나 보다. 그래서 타락이 깊숙이 깃드는지도 모르겠다.

계속 얘기를 이어가면, 인류의 인식으로부터 서서히 사라지던 고대문명의 실체가 다시금 고고학의 발달에 힘입어 새로이 발굴되는 와중에 있고, 그 역사적 규명과 보존 또한 과학적 사고와 기기의 적절한 사용으로 매우 수월하게 이뤄지고 있다. 사라졌던 문명의 규명과 혼적의 복원뿐만 아니라 현재도 민족적, 지역적 특성에 따라 독특하게 불꽃을 더하며 피어오르는 갖가지 문명의 가치를 재인식하여 그것의 보존과 함께 인류에게로의 전파와 향유 또한 손쉽고 자유롭게 되었다.

이제 인류문명은 근세 유럽에서 시작된 역사의 재인식과 그것을 밑바탕으로 하여 구축된 역사적 사실추구의 객관성과 진실성, 그 구체화를 기하는 새로운 탐구방식에 의해 거듭 재조명되기에 이르렀다. 이렇게 한 꺼풀씩 밝혀지는 인류문명의 역사적 진실을 통하여 문명의 발생원인 및 변천과정까지를 제대로 살필 수 있게 됨에 따라 문명의 올바른 방향으로의 발걸음만이 아니라, 시대상황에 따라 뒤틀릴 수밖에 없었던 왜곡과 변질의 역사적 사실까지도 섬세하게 하나씩 밝혀냈으며 계속 밝혀내는 것이다. 이렇듯 새롭게 밝혀진다는 얘기는 인류가 정녕 바랐던 꿈의 세상으로 문명이 쉽사리 나아가지 않았다는 의혹을 갖기에 충분하지 않을까?

일단 이렇게 실재하는 문명의 수준을 높여 말하고 문명의 역사적 재발견을 강조하는 까닭은 기독교의 외골수적인 자기 종교에의 우월감과 광적인 신앙심의 촉발로 야기되는 무모한 행위들이, 앞서 말한 인류의 다양하고도 독특한 문명을 억압하고 말살의 지경에까지 몰아가지나 않을까 하는 우려에서이다. 모순처럼 비쳐질 만한 다양한 목소리의 구절들이 성경에도 새겨져 있건만 유독 한국교회는 타 종교와 타 문화에 대해 배타적 자세를 취한다. 그러면서 정작 자신들의 거짓과 죄악은 어설픈 일회성 회개의 거듭된 남발로써 자신들의 신을 현혹시킨다. 제발, 그따위 짓을 그만둬! 그런 신의 외침이 나올 수 없게 그들은 신의 목소리를 틀어막고 있다. 잘 생각해보라, 어떻게 해서 기독교라는 종교문명만이 세상의 유일한 최선인가. 그 근거가 무엇인가?

누가 변화를 두려워하나

　모든 만물은 변한다. 어느 것 하나 달라지지 않는 사물은 없다. 비록 그 본질이 불변하는 존재가 있다 하더라도, 있기도 하겠지만, 현상에 있어서만큼은 달라지지 않을 재간이 없다. 반드시 달라지며 달라져야 하는 것이다. 이러하니 인류의 문명 역시 인간이 시공간을 순차대로 걸어가면서 만들어내는 발자취이고, 의식과 감각을 쉴 새 없이 넘나드는 실체로서의 인간임을 살펴볼 때에, 인류문명의 변천은 불가피한 일이며 변화는 매우 자연스러운 일이라 할 수가 있겠다.

　그렇다면 인류의 온갖 문명들이 처음에 어떤 원인으로 발생하였고 어떤 과정으로 인해 그 현상이나 본질이 바뀌어갔던 간에, 현재의 과학적 사고와 기술을 동원하여 인류문명 발전 과정에 있어서의 어느 한 시점을 포착해내고서, 문명의 근본원리로부터 이탈되어 변형되어버린 문명의 흐름과 흔적까지 밝혀냈다고 해서 그 변화 자체를 질타할 수가 있겠는가? 시대상황에 따라 변모한다는 것은 오히려 인간의 경직되지 않은 사고의 부드러움을 말하는 것이며 새로운 문명의 창조자로서의 충분한 자질을 의미하는 것이니, 문명이 그 고유한 원형을 점차로 잃어버리고 달라진다는 것은 그때그때의 시대적 사정을 제대로 응변하는 가운데 부닥친 불가피한 조치일 수가 있는 것이다.

　또한 그러한 변천이 인간에게 있어 참된 삶으로 이끄는 나침반의 역할이라 판단했다면, 그랬다면 인류는 누구나 변화에 순응하여 따라갈 수밖에 없는 것이고 그것이 마땅하다. 이 시대의 문명이 바람직한 방향으로 계속 진행한다는 것을 확신한다면 이전의 변화는 필요했고 선택 또한 훌륭했던 것이다. 그러나 만약에 현재의 문명이 부조리한 구조 때문에 휘청거리는 상태라고 한다면 어쩔 것인가. 그래도 변화 자체를 탓할 수는 없다. 고정된 사물이나 사상만큼 꼴 보기 싫은 존재도 없으니 말이다.

만물은 어차피 변하는 것이며 그 잘못된 선택이 문제일 뿐인데 그 당시에 인류가 나름 선택한 변화 자체를 욕할 수가 없듯이 그 결과로써 판명된 잘못 또한 탓할 수가 없다. 하지만 그렇다고 그냥 그대로 방치할 수는 더욱 없는 것이다. 말했듯이 내버려둠은 변화를 거부하는 잘못의 수구이기 때문이다. 현재의 인간들은 이전의 원인에서 비롯된 잘못된 결과를 어떻게 다시 올바른 방향으로 변화시킬 것인가를 절실하게 고민해야 한다. 그러니까 수정 가능한 문제라면 운명이나 체념에 맡겨버릴 것이 아니라 적극적인 의지의 표출로서 횃불을 드높이 들어야 하며 어둠의 결과에 머물려는 수구의 세력에 적극적으로 대응하여 새로운 변화로의 시도를 결행하고 끝끝내 진리의 성취로 나아가는, 그 도도한 발걸음이 우주적 이치가 아니겠는지.

변하는 우주는 늘 움직이므로 새로운 변화로의 나아감은 늘 신선하며 성취는 늘 가능하다. 그렇다면 문명의 하나인 종교는 어떠한가. 속도의 차이가 있을 뿐 종교도 변하긴 하였다. 더디게나마 변하였지만 항상 시대가 요구하는 바람직한 방향으로의 변화를 이루지 못하였고 일부의 새로운 시도는 무기력하게 흔적도 없이 역사의 발자취에서 사라져갔다. 왜 그러한가? 인간의 정신과 행동을 지배하는 가장 강력한 문명의 하나였고 한때는 종교가 정치, 경제, 문화, 예술 등 인류의 모든 문명을 삼켜버리는 시대도 거쳤건만 인간의 생존과 삶의 질을 움켜쥐고 지배했던, 그토록 강력하고 절대적인 종교가 왜 어쩌다가 겨우 한 번씩 변화의 길을 걸을 때에는 시대적 사명과 무관하게 인류적 권유의 어깨동무를 뿌리치고 제멋대로 걸어갔는가? 인간의 삶을 제대로 알기나 하고 길을 걸어갔는가. 인간을 참된 진리로 이끌어가는 이른바 빛의 역할을 종교가 다하였고, 다한다고 판단하기에 지금 이 시대에도 마찬가지로 변화를 거부하는 것인가, 변화를 경멸하는 것일까?

종교는 소멸의 길을 가야 하나

인류가 가꿔놓은 문명은 인간의 다양한 성격만큼이나 모양새가 다양하다. 그 다양한 문명 중에서 유독 기독교라는 종교를 뒤적거려 그것의 현상과 그 원인을 파헤치려고 덤비는 까닭은 무엇일까. 기독교가 엎어지게끔 하려는 이유는, 인류가 뿌려놓은 문명 중에서 옥에 티인 양 이 기독교라는 종교현상이 유해해서가 아니다. 다른 종교나 문명이 이롭기만 하다는 말은 더욱더 아니다. 인류 문명이 진보를 거듭하는 가운데 오류의 결과물을 낳기도 하였고 오늘날에도 여전히 실수의 와중에 있음에도 불구하고, 인간들은 문명의 단비를 온몸에 흠뻑 맞고 있다는 사실 하나만의 체험과 기억으로도 이 문명, 특히 물질의 은혜 앞에 알게 모르게 감사와 안도를 내뱉으며 살아간다.

인류가 건설한 수많은 문명들이 인간의 진보와 물질적 풍요의 축적을 위해 끼친 역할이 크다는 것은 이론의 여지가 없다. 현재도 인류는 이런 문명을 이용하여 한층 더 나은 삶의 질을 이루기 위해 제각기 그 역할을 다하고 있다는 사실을 어느 누가 부정하겠는가. 인간들이 물질문명을 찬양한다고 해서 그것이 가져온 해악적 요소를 모르는 상태가 아니긴 하지만, 그 해악보다는 이로움이 크고 앞으로도 클 것이라는 기대감 때문에 시대의 부조리 앞에서도 사소한 일시적 현상이라며 모르는 체하고 지그시 눈을 감을 뿐이다.

종교 역시 마찬가지다. 인류문명 속에 자리매김하여 인류와 떨어지려야 떨어질 수 없는 문명의 당당한 일원으로 존속하면서, 역시 해악보다는 효용이 크기에 인간들은 지속적으로 종교를 유지해왔다. 물론 종교무용론자들은 종교의 해악만을 크게 부각시켜 종교의 해체를 주장하겠지만 종교인의 눈에는 마치 무정부주의자들이 국가의 해체를 주장했던 외침만큼이나 무모하고 부질없는 짓으로 비쳐질 게 뻔하다.

　그런데 이것을 살펴봐야겠다. 종교는 변화를 거부하고 전통을 고수하려는 끈끈한 속성을 지녔는데, 이것으로 봐서 종교의 발생 시점부터 원천적으로 관념화에 이른 인간이성의 절대적 사고체계인 보수 성질이야말로 종교의 본질인 신 자체라고 주장할 수 있을 정도로, 보수라고 이름 붙인 이성적 관념의 세계를 다른 어떤 사고체계보다도 우월에 둘지 모르겠다. 그렇게 생각하는 신학자가 있다면 정말로 그러한가를, 신의 행적을 찾아 이를 확인해볼 필요가 있겠다.

　하지만 그건 부질없는 노력이겠다. 채색이 바래지고 음산한 기운이 감도는 낡은 성전 건물 앞에서 호기심이라는 괴물 외에 달리 다가올 진리가 없을 것 같아서이다. 어느 누가 퇴색되어 먼지처럼 날리는 허상을 쫓으려고 나부대겠는가? 세상은 하루가 다르게 변한다. 빠르게 달려가는 오늘날의 인간에게 보수의 낡은 창틀에 머무는 신의 말씀 또는 제례의식이 어떻게 그들의 삶에 제대로 적용될 수가 있겠는가. 하긴 시대가 빠르게 변하고 사상도 덩달아 변해 가는데 종교마저 이에 부질없이 동조한다면 소란이 봇물처럼 터질 거라는 얘기가 나올 법도 하다. 규칙적이고 안정적이어야 할 인간생활의 기본적인 도덕양식과 인간성의 일정한 성향유지 따위를 외면한다면 아마 인간들은 해결하기 어려운 정신적 혼돈과 행위의 어리석음을 초래하여 결국은 인간의 삶을 후퇴시킬지도 모른다는 생각이 들기도 하겠다. 인간은 가능한 한, 안정을 원하므로!

　그러나 그럼에도 이렇게 생각해본다. 정치나 종교의 보수 성질은 이성의 근원적인 사고체계도, 신을 닮은 관념의 표출도 아니다. 보수는 신의 개념과 동떨어진, 즉 이성에 의한 관념의 표상으로 드러난 것이 아닌, 원초적 본능인 개체유지의 동물성에서 기인하였다. 진화의 입장에서 봐도 동물은 개체유지 본능을 지녔으며 인간은 그 원형을 여전히 지니고 있는 바, 동물성의 화산과도 같은 분출이 보수 성질인 것이다. 그런데 그것이 어떻게 인간 이성의 산물이 될 수 있겠으며 동물성과 반대되는 개념이라 할, 신의 본성 그 신성에 대입될 수가 있겠는가?

　신성이라는 것은, 처절할 만큼이나 진화하려는 혹은 변화하려는 인간성의 발로이며 동물성을 극복하려는 인간성의 몸부림인 것이다. 인간들은 신성을 추구하는 노력 가운데 비로소 동물성에서 벗어날 수 있음을 경험과 교육 등을 통해서 자각한 상태다. 성경에서 악마가 짐승인 뱀으로 묘사되는 까닭도 이에 무관치가 않다. 동물성으로부터의 탈피! 이것이 인간으로서의 숙제인 것이다. 신성으로의 나아감, 그것이 옛날의 원시종교와 다른 진리의 소리였다. 비슷한 시기에 그러한 깨달음을 얻은 인간들의 열정이 있어서 오늘날의 위대한 인류 종교가 나타난 것인데, 소크라테스, 붓다, 이사야, 차라투스트라, 공자가 있었고, 마침내 예수라는 성자가, 신의 아들이 인류 속에 모습을 드러낼 수 있었다. 인간성이 나아가야 할 증표로써 신성이 부각되었다.

그렇다면 인간성의 신성화가 이제 이루어졌는가, 아니면 이루어지고 있는가? 슬프게도 그 어느 쪽도 아니다. 오히려 인간의 정신세계는 물질만능에 휩쓸려 조금씩 황폐해진다고 한다. 물질문명의 팽창은 동물적 인간의 승리일 수는 있어도 결코 인간 이성의 성취나 도약이 아니다. 이것은 마약을 요구하는, 필요로 할 정도의 심각한 이성적 우울이다. 현대의 인간들은 왜, 마귀라 상징되는 마약이나 환각제 등의 수렁에 점차로 빠져드는 것일까. 바로 이성의 권태이며 무기력에서 비롯되었다. 인간은 동물이 아니고 신이 아닌 존재인데도 여전히 닻을 올리지 못한 종교가 낯선 물결에 그저 출렁거릴 뿐이다. 그나마 남았던 위안의 역할마저도 상실되고 있기에 그렇다.

그렇다면 종교의 낙후, 도태, 소멸이 눈앞에 보이는가? 불어 닥친 환경에 적응하지 못해 멸망의 구렁텅이에 빠졌던 배부른 공룡의 실패처럼 이제 종교가 그 뒤를 이으려는가? 도도하게 흐르는 우주적 진리, 그 변화의 물결 따라 사라질 소멸이라면 그것 또한 자연스러운 우주의 이치이겠지만, 아직도 남아 있어야 할 존재가 스스로의 나태한 방치로 인해 저질러지는 자살적 소멸이라면, 이것은 인류에게 그 얼마나 불행한 일이겠는가. 자, 도대체 어떻게 될 것인지? 자연스러운 소멸인가, 아니면 자살인가, 혹시 버티게 되는 것일까?

기독교를 비판하는 이유

왜 기독교인이라 밝히면서, 더군다나 창조주이신 절대적 권세의 야훼 앞에 무기력한 존재에 불과할, 신의 발밑에 처절하게 엎드려 진리를 추구해야 할 기독교인이면서, 왜 신의 권위에 맞서는 모양새로 이렇듯 한국교회가 엎어져야 하는 이유를 말하려는 까닭이 뭐란 말인가? 한국교회가 비록 신 존재를 제대로 드러내지 못했더라도 종교 자체가 인류사적 타당성을 가지는 문명의 실체라는 것을 인정하였고, 기독교가 인간사회와 소통하는 종교적 역할을 나름대로 수행한다는 사실을 역사적으로나 현재의 관찰과 간접적 경험을 통해서도 파악됐을 텐데, 또한 지금도 상당한 사람들이 기독교를 믿는 이 마당에 왜 저항의 몸부림을 보이려는 것일까.

마치 조선말 선교사들이 무속신앙을 가당찮은 미신 푸닥거리로 삼아 코웃음 쳤던 역사적 사실만큼이나, 그리하여 한때는 소도에 머무르며 범죄자의 할딱거리는 생존까지 감싸주었던 그 권능의 샤머니즘 신이 졸지에 잡귀신으로 전락했듯이, 마치 그렇게 만들겠다는 기세로 드센 표현의 언어를 구사하면서까지 이 한국의 개신교회가 엎어져야 하는 이유를 말하려고 하는, 나의 정신 상태는 과연 어떠한 것일까? 스스로를 인식할 때 마치 한강물에 조약돌 하나 던지기에 불과하지 않은가.

그런데도 이 글을 쓰는 까닭이 대체 무엇인지, 도대체 무엇이 이런 비판의 글을 쓰게 만든단 말인가? 엎어지다, 이 말은 자빠지다는 말과 거의 반대되는 개념으로 쓰인다. 둘 다 넘어져 쓰러지는 모양새를 나타내지만 엎어지는 것은 앞으로 넘어져 코가 땅과 맞닿는 상태를 이르는 말이고, 자빠지는 것은 코가 하늘로 향하는 모양새로 보면 되겠다. 그런데 굳이 엎어져야 한다고 말함은 넘어짐의 처절함을 강조하기 위한 것이 이유다. 재수가 없으면 자빠져도 코가 깨진다는 그런 속담이 있을 정도로 엎어짐의 타격이 매우 큼을 대뜸 알 수가 있겠다.

권투선수가 상대방의 가격에 자빠지면 일어날 가능성이 높지만 앞으로 엎어지면 거의 불가능하다고 말한다. 그만큼 엎어짐의 충격이 크디큰데, 이왕에 한 국교회가 넘어질 바에야 다시는 일어나지 못할 지경의 충격을 가하지 않고서는 도저히 제정신을 차릴 수 없을 거라는 암울한 심정을 강력하게 표현한 것이다. 이유가 또 있다면, 그건 묘하게도 개신교인은 육체적으로 신 앞에 엎어지는 광경이 거의 없다. 이슬람교도의 경배를 보면 몸을 크게 엎드려 신에게 큰절을 바치는데 그 큰절의 모양새가 엎어짐에 가깝다. 가톨릭 신부들은 사제서품 때 완전히 신 앞에 엎어져서 관계에 있어 절대복종을 표하여 신 앞에 나약한 자기 존재임을 노골적으로 드러낸다. 기독교 색채하고는 성격이 다르긴 하지만 불교인들도 백팔배 또는 삼천배라는 참배를 통해 엎드려 큰절을 올리고, 특히 티베트불교 승려의 길가에서의 엎어짐은 가히 절대적 경지에 이른다. 또한 무속인들도 온몸을 신에게 던져 영적인 합치를 추구하면서 역시 절대적으로 엎어지는 모습을 취한다.

이렇듯 종교인이라면 다들 엎어지는데 왜 유독 개신교는 기도할 때에 그토록 하늘을 향해 고개를 빳빳하게 쳐들고 두 팔을 힘껏 뻗어 올리며 하늘을 우러러 부르짖는 형상을 취하는 것일까. 어떻게 해서 이러한 독특한 모습의 기도가 형성되었는가? 조로아스터교의 영향일까, 아니면 가톨릭의 교리체계에 반발하여 그 근본을 되찾기 위한 몸부림이 이런 파격적인 기도의 형태를 갖게 만들었단 말인가.

제례적 의식행위가 거의 사라지고 오로지 말씀과 찬양, 기도에 매달리는 모습, 그것만이 신을 향하는 진정한 예배의 형태일 거라고는 도무지 생각할 수가 없다. 간절히 원할 때에 하늘을 우러러 신에게 부르짖어라, 그런 성경 구절이 없는 것은 아니지만 그것은 신에 대한 원망의 호소를 간절한 마음으로 드러내라는 비유로서의 표현인 것이지 글자 그대로 해석하여 행위로 표출하라는 말씀이, 절대적 명령이 아니라는 것을 말해두고 싶다. 잘난 것도 없고 잘한 것도 없는 마당에 뻔뻔스레 얼굴을 쳐들고 하늘을 우러러 한 점 부끄럼 없다는 듯이 두 팔 벌려 쓸데없이 고함지르지 말자는 얘기를 하고 싶다.

물론 그 행위 자체야 나쁘지도 않고 추한 것도 아니지만 땅에 코를 처박고 눈물을 열댓 바가지 흘려도 모자랄 어수선한 판국에 대관절 무슨 하늘인가. 애써 말하지 않더라도 사람들이 무엇을 원하는지 신은 이미 헤아린바 되었다고, 성경은 말하고 있지 않은가. 물론 성경 구절을 놓고 이러할 때는 이런 말하고 저러할 때는 저렇게 말하는 것을 안다. 그것은 성경을 자기 마음대로 필요에 따라 써먹기 위해 시도하는 추악한 짓임에 분명하지만 그런 행위로 해서 성경이 오류와 모순으로 뒤덮인 싸구려 소설인 양 일반 사람들에게 암암리에 인식시킨 심각한 문제들은 어떻게 풀어야 하는가?

성경의 모순은 사실인가

성경은 싸구려가 아니고 소설이 아니지만 성경의 부분적인 모순은 누가 뭐래도 사실이다. 사실을 사실로서 받아들이려 하는 이성적 자의식과 구체적 행위로서 경험하여 드러난 실제 현상의 진실성은 부정할 수 없는 진리의 한 단면이다. 성경은 오랜 세월을 두고 다양한 인간들의 다양한 사고에 의해 기록과 편집이 진행되었기에 더러 모순의 발견이 당연한데도 그것을 부정하는 게 현실이다.

다수의 신학자들은 여전히 성경은 일절 오류가 없으며 그 어느 구절 하나라도 일점일획 빼고 넣을 수 없는 진리의 말씀이라고 거듭 강조하는 모양이다. 그런 신학자들의 주장은 성경에 쓰여 있는 내용을 인용하여 말하는 것이기는 하다. 하지만 어차피 성경은 신의 존재와 진리를 가르쳐 믿고 따르게 하기 위해 기록된 것이니만큼 객관적 근거에 의해 성경의 무오를 파악해야 함에도 불구하고, 마치 신의 존재 근거가 성경에 쓰였으니 쓰인 대로 신은 존재하며 오류도 없으니 성경대로 믿지 않으면 안 된다고 하는 주장과 조금도 다를 바 없게 된다.

차라리 신학자들은 이렇게 말해야 한다. 성경은 모순과 오류를 담긴 하였는데, 그 이유는 인간 자체가 모순투성이인데다가 성경이라는 읽을거리가 신이 읽을 기록물이 아니라 읽어야 할 인간을 대상으로 썼기 때문이라고 해야 한다. 그러니까, 모순된 인간이 쓴데다가 읽을 인간 자체가 모순덩어리이니 성경은 때로 모순적 기록에 적절히 기댈 수밖에 없다고 말해야한다.

과학적 방법을 동원한 신학적 분석에 의하면, 성경은 숱한 역사를 거쳐 오면서 문서를 옮겨 적는 과정에 구절의 수정, 삭제와 추가가 있었고 다양한 사람들에 의해 편집이 이뤄졌다고 한다. 부정하기 어려운, 타당성을 지닌 학설이다. 그런데 만약에 그렇지 않다면, 즉 성경이 전적으로 성령의 감동으로 이루어진 말씀이고 모순이 일절 없다면, 정작 모순된 인간들은 오히려 성경을 집어던지며 기독교를 박차고 뛰쳐나갔을 게 틀림없지 않을까?

인간은 남녀가 반반이고 사상도 좌우로 반반이고 전반적으로 반반씩 나눠진 세상구조가 참으로 많이 있다. 선악이 반쪽으로 나뉜 개념이며 현실이듯이 말이다. 이러한데 성경이 어떻게 한쪽 면만을 옳다고 쓸 수가 있었겠느냐고 이제는 솔직하게 말하는 편이 차라리 낫겠다. 하지만 신학자들은 오류가 없고 모순적이지 않으며 단 하나의 글자도 버릴 게 없는 진리로 가득한 말씀이, 성경이라고 주장한다. 하지만 그 말은 결코, 적확한 해석을 통해 모순 같아 보이는 글귀 속에서 참된 진리적 해석을 도출해내야 한다는 소리가 아닌 것이며, 모순된 신학 전개와 설교가 성경 구절에서 파생된 게 아니라는 뜻에서 터져 나온 주장이 아닌 것이다.

유사한 아브라함 종교권이라 일컫는 이슬람교는 그렇다고 치더라도 가톨릭과 개신교의 정경 채택에 있어 일부가 서로 다름은 웬일인가? 하나도 버릴 게 없다면 가톨릭과 개신교 교단 중의 하나는 가짜가 틀림없게 된다. 또한 오류와 모순이 없다면 같은 구절을 놓고 사회현상을 설교할 때만이라도 비슷한 목소리를 내어야 마땅하다. 그렇지 않으면 성경 구절 중의 어떤 것은 거짓으로 치부될 가능성이 있게 된다.

그러나 현실은 어떠한가? 남의 눈치 따위야 볼 필요도 없다는 듯이 같은 성경에 같은 구절을 놓고도 설교를 자기 입맛대로 마구 해대는 형편이다. 입맛대로? 아아, 그렇구나. 입맛대로 설교를 하기 위해서는 모순을 애써 감춰둬야 할 것이며 필요에 따라 호주머니를 뒤적이듯 성경 구절을 발췌해서는 지폐를 세듯 주절주절 읊조려야 하는 것이었구나, 정녕 그런 음모가 도사렸는가? 심령이 가난한 자는 복이 있나니, 그렇게 설교했다가도 배알이 뒤틀릴 때는, 그 있는 것마저 빼앗기리라, 이렇게 설교를 하는 까닭이 정녕 그래서일까.

추악한 일부 목회자들의 정신 상태는 아무래도 성경의 모순을 알면서도 모르는 체 은폐하는 위선적인 자들이거나, 아니면 모순이 사실이라는 진실을 견디지 못해 철저히 자기를 억압하여 의식 너머의 잠재의식이라는 구렁텅이로 깊숙이 빠뜨려놓고는 오랜 낡은 습관으로 삶을 지탱하는 정신질환적 환자의 처지와 다름없는 불쌍한 자들일 게다. 대체 어느 쪽이 맞는가, 두 가지의 삶이 뒤섞여 있는가? 결코 모순이 아닌 성경 구절을 앞에 놓고 모순 속에 사는 삶이라서 성경 구절이 모순처럼 비쳐져 그런 모순에 스스로를 옭아매는 것은 아닌지, 설마?

의문을 내버려두는 까닭은?

성경 구절 전체를 통틀어 살펴보면 내용의 상당 부분이 수수께끼와 의문으로 쌓여 있다. 성경의 이야기들을 통해 삶의 지혜를 배우고 올바른 인생길을 추측하게도 만들지만 애매한 비유와 단어 사용으로 인해 인간들로 하여금 호기심을 불러일으키고 구절마다 궁금증을 더하게 하기도 한다. 하지만 이러한 문제들에 대해 성경기자들은 정말로 무관심하다. 정확한 연대기적 서술이나 일관성을 가진 사실의 기록보다는 신비의 깊이를 더하게 하는 영적인 기술에 더욱 골몰하지 않았나 싶을 정도다.

혹시라도 전해 내려오는 과정에서 빚어진 번역의 오류는 없는 걸까? 그것 때문에 초래한 애매함이 묘한 신비로 더해오게 된 것은 아닌지? 의문과 궁금증은 인간들로 하여금 생각에 잠기게 만들고 긍정적 상징을 이끌어내어 신에게로 향하는 경외심을 갖게 하기에 적절할지 모른다. 의문에서 오는 부정적 감정 역시 인간에게 깃들겠지만 그것은 하찮은 요소라고 성경기자가 판단했을 수도 있겠다. 정말로 하찮은 일인지. 그때는 그랬더라도 왜 지금껏 번역과 표기가 어설픈 것인지?

목회자의 주술을 허락하지 않아

　기독교의 경전은 성경이고 기록된 가르침대로 살아가기를 기독교인에게 요구하는 것이 성경이다. 그러나 모든 경전의 속성이 그렇듯이 성경 또한 기독교인의 삶을 굉장히 어렵게 만들고 있다. 모든 경전들이 오랜 세월을 두고 기록되어 전해 내려오면서 다양한 목소리를 내게 된 만큼 그것을 온전히 따르기가 사실상 불가능하기 때문이다. 그럼에도 기독교인이라 이름 붙여진 까닭에 성경의 말씀에 따라 순종하면서 살아가야 하는 운명적인 존재가 된 처지다.

　기독교인이 성경의 가르침을 문자 그대로 따르려다 보면 대개는 끊임없는 죄의식과 양심의 고뇌에 시달리게 된다. 그렇지 않으면 의로움을 포기하고 위선자의 탈을 뒤집어쓰든가 해야 하는데 기독교인은 누구나 양쪽, 혹은 한쪽의 기이한 행태에 시달리는 모습이 당연한 현상이겠다. 달리 말해 기독교인이라면 누구를 막론하고 성경의 가르침에 어긋나는 행태의 삶을 살아갈 수밖에 없다는 얘기가 된다. 물론 성경의 근본적인 가르침을 알지 못하거나 일부러 외면하는 경우도 있는데 결국 이것도 마찬가지로 어긋난 길을 걷는 행위이지만 대부분의 기독교인들은 이것이 위선과는 다른 삶이라고 착각하는 듯하다. 그러니까 자신의 무지에 만족하는 현상을 보이는 것인데 그것은 자기최면에 다름 아니다.

　그렇다면 목회자의 경우는 어떠할까? 잘못 배우지 않은 이상 이미 신학교에서 알았고 익혔으니 외면은 불가능하다. 그런데도 가끔씩 엉뚱할 정도로 자기 취향에 맞춰 설교하는 모습을 목격하게 된다. 신의 뜻에 대해 잠재의식으로도 달아나고 싶은 것일까? 목회자조차 이러니 신자 그 누군들 성경 말씀에 온전히 따르는 것을 어려워하지 않을 수가 없다.

그런데 이것이 오늘날의 문제만은 아니었다. 예수가 이 땅에 오시기 전에 펼친 구약의 율법은 어느덧 문자에의 맹목적 답습이 아닌 새로운 해석을 적용하지 않고서는 시대적으로 이미 낡아빠져 지키기가 어렵게 되었고, 그럴듯하게 살아남은 율법이라 하더라도 그 실행 자체가 엄청난 의지의 분출이 필요한 힘겨움일 터인데도 당시의 제사장들과 랍비들은 여전히 구약의 규례와 계명을 지키라며 경고하였다. 점점 불어나는 성경의 쪽 수만큼이나 더욱더 힘겨워지는 짐을 백성들로 하여금 여전히 짊어지도록 요구한 것이다.

결국 보다 못한 예수가 구약 율법의 한계와 시대착오를 깨우치게 하였으니, '나는 율법을 폐하러 온 것이 아니라 율법을 완성하러 왔노라.' 예수는 율법을 완성하는 인간의 행위로서 사랑을 내세운 것이다. 서로 사랑하라, 그 말씀으로 율법에 얽매인 인간의 고뇌를 치유하고자 하였다. 율법을 완성한 예수의 뜻으로 해서 인간은 율법의 굴레와 억압으로부터 해방이 되었던 것이다.

물론 예수가 말한 그 사랑은 매우 쉬운 메시지였고 인류는 구원에 이를 수 있었다. 그런데 인간의 묘한 습성이랄까, 인간들은 또다시 서서히 성경 구절을 어렵게 해석할 의도를 가져버렸고 구약의 율법까지 다시 은근슬쩍 채택하는 등 인간들의 범사를 구속하기에 이르렀다. 신의 뜻이라며 신의 뜻을 왜곡하면서까지! 그리하여 지금껏 대부분의 기독교인이 그랬듯이 오늘날의 한국 기독교인 역시 이 사랑의 실천을 버거워하였다. 율법이 어렵지만 사랑 자체도 만만한 것이 아닌 걸로 굳혀졌기 때문이다.

이러니 도대체 우리들이 천국에 갈 수가 있으려나? 그 신경증적 불안을 해소할 비책이 절대적으로 필요하게 되었고, 편리에 따라 절묘한 처방전이 나왔으니 당연히 성경 구절에서 찾아내었다. 어차피 종교인들은 자신들의 경전에서 해답을 찾을 수밖에 없는 숙명을 안고 있지 않은가. 처방전은 바로, 믿기만 하여도 천국에 갈 수가 있다는 말씀이었다. 이렇게 간단한 것을! 이토록 매우 단순한 진리를 모르고 그들은 부질없이 고민에 빠졌던 것이다. 어려운 행위에 대한 반발심리랄까! 물질에 탐닉하고 부패를 서슴지 않던 이 땅의 기득권세력의 속성을 갈파한, 예수 시절의 제사장들과 바리새인뿐만 아니라 모든 시대를 살펴보아도 기득권세력의 속성은 변함이 없으니, 개신교 목회자들이 이러한 구호 아래 기복적이고 기회주의적인 복음을 적당히 섞어 틈틈이 떠들어대었고 그것에 기독교인들은 환호하였다. 드디어 자신 있게 하늘을 우러러 부르짖게 되었다. 믿지 않으면 지옥이지만 믿으면 천국이도다, 그렇게! 믿음을 모르는 선한 자보다도 믿는 악한 자가 천국에 가다니? 그것은 정녕 복음으로 들릴 만하겠다, 정녕 꿈만 같을 것이다. 어쩌면 오늘의 목회자들이 예수의 가르침보다도 더한 은혜의 손길로 인간의 멍에를 풀어준 진리적 조치이지 않을까?

하지만 생각해보자. 그렇게 간단하게 천국에 갈 수 있는 것을, 신께서 그토록 오랜 세월을 두고 인간을 죽음으로 몰아넣었단 말인가, 그리도 간단한 것을? 그래, 믿음 하나로 된다고 치자, 그렇다면 믿음이란 무엇인가? 인간이 신을 믿는지를 어떻게 안단 말인가? 행위로 드러나지 않는데 어떻게 믿음의 진위를 가려내어 평가할 수 있겠는가 말이다. 신은 전지전능하시니까 알아서 알아낼 것인가, 아니면 구체적 행위를 보고 알아낼 것인가. 타락한 인간들은 믿기만 하면 된다는 것을 목회자로부터 누누이 듣고 스스로를 거듭 세뇌시키겠지만, 그러지 않으면 지옥에 떨어질까 두려우니 '믿기만 하면 오! 믿기만 하면.' 그렇게 기를 쓰고 부르짖겠지만, 그러나 천만의 말씀이다. 한국에서 잘나가는 일부의 목사들은 그런 주술 덕분에 그것을 퍼뜨려 타락한 민심을 얻었고 몰려들게 하였고 그 보상으로 물질을 창고에 차곡차곡 쌓아놓을 수 있게 되었고 곶감 빼먹듯이 야금야금 물질과 영혼을 뽑아먹으며 굳이 천국에 가지 않더라도 이 세상에서 이미 물질의 호강을 풍성히 누릴 수 있게 되었다. 참으로 어처구니없는 일이다.

성경의 기록은 분명히 이렇게 말한다. 주를 외치는 자라고 해서 천국에 다 들어가는 것이 아니고 신의 뜻대로 행하는 자라야 들어간다고, 예수가 직접 말하고 있다. 그 경고가 누구를 향한 것이겠는가! 그렇지 않다고 우길 경우에, 대체 성경의 어느 구절이 옳단 말인가? 앞에서 견해를 밝혔듯이 결국 성경은 모순 자체이니 알아서 선택하고 알아서 해석해서 알아서 유리한 방편대로 살면 될 뿐이더란 말인가? 그래도 되는 게 성경이라면 굳이 성경의 말씀이 뭐 필요하겠는가, 읽지 않고 몰라도 알아서 적당하게 살아가면 되는 것을.

하긴 그러지 않아도 세상은 적당히 알아서들 살아가고 있다. 성경은 그저 들러리일 뿐이다. 들러리 성경책을 통째로 손에 쥐고 주술처럼 흔들면서 얼떨결에 살아가는 인간들이 정녕 성경의 가치를 알긴 아는 것일까? 성경은 결코 목회자의 거짓된 주술을 허락하지 않는다. 성경의 단순하고도 심오한 진리를 목회자들이 알아내지 못해 그 성경 말씀에의 이행을 어려워하는 것이다. 그릇된 설교로 인해 기독교인을 한없이 실행이 어려운 지경으로 몰아가는 것이다. 고대 율법의 틀에 여전히 인간의 영육을 묶어두고서 유대인의 주장을 여전히 붙들고 있는 것이다. 성경의 참된 가치를 채 모르고서 말이다. 성경의 가치! 그렇다면 이제라도 차근차근 성경 구절을 뒤적이면 참으로 진리가 향기롭게 피어올라 영혼에 배듯 녹아들게 될까? 성경이 신의 소리를 담았고 감동에 의해 쓰였다면 그 근거의 열매는 무엇일까, 거기서 찾을 수 있을까?

영혼 찾아내기

　무씨는 메일 전송을 중단한다. 계속 보내다가는 스스로 심각한 상태에 빠질 게 분명해서다. 왜냐? 성경은 믿음의 눈으로, 말씀을 받겠다는 마음으로 정독해야 뜻이 생겨나는 경전인데 그것을 분석적 잣대로 심지어 비판의 칼날을 들이대고 재단하려들듯이 덤벼들어서는 아무런 긍정의 결과를 얻을 수 없다는 것을 알기 때문이다. 이것은 종교에 관계하는 사람들 중, 그 의미를 직시하는 자들은 죄다 이구동성으로 말하는 메시지이기도 하다. 학문이거나 사상이라면 냉철한 객관적 사유로써 글의 뜻을 따져야 마땅하지 않겠느냐며 주장할 수 있겠다.

　종교경전도 하나의 사상이자 지혜서인 이상, 세상 인간의 비평을 겸허하게 받아들여야 하는 것이 사실이다. 하지만 종교경전 읽기에는 하나 더 추가해야 할 게 있다. 바로 애정, 긍정, 받아들이려는 자세 등의 인간적 감정이, 이성적 사유에 덧붙여져 바라봐야 한다는 사실이다. 이건 매우 중요한 독자의 덕목이다. 사람들이 예술품이나 문학작품을 감상할 때에는 비평능력 외에 애정적 몰입 또한 매우 중요하며 그래야만 진정한 예술적 가치를 발견할 수가 있듯이 종교경전 역시 그러하다. 가치평가에 따르는 진정한 긍정 없이는 아무것도 의미를 갖지 못할 것이다. 이것은 맹신이거나 광신 또는 중독된 집착과는 판이하게 다른 의미다. 비록 한국교회가 주장하는 왜곡된 성경 해석에 관해 비아냥거리고 싶은 생각의 일단에서 비롯된 글일지언정 그 표현에는 한계가 있는 법이다. 그래서 무씨는 처남에게 들려줄 글 보내기를 일단락 짓는다. 구도의 길을 하여간에 걸으면서, 그런 연후에 형성되는 자기 사유의 결과물을 갖고 비로소 소설에 녹여내야겠다는 생각에 미친다.

　무씨는 새로운 갈증에 빠진다. 누군가야는 종교가 없다. 그녀 자신이 그렇게 말했으니 분명 그렇겠지만 그럼에도 그녀의 글에는 불교적 언어가 듬성듬성 배여 있다. 불교의 영향에 놓인 게 분명하겠다. 그 생각에 이르자 무씨가 이번에는 누군가야를 향해 편지를 쓰기 시작한다. 처남을 향해 내뱉었던 기독교 희롱에 대한 수습이랄까? 사유의 일단에 대해 새로운 정립을 꾀하려는 의도가 엿보인다.

　"누군가야, 잘 지내고 있겠지? 자기도 알다시피 나는 기독교인이야. 그 말을 꺼내기가 차마 부끄러울 정도의 신자이지만 그래도 신의 존재를 알고 믿는 사람이야. 나는 자기가 불교 영향을 받은 사람이라 판단해. 물론 그것을 긍정하지. 불쑥 편지를 보내면서 내 마음의 일단을 보이는 게 아니라 초라한 영화비평을 통해, 이제는 종교에 대한 나의 누추한 단상을 통해 겉핥기식의 애기만 늘어놓으려고 해. 왜 이러는지는 나도 정확하게는 모르겠어. 다만 이런 생각이 문득 드네? 이것이 간절함을 말하는 거라고. 보고 싶다는 말을 간절하게 하는 거라고. 내가 무엇을 생각하는지 어떤 문제로 고뇌하는지 무엇을 가지고 어떻게 글을 쓰려고 하는지, 내 정신세계의 단면을 조금이라도 보여주고 싶어서 이러나 보다.

　다시 생각하면 지금까지의 나는 신을 알고 진리와 사물의 이치를 꿰뚫는다고 망상했어. 그걸 이제 내려놓고 벗으려고, 그리하여 새로이 받아들이려고 하는 몸짓이야. 허물고 무너져 부서져서, 하늘을 찌르려고 작정한 성벽을 이제 해체하려고 해. 내 영혼에 똬리 튼 주제들, 의문들, 감정들, 그것들을 하나씩 하나씩 끄집어내어 인간의 본질을, 아니 나라는 존재의 실제 모습을 뚜렷이 알고 싶은 거야. 누군가야를 만나거나 목소리를 듣거나 편지를 읽다보면, 거기 바닷가 마을에서 내 모습이 보여. 숨어서 기웃거리는 모습을, 다 드러내지 않고 돌담 너머 고개만 빼꼼 내민 꼬마가 보여. 그러다가 끝내 알지 못하여 뒷모습만 남기고 고개를 숙인 채 골목을 돌아가는 술 취한 남자가 보여. 아아, 나는 왜 불교의 선승처럼 벽을 보고 자기 내면을 살피고자 하나, 아무것도 나는 보지 못하고 타인에게 기대는 걸까. 나는 왜 가녀린 여자의 눈매와 손끝에 의지해서 내 영혼의 자취를 더듬으려는 걸까."

생각 비우기

아내가 대청소를 하잔다. 눅눅한 마음을 닦아내고 낡은 사상과 묵은 행동을 치우는 일이 참 필요한 시간 같다. 장모가 머물렀던 침대를 정리하고 옷가지와 물건들을 옮기고 버리고, 그런 행위로 해서 지난 것들의 흔적이 차츰 엷어져가겠지. 바깥바람을 불러들여 실내공기를 흔들고 유리창에 햇살 간지럽게 문지르고 마룻바닥에 걸레가 휘저어 돌아다녀 생기를 더하고 베란다에 팔랑거리는 화분의 나무와 꽃들에게 풀잎 더욱 푸를 물세례에 흥겹고, 그렇게 아내는 우울의 그림자를 털어낸다. 아내는 정서를 말끔히 씻고 무씨는 사상을 목물한다.

호들갑스러운 청소가 끝나니 일상이 가지런한 숨을 내쉬는 듯하다. 아내의 표정이 밝아지고 말 속에 묻어나는 웃음소리가 많아져간다. 숨을 돌리자 무씨는 차츰 수면 부족에 시달린다. 새벽에 일찍 눈떠지는 요즘인데도 도무지 낮잠조차 이룰 수가 없다. 밤에는 밤대로 뒤척이다가 늦어서야 잠들지 않는가. 무씨는 생각한다. 아무래도 누군가야 때문에 생긴 얄궂은 현상이겠다고. 그렇게 추측하지 않으면 도무지 이런 현상에 대해 답을 찾을 수가 없다.

새벽에 눈이 떠져 뒤척이다가, 버티다 못해 이불 걷어차고 책상에 주저앉아 글 한줄 적다가, 이제는 시어 비슷한 여린 감성의 글귀마저 떠오르는 날들이다. 일찍이 시인들이 물안개 빛 새벽을 노래하고, 새벽의 파리한 풍경에 깃든 사랑을 찬미한 노래가, 그냥 동터 흐르지 않았을 게다. 무씨는 누군가야를 향해 만나자는 기별 하나 없이 그리 새벽마다 와 닿는 감수성을 노래하고 문자로 옮긴다. 수면 부족으로 육체는 시들어가지만 뇌세포의 각성에 의해 정신은 더욱 또렷해지니 마치 천상의 고문처럼 비쳐진다.

누군가야도 이럴까? 지금 생각하면 그녀는 일찌감치 그랬는지 모른다. 앞서 자기에게 보냈던 무수한 편지와 문자들, 전화가 그것을 견디지 못해, 사랑의 열병에서 오는 뇌세포의 홍분 그 상태를 호소하고자 쉼 없이 매달렸던 것은 혹 아니었을까? 그 생각에 무씨의 마음이 서글퍼진다. 그것이 그랬다면 가혹하다. 타락한 사랑의 감정은 인간이 가져서는 안 될, 우울한 마약에 불과하지 않겠는가?

붓다가 이르기를, 사람이 사람을 상대로 해서 갖는 사랑의 고통을 강조하면서 모든 고통 중에 가장 큰 고통이 남녀상열지사, 애욕의 고통이라 갈파한 그 설법을 비웃은 세월이 쏜살같이 날아와 마음속에 꽂힌다. 이 고통! 피부세포의 빈 공간을 타고 흐르는 애욕이라는 물질이 벽에 스치고 바닥을 훑으며 살갗에서 삐져나와 외계의 새벽 그 서늘한 입김과 만난다니, 그건 전율이다! 누가 그것을 노래하는가? 무씨는 이제야 타인을 배려하는 마음이 부족하다며 틈만 나면 말하려 한 누군가야의 글들이, 목소리가 들려온다.

누군가야는 지금 가까운 곳에 있다. 만나려면 바로 만날 수가 있다. 그런데도 왜 이리 망설여지는 걸까? 답은 간단하다. 무씨도 안다. 그것은 간음이고 불륜이자 음란에 속한다. 아무리 철학적 사유와 시대적 풍조 속에 그것의 자유로운 정신을 긍정하더라도 세상의 시선까지 피하지는 못한다. 그들의 눈을 무시할 수 없는 것이다. 간음이 드러났을 때 상대방 각자의 배우자가 받을 상처를 생각해봤는가. 그건 누군가야도 강조했었고 무씨도 결국은 더 이상 피할 수 없는 처절한 숙제임을 인식하는 것이다. 한 번 더, 한 번만 더, 생각에 생각을 더하고, 누군가야의 마음까지 살펴야겠다는 생각에 이르자, 무씨는 더 이상 참을 수가 없어 누군가야에게 폰 문자를 보낸다. 만나자고.

왜 그러세요?

"만났으면 해."

"언제요?"

"빠를수록 좋겠지, 돌아가야 하니까."

"따로 할 말이 있는 거죠?"

"그래, 할 말이 있어."

"지금 해보세요."

할 말이 있으면 지금 하란다. 누군가야는 항상 그랬다. 그럴 때마다 무씨는 머뭇거렸다. 정작 만나면 할 말이 사라지거나, 달라지거나 시간 따라 변하는 게 인간의 마음이기도 하니, 지금 현재 생성된 관념과 정서, 그것의 의미를 지금 맛보겠다는 의지의 피력으로 늘 다가왔다. 만나서 할 말, 전화로 할 말, 글로 전하는 말들이 제각각 다르다고 생각하는 무씨로서는 난처하지 않을 수 없다. 하지만 어쩌지 못한다. 일단은 말의 소통이 지금 여기서 순조롭지 못하면 만나서도 부드럽게 잇기 어려울 성싶다. 어쩌면 낯 뜨거운 얘기가 오갈지 모르는 상황에서 얼굴을 마주하기에는 아직 낯설다. 서먹한 정서와 서투른 몸짓에다, 결정적으로 낯선 육체들이지 않은가! 무씨가 직설적으로 말을 꺼낸다.

"우리 관계가 뭐지? 불륜관계야?"

잠시 숨을 멈추는 기척의 저쪽 분위기다. 소음 하나 들리지 않는 적막이 흐른다. 다음 말이 꾸물거리며 나오기까지 무수한 시간이 흐른다. 시간은 짧았지만 그런 느낌이다.

"어떻게 되고 싶으세요?"

어떻게 되다니? 하지만 그 말에 무씨가 바로 눈치챈다. 자기의 감정이 지금

심하게 뒤틀려 있다는 것을.

"우리가 지금 연애하는 감정, 애인관계에 놓였다는 걸 스스로 속이려는 건 아냐. 나는 지금 우리 관계가 정상적인가를 묻고 있는 거야. 누군가야는 어떤 심정으로 나를 만났고, 만날 것인지를 알고 싶다."

"나는 이전부터 일관되게 말해왔어요. 그런데도 계속 내게 묻고 계시는군요? 나중에 문제가 생기면 달아날 구실을 찾아 변명을 만들어낼 비겁한 남자처럼 보여요. 내가 먼저 무씨에게 접근했나요? 무씨가 먼저 내게 다가왔고 나도 그것에 이끌려 여기까지 떠내려 온 거예요. 누구랄 것도 없이 같이 접근했고 만약, 책임질 일이 있다면 그건 우리 공동의 문제가 되어요."

'내가 먼저 접근했다고?' 그것에 강하게 반발하려다가 멈칫하는 무씨다. 벌써 잊다니! 소낙비 퍼붓던 오후, 누군가야가 눈에 뜨였고 뭔가에 홀린 듯 커피숍에 뒤따라 들어간 건 무씨였다. 먼저 말을 건넸고 응답에 기뻐했다. 전화와 메일, 만날 때마다 흥겨운 기대감에 부푼 것은 무씨였다. 물론 누군가야도 설렘과 즐거움으로 같이했고 더욱 강렬한 사랑의 메시지를 무씨에게 전했지만 그건 표현방식의 차이일 뿐, 그것으로 누가 유혹했느냐를 가늠할 건 못되었다. 무씨는 자신의 소극성을 내세워 어쩌면 닥칠지도 모를 궁지에서 달아날 출구를 몰래 만들고 있었는지 모른다. 간음이니 불륜이니 음란이니, 스스로 그런 낱말을 떠올려 되씹고는 누군가야에게 넘겨버려 기억시켜서 그녀의 영혼 깊숙이에 은밀하게 박아두려 한다. 무씨는 놀랐고 그걸 바로잡는다.

"내가 잠시 세상의 틀에 묶였어. 세상은 그리 바라보더라도 나는 이렇게 말하겠어. 우리는 서로 사랑하는 연인이고, 이 사랑에 책임을 져야 할 어른들이야. 내가 먼저 접근했고 서로가 이끌렸으며 우리는, 나는 이 관계를 간절히 원해. 누군가야를 사랑하고 또 사랑해. 다른 것은 지금 생각하지 않겠어."

"그래요, 다른 생각은 말아요. 지금으로 행복해요. 지금 같으면 다른 문젯거리가 생길 것 같지 않아요."

얘기를 듣는 순간, 무씨가 움츠러든다. 말이 너무 앞섰다는 생각이 들어서다.

"어쨌든 우리 관계, 들키지 않아야 해. 자기도 그걸 원하겠지?"

"당연히 그래야죠, 조심해야죠, 하지만 지금 우리가 두려워 할 이유는 없어요."

연인이라면서 들키지 말아야 한다면서도 두려워할 이유가 없다니? 그녀는 가정파탄까지도 각오한다는 얘길까? 말 한마디에도 예민하게 자극받는 무씨다. 그 심리를 읽고 있다는 듯이 누군가야가 말을 잇는다.

"우리에게 무슨 일이라도 생겼던가요? 세상의 눈으로 무씨는 불륜이니 간음이니 내게 들려줬지만 나는 그렇지 않아요. 나는 지금 깨끗한 눈으로 세상을 보고 있어요. 내가 품는 사랑을 나는 추호도 의심하지 않아요. 내 사랑은 깨끗하니까요."

"남편을 사랑하지 않나?" 무씨의 질문에 잠시 말이 끊기다가 이어진다.

"그게 우리 사랑과 무슨 연관이 있나요?"

아아, 한편으로 생각하면 그렇다. 아내를 사랑하고 남편을 사랑하니까 타인을 사랑해서는, 사랑 못한다는, 그것은 사랑이 아니라는 법칙은 없다. 세상의 눈으로 간음이라 정죄하지만 그런 세상의 눈으로 바라보면 모든 인간들은 이 간음의 정서, 음란의 그림자에 묻혀 허우적거린다. 세상의 눈으로 죄 아닌 것은 하나도 없다.

하지만 무씨의 의식세계는 여전히 머뭇거린다. 죽음에 대한 고찰로 떠돈 세월이 너무 길어서일까? 사랑, 특히 남녀가 갖는 사랑의 명제 앞에서는 속수무책이 된다. '사랑은 다양하지만, 그런 것들의 개념이야 책과 경험을 통해 사유가 가능하지만, 남녀의 사랑을 어찌 머리로 헤아리랴. 더구나 청춘의 사랑은 물 건너가지 않았던가. 꽃다운 청춘에 남자를 만나 사랑을 하고, 여자를 만나 사랑하여 결혼을 하고, 지금껏 살아오면서 자식을 사랑하고 부모를 사랑하고, 그런 틈바구니 속을 비집고 부부의 사랑을 느끼는 것 외에, 또 다른 이성과의 사랑은 무의미하고 불가능해서 끝끝내 버려야 할, 영혼에 품어서는 안 될 쓰레기 같은 정서의 그것이라, 누가 그랬던가?' 이것저것 생각하느라 아무 말도 꺼내지 못하자 누군가야가 되묻는다.

"부인이 직장에 다닌다면서요? 그쪽엔 동료가 없나요? 남자가 없나요? 남자 동료와 업무상 일 때문에 같은 차를 타고 같이 커피를 마시고 어쩌면 경치 좋은 카페 같은 데 앉아서 업무상 손님을 접대하느라 오붓한 시간을 보내는 경우가 없던가요? 내 남편은 자주 그래요, 그렇다고 말해요. 그럴 때 그들은 나쁜 감정에 그렇게 만나 자리를 같이하나요? 사랑까지는 아니더라도 동료에 대한 신뢰, 우애, 그런 감정은 다 가질 거예요. 그게 세상의 눈이고, 그들은 괜찮다며 말하고 행동해요. 우린 뭐죠? 우리에게 무슨 일이라도 생겼나요? 우리가 그들과는 달리, 남녀 간의 사랑 그 감정에 놓인 건 사실이지만 그건 우리의 눈일 뿐, 세상의 눈으로는 아무 일도 없는 거예요. 무씨는 지금 우리에게 와 닿는 정서를 우리의 눈으로 들이대면서 세상의 눈이라 말하고 있어요. 그러지 말아요, 나를 정말 힘들게 만드는 거랍니다."

무씨는 달리 할 말이 없다. 아직 아무 일도 없었고 따라서 세상의 눈으로 보면 아무 일도 없는 관계다. 하지만 실상이 어찌 그러한가. 분명히 이건 우리의 일이고 우리의 눈으로 봐야 할 문제다. 이미 간음의 굴레를 썼다고 봐야 한다. 그렇다면 여기까지는 우리의 눈으로 봐서 양심의 가책을 받아야 하고, 섹스에 이른다면, 다다를 게 분명하므로, 그때는 세상의 눈으로 정죄를 받아야 하는가이다. 세상 사람들처럼 아니 음란에 물든 애욕의 무리들처럼, 처음에는 세상의 눈으로 보고 나중에는 자신들의 눈으로, 그렇게 거꾸로 보면 아니 되는 것일까? 간음에 대한 평소의 자기 소신과 사유의 결과물이 정작 자신에게 불어 닥치자 그 행위에 있어 혼돈의 상태를 맛보는 무씨가 된다.

오래된 정사

　'누군가야와 나는 사랑하기에 어울리는 사이일까? 달콤한 언어로 사랑을 부풀리기는 했지만 아직까지 뜨거운 손길에 육체가 익은 적이 없다. 가을을 닮아버린 남녀의 허튼 모습 앞에 버젓이 사랑이라 이름 붙일 수 있을까. 영혼의 교감이 어디까지 가능하고 진실일까. 피 끓는 한여름의 청춘이 아니고 세상 풍파에 삭아가는 자들의 노래가 무엇의 음색으로 울릴 수 있을까. 영혼에 침잠한 자들의 노래여도 청춘의 몸짓처럼 풋풋하여 푸른빛을 발하는 여름날 밤의 기타 선율 같기만 할까. 마주잡은 손길처럼 그것이 시원하여 별을 모을 순수로 다가갈 수 있기나 할까. 아아, 그따위 것들이 못 된다면 퇴락하는 영혼들은 섹스! 그 짓을 제사처럼 엄숙히 치르거나 애들 장난처럼 다루어야, 잃어버린 순수의 선율을 메울 사랑의 해프닝이기나 하다는 것일까?'

　무씨가 잠옷으로 갈아입고 침대에 몸을 눕힌다. 그의 생각은 여전히 그녀의 생각으로 가득하다. '나는 지금 누군가야의 영혼에의 화답보다 요염한 육체에 이끌려 있다. 내가 눈빛을 피하고 손끝을 외면했을 뿐, 그녀를 처음 본 순간부터 그 맑은 얼굴, 티 없는 육체를 그렸다. 내 마음에 그려놓고 그녀를 불렀다. 사랑의 노래를! 나는 그녀의 육체를 원한다. 그것이 우선이다. 자기의 욕망을 쏟아내고 갈증을 들이켜려는 본능을 애써 외면하면서 어떤 진솔한 사랑을 나눌 수 있겠는가 말이다. 도대체 육체를 떠난 그녀와의 만남이, 설령 그것을 사랑이라고 말하더라도 무슨 의미를 갖게 될 것인지. 그것이 우리를, 사랑이라 부르는 그것을 여전히 지속시킬 수 있을 것인가? 아, 육체적 교감 없이 그것은 불가능하다. 내게 그것은 불가능한 것이다. 아아, 누군가야! 그녀는 무엇을 바라나. 대화를 원하고 위로를 바라고 정신적 교감을 생각하는가? 그럴 수 없다. 그건 기만이고 거짓의 하나다. 그녀도 육체의 희열을, 고통의 해소를, 목마름의 들이킴을 원하는 것이리라. 그것이 그녀의 대화이며, 위로이고, 영혼의 교감으로 이끌 길목의 세례로다! 분명 그러리라.'

무씨가 잠 못 이루고 뒤척이자, 곁에 누운 아내가 마침내 말해온다.

"잠이 안 와서 그래?"

"아직 안 잤어? 이제 잘 거야."

"낮에 자지 마."

"자지 않아. 새벽형 인간으로 바뀌어서 그래."

"새벽같이 일어나면서 밤에도 늦게 자면 어떡해? 몸만 축나지."

"곧 틀이 잡히겠지. 우리 부부관계 가지고 잘까?"

"애들이 아직 안 잘 텐데?"

무씨는 어떤 일이 있어도 아내에게 여보, 우리 섹스하자, 그렇게 말하지 않는다. 기분도 꿀꿀한데 어디 한번 진탕 싸질러볼까! 그런 투박한 말투를 침대에서 펄럭거리며 일부러라도 구사해보면 아니 되는 것일까? 성행위든 섹스든 간에 그런 단어는 남녀가 성적 욕망을 추스르거나 즐기기 위해 내뱉는 표현에 불과한데도 무씨는 아내에게 반드시 부부관계라 말한다. 부부가 아니라 해서 섹스를 즐길 수 없는 게 아닌데도 부부관계라는 말을 버릇처럼 꺼낸다는 것은 아무래도 성에 대한 강한 터부가 그의 뇌리에 박혀 있어서이겠다. 섹스를 언급했는데도 아내는 가만히 그대로 누워 있다. 애들이 아직 안 잘 텐데? 애들과 방을 함께 쓰는 것도 아니고 멀리 떨어져 있고 방문도 착실하게 닫혔고 섹스를 해봐야 어차피 비명 지를 일도 없는데 아내는 항상 그렇게 말해왔다.

평소 같으면 그대로 잠들었을 텐데 무씨가 기다렸다가 다시 말한다. "애들 자면 하지 뭐." 시간을 두고 아내가 꼼지락거리며 침대에서 몸을 일으킨다. "잠시만, 가보고 올게." 무씨는 가만히 팬티 속으로 손을 넣어 자기의 그것을 만져본다. 제대로 할 수 있으려나? 섹스라면 때로 기분에 의해 치러지는 게 아니겠는가. 그런데도 아내는 남편의 성적 감정이나 표현을 일시중지시켰다가 대부분은 멈춤으로 끝낸다. 그걸 익히 아는 무씨인지라 이렇게라도 치르게 되면 그걸로 감지덕지하고픈 심정이 된다. 수건을 챙겨들고 들어온 아내가 방문을 안으로 걸어 잠근다. 혹시라도 아이가 볼일이 있어 올까 봐서라 하겠지. 불을 끄고 주섬주섬 머리맡에 수건을 놓고는 잠옷을 벗고 이불 안으로 들어온다.

"씻었지?" 항상 샤워하고 자는 줄을 아면서도 꼭 묻는 소리다. "살살해. 빨리 끝내고."

무씨가 피식 웃는다. "이래가지고 그게 제대로 되겠나? 좀 만져줘 봐."

"아참, 귀찮은데. 그냥 자면 안 될까? 다음에 하자."

아내는 침대에서 성행위를 하려고 서두를 때마다 줄줄 외운 대사처럼 내뱉는다. 토씨 하나 바뀌지 않고 이토록 오래 구사하다니. 장모가 돌아가시고 처음 갖는 부부관계다. 일반적인 부부끼리라도 이 정도면 참말로 세월이 훌쩍 지나갔다고 표현될 만큼 만만찮은 시간이 흘렀는데도 아내는 이 성행위라는 것에 도무지 관심을 보이지 않는다.

언제 우리가 부부관계를 가졌던가? 장모가 이 집에 들어오기 전부터 없었으니 그때부터 손꼽더라도 8개월에다 집을 떠난 지 6개월에, 아니 귀찮게 계산해 볼 것도 없이 몇 년은 흘렀지 싶다. 섹스에 재미를 붙인 부부라면 한 달 정도에 치렀을 횟수를, 지금껏 부부로 살면서 관계를 가졌겠다. 의외로 무씨는 아내와의 이런 성행위에 대해 불만이 없다. 신혼 초기엔 다소 횟수의 제한에 불만을 품었던 기억이 있지만 적응이랄까, 성행위에 재미를 느끼지 못하는 아내도 그렇고 거기에 덩달아 성행위라는 게 환각이며 그럴듯하게 포장된 무미건조한 단순행위라는 인식에, 서로 먼저랄 것도 없이 음식에 물려버린 아이처럼 섹스를 내팽개친 것이다.

섹스는 아이를 갖기 위한 수단이었고 부부라는 관계를 사실증명하려는 몸짓 정도로 그것은 사용되었다. 그래도 젊었을 때는 횟수를 늘여보려고 무씨가 몇 번 시도하긴 했지만 그 성행위를 끝내고나면 그것은 그저 그걸로 끝나버렸고, 언제 다시 시도할지 마음의 기약이 없는 행위로 갈수록 전락하였다. 직장을 찾아 지방으로 훌쩍 떠난 일들이 그것을, 성행위에 대한 권태로움을 더욱 부채질한 촉매제 역할이 됐을 수도 있다. 기억에도 가물가물한 성행위를 이제 모처럼 부부가 갖자는데 아내는 몇 년 전이나 똑같은 소리를 되풀이하는 것이다. 달콤하고 은밀하고 좀은 음탕스러운 구석까지 지녀야 할 핑크빛 침대에서 아내는 하나도 달라지지 않은 언어와 몸짓을 보인다.

이런 아내의 행동에 무씨는 여태까지 아무런 이견이나 불만을 드러내지 않았다. 무씨 자신도 그것을 당연하게 생각하였고 일반적인 부부들은 대체적으로 이런 행태로 부부관계에 임할 거라고 혼자 단정 지었다. 그런데 오늘 문득 새삼스레 새로운 생각이 깃드는 것이다. 이게 정상적일까? 누군가야가 남편과 치르는, 묘하게 비친 그 행위들이 실상 변태가 아니라 지극히 자연스런 부부간의 관계인 것은 아닐까? 지금 우리가 갖고자 하는 이 성행위는 정말 맛없는 무를 다시 잘라 먹어보려는, 그래서 다시는 생각나지 않을, 먹고 싶지 않을 짓을, 다시금 되씹는 행위에 불과하게 될 것이다. 그런 생각이 무씨에게 치미는 것이다.

"아직까지는 발기가 되는 모양이네?" 남편의 몸을 더듬으며 위로 올라오는 아내가 말을 던진다.

"그럼, 내가 안 될 줄로 알았나? 내가 나이가 몇인데?"

"하자는 소리도 없고 해서 이젠 안 되는 줄로 알았네. 호호."

이게 웃을 일도 아닌데 아내는 영문 모를 웃음을 짧게 뱉는다. 아이도 낳았겠다. 세상의 모든 인간들이 갈망한다는 섹스조차도 아내 앞에서는 꼬리를 내린다.

"여보, 입으로 한 번만 해줘 봐. 아니면 내가 해줄까?"

"지금 무슨 소리 하는데? 안 되면 다음에 하자. 내일 하든가."

무씨는 이 말에 아이들 장난처럼 물러선 기억도 상당수 있었다는 생각이 새삼 떠오른다. 그는 어떤 마음이 들었는지 자기의 상체를 점령하던 아내를 벌컥 바닥으로 드러눕히며 몸을 거칠게 움직이기 시작한다. 무씨는 아내로부터 곧 어떤 말이 새어나올 것인지를 이미 알고 있다. "아! 또 아플라 하네. 빨리 끝내야 해!"

돌담길 여자

　나는 사색한다. 세상이 맑게 갠 토요일 아침, 한적한 도시의 산기슭. 발길이 끊긴 외진 솔밭 길에 차를 두고는 엉뚱한 궁리에 몰두하고 있다. 그러다가 불쑥 아리따운 여자가 지나가는 것을, 나는 안다. 그녀는 지나쳤고 나는 돌아보지 않는다. 놀랐기에 돌아볼 수가 없다. 귀신이 아닌데 어찌하여 저리도 내 눈에 나타나곤 사라지는 것일까? 그랬다. 길은 멀리까지 햇살 아래 뻗었고 뻐친 샛길은 아무 데도 없었다. 짧은 치마를 걷어 올리고 울타리를 날아 뛰어들지 않았다면 그 아리따운 여자는 저 먼 길의 모퉁이에서부터 돌아 나왔어야 했다. 분명 그랬을 것이다. 그런데 걸어오는 모습을 나는 어째서 눈치채지 못했을까? 나는 사색의 홍겨움에 몸을 사렸지만, 눈동자는 쉼 없이 내게로 내려오는 나무들의 푸른 빛깔 잎사귀를 보았고 흙바닥에 뒹구는 잡초와 돌멩이들, 그리고 푸르러가는 하늘과 바람 닮은 구름 찌꺼기에 마음을 쏟고 이슬을 부러워했지만, 그렇듯이 놓치지 않을 집요함으로 눈앞의 사물을 낱낱이 훑지 않았던가? 그 아리따운 여자는 모퉁이를 돌아 다소곳이 걸어왔을 것이고 그래서 내 곁을 스쳐가게 되었을 것이다. 그런데도 그때까지 전혀 몰랐던 나였다.

　나는 여태껏 궁리하던 엉뚱한 상념을 접고 새로이 사색에 빠져든다. 정녕 그 여자가 진리라면, 자기 의지의 사유에 의해 만들어진 사고와 작용의 원리들이거나 길을 걷는데 공들인 발걸음들은 부질없으며 덧없는 물거품에 지나지 않게 된다. 왜냐, 내가 사색하는 까닭은 진리를 찾기 위한 여정이며 혹시나 해서 담장을 기웃거릴 디딤돌이 되어야 하기 때문이다. 길을 걷는다 한들 뭐하며 디딤돌을 디뎌봐야 뭐하겠는가? 진리는 느릿느릿 다가오고 지나가고, 그런데도 여태껏 보지를 못하였으니 말이다.

내처 말하면 볼 수 없었던 내가 아니라 아예 없었던 나다. 정녕 그 여자가 반진리라면 진리를 놓쳐버린 아까움은 아닐지라도 스스로의 사고에 빠져들어 내게 필요한 사물만을 바라본 꼴이 된다. 진리의 발견 그 가능성마저 잃어버린, 무엇이 진리가 아닌지조차 모르는 자기 집착, 고집, 무지 등의 그 상태에 머무르는 것이다. 다시 말해 그 여자가 진리적 요소이든 아니든 나는 나에 빠져 진리를 바라볼 가능성마저 잃어버린 것이다. 왜냐, 아무리 뛰어난 성질의 상념이라 하더라도 실재하는 요소의 놓침보다야 나을 수가 없으며 역동적인 인간의 모습을 떠난 진리가 있을 수 없기 때문이다.

나는 진리의 그림자조차 보지 못한 게 틀림없으며 내가 나를 붙드는 한, 진리의 흔적 하나 더듬을 수가 없는 것이다. 내가 선별하고 정리하는 사상적 이성은 나의 애착이고 편리이며 나의 모순을 철저하게 합리화하는 엉터리의 하나가 분명하다. 인간의 논리는 답이 아니며 돌고 도는 쳇바퀴의 다람쥐 꼴이다. 아! 절대모순의 구조에서 벗어나지 못할 인간에게 있어, 그러니까 영원히 인간에게 붙어 다닐 모순, 아름답도록 절망에 가까운 모순이라는 꼬리표를 떼는 방법은? 그 모순을 푸는 손길은?

이해할 수 없는 그녀

늦더위에 가을햇살이 작렬한다. 바람도 가볍게 일어 나뭇잎이 따갑게 마른다. 담장 너머 이부자리가 빨랫줄에서 까슬까슬 익어간다. 무씨는 도시를 떠난 시골 정류장에서 누군가야를 기다린다. 약속시간은 같았지만 기다리는 시각은 다르다. 사랑을 기다린다는 건 기쁨이다. 설레며 누구를 기다리고 누구를 맞는다는 건 축복이겠다. 사랑의 축복 속에 시간을 맞는다. 길 위에 선 무씨에게는 낯선 마을에 낯선 사람들이, 가야할 곳으로 하느작거리는 모습이 시원하게 다가온다. 도시의 찌든 바람에 혼탁한 시선들과 부딪치는 까칠한 감정에서 달아나 이곳을 약속하길 잘했다는 만족감에 얼굴 가득 미소로 하얘진다. 하늘은 더욱 파랗고 흰 구름은 더욱 하얗다. 오늘 여기서 만나자고 했을 때 누군가야가 그랬다.

"무씨 전화를 받으니 내가 참 멀리도 돌아왔구나, 한 이 년만 일찍 무씨를 만났어도, 만났다면 참 좋았을 거라는 생각이 문득 들어요. 지금 내 마음속으로 낯익은 노래가 흘러요. 속삭이는 노래죠. 나는 속삭이는 노래를 참 좋아해요. 그건 지금 내가 흥겹다는 얘기예요. 행복하다는 얘기지요. 하하, 거기 괜찮은 절이 있어요. 산책하기 좋은 길이지만 돌아올 시간을 생각해야 돼요. 마음이 바빠져서 어쩌려나 몰라."

시외버스가 털레털레 도착하고 누군가야가 내린다. 그러고 보면 언제나 누군가야를 기다렸고 걸어오는 모습을 바라봤다는 기억이 새롭다. 그랬다, 걸어오는 누군가야를 항상 멀찍이 서서 바라본 것들의 기억. 훔친 햇살을 붙잡고 쏟아져 내리던 소낙비. 붙잡는 갯냄새로 휘청거리던 바닷바람. 붙들린 시선에 애써 감추려던 미소. 아! 이제 풀잎이 고추잠자리를 자꾸만 붙들려고 흔들린다.

그녀는 내려서, 차에 내려서 잠시 주변을 두리번거리다가, 걸음을 옮기며 고개를 갸웃거리다가, 물러서서 폰을 손에 쥐어보다가, 무씨를 발견하고는 고개를 떨어뜨린다. 웃음을 감춰야 해, 보여줘서는 안 돼, 부끄러우니까. 그렇게 누군가야는 다가가는 무씨에게로 다가온다. 아아, 마음속의 파도가 바람을 붙들려고 격랑이 된다. 이건 흥거움이다. 신명의 율동, 그 한계를 이탈한 우주 너머의 법칙이다.

"조금 늦었어요, 차가 밀리네."

하얗게 웃으며 그녀가 무씨 앞에 선다. 아름답다! 아름답다는 낱말이 아름다울 수가 있고 아름답다는 사실에 무씨는 즐겁다.

"배고프지? 식당부터 찾자."

손을 잡으려다가 그냥 앞서 걷는다. 기다리면서 눈으로 봐뒀던 식당이 저만치에 눌러앉았다. 길을 건너려고 돌아보니 누군가야가 짐짓 느린 걸음으로 다가온다. 자기와 발걸음을 맞춰도 되겠다만, 처져 걷다니……. 주위의 시선을 의식해서 손잡지 않는 것에 대한 투정의 몸짓으로 비쳐진다. 횡단보도를 허둥지둥 건너고, 그녀의 어색한 미소를 훔치며, 식당으로 들어선다. 먹을 게 참 없다. 차림표를 쳐다보니 뺀질거리는 음식 이름들로 줄을 섰지만 막상 먹자니 내키지 않고 시켜 먹어도 맛을 모르겠다. 이래서 한국의 아줌마들은 떼 지어 맛집을 찾아 유랑하나 보다.

그녀는 앞서 만난 모습과 별반 다르지 않다. 짧게 다듬은 머리카락에 귀고리, 가벼운 화장, 정장풍의 바지와 일상 나들이로 어울리지 싶은 윗옷의 체크무늬가 신선하달까? 이제 옷차림은 친숙한 사람과 가벼운 산책을 즐기러 나오는 모습으로 이미지 형상화가 굳혀진 듯하다. 그럼에도 오늘따라 뚜렷이 달라 보이는 모습이 있으니 바로 얼굴에 머무는, 미소! 그렇다. 누군가야는 무씨와 마주친 순간부터 평온한 표정으로 미소를 머금는다. 새벽녘, 풀잎에 머문 이슬방울처럼 말이다.

"무씨는 오늘따라 계속 웃고 있어요. 전과 많이 달라 보여요, 다른 사람 같아."

무씨도 그랬다. 알 수 없는 흥거움은 무씨의 신명에도 불어 닥친 것이다.

"밥 먹고 어디 갈까? 절까지는 한참 올라가야지 싶던데?"

"내 생각도 그래요. 어디 가까운 데서 그냥 쉬었으면 해요."

"호텔에 갈까?"

"거기 가서 쉬어요!"

눈치 살필 겨를도 없이 누군가야가 말해버린다. 그러고는 말이 끊긴다. 음식을 먹느라 그런 것이지만 이들은 어찌 보면 밥 먹을 정신이 아니다. 이들의 마음은 이미 어디든 쏜살같이 달려가고 시계 초바늘의 째깍거림에 초조하다. 음식 맛 핑계를 대듯 수저를 덜컥 놓고 그들은 황급히 식당을 떠난다. 세월을 아끼려는 사람이 되어 손을 꽉 잡고 어디론가 급히 떠나는 사람처럼 길을 찾는다. 영혼은 의미를 노래하는 것이 아니라 신명, 그 흥겨움으로 노래하고 춤춘다는 사실에, 그것의 인식에 들뜬다.

오아시스를 마침내 찾은 사막의 대상처럼 허겁지겁 한적한 호텔 입구를 들어서는데 노랫가락이 아까부터 울린다. 누군가야의 휴대폰이다. 작은 손가방을 뒤적거려 꺼내들고는, 액정화면을 바라보는 그녀가 긴장한다. "여보세요. 얘기하세요." 전화 받는 와중에도, 머뭇거리는 무씨의 몸을 떠밀어 로비 카운터로 다가간다. "듣고 있어요." 전화 받으며 눈짓하는 그녀의 주문에, 룸을 빌리고 계산을 치르는 무씨다. 누군가야의 통화는 엘리베이터를 타고 복도를 지나 객실 안으로 들어서면서까지 계속된다.

"듣고 있다고요! 내게 자꾸 이런 전화를 하는 이유가 뭐죠? 이건 엄밀하게 말해 스토커 짓이에요."

무씨는 짐작한다. 보나마나 그분이라는 그 존재일 터다. 잊고 있었던 존재의 등장에 무척 당황스럽고 그것은 갈수록 불쾌감으로 이어진다. 객실 방문을 닫고 불을 켜고 소파에 아무렇게나 걸터앉을 때까지도 누군가야는 서성거리며 그 사람과 통화 중이다. 정확하게 말하자면 그 사람의 얘기를 들어주고 있다.

"알겠어요. 다 끝내겠다니까 고마워요. 다신 전화하지 마세요." 끊으려는데 저쪽에서 계속 말을 잇는 눈치다. "내가 누구를 만나든 무슨 상관이야? 대체 그건 어떻게 아셨지? 아니 어떻게 아셨나, 그걸 지금 묻고 있어요! 이렇게까지 나를 해킹해서 쫓아다녀도 되는 거예요? 끊으시고 약속한 대로 앞으로 일절 내 주위에 얼씬거리지 말아주세요!"

털썩! 거칠게 침대에 주저앉는다. 분을 삭이지 못해 숨을 가쁘게 들이쉬는 그녀다.

"그자야?" 알면서도 묻는 무씨다.

"알면서!" 무씨를 바라보는데 눈물을 삼키는 기색이다.

"그자가 지금 자기를 괴롭히는 거야?"

"아냐, 괴롭히고 어쩌고 그런 게 아니야. 이제 약속했으니까 당신은 신경 쓰지 않아도 되어요."

"내가 신경 좀 쓰면 어때서?"

"쓸데없는 일로 자기만 피곤하게 되니까. 그 얘긴 그만두고, 우리……"

"왜 그래! 대체." 갑자기 언성을 높이는 무씨다. "대체, 그자가 어떤 존재이기에 자기 곁에 여태 맴도는 것이지? 끝났다고 하면서 이리도 전화가 오고 대꾸해주면서, 내가 물으면 알 필요 없다 그러고. 나는 누군가야에게 어떤 존재지? 어떤 존재 가치이기에 그자가 끼어들면 항상 자기 바깥으로 내몰리는 거야?"

"말해줘도 자기는 이해하기 힘들어서 그래. 당신은 나를 믿고 내가 일러주는 말만 살피고 이해하면 돼."

"전에 이 비슷한 경우와 마주쳤을 때 내가 물은 적이 있어. 그때도 누군가야는 이렇게 똑같은 말만 했어. 말해줘도 모르니 그냥 자기만 믿어달라고. 하지만 이젠 구체적으로 자기가 말해줄 때가 된 거 같다. 말해 봐, 들으면 충분히 이해할 능력이 있으니까."

이 말에 숨을 들이켜며 두 손으로 머리를 감싸는 누군가야다.

"아니, 자기는 말해줘도 절대 이해 못해. 전에 약간만 알려줘도 이해 못했어. 내게 화만 내고 나를 울게 만들었어. 자긴 모르겠지? 전화통에다 대고 막 억지 부리고 화만 냈지, 내 말을 알아들으려는 의지가 없었어. 하지만 나는 알지. 이건, 이 문제는 이해하려고 애쓴다고 해서 이해될 성질의 문제가 아니야."

"그럼, 다시 덮어둘까? 다음에 불거질망정?"

"그래줘. 여기까지 와서 이게 뭐야? 아까운 시간만 다 날아가잖아."

빈정거리느라 꺼낸 무씨 말투인 줄 모르지 않을 텐데, 미소를 지으며 분위기를 바꿔보려는 누군가야다.

"덮어두고 쌓이고 쌓였다가 어느 날 와르르 무너지면 어쩌려고?"

"지금 화났구나? 화가 많이 났구나?"

"화가 왜 나? 화가 아니라 나는 지금 사실을 알고 싶은 거야. 내가 이해를 하든 못하든 내가 알고 싶다면, 나를 사랑하는 사람이라 생각한다면, 그자의 행태에 대해 내게 말해줄 수 있는 거 아냐? 그게 좀 실망스러울 뿐이야."

누군가야의 얼굴이 일그러진다. "그게 화가 난 게 아니면 뭐냐고! 화를 왜 내? 화 낼 일도 아닌데."

"아니니까 말을 하라고 하잖아, 지금!"

무씨의 말에 손가방을 바닥으로 집어던지며 버럭 고함을 지른다. 손가방 속의 내용물이 쫘르르 흩어진다.

"왜! 내가 왜, 말을 해야 하는데? 왜, 말을 당신에게 해야 하냐고. 내 남편도 모르고 알지 못하는데 왜 무씨가 이 문제에 끼어들어 나를 괴롭히는 건데?"

생각도 못한 누군가야의 분노 앞에 멈칫 놀란다. 터진 봇물처럼 누군가야의 분노가 멈추지 않는다.

"나를 사랑한다면서 무씨는 나를 위해 어떤 노력을 하나 해봤어? 내 마음을 읽고 나를 이해하려 노력해보지도 않았잖아. 내가 지금 어떤 마음인지 어떤 상태인지 전혀 알려고 하지 않아. 자기의 이기심이 불편해지면 그걸 내게 물고 뜯을 뿐이야. 난, 그런 게 정말 싫어. 내가 무씨를 좋아할 이유가 하나 없는 거야. 지금, 무씨는 내가 알고 싶겠지. 그렇지만 서랍이 없는 여자를, 모르는 게 없는 여자를 사랑할 남자는 없어. 그리고 말해둘게. 나의 모든 걸 다 알고 싶으면 나랑 결혼해. 그럴 자신 있음 말해."

"알겠어, 마음을 가라앉혀. 내 뜻은 그게 아닌데 그리 비췄다면 내가 잘못한 거겠지. 알겠으니까 이 얘기는 접자. 전에도 실랑이가 있었고 그때 마무리가 다 된 기억으로 있는데 이렇게 또 들먹여졌네."

무씨가 바닥에 흩어진 손가방의 내용물을 주섬주섬 챙겨든다. 곁에 다가와 앉는 무씨에게 그녀가 말한다.

"당신은 나를 알지 못하고, 알려고 하지 않으면서 엉뚱한 곳에 몰두하고 있어요. 잘 생각해 봐. 그런 사람들이 내게 이랬든, 무씨가 의심하는 대로 내가 그런 사람들과 저랬든."

"의심하는 게 아니래도!"

그녀의 어깨를 무씨가 감싸려고 하자 손으로 툭 치고 밀친다.

"그 사람과 내가 무슨 일이 있었든 없었든 그게 우리 사랑과 무슨 상관이야? 정신 차리고 잘 생각해 봐. 남편이 버젓이 우리 앞에 있는데 대체 지나간 그 사람에게, 미친 그 사람 행태에 휘말려서 어쩌자는 거야? 우리는, 무씨는 우리 사랑에만 집중해야 해. 내가 무슨 말을 하는지 알겠어요?"

"말했고 말하는 데까지는 무슨 말인지 알겠어. 그 얘긴 이제 그만두자. 먼저 씻을까?"

"그게 무슨 말이야?"

"무슨 말이라니?" 수건을 챙겨들고 욕실로 들어가려던 무씨가 머뭇거린다.

"말한 데까지만 알겠다는 말!"

"말 그대로지?"

"나, 갈래요."

누군가야가 침대에서 벌떡 일어나 문으로 나간다. 붙드는 무씨다.

"자기, 그러지 마라. 우리 차분해지자, 나는 아무렇지 않아. 왜 그자 얘기만 나오면 자기가 더 자꾸 화를 내지? 내가 됐다고 하잖아. 말한 데까지만 알고 이해하고 믿으라는 얘긴 자기가 한 거야."

"놔, 이거! 그 사람 때문에 환장해서 그래! 나, 갈 거야, 놔!"

누군가야를 온몸으로 끌어안는 무씨다. 벗은 상반신에 묻혀 바둥거리던 그녀가 점차 차분해지며 말한다.

"무씨는 이상해. 몇 번이고 내게서 떠나겠다고 말하면서 여태 여기 있어. 무씨가 있어 위안을 받고 평온을 얻어서 좋다고 생각했는데, 생각해보면 무씨로 해서 운 기억이 더 많아. 마음 아프고 절망까지 한 거 같아. 이럴 이유가 없는데. 무씨와 나는 아무 이유가 없어. 사랑해야 할 이유도 없이 이러고 있는 거야. 나, 갈래. 붙잡지 말아줘, 정말이야."

그러나 놓지 않는 무씨다. "바보 같은 소리 하지 마. 나는 자기가 나를 사랑하는 줄 알고 있어. 잠시 내가 투정했다고 받아줘.”

짧게 스쳐간 별똥별을 추상하듯 고요한 대기가 흐른다.

“알겠어요.”

그녀의 풀죽은 소리에 붙든 몸을 풀어놓는다.

“서로가 마음으로 어떤 사람인지 확신을 가져야 하는데, 긴 시간을 두고 바라보고, 말이 없어도 마음 구석진 곳까지 믿음이라는 게 깔려있어야 하는데, 작은 변화에도 지진처럼 흔들리면 서로가 힘드니까, 힘이 드니까……”

“알겠어.” 알겠다는 무씨의 소리에,

“알겠으면 이제 그만 가자.” 무씨의 눈을 빠끔하게 들여다보며 누군가야가 말한다. 그건 빈 말이 아니라 강하게 여기서 나가기를 요구하고 있다. “섹스는 언제든 할 수 있잖아.” 쐐기를 박는 그 소리에 무씨가 허탈하다. 주섬주섬 겉옷을 챙겨든다.

절간을 거닐며

　가파르게 솟은 일주문을 지나 그들이 걷는다. 호텔에서의 갈등은 물거품처럼 사라진 기분이다. 사실을 알고 싶은 무씨와 불필요한 설명이기에 얘기하기 곤란한 누군가야는 이 문제를 다시 덮고 있다. 흙에 박힌 야무진 돌을 디디는 감촉이 참 좋다. 누군가야의 어깨를 가볍게 끌어안는 이 가을이 푸르른 하늘을 노래한다. 작은 새들이 쉴 새 없이 재잘거려 방문객을 반기는 대낮이다. 이따금 누군가야의 눈을 들여다 볼 뿐, 무씨도 말이 없다. 목탁과 염불 소리가 귓전에 일렁이고 어디선가 하품소리를 내는 동자승이 불경을 앞에 놓고 중얼거릴 것만 같은 은은한 절간 경내다. 누군가야도 마음의 평정을 찾았는지 절간 곳곳에 눈길을 던졌다가 거두고는 무씨를 바라볼 뿐이다. 하고픈 말을 참는 것인지 입술을 앙다문 그녀의 풋풋한 자태에 무씨가 즐겁다.

　"무슨 얘긴지 이제는 내게 해도 돼. 조용히, 가만히 잘 들을 테니까."

　"말은 그렇게 하면서 또 화내려고? 찬찬히 들어봐요. 내가 왜 여태껏 당신에게 사소한 오해가 생길 걸 예감하면서도 그걸 감수하겠다며 별별 이야길 다 꺼내고 납득시키려고 애썼을까? 바로 이런 오해가 반드시 올 테니까. 그렇게 만들 인물이라는 것을 아니까. 그래서 내가 받을지도 모를 오해를 감수하면서까지 쓸데없어 보이는 과거 이야길 다 했던 거야. 어떤 여자가 자기 과거 이야길 하고 싶겠어? 그 사람이 두고두고 무씨를 어떤 식으로 농락할지 아니까. 그렇지만 사랑한다면 과거까지 인정할 수 있는 거니까, 있어야 하니까. 그걸 견딜 수 있을 거라 생각했어, 무씨는. 이제 난 괜찮아, 무씨 떠나도."

　짓궂게 웃으며 듣기만 하는 무씨다.

　"왜 웃어요?"

"아니, 좋아서 그냥 듣는 거야. 계속 얘기해." 조금 새침해지는 누군가야다.

"사랑이란 상대를 위하는 배려와 희생이야. 그래야 감히 이별을 쉽게 떠올릴 수 없지. 어제 무씨를 만난다는 사실에 문득 그런 생각이 들었어요. 무씨가 날 위해 보낸 시간들이 너무 없구나. 너무 쉽게 내가 무씨에게 내 마음을 주고 있으니까, 무씨는 나를 얻기 위해 고생하는 게 너무 없구나, 그런 생각을 했었어. 고생하고 힘들고 눈물도 흘리고 그런 고통의 시간을 지나왔다면 이다지도 쉽게 이별을 떠올리지 않지. 무씨가 몇 번 내게 떠남을 기별할 때마다 가졌던 생각이야. 무씨는 그런 사람이야. 넓이도 깊이도 없어. 내가 본 무씨는 그랬어. 자신과 자기 집 울타리를 넘지 못하는 꽉 막힌 사람이야. 남을 위해 희생해본 적도 없는 개독 냄새만 풀풀 나지. 여태 뭐하고 인생을 산 거야? 한심하고 답답하기만 해. 내 입장을, 그리고 남들의 입장을, 최소한 같은 공간에서 머무는 이들의 입장을 위해 무씨는 어떤 노력을 해봤어? 기껏 남의 종교를 들쑤시면서 하는 입담들, 그걸 어디다 써먹지?"

누군가야는 그동안 무씨와 함께하면서 얽혔던 일들과 감정을 실타래 풀듯이 담담하게 말하고 있다. 하지만 그 말의 내용은 듣기에 따라 심각해질 수 있는 예민한 문제이기도 하다. 무씨가 대꾸한다.

"내가 헤어지자고 떠든 소리, 마음 하나 읽지 못해 답답증이 난 소리, 그것들이 그동안 숱하게 많았지. 종교비판이나 그 비판의 비판에 세월을 탕진하는 모습이 보이고, 엉터리 신자로 사는 인생이 비쳐지기도 했겠지. 그런 거에 실망한 모양이구나?"

"그것도 그래. 무씨가 의심을 잔뜩 품고 내게 하는 말도 폭력이야. 그건 사랑한다는 말로 감해지는 게 아니야. 내 속에 쌓이고 쌓여. 말하지 않는 것을 기어코 알려는 짓은 어리석은 행동이야. 말하는 만큼도 못 믿고 이해 못하면서 더 알려고 하는 건 우스운 일이야."

"또 그 소리네? 그래, 할 말 있으면 다해. 나도 다하지 뭐. 폭력은 나도 싫으니까. 궁금증을 의심이라 혼돈할 지경이면 앞으로 묻지 않고 쌓아둘 테다. 함부로 사랑한다는 소리도 하지 않을 테다. 말하지 않는 것은 방금 말했듯이 알려들지 않을 테다. 이해할 만큼 말을 하지 않았고 이해를 시켜주지 않았지만 더 알려고 하지 않을 테다. 우스운 일은 나도 싫어. 이제 됐어?"

"무씨는 말꼬리 붙들고 사람을 괴롭히는 재주가 있네? 됐어요! 생각해보면 무씨가 떠난다고 해서 내가 달라질 건 없어. 그건 헤어져도 괜찮은 존재이고 괜찮을 상황이라는 얘기겠지? 당장은 좀 아프더라도."

"누군가야는 내가 떠날까봐 두려워하는구나? 분명히 말하지만 의심이 아니라 궁금증이야. 물론 약간의 질투는 섞였다고 느껴져. 그 문제로 내가 자기를 의심하고 그걸로 헤어질 마음을 먹을 거라 넘겨짚지는 마라. 그리고 말인데, 달라질 거라는 예감에 떠나지 못할 존재는 없어."

난간에 기댔던 몸을 일으키며 누군가야가 말한다.

"살면서 끝없는 의문들이 일어요. 그 물음들에 대한 답을 듣고 싶었는데 이젠 그 물음들이 차츰 사라져. 그만 가요. 시인에게 시를 말하고 소설가에게 소설을 말하라던데, 난 소설가에게 진실만을 말했어."

그게 불찰이야, 불찰이었어. 그렇게 속으로 되뇌는 누군가야 같다.

"저기서 손이나 씻고 가자."

산에서 내려오는 물줄기가 돌 항아리를 맴돌며 소리를 낸다. 시원하다. 일부러 돌의 살결을 손바닥으로 거칠게 문질러보는 무씨다. 흘러내리는 맑은 물살에 닿는 시원한 손의 감촉이 영혼까지 씻는 듯하다. 곁에서 물끄러미 바라보던 누군가야가 손을 살짝 담그며 말한다.

"한 철학자가 사랑은 매번 첫사랑이라 그랬고, 어느 소설가는 세상에 태어나 숱한 사랑을 만나지만 사랑은 한 번뿐이라고 그랬어요. 정말 그런가? 그렇게 본다면, 어느 사랑이 내 사랑일까? 나는 또 사랑을 뭐라고 생각하는 것일까?"

그러고 보니 누군가야는 무씨와 마주하면서 오늘따라 말을 높였다가 낮췄다가, 굴곡이 많다. 무씨는 그걸 느꼈고 그것이 무엇을 의미하든 간에 오늘의 누군가야는 색다른 심경의 변화, 그 경계에 놓인 상태가 아닐까 하는 추측이 가능하겠다. 무씨를 만나던 처음의 급격하고 열정적인 감정의 표현 방식과 행동들이 언제부턴가 깊은 산사의 풍경처럼 찬찬히 세상에 흔들리는 모습으로 바뀌더니, 오늘 그러니까 걸려온 전화와 그래서 생긴 갈등에 억눌린 심리적 혼돈이 물안개처럼 피어오르는 기색이다. 분명치는 않지만 무씨는 그걸 의식하여 말을 아낀다. 그러나 어쨌든 누군가야는 방울져 쏟아지는 물줄기처럼 자기의 생각을, 느낌을 여과 없이 게워낸다.

"사랑이라는 것이 사람마다 천차만별이다, 그런 생각을 해요. 그런데 가장 고귀한 사랑이란 자기를 사랑하지 않는 사람을 향한 사랑이 아닐지. 말하자면 짝사랑인데 난 그런 사랑을 전에는 굉장히 멸시했거든요. 그 사랑이 얼마나 고귀한지 모르고 나는 사랑하지 않는다며 얼마나 큰소리로 말했는지. 그때는 그런 사람이 지긋지긋했으니까. 그런데 세월이 갈수록 기억에 남는 것은 내가 사랑하지 않는 사람으로부터 받은 사랑이었어요. 그게 얼마나 진짜의 사랑인지를. 그 사랑의 값은 돌아가고 더 빛나죠. 내가 사랑하지 않았다 해도 말이죠. 왜냐면 나를 사랑하지 않는 사람을 나는 사랑할 수가 없기에."

지나간 시절을 떠올리며 누군가야가 사랑을 읊조린다. 많은 사랑을 해봤기에 와 닿는 정서의 토로인지, 여태 들려준 얘기처럼 사랑할 수 없어 애타는 갈망의 노래인지, 무씨는 잘 모르겠다.

"지금 우리가 걷는 사랑에 있어서 인간이 갖는 모든 감정과 이성의 것들을 누군가야가 한발 먼저 내디뎌 맛을 보고 내게 전하는 거 같아."

"무씨가 약간 오해하는 거야. 무씨와 내가 느끼는 감정은 현재일 수밖에 없어. 내가 먼저 느껴 아는 게 아녀요. 다만 내 얘기는 종종 과거와 미래, 현재를 왔다 갔다 해. 과거의 기억에 머물러서가 아니라 과거의 기억인자를 현재의 대화에 같이 등장시켜서 그래. 현재는 온전한 현재일 수가 없어. 사람들의 현재는 과거의 기억과 미래의 꿈을 동시에 가져. 그런데도 사람들은 누군가의 현재만을 받아들이고 원하는 것 같아. 내가 여태껏 남편과 살면서 나눈 대화보다도 무씨하고 나눈 대화가 더 많을지도 몰라. 함께할 수 없는 거라면 그게 사랑일까? 내 사랑의 방식으로는 드라마나 소설 같은 형식의 사랑은 이해될 수 없는 거였어. 사랑하면서도 이별하고 만나지 못하고, 이런 것들은 내게는 이해될 수 없는 사랑이야. 사랑한다면 만나야 하고 사랑한다면 함께여야 하고, 그게 내가 이해하는 사랑방정식이었어. 그런데 그런 것들 없이도 감정의 교류가 이어질 수 있다는 걸 알게는 되었어요. 그렇더라도 나는 여전히 내 손에 잡히지 않는 것들은 환상으로 남겨둘 수밖에 없다는 생각이 들어. 사랑이 아니라고 말하고 싶은 거예요. 사랑은 설명되어질 수 없는 거라고 말들 해. 노래 가사처럼 그리 절절하게 와 닿는다면 나는 이 자리에 있을 수 없었을 거야. 당신은 내게 적당히 편안한 사람이에요. 그래서 여기 있을 수가 있어. 너무 많은 사랑의 무게를 느낀다면 오히려 견디기 힘들었을 텐데. 그런데 이 적절한 느낌, 내가 대화할 수 있을 정도의 숨 가쁘지 않은 사이, 그게 난 좋은 거야."

돌계단을 내려오다가 누군가야를 돌려세운다. 붙든 팔에 힘이 들어간다.

"우리 문제를 곰곰이 생각해봤어. 아까처럼 사소한 문제 갖고도 우리가 예민하게 실랑이할 수밖에 없었던 것들이, 어쩌면 서로가 다가갈 수 없는 어떤 한계의 수가 도사려서 그럴지도 모르겠다는 생각이야. 이걸 푸는 방법은 성행위, 섹스일 거 같다. 물론 섹스가 우리가 취할 최선의 방법, 지향해야 할 가치라 보진 않아. 하지만 억눌린 듯 갑갑하여 뭔가 속 시원하게 통하지 않는 그 감정의 굴곡을 내버려둘 수야 없지 않겠나?"

그가 붙든 손을 천천히 놓자, 앞서서 계단을 내려가는 그녀다. 폰을 살피며 생각하는 듯하다.

사랑을 나누다

호텔 창문을 닫는다. 돌아서니 누군가야가 세면도구를 챙기고 있다.

"먼저 씻을까?" 그래놓고는 끄덕이는 고갯짓의 확인 없이 그녀가 비스듬히 서서 상의를 벗고 바지를 내린다. 낯선 여자가, 낯선 행위의 모습이 아니건만, 두근거리는 고동이 이내 물결친다. 사랑에 물든 여인네의 속옷이 흘러내려 거무스름한 주황빛 살갗의 움직임과 마주친다는 것은 기쁨이자 떨림이다. 무씨의 시선이 의식되는지 긴 수건으로 몸을 가리느라 바빠져 욕실로 간다. 문이 굳게 닫히고 샤워 물줄기 소리가 들려온다. 겨우내 떨던 나뭇가지에 초록 새순이 돋는 걸 바라보는 시선만큼이나 산뜻하다.

무씨는 누군가야가 일찌감치 겉옷을 벗는 걸 바라지 않았다. 방문이 닫히면 뒤에서 그녀를 끌어안고 한참을 그리하다가 번쩍 안아 올려 침대에 천천히 눕히고 하나하나 그녀의 몸에 붙은 귀고리와 시계와 반지를 끄르고 그녀의 마음을 열듯 블라우스를 풀고 슬립과 브라와 팬티를 끄르고 싶었다. 그럴 때에 입술을 훔치고 살짝 밀치고 들어가 이를 닦아주고 혀끼리 나뒹구는 아메바 닮은 감촉을 노래하고 싶었다. 아쉬운 순간들이 놓쳐졌다는 생각에 옷 벗을 마음 없이 그냥 우두커니 서 있는데 욕실 문이 배꼼 열린다. "자기, 거기 손가방 좀 줘요."

건네는 손가방을 유리문 너머로 몸을 감추고 살짝 내민 손으로 받는다. 언뜻 보이는 유방! 문이 허둥지둥 도로 닫힌다. 곧 있으면 모든 게 다 드러날 텐데, 눈에 훤한데도 이렇게 수줍다. 뻔뻔한 사람이 아니고서야 다들 이럴 것이다. 인간은 동물이 아니기에 때에 따라 가릴 건 가리고 감출 건 감추며 사는 것이리라, 그것이 드러나야 하는 것일망정.

시간에 쫓겨 그녀가 서두른다는 기색이 들자 무씨는 팬티 하나만을 남기고 다 벗어버린다. '나도 서둘러줘야겠다!' 무씨는 이를 참 정성스레 닦는다. 치과 한번 다녀온 후로 간호사의 가르침에 순순히 따라서 가르쳐준 방식대로 차근차근 닦는 것이다. 무씨는 이를 닦으면서 속으로 웃는다. '이게 뭐야. 바쁘다는데?' 자기가 생각하기에도 우습다. 이를 정밀 세공하듯이 닦고는 샤워 물줄기를 맞으며 온몸에 비누칠을 하고 또 정성스레 문지른다. 아무래도 무씨는 씻는다는 정결의식을 핑계로 온몸에 파고드는 긴장감을 달래고 있는지도 모른다. 확실히 시간이 지체된 듯하다. 누군가야는 이부자리를 반쯤 가슴 윗부분까지 끌어당겨 안고는 쿠션에 기대 비스듬히 누운 상태다. 어둑한 조명 아래에서 누군가야의 눈빛이 반짝거린다.

"이제 다 씻었어요?" 시간 끈 게 맞구나!

"응, 다했어." 더듬더듬 그녀 곁에 눕는 무씨다.

"아! 이게 생시일까?" 브라에 슬립 차림의 그녀를 안자 그녀가 안긴다. 점차 숨이 거세지는 무씨다.

"휴식 같다!" 그 한마디를 던지고는 점점 그녀의 육체 속으로 함몰되는 무씨다.

"죄의식이 없어졌어요. 이런 일이 가능하기나 할까, 그랬는데 남자가 뭔지를 알고 나서부터는 내 느낌대로가 맞아요. 죄의식은 없고 좋다는, 달콤하다는 생각만 들어요. 무씨가 좋아서 그런 걸까?"

무씨는 들을 정신이 없이 그녀의 팬티를 벗긴다. 누군가야가 몸을 비틀며 슬립을 벗고 브라를 푼다. 무씨의 품에 안기며 거칠게 키스를 한다. 달콤하고도 격렬한 키스를 찬양하려고 온몸의 핏줄과 힘줄이 노도와 같이 몰려드는 듯하다. 누군가야가 입술을 떼며 속삭인다.

"내가 위로 갈게요." 몸을 바꿔 무씨의 얼굴 위로 바짝 자기 얼굴을 들이대며 속삭인다. "자기 몸을 만지니까 뜨겁기는 한데, 긴장하고 있어. 딴생각하지 말아요, 이 느낌에만 집중해."

무씨의 몸을 부드럽게 매만지며 입술로 더듬는다. 오랫동안 휴화산으로 처박혔던 원시의 산맥이 불을 뿜으며 터져 나오려는 활화산의 지경이 이런 게 아닐까. 무씨는 색다르게 느껴보는 희열과 격정으로 정신이 어지럽다. 눈을 감고 가볍게 몸을 흔들던 누군가야가 눈을 뜨고는 바라본다. 쑥스러워 발개진 얼굴이다.

"쳐다보지 말아요. 자꾸 보면 내가 어떻게 해."

웃음을 날리며 들뜬 얼굴로 무씨의 얼굴에 키스와 살붙임으로 엉킨다. 부끄럽다며 유방을 가렸던 수건으로 무씨의 눈을 덮어 누른다. "가만, 그대로 있어요. 절대로 보면 안 돼요."

여자의 부드러운 속살이 남자의 그것을 서서히 삼켜든다. 삼켜지는 것은 어둠을 맛볼 게 분명하다. 칠흑같이 어두운 늪의 세계! 숨 쉴 수가 없고 소리치지 못한 채, 진공의 우주에서 블랙홀을 향해 빨려 들어가는, 광속의 질주가 이 어둠의 지경에서 일어나고 있는데 어찌하여 사람들은 빛을 노래하는 것일까, 빛만을 노래하는 것일까! 이 어둠의 축제는 기쁜 노래가 아니고 흥겨운 춤에 경쾌한 사운드가 아니더냐. 무씨는 몸을 움츠려 사정을 참으려고 애쓴다. 누군가야는 신음소리를 거칠고도 가쁘게 토해내며 몸을 흐느적거린다. 아아! 무씨의 몸도 달아오른다. 참을 수가 없다!

"누군가야, 어째? 사정해?"

"응? 뭐랬어요? 아, 사정해!"

아! 무씨의 짧은 외마디 신음소리와 함께 격렬한 몸동작이 불꽃처럼 반짝 타오르다가 사그라진다. 허공을 떠돌던 숨을 추스르며 그들은 허물어진 성벽처럼, 장맛비에 녹아내린 벽돌의 진흙처럼 뒤엉켜 땀을 식히고 감정을 녹이고 몸을 삭혀서 그들의 영혼에 흥겨운 가락을 안겨준다. 섹스는 즐거운 것이다. 그것은 삶의 찬미요 살아 있다는 것의 표현이다. 그랬다! 적어도 누군가야에게는 그랬다. 무씨는 바닥에 몸을 눕혀 숨을 고르는 그녀의 얼굴을 말없이 들여다본다. 한참을 들여다보는데 누군가야 역시도 그랬다. 그의 표정을 살피며 그가 말 꺼내기만을 기다리는 것이다. 흥겨움에 들떴던 누군가야의 표정이 점점 어두워져간다. 견딜 수 없어 그녀가 속삭인다.

"뭐랄까, 자기 몸이 들어오니까 마치 한 몸이 된다는 생각이 들었어. 자기는 몸이 부드럽고 딱딱하지 않아서 좋아. 아마 부드러워서 내 몸과 잘 어울렸는지 몰라."

다소 굳은 표정으로 무씨가 말을 꺼낸다. "좋았다니 다행이야. 나는 지금 허망한 마음 상태야."

"왜? 왜, 허망해?" 누군가야가 놀란다.

"원래 그래. 섹스를 하고 나면 꼭 이런 기분이야. 허탈하고 공허해서 부질없는 짓을 했다는 기분에 빠져들어. 하지만 이런 기분이 길게 가는 건 아니야. 한 30분 정도?"

"그래서 무씨가 섹스를 그다지 즐기지 않는다, 그랬구나! 방랑이 길어서 그럴까? 그래도 무씨 몸은 좋았어. 당신이 느낀 것보다도 내가 더 많이 느꼈어. 난 좋아."

"글쎄? 나도 좋기는 하지. 끝났을 때의 이 공허한 마음이 나를 조금 괴롭혀서 그렇지, 곧 괜찮아져."

"나도 신혼 초기만 해도 섹스 자체가 두렵고 싫었어. 하기 싫은데 억지로 한다는 기분에 휩싸였으니까. 그런데 세월이 좀 흐르니까 괜찮더라. 이제는 즐겁지. 그때 생각하면 지금 무씨의 심정을 알만해, 알 것 같아."

가만히 무씨의 입술에 키스하고는 두 팔을 벌려 안는다. 그녀에게 몸을 맡겨 새로운 휴식에 젖어드는 무씨다.

각자의 길에서

처음에는 각자 버스를 타려고 했다. 목적지는 비슷했지만 올 때 따로 왔듯이 갈 때도 그렇게 가려고 했다. 표를 끊고 정류장에 서 있을 때만 해도 그들은 서로를 어긋나게 바라보며 가벼운 미소를 나누었다. 그러나 막상 버스가 도착하자 그들은 먼저랄 것도 없이 서로를 끌어안으며 버스에 오르는 것이다. 이별이 싫었고 같이하는 시간이 필요했다. 터덜거리는 버스 안에서 그들은 두 손을 서로 꼭 쥐고 말없이 창밖의 풍경을 바라보았다. 말이 없어도 서로의 심정을 헤아릴 수 있지 않겠는가. 무씨가 가만히 한숨을 내쉰다. 그 한숨은 무엇을 말하려는 것일까? 누군가야가 무씨의 어깨에 살며시 머리를 기댄다.

"본능에 충실하면 돼요. 다른 거 생각할 거 없어. 느낌에 따라가면 되지."

그 말에 버릇처럼 대꾸하는 무씨다. "본능은 극복되어야 할 대상이야."

"깔깔깔, 그러니까 개독이라지." 그녀가 벌떡 몸을 세우며 소리치자 무씨가 놀라고 주위 사람 보기에 민망하다. "보니까 무씨는 생각이 많아. 그거 할 때도 생각 놓치지 않았지? 그게 문제야."

짓궂은 표정이 되어 까르르 웃는다. 좋다! 어찌되었건 누군가야의 이 명랑과 산뜻함이 가슴에 후련하다. 무씨가 이제야 웃음을 실실 흘린다. 그들의 영혼 속에 피어오른 신명을 몸 밖으로 뿜어내는 것이다.

아내는 아직 직장에서 돌아오지 않았다. 돌아오는 도중의 길목에서 업무로 늦겠다는 기별을 이미 받은 상태다. 아내! 무씨는 문득 아내를 생각해본다. 아내는 요즘 들어 어떤 정서를 안고 살아가는 걸까? 자기 엄마의 돌아가심이 아직까지 가슴 깊이 애잔하게 남았을 테지만, 그것 외에 다른 남자와의 관계에 있어 어떤 느낌과 행동을 갖는 것일까.

　무씨는 한 번도 자기 외의 다른 남자를 상대로 아내가 가질 사랑이라는 감정에 대해 생각해보지 않았다. 왜 그랬는지는 모르겠다. 일부러 생각을 기피한 것은 아닌데 무수한 잡생각에 묻혀 살았으면서도 아내의 사랑이랄까, 성욕이랄까, 그 본능적 삶에 대해 참으로 일말의 관심도 두지 않은 것이 사실이다. 왜 그랬을까? 그건 아마 자기가 그러지 않았으니까, 간음이라든가 심한 성적 충동에 휩싸여 살지 않았으니까, 그랬던 것은 아닌지. 기독신앙을 갖고 신실한 삶을 사는 여자이니 당연히 일반적인 시선에 어울릴 정숙하다는 삶을 살겠고 그래야 마땅하니까, 그 아내가 믿어져서 그랬던가? 아마 그랬지 싶다. 그렇다면 지금은 뭐란 말인가?

　지금 새삼 이런 생각을 떠올리게 된 데에는 자기의 간음이 사실로 드러나고 행위로까지 이어져버린 것에 대한 일종의 자기변명이자 자기합리화 찾기, 그런 차원의 발상에서 아내를 자기 생각 속에 끌어넣으려는 것이리라. 하지만 생각의 계기가 어찌됐건 아내의 정서와 감정의 불꽃을 유심히 바라볼 필요가 있겠다는 생각으로 가득해진다. 무씨가 넋을 놓고 베란다 창밖을 본다. 호주머니에서 진동이 감지된다. 누군가야의 문자다.

　"별일 없어요? 통화 가능해요?"

　신호음이 울리고 누군가야가 받는다.

　"잘 들어가셨죠? 남편, 아직 들어오지 않았네요. 거기는?"

　"오늘 늦는다고 그러네. 무슨 일 있어?"

　"아까는 주위가 그래서 말 못 했는데 할 말이 있어요. 내가 물으면 바로 말해야 해요. 머리 굴리지 말구. 알겠죠?"

　수화기 너머로 웃는 소리가 들린다. 확실히 누군가야는 별 웃을 일이 아닌데도 잘 웃는 여자다. 웃어야 웃음이 나오고 그래야 즐겁고 행복해지는 거라 믿기라도 하는 걸까.

　"뭔데?"

　"무씨, 어렸을 때 일들 중에서 혹시 실수한 것이나 비밀 같은 거나, 들켜서 곤란했던 그런 기억 있죠?"

　"없는데? 갑자기 물어서 그런가, 하여간 기억나는 건 없어."

"에이, 거짓말. 잘 생각해봐요. 아무렴, 어릴 때 기억 하나 없을까?"

"정말로 지금 아무 기억나지 않아. 비밀 같은 게 있을 거나 있나, 애가?"

"그럼, 내 얘기 하나 해줄게요. 잘 들으세요. 나는 어릴 때 두 번 성추행을 당했어요. 한 번은 초등생 때 교감 쌤, 한 번은 중학생 때 동네 아저씨가 그랬는데 나를 끌어안기에 놀라 소리를 막 질러 다행히 그 자리를 벗어난 적이 있어요. 교감 쌤은 내가 잠들었을 때 그래가지고 그게 충격이 컸어요. 그 후로 남자들이라면 이상하게 보이고 그게 어른이 될 때까지 그랬어요. 지금 남편과도 그 때는 사랑이 뭔지 모르면서 그저 괜찮겠다, 이 정도면. 나를 사랑해주겠구나, 그러고서 결혼했죠. 결혼 초에는 나도 많이 힘들었어요. 고통스럽게 섹스 같은 걸 왜 하는 걸까, 그런 생각에 제대로 하지도 못하고 힘들기만 했어요. 그게 어느 날, 그 어릴 적 기억을 떠올리고서 그게 남자를 멀리하게 된 이유였구나, 그게 나를 섹스에서 떠나게 만들었구나, 그런 자각을 하게 되니까 그 후부터는 마음이 편해지면서 남자들이 새로이 보이게 되더라고요. 남자들이 어떤 존재인지 나름 인식을 하고부터는 남편을 받아들이는 것이 편해졌어요. 오히려 지금은 그걸 즐기게 되었고, 어쨌든 그것은 삶의 충전이자 활력소가 되는 거랍니다. 피하지 마세요. 이젠 무씨도 자기 성의 고민이 뭔가를 잘 생각해서 떠올려보세요. 그러면서 아내와 대화를 나누고 서로가 잘 협력하면 괜찮은 부부관계가 될 수 있을 거예요."

'구구절절이 옳은 소리를 하는구나?' 무씨는 누구가야의 얘기를 수긍한다. 죄다 옳고 적절한 말이긴 하지만 왜, 누군가야가 이런 문제까지 신경 쓰느냐는 것이다. 아내가 있는 남자와 버젓이 섹스를 치르고서는, 정부가 치를 아내와의 잠자리까지 염려하고 나름의 해결책을 세워주는 이것이, 있을 수 있는 행동일까? 누군가야의 심리는 어떠하며 무엇을 지향하는 것일까? 도무지 파악 못할 그녀의 심정에 잠시 말을 놓친다.

"지금 듣고 있어요? 끊어요?"

"아니 별일 없어. 나도 할 말이 있어. 방금 생각났는데 그게 말이야."

"생각났어요? 얼른 말해보세요. 생각난 것은 가슴에 묻어두는 게 아니라 지금 바로 말로 토해내야 해요. 속에 든 찌꺼기를 쏟아내세요."

"어릴 때 일이야, 한 열 살쯤 됐나? 그때 집에서 일하는 누나가 한 명 있었는데, 밤에 자는데 내 고추를 만졌어."

"아, 그랬구나!" 폰에서 까르르, 웃는 소리가 들려온다.

"그런 경우는 참 드문 상황이라 봐야겠는데 깔깔, 그건 무씨가 어릴 때도 귀여워서 그랬나 봐요. 괜찮아요, 말했으니 이제 차츰 괜찮아질 거예요. 에, 또 뭐 있더라? 이건 진작부터 묻고 싶었던 건데 자꾸만 까먹네요. 혹시 주유소에서 일한 적 있어요?"

짐짓 놀라는 무씨다. "누군가야가 그걸 어찌 알지?"

"아! 맞구나. 그랬구나, 어쩐지 낯이 익다 싶더니!"

"언제 들른 적이 있었나?"

"남편이랑 기름 넣으러 한밤중에 간 적 있잖아요. 기억 안 나세요?"

"글쎄다? 하도 많은 고객이 들락거리니까 알기 힘들지. 기억 남는 여자가 어디 한둘이겠나? 흐흐."

"흥, 하긴 그러겠어요. 나도 나중에야 긴가민가했으니. 어쩜 우리가 그래서 더 빨리 친해졌는지도 모르겠네요."

"나도 자기가 무지 낯이 익긴 해! 지금도 그래, 하하."

"어휴! 전화 끊을게. 그럼 쉬어요."

누군가야는 퇴근시간이 바쁘게 근무복을 벗어던지고 줄행랑치는 공무원처럼 황급히 폰에서 떠나갔다. 무씨는 통화를 끝내고 아무리 기억을 더듬어보아도 주유소에서의 만남이 생각나지 않았다. 엉킨 실타래의 실마리를 찾지 못해 꼬인 기억인 듯 갑갑한 심정에 잠시 잡혔다. '그래서 낯설지 않았던가?'

다음 날, 무씨는 아내와 작별한다. 프로덕션에 복귀할 날짜가 며칠 남았지만 갑자기 불어 닥쳤던 누군가야와의 정사에 대해 잠시 거리를 두고 싶어서이다.

"당분간 힘들겠지. 그래도 당신은 잘해 낼 거야. 자주 집에 올게."

"몸 생각하면서 일해. 소설도 그렇고. 하나 끝내고 하면 좋을 텐데."

"알겠어. 영상 작업할 때는 그칠 거니까 걱정 마."

포도주를 받아먹어라

잠 잘 오는데 결혼한 사람들아, 너희들의 결혼은 무효다. 이제라도 걷어차고 불면의 길을 떠나라. 그래서 포도주 같은 여자를 만나야 한다. 마시지 않으면 중독에 떨려 잠 못 이루고 들이켜야 지친 몸을 꿈속에 곤히 자는 그런, 오! 그러한 여자를 운 좋게 만나거든 사랑을 하라. 포도주를 마시며 뜨겁게 사랑을 하라.

무씨는 새벽같이 눈뜨고, 밤늦게 잠드는 시간이 계속된다. 누군가야와 정사를 치른 뒤로 남자의 그것까지 덩달아 새벽에 일어난다는 것이 달라졌다면 달라진 게다. 무씨는 사무실에 복귀한 이후로도 밤을 이용하여 많은 글을 써내려갔다. 창조란, 창조하려는 자의 영혼에 불을 지펴 타닥타닥 타들어가는 불꽃을 조율할, 그러니까 영감을 불러일으킬 또 다른 존재가 도사려야 비로소 이뤄진다는 속설이 그럭저럭 맞아떨어진다는 느낌을 받는다.

무씨는 누군가야가 건네는 와인을 맨날 마시고 나날이 그녀가 안기는 마법의 주술에 걸려 말에 박차를 가한다. 달려 나가는 저 길은 그녀가 묻던 길이며 말고삐를 돌리기에는 이미 험준하고 가파르다. 사랑의 고지를 도무지 알 수 없지만 안개마저 휘감기는 좁다란 오솔길을 연신 부스러지는 흙더미에 휘청거려 달리는 것이다. 영혼의 격렬한 선율과 육체의 뜨거운 요동에 겨워, 사랑의 열병을 뿜는 활화산을 향하는 것이다.

무씨는 하루가 멀다고 메일과 문자를 보내다가 마침내 전화통에 매달린다. 짬나면 누군가야의 블로그에 들르는 게 습관처럼 되어버렸다. '누군가야가 그 사람의 블로그를 찾아가 시를 읽는다는 마음이 바로 이런 것이었을까? 이런 감정에 이리 그 사람을 찾고 그 사람의 마음을 느끼는 것일까!' 그녀를 그리는 마음이 짙어질수록, 보고픔에 지쳐 갈망이 터질수록, 그 사람에 대한 질투의 감정 역시 분출하는 용암의 낙진처럼 그것은 위태로운 충동이었다. 무씨는 생각한다, 생각해야 했다. 요리할 때 생기는 음식 쓰레기처럼, 그것은 생겨날 수밖에 없는 것이며 치워져야 할 찌꺼기인 것이다.

사람들은 알고 있다. 사랑에 빠지면 연인의 생각과 그 세세한 감정까지도 알고 싶어 한다는 것을. 세상에 빛을 던진 무수한 시와 노래, 예술작품들이 사랑하는 이의 정서를 그러하게 묘사하였다. 사랑한다는 감정의 표현일 정도로 그걸 어쩌지 못한다. 더러는 내 것이라는 소유의 욕망에서 발생한 거라 말하며 집착이라지만, 그래서 상대를 통제하려는 비이성적 작태이니 알고 싶다는 마음을 내려놔야 한다는데, 그건 그렇지가 않다. 알고 싶다면 알려주면 되고, 어차피 알려준 사람도 상대를 알고 싶을 테니까. 그렇게 서로가 알리고 알려줘서 서로의 마음을 깊이 확신하여 신뢰하게끔 이끄는 것이어야 사랑이겠고 사랑의 결실에까지 이어지는 것이겠다. 그렇게 사람들은 사랑을 키우고 친지와 어울려 어린 날의 얘기까지 들먹이면서 다들 결혼에 이르는 게 아닐까?

이렇듯 알고자 하는 욕망은 사랑의 분출, 그 솔직한 표현임에도 불구하고 앞서 말한 바와 같이, 서로를 알고야 말겠다는 감정을 내려놓아야 하며 구태여 알 필요가 없다고 말하는 쪽도 있는 것이다. 하지만 그런 주장은 삶을 살면서 혹 느닷없이 솟구칠 일말의 파고에도 허우적거려 결국 빛바랜 사랑으로 전락해 버리지나 않을지, 어쩔지? 사람에게 있어, 내려놓는다는 정신적 각성은 그것으로서 완성되는 게 아니라, 알려는 본성의 억제요 잠재의식 저 아래로 밀어 넣는 억압일지도 모르니만큼 그것은 오히려 두려운 주문이 될 수도 있다. 삶을 살다가 어두운 그늘을 만났거나, 예리한 성욕의 칼날에 베인 흔적을 품었거나, 그럼에도 그런 의식을 두려워하여 서로가 회피하려는 의식구조는 더욱 심각한 후유증에 시달리게 만들겠다. 사실보다 더 소중한 가치는 진실에 있으니, 사실의 단순한 언급이 아니라 영혼의 진실을 사실로 들려주어야 한다. 그리해야 영혼에 와 닿는 삶의 진실성이 앎의 기쁨으로 충만하게 된다.

사람들은 이렇게 말하기도 하는데, 감정은 의지와 무관하게 일어나는 현상이 아니라 뇌 속의 정보를 바탕으로 뇌가 선택하는 것이기 때문에 뇌가 감정을 조절할 수 있고 새로운 감정을 만들 수가 있다고 한다. 감정의 조절은 감정을 사라지게 하는 것이 아니라 일어나는 감정들을 바라보고 원하는 감정을 선택하는 의미라고 말한다. 감정을 선택할 수 있다고? 참으로 불교적인 소리다. 이것을 인간들의 현실적 삶에 적용시킬 수 없는 건 아니겠다. 여러 가르침은 수련을 통해 충분히 그 감정조절에 이를 여지가 있음을 말하고 있다.

이런 차원에서 사랑의 감정에도 적용시켜 즐거운 긍정적 감정을 선택하고 질투나 우울, 소유욕 등의 그릇된 감정을 내버려두어 건전한 사랑의 감정으로 충만할 수 있다는 얘기가 되겠는데 과연, 항상 온유하면서 긍정적인 사랑의 흘러넘침으로 산뜻하게 살아갈 수 있는 것일까? 선택이 가능하면 그게 감정이기나 할까, 이성의 파편이 아닐까? 파편을 흩쳐놓고 이게 감정이니 내가 조절하노라, 그렇게 해서 선사가 되고 성자가 된다면 그 모습은 과연 어떤 것일까? 뇌세포의 기능 일부가 허물어져 감정을 상실한 비정상적 인간 정서의 표정으로 나타나지 않을까 싶기도 하다. 본래의 성품과 기질이 사람마다 달라서 표현방식도 다른 것이지 감정의 선택에 의해 달라지는 것은 아니라고 본다. 이성적 사유와 가치가 영혼에 더해져 그 의지작용으로 일어나는 것일 뿐이다. 감정은 그런 것이다. 그렇게 해서 일어나는 감정은 때로 그것 하나가 커다란 해일이 되고 폭풍우로 몰아친다. 그것을 조절하자니 감정이 육체에 신음하거나 우레와 같이 터져버린다.

무씨는 그 사람에 대한 생각을 이성적 작용으로 정리했다. 누군가야는 그 사람을 한때 사랑했지만 실망하여 그 사람을 포기했고 그걸 눈치챈 그 사람이 집요하게 그녀 곁에 맴돈다고. 이렇게 간단한 사실의 설명을 누군가야는 무척 힘들어했다. 무씨의 줄기찬 의문이 그것에 부채질을 했는데 그녀의 심정은 아마 그랬을 것이다. 실망과 우울한 삶의 반복 속에 그 사람을 놓아버리지 못하다가 무씨를 만나면서 비로소 우중충한 깊은 터널을 빠져나올 수 있었지만, 그것이 어찌 사랑이 아니겠냐는 무씨의 채근 섞인 질문에 그녀 스스로 고개를 끄덕인 것이다. 사랑했지만 지금은 아니라고, 결코 사랑이 아니라고 말해야 했지만 그걸 인식하지 못하는 무씨에게 있어 딴소리는 변명이요 감추려는 행위에 불과한 거짓으로 비칠 게 분명해 보였던 것이다. 재촉하는 유도질문에 거짓을 사실처럼 실토해버리는, 당하는 자의 심리 상태로 그녀를 몰아가지나 않았을까, 거기에 생각이 미치자 생각의 사실 여부를 떠나 무씨는 전율한다. '설령 사실이 아니더라도 이것이 진실일 게다. 아아, 이게 무슨 짓이란 말인가! 아름다운 그녀를 향해서 말이다.' 무씨는 숨 막히는 초조감과 자괴감에 휩싸여 벽시계를 바라본다. 지금 전화를 하고 싶은데 해야겠는데 그쪽이 어떤 상황인지를……. 시곗바늘은 밤 열 시를 가리킨다. 참자, 오늘만 날은 아니지 않은가. 어떻게 잠 들었는지 모른다.

빛으로 더해오네

어떻게 잠들었는지 모른다. 무씨는 꿈에서 처음으로 누군가야를 만났다. 어떤 내용인지 눈을 뜨니 개꿈처럼 물거품이 되어 그 기억이 점점 흐릿해졌지만 어쨌든 꿈에 여자가 있었고 그것이 누군가야라는 생각에, 같이 손잡고 해변을 걸은 기억으로 남았다.

'세상이 동트려고 해. 짙은 비췻빛에 하얀 빛을 더하면서 사랑도 내 영혼에 빛으로 더해오네. 자연이었음이 내 영혼조차도. 더하고 더해서 동트려고 해.'

무씨는 마음에서 흘러나오는 감정을 즉흥적으로 글에 붙들고 그걸 누군가야에게 문자로 보낸다. 그러자 바로 전화가 걸려온다.

"우리가 너무 전화가 잦죠? 지금까지 전화질 없이 어찌 지냈나 몰라."

"사람들이 결혼하는 이유를 알겠다. 잠자기 위해서야."

까르르 웃는 누군가야다.

"그렇죠? 소설 적는다고 너무 안에만 머물지 말고 밤 산책도 거닐고 운동도 하고 그러세요. 체력이 받쳐주지 않으면 버텨내기 힘들어요. 잠이 많이 모자라면 눈치 봐서 낮잠도 좀 주무시고. 가능하면 밤에 푹 자는 게 좋은데."

"언제 만날까?"

"또요? 무씨는 내 마음과 비슷하게 흐르나 봐요. 나도 사실 어제 만나자고 하마터면 전화할 뻔했어요. 생각해보니 만난 지가 겨우 일주일밖에 되지 않았더라고요. 참느라고 어찌나 힘들었는지. 아하하."

"언제 시간 돼?"

"토요일이 좋겠어요. 자기도 쉴 테고 나도 여유가 생기고요. 그때는 아침부터 만나요. 같이 산책도 하고, 하루 가까이 길게 지내보고 싶어요."

서로가 만날 시간과 장소를 정하고는 잠시 침묵이 흐른다.

"무씨."

"왜? 말해."

"무씨가 매일같이 계속적으로 성욕을 느끼기 때문에 내게 전화하는 것일 수도 있겠어요. 나 또한 마찬가지고요. 자신의 본능이나 자신의 감정을 잘 드러내는 사람이 행복한 사람이에요. 잘 울고 잘 웃는 사람. 참, 부인은 잘 울고 잘 웃나요? 무씨, 사람은 성욕만을 위해 사는 존재가 될 수 없거든요. 성욕보다 높은 차원의 정신적인 만족을 추구하게 되어 있어요. 물론 성욕은 잠시 머무는 그런 것이 아니고 늘 존재하긴 하죠. 그렇지만 다른 무엇보다도 성욕이 중요하다고 할 수는 없어요. 음식을 먹고 육체가 건강해지듯 성욕도 영혼의 건강을 위해 자연스런 해소가 필요한 듯해요. 하지만 끊임없이 성욕을 향해 나아간다면 어리석은 일이 되겠지요. 그런데 하나 분명한 건 섹스에서 만족을 느끼지 못한다면 그건 약간은 안타까운 일이에요. 나는 그것에서 벗어났다는 것에 안도해요. 그러니까 절정을 밟아본 후에는 그 느낌을 아니까, 환상이 없어요. 뭔가 더 있는 건 아닐까 하는, 그런 섹스에 대한 환상이 없는 거예요. 알게 모르게 어릴 적부터 무의식에 쌓인 찌꺼기들이 성욕을 자연스럽게 받아들이지 못하고, 섹스 중이거나 그 후에 오는 허탈감에서, 이게 과연 무엇일까 하는 정신적 충격에서 빠져나오지 못하던, 결혼 초기의 그 시기를 지나서야 비로소 섹스에 대한 죄책감에서 벗어났다, 그렇게 생각했답니다."

누군가야는 지금 자기가 갖는 섹스를 노래하는 게 아니다. 무씨를 향해서, 무씨가 갖는 섹스의 부적응에 대한 안타까움을 품고 그걸 치유해보려는 마음가짐을 드러낸 것이다.

"무씨, 그날 어땠어요? 나랑 관계 가지고. 나는 무씨가 좋았어요, 나랑 참 잘 어울린다고 생각했어요. 무씨는 어땠는지 듣고 싶어요."

"나는 아직 잘 모르겠어. 아내랑 비슷하다 할까?"

누군가야의 목소리에 실망이 깃드는 기색이다.

"무씨, 자신의 감정을 있는 그대로 말하려고 노력하세요. 그래야만 둘의 관계가 자연스럽게 흘러요. 몇 번이나 무씨는 자신의 감정을 감추었어요. 그렇게 되면 매번 무씨의 감정이 어느 것이 진짜일까, 생각해 보게 돼요. 그런 건 정말 피곤한 일이에요. 토담집에서 도토리묵을 젓가락으로 집는 그런 아슬아슬한 사랑은 피곤하다 한 무씨였는데. 무씨와 나는 어느 정도의 시간이 흘러서 이제 감정의 다툼을 겪을 사이는 지났다고 봐요. 있는 그대로 솔직한 표현을 해주세요. 그게 나를 행복하게 하니까요. 그리고 둘 다를 행복하게 해줄 테니까요.”

“그래, 누군가야. 나는 감정과 그 표현에 솔직해지려고 노력하고 있어. 그런 만큼 누군가야에게 실망스런 일은 없었다고 봐.”

누군가야는 지금 자기와의 섹스, 그 느낌을 묻고 있는데도 무씨는 그걸 모르고 엉뚱한 대답을 하고 있다. 그것은 그것대로 누군가야에게 실망을 더하게 할 뿐이다.

“사람의 열정은 그냥 느껴져요, 어떤 사람이든지요. 사람에게도 색깔이 있다면 난 어떤 색일까요. 아니 무씨가 날 어떤 색으로 여길까요? 난 무씨가 회색이란 걸 근래에야 알았어요.”

“사랑이란 게 한꺼번에 다 토해내고 사그라질 그런 성질의 것이 아니잖아. 찬찬히 차츰차츰 어디론가 향해 가겠지.”

“난 완전히 다 드러내고 싶은데요? 더 깊이 열렬히 느끼고 싶은데요?”

무씨의 무덤덤한 대답에 자극을 받아서인지 누군가야의 목소리가 흐트러진다. 무씨는 정녕 누군가야가 느끼는 감정에 미치지 못하는 게 분명하다. 그 감정은 비단 사랑이라는 것의 순수성에 대한 농도만을 따지자는 게 아니라, 그 외에도 곁가지로 따라오는 찌꺼기에 얽혀든다는 그 정서까지를 말한다. 그것을 눈치채길 바라는지 누군가야가 말을 흘린다.

“섹스를 원하지 않는 건 아니지만 대화를 원하는 마음, 한 사람과 완전한 소통을 원하는 마음이 더 커요. 섹스가 없어도 내게는 상관없는지 몰라요. 만약에 그럴 수 있다면 내가 불안해질 일은 없어지겠죠. 이 관계가 떳떳하게 사람과 사람 사이의 대화라고 정당화시킬 수 있을 테니까요. 하지만 무씨에게는 섹스가 먼저일 거예요. 그것이 없다면 이 관계가 무의미한 것일 수도 있겠다는 생각이 들기는 해요. 그 섹스를 위해 내가 잃어야 하는 게 너무 많다는 생각이 불현듯 들 때가 있어요. 이게 과연 현명한가? 그런 생각이 들죠. 얼마 전에 친구들을 만나니 이런 생각들과 전혀 무관한 그들이 자유로워 보였어요. 물론 그들도 한편으로는 이런 생각을 해본 적이 없는 건 아니겠지만 정신적으로 스트레스를 받지 않으니 훨씬 자유롭게 보였어요. 난 누군가, 왜 이러고 있나, 그런 생각이 들죠. 내 마음을 속여가면서 친구들을 대해야 하는 일도 그렇고, 외도하는 사람들의 숨겨진 내면들이 슬쩍슬쩍 보이니, 여러 가지로 그런 생각이 들었어요. 그만 쉬세요. 내가 지금까지 했던 말에 개의치 말고요. 끊어요."

"토요일에 봐. 동안 잘 지내고."

전화를 끊고 무씨는 묘한 감정을 갖는다. 결국은 사랑이라는 감정도, 세상이 말하는 간음 그 외도의 굴레에 옭아들어 위기를 맞게 되는 게 아닌가 하는 것이다.

왜 초기불교인가

첫 촬영을 무사히 마쳤다. 사리풋타는 스튜디오에 설치한 세트 장치에도 만족감을 나타냈고 특히나 자신이 촬영된 녹화테이프를 모니터로 확인하고서는 다소 상기된 표정을 감추지 못한다. 자신의 강의 모습에서 일말의 불안을 떨쳐버리고 스스로에게 자신감을 갖는 기색이다. 아직까지는 한국불교가 중국불교의 영향으로 참선과 화두에 중점을 두고 있다고 사리풋타는 말한다. 인도의 고대 언어인 팔리어로 적은 니카야 경전군락 같은 초기경전을 놓고 한국불교 집안에서는 소승불교가 다루는 경전 정도로 가볍게 다루고 있다고 한다. 그러한 문제를 지적하면서 초기불교의 흔적, 그러니까 고타마붓다의 원래 말씀이 고스란히 담긴 경전을 찾고 보는 공부가 우선되어야 한다는 주장을 하는 사리풋타인지라 마음 한구석에 자신의 강의 내용 자체가 무척 조심스럽나보다.

"초기불교가 왜 중요합니까?"

"불교를 창시한 사람은 한 사람인데 불교의 모습은 나라마다 다릅니다. 불교 문화의 배경이 달라서 그러하다면 수긍하겠지만 모양 자체가 다른 것은 문제입니다. 대승과 소승의 분별도 그렇고, 중유가 존재한다고 믿고 치르는 49재조차 나라마다 다릅니다. 수행법도 각자 달라 화두를 드는 간화선이 있고 남방국가의 위빠사나 수행이 있습니다. 요즘 들어 다른 수행방법까지 거론되는 실정입니다. 이런 상황에서 불자들이 과연 무엇을 선택하여야 할지를 곰곰이 생각해보게 됩니다. 불교집안에는 이런 말도 있습니다. 직지인심견성성불, 그리고 불립문자라는 말이 있습니다. 이것들은 마음을 곧장 보는 수행을 할 때는 문자에 걸리지 말아야 한다는 얘기인데 이런 까닭에 경전공부보다는 실제 수행에 몰두하는 경향을 보입니다. 거사님 보기에 어떻습니까? 경전은 붓다의 말씀인데 어떻게 처음 불교를 펴신 교조의 가르침을 모르고 수행할 수 있으며, 그렇게 수행하여 얻는 깨달음이 붓다의 깨달음과 같을 수 있겠습니까? 선정에 들어 우주와 인생을 의문하고 큰 깨달음에 이른 붓다의 가르침 없이, 그 깨달음에 이를 방법을 익히 알지 못한 상태에서 번뇌인 한 생각을 돌리고 화두를 들어 '이 뭣고?'를 간절하게 의문하다가 어느 순간, '이것이다!' 하면서 직관하여 성불을 볼 수가 있겠습니까? 제가 초기불교의 경전공부를 강조하는 까닭은 그것들을 제대로 알 방법을 먼저 알자는 것입니다."

사리풋타의 주장이 어긋났다고 생각지는 않는다. 우주와 인생의 의문을 풀고 우주와의 하나를 이루는 해탈에의 수행이 불교이고, 그 불교를 처음으로 펼친 이가 붓다인데 어찌 그 큰 깨달음을 설하신 분의 가르침대로 수행하지 않고서 하나라고 하는 그 우주의 근본에 이를 수가 있겠느냐는 것이다. 하지만 무씨는 의문을 떨치지 못한다. 현재까지 존재하는 지구상의 모든 종교는 수정에 변형을 더해왔다고 해야 옳겠다. 그것에 반발하여 근본으로 돌아가자는 새로운 움직임이 시대에 따라 항상 일어나곤 했는데, 이른바 종교근본주의자라는 용어가 그래서 나왔다.

모든 종교의 근본주의자들은 한결같이 경전에 얽매여 문자적으로 해석하려는 경향으로 해서 많은 폐단을 낳기도 하고 인류 간에 분쟁을 일으켜 종교전쟁으로까지 화하기도 한다. 오늘날의 이슬람 근본주의자들의 움직임이 더욱 그러한 지경에 처해 있다. 이러한 마당에 불교까지 그 근본을 강조하고 근본불교로 돌아가려는 경향을 보인다면, 혹시라도 타 종교나 이미 수정된 불교로 틀이 잡힌 자기 집안끼리의 다툼으로까지 번지지 않을까 하는 우려가 무씨에게 드는 것이다. 그러니 조심스러워도 묻지 않을 수 없다.

"스님, 종교가 지나치게 근본을 지향할 경우에 닥칠 문제점은 없겠습니까?"

"거사님, 이와 유사한 질문을 특히 기독교인들로부터 몇 번 받은 기억이 있습니다. 불교 이해와 기독교 이해를 같은 선에 놓고 비교하지 않았으면 합니다. 두 종교의 근본은 그 내용자체가 다르지 않습니까? 어떻게 경전에 얽매여 문자적으로 해석을 하는 불교이겠습니까? 그 불교가 근본이겠습니까? 불교의 방법

론은 부처님의 문자인 법 자체가 무엇에 얽매이지 않는 방법입니다. 근본이라
는 단어만 놓고 보면 안 되겠지요?"

하긴 사리풋타의 견해 그대로라면 그렇겠다. 그렇다면 다른 각도에서 살펴보
면 어떨까? 붓다가 비록 우주의 원리를 발견하고 그것에 도달할 수 있는 수행
방법까지를 터득했다 하더라도 엄연히 붓다는 한 인간인 게다. 신도 아니고 불
완전한 인간의 입장에서 완전한 사유에 입각하여 진리를 깨쳤다고 해도 그것
은 인간으로서 완전한 것의 발견에 머무는 것이지 그 완전한 원리를 만든 것
도, 진리에 이르는 길을 스스로가 닦은 것도 아니기에 결코 붓다의 수행방법만
이 유일하고 완전한 것이라 주장할 근거가 아니 되는 것이다. 이런 생각을 무씨
가 언급하자 사리풋타가 답한다.

"불교 수행은 실천하여 체득한 수행자만이 부처님의 길에 신뢰를 갖습니다.
물론 인연 따라 신앙하는 불자도 계시지만 부처님 수행론에 의한 수행의 결과
가 완전한 것의 발견인가, 아닌가, 그것에 대한 확신은 계 정 혜 해탈 해탈지견
에서, 해탈지견으로 해탈했음을 스스로 알고 보는 수행자가 결론을 내려야 정
당합니다. 불교는 수행의 종교이고 자신이 깨닫는 종교이기에 그 길을 걷지 않
고 경험하지 않은 사람이 판단을 내리기에는 더욱 모순인 것이지요. 그래서 거
사님의 그런 결론은 무리이겠습니다."

설령 붓다가 발견한 그 원리가 타당하고 변할 수 없는 하나의 확고한 진리라
고 인정하더라도 그 진리에 이를 수 있는 길까지 붓다가 발견한 길과 반드시
같아야 한다는 사리풋타의 논리는 정녕 설득력이 떨어지는 것이 아닐까? 세상
이치를 살펴도 산 정상에 이를 수 있는 길은 여러 갈래다. 정상을 향해 걷는 길
에 자기 방식의 길을 선택할 수가 있지 않겠는가. 기독교의 일부 집단이 자기들
의 가르침만이 참 진리이고 그 길만을 걸어야 한다는 주장과 하나도 다를 바가
없다. 붓다가 걷는 길, 걸어갔던 길이 유일한 수행방법이라면 수행방법이 다른
불교집안은 물론이고 타 종교 입장에서는 아예 진리의 그림자조차도 밟을 수
가 없게 된다. 마찬가지로 이런 무씨의 생각을 사리풋타가 답한다.

"정상에 오르는 길은 다양합니다. 그런데 이런 비유를 하고 싶네요. 예를 들
어서 북한산 정상인 백운대에 오르는 등산로는 숱하지만, 과연 제각각 다른 길

로 정상에 오른 사람들끼리 백운대에서 만나면 그들이 올라오던 길에서 보았던 풍경을 서로 공유하는 것이 가능할까요? 진달래 능선으로 올랐던 이는 그 능선의 그 진달래를 보았겠지만, 구파발에서 위문을 거쳐 백운대에 올랐다면 그 등산객은 진달래 능선의 그 진달래는 경험하지 않았기에 모른다는 것이지요. 그래서 붓다는 바른 길을 설정하십니다. 그게 팔정도입니다. 길에는 여러 종류가 있지만 바른 길을 걸어야 진리를 경험한다는 것입니다. 아무 길이나 걷는다면 맹수를 만나기도 할 것이며 낭떠러지에 굴러 떨어지기도 할 것입니다. 어떻게 부처가 그런 길을 설정했겠습니까.

　부처님만 갖는 고유한 특성에 '18불공법'이라는 법이 나타나는데 그 안에 4가지에는 전혀 두려움이 없다는 자신감을 드러내신 붓다께서 〈나는 길이 아닌 길에 대하여 설하는 것에 두려움이 없다.〉고 하십니다. 길이 아닌 길도 있다는 것입니다. 부처님께서 발견하신 길은 일승입니다. 그 한 가지 길에 북한산에 분포된 모든 진달래를 보는 게 가능합니다. 일승으로 분류된 하나의 탈 것은 사실 성문승, 연각승, 보살승은 차례대로 오르면 결국 하나의 길이라는 것인데 그 일승에 진리를 추구하는 모든 소식을 알고 보는 게 가능하다는 것입니다. 이름이 일승이기에, 굳이 한 가지 길이라는 것은 아닙니다. 그 일승에 우주와 인생의 모든 문제와 해답이 거론됩니다. 종교 교주가 갖는 카리스마를 붓다도 드러내신다는 것입니다. 처음에는 〈네 종교는 인연을 따라 믿어라. 나와 진리추구에 대한 대화를 하자.〉고 하셨던 붓다께서도 결국은 이 길만을 걷기를 원하셨습니다.

　부처님께서 발견하신 것은 우주와 인생을 지배하는 원리원칙입니다. 그것에 대하여 기독교는 신의 뜻이라고 하겠지요? 하지만 무엇이 진리인가에 대한 판단은 섣불리 내리면 안 될 것입니다. 왜냐하면 기독교처럼 하향식 종교와 불교처럼 상향식 종교는 진리를 추구하는 방법론이 아예 다르기 때문이지요. 그걸 거사님 생각으로 재단해놓고는 사리풋타의 논리는 설득력이 떨어진다고 봐야 한다면 이미 전제가 잘못이라는 것입니다. 당연히 그 전제가 잘못이기에 뒤따라 나오는 견해 역시 잘못이겠지요. 부처님의 길이 유일하다는 그런 생각을 전제하지 마시고 이 종교 저 종교에서 다루는 어떤 주제에 대한 해설은 각 종교마다 어떻게 다른가, 이걸 비교하는 것이 훨씬 효과적일 테니까요.”

자기의 생각 하나하나마다 일일이 반론의 고삐를 늦추지 않는 사리풋타의 모습에 무씨가 주춤거린다. 달리 무슨 말을 더 언급할 수 있으랴? 이렇게 되자 무씨는 사리풋타가 내세우는 붓다의 수행방법이 무척 궁금해졌다.

“스님, 그렇다면 수행은 어떻게 해야 옳습니까?”

“여설수행하라는 말이 초기경전에 나타납니다. 붓다가 설법하신 대로 수행하라는 얘깁니다. 그러려면 당연히 불교경전을 보아야 하는데 8만4천경이나 되는 것을 어떻게 다 볼 것이며 본다고 해서 그 안에 적힌 수행방법을 제대로 파악할 수 있겠느냐는 문제가 생겨납니다. 그래서 나름대로 정리하자면 제 견해는 수행방법을 크게 두 갈래로 봅니다. 하나는, 생사에서 해탈할 수 있는 수행인데 열반을 체험하는 아라한의 수행입니다. 그 수행방법이 방대한 분량의 니카야 경전군락에 담겨있고 한역경전인 아함 183권이 바로 그 번역경전입니다. 이렇듯 니카야경전이야말로 지구상에 남아있는 가장 소중한 불교수행 자료입니다. 또 하나는, 생사를 해탈한 후에 더 이상 없는 바르고 원만한 깨달음을 얻기 위한 보살의 수행입니다. 이 수행방법은 반야부경전과 법화부경전의 대승경전에 담겨 있습니다. 이렇게 두 갈래로 나뉘는 수행방법을 단계별로 걸어가야 바른 길이라 봅니다.

요즘은 남방국가로 유학을 떠나는 스님들의 소식을 자주 듣습니다. 산스크리트어와 팔리어를 공부하고, 붓다의 원래 말씀을 찾겠다고 길을 떠났던 신라의 혜초스님과도 무척 닮은 구도자들의 발길을 보게 됩니다. 붓다께서는 제자들에게 붓다 자신과 자신이 주장하는 법을 조사하고 잘 살펴본 뒤에 믿고 따르라고 하셨는데 그 말씀의 뜻은 우선은 붓다 자신의 말씀이 담긴 경전의 법을 공부해야 한다는 가르침입니다. 붓다에 대해 깊고 넓게 조사하지 않고서 불교를 신앙한다는 것은 미신이나 마찬가지입니다. 법등명자등명 없이는, 어떠한 청정한 스님을 만나더라도 무조건적인 믿음을 갖는다면, 그것 역시 맹신으로 곧 허망이 될 뿐입니다. 그렇듯 우주와 인생의 주인공인 나를 알기 위해 포기하지 않고 인생의 문제를 풀어가야 하며 그런 뒤에 궁극적 문제인 죽음이라는 주제를 붙들고 반드시 풀어야 하는 것이 바로 불교입니다. 다시 말해 불교는 광

대한 우주와 오묘한 인생, 그것의 생성과 전개와 소멸에 대하여 사유하고 그 답을 찾는 종교입니다. 그 길잡이로서 붓다가 설법하신 경전자료의 공부가 중요하다 하겠습니다."

오늘 치른 작업을 마무리 지어야 직원들의 퇴근이 가능하겠다. 할 수 없이 무씨는 사리풋타와의 대화를 끝낸다. 사무실에서 자리를 옮겨 스님과의 대화를 이어나가기엔 뭔가 어색하다. 다음 촬영 날짜까지 불교 관련 얘기를 미룰 수밖에 없다.

이끌리는 느낌에

누군가야가 피곤한 기색으로 무씨를 반긴다. 나이가 드는가, 흔들리는 버스에 멀미증세가 일어났단다. 무씨 팔을 붙든 가벼운 몸짓이 가을 속을 걷는다. 간지럼 태우듯 살갗에 와 닿는 가을바람이 선선하다. 손 꼭 쥐고 오솔길 따라 걷는 그들의 하늘이 높아져가고 뭉게구름 두둥실 피어오르는 풍경 속에 그들이 놓였다. 어쩜 저리도 단풍이 고울까. 붉게 물드는 단풍잎처럼 이 사랑도 붉게 물들려나.

"나의 진짜 모습을 잃지 않고도 너와 함께할 수 있을까? 전에 한 영화를 보고 떠오른 한 가지 의문이었어요. 그 영화에서 여자는 자신의 모습을 잃지 않고도 마지막에 자신을 사랑하는 사람을 만나게 되어요. 그런데 보통의 연인들은 상대가 변하기를 바라지요. 내가 변하지 않고도 내 모습 그대로 누군가와 함께할 수 있을까, 나에게도 그런 기회가 있을까, 그런 의미로 생각해본 적이 있어요."

"누군가야는 자기 모습 그대로야. 언젠가 내게 물었지? 어떤 모습을 보고 자길 좋아하느냐고."

"그래요. 다시 물을게요. 당신은 내가 왜 좋아요?"

안기듯이 무씨의 팔짱을 끼며 묻는다.

"좋아하는 이유를 일부러 감추고 아꼈는데 말해야겠어. 그건 바로……"

"바로! 개봉박두네. 아하하."

"솔직담백해서 그래. 그래서 좋아. 술 취한 뒤 아침 해장으로 콩나물국 같은 담백한 음식을 나는 좋아하지. 중국음식처럼 기름기 많거나 느끼한 그런 맛이 아닌, 야채 같은, 우리 한식의 정갈한 음식같이 솔직담백해서 누군가야를 좋아하는 거야."

침대에 몸을 눕히는 그들이다. 두 번째 갖는 섹스라 조금은 자연스러운 분위기가 흐른다.

"얘길 들어보면 단번에 관계가 성사되기 어렵다고 해요. 그래도 우린 잘해냈어."

"그런 거야?"

"당신은 신혼 때 부인과 어땠어?"

"아! 그게."

생각해보니 그렇다. 처음 시도하는 부부관계지만 그건 뜻밖에 어려운 숙제였다. 그런 기억이 새삼 떠오른다.

"누구는 일주일 만에 성공했다는 말이 들릴 정도로 쉬운 게 아니에요."

"왜 그렇지? 이미 경험도 많을 어른들이?"

"그건 아마 마음이 경직되어 그럴 수가 있고, 세상일에 정신줄 놓고 바쁘게 돌아가다가 막상 기반을 다지거나 옷 벗을 나이가 되면 육체적으로 그게 발기가 잘 되지 않는다고 그래요."

그렇다. 그런 얘기들이 술자리나 나이 든 남자들의 무리 속에 있으면 간간이 들려오긴 한다. 아내와의 성행위 갖기로는 도저히 발기가 이뤄지지 않아 매춘을 하거나 외도를 통해 자신의 성적 욕망이 되살아나기를, 그것의 회춘을 위해 시도해본다고들 떠든다.

누군가야의 육체가 전보다 부드럽다. 약간은 경직된 느낌의 육체를 좋아하긴 했지만 오늘처럼 친밀감에서 오는 육체의 이완 역시 감흥을 느끼기에 충분하다. 누군가야도 유방의 노출을 그리 부끄러워하지 않는다. 그녀의 봉긋한 유방을 바라보고 매만지고 가볍게 유두를 빨아들이는 혀의 감촉이 신선하다. 유방에 얼굴을 묻고 잠시 심호흡하는 무씨의 머리를 누군가야의 두 손이 보듬는다.

"오늘은 전날보다 찬찬히 좀 더 길게 이어질 거예요. 다른 생각을 다 버리고 오직 느낌만, 생겨나는 느낌만을 붙들고 따라가 보세요."

"지금 삽입해볼까?"

"해보세요."

무씨가 그녀의 엉덩이를 더듬자 남자의 그것을 이끈다. 무씨는 채 열리지 않은 문을 부수고 진입하려는 적병의 모습 같다.

"아! 좀 아파요. 애무 없이 바로 서두르면 아프게 되어요. 당신은 방법이 많이 서툴러. 많이 모르기도 하고." 그렇게 말해놓고서는 비시시 웃는 그녀다.

"그래도 당신은 섹스가 덜 익어서 그렇지, 몸은 좋아요."

서투른 기사에게 맡길 거사가 아니라는 걸 아는지라 그녀가 남자의 몸에 새로이 마법을 걸기 시작한다. 누군가야의 손놀림과 입술의 움직임, 상실된 키스의 감각을 부활시키는 주술의 향내가 그윽하게 풍겨난다. 무씨는 그걸 육체로 감각으로 느낀다. 입술을 얹어 남자의 그것을, 승천하려고 용트림하는 이무기 형체로 만들고는 그녀가 남자의 육체를 점령하기 시작한다. 남자의 그것은 집어삼켜져 물리고 씹혀서 그것은 장렬하게 산화할 전사만 남았다. 무씨는 그녀가 일러준 대로 근육의 긴장을 풀고 그것에 힘줌의 경직을 풀고 그저 느낌대로 마치 물살에 떠내려가는 뗏목처럼 가볍게, 느낌의 흐름에, 여자의 율동에, 선율처럼 움직이는 여자의 흐느적거림에, 남자도 몸을 맡기는 것이다. 무씨는 누군가야의 휘어져 들어가는 허리를 붙들고 서로가 합선되는 교감에 영혼 전체를 물결에 던져버린다. 검푸른 물살에 처박혀 휘돌리는 뗏목의 몸체에 우주의 불타는 유성처럼 연기 치솟는 물보라를 거칠게 뿜으며 돌부리에 바위덩이에 들이박고 깨어지고 부서져 몸체가 뒤틀리고 그것은 굉음과 함께 사그라진다. 흔적도 없이!

무씨는 처음으로 비명 가까운 괴성을 질렀다, 질러댔다. 영화를 보면 항상 여자들이 내더니만 그것이 아니다. 쾌감은, 신음을 내는 섹스는 여자만이 아니라 남자에게도 적용되는 것이었다. 침대에 몸을 눕힌 누군가야는 수건으로 여자의 그것을 지그시 감싼다. 그 모습은 무씨에게 신선한 충격이다. 마치 자기의 아기를 갖기로 작정한 여인네처럼 자기 몸에 옮겨진 정액을 천천히 자궁 속에 흡착시키기라도 하려는 듯이. 무씨는 이런 누군가야의 사랑에 대한 의식이랄까, 일종의 몸짓 하나에도 감격하고 그것을 놓치지 않는다. 무씨는 일말의 희열을 느낀다. 섹스가 진행될 때에도 흥분되는 전율을 맛봤고 그것은 절정의 순간까지도 이어졌으며 지금 이렇게 육체의 진동을 진정시키는 와중에도 감흥으로

영혼이 떨려오는 것이다. 여전히 떨고 있는 것이다. 누군가야와 무씨가 서로의
얼굴을 문지르며 웃음을 웃는다.
　"자긴 내 이름 알아?"
　"누군가야잖아."
　"바보! 난 조문주야. 그냥 말해주고 싶어서."
　끌어안는 육체에 새로운 에너지가 생성되고 있다.

사랑하지만 헤어지지만

하루가 지나지 않아서 조문주로부터 전화가 걸려온다.

"남편이 중국으로 발령 났어요. 상해에서 아파트를 짓고 있는데 거기 간다나 봐요. 일단 거기서 2년 근무로 결정됐다고 그러는데. 무씨, 아이가 있다면 나는 한국에 머물 수가 있겠는데 따라가야 해요. 낯선 외국이라 내 마음이 외로울 거 같아. 어쩌지?"

"누군가야는 자주 옮겨 다니는구나. 안타깝다. 이제 겨우 사랑하게 됐는데."

"며칠 전에 당신을 만났을 때, 아니다! 어제였구나. 아, 이렇다. 무씨와 헤어지고 나면 세월이 훌쩍 지나가버린 착각을 받아. 어제 나를 보고 활짝 웃는 당신의 미소가 나를 좋아한다는 걸 금세 알 수 있었어. 무씨는 내게 소중한 사람이야. 공간은 달리 하지만 나의 하루 종일을 같은 마음으로 보내고 느낄 수 있으니까. 요즘은 시 쓰는 행위에 회의가 느껴져. 나는 내가 적고도 좋다 싶은 시가 아직 없어. 그저 속에서 나오는 것들을 나열해 볼 뿐. 그런데 어제는 당신을 바다에 견주어서 적어보았는데, 당신이 내 안에서 춤추고 있다는 내용이야. 표현이 아름답지는 못해도 내가 무씨를 생각한다는 것만큼은 좋아해줘. 문학은 자기 상처를 핥는 거라던데, 얼마나 나를 온전히 드러낼 수 있을지! 무씨, 나는 당신을 사랑하지만 사랑하는 것만큼은 분명하지만 나 스스로도 정확하게 알지는 못하겠어. 사람의 마음은 명확하지가 않아. 내가 그 순간에 하나를 선택해서 보여주는 것일 뿐이지. 한 가지의 일에도 여러 가지 이유가 복합적으로 들어 있어. 그러니 그런 걸 일일이 설명할 수가 없는 일이야. 침묵이 정답이고, 말을 듣고 해석하는 사람의 자유라 봐야겠지."

조문주는 이제 급히 떠나야 한다는 눈앞의 현실을 두고, 그 사람이라는 자와의 관계를 무씨에게 다시 한번 표현하면서 자기의 진심을 들려주고 싶은가 보다. 그걸 무씨가 느낀다. 그래서 그는 자신의 진심어린 말을 그녀에게 들려줘야 했다.

"누군가야, 나는 이제 다 알고 있어, 알겠어. 말로는 표현이 불가능해. 그래도 내가 이렇게 대신 말해볼게, 이게 진실일 테니. 누군가야는 그 사람을 사랑하지 않았어."

"아! 무씨, 당신 말이 옳아. 당신이 내 마음을 알아주네? 나는 그 사람을 사랑하지 않았어. 이건 사실이고 진실이야. 내가 비밀 하나 더 말해줄게. 그동안 내 남편 얘기를 거의 하지 않았잖아. 무씨와의 사랑에 아무 연관 지을 게 없었으니까. 이제 서랍 하나 열고 싶어. 내 남편은 아이를 잃고 나서 그 충격인지 나를 멀리하기 시작했어. 내가 잘못해서 아이가 그렇게 됐다고 믿고 싶었던가 봐. 바람을 피우고 출장이 잦고 그래도 난 괜찮았어. 참았지. 남자들이야 그럴 수 있으니까, 세상에 매춘산업이 번창하는 이유가 있는 거니까, 섹스를 장난처럼 즐기는 사람들이 많을 테지만 남편은 자기 상처를 치유하기 위한 본능의 몸부림일 테니까. 무씨에게 말하지 않은 것은 내가 맞불을 놓고, 맞바람을 피우려는 악한 감정에 당신을 만나는 거라는 선입견을 주기 싫었어. 나는 남편을 바라보면서 참고 기다릴 생각이었지. 나는 그래도 여자니까, 아니 아이를 잘 보호하지 못해 죽인 죄인이었으니까. 하지만 그때 그날, 무씨를 만나 순수한 감정을 나는 느꼈던 거야. 그래서 말하지 않았지. 그 사람 일처럼 오해할까봐, 우리의 사랑이 부서질까봐 말하지 못했어. 그 사람 문제도 알리고 싶진 않았어. 하지만 우리 사랑의 시작점에 그 사람이 있었고 그래서 언급을 피할 수가 없었어. 무씨, 당신 아이 하나 낳고 싶다는 생각을 했어요. 이성적으로 도저히 불가능하고 그럴 수 없다는 걸 알면서도. 어쨌든 고마워. 사랑해요!"

"누군가야, 나도 당신을 사랑해!"

둘은 그렇게 대화를 끝낸다. 시일은 정하지 않았지만 떠나기 전에 한 번 더 만나기로 서로가 약속한다. 며칠 후에 조문주로부터 메일이 온다.

"전부터 문득문득 다가오는 생각이지만 가끔은 이런 관계가 힘들어요. 정신적으로 부도덕에 대한 생각들이. 만약에 마음의 정리가 되었다면 지체 없이 말해요. 난 아무 일 없었던 것처럼 돌아갈 수 있으니까. 만약에 우리가 육체적인 관계를 갖지 않는다면 그건 정당한 관계가 되는 것일까요? 때로 이런 위태한 자리가 내게 왜 필요한 걸까, 하는 생각이 들어요. 무씨가 싫어서 이런 말 하는 거 아니에요. 이런 생각도 한다는 거, 당신 역시나 그럴 테고. 앞으로 결혼제도 가 어떤 식으로 바뀌어갈까요?"

어차피 만날 수 없다면 서로의 마음을 추스르면서 영혼에 새로운 기운을 불어넣을 필요가 있다. 그래야 살아갈 수 있으니까. 무씨와 조문주는 떠날 때까지 만나지 않았다. 누가 먼저 만나자고 말을 꺼내지 않았고 다만, "잘 지내요, 돌아와서도 만날 수 있다면!" 그런 아쉬운 작별의 인사를 대신하는 것으로 조문주는 남편과 함께 떠났고, 무씨는 일 속으로 파고들었다.

기억은 연기 속에 타버리고

그러니까 조문주가 떠나는 날에 무씨는 아내를 만나러 집으로 갔다. 그녀로부터 떠난다는 문자를 받았고 그는 잘 지내라는 문자를 보냈다. 그렇게 떠나고 남았지만 도저히 실감이 나지 않는다. 장난처럼 헤어지고 버릇처럼 일상을 산다는 게 손쉬운 일처럼, 다루기 쉬운 감정처럼 살 수 있을 거라는 생각에 오늘도 일상의 습관으로 소설을 적다가, 한참을 우두커니 창밖에 시선을 둔 채 자판 위에 두 손은 버려져 있다는 것을, 무씨는 깨닫는다. 현실감각을 상실한 사람처럼 뇌세포에 떠오르는 기억들이 뒤엉키고, 어디서 생겨났는지 모를 이상한 마음속은 온통 쓰디쓴 약재의 탄내로 코에 진동한다. 그동안 싹트고 키우고 나눴던 사랑의 기억들이 어찌하지 못하는 현실 앞에 그것은 쩌지고 달여져 마침내 연기를 내며 아픔으로 타버리려나 보다.

이것을 어쩌지? 완전한 이별도 아니고 기약도 없지만 먼 훗날 다시 이뤄질지도 모른다는 실낱같은 희망 하나에 매달려 살아가기에는 세상살이가 너무도 고달프지 싶다. 차라리 사랑을 하지 않았다면, 사랑의 감정이 슬그머니 마음속에 꽈리를 틀기 전에 쫓아내고는 빗장을 걸어 잠갔어야 했다. 누군가야가 찾아들고 누군가야를 찾아 헤맬 때, 서로의 영혼이 먹지 않고 마시지 않고 잠들지 않은 채 서로의 두 손을 꼭 잡고 움직임 없이 동굴에 드러누운 전설의 이야기처럼 떠돌 때, 그때 서로의 영혼에 떠오르는 노래를 버렸어야 했다. '사랑이 뭐냐고? 골육에 꽈리 틀어 바람에 썩고 먹구름 뚫어 번갯불에 천둥쳐서, 살 떨고 기 엉켜 거칠게 돋는 새순이여! 사랑은 아는 것이야, 믿음이여!' 그 노래를 버렸어야 했다!

무씨는 글 한줄 적어보려고 한참을 책상에 앉았지만 아무것도 쓰지 않은, 도저히 적을 수 없어 하얀 백지상태로 놓인 노트북을 끄고 일어난다. '술을 마시자. 포도주가 아니라 이제는 소주를 마셔야 한다. 조율되지 못해 여전히 타고 있는 저 불꽃을 방치한 채, 타고 또 타서 영혼까지 타들어가게 놔둘 수야 없지 않는가!'

소주 몇 잔에 무씨는 활활 타올라도 뜨겁지 않는 불꽃의 향연을 들여다보며 그것에 집중한다. 점차로 그것은 타되 차가워져 바람에 파래지는 불꽃 위로 비를 뿌린다. 조금씩 무씨는 빗물이 되어 빗물 소리를 내며 영혼을 식혀갔다. 그래서 울고 또 운다. 마음으로 생각에 울다가 그것은 입술을 열어 육체 그 밖으로 삐져나온다. 한참을 상처 핥는 짐승의 신음 소리처럼 울다가 먹은 술을 토하듯이 가슴을 치다가 잠이 들었다. 아니다. 잠들려는데 달려온 아내가 흔들어 깨웠다.

"슬픈 꿈 꿨어?"

서재 바닥에 널브러진 무씨를 내려다보는 아내의 걱정스러운 눈망울이 큼지막하다.

"침대 가서 자. 여기서 왜?"

"아, 그래. 이건 꿈이겠지?"

술에 취해 무씨는 아무렇게나 대꾸하며 잠들어간다.

아내는 어젯밤 일을 묻지 않는다. 개꿈일 테니까. 무씨는 아내의 감정 상태 그러니까 오랜 부부생활에서 오는 사랑의 무뎌진 감정과 갈망을 어떻게 푸느냐, 또는 인간적 본능에서 발생할 성적 욕망과 타자에의 뜨거운 감정이 생겨나기는 하는 것이냐, 그렇다면 그것의 표출행위가 뒤따르느냐, 뒤따른다면 대체 그건 어떤 모습으로 구체화되는 것이냐, 따위의 얘기를 묻지 않기로 한다. 묻지 않기로 한 까닭은, 인간이 가질 본능의 정서를, 그 감정을 묻는다고 해서 말할 수 있는 것이 아니며 물을 수 있는 것이 아니기 때문이다. 그리고 물을 경우 그것은 아내를 자극하고 생각의 구체화로 인해 아내의 정서가 비로소 환기되거나, 아니면 아내로부터 남편에 대한 의부증이라는 의심을 유발할 수가, 혹은 남편이 의처증이라는 심리에 말려들 수가 있는 문제이니까.

그렇게 저렇게 아이들과 아내를 뒤로 하고 집을 나서는 무씨가 생각한다. '내가 누군가야를 사랑하는 감정이 위선이 아니듯이 아내를 생각하는 마음 또한 거짓이 아니다. 이런 양쪽의 색다른 사랑이라는 감정이 온당하고 적절하며 가능한 것일까?' 사랑은 종교적 의식과도 일맥상통한다고 본다. 종교적으로 접근해 봤을 때의 사랑의 다중성향, 그것이 가능하다면 인간의 본성에서 움트는 사랑 또한 다중성향이 가능할 것이라는 생각에 미치자 무씨는 가벼운 전율을 느낀다. '과연 그게 타당한 걸까? 유일신을 향하는 기독교 신앙과 무수한 다신교 신앙들, 그리고 인간들에게 스며드는 복합적 사랑의 감정과 바람둥이의 무차별적 성적 탐닉! 그런 것들은 어떻게 차이가 나고 어떤 가치를 갖는 것일까?'

무씨가 시 한줌을 허공에 뿌렸다. 누군가야에게 바친다면서.

내 앞의 포도

내 앞에 와서 눕는 사랑을 나는 잊지 못하지
주술의 색채로 내 시선을 빼앗고
내 손을 이끌어 더듬게 만들었지

벗겨지는 육체의 살갗이 내 손가락을 붉게 물들이고
맨살 피부의 향기가 내 콧속으로 와서
입술 혀에 녹아내렸지

혀에 감도는 유두의 질감이여
깨물고 빨고 빰아서라도
사랑의 즙이 내 영혼에 이를 수만 있다면 아아,

내 영혼에 녹아내려
항상 내 앞에 눕는 사랑이었으면

판단과 관찰

이렇게 무씨가 사유한다. 에메랄드 빛깔로 반짝거리는 바다 물결을 손가락 사이로 흘리며 바윗돌에 쭈그려 앉았다. 갈매기 무리도 한동안 울지 않고 따뜻한 햇살이 머문 고깃배 난간에 배불러 옹기종기 졸았다.

판단은 특히 인간의 판단은 두뇌작용을 일으켜 발생한 이성에 의해 형성되는데 그러한 이성의 움직임은 태어날 때부터 물려받은 염색체에 내재하는 무의식 같은 유전자 정보와, 살아가면서 터득하는 관찰과 경험의 축적을 응용하는 행위가 판단이겠다. 그런데 하필 판단 속에 묻혀버릴 것 같은 관찰을 판단과 동등한 위치에 놓고 거론하려는 까닭은 무엇일까? 불교는 금강경에서 '일체유위법 여몽환포영 여로역여전 응작여시관'이라 하여 일체의 유위법이 꿈과 같고 그림자 같고 이슬과 같다는 것을 응당하게 관찰하여 살펴보라는 설법이 있듯이, 그렇게 관찰을 중요시하고 관찰에 의해 진리를 갈파한 종교가 불교라고 말하는 모양이다.

고타마붓다가 우주의 삼라만상을 관찰에 의해 살피고 깨달음에 이르러 붓다의 경지에 올랐다고 하였으니 불교에서 관찰의 영역은 진리에 이르는 절대적인 수단이자 명제라고 봐야겠다. 지금 여기 와서 보라는 불교의 가르침을 주목하여, 관찰의 의미와 대비한 판단의 뜻풀이는 인간의 단순한 생각에서 나온 결정이나 주관적 추측의 단정이라고 해야겠다. 이것은 살아가면서 터득한 경험과 지식을 활용하여 생겨나는 이성적 의지작용이라는 일반적 개념과 그다지 다르지 않다. 말초 감각적 본능에 주로 의지하는 타 생명체들의 성질과는 특이한 인간의 고유한 이성적 의지에서 비롯되는 판단이니까. 물론 인간도 타 생명체들처럼 자극에 즉각적인 반응을 일으킬 때가 있는데 생사가 촉각을 다투거나 말초신경을 자극했을 때 생기는 본능적 감각이다. 하지만 위기와 찰나의 경지에서도 타 생명체와 다른 행동을 보이는 이유는 바로 누적된 유전자 정보와 터득된 지혜가 반사신경에 즉각적으로 전달되어서 그러하다. 그러하니 인간이라면 원초적 반응과는 엄밀히 다르게, 판단과 선택이라는 과정을 거쳐 행동하며 살아간다고 해야겠다.

그렇다면 관찰은 무슨 의미일까? 관찰은 사물에 대한 사실을 객관적으로 바라보는 것이겠다. 물론 바라보는 사물과의 관계에 따라 관찰자의 판단이 개입되겠지만 어쨌든 관찰은 사실 자체만을 바라보고 기록해야 하며 삶의 이치를 파악하기 위해 반드시 추구해야 할 인간의 적절한 자세다. 관찰된 현상에 대한 기술은 매우 중요하다. 물은 아래로 흐르고 늙으면 죽는다와 같이, 관찰된 사실은 기록되어 후대에 전해진다. 인간이 얻는 유익의 원천이 되는 관찰, 그것의 궁극은 활용에 있으니, 즉 인간의 유익추구에 있다.

사람들은 관찰된 사실 자체를 인식하여 행위의 길잡이로 삼기도 하지만 대개는 삶에 실제로 응용하기 위해 습득의 단계를 거치는데 이때부터 판단이 개입되고 양태가 복잡해지게 된다. 첨단 과학 장비를 이용한 관찰에 의해 객관적으로 작성된 기상관측자료를 놓고서도 각자의 견해가 어긋나고 판단이 그르쳐 오류의 기상예보가 발생하는 소동을 종종 보곤 하는데 바로 판단의 부족 또는 한계에서 비롯됐겠다.

세상사가 이렇듯 적확하게 관찰된 사실의 기록을 가지고도 분석과 적용의 과정에서 그릇된 판단을 내리는 경우가 허다한데 하물며 관찰에서부터 자신의 주관적 판단이 개입되어 해석하고 표출되는 사회현상에 대해서는 어떤 시선으로 바라봐야 하는 것일까? 인간사회에서 너무나 흔히 나타나는 모습인데 말이다. 왜곡의 역사, 진실이 묻히는 역사가 그래서 비롯된다. 왜 이럴까? 사람들은 자기의 지식을 으뜸으로 가져가려는 교만과 착각의 유전자를 끝내 놓지 않는 까닭이다. 많이 배우고 노력 속에 살아도 허다한 문제들을 엉터리로 판단하는 잘못을 저지르는데 그러지 못하고 대충 세상을 살아가는 사람들까지 가세하여 자기의 판단을 우선에 두려고 하니 진리가 흐려지고 세상이 혼탁하여 올곧게 나아가야 할 길을 놓칠 수밖에는. 이것은 나를 관찰한 나의 문제이기도 하다.

두뇌의 근본바탕에는 지혜 없을 번뇌와 망상이 가득하거늘, 사람들은 새벽에 신문 쪼가리를 손에 움켜쥐고서 탐욕이 들끓는 이기적 판단을 내리거나 맹목적 신념으로 뇌세포에 축적시켜놓고는, 그것이 원래부터 인간이 누릴 삶의 사실이자 진리라고 떠들어댄다. 이러니 어떤 면에서 관찰은 무의미하다. 아니, 관찰은 과학의 기본자세이니 그쪽으로의 시도는 여전히 유효하겠지만 인간의 삶을 바라보는 관찰은 오히려 왜곡의 근원이 될 수 있는, 삶을 위태롭게 만들 가능성이 지극히 높다. 인간 심리의 긍정적 발달이나 영혼의 가꿈에 걸림돌이 된다는 얘기다.

그러니 관찰은 과학적 토대를 구축하여 우주만물의 이치를 밝히는 방법에 있어 필수적이겠지만, 이성이거나 정신 혹은 영혼의 제대로 된 발육과 인간의 내면적 영성을 다지는 수행에는 부적절한 것이 아닐까? 사람들이 갖는 일반적 시각의 관찰은 과학의 이치처럼 간단 명확한 기술 또는 수학적 공식으로의 전개 같은 성질이 아니다. 이것이 오만과 편견의 잡초에 왜곡의 거름을 끼없는 행위가 될 가능성이 농후한 까닭이다. 안타깝게도 오늘의 인간들은 이미 교만과 선입관, 착각과 무지의 끈질긴 잡초더미에 묻혀버렸다. 나 자신부터 그렇고 그렇지 않은 자는 하나도 없다.

그런데 이런 절망 섞인 소리에도 불구하고 불교 특히 붓다불교의 사리풋타는 다른 시각의 소리를 낸다. 자신의 시각에서 바라보는 관찰은 반드시 왜곡되겠지만, 그 눈을 바꾸어보는 관찰이 실제로 있다면 그것은 유용하지 않겠는가 하는 것이다. 붓다불교가 이제야 새삼스레 다른 소리를 낸다고는 하지만, 아직 달라진 것은 아무것도 없다. 지금껏 달라지지 않았는데 앞으로 어떻게 달라지겠는지? 판단은 자극에 대한 본능적 반응처럼 인간의 굳어버린 속성이 되어버린 처지에서, 판단 없이는 도저히 살아갈 수 없는 난처한 지경의 삶에 있어 과연 해결책은 없는 것인지. 나는 짧은 사색과 대략의 서술만으로 판단과 관찰을 제대로 짚기나 했고 소설에서의 얘기와 주장들이 타당성을 가지기나 할 것인지?

붓다가 관찰에 의해 진리를 깨닫고 설법한 결과로서 불교경전이 만들어지고 온전하게 내려왔다고 하더라도, 또한 붓다의 관찰이 매우 적확한 것이라 하더라도 그것을 적용하는 인간들의 지식, 생각, 정신에 의한 판단이 어떻게 적확하다고 단정하겠는가. 관찰에 의해 생명은 소중한 것이라는 사실을 알았다고 하더라도 인간의 판단에 따라 그것은 달리 적용되지 않는가. 판단은 인간의 몫이고 관찰은 자기의 시선을 벗어나면 쓸모없는 잡초가 되어버린다. 우주 전체를 한눈에 꿰뚫어 붓다의 경지에 도달했다는 석가모니 역시도 관찰을 기초로 한 자기 판단의 결과를 두고 설법을 행한 것이니 인간은 누구나 자기 판단의 범주에서 벗어날 수 없다는 것을 여실히 증명하겠다. 물론 붓다만 갖는 눈을 통하여 관찰하고 보았던, 그 어떤 내용일 것은 분명하겠지만 말이다.

불교에서는 여실지견하라는 말을 강조한다. 그것은 그 판단이 객관적이고 사실에 충실하며 있는 것을 그대로 말해야 한다는 것인데 그것은 붓다의 판단 만큼은 자기 판단 수준을 떠난 최고의 관찰에 다름 아니라고 말하는 것일까? 아마 그러한 붓다의 경지는 인간 누구에게도 없다는 것인데, 그래서 그 설법에 따라 자신의 판단을 중지하고 우주와 인생을 관통하는 어떤 법칙을 관찰하도록 자기의 눈을 바꾸라는, 바뀌어야 부처의 길이라 강조하고 있으니 말이다.

붓다사상에서 생명체는 물질과 정신의 미묘한 화합 상태라고 강조하면서 영혼을 부정한다. 그런데 쉽게 말하면 두뇌 등 육체와 그 작용의 흔적 또는 우주적 기운이나 에너지가 생명의 근원이라는 것인데, 물질과 뒤엉켜야 온전할 수 있는 정신이 물질의 한계를 초월할 수 있다는 것일까? 붓다는 물질적 인간의 한계에 매여 있었으며 한계 속의 자기가 판단을 내려 우주를 설명한 것이 아닐까? 불교의 경우처럼 나라는 자기가 주체가 되어 관찰하고 판단하고 행동하여서는 절대진리를 어떻게 알 것이며 선을 향해 나아갈 수가 있겠는가.

물질이거나 물질과 결합된 정신을 떠난, 순수한 영혼의 상태에서 신을 받아들이고 거기에 힘입지 않는 한, 인간의 판단과 관찰은 수박 겉핥기에 그칠 것 같다. 불교의 설법이 다람쥐 쳇바퀴 도는 방식에 머물고 거기에 따라서 끊임없이 무수한 경전이 쏟아져 나오는 그러한 바탕에는 물질에 매인 인간의 관찰과 판단이 끊임없이 자리하는 것이다. 인간이 주체가 되어 내리는 판단은 늘 갈증을 가져오기 때문에 이를 해결하지 못한다. 인간이 그나마 적절한 판단을 하려면 절대진리를 갈구하여야 한다. 그래야 완전하지는 못하더라도 온전한 행위에까지 이를 수가 있다. 이것은 세상을 아는 관찰이나 지혜로도 할 수 없으니 다만 진리를 찾는 길을 걸어야 하리라. 그럼에도 관찰에 의해 드러난 세상 이치를 제대로 공부하는 과정이 필요한 까닭은, 선의 자각과 이끌림에 기초하는 지혜이기 때문이다.

무씨의 사유를 붉게 타들어가는 산등성이의 단풍잎 그늘에 앉아 사리풋타가 오온으로 듣는다. 그의 사유를 지적하며 사리풋타가 불법을 들려준다. 바람도 적당히 불어 먼저 떨어진 잎사귀들이 오글오글 사리풋타 곁으로 몰려들었다.

진리추구는 보편타당성을 지녀야 하겠다. 나 혼자 멋대로 알아낸 내용을 남에게 강요하는 것은 틀린 일이다. 사물을 보는 눈을 보편타당하게, 있는 그대로 살펴보는 것이 관찰이다. 진리는 이게 바탕이 되어야겠다. 내가 봐도 이렇고 네가 봐도 이런 것, 이것이 진리이다. 관찰은 눈으로 본 사실을 확인하는 것이다.

그에 비하여 판단은 내 육안으로 본 것을 내 식으로 결론내리고 만다. 자신의 판단을 보류하여 보편타당한 사실에 입각한, 관찰하는 눈은 진리를 공유하는 것이 가능하다. 관찰한 내용이 서로 같다면 자신의 판단오류에서 벗어난 것이다. 관찰한 내용은 사실을 확인했기에 틀림이 없다. 관찰대상이 확대되고 관찰하는 영역이 깊어갈 뿐이다. 이런 길이 진리에 접근하는 방식이겠다.

그리고 고타마붓다의 대상을 관찰하는 수행기능은 선(禪)과 정(定)이다. 선(禪)과 정(定)은 내면에서 고찰한 무엇을 알고 본다는 장치인데, 인간 내면에 대상을 관찰할 줄 아는 기능을 가졌다는 것이다. 예를 들면, '일 더하기 일은 이'라는 사실은 내면에서 확증하여 알고 보는 게 가능하다. 그 해답을 서로 공유할 것이다. 이처럼 선과 정에서 풀어야 할 문제가 같아진다면 그걸 파악하여 얻은 해답도 같겠다. 한 문제에 정답은 하나이기에. 이처럼 진리는 같은 문제에 같은 해답을 얻는 방식이어야 하겠다. 그것이 생명체 본질을 추구하는, 생명체의 궁극이 무엇인가에 접근하는 진리에 이르는 길이라고 하겠다.

불교에서 관찰의 영역은 진리에 이르는 절대적인 수단이자 명제라고 봐야겠다. 관찰은 사물에 대한 사실을 객관적으로 바라보는 것이지만 눈의 작용이 확대되어야 한다. 단순한 판단을 하는 눈과 다르다는 것이다. 누구나 객관적으로 본 사실이 진리의 바탕이 되어야 하는 것은 분명하다. 진리가 혼자 누리는 느낌이라면 그건 틀린 것이다. 우리 눈을 바꾸면 보편타당한 사실에 접근하여 진리를 찾아가는 게 가능할 것이다. 눈은 서로 다르니까, 다르게 본다면 그건 진리가 아닐 것이다.

그런 눈을 바꿔 서로가 보편타당하게 보는 무엇을 지닌다면 그게 진리가 될 가능성이 크다. 왜냐하면 진리는 내가 알고 보는 것이기에. 눈이 잘못 되어서 못 보는 것일 뿐이다. 마치 개 눈에는 뼈다귀가 최고인데 사람 눈에는 별것 아닌 것으로 보이듯이 말이다. 오만과 착각의 유전자를, 그 착각한 내용을 바꾸는 게 가능하다. 그게 선과 정의 기능이다. 우주와 인생의 문제를 함부로 판단하여 혼자 답을 내지 않고 공통된 문제를 받아서 공통된 답을 찾아내는 기능이 바로 선과 정이다. 관찰의 눈을 바꾸면 된다. 마치 한 교실에서 한 선생님께 공통된 문제를 받아 함께 풀어가는 학생의 방식이라 할까. 몰랐던 것을 배우고 공부한 것을 바탕으로 해서 숙제처럼 문제를 받아서 함께 푼다는 것이다.

앞에서 거론했듯이 문제가 같으면 답도 같다. 선과 정이라는 수행기능을 잘 파악하지 못한 범부들이 판단내리길, '뇌세포에 축적시켜놓고는, 그것이 원래부터 인간이 누릴 삶의 사실이며 진리라고 떠들어댄다. 이러니 어떤 면에서 관찰은 무의미하다. 아니, 관찰은 과학의 기본자세이니 그쪽으로의 시도는 여전히 유효하겠지만 인간의 삶에 있어 관찰은 오히려 왜곡의 근원이 될 수도 있는, 지극히 위험한 요소로 변질될 가능성이 높은 자세일 수가 있다. 인간 심리의 긍정적 발달이나 영혼의 가꿈에 걸림돌이 된다는 얘기다.' 이와 같이 주장하는 판단은 일상적 관찰에서는 유효할 개연성이 있을지 몰라도 불교에서는 다르다.

선과 정은 제각각 다르게 입력이 된 기억을 해부하면서 뇌세포에 축적시켰던 기존 기억을 다시 해부한다. 그리고 앞으로 문제를 잘 풀기 위한 새로운 기억과 바른 기억을 입력한다. 그게 불교에서 말하는 염(念)이며 정념(正念)이다. '판단은 자극에 대한 본능적 반응처럼 인간의 굳어버린 속성이 되어버린 처지에서, 판단 없이는 도저히 살아갈 수 없는 난처한 지경의 삶에 있어 과연 해결책은 없는 것일까?' 그것의 해결이 바로 선과 정의 수행 장치이다. 선과 정의 수행 장치를 거론하지 않고서는 계속해서 잘못된 판단을 할 수밖에는 없다.

사리풋타가 이같이 들려주는 불법을 무씨가 멀리서 교감한다.

사리풋타는 왜 출가했는가

"스님, 저녁은 어떻게 하실 겁니까?"

겨울이 다가옴을 빛이 먼저 알려준다. 겨우 오후 다섯 시밖에 되지 않았는데 벌써 날이 어둑해진다. 밤길이라 암자까지 바래다줘야겠다는 생각이 무씨에게 미친다.

"저는 하루 두 끼를 먹고 저녁은 먹지 않습니다. 붓다 시절의 제자들은 오전 한 끼 탁발로 만족하고 지내셨습니다. 수행하는 데 필요한 최소한의 에너지 공급이면 되었습니다."

"스님은 왜 출가하셨습니까?"

식당 방석에 앉기 바쁘게 무씨가 뜬금없이 묻는다.

"거사님께서 왜 여태 묻지 않나 했습니다. 대부분의 사람들이 그 문제를 무척 궁금해 하더군요."

"사실은 참느라고 혼났습니다. 하하."

직장인들이 대체적으로 그렇듯이 무씨 역시 저녁을 잘 먹어야 한다. 스트레스를 풀겠다며 술을 벌컥벌컥 들이켜야 하고 술안주를 핑계로 살코기를 푸짐하게 배 속에 꾸역꾸역 채워 넣어야 한다. 무씨는 술을, 안주거리 고깃덩어리를 즐겨먹는 편이 아니지만 동료들과의 유대를 생각해서 저녁회식 자리에 빠지지는 않았다. 그러다보니 점차 술을 마시는 횟수가 늘어나고 그런 만큼 정신 역시 맑지 않다는 느낌을 갖는 요즘이다.

사리풋타는 삼겹살 굽는 연기가 눈앞에 나풀거리고 출렁거리는 술잔이 마구 부딪는 자리를 마다하지 않았다. 촬영 개시를 핑계로 저녁 회식이 마련되었고 기꺼이 응한 사리풋타는 분위기에 어울려가며 곁에 놓인 음식물을 조금씩 음미하듯 입으로 가져갔다.

"한국불교는 육식을 금하고 있지만 소승불교 그러니까 남방불교에서는 그런 제약이 없는 걸로 알고 있습니다."

"살생하는 자리에 있지 않았거나 자신을 위해 일부러 준비한 고기가 아니라면 괜찮습니다. 붓다께서는 탁발하여 얻는 음식물은 주는 대로 먹어도 된다고 하셨습니다."

"그럼, 스님께서도 고기를 드십니까?"

"출가 전에도 고기를 별로 좋아하지 않았고 깻잎과 파래무침만 갖고 밥그릇을 비울 정도였는데 어느 스님께서 나를 지적하여, 부지런하고 채소를 좋아하여 절에 살아도 불편하지 않겠다고 하시더군요. 출가수행하면서, 이 몸을 지탱하는 약으로 알아서 수행하려고 공양을 받는다는 불교의 오관게송을 실천합니다." 그러면서 계율에 대한 사리풋타의 견해를 다음과 같이 들려준다.

"불교에서는 경·율·논 3장이 거론됩니다. 경장은 고타마붓다의 설법내용을 담은 바구니입니다. 율장은 불교 교단의 계칙과 규율을 언급한 것입니다. 논장은 후대 제자들의 논문집입니다. 그런데 고기를 먹지 말라는 계칙이 율장에 나타날까요? 남방불교 국가는 가장 금기해야 할 계칙이 음행인데 비하여 북방불교는 불살생을 강조하고 그로 인해 고기를 먹지 말라는 계율까지 만들었습니다. 그렇다면 고타마부처님은 고기에 대해 어떤 규율을 지정하셨을까요, 부처님께서 제정하신 것은 이렇습니다. 〈지바카여, 나는 세 가지 경우에 고기를 수용한다. 살생장면이 보이지 않은 고기, 살생당하는 소리가 들리지 않은 고기, 수행자에게 공양 목적으로 살생했다고 추측되지 않은 고기는 허용한다. 이렇게 허용하는 고기를 3정육(淨肉)이라고 부른다.〉 살생하는 장면을 직접 보았던 고기와 살생되는 짐승의 울음소리를 직접 들었던 고기와 수행자에게 공양을 목적으로 직접 살생한 것이라고 추측되는 고기 이외에, 고타마붓다께서 계칙을 정하여 금지하신 고기 종류에는 코끼리, 말, 개, 뱀, 사자, 호랑이, 표범, 곰, 늑대입니다. 이런 고기를 먹는 것은 악작 죄로 정해집니다. 그 이유는 이렇습니다. 〈코끼리는 왕의 표시이다. 만약 왕이 안다면 좋지 않게 여긴다. 왕의 말이 죽었다고 그것을 먹는다면 왕이 좋아하지 않을 것이다. 개는 더럽다. 혐오스럽고 역겹다. 용(뱀도 포함) 가운데 사소한 일로 비구들을 해친다. 비구들이 사자 고기를 먹었다. 그 냄새를 맡은 사자들이 비구들을 공격했다. 호랑이, 표범, 곰, 늑대도 사자와 마찬가지다.〉

불교 교단의 계칙은 수행자가 공부하기 위한 최적의 조건을 만들어주는 것입니다. 몸이 아픈 수행자에게 고기가 필요하다는 의사의 진단이 내려졌는데도 고기 먹는 것을 머뭇거린다면 계율의 그물에 걸린 것입니다. 불교 교단의 계율은 수범수제입니다. 어떤 일을 범하면 제정한다는 것입니다. 부처님의 계율은 최선이 아니라 차선을 지키도록 하는 것입니다. 생사해탈을 하기 위한 공부를 하는 데 필요한 것이라면, 그것을 굳이 막는 계율은 설정하지 않는다는 것이지요.

그러면 불교 교단에서 꼭 필요한 계칙은 무엇일까요? 그것을 언급하신 부처님 말씀에서 한 부분입니다. 어떤 것이 계율을 완성한 것인가. 〈살생을 버리고 살생을 멀리하면서 매를 놓았고 칼을 놓았고 조심성 있고 친절한 자이다. 모든 생명체의 이익을 꾀하고 그 존재를 동정하면서 살아간다. 훔치는 것을 버리고 훔치는 것을 멀리하면서 주어진 것만을 받고 주어진 것만을 기대하고 정직하고 깨끗하게 자력으로 살아간다. 음란행위를 버린 청정수행자로 음란행위로부터 떨어져 수행하고 음란행위에서 멀어진다. 거짓 주장을 버리고 거짓 주장을 멀리하면서 진실을 말하고 진실과 함께하고 확실하고 기댈 만하고 세상을 속이지 않는다. 이간질을 버리고 이간질을 멀리하면서 이쪽에서 듣고 이쪽 사람과 헤어지도록 저쪽에 말하지 않으며, 저쪽에서 듣고 저쪽 사람과 헤어지도록 이쪽에 말하지 않는다. 오히려 헤어진 자들을 모이게 하고 모인 자들을 북돋우면서 화합을 즐기고 화합을 즐거워하고 화합을 기뻐하면서 화합시킬 수 있는 말을 한다. 욕설을 버리고 욕설을 멀리하면서 티가 없고 귀에 듣기 좋고 정답고 가슴에 와 닿고 점잖고 많은 사람이 사랑하고 많은 사람의 뜻에 맞는 그런 말을 한다. 꾸밈말을 버리고 꾸밈말을 멀리하면서 때를 맞추고 사실로서 이익 되게 법과 계칙과 규율의 언어를 사용한다. 아량과 합리성과 한계와 의미를 갖춘 언어로 때를 맞춘다.〉"

처음에는 호기심에 힐끔힐끔 쳐다보던 주변의 술꾼들이 이젠 자기들의 세상이야기에 취해 떠들썩하다. 엄격한 계율에 매여 돌아가는 불교이지만 고유의 불교정신만을 놓고 본다면, 무궁무진한 대자유 속에 살아가야 옳을 터인데 세상 사람들의 어리석은 시선으로 해서 스님들이 오히려 일상적 행위에 있어 암묵적인 간섭과 구속의 올가미에 얽혀있지 않나 싶다. 사리풋타가 입을 연다.

"아까 왜 출가했냐고 물으셨지요? 중 니카야 국왕 경에 보면, 저의 경우를 잘 말해주는 법문이 있습니다. 왜 출가하는가? 세상이 결국 견고하지 못하기 때문입니다. 세상이 은신처가 되지 못하기 때문이고 세상에는 주인이 없기 때문이고 세상은 나의 것이 아니니 모든 것을 버리고 가야 하기 때문입니다. 세상은 부족하여 만족할 수 없는 곳이기 때문입니다. 그리고 세상은 갈애의 노예이기 때문입니다. 출가 후 정진하면 수행의 궁극적인 목표를 체득합니다. 그리하여 괴로운 삶은 다하였고 청정한 수행은 완성되었고 무거운 짐을 벗어던졌고 새로운 탄생은 결코 없다는 것을 잘 알게 됩니다. 바로 그것을 이루기 위해 모두들 출가합니다."

그러면서 덧붙여 석가모니가 밝힌 출가 이유를 사리풋타는 이렇게 해석한다.

"세상이 견고하지 못한 것은, 세상은 변화한다. 제행이 무상한 세상이 어떻게 단단하겠는가. 결합한 존재는 기둥처럼 고정된 실체가 아니기에 흩어지게 마련이다. 발생하여 잠시 머무르고 달라졌다가 사라진다. '생·주·이·멸'이다. 불완전한 세상은 기댈 곳이 못되기에 '무엇에 의지하면 떨린다.' 하신 고타마부처님을 보라. 세상이 은신처가 아닌 것은, 업인과보로 굴러가는 세상이라서 과보는 피하지 못하는 법칙이다. 그래서 세상은 숨을 곳이 못된다. 말이 먹는 보리를 잡수신 일화에서, 부처님도 전생과보를 드러내셨다.

수행의 길에는 번뇌와의 정면승부가 최고다. 도망자들은 참회하라. '중생은 업의 주인이며 업의 상속자이다.' 하신 고타마부처님을 보라. 세상에 주인이 없는 것은, 소우주에 삶의 주인공이 무엇의 노예가 되어 종노릇한다면 그건 착각이다. 법화경의 '탕자 비유, 빈궁한 아들 비유'에 부자 아버지를 알아보지 못하고 종노릇하는 아들의 착각처럼. 기독교에도 유사한 비유가 있다던가? 세상은 나의 것이 아니므로 모든 것을 버리고 가야 하는 것은, 내가 무아인데 내 것은 무엇인가? 호흡마저 놓고 죽을 것이다. 사랑? 권력? 명예? 돈? 죄다 버리고 갈 우리들, 영원한 내 것은 없다. 세상은 부족하여 만족하지 못하는 것은, 지어놓은 일의 결과에 만족하지 않고 투정부린다. 무엇을 욕구하는지 모르면서 욕구 불만이 가득하다. 인과를 모르면 그렇다. '만족하라.' 고타마부처님의 저 뜻을 알아들은 부파불교에서 말했다. 포기하는 자는 만족한다고, 내 것이 아닌 것은 포기한다. 당연하다. 보편타당하여 당연한 것이 진리다! 포기하는 자는 만족한다.

내 가슴에 쏙 들어온 저 글귀, 노트에 적어놓고 보고 또 보고. 부파불교를 소승이라고 누가 말하는가요? 얼마나 치열하게 공부하던 수행자들인데, 부처님 뜻과 좀 어긋나서 그렇지요. 세상은 갈증 나는 애착의 노예이기 때문인 것을 말해서 뭐할까요. 부처님 설법을 팔리어로 보면서 웃음 났던 구절은, Tatra tatra abhinandi, 이곳저곳에! 웃음은 자기성찰이겠지요? 하하하, 이곳저곳에 집착한 것을 뉘우치는, 집착하여 환희한다는데, 저 일을 어쩔꼬! 갈증 나는 애착, 소금물 마시듯 목마른 집착, 갈애, 버려야지요. 출가했으니까, 그래요."

혼잣소리처럼 말하며 무씨의 눈을 들여다보는 사리풋타의 표정이 잔잔한 미소로 산뜻하다.

나를 구원하는 종교

"스님, 생명체에 진짜 모습이 있습니까?"

아까부터 자기가 불자라며 으쓱거리던 프로덕션 직원이 불쑥 참견하듯 물어 온다.

"네, 한마디 드릴까요?" 그러면서 그들을 향해 사리풋타가 소리한다.

"아마 대승에서 말하는 불성이나 본성 같은 그런 자리는 뭔가 궁극부터 거론하는 기독교와 같지만 그렇다고 생명체의 진짜 모습을 찾지 못한다는 것은 아닙니다. 거사님도 가끔 지적하시는 인간의 여러 가지 악한 상태들, 이건 진짜가 아닐 것입니다. 뭔가 진짜에서 벗어난 모습이기에 사악하거나 바르지 못하거나 삿된 것으로 살아가는 상태이겠지요? 그렇다면 진짜를 찾아가야죠. 이런 가짜 상태에서 머문다는 것은 알맹이 그 본질을 흐려놓고 현상적 껍데기로만 살다가 간다는 것인데 그건 좀 부정적이잖아요? 자기 자신의 진정한 모습은 어떤 방법을 알면 찾게 되겠지요?"

사리풋타의 말을 듣는 무씨의 생각은 그렇다. 대승불교는 어느 시기부터인가 불성, 즉 본성이 거론되면서 마치 만물에 실재하는 고유의 존재가 있는 것처럼 설법하는데 그것이 여러 대승경전에 드러나 있다. 나가르주나로부터 비롯됐을 이런 주장들은 기독교 사상과는 뚜렷한 차이가 있긴 하지만 인간의 본질을 놓고 본다면 전혀 무관한 것이 아니긴 한데도 무씨로서는 불만이 많다. 변하지 않는 만물이 없고 모든 것이 색즉시공이라면서 어찌 고유의 본성을 거론할 수 있단 말인가? 대체, 공사상에 입각해서 만물에 고유의 실재가 도사리고 있단 말인가, 모든 것이 변한다면서도? 하지만 지금 이 의문을 물을 수가 없다. 술자리가 골치 아파질 게 뻔하다. 무씨가 말에 끼어든다.

"제대로 공부한 불자는 세상이 한눈에 보인다고 하는데 설령 그리되더라도 그 삶이 아름답겠습니까?"

"거사님께서 어찌 불성을 놓고 시비가 없으시네요? 하하. 지금 질문은 불교 공부 과정의 여러 안목을 두고 하시는 말씀 같은데요. 과거이지만 내가 산 과거이고 현재이지만 내가 사는 현재이며 미래이지만 내가 살 미래, 그 시공간에서 과연 무슨 일이 벌어졌는가를 파악하는 일이, 내가 그 일의 주인공인데 어떻게 삶이 아름다워지지 않겠습니까? 제 경우를 봐도 부처님 법이 제 모습을 정확하게 설명하지 않았더라면 저는 종교적으로 많은 방황을 했을 것입니다. 삶에 대한 의문을 풀지 못해서 말입니다."

남들처럼 식당에서 오래 지체할 수가 없다. 동료들보다 먼저 자리에서 일어나는 무씨다.

암자로 돌아가는 승용차 안에서 사리풋타가 묻는다.

"거사님은 왜 부인과 떨어져서 사십니까?"

"작정한 건 아니지만 일을 핑계로 한번 떨어져 지내다보니 그만 습관처럼 되어버렸습니다. 이번 일 마치면 돌아갈 겁니다. 돌아가면 아마도 죽기까지 파묻혀 살지 싶습니다."

"거사님!" 잠시 말을 끊다가 생각을 가다듬은 듯 다시 입을 연다.

"거사님, 어떤 경우든 삶의 고뇌로부터 도피하려는 행위를 보여서는 안 됩니다. 집을 떠나는 것이 집으로 돌아가는 것이, 당면한 나의 문제를 해결하지 못하고 달아나는 모양이 된다면 결국 그 문제는 부메랑처럼 되돌아와 자신의 문제로 반복됩니다. 고타마붓다께서는 〈양팔 넓이의 생각이 있고 마음이 있는 우리 몸에서 우주의 끝을 보고 도달하며, 우리의 몸과 마음에서 우주는 일어나고 또 사라지니 우리의 몸과 마음이 바로 우주이다. 나는 그곳에서 모든 괴로움을 소멸시키는 길을 알고 가르친다.〉라고 하셨습니다. 나를 해결하는 종교가 바로 불교입니다. 불교의 법은 소우주인 나부터 대우주까지 분석하는 것이며 수행자의 공부와 비례하여 차츰 점진적으로 깊은 세계의 소식을 알고, 보는 경지까지 점차 차원을 높여가는 수행의 계단을 걷습니다. 그러니 나의 위치에 적합한 공부가 불교에는 반드시 있습니다. 종교를 위한 신앙이 아니라 나를 구원하는 것이 불교입니다. 고통의 해결은 피하는 것이 아니라 고통과 맞닥뜨려야 합니다. 땅에서 넘어진 자는 땅을 딛고 일어서야 하는 것과 같은 이치입니다. 물론 거사님은 스스로 잘 헤쳐나가시리라 믿습니다. 제 경험을 말씀드렸듯이 출가 전에는 절망과 고통으로부터 늘 피해 다니기만 했으니까 말입니다."

사리풋타가 얘기를 마치고는 불쑥 떠오른 지난 기억을 감추려는 듯 짐짓 미소를 활짝 지어보이나 소리 내어 웃지는 않는다. 무씨가 주춤주춤 말을 꺼낸다.

"글쎄요, 뭘 보고 그렇게 말씀하시는지는 모르겠지만 나의 삶은 고통스럽지가 않습니다. 풀지 못하는 삶의 번뇌가 뇌리 깊숙이 깔려 있는 것은 사실이지만 그건 일종의 희구랄까요? 스스로 자초하는 변태적 즐거움이라고 해두지요 뭐. 하하. 그런데 스님 말씀 중에서 궁금한 점이 있습니다. 뭐냐면, 나라는 자기 존재를 구원하는 종교가 불교라 하면서도 실제로 일어나는 종교행위를 살펴보면 결국은 부처라고 설정한 신적인 절대가치의 존재를 향해 빌고 믿고 의지하는 타력기복신앙에 빠져 있다는 사실의 목격에 있습니다. 스스로의 수행과 깨달음에 의해 자신을 구원하는 것이 아니라 전적으로 부처의 염력에 매달려서 자기들을 어서 구해주기만을 불자들이 바란다는 얘깁니다. 그 말은 석가모니의 가르침만으로는 한계가 있음이 역사적 경험으로 실증되었고 인간 개체의 능력엔 그 한계가 분명하다는 사실의 인식에, 결국 방편이라는 구실을 붙여 슬그머니 신적 존재를 붓다세계에 끌어넣었다고 보는 것이 불교에 대한 나의 입장입니다."

"거사님, 대승불교의 일부 경전과 그 가르침에 문제가 많다고 말씀드렸습니다. 그런 까닭에 고타마붓다의 사상으로 돌아가야 하겠고 고타마붓다의 가르침을 담은 경전을 공부하고 수행해서 대자유를 얻는 큰 깨달음에 이르러야 하겠습니다. 그러려면 우선은 한글로 제대로 번역한 경전이 나와야 하고, 말씀 속에 담긴 뜻을 잘 헤아려서 풀이할 스승이 많이 나타나야겠습니다."

불교의 비판을 긍정하는 사리풋타다. 물론 그 긍정에는 대승불교에의 문제제기가 한몫을 한 것이긴 하지만 붓다를 향한 직접적 언급에도 싫은 기색을 보이지는 않았다. 아무래도 사리풋타가 근본불교를 주창하는 밑바탕에는 나름대로의 근거와 철학을 지니고 있나 보다.

있다는 사실만으로도

촬영이 순조롭다. 어색함 하나 없이 사리풋타가 강의를 이어나간다. 교육프로그램 내용은 역시 초기경전 설법들이다. 강의의 주된 골자는 붓다 설법의 원형이 초기경전에 담겨 있으니 그 법을 잘 헤아려 진리에 이르게 되기를 바라는 요점 정리와, 삶을 제대로 살기 위한 수행의 실제적 내용을 담은 구절을 풀이하는 설명으로 짜여 있다. 이런 사리풋타의 강의 내용에 들어갈 영상자료로는 니카야경전의 해당 문자 부분의 삽입과 삽화를 통한 내용 보충이 있겠는데, 추가로 인도를 직접 답사하여 프로그램 내용에 근접한 장소와 인물, 자료 등의 여러 가지를 촬영하기로 하였다. 인도여행은 내년에 사찰에서 성지순례 일환으로 추진한다는데 그때 프로덕션 직원이 동행하기로 얘기가 오간 상태다. 무씨는 계약 완료를 구실로 거절하였다.

촬영을 마치고 책상에 앉은 무씨가 노트북을 펼친다. 조문주와 나눴던 메일을 열기 위해서다. 마침 조문주의 새로운 편지가 있다. 날짜를 보니 오늘 아침에 도착했다.

"무씨, 잘 지내시겠지요? 거긴 비가 온다는 뉴스를 봤어요. 위성방송으로 한국 티비도 본답니다. 지구가 정말 좁아졌어요. 마음만 먹으면 언제든 갈 수 있고 소식을 전할 수가 있는 세상이라니. 그동안 무씨 생각이 많이 났지만 참았어요. 솔직히 참을 만도 했어요. 안 보면 잊힌다는 말이 그냥 나온 소리가 아니었네요. 하지만 그렇다고 해서 간절하지 않다거나 사랑하지 않는다는 말이 아니에요. 마음은 여전히 무씨 당신을 사랑한답니다. 다만 현실을 인정하고 그에 맞춰 생활해야겠기에 스스로 내 마음을 추슬렀고 추스를 수 있었던 거예요. 여기 있으면서 세월이 참 빨랐어요. 언제 시간이 갔나 싶을 정도로 중국생활에 적응하느라 나름 바빴습니다. 동포를 만나고 중국인도 새로이 친구로 사귀어 가는 중입니다. 주제넘게 중국어를 배우고 있어요. 낯선 타국이라 뭐든 배우면서 시간을 보내야겠기에 그런 공부도 하는 거랍니다.

하지만 여기 시간은 참 빨리도 흘러갔는데 무씨와 헤어진 순간을 짚어볼라치면 왜 그리 오랜 세월이 흐른 것만 같은지, 또 세월이 왜 이리 더디 가는지요? 하지만 살아가면서 내 마음에 떠오르는 분명한 속삭임 하나가 있답니다. 그건 무씨 당신이 있다는 것만으로, 세상에 존재한다는 사실 하나만으로도 내게 큰 위안이고 희망이고 기쁨입니다. 그것의 자각에 나는 오늘도 최선을 다해 삶을 살아갑니다. 이제 언제 다시 편지를 쓸지는 나도 모르겠어요. 우린 서로를 기다리지 않아도, 만날 가능성을 갖지 않더라도 그간 나눴던 꿈 하나로 인생이 아름다울 거라 믿습니다. 무씨, 잘 지내요. 정말 그러기를 바란답니다. 안녕!

추신: 참, 답장은 하지 마세요. 남편과 공유하는 메일입니다. 곧 이 편지를 삭제합니다. 당신 마음, 괜찮죠? 그럼."

무씨의 마음이 묘하게 편안해진다. 최면을 거는 마법의 언어처럼, 편지를 읽은 무씨는 그녀가 세상에 있다는 사실의 인식만으로도 삶이 마냥 풍성해지리라는 환상의 착각에 잠시 빠진다. 하지만 그건 사실이라 봐야겠다. 시간을 두고 조금씩 애절한 감정이 사그라졌으며 지난날의 기억들이 뇌세포에 파편처럼 어지럽게 이리저리 뒹굴다가 이제야 섞이고 버무려져 달콤한 낭만으로 심장에 녹아내리는 것이다. 결코 씻겨 내려가지 않을 속살이 되어서 말이다. 이제는 더 이상 음란이니 간음이니 도덕적 타락이니 하는 문제를 떠올리지 않아도 되겠다. 남들이 하면 사랑이겠다는 심정이 이성의 논리나 도덕적 가치체계에 의해 형성된 것은 아니지마는 그들의 처절한 본능을 측은지심으로 바라보면 또한 어떠하냐의 심장으로 고동친다. 그렇게 새로이 형성되는 정서의 잣대로 바라보더라도 무씨 자신의 행위, 그러니까 누군가야와의 사랑만큼은 아직도 여전히 간음이자 불륜의 굴레에서 벗어날 수 없다는 양심의 칼날에 뼈저렸다. 죄의식을 마취시키는 이성의 자기합리화가 고통을 수시로 무디게는 하였지만, 고통이 틈을 비집고 서서히 심장을 허물어갔다는 것을.

무씨는 다시 생각한다. '이제 이대로 이 상태에서 누군가야와의 관계를 끝내면 되는 것인가? 이제 심정적으로 서로가 끝을 내는 상태이니 정말로 끝내기만 하면 간음의 흔적이 사라지고 양심이 회복되며 올바른 인간의 길을 걷게 되는 것인가? 또한 그렇다면 여태까지의 삶은 모두 양심에 어긋나고 그릇되었으며 간음의 질곡에 허덕인 변질된 삶이었단 말인가?'

본능에 허덕인다는 것은 동물성의 속성에서 벗어나지 못한 인간의 모습이다. 인간은 동물과 구별되는 특성을 지닌 존재로서 이런 동물성으로부터 탈피하려는 끊임없는 노력이 필요한 것이 사실이다. 그래야 창조든 진화였든, 동물과 다른 혹은 달라진 인간이라는 존재로 살아갈 수 있고 살아가야 하니까. 그런데 달리 생각하면 그렇다. 새로운 것으로의 이끌림이, 그 사랑이 과연 본능적인 것일까, 라는 얘기다.

오히려 본능적이라면 원래 짝지어진 대상을 찾을 것이고 그 대상이 사라지지 않는 한, 그 대상과의 사랑이나 짝짓기를 여전히 시도하여야 그게 본능적 버릇의 행위가 되지 않겠는가? 이성적 갈망이 작동하고 새로운 것에의 갈증이 일어나는 것이야말로 이성적 추리에 의해 판단되어 결정된 새로운 대상으로의 이끌림이 탐욕처럼 일어나기에 그런 것이 아니겠는가 하는 것이다. 이성적일수록 성욕에 집착하는 경향을 보인다는 연구사례가 있는 걸로 봐서, 또한 고학력자이고 전문직에 종사하는 인간일수록 세상에 떠도는 말로 바람둥이가 많으며 섹스 행위 역시 더욱 자극적이고 강렬한 모양새를 추구하기도 한다는 걸로 봐서이다. 물론 이런 주장을 쉽게 조사해서 통계를 내기가 어렵겠지?

가장 쉬운 표현으로 하자면, 돈만 있으면 돈이 많은 자들에 의해 섹스문화가 번창하는 법이다. 그들에 의해 그러니까 지식이든 물질이든 권력이든 하여간에, 가진 자들의 세례에 의해 향락산업이 꽃을 피우는 걸 보면 결국 성욕의 확장과 행위는 인간의 이성적인 것들의 산물인 것이다. 본능의 성욕을 이성적 작용에 의해 확장한 사회구조 속의 외적 체계와 여전히 통제의 선상에 놓인 인간 개체의 내적 감정과는 어떤 속성의 차이가 있는 것인가. 이러한데 질서와 조화를 위해 약속한 법과 언약의 테두리에, 인간의 내적 감정이나 정서가 견제 받아야 하는 까닭이 대체 무엇이란 말인가?

무씨는 그칠 생각이 없는 가을비를 바라보려고 창가로 다가간다. 바다가 보고 싶다. 잠시만 걸으면 출렁거리는 바다가 보이건만 통 그곳에 시선을 두지 않았다.

'회색으로 주저앉는 바다는 가을비가 싫다. 벼락같이 퍼붓는 여름철 소낙비라야 섬광 안겨 시퍼런 핏줄 흔들거리지. 오늘처럼 주절주절 보이는 것들, 먼지 씻어 수면에 뿌려놓으라, 바다는 빛을 거부하고 어둠으로 가라앉지. 회색 하늘이 보기 싫은 것이지. 세상 빛이 쫓겨 숨어드는 가을비가 저녁까지 내리길 바랄 뿐이라. 바다가 아닌 존재의 나는 손바닥으로 얼굴 짓누르고 심연에서 빛 잃은 바다를 만나지. 그러면 누군들 알게 되나니, 숨었던 한줄기 빛이 녹고 퍼져서 출렁거리는 물결로 떠오를 바다라는 것을. 드세게 일렁이며.'

선에 들기 전 제거할 것

승용차가 암자를 향해 달린다. 뒷좌석에 앉아 생각에 잠긴 듯 창밖 풍경을 무심히 바라보던 사리풋타가 고개 돌려 무씨를 향한다.

"거사님께서 언젠가 사랑을 바라보는 불교의 시각을 묻고, 애욕은 아직도 소승에게는 숙제라고 들려드린 적이 있습니다. 기억나시는지요?"

"네. 기억합니다."

"제 말을 들었을 때 소감이 어땠습니까?"

"소감이요? 아!"

무씨가 잠시 머뭇거린다. 뭐라 말해야 실례가 되지 않을지를 짚는 기색이다.

"속세의 사람들과는 많이 다르겠지요. 하지만 육체를 지닌 인간이 어떤 욕망으로부터 완전히 자유롭기가 아마 불가능하지 싶습니다만. 글쎄요?"

"제 입장을 여기서 알려드리는 것이 옳겠다 싶어서 말씀드리겠습니다. 현재 제 공부는 이성에 대한 애욕, 카마(Kama)를 끊어내고 선(禪)을 경험했습니다. 부처님의 선에 들기 위하여 반드시 제거해야 하는 두 가지 항목은 '카마(Kama)와 5가지 덮개'입니다. 이걸 제거하지 못하면 선에서 무엇을 고찰하는 것이 불가능합니다. 왜냐하면 고도의 집중을 요구하는 선인데, 다리를 맺고 앉아서 머릿속에 부처님께서 내주신 문제를 떠올리지 않고 이성을 기억한다면, 그건 정념(正念)을 실천하지 않았다는 것이지요. 8정도의 정념은 수행론으로 이미 이전의 보조수행을 잘 실천한 당사자이기에 정념에서 지혜로 나아간 것입니다. 설명하기가 다소 어렵더라도 지금부터 이성에 대한 애욕, Kama에 대한 부처님의 비유와 5가지 덮개가 무엇인가에 대하여 참고적으로 들려드리겠습니다.

〈그때 내게 이전에 듣지 못한 놀라운 세 가지 비유가 떠올랐다. 왕자여, 물에 내던져져 습기로 축축하게 젖은 나무토막이라면, 어떤 사람이 불쏘시개로 불을 피우려고 그 나무토막을 문지르고 마찰한다고 하자. 그러나 결코 불을 피우지 못할 것이다. 그 사람은 피곤하고 곤란한 일을 한 것이다. 그것처럼 수행자혹은 사제가 현재 그 몸과 마음에서 애욕에 내던져져 지내는 사람이라면 내심 애욕에 목말라하고 애욕에 욕심을 내고 열을 내고 애욕을 추구한다. 그 애욕에 마음을 버리지도 못하고 정화하지 못한다. 그런 수행자나 사제라면 자신에게 격렬하고 신랄하고 찢는 듯이 그런 고통의 느낌이 느껴질 때, 진리를 알고 보고 깨닫는 것이 불가능하다. 그런 고통의 느낌이 느껴지지 않더라도 진리를 알고 보고 깨닫는 것이 불가능하다. 마치 물속에 내던져져 습기로 축축하게 젖은 나무토막에는 불쏘시개를 마찰하여 불을 얻는 것이 불가능한 것과 마찬가지다. 이것이 첫째 비유다. 왕자여, 습기로 축축하게 젖은 나무토막이 물에서 건져져서 땅에 던져졌다. 어떤 사람이 불쏘시개로 불을 피우려고 그 나무토막을 문지르고 마찰한다고 하자. 그러나 결코 불을 피우지 못할 것이다. 그 사람은 피곤하고 곤란한 일을 한 것이다. 그것처럼 수행자 혹은 사제가 현재 몸은 애욕에서 벗어났다. 그러나 내심 애욕에 목말라하고 애욕에 욕심을 내고 열을 내고 애욕을 추구한다. 그 애욕에 마음을 버리지도 못하고 정화하지 못한다. 그런 수행자나 사제라면 자신에게 격렬하고 신랄하고 찢는 듯이 그런 고통의 느낌이 느껴질 때, 진리를 알고 보고 깨닫는 것이 불가능하다. 그런 고통의 느낌이 느껴지지 않더라도 진리를 알고 보고 깨닫는 것이 불가능하다. 마치 땅에 던져졌지만 습기로 축축하게 젖은 나무토막에는 불쏘시개를 마찰하여 불을 얻는 것이 불가능한 것과 마찬가지다. 이것이 둘째 비유다. 왕자여, 건조하고 마른 나무토막이 땅에 던져졌다. 어떤 사람이 불쏘시개로 불을 피우려고 그 나무토막을 문지르고 마찰한다고 하자. 그러면 기필코 불을 피우게 된다. 그것처럼 수행자 혹은 사제가 현재 몸과 마음이 애욕에서 벗어났고 애욕을 목말라하지 않고 애욕에 욕심을 내지 않고 열을 내지 않고 애욕을 추구하지 않는다. 그 애욕에 마음을 버리고 정화했다. 그런 수행자나 사제라면 자신에게 격렬하고 신랄하고 찢는 듯이 그런 고통의 느낌이 느껴질 때, 진리를 알고 보고 깨닫는 것이 가능하다. 그런 고통의 느낌이 느껴지지 않더라도 진리를 알고 보고 깨닫는 것이 가능하다. 마치 땅에 던져진 건조하고 마른 나무토막에 불쏘시개를 마찰하여 불을 피우는 것과 마찬가지다. 이것이 셋째 비유다. 왕자여, 나는 셋째 비유가 적당하다고 여겼다. 그래서 다음을 실천했다. '덮개를 버림' 이와 같이 거룩한 계칙과 규율의 근간을 갖추고 거룩한 감각기관의 보호를 갖추고 거룩한 기억과 알아차림을 갖추고 거룩한 만족함을 갖추어서 떨어져 거처함을 즐기고 있다. 외진 곳, 나무뿌리, 산속, 동굴, 산골짜기, 묘지, 숲속, 노천, 짚더미 등에 거처함을 즐긴다. 탁발음식을 먹은 후, 돌아와서 가부좌를 맺고 몸을 바르게 펴고 기억을 앞에 떠올리고 앉는다. 세상에서 욕심을 버리고 욕심을 제거한 마음으로 살아가면서 욕심으로부터 마음을 깨끗이 한다. 분노와 짜증을 버리고 화내지 않는 마음으로 살아있는 모든 것과 존재하는 것을 이익 되게 하고 동정하면서 분노와 짜증으로부터 마음을 깨끗이 한다. 둔감과 무기력을 버리고 둔감과 무기력을 제거하고 빛을 생각하면서 둔감과 무기력으로부터 마음을 깨끗이 한다. 흥분과 걱정을 버리고 흥분하지 않으면서 안으로 마음을 고요하게 하여 흥분과 걱정으로부터 마음을 깨끗이 한다. 의혹을 버리고 의혹을 건너고 착한 법에서 의혹 없이 살아가면서 의혹으로부터 마음을 깨끗이 한다. 어떤 사람이 빚을 얻어 사업에 착수한다. 그리고 그 사업은 성공한다. 그는 '나는 옛날에 빚을 얻어 사업에 착수했다. 그리고 그 사업은 성공했다. 나는 과거에 빌렸던 원래 빚을 갚고도 나머지로 가족 부양을 할 수 있다.'라고 생각한다. 그는 그 때문에 희열을 느끼고 안심하게 된다. 깊은 병에 괴로워하는 중환자가 있다. 음식을 소화시킬 수도 없고 몸에는 조금의 기력도 없다. 그런데 그가 얼마 뒤에 그 병에서 벗어나 음식도 소화시키고 기력도 조금 갖추게 되었다. 그는 '나는 옛날에 병으로 괴로워하고 병이 깊은 사람이었다. 음식을 소화시킬 수도 없고 몸에는 조금의 기력도 없다. 그랬던 내가 지금은 그 병에서 벗어나 음식을 소화시키고 기력도 조금 갖추게 되었다.'라고 생각한다. 그는 그 때문에 희열을 느끼고 안심하게 된다. 감옥에 갇힌 사람이 있다. 그가 얼마 뒤에 다행히 안전하게 감옥에서 풀려나고 어떤 재산의 손실도 입지 않았다. 그는 '나는 옛날에 감옥에 갇힌 적이 있었다. 그랬던 내가 얼마 뒤에 다행히 안전하게 감옥에서 풀려났고 어떤 재산의 손실도 입지 않았다.'라고 생각한다. 그는 그 때문에 희열을 느끼고 안심하게 된다. 어떤 사람은 종으로서 독립하지 못하고 남에게 의존하고 가고 싶은 곳에 못 간다. 그는 얼마 뒤에 종의 신분에서 벗어나 독립하여 남에게 의존하지 않으며 자유인으로 가고 싶은 곳에 갈 수 있다. 그는 '나는 옛날에 종으로서 독립하지 못하고 남에게 의존하고 가고 싶은 곳에 가지 못했다. 그랬던 내가 지금은 종의 신분에서 벗어나 독립하여 남에게 의존하지 않으며 자유인으로 가고 싶은 곳을 갈 수 있다.'라고 생각한다. 그는 그 때문에 희열을 느끼고 안심하게 된다. 돈과 재물을 가진 어떤 사람이 다니기 험하고 방심할 수 없고 두려움이 느껴지는 길을 가다가 얼마 뒤에 다행히 그 험한 길을 안전하게 빠져나와 두려워할 것 없는 안온한 마을 안으로 들어갈 것이다. 그는 '나는 이전에 돈과 재물을 가진 채 다니기 험하고 방심할 수 없고 두려움이 느껴지는 길을 갔었다. 그런데 지금은 그 험한 길을 안전하게 빠져나와 두려워할 것 없는 안온한 마을 안으로 들어와 있다.'라고 생각한다. 그는 그 때문에 희열을 느끼고 안심하게 된다. 스스로에게서 이 다섯 덮개가 버려지지 않았다면 마치 빚이 있고 병이 있고 감옥에 갇히고 종의 신분이고 다니기 힘든 길에 든 것과 같이 생각할 것이다. 스스로에게서 이 다섯 덮개가 버려졌다면 마치 빚이 없고 병이 없고 감옥을 벗어나고 자유인이고 안온한 마을에 이르는 것과 같이 생각할 것이다. 이러한 다섯 덮개가 스스로에게서 버려진 것을 보는 수행자에게는 희열이 일어난다. 희열하기에 기쁨이 일어나고 기뻐하기에 몸이 편안해지고 몸이 편안하기에 즐거움을 느낀다. 즐거움을 느끼기에 마음이 삼매에 든다.)"

애욕 제거가 가능한가

"거사님, 들리고 보이시는지요? 마음이 삼매에 들기 이전에 무엇부터 제거해야 하는지. 한국불교 큰스님들이 그 무어라고 본인들의 경지를 강조해도 저는 말하고 싶습니다. 이성에 대한 애욕과 5가지 덮개를 제거하지 않고는 결코 부처님의 선(禪)에 든다는 것은 불가능하다는 것을. 부처님 방법론은 그렇게 치밀합니다. 길만 온전하게 따라가면 사람을 바꾸고 눈을 바꾸고 인생을 바꿔보는 것이 가능하다는 얘기입니다."

"애욕을 제거하지 않고서 삼매에 드는 것은 불가능하다, 그런 말씀은 바로 수긍이 갑니다. 그러나 그 애욕의 제거가 과연 가능할지가 여전히 내게는 의문입니다."

"그러시겠죠, 쉬운 숙제가 아니니까요. 주변의 말을 들어보면, 간음은 결혼한 사람이 배우자가 아닌 이성과 성관계를 맺는 것이라면서요?"

"그렇게 봐야겠지만 넓게 보면 배우자 외의 모든 성관계가 간음이 됩니다."

"거사님의 현재 생각이 어디쯤에 머무는지 모르겠지만 사람에 따라 간음에 대해서 다양한 의견을 내리라 봅니다. 그런데 우리 같은 종교인이 갖는 시선에는 필시 종교적 진리추구라는 명제가 깔렸다고 봐야겠지요? 성관계 행위를 맺는 당사자들의 심리 또는 불교에서 말하는 인연, 즉 존재와 존재의 어떤 관계라는 주제로 풀어가는 자세가 필요할 것입니다. 서로가 행위에 따른 책임은 마땅히 져야 하겠지만 사람과 사람의 어떤 관계에는 에너지가 흐릅니다. 그 에너지 흐름대로 흘러간다는 것일까요? 굳이 결정된 것으로 운명과 숙명은 거론하지 않더라도 사람과 사람의 관계는 무언가 흐름 따라 굴러간다는 것입니다. 자연스럽게 굴러가는 이치에 눈이 어두워서 세상이 죄와 벌을 운운하는 것이지요.

이런 맥락에서 도덕적 양심의 관점으로 타락 여부를 판단하여 죄로 여기는 사회인식에 비하여, 종교적 관점으로 수많은 생명체가 연결고리 속에 움직여가는 커다란 그물망에 초점을 두면 어떨까 합니다. 왜 하필 그 대상인가? 그런 시각도 가져야지요. 아무에게나 성적 호기심이 발동하는 건 아니겠지요? 남자들은 잘 모르겠습니다만."

"남자라고 다르겠습니까? 하지만 별난 사람들도 가끔 있겠죠."

"출가하여 비구니만 사는 암자에 남자의 도움이 필요할 때가 있는데 그럴 때마다 바로 아래 큰 절에서 종정스님을 시봉하는 비구가 도와주러 올라오곤 한답니다. 하루는 선배스님이 저와 이런저런 얘기를 나누다가 큰 절에 내려가서는, 이런 행자가 왔다고 전했고 그 소문을 듣고 두 비구가 찾아왔더군요. 선방에 참선하는 분들인데 두 사람의 공통적인 질문이, 〈다섯 가지 욕망에서 이성에 대한 애욕은 가장 밑바닥에 숨었기에 제거하기 어렵더라, 그런데 행자님은?〉 그렇게 묻기에 제 대답이 그랬어요. 〈아직 수계를 받지 않은 제가 선배스님 앞에서 뭐라고 하는 건 어렵지만 본디 여자는 좋아하는 남자에게 애정을 갖는 것입니다. 저는 현재 좋아하는 사람도 미워하는 사람도 없습니다.〉 이렇게 대답을 했습니다. 거사님, 종교적으로 타락을 하지 않으려면 간음 같은 부도덕한 짓은 부끄러움을 알아야 하겠지만, 불교 수행론으로는 애욕을 끊어내야 합니다. 서로가 끝을 냈다는 심중은 본인들의 바람이겠지만 그 애욕이 남은 한에는 또 다른 대상을 찾을 것이며 앞서 들려드린 부처님의 물에 젖은 나무토막 비유처럼, 이곳저곳 집착하고 환희한 애욕의 결과로 윤회하겠지요? 하지만 모두가 양심에 어긋난, 변질된 삶은 아닐 것입니다. 의도적 행위가 업이기에 그 의도가 무엇이냐에 따라 과보가 다를 것이고 그러하니까."

초겨울 노을에

　빨간 햇살이 산등성이 품으로 내려앉을 즈음에 승용차가 암자에 도착한다. 차가운 공기에 창백해져가는 하늘과 땅거죽. 이 시간이면 누구나 굴뚝의 연기를 떠올리겠다. 어릴 적 엄마가 아이 불러들이는 소리에 된장국이 익곤 했는데.

　차를 대접하고 싶다는 사리풋타다. 고개를 끄덕여 답하고는 발길을 주춤거려 주변을 둘러본다. 잎사귀 다 떨어져 앙상한 가지를 드러낸 아름드리 벚나무 껍질을 만져보는 무씨. 그 나무들 사이의 굳은 땅에 촘촘하게 뿌리를 박은 이름 모를 화초들에게 시선을 던진다. 차가운 초겨울 날씨인데도 더러 꽃들이 피었다. 붉고 하얗고 아아, 또 다른 것들이.

　'철없이 꽃 폈다는 기별이 귓속말로 샜던가요? 저쪽 서녘하늘이 노을에 그만 물들어갑니다. 가슴이 내는 노래까지 물결치며 꽃무늬로 물들다니 글쎄 말입니다.'

　무씨는 계절이 안겨주는 허전함에서인지 마음이 파리하게 추워진다는 느낌을 갖는다. 문득 아내를 떠올리고 폰을 꺼내든다. 폰을 매만지는 손끝으로 차가운 바람이 엉긴다. 무씨는 보름 정도의 간격으로 집을 오갔다. 아이들이 건강하게 자라고 아내도 직장 일에 활기를 보였다. 모든 게 순조로워 보이는 삶인데도 가슴을 짓누르는 이 느낌은 뭐란 말인가? 인간과 인간과의 관계에서 생겨나는 감정은 결코 아닌 것 같다. 의지와 관계없이 계절은 가고 또 오듯이 인간의 정서가 자연을 닮았다는 생각이 바람결처럼 스치는 지금이다.

　사리풋타와 어긋나게 무씨가 처져 걷는다. 언덕을 오르며 돌 잔등을 저벅저벅 밟는 감촉이 좋다. 돌계단 주위로 노송들이 구부러졌고 형형색색의 낙엽들이 바람결에 바스락바스락 소리를 내는 것만 같다. 낮은 기와담장이 촘촘히 드러나는 사찰 입구에 올라서자 아담한 대웅전이 눈앞에 나타나고 자그마한 석탑이 뜰 한편에 초름하게 서 있다. 무씨는 외부 방문객이 사용하는 요사채 방으로 이끌려 들어간다. 바라보이는 바깥 맞은편으로 불상이 부조된 커다란 바윗돌이 구석에 웅크리고 있다. 묵은 나무판자 위로 매트가 있어 따뜻하다. 반쯤 열린 여닫이창으로 노을빛이 숨을 돌린다. 또르르, 찻잔으로 떨어지는 물방울이 빛의 입자로 가라앉는다. 향긋한 차향이 고즈넉한 암자의 방에 은은하게 퍼져간다. 잔잔하게 흐르던 침묵의 공기를 깨우며 사리풋타가 말한다.

"이제는 세월이 흘렀고 수행을 거친 결과로 해서 담담하게 말할 수 있나 봅니다. 출가 전에 결혼한 몸이었습니다. 비교적 늦은 나이에 결혼할 남자를 만났고 결혼했고 얼마 지나지 않아 헤어졌기에 아이는 없었습니다. 단순히 이혼했다는 이유만으로 출가한 것은 아닙니다. 아가씨일 때부터 불교대학에서 불교를 배웠고 절에 자주 다니는 신도로서 붓다의 세계에 관심이 많았습니다. 한때 비구니가 될까 하는 막연한 동경을 하여 경기도 어느 사찰에 이름난 큰스님을 찾아뵙고 의논을 드렸지요. 스님께서는 속가에서 잘 사는 것이 우선이라 하시더군요. 스님과 산책길에 들려주시던 여러 가지 조언을 기억합니다. 그런데 출가의 시절 인연은 뒤늦게 다가왔지만 우리 집안 자체가 불교 쪽이었습니다. 그래서인지 출가를 결심하자 친정 엄마와 아버지가 흔쾌히 승낙해주셨습니다. 어쨌거나 돌아보면 나의 모든 삶이 인과법에 의해 굴러왔음을 깨닫게 됩니다."

"네. 그러셨군요."

그랬구나! 사리풋타는 그때가 결혼한 상태였구나. 하지만 지금 딱히 할 말이 없다. 이혼한 이유가 뭐냐는 지극히 속물의 질문 말고는 던질 말이 없지만 그걸 물을 수가 없다. 분명 상처였을 텐데 새삼 이미 굳은살을 긁어 어찌하려고.

"어려서부터 한 동네에서 자연스럽게 만난 오빠와 오누이처럼 지냈는데 서울로 이사하면서 헤어졌어요. 가끔씩 생각은 났지만 잊은 척하고 살다가 어느 날 대학 교정에서 마주쳐서 얼마나 반갑던지. 군대 제대하고 복학한 그 오빠랑 다시 만나져서 친하게 지냈는데 남들 눈에 연인처럼 보였나 봅니다. 제 자신은 오빠를 연인으로 대하기에는, 어설펐던 또래보다도 정신연령이 낮았던 소녀였나 봅니다. 순수한 감정으로 그 오빠를 대했어요. 서로가 졸업하고 가끔 만남을 이어가면서 차츰 어색한 기척을 느꼈다는 것은 두 사람이 그때서야 성인의 감정을 갖게 되었다는 것이겠죠? 저는 그 오빠와 정들어 헤어질 일이 두려워져 그만 만나자고 고함을 질렀습니다. 아마 그 오빠가 내게 사랑을 고백하려던 것을 눈치챘던 것인지, 내가 오빠에게서 사랑을 느꼈던 것인지. 그 오빠의 곁이 참 편안하다고 느끼면서도 가까이 갈 기회를 만들지 못했던 내가 허둥지둥 달아났는데, 그래놓고 혼자 마구 울었던 기억이 납니다.

그때 작별한 게 참 잘됐다는 생각이 든 것은 세월이 많이 흐른 뒤입니다. 사람과 사람의 인연이 어떻게 마음먹은 대로 되겠습니까만 불교를 공부하면서 세상 굴레에 대한 이해를 하게 되어 그 오빠와 내 인연을 인정했어요. 마음은 평온했지만 오빠에 대한 기억을 남기지 않으려는 노력도 많이 했습니다. 불교대학 강의를 꼬박꼬박 듣고 거사님도 아시다시피 꽃 장사를 시작하면서 지금 생각해도 그때 참 열심히 살았습니다. 일상에 빠져 부지런하게 살다가, 결혼할 겨를이 없었지만 벌컥, 멋진 남자를 만나 결혼하고 싶다는 감동에, 홀렁 결혼도 하고 그랬습니다.

하하, 그런데 참 이상한 것이 결혼을 한 후에도 그 오빠 생각이 지워지지 않더군요. 보고 싶다는 생각이 새록새록 내 가슴에 기어들자마자 마치 운명처럼 그 오빠와 마주쳤다는 사실입니다. 근처 빵집에 들어가 그동안 궁금했던 것들, 참으로 많은 얘기를 나눴습니다. 마치 운명의 장난처럼 오빠는 그 얼마 전에 결혼을 하였고, 같은 아파트 단지에 산다는 것이며, 아직도 나를 사랑한다는 고백을 들었던 것입니다. 저는 그제야 겨우 눈치를 알아차렸습니다. 오빠와 내 관계를!"

무씨는 깜짝 놀란 상태에서 잠자코 듣고 있다. 전혀 예상치 못한 얘기인데다가 과거의 일을 솔직한 심정으로 드러낸다는 자체야 이해가 되지만 그것을 토해내는 사리풋타의 정서가 아무래도 온전할 것 같지가 않아서이다. 이런 얘기를 아무 감정 없이 담담하게 타인에게 풀어낼 수 있을까? 아무리 수행하는 스님이라지만 감성의 줄기에 매달린 한 떨기 인간일 텐데 말이다. 이혼의 사유로 자신의 지난 잘못을 지금 참회하려는 것일까? 아니라면 이제 세상일은 넘어서

버렸기에 담담한 마음가짐으로 남의 일을 말하듯 저러는 것일까?

"택시를 함께 타고 같은 아파트에 내렸습니다. 같은 곳에 사니까요. 공교롭게 남편이 그걸 목격했나 봅니다. 어딜 갔다 오느냐, 같이 내린 남자가 누구냐, 언제부터 알던 사이냐, 별 수 없었고 비밀도 아니기에 하나하나 말해줬습니다. 그랬더니 막무가내 이혼하자고 해서 그대로 따라줬습니다. 남편은 의처증이 있는 사람이 아니었지만 그 상황이 의심을 사기에 충분해서 그랬겠지요."

무씨는 얘기를 듣는 중에 불현듯 지난 기억이 주마등처럼 스쳐간다. 언제였던가? 바로 광고회사 사무실 앞 꽃집에서 있었던 일이다. 이제 생각난다! 사리풋타가 그 당시에 운영하던 꽃집의 이름은 연꽃화원이었다.

그때 눈이 내리던 날에

무씨는 사무실 유리창 가까이 다가서서 커피를 마시다가 하마터면 쏟을 뻔했다. 화원의 투명한 유리창이 와장창! 부서지면서 한 젊은 여자가 쓰러질 듯 뛰쳐나왔다. 뒤따라 사리풋타가 꽃 뭉치를 쳐들고 휘두르는 게 아닌가. 눈길이라 미끄러워 비틀거리는 젊은 여자의 얼굴 위로 꽃다발이 마구 갈겨지고, 짧은 가죽스커트가 말리며 길바닥에 철퍼덕 주저앉는 젊은 여자다. 함박눈이 내리는 화원 입구가 부서진 유리창의 파편과 뒤섞여 하얗게 번쩍거린다. 휘두르는 바람을 타고 떨어지는 보라 꽃잎들이 눈에 뒤섞여 흩날린다. 쓰러진 젊은 여자의 몸통을 향해 사정없이 꽃다발로 후려치며 분을 이기지 못하는 사리풋타가 끝내는 젊은 여자의 머리카락을 쥐어뜯기 시작한다. 무씨는 느닷없이 들이닥친 사건 앞에 커피를 쏟고 만다.

어느 새 다가온 직원 몇 명이 두 여자의 결투 장면을 보면서 탄성을 자아낸다. "아이고, 저런! 무슨 일이지?" 하얗게 덮인 눈 위로 선홍빛 핏방울이 뚝뚝 떨어진다. 사리풋타의 손에서 흐르는 피다. 처음에는 누구한테서 흐르는 피인 줄 몰라 서로가 주춤거렸다. 애들 싸움처럼 피를 보자, 끝나지 않을 것 같던 싸움이 얼은 듯 멈췄다. 사리풋타가 정신이 드는지 손을 움켜쥐며 허둥지둥 꽃집으로 들어간다. 젊은 여자는 얼굴에 묻은 핏자국을 손끝으로 훑다가 휘청휘청 걸음을 옮겨 간신히 건물 모퉁이를 돌아간다. 그러곤 골목이 조용하다.

"누가 한번 가 봐. 다쳤나 본데?"

무씨가 말하자 평소에 꽃집을 자주 들락거리던 여직원이 서두른다.

"언니한테 제가 가 볼게요. 아유! 어쩜 좋아."

그랬다. 그때 그날 이후로 한동안 가게 문이 닫혔고 그 후에 뚝딱거리는 소리가 나더니 분식점이 들어섰다. 그녀는 그날 이후로 사라진 것이다. 그때 일어난 사건과 지금 무씨에게 들려주는 사리풋타의 이혼 사유와는 얼마만큼의 시간 차이를 가지는 것일까? 아무래도 사리풋타가 이혼의 문제를 자기 탓으로 돌리는 와중에 꼬여버린, 이야기의 혼선일지 모르겠다. 꽃집에 다녀온 여직원이 그랬다.

"많이 다치지는 않았어요. 유리에 손바닥이 베여 피가 났더라고요. 무슨 속상한 일이 있는지 계속 울기만 하고 말은 안 하더라고요."

무씨는 여직원의 얘기를 듣고는 꽃집에 들러볼까도 했다. 전혀 모르는 사이도 아닌데, 가끔씩 화분을 샀었고 꽃 사는 걸 핑계로 농담 섞인 대화를 나눌 정도가 되는, 이웃 같은 사이였다. 하지만 가질 못했다. 울고 있다는데 가서 뭐라 말하겠는가? "언니가 요즘 표정이 어두워졌어요. 이유를 모르겠어."

눈앞의 사리풋타가 빙그레 웃고 있다.

"거사님, 차가 식습니다. 생각이 꼬리에 꼬리를 무나 봅니다."

"아, 잠시 옛날 생각이 떠올랐네요. 차향이 향긋하고 좋습니다."

옥색 자기의 찻잔에 주홍색 노을빛이 깃들다가는 이내 어둠으로 일렁거린다. 한 모금 향을 맛보자 따스한 감촉이 손끝에서 입안으로 번져간다.

"저녁예불 시간이 되어갑니다. 잠시만 계셔 주세요."

사리풋타가 양해를 얻고는 밖으로 나간다. 요사채 방에 객이 홀로 덩그러니 남겨지니 어둠이 순식간에 몰려드는 기분이다. 여닫이문을 활짝 열고 밖을 내다본다. 어느덧 밤이 된 하늘에서 내리는 비췻빛으로 해서 암자가 색채를 한 꺼풀 벗어버리고 고즈넉한 침묵으로 좌정한다. 침묵을 더한 침묵으로 잠겨들게 하는 낭랑한 종소리가 들려오더니 목탁과 염불 소리에 밤공기가 술렁거린다.

저녁예불. 이런 의식이 무슨 의미를 지니는 것일까? 자기 전에 이 닦기처럼, 하루 동안의 자기 수행을 일기 적듯 돌아보고 마무리한다는 그런 의식이면 차라리 좋겠다는 생각이 앞선다. 아마도 짐작컨대 예불이라는 단어가 암시하듯 부처를 모시고 보살을 찬양하고 중국의 조사들에게 인사하는 것이 되지 않을까 싶어서이다. 그렇다면 기독교의 예배와 뭐가 다른가? 대승불교는 아무래도 힌두교적 유신론에 함몰된, 붓다의 정신과는 동떨어진 브라만교로 회귀한 종교가 되지 않았나 싶은 것이다.

　이런 궁금증과 의문을 사리풋타에게 묻기가 어렵다. 과연 뭐라 답할 것인가? 붓다사상을 신뢰하는 사리풋타인지라 부처님을 존중하는 마음으로 예불을 모신다고 대답하겠지만 어쨌든 사리풋타 스님도 저녁예불의 길을 걷지 않는가. 속으로는 무슨 심정으로 어떤 견해에 의해 행위로서 저녁예불을 드리든 간에, 의도의 중요성만큼 아니 더욱 중요하다고 할 행위에 있어 대승불교의 풍습을 그대로 따르고 있는 것이다. 그러니 이유를 물어서 뭐 하리. 불자의 발길이 드문 암자인데도 저녁예불이 길어지고 있다.

깊어가는 산사의 밤

"애들이야 잘 지내지, 작은애가 아빠 보고픈 눈치던데. 요즘은 집에 오는 게 좀 뜸해졌네? 전화도 그렇고. 촬영 때문에 바빠?"

그러고 보니 요즘에는 통화 횟수도 다시 줄었다. 장모가 돌아가신 이후로 무 씨는 집을 규칙적으로 찾았고, 떠나 있어도 아내와 자주 통화를 나눴다. 그런 삶에서 정신적 안정감을 찾는 무 씨인지 자기가 맡은 일에 몰두하는 요즘의 삶이긴 하다.

"촬영 중이라 그래. 이거 촬영만 마무리 되면 집에 가도록 하지."

"요즘 들어 엄마 생각이 많이 난다. 엄마 생각나면 가슴이 저려오면서 몸살기까지 생겨. 괜찮다가도 한 번씩 이러네. 자기가 빨리 왔다 가면 좋겠어. 참! 당신, 준태씨 알지? 당신 친구. 어찌 알고 연락이 왔던데 지금 병원에 있다네? 별말은 없고 그냥 친구 얼굴이 보고 싶어서 연락했다는데 많이 아픈가 봐. 병원하고 호실 어디 적어놨어. 거기도 가 봐야지? 잠깐 시간 내면 안 될까?"

"그래? 알겠어. 이번 주말에 되도록이면 가도록 할게."

'준태? 서로 연락 없이 지낸 지가 참 오래됐는데 그 친구, 기억에 가물가물해졌는데 전화가 왔다니. 그것도 아프다면서?' 통화를 끝낸 무 씨의 느낌이 썩 좋지가 못하다. 누구든 건강을 해치게 되면 평소에 잊고 살았던 인연의 사람들이 새삼스레 다시 떠오르고 보고프게도 된다던데, 그 친구도 그럴지 모르겠다는 생각에서다. '요즘 들어 주변에서 죽어가는 사람들이 왜 이리도 많아졌는가? 내게로 쌓이는 세월의 무게만큼 그만큼의 육체들이 흩어져야 하는 것인가!' 전화 교류 없이 많은 세월을 무심하게 흘려보낸 친구 사이인데도 무엇에 쫓기듯 기억을 더듬어 전화 왔다는 사실이 참 씁쓰레한 것이다.

참! 그러고 보니 아까 아내의 목소리에서 추워하는 입김이 묻어났었다. 스스로도 실토했듯이 아내의 마음 상태가 무척이도 여려져 있나 보다. 자기 엄마의 죽음 이후로 삶에 대한 새로운 고찰과 주변의 사람들에 대한 인식 변화가 일어난 결과인지도 모르겠다. 착하고 순수한 정신의 여자가 정서까지 여려지는 것을 원치 않는다. 정말로 원하지 않는다. 이유는 무씨 자신도 모르지.

"하루 동안 모든 불사와 수행을 마무리 짓는 것으로 부처님과 모든 조사들과 먼저 가신 스님들에게 인사를 드리는 것입니다. 저녁예불은 오후 6시에 합니다. 겨울엔 해가 짧아 시간을 당겨 예불을 드리고 있습니다. 저녁예불은 새벽예불과 사시예불 시간에 비하여 의식이 짧은 편이지만 오늘은 몇 가지의 기도가 더해져 예불시간이 길어졌습니다. 저는 요즘에야 부처님께 예불을 올리는 의식에 큰 감동을 받습니다. 음성공양을 지극정성으로 올리게 됩니다. 어느 벗은 목탁을 칠 때마다, 부처님께 대한 존중은 수행론에서 드러나는 것인데 왜 이런 의식 자체에 목적을 두느냐면서 회의가 든다고 하더니, 결국 남방불교 국가로 수행 처를 옮겨가더군요. 또 다른 벗은 솔직하게 고백하기를, 의식에서 감동받은 적은 없었다고 하더군요. 저는 출가를 하기 전부터 부처님 당시의 불교 교단 모습이 생생하게 그려진 초기경전을 오랫동안 봐서 그런지 이런 대승불교 의식이 몸에 익숙하지 않았어요. 오히려 부처님 당시에 불교 교단은 부처님 법을 존중하여 스스로 법을 파악하는 것으로 부처님을 공경하는 마음에 흔들리지 않는 신앙심을 가졌지요. 어쨌든 이제야 불교문화에 드러난 부처님을 존중하고 존경하여 공경을 표시하는 예불의식에 부처님을 향한 온 마음이 바쳐질 정도입니다. 정성껏 모시는 이 의식을 잘 살펴보면 선지식들께서 참 잘 만들었다는 생각을 하는 것입니다."

묻지도 않았는데 저녁예불을 마치고 돌아온 사리풋타가 들려준다. 잡다한 것에까지 궁금증을 일으키는 무씨의 성질머리를 알아낸 배려인지도 모르겠다. 근본불교랄까, 붓다의 본래 설법을 강조하고 중요시하는 사리풋타가 대승불교의 풍습에 적응한 듯이 말을 꺼내는 게 못내 어색하게 들리지만, '사리풋타 본인 마음은 본인이 알겠지.' 그런 무씨의 생각이 텔레파시에 의해 교감이라도 이뤄진 듯이 말을 내처 잇는다.

"포교당에서 인연이 되었던 신도들이 음력 7월 백중행사에 저를 보겠다고 사찰에 왔습니다. 큰 행사에 염불도 길었지만 그날따라 회심곡을 불러보고 싶더군요. 범패 전공 스님에게 부탁을 드려 평소에 녹음테이프로 혼자 습득한 곡조를 들려줬더니, 법당에 빼곡한 많은 신도들이 〈스님, 회심곡을 잘하시네요!〉 그러더군요. 그런데 포교당에서 인연이 된 신도들은 이구동성으로 칠판에 법을 적으면서 법문하는 내 모습이 더 낫다고 했어요. 하하, 예불 모시는 모양이 거사님에게도 문득 낯설지 모르겠습니다."

식은 찻주전자 속의 물이 다시 데워지고 있다. 아무 말 없이 사리풋타의 거동을 지켜보기만 하다가 무씨가 묻는다.

"내 생각은 이렇습니다. 인간인 붓다가 깨달음을 얻어 알아차린 그 법칙을 설법하였습니다. 불교라는 종교가 탄생한 것이지요. 인간이 만든 불교라는 종교의 가르침은 바로 그 교주의 사상에 충실해야 옳지 않겠습니까? 그런데 가르치는 설법의 내용이 점차로 달라지면 그건 새로이 만들어진 다른 종교라 봐야 하지 않을까요? 현재의 불교는 붓다의 원래 설법 외에 많은 경전들이 추가로 만들어졌고 새로운 사상의 가르침을 받아들이고 있습니다. 인간이 만든 종교인데 어떻게 그게 가능하겠습니까? 한마디로 붓다불교가 아니라 다른 인간들이 계속해서 변형시킨 유사종교라 해야 옳지 않을까 생각합니다."

사리풋타가 바로 말을 받는다.

"기독교는 예수시대 이후로는 경전의 기록이 끝난 걸로 알고 있습니다. 이건 무슨 의미일까요? 교주의 가르침으로 충분해서입니까? 충분하지 않더라도 교주의 말씀에 충실해야 하기 때문입니까?"

"어찌 보면 불교와 기독교가 정반대의 길을 걷는다고 할 수 있겠습니다. 불교는 붓다라는 한 인간이 일으킨 종교이니 그 가르침을 충실하게 따라야 하겠는데 실상은 그렇지가 않아서 무수한 인간들이 나타나 새로운 가르침을 주고 그 가르침의 내용이 경전으로 기록되어 오늘날에도 이어가고 계속해서 새로운 주장들이 인간에 의해 형성되고 있습니다. 반면에 기독교는 신의 감동에 의해 적힌 말씀이 성경이며 그렇다는 내용이 성경에도 기록되어 있으니 계속해서 새로운 말씀이 기록되어 그것이 경전으로 자리매김 되어도 무방한 종교라 봐야 합니다. 그런데도 기독교의 성경은 바울로 해서 공식적으로 끊겼습니다. 경전으로서의 말씀의 기록은 끝난 상태입니다. 이어져도 되는 기독교는 끊겼고, 끊겨야 할 불교는 이어지고 있습니다."

우려낸 찻잎을 차받침에 살포시 내려놓으며 무씨 얘기를 듣고는 잠시 아무 말이 없다. 차 맛을 음미하던 무씨의 찻잔이 딸그락, 차반을 건드려 소리를 낸다.

"그렇다면 얘기의 초점이 조금 달라지는 것 같습니다. 기독교의 경전은 구약부터 시작해서 신약까지 계속해서 나왔고 말씀의 주장도 이어졌습니다. 그 후에 유대교에서 가톨릭과 동방정교회로 나뉘었고 나중에 신교라는 이름으로 다시 갈라졌습니다. 성경 말씀의 해석이 신교와 구교 간에 때로 다르고 가톨릭에서 공인한 성경의 일부를 신교에서는 외경이라 하여 경전에서 제외까지 했습니다. 그리고 기독교를 표방하는 많은 신흥종교들이 우후죽순처럼 일어났고 지금도 일어나고 있습니다. 게다가 몰몬교에서는 잃어버린 성경이라며 추가로 몰몬경까지 제시하고 있습니다. 쓰인 성경이 성령의 감동이라면 그걸 어떻게 확인할 수가 있겠으며 확증하지 못하는 한, 신흥종교 집단 역시 나름대로의 근거를 얻는 것이나 마찬가지니, 주장되는 내용들을 얼마든지 추가로 경전으로 만들어낼 수가 있겠습니다. 그리고 거사님께서 오해하는 것이 더러 있는 것 같습니다. 근본불교로 돌아가자는 주장의 저의 본뜻은 붓다의 설법내용을 우선적으로 제대로 알고 익히 행하자는 알림이지, 가르침의 심화 차원에서 차츰차츰 발전되어 온 대승불교의 사상 모두를 버리자는 요구가 아닙니다."

무씨가 잠시 머뭇거린다. 지금까지의 대화에서 무씨 얘기에 사리풋타가 이렇게 구체적으로 이의를 제기한 적이 없었던 기억으로 있다. 그런데 지금 이렇듯 묘한 상황에서 자기들의 종교를 놓고 자칫 갈등을 노출하는 모양새로 얘기가 전개되는 것에 부담을 느낀다. 하지만 말을 멈출 무씨가 아니다.

불교는 종교인가

"기독교 경전은 신의 주관 하에 성령의 감동으로 적혀지는 말씀이라 봤을 때 언제든지 얼마든지 경전의 기록이 가능하다고 하겠습니다. 그럼에도 경전이 끝난 까닭은, 신의 말씀이 마쳤기 때문입니다. 다시 말해 예수께서 오셔서 이 땅의 인류에게 들려줄 말씀과 행위를 다 이루셨다는 얘깁니다. 그러니 경전이 추가로 만들어져야 할 하등의 이유가 없습니다. 그럼 여기서 불교 입장을 볼까요? 스님께서 방금 말씀하셨듯이 사상의 심화가 필요하니 새로운 가르침에 의한 계속되는 경전의 편찬 또한 가능하다는 주장이 뭘 의미하느냐 하면 불교는 종교가 아니라 철학이라는 사실을 스스로 드러낸 것입니다. 종교라면 교조가 있고 그 교조의 가르침이 절대적이 되어야 마땅합니다. 소크라테스 사상을 제자로서 승계하되 다른 주장이 섞이면 플라톤 철학이 되고 다른 사람의 철학이 되듯이, 붓다사상도 이만큼 추가되고 달라져왔으면 이젠 붓다철학도 아닌 것이 분명하니 하물며 붓다종교인 불교는 더욱더 아닌 것이 되었겠지요.

기독교와 불교의 경전 내용과 역사 흐름에 대해 내가 이다지도 뻔뻔스러울 정도로 차별을 둘 수밖에 없는 까닭은, 바로 신의 유무에 의해 판단했고 그것에 준거해서 생각의 결론을 감히 내릴 수 있는 것입니다. 신이 아닌 인간에게서 나온 사상은 얼마 안 가서 끝나고 달라질 수밖에 없다는 얘기입니다. 다른 사람에게 계승되어 내려왔다는 말은 다른 철학으로 재탄생되었다는 얘기와 비슷합니다. 그러니 현실의 대승불교와 그 가르침에 순응하는 것이 낫지 굳이 불자들 서로가 어색해지게 근본불교니 붓다불교를 들먹일 필요가 있겠느냐는 의문이 드는 것입니다. 불교집안 쪽에서는 대승과 소승뿐만 아니라 교종과 선종의 구별에도 각기 우열을 다투는 걸로 알고 있습니다만."

무씨는 말을 마치자마자 두 손에 감싸들고 있던 찻잔을 단번에 벌컥 들이켠다. 누가 들어도 불교의 근본 뿌리를 놓고 비판하는 얘기가 분명했다. 그런 긴장감이, 말하는 무씨나 듣는 사리풋타의 힘줄을 팽팽하게 당기는 것이었다.

"결국 신이 있고 없음의 문제로 넘어갔습니다. 신이 존재하면 경전 편찬이 가능하고 인간이 종교를 만들면 계승이 불가능하다는 논리가 저에게는 어색하게 들려옵니다. 지금도 대승불교든, 소승불교, 티베트불교, 선불교를 표방하든, 무슨 불교집단이든 간에 처음에 고타마부처님께서 설법하신 중요한 가르침의 법칙은 지금도 불자라면 다들 알고 있고 수행을 통해 깨달음을 얻으려고 정진하고 있습니다. 그런 근본의 불교라는 나무가 여전히 깊고 넓게 세상에 뿌리박혀 퍼져 있기에 그래서 더욱 자라나는 곁가지의 울창함인데 그것을 보고서 어찌 다른 나무라 이르시다니요? 불교는 인간 스스로가 책임지고 만들어가는 종교인지라 그것이 진리의 법칙에 어긋나지만 않는다면 얼마든지 사상의 다양과 심화의 허용이 가능하다 할 것입니다."

그렇다. 종교의 논리에 대적하는 것은 이른바 종교안티다. 불교도 종교이니 기독교든 불교든 간에 종교안티를 만나면 여지없이 공격을 당하게 된다. 그렇다면 기독교와 불교는 같은 종교의 입장에서 어떤 유사성을 찾을 수 있기는 하단 말인가? 기독교에서는 가톨릭 쪽이 불교의 경전을 공부하고 교류도 하면서 서로 간에 내세우는 사상적 논리를 긍정하거나 포용하는 자세를 견지하는 걸로 들었다. 하지만 기독교의 신교 쪽과는, 무관심의 차원도 아닌 거의 적대시하는 위치에 서로가 아슬아슬하게 서 있다고 한다. 아니 정확하게 말해서 불교가 내미는 손을 거절하고 개신교에서는 교리의 갑옷을 걸치고 무장한 상태라 봐야겠다.

그런 점에서는 한국의 개신교가 성경 해석에 있어 단호하고 완고하다. 이미 해석한 그 사상은 누구도 다시는 허물 수 없을 철옹성으로 굳어버렸다. 무씨가 그것을 대화중에 느꼈다. 장마철에 번갯불이 번뜩이는 풍경이 이렇다 할까? '짧게 자주 섬모처럼 가늘게 보일락 말락. 그러다가 요동치며 불사를 기세로 길게 강렬히!'

무씨는 진리에 이르는 길을 불교도 지녔다고 본다. 다만 어느 길이 보다 쉽고도 정확하게 진리에 이르는 길인가를 짚어보는 문제가 걸렸다는 것을 생각한다.

어느 길일까, 아무 길이나 비슷할까? 바로 가는 길이나 둘러 가는 길이나 인간이 길을 걷는 여정에 있어 과연 그것에 어떤 우열의 차이가 있기나 하는 걸까? 신의 존재 유무를 놓고 보면 종교안티와 불교가 차라리 우호적이어야 한다.

하지만 실상은 그렇지가 않다. 종교안티라는 말 자체가 종교를 배격하기 때문이다. 종교는 마약과 같으며 인간을 세뇌시키고 정신과 육체를 신앙이라는 올무에 가둬놓고 종교권력에 의해 주물러진다며, 굳센 신앙처럼 단정 짓는다. 그래서 그들은 결코 같은 가치관의 존재일 수가 없다. 세상에 퍼져 있는 가치관의 다양성을 인정해야 한다고 했을 때, 종교까지를 배격하는 사상마저도 수용해야 하는 것인지가 의문스럽다. 종교 문제는 하루아침에 답을 내릴 수 있는 문제가 아니다. 수천 년을 내려오면서 다져진 사상과 풍토를 어찌 단박에 헤아릴 수가 있으랴.

하지만 무씨의 뇌리에 분명하게 와 닿는 생각 하나가 있다. 불교든 기독교든 어느 종교든, 시대에 맞게 적용될 사상의 전개가 필요하겠다는 사실이다. 경전의 재해석을 통해서라도 시대에 걸맞은 옷을 입고 나서야겠다는 사실이다. 그런 면에서는 종교에 이단은 없다. 확실히 없는 것이다. 다만 사이비가 있을 뿐이다! 인간의 삶을, 결국엔 허물어뜨리는 사이비가 설칠 수 있을 뿐인 것이다.

"사리풋타 스님, 고타마붓다께서는 완전한 열반에 이르셨기에 부처라고 하였습니다. 그렇다면 그 깨달음은 완전한 것이고 그 가르침의 말씀은 누구라도 그대로 실행하면 해탈에 이를 수 있는 경지여야 합니다. 그 완전한 설법을 두고도 사람마다 깨침의 방법이 달라지고 사상의 심화까지 필요하다면 대체 어떻게 붓다께서 보리수에 좌정하여 깨달은 그 깨달음과 가르침이 완전하다 할 수가 있겠습니까? 완전하지 않기에 대승운동이 일어나고 수많은 경전들이 새로이 만들어져 내려오는 것이 아니겠습니까?"

사리풋타가 얘기 중에 합장을 한다. 그리고 때를 기다려 말을 꺼낸다.

"거사님의 불교 질문에 즉각 대답하는 것이 가능합니다. 포교 현장에서는 바로 초기경전 설법 내용을 갖고 마치 부처님께 직접 설법을 듣듯이 경전에 나타나는 법을 설명해줍니다. 하지만 지금은 거사님 사유 하나하나에 일일이 답을 드리지 못해 송구스럽습니다. 대신에 참고할 만한 부처님 설법을 하나 들려드리겠습니다."

법이 비구를 다루는 것이니

"맛지마 니카야 제 108 목동 목갈라나경에 있는 내용입니다. 이와 같이 나에게 들렸다. 한때 세존께서 크고 완전한 열반에 드신 후, 얼마 되지 않아서 존자 아난다는 라자가하 벨루 숲, 칼란다카니바파에서 지냈다. 그때 마가다국 베데히 왕비의 아들, 아자타삿투 왕은 파좃타 왕을 의심하여 라자가하를 요새화했다. 마침 존자 아난다는 승복을 입고 발우와 가사를 들고 라자가하에 탁발하러 들어갔다.

이때 존자 아난다에게 다음과 같은 생각이 떠올랐다. 〈지금 라자가하에서 탁발하기에는 너무 이르다. 내가 지금 바라문 목갈라나 목동이 일하는 곳에 가면 어떨까.〉 그래서 존자 아난다는 바라문 목갈라나 목동이 일하는 곳을 찾아갔다. 바라문 목갈라나 목동은 존자 아난다가 멀리서 오는 것을 보았다. 그리고 존자 아난다에게 다음과 같이 말했다. 〈존자 아난다께서는 어서 오십시오. 존자 아난다께서는 잘 오셨습니다. 존자 아난다께서는 오랜만에 이곳에 오실 기회를 만드셨습니다. 존자 아난다여, 앉으십시오. 여기 자리가 마련되었습니다.〉

바라문 목갈라나 목동은 한쪽으로 물러앉아 낮은 자리에서 존자 아난다에게 물었다. 〈존자 아난다여, 각각의 관점에서 혹은 모든 경우에서, 그렇게 온·동등한·바르고 원만하게 깨달은 붓다, 고타마붓다께서 성취한 그 모든 특징을 갖춘 단 한 사람의 비구가 존재합니까.〉 〈바라문이여, 그런 비구는 존재하지 않습니다. 왜냐하면 세존께서는 발생하지 않았던 길을 발생시켰고 선포되지 않았던 길을 선포했습니다. 스승께서는 길을 아는 자, 길을 발견한 자, 길에 통달한 자였습니다. 그러나 그 제자들은 길을 따라서 나중에 그 길을 성취하

는 것입니다.〉

그러자 존자 아난다와 바라문 목갈라나 목동의 대화는 중단되었다. 왜냐하면 마가다국 대신, 바라문 밧사카라가 라자가하를 요새화하는 일에 감독하다가 바라문 목갈라나 목동의 일터로 존자 아난다를 찾아왔기 때문이다. 그는 존자 아난다에게 가까이 다가가서 인사를 하고 안부를 주고받은 뒤에 한쪽으로 물러앉아 존자 아난다에게 다음과 같이 물었다. 〈존자 아난다여, 여기서 지금 무슨 이야기를 하셨습니까. 어떤 이야기가 중단된 것입니까.〉 존자 아난다는 바라문 목갈라나 목동과의 대화를 바라문 밧사카라에게 전달했다.

그러자 밧사카라가 존자 아난다에게 다음과 같이 질문했다. 〈존자 아난다여, 세존이신 고타마붓다께서, '내가 간 뒤에 그대들이 귀의할 피난처인 섬이 될 것이다.'라고 결정하여 수행자들이 귀의하는 단 한 사람의 비구가 존재합니까.〉 〈바라문이여, 그런 비구는 존재하지 않습니다.〉 〈존자 아난다여, '세존께서 가신 뒤에 우리가 귀의할 피난처인 섬이 될 것이다.'라고 결정하여 수행자들이 귀의하는 단 한 사람의 비구가 존재합니까.〉 〈바라문이여, 그런 비구는 존재하지 않습니다.〉 〈존자 아난다여, '세존께서 가신 뒤에 우리가 귀의할 피난처인 섬이 될 것이다.'라고 승단이 선택하고 장로들이 결정하여 수행자들이 귀의하는 단 한 사람의 비구가 존재합니까.〉 〈바라문이여, 그런 비구는 존재하지 않습니다.〉 〈존자 아난다여, 비구들에게 귀의대상이 존재하지 않는다면 비구들이 화합하는 것은 무엇을 대상으로 합니까.〉 〈바라문이여, 비구들에게 귀의대상이 존재하지 않는 것이 아닙니다. 우리는 가르침에 귀의합니다.〉 〈존자 아난다여, 여태 말씀하신 것의 진실한 뜻을 어떻게 이해하면 좋겠습니까.〉 〈바라문이여, 그렇게 온·동등한·바르고 원만하게 깨달은 붓다, 알고 보는 붓다에 의해서 비구들에게 수행의 모든 규범이 설법되었고 계칙과 규율의 항목이 모두 제정되었습니다. 계칙과 규율의 점검 날에는 한 마을에 의지해서 사는 비구가 모두 한 곳에 모입니다. 그들이 만나서 계칙과 규율을 아는 수행자에게 그것을 외울 것을 요청합니다. 그러는 동안에 어떤 비구의 잘못이나 계칙과 규율을 위반한 것이 발견되면 세존께 배운 바대로 가르침을 따라서 그 비구를 다룹니다. 비구를 다루는 것은 성스러운 사람이 아니라 법이 비구를 다루는 것입니다.〉 〈존자 아난다여, 지금 그대가 존중 존경 공경 공양하여 의지하는 단 한 사람의 비구가 존재합니까.〉〈바라문이여, 그런 비구는 존재하지 않습니다.〉〈존자 아난다여, 지금 말씀하신 것의 진실한 뜻을 어떻게 이해하면 좋겠습니까.〉〈바라문이여, 그렇게 온·동등한·바르고 원만하게 깨달은 붓다에 의지하여 선포된 10가지 청정한 법이 존재합니다. 비구 가운데 어떤 자에게 이런 법이 발견되면 그를 존중, 존경, 공경, 공양하여 의지합니다. 10가지 청정한 법이란 어떤 것인가?〉"

사리풋타가 여기서 경전 들려주기를 그친다.

"불교와 기독교는 종교가 맞습니다. 신을 운운해야 종교라는 얘기는 서양식 종교를 일컫는 것이겠지요. 하지만 교조, 교조주장, 신자, 의례, 이 네 가지가 종교 구성요건이고 불교는 이에 합당합니다. 부처님 당시에 유신론자들과 유물론자가 부처님 사상과 대토론을 할 때 어떤 주제를 놓고 하는 것입니다. 예를 들면, 우리는 신이라고 하는데 부처님은 그에 무엇을 대안으로 합니까? 이런 식입니다. 결국 그 당시는 주장과 주장으로 해결을 한 것이지요. 같은 주제를 놓고 서로 비교한다는 것입니다. 요즘 현실은 어떻습니까? 저는 가끔 신도들에게 이런 말을 합니다. 기독교집안 따로, 불교집안 따로, 제각기 알아서 하기라고. 하지만 진리추구 입장에서는 거사님 견해처럼 각 사상가들이 치열한 토론을 해야 한다는 것입니다. 우주와 인생을 지배하는 원칙은 과연 무엇인가? 이 주제에 대한 각 사상가들의 주장을 펼친 것이 제각각 종교라고 보면 되겠지요."

"그것보다 아까 처음에 거사님께 들려드렸던 속세 이야기를 마저 해야겠습니다."

출가한 스님들은 속세 때의 일을 번뇌라 하여 뇌리에서 털어버리는 줄로 알았는데, 최소한 그랬다는 시늉이라도 하느라 번뇌를 입 밖에 내지 않을 줄로 알았는데, 사리풋타는 무씨가 묻지도 않는 상황에서 작심한 듯 자기의 과거를 술술 풀어내려고 한다. 세상 모든 일을 부처님 법으로 풀려는 작정일까?

"결혼한 남편에게 연인이 있었습니다. 오래 전부터 서로 사귀던 사이였다는데 헤어졌다가 나와의 결혼 후에 다시 만났나 봅니다. 아니지? 같은 회사의 동료였다니까 헤어지고 말고가 사실 없었겠지요. 그런 우스운 일이 저에게 일어났습니다. 학식과 지성을 지녔고, 현실감각은 비록 모자란 남자였지만, 남부럽지 않은 직업에 남에게 피해를 주지 않고 반듯했던 그런 남자가, 나와의 결혼 이후에 그 여자와 다시 가까워지면서 외도를 하고, 그러고도 태연하게 내 앞에서 거짓을 일삼았습니다. 어느 날부턴가 그런 남편의 행동이 의심스러웠지만 설마 그럴 리가? 하고 반문을 했습니다. 하지만 결국은 신뢰가 와르르 무너져 내렸습니다."

"아, 남편의 외도가 문제였군요?"

남편의 음행으로 인해 아내에게 깊은 상처를 주고, 가정의 붕괴로까지 몰아간 간음의 현실을 무씨에게 들려주고 있다. 스스로는 하나의 사랑이라 뇌까리지만 무씨 역시 아내의 눈길을 외면하고 조문주 역시 남편을 저버리는 간음 그 불륜의 삿된 음행을 즐겼고, 현재도 태워버리지 못한 감정의 찌꺼기로 남아서 마음 깊숙이 쌓아놓고 있지 않는가! 묘한 감정이 뒤섞이는 순간을 맛본다.

"인터넷에 떠도는 글을 읽었습니다. 남편이 바람피우는지 여부를 파악하는 행동이라 했습니다. 그게 뭐냐면, 사소한 말 한마디에도 신경을 곤두세워서 펄쩍 뛰고, 부부관계가 뜸해지더니 스킨십마저 거부하고, 세차를 자주 하고, 현찰을 사용하고, 외모에 신경 쓰면서 결혼반지를 빼고, 외출과 출장이 잦아지고, 퇴근시간이 늦어지고, 휴대폰을 잠그거나 비밀번호를 걸어두면서 벨 소리에 민감하게 반응하고, 문자메시지와 수신발신 통화목록이 지워지고, 컴퓨터를 관리하고, 그와 같은 행동 양태를 기술했는데 마치 내 남자의 모습을 줄줄이 보는 듯했습니다. 일반 사람의 장난기어린 글이 아니라 부부 위기를 상담해준다는 전문가의 글이라서 더욱 신뢰가 갔습니다.

내 남자의 행태가 그 글과 마찬가지여서 속이 부글부글 끓다가 본의 아니게 뒤를 쫓았습니다. 그러지 않고서는 환자 취급을 당하고 정신병자가 될 것만 같아 절박감에 휩싸여 내 남자의 뒤를 밟았습니다. 내게 그런 일이 생기려고 그랬는지 전에 길거리에서 두어 번 그런 장면을 목격했는데, 한 번은 동네 근처에서 마치 드라마 같은 일을 보았지요. 어느 집 앞에 여러 명의 여자들이 흥분하여 한 여자의 머리카락을 뜯어 내동댕이치듯 했는데 흥분한 여자들이 고함치던 말을 종합하면, 그 한 여자가 몰래 살림을 차린 내연의 처였다는 것입니다. 젊었을 때 같이 고생한 남편이 살기가 편해지자 바람을 피운 것이라더군요. 또 한 번은 전철역 부근에서 한 남자가 부인을 폭행하는 장면이었는데 거리가 떠나갈 듯 소리치는 남자의 말투로 봐서, 바람피우는 남자의 뒤를 밟은 아내가 남편에게 들키는 바람에 그 야단을 쳤던 것입니다. 바람을 피운 남자가 폭행을 한다? 적반하장도 유분수지요. 저도 그처럼 남편이 한 여자와 만나는 장면을 직접 목격했고 그 자리에서 바로 돌아섰습니다. 그 순간에 남편을 향한 적개심으로 도사렸던 내 감정이 지금도 생생합니다."

무씨는 담담하게 말하려고 애쓰는 사리풋타의 모습을 엿본다. 어쩌면 담담하게 말하고 있는데 무씨 자신의 생각에 그렇게 비쳐지는 것인지도 모르겠다. 자신의 행위에 대해서는 아무런 죄책감을 느끼지 못했는데 이렇게 다른 사람의 입을 통해 다른 입장에서의 생각과 감정을 읽게 되니 간음, 불륜, 삿된 음행 등이 뜻하는 의미가 새롭게 다가오는 듯하다.

그건 그렇고, 부부 위기를 다룬다는 상담전문가가 대체 그런 글을 왜 공개적으로 쓴단 말인가? 간음이든 사랑이든 남녀상열지사에 관한 문제는 입 밖에 꺼내기를 조심해야 하지 않을까 싶은데도 거침없이 토해내는 정보시대의 요즘이다. 자기 통제가 쉽지 않고 가치의 정립이 애매한 것이 사랑의 감정이고 가치관인데, 그것의 윽박지름이 무슨 의미가 있단 말인가? 모르는 것이 약이라는 말이 있듯이 서로가 갖는 감정이 사랑이든 혹은 섹스에의 충동이든, 그것이 부부 사이를 떠나 다른 이성에게로 향하고 있다면 그건 그것대로 서로가 모르게, 모른 채 넘어가야 정상적인 삶이지 않을까 하는 것이다.

부부라는 관계를 맺었으니 다른 이성 혹은 동성과의 사랑의 감정이 절대로 생겨나서는 아니 된다는 말 자체가 거짓이다. 간음이라는 추악한 의미와 정서로 정죄될지언정, 그 야릇한 감정은 때를 따라 피어나는 들꽃처럼 찬란하게 몸속에서 피어나는 것이다. 운명처럼 말이다. 그런데도 그렇게 피어났다가도 이내 곧 시들어 마를 그 정서를 놓치지 않고 붙잡아, 밝혀낼 방법을 알려주고 알아낸 사실 앞에 사람들이 절망하고 상처 가득 가슴에 안는 행위를 구태여 강조해서 알려주려는 의도가 뭐란 말인가, 이혼시키기 위해서? 그럴수록 통계적으로나 관습적으로 불리하게 당하는 쪽은 항상 여자들이다. 남자들의 간음은 여러 방향에서 다양하게 전개되고 그것은 쉬이 드러나지 않기 때문이다.

오죽하면 여자의 음행을 경계하는 쪽으로의 간음의 징계, 그 찬란한 역사가 진행되었을까. 오죽하면 성경 속의 선지자들은 한결같이, 간음이 나쁜 것이기는 하되 죄를 묻지 않겠다고 선언하였을까. 남자들처럼 탐욕스런 욕망의 정서가 여자들에게도 끈질기게 똬리를 틀고 있을 거라 지레 짐작하고 그것의 감정에 족쇄를 채우려는 남자들의 비열하고도 끈질긴 술수와 그 구체적 행위에 맞춰, 간음의 법과 제도와 도덕논리를 펼쳐서이겠다. 그것을 갈파하고 선지자들은 구원을 시도하였다. 아직도 채 하나도 이루지 못한, 애욕의 일어남과 부조리한 관습이 행해짐의 그 제거를! 오죽하면 붓다도 탐·진·치의 벗어남이 해탈이라 선언하였을까.

"처음에는 무언가로 머리를 강하게 맞은 듯이 띵, 하면서 아무 생각이 없었습니다. 갑자기 멍해져서 내가 지금 어디로 가려고 했던 것인지 여기가 어딘지

도무지 감을 잡을 수가 없었습니다. 마치 뇌세포가 텅 빈 것처럼 머릿속이 온통 하얗게 되어 존재 자체가 사라진 것처럼 멍했습니다. 짧은 순간이었겠지만 오랜 시간을 그렇게 보낸 착각을 받았습니다. 나라는 존재감만 남기고 모든 게 다 사라져간, 해탈 유사한 감정이 이런 것일까 하는 명료한 생각 하나가 떠오르는가 싶더니, 바로 손이 떨리고 온몸에 힘이 사라져서 버티고 서 있을 기운조차 없었습니다. 나는 어지러워 근처 건물 벽에 기대앉았습니다. 남들 보기에는 무너져 내렸다는 표현이 적절하겠습니다.

사라졌던 머리통이 의식되면서 나는 가슴을 부여잡았습니다. 숨을 쉬기가 어려워서였습니다. 온 우주의 절망이, 어둠이 내게로 쏟아졌습니다. 울고 싶었지만, 소리 내어 울어 이 막혀가는 심장에 피를 돌게 하고 싶었지만 목구멍으로 가느다란 바람 소리 외에는 아무것도 삐져나올 수가 없었습니다. 윗도리 옷의 앞섶이 풀어지고 브라가 흘러내려도 의식 못한 채로 한참을 허망으로 그렇게 나는 주저앉았다가 내 사랑을 확인해야겠다, 착각의 오해를 풀어야겠다, 그런 마음속의 각성에 폰을 꺼내들고 내 남자에게 문자를 보내려 했습니다. 그러나 그런데 참, 이상하지요? 손가락이 너무도 떨리고 살이 떨리고 뇌세포가 떨려서 그 시시한 글자 하나 적을 수가 없더라는 것입니다. 분명 얼른 적고 싶었고, 적어야겠다고 간절히 바랐지만, 적어야 살겠다고 그토록 손가락에 온 마음에 힘을 주고 정신을 차리려고 애썼지만, 결국 문자는커녕 폰 번호 하나 제대로 누르지 못하고 폰을 떨어뜨렸습니다. 폰이 땅바닥에 굴러 떨어졌습니다. 그렇게 한참동안 숨을 몰아쉬었습니다. 주위에 그 많던 사람들이 모두 내 눈앞에서 사라진 채로."

사랑해서 결혼했고 그 사랑 때문에 다시 고통을 받는다면 사람들은 무엇 때문에 사랑을 하는 걸까. 애착을 버리라는 붓다의 가르침 외에는 답이 없는 것일까? 무엇이 사람들을 사랑에 들뜨게 하고 아파하게 하고 허물어져 땅 끝으로 스며드는 음습한 그늘의 물기로 적시는 것인가. 누군가 기쁜 만큼 누구는 아파야 하고 누군가 절망할수록 누구는 기쁨 속에 환호하는 것인가. 구원은 간데없고 철 따라 찾아드는 괴로움 앞에 결국 삶의 근원의 해체만이, 그것에 답을 찾아야 하는 것인가.

사리풋타의 지난 이야기를 들으면서 무씨는 버릇처럼 기어드는 자학의 희열과 저려옴에 빠져든다. 사리풋타는 이제 말을 멈추지 않는다. 이 어두운 밤을 지새워서라도 그녀에게 불어 닥쳤던, 지난날의 폭풍 같았던 삶을 다 토해내려는 모양이다. 분명, 어디선가 이름 모를 밤새 이것들이 울어 우는 울음이 우엉우엉 들렸고 봉창 너머 달빛 타고 대나무 이것들도 쉬익 쉬이익 무리지어 떠다니고 있는 것이 분명했다. 여기가 절간인지 내 앞에 앉은 이가 스님인지 과연, 우리가 나누는 얘기들이 인간들의 삶에 보편적으로 떠다니는 일상의 사실인지 아니면 의도된 어떤 특별한 목적 하에 치러지는 일그러진 의식의 하나인지, 도무지 알아차릴 수 없는 시간이 어쨌든 여기서 도도하게 흐르고 있다.

"어떻게 집에 돌아왔는지 지금도 기억에 가물가물합니다. 집에 돌아온 나는 굉장히 차분했습니다. 밤늦게 집에 들어온 내 남자에게도 태연하게 대했습니다. 마치 아무 일이 없었던 것처럼, 결혼한 남자도 나도 그렇게 하루를 보냈고 그렇게 여러 날을 보냈습니다. 태연할 수 있었던 인내의 바탕에는, 치고 올라오는 여러 생각을 억누른 채 티브이 앞에 앉아 멍청하게 영화에 넋을 잃고 부질없이 코미디에 웃어대고 그러다보니 잠시 동안은, 그런 우스운 일이 일어났었고 지금도 내 남자에게 다른 여자가 있다는 사실을 일부러 잊어먹을 정도로 서로가 태연하게 놀 수 있었습니다. 제가 그 여자를 꽃집으로 불러들일 때까지는 말입니다."

그랬구나! 그날, 눈 내리던 날에 일어난 사건을 지금 얘기하려는 것이구나. 사리풋타도 지금 추워하는 것인가? 찻잔을 들기가 버거워 손에 쥔 바다가 흔들리며 천천히 하강하고 있다. 그것을 바라보는 무씨의 눈이 찻잔 속의 바다를 보았고 그의 몸이 이상하게 추워지고 있다.

'춥다? 춥다. 바다도 살이 돋는가? 오늘따라 파랗게 물드는 이유를 나야 모르지. 추워서 그렇지 싶은 마음은 다만 내가 추워서 그리 보이는 까닭일 뿐, 바다는 햇살을 먹고 뜨거운 열기 속에 빠졌다고 봐야 한다. 살갗을 식히고 있다고 봐야지, 바람을 붙들어서라도.'

두 여자의 만남

　사리풋타는 남편의 휴대전화를 몰래 뒤져 의심 갈 만한 번호를 발견하고 사실을 확인한 후에 조용히 만나자고 알렸다. 만나기로 한 오후의 날에 장대비가 주룩주룩 내리고 세상이 숨죽이는 듯했다.

　"어서 오세요." 드르륵, 유리문이 열리자 손님을 맞을 요량으로 일어나던 사리풋타가 멈칫 놀란다. 남편의 연인이다. 자기를 알아보는 기척에 그녀도 놀라 주춤거린다. "거기 앉으세요." 도로 주저앉으며 만들던 꽃바구니 손질을 마저 하는 사리풋타다. 그녀는 입구 쪽에 노랑 우산을 세워놓고 부근의 나무의자에 살짝 걸쳐 앉으며 짧아서 말리는 미니스커트를 손끝으로 누른다. 손수건으로 머리카락에 묻은 빗방울을 훔치며 당당해지려고 애쓰는 그녀가, 점점 초조해지는지 말을 꺼낸다. 아무 말도 없이 꽃꽂이에 몰두하는 사리풋타의 모습을 계속 지켜보기에는 마음의 부담이 적지 않을 것이다.

　"언제 저를 보신 모양이네요? 이미 알 건 다 아시는 것 같은데 말씀하세요, 저를 부른 이유가."

　"결혼한 남잡니다. 왜 만납니까?"

　그녀의 말을 끊으며 사리풋타가 낮게 깔리는 목소리로 힘주어 말한다. 미처 예상치 못한 질문이라는 듯 어리둥절해 하던 그녀가 이내 당돌한 표정을 지으며 대꾸한다.

　"그건 그쪽 남편에게 물어보세요. 왜, 나를 만나려고 애쓰는지를."

　순간, 말문이 막히는 사리풋타다. 추한 스캔들의 책임을 남편에게 돌리는 말이 묘하게도 자기까지를 초라한 몰골로 처박는다는 생각에 얼굴이 화끈 달아오른다. 웅크린 화분의 나무 잎사귀들을 성가시게 흔들던 선풍기 바람이 자기에게 불어 닥치자 사리풋타가 정신없는 바람을 거칠게 쐰다. 뒤엉키는 머리카락을 손가락 사이로 휘저어 붙들며 달아오르는 분노를 억누른다.

"사람이 싫어 봐요. 만나자 한다고 만나주겠어요?"

"그건 그래요. 부인보다는 우리가 먼저 만났고 우린 사랑하는 사이였어요. 오히려 가로챈 게 그쪽이라는 걸 아셨으면 좋겠네요."

꽃바구니를 잡은 사리풋타의 손이 파르르 떨린다.

"대체 얼마나 좋기에 결혼한 남잔데도 포기 않고 휩쓸려 노닥거리는 거죠? 어디가 그토록 좋은 겁니까? 설마, 유부남하고 성관계까지 갖는 건 아니겠죠?"

미소를 애써 잃지 않으며 허벅지까지 드러난 다리를 마침내 꼬는 남편의 연인이다.

"남녀가 사랑하는데 섹스?" 잠시 망설이다가 뱉어내듯이 이어 말한다. "섹스, 섹스가 없을 거라 보셨어요?"

"지금, 말이라고 하는 겁니까?"

"정말 어처구니가 없군요. 그럼, 섹스는 결혼한 사람만 하고, 부인만 할 권리가 있는 거라 주장하고 싶으신 거예요?"

"뭐라고요? 정말! 남의 가정에 침입해서는 남의 남편을 가로챌 정도로 뻔뻔하고 가증스러운 여자가 맞네요. 어떻게 양심의 가책 하나 없이 이리 당돌하게 말할 수가 있지?"

"화내지 말고 말씀하세요. 부인의 남편이 날 쫓아다니는 거라 분명히 말했습니다. 남의 가정을 파탄 낼 의도는 눈곱만치도 없습니다. 지키고 싶으면 남편이나 잘 단속하세요. 제게 이러지 마시고요."

"말은 그리 뻔질나게 하면서 도대체 성관계는 왜 가집니까? 유부남이랑 그게 처녀가 할 짓입니까?"

"제 개인 취향을 가지고 왈가왈부하지 마세요. 더 하실 말씀 없으시면 이만 일어나겠습니다."

점차 분노에 이글거리는 사리풋타와 달리, 여전히 차가운 모습으로 침착한 행동을 잃지 않으려는 그녀다.

"잠시만! 한 가지는 분명하게 짚고 넘어가야겠어요. 내 남편과 지금 불륜을 저지르고 있는 게 사실인 거죠?”

일어선 그녀를 제지하며 사리풋타가 단호하게 불륜 여부를 묻는다. 그런 행동에 그녀는 잠시 주춤거리며 자신의 대답이 미칠 파장을 가늠하는 기색이다.

“남편에게 직접 물어보세요. 내 입으로는 말씀드리지 못하겠네요.”

“알겠습니다. 그전에 조금 알던 사이였다는 얘기야 이미 들어서 알지만 아가씨가 내뱉은 이런 얘기는 우리 부부 사이를 깨고 싶어 떠드는 넋두리라 생각하겠습니다. 질투로 안달나면 뭔 소린들 못하겠습니까? 이런다고 우리가 쉽게 흔들릴 거라 보셨다면 정말 우스운 짓거리겠지요. 그만 가세요.”

비웃는 사리풋타의 냉소에 그녀의 까만 동공이 풍선처럼 커지는가 싶더니 털썩, 의자에 도로 주저앉는다. 잠시 목젖을 가다듬더니,

“그 사람이 그랬어요. 내 몸이 정말 좋다고요. 누구와도 비교할 수 없을 지경이라더군요. 아마 그 때문에 나를, 아니 내 몸을 자꾸만 찾는 거겠지요?”

“뭐야? 지금, 뭐라 그랬어요? 뭐가 어쩌고 어째!”

참았던 사리풋타의 분노가 폭발한다. 둘 곳을 몰라 허공에 떠돌던 두 손을 불끈 쥐며 자리를 박차고 일어나 마침 무씨가 문을 열고 들어서는 것도 모를 지경으로 그녀에게 다가간다. 놀란 남편의 연인도 거의 동시에 반사적으로 벌떡 몸을 일으키고는 문밖으로 피하려고 서두른다. 우산을 털다 말고 심상찮은 공기에 어리둥절해 하는 무씨의 몸을 황급히 밀치고 나가는 그녀.

“그냥 두세요!” 분노에 찬 사리풋타의 얼굴을 보고는 달아나는 여자의 팔을 무씨가 와락 낚아채자, 사리풋타가 비명에 가까운 소리로 외쳤다. 가쁜 숨을 몰아쉬며 어지러워하는 사리풋타가 자리에 털썩 주저앉는다. 얼굴을 외면하는 사리풋타의 목덜미가 흔들린다. 무씨는 자리를 지키기가 민망스러워져 슬그머니 뒷걸음을 친다. 저만치서 우산을 활짝 펼치지도 못한 채 소낙비 속으로 엉거주춤 뛰어가는 그녀의 뒷모습을 무씨가 문밖으로 고개 내밀고 쳐다본다. 사리풋타의 흐느끼는 울음소리가 빗소리에 섞여 귓전에 들려온다.

폭풍우 속에 새 날다

마른하늘 날벼락이
벗은 나무에 불 지르고
젖는 강물 거친 물살이
난파선 엎어버리는
그래서 연기가 젖어들거나
산산이 부서져 흩어지거나

그거면 됐나 했다
삶의 인간이 쳐 놓은
그물에 걸려 절망 너머
질투를 낳기까지는
그리하여 우주가 무너지거나
해탈의 종말이 다가오거나

그게 아니면 하늘을 날았다는 사실에
피 적시며 구르는 폭풍의 수레에 얹혀
죽기까지 날갯죽지를 퍼덕인다 할 것이다.

사리풋타의 우울

"남편에게 바로 물었습니다. 당연하게, 그런 일은 없다고 했습니다. 결백하다는데 어쩌겠습니까? 증거도 없이 난데없는 여자의 말만 듣고 이제 갓 꾸린 가정이라는 울타리를 부숴버릴 수는 없지 않습니까? 그런데 어찌된 일인지 시간이 흐를수록 나도 모르게 나만 시들어갔습니다. 화났다가 우울하다가 멍청해졌다가 쓸데없이 웃어젖히다가, 야릇한 우울증에 하루하루를 힘들게 보내던 와중에 그 고향 오빠를 만났습니다. 그때 처음 그 오빠가 정녕 남자로 보였고 사랑으로 내게 다가왔습니다. 모르고 먼 길을 돌아서 온 나그네처럼 지친 마음으로 그 오빠에게 의지했습니다. 오빠는 그때 나를 기다렸다고 그랬습니다. 하하, 지금도 그럽니다. 지금도 여전히 기다리고 있으니 환속하거든 언제든지 찾으라고 그럽니다. 물론 이제는 농담이라는 것을 압니다. 우린 육체적으로 아무 일을 저지르지 않았고 그 오빠는 지금 결혼해서 잘 살고 있다 하니 말입니다."

아! 그랬고, 음란에 쩌는 남편이 되레 그걸 목격하고는 참지 못해, 이혼하자 그랬구나! 무씨는 자신이 그 짓을 저지른 장본인 같은 심정이 되어 마음이 한껏 어수선하다.

"그러니까 그 여자와 대면한 이후에 우연히 고향 오빠를 만났고 그 사실을 안 남편의 요구로 이혼하게 되었군요?"

"우연은 아니었어요. 그 오빠는 나와 결별한 이후로도 나를 잊지 못했고, 내가 결혼하자 그 오빠도 결혼해서는 같은 아파트에서 살게 되었습니다. 나만 모르고 있었지 그 오빠는 줄곧 나를 지켜본 모양입니다. 여자 문제에 얽혀 내가 힘들어하자, 보다 못해 모습을 드러낸 것 같습니다."

"그렇습니까?"

무씨가 놀란다. 사리풋타야 어차피 아는 오빠라 친근감에 대수롭잖게 생각하겠지만 타인이 바라보자면 그건 감시당한 상태다. 누가 봐도 부조리한 행태가 벌어진 일로 비쳐져 누구나 아슬아슬한 느낌을 갖게 되지 않을까? 이전에 누군가야와의 관계 속에 치고 들어왔던 의문의 사나이가 새삼 떠오르고 그때 받은 압박과 불쾌감으로 인해 이 오빠라는 자에 관한 얘기에도 불끈, 신경이 곤두서는 것이겠다. 이것은 명백하게 스토커다. 사리풋타는 이것을 하나의 관심으로 받아들일지언정 말이다.

"그렇다면 눈 오던 겨울날의 일은 이혼 후였습니까?"

"눈 오던 날? 아! 그날 일을 아시는군요? 워낙 소란을 피운 사건이라서. 지금 생각해도 그때는 정말 정신이 나갔어요. 부끄럽습니다."

"사무실에서 창밖을 바라보다가 우연히 훔쳐봤는데 속으로 많이 걱정했습니다."

"그땐 아직 이혼 전이었어요. 어찌할 줄 몰라 속만 태우고 번뇌하다가 그 여잘 다시 불렀습니다. 어떻게 결론이 나던 끝장을 봐야겠다는 막연한 생각에서였지요."

사리풋타의 옛이야기가 계속된다.

꽃으로 질투를 때리고

　화려한 것을 좋아하고 멋 내는 일을 즐겼지만 화원 일에 매달리느라 수더분한 옷차림에 화장기조차 없던 사리풋타가 오늘따라 한껏 멋을 내고 남편의 연인 앞에 앉았다.

　"남자 문제로 여자끼리 머리채 쥐어뜯고 싸우는 꼴, 만들고 싶지 않습니다. 하지만 결혼한 남자의 파렴치한 행동과 이중적인 삶을 알면서 무작정 넘겨버릴 수는 없습니다. 남자에게 코 꿴 조선시대 여자가 아니지 않습니까? 그쪽 말대로 나는 지금의 남편을 뒤늦게 중매로 만났고 그쪽에 비해 그다지 사랑의 열정이 없는 상태라 봐야겠죠. 갈수록 사랑보다는 미움과 증오 같은 악감정이 자라나는 걸로 봐서 더욱 그러합니다. 내가 거기를 부른 이유는 내가 이혼하면 그 사람과 결혼해서 살 것인지가 궁금하네요."

　담담하게 말을 풀어나가는 사리풋타의 등 뒤로 전기스토브가 벌겋게 달아오르고, 거기에 얹힌 주전자가 수증기를 힘차게 뿜어낸다. 유리창 밖으로 함박눈이 폴폴 나부끼는데 추위에 아랑곳없이 화원 안에는 아리따운 꽃송이들이 사리풋타의 손길에 새치름하다. 치정에 얽힌 여자들이 마주한 풍경 같지가 않다.

　"결혼하고 말고는 내 개인적인 문제입니다. 설마 내 행동을 보고 거기에 맞춰 움직일 건 아니시겠죠?"

　"아뇨, 그럴 겁니다. 결혼하지 않을 상대라면 내가 굳이 이혼할 이유가 없습니다."

　"그게 무슨 말씀이신지? 무척 의아스럽네요. 간음한 남자가 더럽지 않으세요? 결혼생활에 지장이 없을 거라 보세요?"

"아뇨. 그쪽 말을 듣고 보니 내가 더 의아스럽군요. 다른 여자랑 이미 결혼 서약을 하고 살까지 섞은 남자와 더럽다는 느낌 없이 뒤늦게 살겠다는 여자도 있는 마당에 굳이 내가 문제 삼을 것이 뭐가 있겠어요? 이혼하면 남자 혼자서 청승맞게 살까봐 차마 못 하고 있는 거랍니다. 측은해서지요."

다분히 상대를 의식하여 자신의 솔직한 심정을 숨기고는 상대방의 심리 상태를 떠보는 말 같다. 살면 살고 싫으면 싫은 것이지, 상대방의 행동거지를 보고 자기의 행동을 결정하겠다는 말은 누가 봐도 억지에 불과하겠다. 이 와중에 남편의 연인이라는 여자의 입술에서 흘러나오는 소리가 뜻밖이라 깜짝 놀란다.

"솔직히 결혼하고 싶은 생각은 없어요. 섹스파트너로 만족한답니다."

"정말 불결하고 음탕한 여자로군. 내 남편도 그리 생각하던가요?"

"글쎄요? 결혼한 몸이니 아마 그러겠죠? 솔직히 나는 그 사람에게서 오르가즘을 느끼진 못해요. 어쨌든 말로는 내가 좋다니까, 매일같이 하고 싶다니까, 그 기분에 젖어들어 그냥 받아들이는 거랍니다. 나, 그렇게 섹스에 달뜬 여자가 아니니 오해는 마세요."

"정말로 인생을 장난처럼 사시는 분이구나? 자신도 만족 못할 짓거리를 양심의 가책 하나 없이 저지를 수 있다니!"

"내가 그렇다고 상대방의 감정까지 무시하라고요? 난 그러지 못해요. 그 사람이 내가 좋아 쫓아다니는 한, 그 감정을 나도 나누고 싶고 그럴 생각입니다. 몰랐던 사이도 아니고 내가 좋다는데."

"남자들은 다들 바람둥이 기질이 있다는 얘길 듣긴 했지만, 막상 내 남편이 그럴 줄은 몰랐지요. 그리고 이렇게 역겨운 일이 생길 줄은 정말로!"

"일단, 내가 잘한 짓은 분명 아니니 부인의 말에 일일이 대꾸하기가 좀 그러네요. 어쨌든 전에도 말씀드렸지만 남편하고 대화 잘 나눠보세요. 내가 할 수 있는 일은 없습니다. 다가오면 맞아주고 떠나가면 물러서고, 그럴 뿐입니다."

두 여자의 대화를 살펴보면 사리풋타는 남자와의 조건이 맞겠다 싶어 결혼한 것이 분명하겠다. 중매로 만난 사이가 그 짧은 시간 속에 사랑의 감정이 깃들면 얼마나 깃들겠는가. 그러니 뜻밖에 알게 된 남편의 음란에 대해 어떻게 대처해야 좋을지를 몰라 어수선하고 불안한 마음으로 남편의 연인을 대하고 있

다. 그에 비하면 법적으로나 도덕적으로 궁지에 몰려야 마땅할 남편의 연인이
라는 그녀의 행동이 오히려 당돌하다. 사랑이거나 섹스이거나, 그것에 관한 나
름의 견해를 갖춘 여자로 비쳐지기에 충분하겠고 그런 행동의 논리나 마음의
자세를 구축한 이면에는 그만큼의 뼈아프거나 쓰라린 과거의 경험이 웅크렸던
것은 아닐까? 어떤 경우에도 물러설 수 없다는 절박함을 차라리 남편의 연인이
처절하게 지녔다고 봐야 하겠다.

"곱상한 여자같이 생겨놓고는 남자처럼 말하네요, 그래봤자 여자지만! 남자
가 일시적으로 바람피우는 걸 가지고 일일이 대응하겠다고 벼르면 도저히 남자
라는 족속하고 같이 살 수가 없다더군요. 독신으로 혼자 살 작정이 아니라면
말이죠. 그래서 모른 척하고 살아보기로 했습니다. 어른들의 충고가 정확하겠
지요? 물때가 지나면 버림받는 쪽은 항상 여자라니까."

전혀 근거 없는 얘기가 아니지만 앞날에 일어날 일을 미리 안다는 듯이 앞질
러 언급하는 자체가 질투다. 존재의 가치나 사랑의 유무를 떠나, 자기가 소유
했다고 믿는 존재에게 접근하는 타인을 가만두고 볼 수 없는 게 질투라는 힘이
다. 사랑의 존재라서 발생하고 소유의 존재에도 발생하지만 버릴 존재에도 일어
나는 감정이 질투이다. 이러니 이 질투라는 괴물은 인간의 어리석음과 탐욕과
분노까지를 아우르는 것으로서, 우선적으로 버려야 할 감정의 찌꺼기이겠다.
가장 버려야 할 것을 가장 버리지 못하기에 붓다는 애욕의 끊김이 가장 어려운
일이라 했겠다. 여자의 질투어린 말투에 자극을 받지 않을 여자는 없다. 질투
는 또 다른 질투에 불을 붙이는 법이던가!

"그이가 내게 그랬어요. 남녀의 섹스는 단순히 즐기는 상태로 끝나는 성질의
것이 아니랍니다. 남자의 육체 뿌리가 여자 몸속 늪에 파고드는 행위는 종교와
같은 거랬어요. 뭔 소린가 했다가 알게 되었어요. 섹스가 부질없다는 생각은
버려야겠지요."

무슨 소린가 싶어 말이 끊긴다. 사리풋타는 그녀의 얼굴을 빤히 쳐다보고 그
녀는 무슨 말을 걸어올 것인가 하고 기다리는 눈치다. 주전자에서 물 끓는 소
리가 유달리 요란스럽다. 사리풋타의 낯빛이 부글부글 벌겋게 달아오른다.

"나무뿌리가 땅속 흙을 휘젓고 다니면서 수분과 자양분을 흡수하고 꽃과 열

매를 맺잖아요. 인간도 식물과 다를 바 없겠다는 생각이 듭니다. 욕구의 충족이나 쾌락이 섹스에 있어 전부가 아니라는 사실이죠. 육체의 즐거움은 잠시에 그치지만 영혼은 그렇지 않답니다. 남자의 그것, 그 육체의 뿌리가 여자 몸속 깊숙이 들어와서는 조금씩 하나씩 빨아들이는 그것은 영혼의 미세한 알갱이들입니다. 여자도 마찬가지겠죠? 정신적 교감만이 영혼을 살찌우는 것이 아니라 쾌락처럼 치부하는 섹스에도 서로가 그렇게 서로의 영혼을 나누고 지니고 그런다는 것이죠. 설령 장난처럼 시작한 섹스일지라도 점점 사랑이 깃들고 육체가 정드는 까닭이 그래서 그런가 싶어요."

진지하게 조금은 자기 말에 도취된 듯 읊어대는 그녀의 얼굴 위로 꽃다발이 때리고 지나간다. 뜻밖의 일에 놀랐으나 움직이지는 않는다. 까만 눈망울이 커져 놀라고 있을 뿐.

"듣자 듣자니 정말 참을 수가 없네! 지금 자신의 못된 행위 가지고 시를 읊는 거야, 염주 알 굴리는 중이야? 정말 어처구니가 없어서!"

"결국은 폭력을 쓰시네요?"

줄기가 한풀 꺾인 꽃다발을 손에 쥐고 그녀 앞에 사리풋타가 흥분에 떨고 서 있다. "뭐? 폭력!" 비껴 일어나 당혹한 표정으로 걸어 나가는 그녀의 옆으로 자그마한 꽃 화분이 날아들어 출입문 유리창을 와장창! 깨트린다. "아악!" 문턱에 걸려 자빠지는 그녀에게 냉큼 달려가 꽃다발로 그녀 얼굴을 사정없이 후려치는 사리풋타다. "이년이 죽을라고! 네가 죽고 싶어서! 이 미친년아!"

암자에 진눈깨비가

이야기를 듣는 무씨의 머릿속이 그날의 생생했던 기억으로 해서 더욱 소란스럽고 어수선하다. 깨져 번뜩이는 유리창, 흩어져 뒹구는 꽃송이들, 어지러운 발들에 밟혀 짓이겨진 눈밭, 거기에 뚝뚝 선혈이 낭자한 핏방울 자국, 그때의 모습들이 송두리째 뇌리에 되살아난다. 이야기를 그치는 사리풋타의 얼굴을 바라보다가 문득 주위를 살핀다. 그날의 격정은 간데없고 오직 담담한 미소를 짓는 사리풋타의 표정이 무씨의 눈에 들어와서이다.

사리풋타는 스님다운 자태를 잃지 않으며 옛이야기를 법담마냥 들려주었고 무씨는 자신에게 불어 닥쳤던 애정의 폭풍우에 새를 띄우고 여전히 망상 속을 날고 있는 형색이 되어버렸다. 스님에게는 번뇌가 더 이상 번뇌일 수가 없는 과거의 무상으로 녹아내렸지만 무씨는 현재로서 미래까지를 끌고 갈 형상으로 여태 꿈틀거리고 있는 것이다. 그런 알아차림에 무씨가 속으로 신음 소리를 낸다.

"거사님은 소설을 쓰고 계시다면서요?"

"네? 아."

"소설을 쓰려면 여러 가지로 직간접 경험이 필요하겠지요? 소설도 나름 진정성을 지녀야 설득력을 가진다는 얘기를 얼핏 들은 기억이 있습니다."

"그렇다고들 합니다만 어찌 일일이 경험에 의존할 수 있겠습니까? 대부분은 사유와 상상으로 이뤄진다고 봐야겠지요."

사리풋타가 살짝 웃는다.

"그날 이후로 남편의 태도가 완전히 달라졌습니다. 아마도 그 여자로부터 전해들은 모양입니다. 출장이 잦고 밤늦게 자러나 들어왔습니다. 그러곤 아침 일찍 나가고, 집에서의 식사는 일절 없었습니다. 부부로서의 결혼생활에 한계가 온 것이지요. 부부간에 대화마저도, 필요해서 묻는 말에나 짧게 답하는 걸로 그쳤습니다. 그 당시 나에게는 잡다한 감정의 기복이 심하게 요동쳤습니다만, 그것도 시간이 지날수록 질투나 미움 같은 것이 사라지고 점차 하나의 명료한 생각만 남게 되었습니다. 끝내자! 결국 끝냈고, 아가씨 때부터 품었던 불제자의 길을 걷게 된 것입니다."

"이혼할 때까지의 세월이 참 힘들었겠습니다."

"지금 생각해도 쉬운 삶이었다고는 할 수 없겠지요. 남자가 샤워하고 나온 자리를, 치우러 들어서면 묘한 충동에 견딜 수 없었으니까요. 비릿한 땀 냄새, 때 냄새, 살 냄새, 있지도 않을 냄샐 텐데 말입니다. 그래도 처음에는 남편이 출장 가고 없으면 집이 텅 빈 것 같고 마음이 어수선했습니다. 그러던 것이 어느 날부터는 아무도 없어야 안심이 되었고 남편이 집에 붙어 있는 날에는 심장이 뛰고 불안해서 견딜 수가 없게 되었습니다. 아! 이혼할 때가 되었구나, 그래야 내가 살겠구나! 그랬습니다."

"전남편은 지금 어떻게 지내는지 아십니까?"

"나와 이혼한 뒤 바로 그 여자와 동거해서 산다고 들었습니다. 아이도 하나 낳았다던데, 오빠한테서 들은 얘깁니다. 지금도 잘 살고 있겠지요. 거사님은 이제 어떻게 하실 겁니까?"

"네?" 얘기에만 몰두하다가 불쑥 무씨를 거론하자 당황스럽다. 스님은 담담하게 얘기를 풀어내는데 무씨가 힘겹게 듣는 것이다.

"어느덧 밤이 깊었습니다. 여기 요사채에서 주무시고 가셔도 괜찮습니다."

"아, 네! 벌써 시간이 이리 됐네요? 숙소가 여기서 가까운데 바로 내려가겠습니다. 주무십시오."

사리풋타가 미닫이문을 열고 밖을 바라본다.

"진눈깨비가 내립니다. 밤길 조심하셔야겠습니다."

슬픈 기억, 황톳길을 걸어가다가 또 걷다가 폐가 창틀에서 휘이잉 새어나오는 구슬픈 노래를 들었다. 하도 들려서 갈 길을 멈추고 돌아서서 슬픈 곡조를 따라 갸웃하다가 입술을 타고 비척비척 흥얼거렸다. 파리한 입술에 이슬처럼

방울지는 신음 닮아 삭는 노래에 기억이 자꾸 기억이 뒷골을 타고 흐르나 싶어
그 촉감에 손을 짚다가 그녀의 손길을 떠올렸다. 손끝에 와 닿는 젖은 눈길이.
내게 사랑을 샘물처럼 퍼올려 붓던 그 아낙, 아낙의 숨결이 뜨겁게 와 닿아 노
랫말이 눈꽃처럼 녹아 발끝에 고이고 사랑의 감촉이 가느다란 손끝에 하늘로
향한 아스라한 손가락에 발을 딛고서 날갯짓을 한다. 날겠노라고 날다가 날아
져 산산이 진눈깨비로 흩어지겠노라고.

아내와의 대화

금요일 저녁이 되자, 무씨는 업무를 서둘러 정리하고 역으로 달려간다. KTX 열차가 있어 집이 그리 멀지 않다. '멀지도 않는 길을 이리도 더디 다녔다니.' 문득 자신이 한심스럽다.

현관을 들어서자 아내가 반갑게 맞이한다. 두 딸과 함께 티비로 영화를 보던 중이다. 말수가 적은 애들이라 아빠를 보고서는 수줍어들 한다. 얼굴을 마주하는 시간이 적어서 아마 더욱 그럴 것이다.

씻고 나오니 아내가 술상을 차렸다.

"웬일이야? 술을 다 준비하고?"

"오랜만에 건배 좀 하려고."

"뭔 일 있나? 당신은 내가 술 마시는 거 싫어하잖아."

"가끔은 괜찮지. 그냥 자기랑 같이 한잔하고 싶어서 그래."

거실에 차린 술상 앞에 앉으며 두리번거린다.

"애들은 어디 갔지? 영화가 벌써 끝났나?"

"끝났고 이젠 자야 내일 학교 가지."

"오랜만에 보는데 아빠랑 얘기도 하고 그러지, 벌써 자?"

"애들이 조금 걱정 돼. 사춘기에 한창 클 시기라 그렇겠지만 각자 따로 놀아. 자기 방에 처박혀서 뭣들 하는지. 공부는 알아서 하긴 하는데."

아내가 한잔 따라주자 무씨도 아내 술잔을 기울여 술을 따른다.

"위하여, 없어? 그냥 마시려고?"

아내 주문에 잠시 술잔을 머뭇거린다.

"어, 그래, 건배! 가족의 행복을 위하여!"

아내와 술잔을 부딪치고 출렁이는 술을 쭉 들이켠다. 한잔 술에 과일주 매실 향이 코끝을 찌르고 얼굴이 온기로 데워지는 기분이다.

"애들이 별로 정이 없는가? 엄마 아빠 닮아 유전 때문이라면, 애들 탓할 것도 없겠지?"

"우리가 뭐 어때서? 요즘 애들은 다 그래. 다들 개인플레이에 몰두하니까. 언니, 언니 하면서 잘도 붙어 다니고 오순도순 지내던 둘인데도 언제부턴지 서로 말도 잘 안 하고 따로 놀더라고. 싸웠나? 금방 돌아오겠지 했는데 길어져. 밑에 것이 사춘기라 언니한테 대들고 언니도 그게 질려서 상대하기 싫은가 봐."

"빨리 무슨 조치를 취해야지, 남 얘기하듯 내버려두면 어떡해?"

"그냥 놔둬, 아직은. 서두르면 역효과 나. 애들이 시기적으로 그럴 때야. 차츰 조금씩 좋아지고 있어."

"딸들이라 아빠의 역할이 좀 그렇다. 당신이 잘 챙겨 봐. 엄마는 여자니까 아무래도 공감대가 있겠지?"

"특히 밑에 것은 엄마, 엄마 그러면서 옆에 짝 달라붙고는 뭔 소리가 그리 할 게 많은지 조잘거리고 웃어대서 만날 정신 상그럽게 만들곤 하더니만 지금은 그런 짓도 없어서 많이 서운하기는 하는데, 어찌 보면 이게 다 자연스런 현상이고 자라나는 과정이 아닐까 싶긴 해. 커가는 거겠지."

"나는 한편으로 아빠가 싫어서 저러나 싶었다."

"서운했나 보네? 애들이 좀 그런 건 있어. 밖에 나가면 친구들도 많이 사귀고 걔들끼리는 말수가 많은가 보던데. 신경 쓰지 마, 애들이 어중간하게 어려서 그래."

"나야 가끔씩 집에 오는 놈이니 신경 쓴다고 할 수 있겠나."

"말이 나와서 하는 말인데 이젠 일을 그만두면 안 될까? 내 친구들도 그러더라. 부부가 같이 살아봐야 몇십 년 금방인데, 아무리 돈이 좋고 일이 좋아도 그렇지, 떨어져 살아 그깟 뭐하냐는 거야. 지나면 다 후회한다네?"

"알겠어. 이번 일 끝나면, 이번 겨울 지나면, 내년 봄쯤에는 일 다 끝내고 집에 처박힐 생각이야."

"나도 생각해봤는데 몇 년 더하고 명예퇴직 할까 해. 그때부터는 당신하고 같이 놀러 좀 다니자."

"세월이 금방이네? 벌써 이런 생각을 다하고. 자, 건배하자."

아내와 다시 술잔을 부딪치고 단숨에 들이켠다. 알딸딸한 기운이 처량한 정서와 뒤섞여 온몸으로 퍼져나간다.

아내가 그리움을 들이켜니

아내가 술기운이 도는지 눈물이 맺힌다.

"요즘 자주 엄마 생각이 나더라. 돌아가시는 순간까지의 모습을 같이해서 그런가, 새록새록 자꾸 떠올라. 끄윽! 그렇게 세 번의 숨을 마지막으로 들이켜고 거두시는 것도 모르고, 얹혔나 싶어 엄지손가락 끝을 허겁지겁 땄으니. 손끝이 까맣게 변해 이상하다 싶었으면서도 그게 돌아가시려고 그런 줄도 몰랐으니. 경험이 없어 그랬지, 이젠 알겠지만. 자꾸 엄마가 그립네."

"장모님은 그래도 사랑하는 딸 곁에서 홀가분하게 돌아가셨어. 누구나 죽는 목숨이라 생각하면 그래도 장모님은 편하게 고통 없이 잘 지내다가 가신 거야."

"종종 가슴이 찡해지면서 눈가에 눈물이 맺히고 그러네."

"괜찮아질 거야. 즐거운 일만 생각해. 잠시 잠시 떠오를 수야 있겠지만."

"알겠어. 참! 온 길에 친구 병문안 갈 거야?"

그렇다. 내일은 거기를 들러봐야겠구나.

"응, 그럴까 해."

"요즘 부고 소식이 많이 들려오네? 처녀 때는 누가 결혼한다는 소식만 들리더니. 결혼 초기엔 돌잔치, 좀 있으니 칠순잔치, 그러다가 누가 아프다는 소리에 병원 다니게 되고, 이제는 거의 장례식장에 쫓아다니게 되네."

"조금 있으면 다시 결혼식장 들락거리게 되겠지?"

"호호, 맞다. 안 그래도 아직은 좀 뜸하긴 하지만 몇 번 동료들 자녀 결혼식장에 다녀왔어."

"세월 참 빠르지? 가능하면 인생 재밌게 살도록 하자."

아내가 한숨을 내쉰다. "휴우, 아이들 커가는 재미로 늙는 거 대신하는 거지.

그래도 주름이 생기고 늙어가는 게 신경 쓰이긴 하는데. 말 나온 김에 나도 주름제거수술 같은 거 해볼까? 다들 이 나이 되면 피부 관리를 한다던데.”

“당신은 아직도 피부가 탱탱하다. 그냥 세월에 맡겨. 돈으로 버텨봐야 한때야.”

죽음을 얘기하고 그리움을 토로하다가도 금세 눈빛을 반짝이며 외적인 아름다움에 애착을 보이는 것을 보면 아내도 여자는 여자다. 하긴 남녀를 떠나 외모가 수려하기를, 그것이 유지되기를 누군들 바라지 않겠는가. 죽음 앞에서도 거울을 들여다보는 것이 인간이고 보면 그 심리가 불가사이하달까.

“교회 요즘 잘 다녀?”

“교회 잠시 멈췄어. 다닐 곳도 마땅찮고, 작업상 지금은 다닐 상황도 아냐.”

“자기는 교회도 마음먹은 대로니 그래도 되는 건지.”

사실상 교회는 자기 마음대로 다니고 싶으면 다니고 쉬고 싶으면 쉬고 하는 성격의 공간이 아니다. 교회 자체는 하나의 장소이고 믿는 자들이 쉽게 모이기 위해 만든 건물에 불과하지만 그 믿는 자들이 모여 신께 예배하고 신의 말씀을 듣고 교제한다는 의미로 따지자면 매주 정해놓은 시간에 적절한 예배장소를 찾아간다는 것은 중요한 의식임에 분명하다. 그러므로 신을 만난다는 경건한 마음가짐으로 찾는 공간이 교회이어야 하므로 인간 개개인이 자기 마음 내키는 대로 왕래하는 행위는 적절하지 못한 게 틀림없다. 비록 자기 몸이 성전이며 자기 마음에 성령이 거한다는 성경의 말씀에 기초한다고 하더라도 말이다.

하지만 무씨는 그걸 인지하면서도 그 보편적 흐름에, 또한 자기의 마음에 울리는 그러하다는 것의 심정에 반발하듯이 따르지 않았다. 자칭 명성을 누렸다는 착각 속에 늙은 목사가 자기 사유물처럼 교회를 무능한 아들에게 통째로 물려주고, 자기의 위축된 종교권력에 버팀목이라도 되는 양 제단에 고고하게 우상처럼 도교 기운 짙어질 태극 깃발 내세우는 행위를 서슴지 않고 저지르는, 그런 교회집단의 무리 틈에 뒤섞여 머물고 싶지가 않았다. 간음을 일삼는 자기 허물의 들보를 보지 못하고 남의 티끌을 탓하는 짓이라며 조롱하더라도 어쩔 수 없는 일이다. 자기의 간음이 인류 자체를 어둠 속에 몰아넣는 행위라면 또 몰라도 말이다.

무씨는 아내에 대해 여전히 죄의식이나 미안한 감정이 일지 않는다. 다만 이런 잡다한 생각 끝에 잠자리에 눕는 참이라서 뭔가 쑥스러운 느낌이 언뜻 파고드는 것은 있나 보다. 침대에 눕자마자 기다렸다는 듯이 아내 다리가 무씨 배 위에 걸쳐진다.

"요즘 무릎에 통증이 오네? 거기만 좀 만져줘."

"여기? 관절통인가?"

"그건 아닌 것 같고, 걷는 자세에 따라 계속해서 아파. 절뚝거려질 때도 있고."

"연골이 상한 거 아냐? 언제부터 아팠는데?"

"좀 됐어. 아무래도 시간 내서 병원에 가 볼까 해."

"빨리 가 봐라. 연골이 벌써 닳은 것은 아니겠고 어쩌면 연골이 찢어져서 파편이 신경조직을 건드리는 것일지 모르겠네. 파편을 제거하든지 인공연골을 삽입하든지, 진단받고 얼른 치료해야 다리가 성하지."

"아직 심한 건 아니니까 병원 가서 알아봐야겠네."

무씨는 아내의 몸이 걱정되자 섬세하게 무릎과 장딴지를 문지른다.

"아, 시원해. 다리가 시원해지니까 발바닥이 간지럽네. 거기도 해주면 좋겠는데."

"알겠어!" 무씨는 아내의 발등과 발가락 그리고 발바닥을 차례로 꼼꼼하게 문지른다. 무척 시원해 하는 아내다.

"섹스보다도 이게 더 좋은 모양이구나?"

"오호호, 그리 되나? 근데 참 이상하다. 이쪽 발을 안마하는 동안에 저쪽 발이 갑자기 간지러워지면서 자기도 빨리 좀 해달라고 재촉하는 것 같네? 이상해. 일단 됐고 얼른 저쪽 발도 좀 해줘, 미안. 호호."

"일단? 흠, 어쨌든 시원하고 좋다니 다행이다. 오늘 얼마든지 해주지 뭐."

아내는 시원하다는 소리를 연신 해대고 무씨는 이불 속에 양손을 움직여 다리를 바꿔가며 꼼지락꼼지락 마사지를 한다. 어떤 대답이 나올지 뻔히 알면서도 무씨가 짓궂게 묻는다.

"안마 끝나면 바로 잘 거네?"

"당연하지! 호호."

아내의 태연한 목소리를 들으며 그나마 엄마에 대한 그리움을 잠시 잊고 즐거워하는 모습을 바라보는 것만으로도 무씨는 푸근하고 감미로운 느낌 속에 빠져든다. 그렇게 꿈결 같은 잠을 청한다.

일몰, 잃고서 내가 울었어. 저녁 어스름이면 가슴 흔들려 서녘하늘을 정신없이 찾았어. 노랗게 발갛게 자신의 몸을 허물어가며 저물어가는 당신을 봐야겠기에. 잃고서야 찾지 말 걸 그랬다 했어. 이제 알고 벌써 알았지만 잃는 걸 모른 당신 앞에서 울 수 없기에 오늘도 잃고서 잃었던 세월만 바라보며 돌아서서 울기만 해.

퀭한 눈망울로 바라는 것은

　병원 입구를 들어서면서 무씨는 탄식 비슷한 느낌에 젖는다. 왜 모두들 이 병원일까? 하긴 이 병원에만 환자들이 몰려드는 것은 아니고 종합병원은 죄다 이렇겠다. 게다가 이 동네 부근에서 자라고 아직까지 떠날 생각 없이 사는 사람들이 많으니 지리적으로나 기억의 애착으로도 이곳을 무심결에 찾아들겠다. 암 병동 51010호.

　무씨는 병실 앞에서 친구 이름을 확인하고 가볍게 심호흡을 한 뒤 안으로 들어선다. 빈 침대와 반듯이 누운 환자와 웅크린 보호자, 그들을 둘러보나 친구의 모습은 없다. 건성으로 스쳤나 싶어 차근차근 환자들의 얼굴을 살펴보지만 역시나 없다. 병실 문 앞에 걸린 환자 명단에 이름이 있다면 퇴원한 것은 아닐 텐데 혹시 치료 받으러? 무씨는 침대칸에 부착된 환자의 이름을 살피다가 친구의 이름을 발견한다. 그 침대에는 한 야윈 환자가 웅크린 뒷모습으로 앉아 있다. 두 팔이 복부를 강하게 감싼 자세다. 잠시 말문을 잃고 바라보기만 하는 무씨다.

　"준태야!"

　누가 자기를 부르자 몸이 굳어지며 조금씩 고개를 돌린다. 처음엔 친구인 무씨를 못 알아보는 듯했다. 무씨 역시 못 알아볼 뻔했다. 병으로 늙고 쇠한 얼굴이라.

　"아, 시종이구나. 여긴 어쩐 일이야?"

　"어쩐 일이긴, 널 보러 왔지. 몸은 어때?"

　"어, 마침 컨디션이 나쁠 때 왔구나. 어젠 기분이 좋았지, 잠시만!"

　초인종을 눌러 간호사와 인터폰으로 얘기한다. 진통제 주사를 요구하고 있다. 몸이 견디지 못하겠다는 거다.

"너는 잘 지내지? 건강할 때 몸 잘 챙겨라."

"지금 혼자 있나? 보호자는?"

"어제 저녁에 마누라 다녀갔다. 병이 하루 이틀도 아니고 각자 할 일 해야지."

"아, 그럼 나중에 아내가 오겠네? 근데 애들이 많이 우울하겠다. 아빠가 이래서."

"아들은 공부하느라 정신없어. 올해 대학 가려면 그래야지. 작은 딸애가 아빠를 무지 보고 싶어 한다. 여기저기 많이도 데리고 다녔지. 참! 네가 복음교회 다닌다고 했지? 얼마 전에 거기 교회 사람들이 전도하러 왔더라. 너 생각났었다. 너도 사람들하고 이런 곳에 다니겠네?"

말을 끝내고 무씨 표정을 살피던 친구의 안색이 순식간에 더욱 까맣게 변한다. 무씨가 아무런 대꾸 없이 우두커니 바라보고 있어서일까? 사실 무씨는 친구의 질문에 순간적으로 경직되었다. 무씨의 요즘 심정은 전도에 회의적인 상태이며, 타인을 전도한 기억이 가물가물할 정도로 오랜 일이 되어버렸다. 그래서 말할 구실을 찾지 못하였는데, 한편으로 이 친구는 평소에 종교를 경시하고 신의 존재를 부정하였다는 옛날의 기억이 떠올랐기 때문이었다. 그랬는데 갑작스럽게 교회와 신자들의 전도에 호의적인 반응을 보이는 친구의 행동에 즉각적으로 응하지 못하고 머뭇거린 탓에, 친구도 마찬가지로 무씨의 행동이 이상하게 비쳤을 게 분명하였다.

무씨의 이런 회의적인 모습을 발견하고 준태는 꿈에도 잊고 싶은 절망이 벼락같이 뇌리를 스쳤을지 모른다. 분명히 그랬을 것 같다. 무씨는 후회한다. 하지만 얼굴이 까맣게 타들어가는 친구의 모습 앞에서 한발 늦어 이제는 변명같이 들려올 게 틀림없을, 종교적 구원의 냄새를 새삼 풍길 수는 없는 일이었다. 지금 당장은! 아아, 집을 나설 때 존댓말로 치장하면서 잔잔하게 들려주던 아내의 말씨가 저절로 떠오른다.

"친구를 만나거든 뭐 먹고 싶은가, 물론 마음대로 먹지 못하겠지만 뭐 먹고 싶은가 물어보고 먹을 수 있다면 마음껏 먹게 도와줘요. 그리고 전도하는 거

잊지 마세요. 인생은 순간이자 짧은 시간의 차이가 있을 뿐이고 영혼은 영원하니까. 하나님께서 영혼을 축복하시고 축복은 영원하리라고. 알겠죠? 밤새도록 얘기 나누고 오셔요."

무씨가 머뭇대다가 말을 건넨다. "암이라면 여기보다는 전문병원에 가야 하지 않나?"

"가 봤는데 수술이 안 되고 약물치료만 한다 해서 그냥 집에서 가까운 데로 옮겼어. 왔다 갔다만 불편하고."

"무슨 병인데 수술이 안 돼?"

"췌장암인데 1기라나 뭐라나? 자세하게 말은 안 해주네? 암 덩어리 있는 거기가 대동맥이 지나가는 곳이라 그걸 건드릴 확률이 90% 이상이라네. 너무 깊숙이 안에 박혀있어서 수술이 불가능하단다. 돈도 없는데 낭비할 거 뭐 있나. 싸게 먹히는 데로 왔어."

무씨의 마음이 무거워진다. 아무래도 이 친구는 죽음을 예감하면서 준비하고 있구나. 나로 해서 잠시 종교의 힘에 기대볼까 했다가 나의 미심쩍은 행동에 그만, 쥔 손을 도로 떨구며 저렇게 퀭한 눈망울로 허공을 응시하는 것은 혹 아닐까? 되살려줘야 한다. 신의 존재와 영혼의 영원함을 이 친구에게 전해야 한다. 신께서 인생을 축복하심을 믿게 해야겠다. 나는 알지 못해 이성으로 확신하지 못해도, 이 친구에게는 절대적으로 필요한 믿음인 것이다. 죽기까지 붙들어야 할 축복의 기운이다.

"간호사 오네. 그만 가 봐라, 바쁠 텐데."

"나중에 네 아내 올 때까지 여기 있을게."

간호사가 다가와서 대화가 중단된다. 주사바늘을 꺼내들자 무씨는 바깥 복도로 나간다.

'삶의 일몰이련가, 소리가 없고 냄새가 없어 꿈인가 싶었네. 빛살이 하도 아련해서 기억마저 떨거덕 가라앉으니 물살 쓸리는 소리가.'

"주사 맞아도 몸이 안 좋다. 어제 왔으면 좋았는데."

친구 얘기에 옆 침대 환자의 아내로 보이는 보호자가 거든다.

"어제는 아저씨가 기분 좋아 말을 많이 하고 웃고 농담도 하고 그랬어요."

"아, 네."

주위 환자들이 무기력한 눈빛으로 힐끔힐끔 엿듣는 분위기다.

"다음에 놀러 와라. 잠 좀 자야겠다."

"한숨 자. 앉았다가 내가 알아서 갈게."

근처 한 아주머니가 남편으로 보이는 환자에게 성경책을 건넨다.

"오늘은 어제 공부한 것에 이어서, 어디 보자? 요한복음 3장부터 읽읍시다. 책 펴세요."

"나중에 하면 안 될까? 지금은 읽기 좀 그러네."

"무슨 소리세요? 이런 식으로 자꾸 미루면 아무것도 안 돼요. 전부터 교회 다니자고 그래도 말 안 듣더니 결국 병 생기고 더 힘들어졌잖아요. 이제라도 성경 읽고 공부해둬야 퇴원하고 딴소리 안 하죠. 당신은 그래도 주님의 은혜로 수술도 잘됐고 이만하기 다행인 줄 아세요. 어서 펴세요."

결국 자리에서 물러나는 무씨다. 옆에 사람이 있으니 잠자기 힘들다며 친구가 거듭 말해서다. 그러면 다음에, 이다음에 기분 좋을 때 다시 오겠다며 친구와 작별인사를 나눈다. 언제 다시 볼 수 있을지 사실은 서로가 기약할 수 없는 상태이면서도.

귀로를 약속하며

"욕실에서 걸레 빨고 있는데 큰애가 엄마! 하고 부르는 거야. 응, 잠시만, 엄마 이거 좀 빨아놓고. 그러고는 계속 빨기만 했지. 아이는 밖에서 자꾸만 엄마, 엄마! 부르는데, 응, 이거만 하고, 그랬지. 그랬던 일이 아이가 다 커가서야 새삼 그게 떠오르면서 마음이 쌔, 해지는 거야."

"언제 때 일인데?"

"4살 때쯤이지?"

"그게 무슨 문제지?"

"걸레 빠는 게 뭐가 중요하다고. 아이가 부르면 잠시 멈추고 아이에게 가 보면 되는 일인데."

"왜 불렀대?"

"글쎄, 기억은 지금 없는데 특별한 게 없어도 엄마가 자기 곁에 있어줬으면 해서 부른 거잖아. 엄마가 그럴 때 같이 놀아주고 안아주고 그러는 것이 사랑이라는 생각이 들어."

아이는 부모가 키워야지 할머니 손에서 오냐오냐, 크게 되면 아이가 버릇이 없어져 교육적으로 문제가 많다는 사회 일각의 주장이 있는 것 같아, 그 문제를 아내에게 물었더니 들려주는 이야기이다. 젊은 엄마들은 아이들을 키울 때 대체적으로 나름의 교육원칙을 가지고 아이를 다루는 경향이다. 되고 안 되고의 끊고 맺음, 잘했나 못했나의 엄격한 잣대, 모성애가 엄마에게는 풍성하게 있다고 봐야겠지만 아이를 반듯하게 키우기 위해서는 그런 기준에 흐트러짐 없이 지켜야 한다는 정신이 바탕에 깔려 있어서이겠다. 반면에 할머니는 아이가 마냥 귀여우니까 어떤 교육적 기준에 앞서 아이의 행동을 순순히 받아들이는 것이 아니겠는가? 무씨가 아내에게 그 문제를 짚어가자 바로 의문을 말한다.

"대체적으로 그렇게들 말하는 것 같던데 내 생각은 좀 달라. 나도 아이를 키울 때 당시는 그걸 몰랐으니까. 그 조그마한 게 때릴 데가 어디 있다고, 맞을 일을 한 게 뭐가 있다고, 참 때리기도 많이 했다는 기억이 남았어. 자가 부러진 적도 있었으니, 지금 생각에."

"나도 기억이 난다. 당신이 큰애 때리려고 자를 드니까 쪼르르 방으로 달아나서 방문 잠그고 하던 기억."

"그러면 그냥 놔두지, 문 안 여나! 그러고선 방문을 두드리고 잡아당기고 그랬으니."

"안 봐도 눈에 훤하다. 문이 열릴까 봐 안에서 문고리를 얼마나 세게 붙들고 있었을까, 겁내면서. 그 조막만한 것이."

"작은애 키우면서는 때릴 일이 없었다, 그러고는."

"큰애도 자기 맞은 일을 기억하나?"

"커서 말해줬는데 아무것도 모르더라. 어머! 그런 일이 있었어요? 그러곤 재미있다고 까르르 웃던데?"

"큰애에게 당신이 여러 번 매 든 기억은 나지만 그리 심한 건 아니었어. 대수롭잖게 생각하고 잊어먹었는데 당신은 그게 그리도 마음에 걸릴 정도였어? 엄마라서 그런가? 그게 아빠와 다른 점인지도 모르겠다. 지금 생각하니 둘째가 나한테 여러 번 맞았어. 그것도 주먹으로. 그러고 보니 그게 좀 심한 일이었네?"

"어머, 언제?"

"당신도 있을 때였는데? 중1, 어느 정도 컸는데 맞았어."

"나는 그거 모르겠는데? 그랬나?"

"아무것도 아닌 거였어. 내가 딴 일로 마음이 어수선하고 날카로워진 상태에서 마침 옆에서 얼쩡거리는 아이를 보곤, 지난 행동을 끄집어내어 시비 걸고 몇 대 때렸지."

소파에 앉아 무씨는 책을 읽고 아내는 노트북으로 자료를 정리하면서 얘길 나누는 중이다. 그러다가 이 얘기가 나오자 아내가 고개 돌려 멀뚱하게 바라본다. 무씨도 시선을 맞춘다.

"이런 얘기 진작 들려줬으면 짜증을 참았겠지. 애들에게 손대는 건 부끄러운 일이야."

"할머니가 손자 감싸는 이유를 알 것 같아. 지금 내가 그걸 아니까. 나는 그 당시 아이를 키운다는 생각에만 빠져 멋모르고 아이를 다뤘는데 그게 마음에 걸리게 되잖아. 할머니들 역시 그렇게 아이를 키웠기에 그래서 아이를 품는 모양이야. 젊은 엄마는 아직 경험하지 않은 것들이고 할머니는 경험을 통해 아이를 어떻게 키워야 하는지를 알게 된 것이지. 그게 사랑이라고 봐. 할머니는 자신이 겪어본 감정을 헤아려 아이를 사랑으로 키우게 된다는 생각이야."

무씨는 아내의 얘기를 받아들인다. 엄마가 갖는 가슴 저려옴까지야 맛볼 수 없는 아빠라지만 아내의 말을 통해서도 그 감정의 상태를 짐작하고도 남겠다. 어쨌든 큰애가 유별나서도 작은애가 온순해서도 아닌, 아내의 육아 경험에 의해 자식에 대한 사랑을 다져갔다는 사실은 중요한 요점이다. 온순하고 착한 아내가 자녀교육의 방식에 반성하면서 수정을 가했다고 해서 세상의 모든 엄마도 이럴 거라고 보지는 않는다. 습관처럼 수시로 야단치고 매를 드는 엄마일수록 세월이 흐르면서 그 사실을 단순히 잊어먹는 것에 그칠 가능성이 높다. 아이들의 잠재의식 속에 폭력성을 꾸역꾸역 남겨두게 되면서 말이다. 자녀들의 제대로 된 성장을 위해 무엇이 적절한 양육 방식인가를 찾아야겠다. 그건 그렇고, 아이의 어린 시절을 아내로부터 얘기 들을 때마다 무씨는 알 수 없는 묘한 그리움에 젖어들며 아늑한 가족으로의 회귀를 꿈꾸게 된다. 다들 이런 것일까?

"이번 일 끝나면 완전히 집으로 돌아올 거지?"

"그래. 나도 집 떠나기 싫다. 소설 계속 적어가야지."

"큰애 수능이 이제 얼마 남지 않았어. 아빠도 응원해야지?"

"벌써 그렇게 됐나? 그 전에 내려올게."

집을 나서는 무씨다. 아내가 모처럼 역까지 배웅한다. 집으로의 귀로를 잊지 말라는 간절한 부탁처럼 손까지 흔들어준다.

톨스토이여

아기자기한 산등성이를 스치는 열차 안에서 무씨는 잡지를 뒤적이다가 한 글귀를 발견한다. 치기로 가득한 장난스러운 글에 톨스토이가 이렇게 말했다며 누군가가 적었다. "나는 정신으로서 사랑으로서 만물의 근원으로서 이해되는 신을 믿는다. 나는 신이 내 속에 있으며 또 내가 신 속에 있음을 믿는다. 나는 신의 의지가 인간 예수의 가르침 속에 알기 쉽게 명백히 표현되고 있다고 믿는 일뿐, 예수를 신으로 생각하고 그에게 기도드리는 것을 가장 큰 모독이라고 생각한다. 나는 또 인간의 참된 행복은 신의 의지를 표현하는 것에 있으며 신의 의지라는 것은 인간이 서로 사랑하고 남을 자기처럼 사랑해야 한다는 것을 믿는 것이다." 이게 사실이라면 심각한 문젯거리라는 생각에 골똘해지는 무씨다. 이런 유형의 글들이 널리 파급되어 사람들의 뇌리에 잘못된 기억을 담아두게 되지나 않을까?

'대체적으로 사람들이 톨스토이의 세계에 대해 긍정의 눈길로 바라보려는 경향처럼 나도 이미 익어버린 생각을 끄집어내어 거론할 때마다 톨스토이의 세계를 아름답게 보려고 한다. 일종의 편견처럼 그것은 고착화되어 나의 사고를 늘 지배한다. 아마도 그가 남겨놓은 소설과 많은 글들을 통해 그의 가치를 인정한 까닭일 게다. 그는 문학가이고 사상가다. 사실묘사적인 필체와 흐름이 좋은 언어구사의 능력들로 하여 극적 전개가 탁월했다는 문학적 우수성 외에도 그가 사상적으로 고매할 가능성이 높았다는 사실들에서 어쨌거나 당대뿐 아니라 후대의 사람들로부터 환영을 받는다고 하겠다. 글을 통해 사람들이 감동할 만한 구석을 훌륭하게 묘사한 문학가요 사상가로서 역사적인 평가를 받는 데 아무 문제가 없겠다.

그럼에도 오늘에 와서야 새삼 톨스토이에 대해 잘못된 시선을 거두려는 까닭은 어디서 비롯된 것일까? 바로 위와 같은 글을 읽고서이다. 어떻게 짧은 문장을 보고서, 어떻게 그 사람의 전체적 사상을 알 수 있겠느냐고 하겠지만 위의 문장은 바로 자기 사상의 핵심을 드러낸 글이라서 그렇다. 가장 중요한 기독교의 본질을 건드린 알맹이의 내용이기 때문이다.

톨스토이의 그릇된 기독교적 사상 가치를 이제 살펴보자. 우리가 글의 가치를 판단하고 평가하는 작업을 하는 데 있어서 크게 유의해야 할 문제가 도출되는데, 그것은 문학적 글에 의한 사고의 표현이나 사상적 묘사와는 다르게, 진리나 신적 세계를 묘사하는 글의 구체적 사상 전개에 있어서는 무조건적으로 인간의 사랑을 노래하거나 인간 존재의 가치를 찬양하고 돋보이게 하는 미사여구를 섞어 그럴듯하게 인간을 감싼다고 해서 적절한 사상이 되는 게 아니라는 사실이다.

사람들의 독서에 의해 명예를 먹고 살아야 하는 잠재된 작가의 버릇에서 비롯됐는지는 모르겠지만 어쨌든 인간 자체에 영합하는 사고에 의해 진리를 묘사하는 짓거리를 해서는 아니 된다는 얘기를 나는 하고 싶은 게다. 톨스토이 시절의 옛 인간들이나 요즘 시절의 인간들 모두가 이런 작가의 선심에 현혹되어 막연하게 인간을 평가하고 그것에 침잠하여 오만과 편견적 삶을 악순환처럼 되풀이하며 살아가는 게 아닌가 하는 우려를 갖게 된다. 작가의 문학적 치기에 어울려 삶을 그르치는 것이다.

톨스토이는 자기 나름으로는 진리를 알려고 애썼을 것이고 고민했을 것이고 시대의 인간과 삶을 성찰하는 작업을 추구했을 것이다. 하지만 그럼에도 그가 진리를 놓치고 억지에 매달리게 된 것은 무엇 때문일까? 사람들은 묘하게도 진리를 말하고자 하면서도 대체적으로 진리에 앞서 인간을 거론하고 인간적 사랑을 들먹이면 일단 덮어놓고 고상한 인간 또는 종교인으로 대접하려는 삿된 경향을 보인다. 신에 대한 강박관념에 빠져 그 반발작용에 의해 그런 현상이 일어나든지 아니면 오랜 휴머니즘 사고에 익숙해진 까닭에 그러한 것이든지, 인간들은 진리적 본질을 논하자고 하면서도 그 중심에 인간이 위치해야 할 것을 전제한다. 인간이 진리인 것처럼 말이다. 하지만 이것은 올바른 사유의 시작이 아니다. 오만과 편견이며 불완전한 인간의 미숙한 생각이다.

인용한 톨스토이의 글을 보자. 톨스토이는, 신이 내 속에 있으며 또 내가 신속에 있음을 믿는다고 적었다. 믿는다고 말해도 그것은 믿음의 언급이 아닌데도 그는 믿음을 말하고 그러면서도 예수의 신성은 거부한다. 즉 믿음을 믿는 것이 아니라 자기의 사상에서 오는 주의를 신봉하는 것이다. 성령의 마음작용을 생각해서 신이 내 속에 거한다고 말할 수야 있겠지만 어떻게 자기가, 인간개체가 신 속에 거할 수 있단 말인가? 신이 만물을 품을 수 있다는 권능의 표현과는 다른 것이다. 정신, 사랑, 만물의 근원으로 이해되는 신, 즉 범신론적 사상에 젖어 있음을 확인할 수 있겠다.

그리고 그는 신의 의지가 예수의 가르침에 명백히 표현되고 있다고 하면서도 예수의 신성을 거부한다. 모독이라는 거친 표현까지 쓰고 있다. 이것은 기독교의 본질을 몰라서 하는 소리다. 예수에게 임한 신의 존재를 인정하면서 어떻게 예수의 메시지를 인간적 가르침으로 깎아내릴 수 있는가? 예수 스스로 밝히기를, 예언자가 아니라 신의 아들이라는 말씀과 그것에 따르는 많은 기적, 그리고 인간으로서는 가능조차 하기 어려운, 시대를 뛰어넘는 진리의 메시지를 설파한 예수의 진술을 무슨 잣대로 왜곡할 수 있겠는가?

예수의 신성을 무엇으로 어떻게 증명할 수 있느냐고 항변하겠지만 그 증명은 의외로 간단하다. 예수 자신이 신의 아들이라 하였고 그 아버지께로 돌아감을 알렸다. 예수가 직접 언급한 말씀을 인정하지 않는다면 어떻게 예수의 다른 많은 가르침이 진리가 되겠는가. 예수의 설교는 사기이고 엉터리이며 나쁜 언어에 불과하게 되는 것이다. 예수의 말씀이 시대를 초월하는 진리적 가르침이라는 사실을 인정하지 못하겠다면 얘기가 달라지지만, 그것의 진리성을 믿는다고 하면서도 어떻게 해서 스스로 신이라 선포한 그것만 못 믿겠다, 틀렸다, 거짓말이라고 떠들겠는가.

톨스토이가 이르기를, 예수는 지금 교회가 하고 있는 온갖 행위를 다 금했고 사제들이 빵과 포도주로 하는 장황한 말과 모독적인 요술을 금했고 스승이라 부르는 것조차 금했고 교회에서의 기도를 금하고 교회 자체를 금했고 교회를 헐기 위해서 왔다고, 그렇게 주장했다고 한다. 덧붙이기를, 톨스토이는 교회 자체를 부정하였고 부활이라는 글이 연재되던 중에 교회로부터 핍박을 받아 온 갖 편집과 첨삭이 이뤄졌고 마침내 러시아정교회에서도 파문을 당하는 일이 벌어졌다고 한다. 그 시대에 톨스토이와 러시아정교회 간에 어떤 알력과 갈등 속에 다투며 박해받고 하였는지는 적확하게 모르겠지만, 확실한 것은 그럼에도 톨스토이는 진리를 채 알지 못한 자가 분명하였다는 사실이다.

톨스토이가 주장하는 내용이야말로 예수가 말한 것이 아니며 성경에 근거해서 드러낸 견해랄 수 없는, 지극히 개인적 주관에 빠져 읊조린 나쁜 글이라는 사실이다. 개인 취향의 사상에 집착하고 인간주의에 빠져 진리에 이르지 못한 오만한 자의 모습이 확인될 뿐이다. 만약에 불교 같은 종교에 어떤 탁월한 스승이 나타나 훌륭한 진리적 요소를 설파했다면 그건 확실하게 인간의 소리가 맞다. 톨스토이는 아마도 불교나 힌두교의 영향을 받아 그에 준거하여 자기 방식대로 예수에 대한 평가를 내렸다고 판단되는데, 신의 부재를 주장하는 불교라면 당연히 그러하겠다. 인간의 소리가 신의 메시지일 수 없으니 말이다.

하지만 톨스토이 자신도 신의 존재 자체를 인정하고 신의 의지가 예수에게 전달됐다고 하면서도 어떻게 예수의 메시지가 거짓이겠느냐는 것이다. 신이 거짓말쟁이라면 몰라도 말이다. 신의 아들이라고 선포한 예수를 거짓말쟁이로 만들고서는 예수가 말씀하신 어떠한 메시지의 가르침도 진리로 인정될 수가 없는 것이다. 이것을 톨스토이는 놓치고 자기 취향의 해석을 내려버렸다.

사람들이 한편으로 심각하게 착각하는 현상이 있는데, 위대한 위인으로 인정받는 역사적인 인물이라고 해서 그들의 얘기가 죄다 옳은 것은 아니라는 사실이다. 누구에게나 냉철한 판단과 그것에의 비판은 항상 필요하다. 신은 인정한다면서도 예수의 신성을 부정한다면 그 말은 유대교에서 벗어날 수 없다는 얘기와 다름 아니다. 인류를 위한 종교가 될 수 없고 무신론자들의 주장처럼 사막에나 처박혀 있어야 하는 것이다. 왜냐하면 예수의 말씀은 신을 빙자한 싸구려의 외침이거나 유대교 예언자의 목소리에 불과하게 되니까.

생각을 가다듬어보자. 톨스토이는 확실히 범신론자다. 물론 어려움은 있겠지만 범신론으로도 진리를 파악하여 실천하고 인간으로서의 참된 삶을 살아갈 수 있다. 아마 사람들은 톨스토이의 이런 인간적인 면을 보고 좋아하는지도 모르겠다. 하지만 인간 자체가 진리가 아니듯이 진리를 알고자 하는 길에 있어 단순히 인간적 구미가 당긴다고 해서 그게 진리에 이르는 길이 되는 게 아니라는 사실이다.

톨스토이가 글에서 놓친 핵심은 예수 속에 있다는 신의 의지를 인정하면서도, 예수의 메시지를 인정하면서도 예수의 신성을 무시한다는 것에 심각한 오류가 있다. 그것은 마치, 예수가 범신론의 신자라는 전제하에서나 가능한 얘기인데 예수가 범신론자일 수 없는 것이, 예수가 스스로 말했기 때문이다. 하늘의 아버지를 알렸기 때문이다. 예수가 범신론자가 아닌데 어떻게 그 속에 내재한 신이 범신론적 신일 수가 있으며 그 가르침이 범신론적 한 가닥의 진리일 수가 있겠는가. 예수를 부정한다는 것은 인격신인 창조주를 부정한다는 것이고 이러한 까닭에 톨스토이는 자기의 주장을 관철하기 위해서라도 성경을 회피했을 거라 여겨진다.

그 근거가 바로 위에 인용한 톨스토이의 글이 되겠다. 성경의 왜곡이 매우 심한 아주 불량한 글귀이다. 자기 견해의 관철을 위해 예수가 언급했다며, 그 메시지까지 왜곡할 정도의 인물에 지나지 않는다. 요즘도 흔히 이런 일이 발생하는데, 작가들은 시대에 영합하여 독자의 환심을 사려는 본능에 가까운 충동 속에 글을 적기도 한다. 명예 또는 탐욕에 빠져 작가라는 진리적 사명을 깜빡 망각하는 것이다.

톨스토이의 경우에 있어 그 시대상황의 종교 타락에 대한 분노의 표출이었는지 독자에의 인기영합 때문이었는지 속단하기는 어렵지만, 아마도 타락한 교회의 부패상에 대한 분노의 표출이었겠지만 분명한 것은 성경 해석에 있어 진리를 향하는 신앙으로는 오류의 인간이었다는 것이 지금의 내 생각이다. 아무래도 톨스토이는 그 당시에 풍미했던 휴머니즘에 매료되어 인간의 사랑을 너무 강조하다보니 그만, 글에 있어 오버액션을 취했다는 느낌이 든다. 그럼에도 나는 톨스토이를 수긍하겠다. 신에 대한 절대적인 경외를 지녔음을 눈치챌 수 있으므로.'

무씨는 아무나 붙들고서 외치고 싶어졌다. 이제는 단순하게 인간의 사랑만을 논할 진리의 시대는 지나갔다. 복잡다단한 세계 속에서 살아가는 사람들은 이제 복잡하게 전개되는 인간의 행동양식을 분석할 그런 진리를 찾아야겠다. 그것이 오늘날까지 우주를 주관하시는 신의 명령이자 부탁이리라 본다.

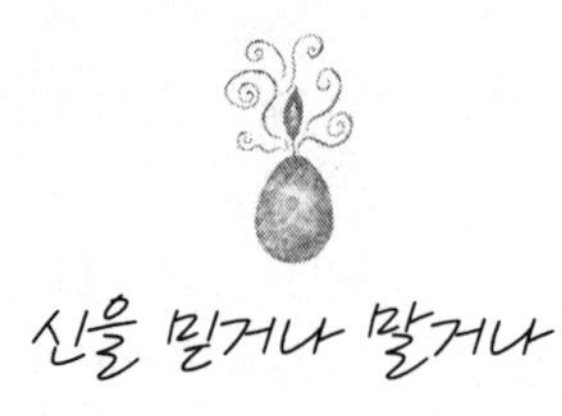

신을 믿거나 말거나

사람들은 말한다. "보지 않고 믿는 자가 복이 있다고 했다. 보지 않고 듣지 않았기에 예수나 야훼를 모르지만 신의 존재를 믿고 바르게 사는 이들은 더욱 복된 자가 아닐까?" 요한복음 20장 29절을 보면 〈예수께서 이르시되 너는 나를 본 고로 믿느냐 보지 못하고 믿는 자들은 복되도다 하시니라.〉라고 기록되어 있는데 아마도 사람들이 이 구절을 의식해서 말한 모양이다. 열두 제자 중에 유독 의심 많은 도마 앞에 나타나셔서 부활한 예수가 들려준 말씀이다. 부활을 보지 않고도 믿는 자가 복되다는 의미이므로 신의 존재 유무를 염두에 둔 성경 구절이 아니지만 무씨는 이 문제를 같이 엮어서 생각해본다.

'신의 존재를 믿고 바르게 사는 사람들이 복되긴 하겠지만 더욱 복될 것까지야 없는 이유는, 신의 존재를 알든 모르든, 믿거나 말거나 간에 바르게 산다면 복되기가 마찬가지이기 때문이다. 다만 문제는 일반 잡신을 믿으면서 바르게 살아간다는 것이 참으로 어렵다는 점에 있다.

간략하게 예를 들어, 몸이 아프면 병원에 가야 하는데 굿에만 몰두하여 생명을 위태롭게 만드는 경우가 있다. 우리들이야 깨쳐서 그럴 경우가 드물겠지만 아프리카같이 아직 무지 상태에 있는 지역의 사람들은 여전히 아슬아슬한 생명의 곡예를 하리라 본다. 하나의 예를 든 것이지만 세밀하게 세상을 살펴보면 아직까지도 현대인의 삶에는 많은 부조리가 나타나고 있다. 인간의 삶에서 드러나는 무지의 미신은 참으로 바르게 살기가 어렵다. 보편적인 종교의 신앙이라고 하더라도 맹신에 빠지면 결국 미신과 다를 바가 없듯이 말이다. 생명이, 정신적 건전성이 위태로운데 삶이 복될 수는 없는 것이다.

옛날 중동지방에는, 아니 인류의 기본적 습성을 보면 아이를 잡신의 제사의

식에 희생 제물로 바치는 풍습이 있었다. 요즘도 인간심리에는 아이를 자기의 소유물에다 화풀이 대상으로 폄하하여 학대할 뿐 아니라 심지어는 자신의 자살 때에 아이를 죽여서 강제로 어둠의 땅끝으로 데려가도 되는 대상처럼 다루는, 그릇된 가치관의 버릇을 여전히 살필 수가 있다.

그런 잡신의 가르침에도 인류의 진보에 필요한 요소가 더러 있을 수 있겠지만 잔혹한 살인의 풍습을 제거하기 위해서는 그 잡신과 추종세력을 뿌리 뽑을 필요가 있었다. 그래야 인류의 미래가 밝을 수 있으니까. 그래서 나 아닌 다른 신을 섬기지 말라고 했던 것이다. 그냥 내버려둔다면 인류가 나아갈 발걸음에 커다란 걸림돌이 되어 여전히 미개 상태에 머무를 수밖에 없겠기에 내린, 인류를 위한 불가피한 조치였다고 본다.

신에 대해 무턱대고 반발하는 심리 상태의 사람들은 이런 나의 주장이 이해되지 않을 것이다. 물론 이런 잡신 제거는 시대의 변화에 따라 수정되었고 이제는 폐기 상태에 놓였다. 다른 신이라는 개념은 우상으로 대체되었고, 사람이 만든 미신으로 추락하였으며, 오늘날에는 인간의 탐욕과 동물적 속성만이 궁상맞게 우상으로 잡신처럼 남아 겨우 버티는 실정이다. 그런 면에서 보면 인류는 진리에 있어 깨달음을 얻어가는 삶을 걸어왔다고 볼 수가 있겠다. 다른 신이나 사탄, 우상들이 이제는 겨우 개개인의 더러움의 한 요소로 취급되는 것에 불과하니 말이다.

하긴 아직까지 사탄의 존재와 그 강력한 힘을 주장하는 기독교인이 많다는 사실 또한 인정해야겠지만. 어쨌든 이렇게 인류가 진보의 발걸음을 옮기는 과정에서 여러 갈등과 충돌과 살육이 뒤따랐지마는 이제 그 결과로 해서 오늘날의 인류가 되었다. 잘 왔던, 아니면 엉터리로 왔던 간에 인류는 계속해서 무거운 발걸음을 옮겨야 하는, 길 가운데에 서 있는 형편인데 문제는, 종교가 항상 뒤처진다는 것이다. 하지만 인간 스스로 걸어가야 하는 삶이자 종교이니 어쩌겠는가. 신께서 종교가 뭐 필요하고 건물이, 그깟 돈이 뭐가 필요하겠나? 신께서는 인간들의 경배가 이제는 귀찮고 인간들이 자랄 만큼 자랐으니 그저 인간들끼리 잘사는 것을 바랄 뿐이리라.

사실상 그건 예수가 오신 이후로 세상에 내린 대명제였고 그런 변화를 바랐다. 그런데도 인간들은 만들어준 멍석자리를 이해하는 데만도 시간이 너무나 오래 걸렸고 무수히 걸리고 있다. 이런 이유로 인간 때문에 신이 인간에게 욕먹어도 신은 어쩔 수가 없다. 삶을 사는 것은 인간이고, 신은 물끄러미 세상의 큰 틀을 짜니 말이다. 더러는 인간의 삶에 특별한 예외가 있긴 하여 때로 주관을 하시고 간섭도 하시지만 그것은 뜻 그대로 특별한 경우일 뿐이니 보통의 인간들은 이에 기대지 않고 자유의지로 살아가는 것이 분명 속 편하리라. 그렇다고 기도하지 말라는 얘기가 아니다. 기도는 스스로에게 향하는 올바른 것에의 다짐이기도 하니까, 신에게 향하는 약속이기도 하니까.

　어쨌거나 종교라는 것은 인간들이 가꿔나가야 할 시공간이다. 잘못은 무조건 인간에게서 발생한다. 잘못이 있다면 진리가 아니고 신이 아니니 말이다. 그러니, 물이 왜 아래로만 흘러가는 것이야? 그러면서 진리에게 시비 걸지 말고, 물줄기를 거꾸로 돌리려는 비진리의 인간들을 나무랐으면 좋겠다. 신 존재에 대한 얄팍한 비방은, 비방하는 자신의 더러움이 그렇게 하며는 그 더러움이 감춰지리라는 황당한 정신질환에서 빚어진 뇌세포의 혼란작용임을 알아줬으면 좋겠다.

　물론 사람들은 종교를 움직이는 직업종교인에게 자극을 주어야겠다. 타락하거나 뒤처지는 것이 종교라 하여도 그리하여 종교가 앞서서 개울가에 디딤돌이 되어주지 않는다 하더라도 종교 자체를 인정해야 한다. 개울을 건너는 데 필요한 종교라는 디딤돌을 지금 주춤 서 있는 사람이 그 자리의 뒤에서 빼내어 앞으로 옮겨야 한다. 옮긴다면 계속 나아갈 수 있기 때문이다. 종교 없어도 정신세계의 진보가 이뤄진다고 주장한다면 그건 다리 없는 개울을 만나지 않아서이고 건널 필요성을 느껴보지 못해서이겠다. 인류 정신사적 진보와 인간 다수의, 단 한 차례의 필요성 때문에라도 종교는 유지되어야 하며 신적 존재를 살피는 작업은 계속되어야 하는 것이다.'

　무씨의 사유를 짧게 정리하자면 이런 얘기이겠다. 진리라는 속성을 지닌 신을 잘 파악해야 인간이 자유로워질 수 있고 그래야 복되고 행복해질 수 있기에, 신을 제대로 잘 아는 것이야말로 중요한 일이다. 타 종교의 경전과 그 가르침에도 분명히 진리의 말씀이 있을 것이다. 신에게 비는 것이 아니라, 착하게 사는 것이 아니라, 이 땅에서 사는 자기를 자유롭게 만들, 진리를 알아내는 즐거움을 사람들이 가졌으면 좋겠다. 그것의 훌륭한 역할을 성경도 말하고 있다.

포근한 수능일

이처럼 추워지려고 유달리 여름이 뜨거웠던가? 새벽잠에 무씨가 유난히 추위를 탄다. 잠결에 아내의 이불 몫까지 가로채어 둘둘 몸으로 휘감는 그것은 아마 곧 있을 큰애의 수능시험에 대한 긴장감이 엄습해서 더할 것이다. 올해로 재수를 끝내야 할, 더 이상은 물러날 데 없다는 압박감이 어린 딸아이에게 몰려들 거라는 생각으로, 아버지 된 입장에서 어찌 초조감이 감돌지 않으리오. 그런 차원에서 본다면 아이의 엄마가 갖는 불안과 두려움이 한층 더할 게 분명하다.

그렇듯 며칠 전부터 수능날짜가 코앞에 다가올수록 아내는 학원수업을 마치고 현관에 들어서는 큰애의 표정과 몸짓을 슬쩍 훔쳐보게 되었는데. "아! (고)되다!" 매일같이 그 말을 한숨처럼 내뱉고 자기 방에 들어가면 아내의 마음이 살짝 두근거려졌지만, 옷을 갈아입고 냉장고 안을 기웃거리는 큰애의 표정이 담담해보이자 그제야 아내도 아이의 공부가 그럭저럭 마무리되는가 싶어 한숨을 돌렸다. 하긴 겉으로는 태연한 무씨의 모습처럼, 그 곁에 앉아 티비를 보는 아내도, 만두 조각을 초간장에 찍는 큰애도, 다 그런 심정이 아니었을까? 어쨌든 이 마당까지 와서 태연한 몸짓으로 버티지 못해서야 어쩌겠는가. 정녕 영이 떨리면 육도 걷잡을 수 없을 테다.

그렇게 수능일 아침이 되었는데 다행이랄까, 수능 한파가 올해는 없다. 육이 따뜻해서 영이 덩달아 포근할 것인지. "마음 푹 놓고 평소에 하던 공부처럼 치면 될 거야." 시험장 입구 도로변에 큰애를 내려준 무씨는 차량으로 복잡하게 뒤엉킨 도로를 빠져나와 곁에 앉은 아내와 어디로 갈까를 망설이다가 다시 집으로 향한다.

"신은 없다며 나를 찾는 불교가 아이 시험 잘 치게 해달라고 부처에게 비는 것을 보면 한심하다는 생각에 앞서 부모 마음이 다 그런 게 아닐까 싶어. 우리야 신의 축복을 믿는 입장에서 당연히 빌지 않을 수가 없지. 비록 이기심의 발로라고 하더라도 말이야. 신께서 이 기도를 들어주시지 않더라도 비는 당사자의 마음이 위로를 얻을 수 있으니까. 집에 가서 차분하게 기도하는 마음으로 책을 읽어야겠다."

평소 기도하는 자의 탐욕을 경계하던 무씨가 마음속 깊은 울림처럼 말을 내뱉자 아내가 힘을 얻는 듯 마음이 놓이는지 약간 들뜬다.

"그래, 그래야겠어. 나는 애가 매 교시 시험 치를 때마다 안방에서 문 잠그고 기도하면서 묵상할 테니까 들어오지 마."

"알겠어. 아무래도 엄마의 기도가 더 낫겠지?"

큰애는 수능시험을 앞두고 담담한 모습으로 학원을 오갔다. 공부가 체질처럼 보일지라도 수면 부족과 긴장감, 때로 엄습할 탈락의 두려움이 어찌 없겠는가. 그럼에도 잘 견디고 오늘 이 자리까지 온 큰애에게 아빠로서 뭔가 정신적 보탬이 되어야겠다는 생각이 든다. 그것은 기도밖에는 없다. 헛된 기도를 받아줄 신이 아니지만 사람들은 실낱같은 기대를 붙든다. 그것이 기도하는 자들의 마음인 것이다. 아내는 기도하다가, 앨범 속 어릴 적 아이의 사진을 들여다보다가, 성경 말씀을 헤아리다가, 그렇게 큰애 시험이 끝나는 시간까지 고고하게 보냈다. 무씨는 아내의 동료가 썼다는 장편소설을 달음질하듯 단숨에 읽어 내려갔고 간간이 마음속으로 기도를 드렸다.

"아이, 데리러 가야지?" 아내의 소리에 소설책에서 눈을 뗀다.

"벌써 시간이 이리 흘렀나? 준비 다 된 거네?"

무씨는 겉옷을 걸치고 아내와 밖으로 나선다. 시험장 도로변에 차를 정차하고 기다리지만 큰애가 전화도 없이 한참 늦다가, 마침내 길 건너 신호등 건널목에 서 있는 큰애 모습을 보고는 무씨가 덜컥 불안감에 휩싸인다. 의외로 늦장 부려 퇴실한 모습인 듯싶어, 혹시 시험을 잘못 치르지 않았나 하는 노파심이 들 정도로 무씨 자신이 초조한 상태에 놓였음을 느낀다. 아이의 위치가 바로 절벽 앞이라 해도 과언이 아니겠다. 아내가 말을 안 해서 그렇지, 무씨나 아이

보다도 더욱 초조한 심정으로 지금껏 지내왔을 게 분명하다. 기도는 아이를 향한 것이 아니라 불안한 자신을 향하는 위안의 한 형태일지 모른다. 그렇듯 짧게나마 신에게 기도하는데, 큰애가 성큼성큼 다가온다.

"아빠, 많이 기다렸어요? 오늘 시험 잘 봤어요."

아빠의 심정을 읽기라도 한다는 듯 궁금증을 바로 토해내고는 차 안의 엄마한테로 들어간다.

"오늘 어때? 집에 바로 가지 말고 저녁으로 삼겹살 먹을까?"

무씨는 왠지 그간의 긴장을 풀어줄 통속적인 절차 하나를 밟고 싶었다. 딸과 한 모금의 소주를 마시는 것.

"좋아요. 저녁은 맛있게, 저녁을 즐겁게, 채점은 밤에 해봐야지."

보아하니 큰애 표정이 괜찮고 빈말하지 않는 아이 성격상 이번 시험을 잘 치렀을 것 같다. 긴장이 봄눈 녹듯 사그라지면서 흥겨워진다.

"고생 많았다. 이 엄마가 얼마나 긴장했던지 이제 겨우 한시름 놓겠네. 다 잘되겠지?"

큰애는 뒷좌석에서 벌써 친구들과 폰 문자를 주고받고 더러는 전화를 주고받는다. 대체 무슨 얘기들을 나누는지 무슨 암호같이 들리기만 하니, 이것 참! 무씨는 차를 몰면서 생각한다. 아내에게는 말하지 않았지만 올 초에 사리풋타 스님이 그랬다.

"큰애 사진이랑 음력으로 생년월일 알려주실래요? 점괘랄까, 인생을 미리 예측해보는 책자가 하나 있는데 한번 넣어서 알아봐줄게요. 반드시 그리된다는 풀이가 아니겠지만."

그때 무씨는 폰에 든 큰애 사진을 보여주고 생년월일을 말해주었다. 책자를 뒤적이는가 싶더니 바로 말하기를, 이랬다.

"여기 나온 대로 말씀드립니다. 2년 동안 운이 없었고 작년은 특히 좋지 않았네요? 올부터는 풀려서 운이 좋아지겠습니다. 앞으로 20대에는 하는 일이 다 잘되고 특히 양쪽 귀에 재물 복이 타고났네요? 30대 초반에 조금 힘든 일이 생기겠지만 잘 넘기겠고 전체적으로 모든 일이 술술 풀리고 잘되겠습니다. 오래 살겠고요. 어때요, 좀 맞출 것 같습니까? 저도 해본 지 얼마 되지 않아 확인 겸 대충 짚어보는 것이랍니다."

"글쎄요? 점괘가 어찌 될지 내가 어찌 알겠습니까. 듣기에 기분 좋은 소리라서 맞으면 좋겠다는 생각이 드네요."

무씨는 그때 생각에, 만약 아이가 이번에 원하는 대학에 들어가고 순조로운 생활이 펼쳐지게 되면 이런 점괘와 같은 미신에 일말의 신뢰를 보내게 되지 않을까 하는 우려가 들었다. 그렇다고 들려주는 점괘대로 되지 말라고 할 수는 없는 일이다. 이 점괘의 소식을 듣는 순간부터 이상한 심리에 빠지는 자신의 묘한 마음을 들여다본 기억이 그때 있었다. 그것이 이제 큰애가 시험을 치른 마당에 놓이자 다시 불쑥 기어 나와 결과가 궁금해지는 것이다. 아니지? 어쩌면 마음속에 계속 담아놓은 채로 이 같은 행운의 시절이 어서 도래하기를 기다렸을지도 모른다. 무씨 가족이 탄 승용차가 가로등 불빛을 받으며 멀리 달려간다.

지글지글 굽히는 삼겹살을 맛나게 먹는 큰애가 지금 앞에 있으니 과연 운 좋은 신수가 펼쳐질지 자꾸 궁금해지는 것이다. 더구나 벼랑 끝에 선 재수생의 딸이 아니던가. 그동안 먹지 않았던 술을 축하주 핑계로 한잔 걸치자 그만 마음에 품은 소리가 무씨 입에서 터져 나온다.

"여보, 내가 이 말을 하는 까닭은 옆에 큰애가 듣고, 나중에 채점하더라도 마음 편하게 하라고 말해두는 거야. 아이가 대학 진학에 실패한 것은 운이 나빠 그랬다면서 올해부터는 운이 좋을 거라는 점괘가 있었어. 내가 아는 스님으로부터 들은 것인데, 기독교 신자인 내가 이 점괘를 믿겠다는 얘기는 아니야. 다만 이것을 참고해서 아이가 앞으로 긍정적인 마음으로 살아가면 좋겠다는 생각이고, 만약 스님 말대로 좋은 성적이 나와 원하는 대학에 들어가게 된다면 그것은 신께서 만인을 향해 뿌려놓으신 운 좋음, 행운, 신의 축복을 우리 아이가 마침 받았다는 것이지. 모두에게 주는 기회의 선물을, 큰애가 그동안 노력하고 애쓴 땀의 결과로써 선물로 받았고 신께서 주셨다는 것이 내 뜻이야."

갑자기 무씨가 흥분되는지 술잔을 연거푸 들이켠다. 그러곤 낮은 소리로 말한다.

"그래서 하는 말인데, 내 아이가 올해부터는 행운이 따르고 매사 좋은 일이 생긴다니까, 이번 시험도 좋은 결과가 나올 거라 봐. 자, 같이 건배하자. 너도 한잔해라, 이제 대학생 되는데."

아빠가 술을 따라주자 큰애가 잔을 들어 넙죽 받는다.

"오! 잔 받는 솜씨가 예사롭지 않네?"

놀란 듯 내뱉는 엄마의 말에 큰애가 입술을 삐죽거린다.

"엄마, 그러면 내가 한 잔도 못할 줄 알았어요? 내 나이가 몇인데."

"맞다 맞아. 자, 우리 가족의 행복을 위해 그리고 우리 딸의 멋진 낭만을 위하여!"

호기 부리는 남편의 행동에 맞춰주겠다는 듯 술잔을 세게 부딪는 아내다.

"좋다니까 내 딸, 엄마랑 한 번 더 건배하자, 짱! 오호호."

간드러지게 웃다가 아내가 술을 홀짝 마신다. 큰애는 말과 달리 약간 입에 댔을 뿐이다. 안주를 찾아 열심히 먹던 아내가 입을 뗀다.

"그런데 자기 얘기가 다 좋긴 한데 내 생각은 한편으로 그래. 결과가 좋게 나오면 그건 운이 좋아서가 아니라 그동안 노력하고 갈고 닦았던 실력들이 제대로 발휘되어 마침내 결과로 나타났다는 애기를 하고 싶어. 어쩌면 조금씩은 운이 따르기도 하겠지? 하지만 거의 모두가 노력의 결과이고 하나님의 은혜 가운데 생겨난다고 봐."

"하하, 그래. 비슷한 소리 가지고 지금은 따지지 말자. 노력이 있어야 하고 운이 따라야 하지만 그 운은 신께서 주신 선물이라는 말이나, 그거나."

무씨가 운을 받아들인다고 해서 그게 점괘를 믿는다는 말이 아니다. 행운은 신의 선물이며, 불행은 인간의 실수다. 인간의 자유의지를 긍정하는 무씨가 신의 예정에 의해 움직이는 꼭두각시 인간의 삶을 어찌 인정하겠는가. 그런 마당에 더군다나 있지도 않을 개개인의 삶의 예정을, 마치 미리 눈치채고 베낀 꼴이 되어버린 점괘에 어찌 신뢰 하나 보탤 수 있으랴. 좋다기에 덕담처럼 들어본 것이다.

밤중에 큰애가 자기 방에서 뛰쳐나왔다. 좋은 점수를 얻었다는 거다. 모녀가 거실에서 부둥켜안고 폴짝폴짝 뛰는 모습을 지켜보면서 무씨는 생각한다. '어쨌든 운이 좋은 것이겠지? 아내는 자신의 정성어린 기도를 하나님께서 들어주셨다고 할 테고!'

아내에게 향하는 측은지심

추워졌다. 서울에는 첫눈이 밤에 살짝 눈치 못 채게 내렸다는 뉴스가 얼마 전에 들렸다. '에이, 서리가 아니었을까?' 오늘밤엔 부산에도 우박이 내릴지 모른다는 소식이다. 추워야 겨울이지, 그래야 겨울이겠지만 추워서 고생할 많은 이들이 오늘밤에도 비탈길을 걸어 오를 것이다. 추워서 마셔댄 막걸리 취기에 연탄재 발로 차고, 밤새 꺼져버린 얼음장에 웅크려 얼어붙은 몸뚱이를 일으키고서, 살얼음 낀 우물물 길어 세숫대야에 퍼부으며 막노동판에 나설 채비로 어수선할 중늙은이들이, 오늘 이 밤에도 어두운 비탈길을 걸어가겠지, 그럴 것이다.

무씨는 오늘도 변함없이 아내를 지하철역에 바래다준다. 역 가까이에 이르자 오늘따라 차들이 정체되어 움직이지 않는다. 아무래도 저 줄줄이 늘어선 트럭들이 정체를 야기한 것 같은데? 무씨는 아내를 내리게 한다.

"여보, 지금 내리지? 길 건너도 되겠어. 차들이 꼼짝달싹 안 해."

"그래? 나중에 봐."

아내가 급히 안전벨트를 풀고 차에서 내린다. 아무리 폭이 좁은 왕복 4차선 도로라지만 횡단보도가 아닌 곳은 절대 건너지 않는 아내인데, 오늘 늦기도 하고 밀리기도 해서인지 남편 말에 아내가 무심코 따른다. 무씨 앞쪽으로 해서 길을 건너던 아내가 중앙선 너머 정지한 트럭 앞으로 지나가다가 화들짝 놀라 그 자리에 얼어붙은 듯 선다. 건너편 2차선으로 바짝 붙어 급하게 달려오던 택시가 휘청거리며 간신히 서고. 몇 년 전에 일어난 광경을 마침내 또다시 본다는 생각에 무씨가 현기증을 느낀다. 아내는 거듭 사과의 표시로 고개를 숙이며 당황한 발걸음을 허겁지겁 옮겨 지하철 입구로 내려간다. 창문을 버럭 내리던데, 택시기사가 뭐라 주절거렸을까? 분명히 욕 한 바가지는 쏟았겠다. 무씨는 차창을 닫은 채로 있었기에 아무 소리도 들리지 않았고 따라서 속은 나름 편했다.

무씨는 몇 년 전에도 이와 유사한 일을 치렀고, 그날 밤에 돌아온 아내가 그랬다. "마누라 빨리 보낼 일 있나? 죽는 줄 알았네!" 그 말에 무씨가 그랬다. "그렇다고 바보처럼 그 자리에 우뚝 서면 어떻게 해? 빨리 물러서든지 뛰쳐나가든지 해야지." 아내는 정녕 진지하게 대답했다. "그럼, 꼼짝 못하겠는데 어떻게 하라고?"

무씨는 그날, 되레 아내의 무딘 운동신경을 탓하고 넘어갔지만 그 후로 아내와 함께 길을 걷거나 차에서 내려줄 때에는 무지 신경이 쓰였다. 아내는 보통의 여자들보다도 운동신경이 무뎠다. 아니 운동신경 자체가 무딘 게 아니라 어떤 공포나 위협에 처하게 되면 그 자리에서 몸이 굳는, 옴짝달싹 못하는 신체적 특성을 갖는다는 사실이 여러 차례 유사한 경험을 통해 파악하게 되었는데. '겁이 많아 그렇다?' 무씨는 잊었던 기억이 되새겨지는 순간을 새삼 다시 맛보자 아내를 향한 측은지심이 몽글몽글 피어오른다. 겁 많고 다정다감하고 신앙심 있고 온순하고 착하고 행실이 올곧은 이 여자를 지켜줘야겠다. 사랑해야겠다. 죽기까지 감싸야 할 아름다운 여자이지 않은가. 무씨는 문득 측은지심 가운데 타닥타닥 튀어 오르는 회한의 꽃불에 숨을 죽였다.

'그건 그렇고! 아내는 오늘밤에도 그럴 테지? 하마터면 죽을 뻔했다. 마누라 먼저 보낼 일 있나? 그때 나는 또 뭐라 말할 거나?'

아내 언니의 딸이 딸아이를 낳고, 무씨 여동생의 딸이 결혼을 치른다. 결혼이 엊그제 일 같은데 한 세대가 훌쩍 지나가는 것이다. 예식장 내빈석에 앉아 무씨가 짓궂게 묻는다.

"여보, 눈가에 주름이 지고 그새 많이 늙었네?"

"재작년에 유독 심해졌어. 학교 교감하고 사소한 갈등이 있고부터야. 다시는 볼 일도 없다만."

당신 같은 사람이 누구와 다툴 일이 생겼다면 그건 그 사람이 문제겠지, 그렇게 말해준다. 그 말은 사실이겠지만 그랬다고 주름이 심해지는 건 아닐 게

다. 때가 됐으니 생기는 것이겠지? 어쨌든 단순한 그 말 하나로도 다툰 기억과 마음의 주름이 말끔히 풀려나는 게 부부의 대화다. 나이가 들어갈수록 부부 사이는 비판이나 잘못의 지적보다도 위로와 안심을 안겨주는 행위가 진리와 화답할지 모르겠다는 생각이 든다.

"그런데 위층 아저씨 말이야. 엘리베이터에서 언뜻 봤는데 정년퇴임 이후로 안색이 나빠졌어. 높은 자리 앉았을 때가 좋았지, 요즘은 매일같이 일찍 나가고 어젠 늦도록 술까지 마셨는지 시큼한 냄새가 묻어나는 것처럼 좀 그랬어. 그럴 바에야 쉬는 게 낫지, 굳이 다른 곳에 또 다녀야 할까?"

"호호, 마누라가 가만 안 놔두는 모양이지?"

무씨의 그 말에 아내는 익히 듣는 문제라는 표정이다. "그건 왜?"

"정년퇴직하고 집에 있으면 처음 얼마간은 좋다 하데. 밤낮으로 직장 다닌다고 얼굴 볼 시간도 별로 없었고, 그러다가 모처럼 붙어 지내니 잘해주고 싶고 좋더니만, 나중 되니까 제발 어디 밖에 좀 나갔으면, 그렇게 된대. 남자가 나이드니까 잔소리가 많아져서 이것저것 간섭하고 막 시키고 불편하기 짝이 없다 하네? 여자는 차츰 거칠어지는데다가."

"젊었을 때는 마누라 바가지에 시달리다가, 나이 들어서는 거칠어진 마누라의 애물단지 되는 게 남자 신세야? 비가 오나 바람이 부나 만날 무거운 가방 들고 길을 나서야 해?"

"뭐, 그렇게까지 할까마는. 주변에 말 들어보면 남편이 하루 종일 곁에 쫄쫄 붙어 다녀서 자기 생활도 엉망이 되는 것 같고 그래서 싫다고 하더라. 의좋은 부부도 시간 정해놓고 따로 지낼 정도라던데? 어쨌든 남편을 밖으로 돌게 만든대."

살짝 치매현상이 나타나서 그런 것인지, 아니면 서로 간에 호르몬 분비의 불균형이 일어나 비롯된 현상인지, 하여간에 이러한 일들이 노부부시절에 발생한다는 것은 심각한 문제다. 상황의 심각성에 따라서는 우발적이든 뭐든 살인도 서슴지 않고 황혼의 이혼도 감행한다. 각방을 쓰거나 서로가 냉담한 상태로 버티는 경우도 많다고 한다. 왜 이럴까? 자신의 이기심과 고집을 만족시키려는 허튼 마음가짐을 내려놓고서, 타인을 배려하는 관심과 사랑이 더욱 절실히 필

요한 시점이 아닐까? 그것이 아니면 측은지심이라도 어떨까, 설령 그간의 부부
생활이 줄곧 참고 견딘 고뇌의 가시밭이었을지라도. 이제 살면 얼마나 살겠다
고? 무씨의 귓가에 전도서의 낯익은 구절이 바람을 타고 윙윙거리며 연신 뇌리
에서 떠나지 않았다.

　'한 세대는 가고 한 세대는 오나 땅은 영원히 있으며 해는 떴다가 지고 그 떴
던 곳으로 빨리 돌아가누나. 바람은 이리 불고 저리 불다 불던 곳으로 돌아가
며 모든 강물은 다 바다로 흘러가나 바다를 채우지 못하리라. 눈은 보아도 족
함이 없고 귀는 들어도 차지 않누나. 만물의 피곤함을 사람이 어찌 말로 다 할
수 있으랴. 우리가 원하는 모든 것이 다 헛되어 바람을 잡으려는 것인 줄을 깨
달았네.'

한참 만에 만나는 사리풋타

시간이 흐르는 물 같다. 무씨 느낌에 그랬다. 영상작업이 순조롭게 진행되고 마음이 평강으로 고고하다. 그러면서 자주 집을 찾았고 연말연시를 집에서 가족과 보냈다. 눈이 내렸고 겨울비가 내렸다. 한해가 가고 새해가 왔으며 그러는 동안에 영상물의 촬영과 가편집을 마쳤다. 오는 봄날엔 집으로 돌아가겠노라고 후배에게 말했다. 작업의 손 뗌을 다시금 알린 것이다.

세월이 참으로 빠르다. 벌써 봄인 양 햇살이 까부는 화창한 날의 아침에 무씨가 사리풋타를 만나러 큰절 산사를 찾는다. 프로그램 제작의 중요 촬영이 끝나자 사리풋타는 일찌감치 암자를 떠나 산사로 돌아갔다. 가까이 있을 때는 작업이 없어도 찾고 묻고 해서 불교의 가르침을 들을 기회가 많았지만 이렇게 공백이 생기자 의문에 대한 갈증을 풀 방법이 없다. 무씨도 자신이 맡은 중요 업무가 끝나가니 이제 곧 집으로 돌아간다. 그동안에 사리풋타와 같이 할 작업은 없다. 핑계 없이 부르기가 어색하여 며칠을 머뭇거리다가 오늘 이 신명에 겨워 햇살과 바람이 뒤엉켜 뛰노는 날에 아침 일찍부터 서두르는 것이다. 이대로 집으로 돌아가면 언제 다시 사리풋타를 보게 될지가 아득하여 먼 길이지만 무작정 기다리고 있을 수가 없었다.

"급하게 떠나실 거라 짐작하지 못했습니다. 불교에 관해 들려드릴 얘기가 참 많은데 아쉽습니다. 불교의 올바른 이해가 글에 나타났으면 싶은데. 관세음보살."

"프로덕션을 떠날 때가 되었습니다. 떠나야 소설을 마음먹고 쓸 수가 있겠네요. 돌아가면 불교에 관한 의문과 풀고 싶은 숙제를 스님께 묻고 싶습니다."

"그러세요. 글을 쓰는 거사님의 견해가 소중하지만 되도록 불교의 바른 이해가 드러났으면 합니다. 메일로 답을 드리지요."

사리풋타는 진정으로 이별을 아쉬워할까? 무씨야 많은 사람들과 만나고 헤어지고 그런 삶이 일상으로 일어났지만 또한 진리를 찾겠다는 의도 하나로 사물을 접하고 관찰하고 그러면서 의지와 상관없이 떠내려 온 삶의 물결 속에서 나름의 견디기에 익숙해졌다고 봐야겠지만, 사리풋타는 한정된 사람들과의 만남에서의 감정을 갖는 심리구조라 그것이 오히려 이별에 아쉬움을 더할지도 모른다. 그것은 집착과는 다른 문제이겠다.

확실히 사리풋타는 수행에서 오는 깨달음에 의해 집착과 번뇌의 사슬을 끊은 것처럼 보인다. 상처로 남기도 할 자기의 과거 문제를, 상대방에 대한 조언의 차원에서 풀어냈다는 것이 바로 입증하고도 남는다. 그런 사리풋타이기에 무씨와의 헤어짐에서 갖는 정서는 일반인의 그것과는 다르다고 봐야겠다. 인간 사이에 갖는 측은지심의 하나일까?

"작년 이맘때였나요, 봄빛이 완연한 그 길을 걷는데 세월이 흘러서일까요? 주위 풍광이 참 많이 달라졌더군요. 자동차 물결은 여전히 홍수를 이루고 더욱 화려해진 거리에 꽃가게의 추억이 새겨진 그 건물이 어색하게 섰던데. 그 거리에서 꽃을 장식하던 예나 지금이나 철없어 보이는 내 흔적은 많이 부끄러울 지경입니다. 생긴 꼴을 한꺼번에 다 바꾸지 못하는 이생에서는 별 수 없겠지만 이런 꼴로 속세에 남았다면 얼마나 기가 찰 일이 많이 생겼을까요? 비구니가 되길 잘했어요. 누가 그러데요. 〈스님은 진짜 머리 잘 깎았어요. 딱 스님에게 어울립니다. 세상이요? 스님처럼 순수한 사람은 어울리지 않아요.〉 여고시절의 사진과 출가하여 가사 입은 사진을 양쪽에 놓고 속가 어머니는 어이없어 하시면서, 〈아무리 세상이 변한다지만 달라져도 저렇게 달라졌을까?〉 그러셨대요. 외모와 내면이 함께 달라진 나입니다. 수행을 하겠다며 산골과 인연을 맺고는 바깥과 연락을 단절한 채 살던 내가, 장날에 컴퓨터를 사용하려고 들어선 우체국 입구에서 맞닥뜨린 거사님이셨지요. 기억나세요?"

"참, 그랬네요. 이제 생각납니다."

"무척 반가웠지만 머리를 삭발해 부끄러웠고 나가던 참이라 맘과 달리 인사로 얼버무렸지요. 나중에 거사님이 일부러 거처까지 찾아오셨지만. 그 당시만 해도 메일을 만들고, 내게 쓴 편지함에 경전자료를 숱하게 옮기면서 내내 흥얼 거리던 노래들은 이별노래였어요. 노랫말에 이별과 관련된 것들이 어찌 그리 많은지. 그걸 기억하면서 계속 흥얼거리는 나는 또 무슨 재주인지. 하지만 이 세상에서 가장 큰 이별은 자신과의 이별, 죽음입니다. 그렇지요? 앞으로 이 지 구와 이별만 남겨놓은 내가 그런 가사에 군이 슬퍼할 일은 없다고 여깁니다. 어 느 만남에서건 언제나 이별부터 준비해놓던 나였지만, 이제는 사람과 사람 관 계의 이별이 아니라 태어난 자는 반드시 죽는다는 그런 발생과 소멸을 거론하 는 불교처럼 죽음을 남겨두었다는 것일 뿐이겠지요. 거사님의 소설이 이 세상 의 진리에 대하여 챙겨보는 것이라면 그 안에 나열되는 이야기들은 종교적으로 색다른 빛깔을 띠는 것이 좋지 않을까 그런 생각이 드네요. 색다른 소재도 열 심히 찾아보세요."

"알겠습니다. 스님, 고맙습니다."

방그레 미소 짓던 사리풋타가 말을 잇는다.

"저는 포교당에서 공부 모임을 하던 시절과 다르게 어쩌면 망망대해에 혼자 노를 젓는 기분이 요즘 듭니다. 포교당에서 인연이 된 신도가 말합니다. 부처 님 법을 전달하려는 스님의 순수한 의지에 비해 세상의 어려움을 너무 많이 겪 는다고요. 돈과 권력에 물든 이런 세상에 어울리지 않는 열정을 지닌 스님이라 고 하네요. 세상에 어울리지 않는다는 순수한 내 모습을 어디 바꿔볼까? 카르 스마를 요구하면 그렇게 되어야겠고 위엄을 요구하면 그것도 그렇게 되어야 하 겠지요? 원래 갖지 못한 것이라 좀 어렵기는 하겠네요."

하하, 잠시 웃으며 무씨를 물끄러미 바라보더니 말을 덧붙인다.

"출가 직전에 거사님을 만나 출가를 알리더니 이제 불교에 할 일을 새롭게 마 련하면서 이 얘기를 거사님께 알리는 것인가? 참, 이 인연도 질긴 끈이네요. 이 별은 언제 이뤄질 것인가 그랬는데 이렇게 다시 다가오는가 싶어."

"이별이라뇨? 아직 물어야 할 것도, 만나야 할 일도 많이 남았습니다."

사리풋타가 헤어지는 벗에게 들려줘야겠다며 아꼈던 말을 꺼낸다. 처음에 는 무씨가 기독교인이라서 신 문제를 거론한 붓다사상에 대해 언급하기를 주 저했다고 한다. 시절 인연이 맞지 않는데 얘길 꺼내어 덧없어질 것을 염려했다고 한다.

"불교에서는 모습이나 생각을 부정합니다. 모습은 현상이므로 변화하여 그 모습을 유지하지 못하기에 부정하여 모습 없는 삼매, 무상(無相)삼매에 들기도 합니다. 생각은 개념을 갖고 실행하는 작용이고 개념은 모습을 가집니다. 금강경에서 부정하는 4가지는 아상·인상·중생상·수자상인데 구마라집 스님이 번역한 모습 상(相)의 원어는 생각 상(想)으로서 불교의 번역 용어입니다. 상(相)과 상(想)은 불교가 사용하는 불교 특유의 기술적 용어인데 그걸 불교술어라고 하지요. 아상은 아트만이라는 생각을 부정하고, 인상은 물질적 개체에 대한 생각을 부정하고, 중생상은 범부라는 생각을 부정하고, 수자상은 영혼에 대한 생각을 부정하는 것입니다. 고타마붓다의 사상은 영혼이라는 생각을 부정한다는 것입니다. 존재의 정신적 작용과 물질적 작용을, 떼래야 떼지 못하는 불가분의 관계로 설명하는 부처님이기에 굳이 정신작용에서 영혼이라는 영역을 따로 구분하지 않는다는 것입니다. 다음 생으로 무엇이 넘어가는가? 이 문제에 영혼이라는 개념이 개입되지 않아도 되는 것은, 금강경을 꺼내지 않더라도 부처님의 중(中)사상이 담긴 연기법에 통달하면 될 것입니다. 불교는 존재의 분석에서 처음부터 끝까지 물질과 정신을 이분화하지 않는다는 사실을 강조하고 싶네요."

사리풋타가 신 문제를 언급하겠다면서, 모습을 가지는 그 개념을 두고 실행하는 작용의 생각을 부정하고 생각에 의해 일어나는 영혼을 부정하는 내용을 먼저 거론하는 직접적인 이유는 신의 존재를 부정하기 위해서이다. 영혼이 없다면 신은 없는 것이나 마찬가지라고 생각하기 때문인데, 신의 존재 여부를 알기는 어렵지만 영혼의 유무에 대한 파악만큼은 자기에 의해 일어나는 개념이자 존재감이니 그것의 자각이 가능하고 판단 또한 충분하겠지 하는 것이다.

무씨는 얘기를 듣는 중에 갖는 여러 생각을 다시금 떠올려 정리한다. '우주 만물은 물질과 정신의 결합으로 이뤄졌으며 마찬가지의 결합체인 인간 역시 물질과 정신의 미묘한 화합 상태이되 그 육체의 작용으로서 깃든 정신적 영역은 물질적 작용과 함께 오온으로서 인간의 삶에 연관을 갖는다. 이렇듯 인간은 물질과 정신의 화합 상태인 육체와 거기에서 일어나는 작용으로서의 마음을 주장하는 사리풋타 견해에 더해, 영혼의 실재까지를 내가 주장하는 것이다. 그러니까 대승불교가 주장하는 아뢰야식과 유사한 개념의 영혼을 내가 받아들이되, 인간의 마음 자체는 오온으로서의 육체에 있는 뇌세포 기능으로만 파악한다는 점이, 식을 따로 떼어낸 대승불교와 다르고, 오직 오온에 의해서만 파악하는 사리풋타의 생각과도 다른 것이다.'

최초의 원인이 신이 될 수 없는가

"그럼, 부처님께서는 신을 어떻게 보셨는지 설명드리지요. '한때 부처님께서는 슈라바스티 제타 숲, 아나타핀디카 부호가 바친 승원에서 지내셨다. 이때 바라문 자누쏘니가 부처님 계신 곳으로 나아가 서로 인사하고 한쪽에 물러 앉아 부처님께 여쭈었다. 〈고타마시여, 일체란 어떤 것을 일체라고 합니까?〉 부처님께서는 바라문에게 말씀하셨다. 〈일체란 곧 12포섭이다. 눈과 형체, 귀와 소리, 코와 냄새, 혀와 맛, 몸과 촉감, 뜻과 사물이다. 이것을 일체라고 한다. 만약 다른 사람이 말하기를, 이것은 일체가 아니다. 나는 이제 사문 고타마가 말하는 일체를 버리고 따로 다른 일체를 세우겠다고 한다면 그것은 다만 듣고도 알지 못하여 그 의혹만 더할 뿐이다. 무슨 까닭인가? 그것은 인식경계가 아니기 때문이다.〉 이때 바라문 자누쏘니는 부처님 말씀을 듣고 기뻐하며 받들어 실천했다.' 부처님 당시 유신론자는 이렇게 정당한 생각을 했습니다. 자신이 신앙하는 신의 존재가 만물일체에 포함되는가? 아닌가? 궁금하게 여겨 부처님께 질문을 했으며, 부처님의 바른 대답에 만족하여 기뻐합니다. 종교인이 가져야 할 기본정신은 바른 지적에는 긍정할 줄 아는 자세겠지요? 실제 부처님 당시에 유신론인 바라문교는 이런 문제의식을 가졌습니다. 만물일체를 창조하기 이전에 이 우주의 일체는 오직 신이었는데 그 후 그런 신께서 만물일체를 창조하셨다면 과연 신이 일체인가, 창조된 만물로서의 피조물이 일체인가, 그런 문제가 생기지 않겠습니까? 신은 우주의 안인가, 밖인가, 문제입니다."

무씨 생각은 그렇다. 우주일체가 오직 신이라면 사리풋타의 견해가 옳게 된다. 일체인 신이 만물일체를 창조했다면 그건 피조물과도 일체이고 우주의 안에 속한다. 그렇다면 기독교가 말하는 신의 개념이 오류가 되는 것이다. 하지만 우주일체가 신이라는 설정 자체가 문제이다. 그건 우주와 개인, 신과 인간이 하나가 되어 교통한다는 범아일여 사상으로 나아갈 수밖에 없는 힌두교의 사상일 뿐이고 불교가 그 사상에 굴복한 꼴이 되어버리는 게 아니겠는가?

기독교는 범아일여가 아니고 우주일체로서의 신 존재가 아니다. 창조는 진화가 아니라 품고 있기에 신은 우주의 안팎이다. 어쨌든 무씨의 견해에 민감한 사리풋타다. 무씨가 신의 존재를 믿는 것만큼이나 사리풋타는 신의 존재를 부정한다. 브라만교의 유신론을 지적하며 일어난 붓다사상이기에 더욱 그러하다. 사리풋타가 신을 우주일체에 속하게 만든 이유는 뭘까? 신만이 존재할 그때는 신이 우주일체일 수밖에 없다는 생각에서이겠다. 그것은 우주일체를 앞으로 분석하려는 의도에서이며 일체생명체 소식에 정통하려는, 즉 진리가 무엇인가에 제대로 접근하는 출발점이라 보기 때문이다.

진리를 찾는다는 것은 이 생명체가 과연 무엇인가를 찾아 밝히는 영역이기에 창조된 나이거나 혹은 윤회하는 나이거나 간에 '나'가 소속된 이 일체생명체를 버려두고는 어떠한 진리도 알지 못한다는 얘기이다. 생명체일체를 분석하려는 의도 자체는 옳은 것이다. 만약 신이 우주일체에 포함된다면 신 역시 분석되어야 한다는 것이 붓다의 가르침이자 사리풋타의 주장인데 '나'를 밝혀내는 일이 진리에 속하기에 그렇다. 그건 누가 봐도 옳다. 나라는 것의 파악에 의해 영혼의 유무, 존재의 본질이 극명하게 드러난다면 자연히 신의 존재 유무도 파악 가능할 테니까 말이다.

그러나 시작부터 무씨의 견해와 극명하게 대치된다. 우주일체에 신을 넣으려는 사리풋타와 결코 우주일체에 신이 속할 수 없다는 무씨의 견해인 것이다. 대치된 견해는 창조와 진화의 논리로까지 연결될 기세다. 그리고 일체가 곧 12포섭이라는 것은 불교에서 나와 너의 관계에 의한 우주일체의 형성을 말하는 것인데 어찌 그것이 범아일여 사상과 같겠느냐고 사리풋타가 말한다. 무씨 역시 기독교에서 신은 우주일체로서의 존재가 아니고 창조 또한 동일개체가 변하여 형성되는 진화가 아니기에 신은 우주의 안팎이라고 보는 것이다. 무씨가 이러한 주장을 굽히지 않자, 답답해진 사리풋타가 반문한다.

"이렇다면 일체생명체는 과연 우주의 안팎에 속하는 신의 어느 부분이란 말인가요? 범아일여처럼 창조신과 일체생명체를 같게 보는 것이 아니라면, 도무지 문제가 풀리지 않겠는데요?"

"간단하게 생각해도 되지 않을까요? 우주일체는 신의 창조, 피조물로서 신의 영향 아래 놓였고 신은 우주일체를 벗어난 존재자로서 존재한다는 것이지요. 그래서 내가 우주의 안팎에 속한다는 표현을 썼습니다. 일체생명체는 자연히 우주의 안, 우주 자체이고요. 신이 우주 자체일 거라는 생각을 흔히들 범신론이라 부르는데 아마 불교가 이 사상에 놓였나 봅니다."

"붓다께서 일체를 먼저 파악하시는 이유는, 너와 내가 우주의 주인공으로 살아가는 존재로서 과연 존재가 무엇인가를 밝혀내는 본질적 문제에 접근하기 위한 것입니다. 일체생명체가 과연 무엇인지 알아내야 그 일체생명체를 차츰 분석하게 된다는 얘깁니다. 그렇다면 불교와 기독교의 차이는 일체생명체의 창조 혹은 윤회 이전에, 일체가 무엇인가에 신이 포함되느냐 아니냐에 의해 드러나겠습니다. 그렇기에 유신론 혹은 생명체론으로, 기독교와 불교가 추구하는 대상에 따라서 갈라지는 것이겠지만."

"아까 스님의 질문에 답을 빠뜨린 것이 있군요. 일체생명체가 신의 어느 부분에 속하느냐는 질문이 내게는 생소해서 그랬습니다. 혹시 힌두사상에 신과 피조물의 관계를 그런 각도에서 설정했기에 그러셨나요? 신과 인간의 물질적 관계성은 완전히 별개입니다. 스님의 질문에 자극받아 굳이 연관성을 찾자면, 말씀의 창조에 의해 만들어진 피조물이니 신의 정신이 스며든 존재랄까요? 인간은 각별히 신의 형상으로 지음 받았다고 성경에 기록되어 있으니 유독 인간에게서 드러나는 마음이나 영혼이 그래서 그렇다고나 할까요? 인간만이 의도하여 갖는 이타적 사랑이 신의 한 부분일지 모르지요. 스님, 신이 없다면서 불교에서 기도는 왜 합니까?"

"불교의 기도에 대해 착각을 하시네요? 불교의 기도는 자업자득을 확증하는 것입니다. 나쁜 일이나 좋은 일이, 스스로 지었던 행위의 결과라는 것을 깨닫고 앞으로 더 잘하겠노라는 결심입니다."

"그렇다면 기독교도 마찬가지입니다. 그것을 기도합니다."

"기독교에서 스스로 하는 행위가 무엇인데요? 그렇다면 전지전능한 신이 왜 필요합니까? 자신이 하면 될 일을 말입니다. 불교에서 내면을 본다는 것은 내면에서 발생한 그 모든 작용을 분석하는 것입니다. 그 작용에서 한 가지가 생각입니다. 자신의 생각, 즉 마음의 작용을 즉각 알아차리는 4가지 기억의 확립인 4념처 수행을 하지 않으면 거사님 스스로 무슨 생각에 시달리는지 모른다는 것이지요. 그리고 부처님은 텔레파시가 통하는 이 공간, 허공을 물질적 작용으로 보십니다. 그래서 연결되었다는 것이지요. 공간이 만약에 완전 분리되었다면 다양한 여러 대화의 기능들, 그러니까 전화나 인터넷통신도 불가능하겠지요. 그렇게 이 우주공간에서 일어나는 일은 불교에서 다 분석이 됩니다. 그럼 신의 존재도 파악되어야 하겠지요? 종교는 개인의 인연을 따라서 신앙하지만 진리추구는 대화를 나눠보자는 부처님의 바른 태도가 훌륭한 것은, 이 세상에 발생하는 그 모든 문제를 보편적으로 해결하려는 의도라고 보시면 되겠습니다."

무씨 생각으로는, 인간의 소원을 들어주기 위해 전지전능한 신이 필요한 것이 아니다. 신은 인간의 필요 여부와 상관없이 존재하는 존재자이니까. 하지만 부처 불상 앞에서 소원을 비는 불자들이 많듯이 기독교인도 무턱대고 탐욕에 빠진 소원을 빌고 그러하니까 그것을 바라보고 사리풋타가 말하는가 보다. 불교 본래의 기도가 그러하듯이 기독교의 기도도 회개의 결심이다. 그럼에도 자신의 힘만으로 바라던 바를 이뤄내는가 아니면 노력에 더해 신의 도움까지를 바라는가 하는 모양새의 차이가 두 종교의 다른 점이겠다. 모두가 한결같이 빌고 또 빌기만 하겠지만.

"설령, 불교가 우주공간에서 일어나는 현상의 분석이 가능할지라도 신의 존재까지 파악되는 것은 아니겠지요?"

"불교에서는 나와 너, 6근과 6경, 일체에 신을 포함시키지 않습니다."

"사람에 따라서는 12포섭 일체에 신이 없다고 해서 그걸 근거로 신의 부재를 주장할지 모르겠습니다만, 신이 존재한다는 현상을 우주에서 찾을 수가 있지만 존재 자체가 우주에 머무는 것이 아니기에 신의 존재 파악이 어려운 것입니다. 요즘 들어 과학 쪽의 주장으로 평행우주론이 등장하고 무수한 우주를 예측하는 주장이 나돌기도 합니다. 그것은 우주 안팎의 신적 존재에 대한 기적이 아니겠습니까?"

"거사님의 그런 사유는 내가 신에게 포함되는가, 아닌가, 그런 문제가 풀려야 언급할 성질이겠지요. 그게 다시 일체의 문제이겠지만 말입니다."

"신은 나에게 영향을 끼칠 수가 있겠지만 나는 신에게 포함될 수 없습니다."

무씨는 미립자의 운동원리가 우연이거나 진화에 의해 저절로 법칙이 형성된 것이 아니라 불교의 인과법에도 어울릴 얘기, 즉 어떤 구체적 원인에 의해 원리가 갖춰졌다는 것을 슬쩍 언급하고 싶어졌다. 신에 의해 창조된 만물 요소와 원리 법칙들을! 그래서 말을 덧붙인다.

"신은 필요 없이 인간이 해나가면 된다는 주장을 듣고 보니 그것은 곧 원자 알갱이 스스로 뭔가 이루려고 작용하는 능력이 있다고 보시는군요?"

무씨의 질문 의도를 사리풋타가 눈치챈다. 불교의 업은 6근이 편하고자 일으키는 의지적 행위가 업이다. 그러니 그 6근인 내가 우주의 원동력으로 업을 일으키는 것이다. 공업도 거론한다. 그러므로 인과법은 나인 6근을 제외시키고는 이뤄지지 못한다. 인과에 신의 의지를 포함시키려는 무씨 의도가 불교적 사유와는 거리가 멀다고 하겠다. 그 생각에 사리풋타가 대답한다.

"그렇습니다. 존재의 기본원소 역시 작용입니다. 원소와 원소의 조합작용으로 발생한 존재현상은 무엇을 어떻게 조합했는가 하는 조합의 내용에 따라 이런 모습과 저런 모습으로 계속 달라지는 것입니다. 각 개체마다 작용이 서로 달랐다는 것이겠지요? 존재는 끊임없이 계속 움직인다고 보면 좋겠지요? 작용의 연속이 그렇습니다. 4대(大)도 마찬가지입니다. 4대와 4대의 조합이 밖으로 표출된 작용이, 눈·귀·코·혀·몸·뜻인데 계속 달라지잖아요? 변화합니다. 이게 작용입니다. 물론 정신작용과 물질작용이 화합된 상태에서 그렇겠지요. 이제 존재의 발생에 대한 더 깊은 얘기가 등장하겠네요. 일단 부처님은 무에서 유의 발생은 부정하세요. 유에서 무로의 완전한 소멸도 부정하십니다. 원인으로부터 발생하고 원인을 갖고 소멸한다고 설법을 하십니다. 그럼, 무언가에서 무언가로 변화한다는 것입니다. 마치 우유에서 치즈로 되듯이, 이처럼 존재에서 존재로의 변화부터 거론하십니다."

"붓다가 무에서 유의 발생을 부정했다면 어쨌든 유에서 유인 것입니다. 그 최초의 유를 신이라 이른다고 뭐가 잘못되겠습니까? 아니면 부처님이라 이름을 지을까요? 그게 그거 아니겠습니까?"

"그럼, 이렇게 사유해보세요. 신 이전은 무엇인데요? 이전에도 유니까."

"12연기에 무조건 집착하는 하나의 오류 같아 보입니다. 계속 돌기만 하면 해탈은 언제 합니까? 끝이 있으면 시작이 있고 그게 최초의 원인 아니겠습니까?"

"신 이전은 뭐냐는 제 물음에 대답을 하셔야지요? 신의 이전과 이후를 물었는데 갑자기 무슨 12연기를 들먹이십니까? 그게 사유가 진전이 안 된다는 증거입니다. 논리적으로 나아가는 힘은 불교 공부에서 얻어지는 것입니다. 12연기는 집착을 완전하게 끊어내는 법입니다.

신 이후는? 역시 유인데, 무언가 있다는 것인데 그럼 신과 그 존재가 같습니까? 다릅니까? 여러 가지 문제가 생기겠네요. 예를 들어, 우유가 발생했을 때는 우유만 존재하니까 우유가 있다는 것입니다. 유(有)입니다. 그런데 치즈로 변했을 때는 우유가 없잖아요. 치즈가 있고 우유는 없습니다. 그렇다면 우유는 있는 것일까요, 없는 것일까요? 이렇습니다. 자, 이 과정에 과연 무슨 사건이 생겼는가? 이런 분석까지 붓다께서 다 하십니다. 과연 실제로 무엇이 있는가? 유와 무의 문제를 해결하여 붓다의 중(中)사상이 완결되고 그게 12연기와 맥락을 같이합니다."

사리풋타는 붓다가 무에서 유의 발생을 부정했다고 말한다. 무에서 유가 나올 수 없다는 논리를 내세워 신의 존재를 부정한다. 무씨가 유에서 유가 나오는 걸 긍정하면서 그 최초의 유를 신이라 명명하는 것에 대해 신 이전은 뭐냐며 되물었다. 신 이전에도 유였음을 강조하면서. 무씨는 신 이전에도 뭐가 있어야만 한다는 그런 사유에 매달린 불교 방식에 회의적인 생각이 깃든다. 불자들이 그런 순환적 발상에서 벗어나지 못하는 것에는 만물이 수레바퀴처럼 굴러다닐 것이라고 여기는 12연기의 연속적 흐름에 익숙해진 사고에서 비롯됐으리라 짐작하고는 뜬금없이 12연기를 들먹였다.

하지만 12연기는 허상이다. 아무리 돌고 돈다고 하더라도 수행으로 끊어내야 하는 연기법이다. 하지만 돌고 도는 순환적 발상에서 벗어날 불자가 있기나 할까? 끊어내야 하는 것을! 사리풋타는 처음에 이런 사고의 유추를 의식하지 못하여 무씨가 지금 엉뚱한 말을 한다고 여겼다. 하지만 무씨의 의도를 이내 눈치채고는 신 이후의 유, 그 존재가 신과 같나, 다르나, 이것을 다시 물은 것이다. 사리풋타는 물질에서 물질로의 변화 외에 다른 원리가 없다는 것을 말하고 있다. 그러니 최초의 유 존재인 신 이후에는 그것이 어떤 물질로 변했을까를 사유하길 바라는 것이다.

하지만 무씨 생각은 다르다. 최초의 유가 있으니 그것은 신일 수밖에 없으며 신인 최초의 유가 이미 신인데 다른 물질이 되기 위해 다른 유로 변해야 할 이유가 없는 것이다. 성경도 말하지 않는가, 말씀으로 우주만물을 창조하셨다고. 창조의 능력 없이 어떻게 최초의 유가 될 수 있으며 신이라 부를 수 있겠는가?

"맨 처음 원인은 그래서 신인 것입니다. 신이 물질을 생성시키고 변화의 법칙을 준 최초의 원인이지요. 그래서 애초에 무는 없다는 스님의 얘기에 동의한 것입니다."

"지금껏 불교 얘기를 경청하신 거사님이 결국 생각의 문제로 돌아가고 말았군요."

"그렇지는 않습니다. 스님이 생각하시는 원리의 일단을 엿보았습니다. 약간 비트는, 반박의 의문은 늘 필요한 것이니까요. 그래서 한소리 해봤습니다. 하하."

다시 윤회를 들먹이며

"그게 아니라 생각이 문제가 됨을 말한 것입니다. 부처님은 처음부터 끝까지 물질과 정신을 분리하지 않으세요. 물질과 정신은 화합 상태입니다. 죽음까지 이 상태는 바뀌지 않습니다. 죽음 이후는 화학적 변화이지만 한 생명체가 존재하는 한, 물질과 정신의 화합은 그대로 유지한다는 것이지요. 이런 존재구조는 여러 가지 작용을 하는데 물질과 정신의 미묘한 화합을 비롯하여 결합작용과 병합작용을 합니다. 죽음은 결합 상태(行)가 무너지는 것입니다. 구조적으로 종적 결합을 했던 생명체가 죽음에서 그 종적 결합을 무너뜨린다는 것입니다. 그게 제행무상입니다. 그리고 병합은 예를 들면 호흡 같은 것입니다. 음식물 섭취도 마찬가지입니다. 같은 횡적 공간에 존재하는, 내가 아닌 무엇을 끌어당겨 내 것으로 만드는 작업이 병합입니다, 호흡으로 들이마시는 공기는 내가 아닙니다. 들어오면 살고 나가면 죽어요. 내가 아닌 음식물을 섭취하여 그게 내가 됩니다. 이렇게 분리된 공간에서 내가 아닌 무엇을 끌어당겨 내가 된 것들을 모조리 놓고 죽음은 그 병합작용을 끝내는 것입니다. 제행(諸行), 부처님께서 복수를 꼭 사용하신 뜻은, 한 순간 한 순간이 모두 결합(행)의 작용이라는 것이지요. 호흡은 몸의 결합(행)이며, 말은 사색하고 사려한 뒤에 말을 하기에 사색과 사려가 말의 결합(행)입니다. 심행(心行)은 생각과 느낌입니다. 온통 제행의 작용을 하는 존재가 인간인데 죽음에서 그게 해체된다는 것이지요. 그 다음은 다시 다른 결합(행)으로 계속되는 작용, 이게 윤회입니다."

"죽는다는 것은 결합되었던 행이 무상하여 해체되면서 인간이라는 물질이 분해되어 원자 같은 구조의 미세 알갱이로 돌아가고 행은 업으로 다시 윤회를 기다린다는 설명입니까?"

"결합은 종적구조의 모순입니다. 그게 무너진다는 것이지요. 그 원자알갱이를 4대라고 합니다. 업으로 윤회한다는 것은 자이나교이니까 불교는 버릇으로 윤회가 옳아요."

사리풋타가 방금 언급한 자이나교는 불교보다 반세기 정도 앞선 시기에 마하비라가 창시한 인도종교로, 원시 힌두교 안에 내재한 애니미즘의 물활론에 사상의 바탕을 두고 불살생을 최고의 덕목으로 가르친다. 이 세상에는 경배할 아무런 대상도 없기에 모든 신앙과 경배를 거부한다는 점에서는 무신론적이지만, 영혼과 신의 존재를 믿고 카르마(Karma, 업)의 윤회를 따르는 것이 힌두교와 흡사하다.

윤회와 전생을 믿기에 업으로 인해 윤회가 계속된다는 가르침을 펼치지만 힌두교가 업을 순수한 자연법칙으로 보는 반면에 자이나교는 업을 마치 옹기에 붙은 진흙처럼 영혼에 붙어 있는 물질의 작은 입자로 파악한다. 따라서 지식과 수련에 의해 인간 스스로가 업을 다룰 수 있다고 보는 입장이다. 무거운 업이 쌓이면 영혼이 아래쪽으로 가라앉게 되어 이기적이고 잔인한 행동을 하게 되니까 영혼을 가볍게 해줄 고행을 통해 쌓인 업을 흩트려야 하는데, 그렇게 구원을 이루기 위해서는 고통을 자초해서 물질로부터 영혼을 자유롭게 해주어야 한다.

마하비라 같은 성자의 영혼이 바로 이러한 생의 구원을 성취한 것인데, 업이 그와 결합된 상태에서 금식과 참회를 통해 업을 없애고 열반이라고 하는 영원한 안식처가 있는 최고의 하늘에 즉시 올라가는 것이라고 한다. 업이 없는 해탈경지에서의 지혜와 가르침에서 비로소 진리가 나타난다. 그러니 열반은 영혼의 소멸인 무존재의 부정적 상태가 아니라 변화가 없고 끝이 없는 휴식의 절대정적(靜寂)의 완전한 긍정이다. 열반의 영혼은 존재에 그치지 않고 업의 영향과 육체로부터 완전히 벗어났기에 행위와 욕망으로부터 자유로우며, 또한 느끼고 인지할 수 있는데 감각기관을 통해서가 아니라 영혼의 감각과 지식을 통해서이다. 열반의 경지에서 영혼은 무한한 의식과 순수한 이해, 절대적 자유와 영원한 축복을 얻게 된다고 말한다.

"4대라면 생명체에 있어 4가지 원소가 주축이라는 말씀이세요? 그게 뭐지요?”

“생명체를 잘 관찰하면, 딱딱한 알갱이와 전류처럼 흐르는 기운과 열기와 힘을 가졌잖아요? 그게 4대 기본요소인데, 눈·귀·코·혀·몸·뜻을 더욱 세밀하게 보니까 존재가 그렇게 이뤄졌다는 사실을 본 것입니다. 선(禪)에서 파악한 것이지요.”

“물리학적 측면이 아니라 관찰에서 비롯된 단순해석으로서의 요소 개념이로군요?”

“불교는 처음부터 끝까지 생명체 분석을 하는 종교입니다. 눈·귀·코·혀·몸·뜻의 상태에서 생긴 문제를 다 파악한 다음에 이 6가지 감각기관을 마치 전자현미경으로 본 것처럼 눈·귀·코·혀·몸·뜻 이전의 상태를 더욱 세밀하게 분석합니다. 만약 거사님께서 관찰하셔서 생명체 구성 요소가 이 4대 외에 무언가 다른 것이 보인다면 그걸 부처님께 알려보세요. 하하, 제가 공부하던 산골 토굴에서 이 4대 요소로 이뤄진 생명체를 분석한 부처님의 법을 파악하던 어느 날, 점심 공양에 김치 그릇을 열었는데 냄새가 내 코에 확 다가온 것을 즉각 알아차렸습니다. 그건 김치 냄새라는 평소의 개념이 아니었어요. 배추라는 생명체가 인간의 자유의지를 빌려서 김치가 되었는데 그 김치는 4대의 풍(風,vayu)이라는 원소를 가졌다는 것을 단박에 알았지요. 그게 아니라면 김치 냄새가 내 코에 와서 닿지 못한다는 것입니다, 코가 냄새를 맡는 감각기관이라는 것도 새삼스럽게 확인했지만 김치라는 생명체가 움직이는 힘을 가졌다는 것을 파악한 것입니다. 그것이 4대의 풍, 힘입니다.”

“생명체뿐만 아니라 물질의 최소 단위인 미립자도 운동성을 갖춘 걸로 양자론에서 말하고 있으니 힘의 존재야 당연하겠지요. 원시적 단순 관찰이지만 묘한 일치점을 보였네요.”

“물질과 정신의 화합 상태인 색(色), 수(受), 상(想), 행(行), 식(識), 이 오온에서도 그렇습니다. 한국불교는 색(色)은 물질, 나머지는 마음, 이런 식이지요. 처음부터 끝까지 물질과 정신을 이분화 시키지 않으시는 게 부처님 사상이고 어떤 구조적 모순에서 발생한 것이 여러 가지 결합작용의 제행인데, 이 점이 한국불교에 잘 드러나지 않았어요. 제행무상이 나타내는 종적 구조의 정확한 뜻도 희미해졌지만 오온의 색·수·상·행·식 이 모든 것을 마음으로만 해석하려는 한국불교는 부처님의 진실한 뜻과 어긋나버렸습니다."

"마음으로만? 하지만 오온의 전체 결합에서 일어나는 작용의 의식을 마음이라 하니까 그럴듯하지 않습니까? 행에 의해 작용한다면 행은 영혼의 의미이거나 혹은 뇌세포 물질에 의해 형성된 자연스런 순차적 움직임, 이 중에 하나가 아니겠습니까?"

"오온은 각 지분이 서로 기대어 발생하는 연기법이지만 어떤 이유로 각 지분은 제각각 따로따로 분단하여 존재합니다. 물론 발생 순서는 철저하게 지켜집니다만. 오온을 집착하여 하나로 끌어당긴 것을 '오취온'이라고 합니다. 그런데 눈·귀·코·혀·몸이 제각각 다른 감각기관인데 눈은 보는 작용만 하고, 귀는 듣는 작용만 합니다. 그렇다면 우리 몸은 5가지로 따로 존재해야 하는데 제6의근(意根)이 종합작용을 하는 것처럼 오취온이라는 법도 종합작용을 하는 것은 마찬가지입니다. 기독교인 거사님과 이런 깊은 법을 거론하여 대화를 하다니요. 참 귀한 인연입니다, 그렇지요?"

어쩌면 사리풋타는 마음이라는 것이 오취온의 결과에서 빚어진 작용에 불과한, 궁극적으로 버려야 할 대상으로 생각한다는 것일까? 사리풋타가 잠시 휴식을 가지고픈 자세를 취했지만 무씨는 토론내용의 의미 파악에만 골몰하여 이런 낌새를 전혀 눈치채지 못한다.

"아까 말씀에서 버릇으로 윤회라면, 그건 업을 쌓는 문제라기보다는 기억된 알갱이가 법칙처럼 그렇게 논다는 설명입니까?"

"업을 쌓는 것은 자이나교 교리입니다. 불교는 업을 거론하지만 좀 달라요. 버릇이라고 보면 좋겠지요. 4대는 생명체의 기본요소입니다. 이런 법은 스스로 명확하게 확증하는 것입니다. 그걸 제가 설명합니다. 불교에서 죽음을 거론하는 법을 확증하는 공부는, 하도 법이 복잡해서 본인이 무슨 말을 하는지조차 모를 정도로 엉키게 됩니다. 그래도 제가 열심히 파악했기에 이런 설명이 가능하다고 생각하세요. 죽음은 태어남에 기대어 발생한 작용입니다. 그러니 태어남의 과정이 드러나야겠지요?"

"결국은 태어남이 문제가 되는군요?"

죽음은 태어남에서 연기한 것이니 그 태어남이 없으면 늙음과 죽음이 없고 거기에 연달아 발생한 괴로움까지 없다는 불교 설명이 논리로서는 적절할지 몰라도 생명의 가치나 탄생의 의미에 고무되는 입장에서 본다면 그것이 과연 생명체의 본질에 어울릴 명제이고 논리이겠느냐는 의문을 떨치지 못한다. 그러면서도 태어난 것을 기대어서 죽는다는 논리는 거부하지 못하겠구나? 무씨는 의문 속에서도 사리풋타의 견해에 귀를 기울인다.

"발생과 소멸에 대한 법은 여러 가지 법으로 나타납니다. 그게 연기법입니다. 죽음이 무엇인가에 대한 법은 12연기인데요. 그런데 12연기 이전에 나타나는 어느 연기법에서 삶과 죽음을 경험하는 존재의 어떤 구조가 나타납니다. 그 구조를 더욱 세밀하게 분석한 법이 12연기인데 첫 지분이 무명입니다. 죽음은? 무명에서 연기한 것이다. 이렇게 간략하게 대답하는 것이 가능합니다."

"무명으로 해서 죽게 되었다?"

"결국 불교가 무명을 해결해야 한다는 것이지요. 12연기 지분에서 무명에 기대어 10가지 지분이 일어나고 그렇게 생명체가 발생하여 늙고 죽는다는 가르침입니다. 그리고 이것에 연달아서 우울과 슬픔과 고통과 괴로움이 발생한 것이라고 설법하십니다. 결국 삶과 죽음의 비밀은 12연기에서 풀린다고 거사님께 설명해봅니다. 윤회는 무명 A에서 무명 B로 계속되는 것입니다."

"스님, 무명을 알든 모르든, 육체라는 물질의 해체는 때가 되면 당연히 일어납니다. 그걸 일반적으로 죽음이라고 하는데 그게 왜 일어나느냐는 것입니다. 세포가 수명을 다하면 죽는데 무명을 깨쳤다고 그 죽음이 극복될까요?"

"태어난 것을 기대어서 죽음이라는 사건이 발생되었다면 왜 태어났는가? 더하여 왜 사는가? 그런 문제부터 고찰을 해야겠지요. 죽음의 해결이 생사해탈입니다. 12가지 지분이 차례대로 기대어 발생한 것처럼 끊어내는 순서도 마찬가지입니다. 무명이 제거되면 행이 제거되고, 그런 방식이지요. 또 무명 지분 이전에 파악되어야 할 법은 명(明)입니다. 명이 아니라는 상태가 무명(無明)이니까 당연하지 않겠습니까?"

"그래서 무명이 무엇인가를 알아야 한다는 말씀이십니까? 굳이 무명이 무엇인가를 몰라도 12연기 중 어느 한가지만이라도 끊으면 연기가 끊기니까, 다시 태어남이 없게 된다는 얘기는 그렇다면 뭐지요? 주장 중 어느 하나가 그릇된 것입니까?"

"어느 한 가지를 끊어내기는 하는데 순서대로 끊어낸다는 것입니다. 연기는 서로 기대어서 발생한 것이기에 순서를 놓치면 안 될 테니까요. 그리고 물질적 작용이 포함되기에 변화하여 소멸하는 것이지만 정신작용도 놓치면 안 되겠지요? 화합된 상태에서 변화하는 것이라 봐야지요. 그렇게 변화하는 생명체가 무명이라는 상태에 놓였다, 이렇게 보시면."

현재 생명체가 무명이라는 상태에 놓였는데, 비록 연기법이 순차적 단계를 말한다고 해서 아니 순차적 단계이니 12연기 중 다른 지분들을 무시하고 바로 끊어내는 일이 어찌 가능하겠느냐는 소리로 들린다. 특히, 연기의 첫 지분인 무명을 끊어내지 않고서는 순차적으로 계속해서 발생하여 밀려드는 연기의 지분을 도무지 어쩌지 못한다는 소리가 타당하겠다. 그러나 받아들이기 어려운 설명들이 여전히 많다.

"여전히 쳇바퀴 도는 설명 같아서 선뜻 받아들이긴 어렵습니다만, 어쨌든 정신작용에 해당하는 무명을 깨쳐야 비로소 해탈에 이르러 다시 태어남이 없게 된다, 그런 말씀이로군요?"

"네. 무명은 무지함이 아닙니다. 존재의 어떤 구조, 순조로운 흐름이 거꾸로 흘러간 잘못된 구조입니다. 그걸 붓다께서는 루(漏. asrava. 역류함)라는 법으로 드러내십니다. 예를 들면, 사랑이라는 개념이 잘못이 아니라 스스로 그 구조를 거슬렀다는 것입니다. 그래서 괴롭다는 맥락과 연결이 되지요."

무씨는 여태까지 무명은 다름 아닌 무지라고 보았다. 그런데 사리풋타는 고금의 고승들도 무지라고 파악하는 무명을, 순조로운 흐름이 역류한 잘못된 구조라고 정의를 내렸다. 이것은 매우 놀라운 일이다! 또한 사리풋타의 풀이를 듣는 중에 저절로 성경 속의 죄 개념이 떠올랐다. 마치 죄를 언급하는 모양새다. 죄에 의해 사망의 삯이 싹텄다는 성경 말씀처럼, 순조로운 구조를 거슬린 잘못된 구조라는. 일러 무명!

무명은 잘못된 구조

　　한국불교에서 말하는 무명은 인식론적으로 뭔가를 잘 알지 못하는 상태 정도로 여긴다. 티베트불교의 달라이라마 역시 무명을 무지로 파악한다. 그러나 사리풋타가 주장하는 붓다의 설법은 그게 아니다. 12연기 이전에 나타나는 수많은 연기법으로 인해서 무명의 구조가 드러난 것이 사실이라지만 처음부터 붓다가 찾아간 그 길의 목적은, 존재가 왜 괴로움을 겪는가? 하는 본질의 문제이다. 그렇다면 괴로움의 발생이라는 커다란 주제에서 발견한 연기법에서 첫 지분으로 무명 역시 괴로움이라는 주제에서 동떨어지면 안 되겠다.

　　"불교가 말하는 것들은 우리 존재가 풀어야 하는 문제와 관련을 맺습니다. 언제나 그렇습니다. 존재가 괴로움을 겪는 이유는 구조 자체가 잘못되었다는 것입니다. 무명이 말하려는 의도가."

　　순류란 어떤 흐름을 잘 따라서 순응하여 흘러간 것인데 그래야 괴롭지 않을 것이며 역류란 어떤 흐름을 거슬러서 거꾸로 흘러갔기에 괴롭다는 말이 되겠다. 그렇다면 사랑으로 괴로운 상황을 겪는 이유가 나타났겠지? 바로 거꾸로 흘러갔다는 것이다. 무언가 순조로운 흐름을 거슬러갔기에 괴롭다는 것이다. 사랑 자체가 괴로운 것이 아니라는 얘기다.

　　"부처님의 언어는 이렇게 명확합니다. 언어 속에 비밀이 담겼어요. 붓다께서 전달하려는 깨달음의 암호가 법입니다. 무명도 마찬가지입니다. 그런데 한국불교가 불립문자 운운하면서 부처님의 진정한 가르침의 어떤 의미가 담긴 법을 보지 않고 어떻게 부처님의 진실한 뜻을 안다는 것입니까? 고타마붓다께서는 말씀하시길, 내 법은 의미와 문장을 갖췄다고 하셨는데 그런 법이 담긴 경조차 보지 않으면서 붓다께서 강조하신 법등명을 어떻게 이룬다는 것입니까? 이것이 매우 심각한 상태입니다. 부처님과 아주 거리가 멀어진 상황이에요. 세상에는 이렇게 뭔가 거꾸로 흘러가는 것들로 가득합니다."

한국불교와 붓다사상의 다른 점

"세상에서 좋은 의도로 시작한 행위는 그 결과가 좋을 수밖에 없을 것이라는 제 믿음을 확인시키는 일들이 요즘에 나타납니다. 진심으로 사람을 대하면 통한다는 것을 확인하면서 불교 공부로 세상을 보는 내 눈이 바뀌었다는 것에 자부심을 가집니다. 거사님께 한국불교와 부처님 사상의 다른 점을 꼭 집어내 보겠습니다. 부처님께서 온 생명체의 괴로움을 해결하기 위하여 가장 처음으로 꺼내신 법이 6근(根)과 6경(境)입니다. 나와 너의 감각기관을 드러내면서 일체를 거론하셨다는 것입니다. 온 세상의 일체는 '너와 나'입니다. 눈에 보이는 형체(眼 - 色), 귀에 들리는 소리(耳 - 聲), 코에 맡아지는 냄새(鼻 - 香), 혀에 맛보는 맛(舌 - 味), 몸에 닿는 촉감(身 - 觸), 뜻에 대하는 사물(意 - 法). 이 세상 일체존재를 설명하면서 일단 있는 그대로 감각기관을 사용한 것입니다.

한국불교는 이 분석에서 제6의근(意根)을 멋대로 단정하여 정신으로 해석하고서 눈·귀·코·혀·몸을 물질로 해석한 것입니다. 물질과 정신을 따로 떼어버린 것이지요. 그래놓고 본격적으로 마음만 분석합니다. 전5식, 말나식, 아뢰야식도 나타납니다. 마음과 식(識)의 개념이 어떻게 다른지 분석하지 않았다는 것이며, 본성·불성·자성을 운운하고, 보고 듣는 이전의 청정한 본래 성품을 운운하는, 이상한 마음까지 설정해버린 것입니다. 하지만 부처님은 그러지 않으십니다. 눈·귀·코·혀·몸은 결코 물질적 작용만이 아닙니다. 아니 어느 생명체의 눈과 귀가 물질만으로 이뤄졌겠습니까? 물질 알갱이의 눈만으로 상대방의 형체를 어떻게 인식하겠습니까? 말이 안 되는 소리입니다. 그 물질과 함께하는 무언가가 존재한다는 얘깁니다. 그걸 마음이라고 단정하면 안 됩니다만. 왜냐하면 마음은 정신작용의 하나일 뿐이며 생각, 느낌, 의도 등 정신작용은 숱합니다.

하여간 부처님께서는 6근(根)과 6경(境)을 언급하시고 그 12가지에 포섭되는

12처를 완전하게 분석을 다하십니다. 그래서 반야심경에서는 무(無)안이비설신의, 무(無)색성향미촉법. 눈도 없고 귀도 없고 형체도 없고 소리도 없다는 설법을 다시 새롭게 하신다는 것입니다. 무슨 까닭이 생겼기에 이런 설법이 나타났을 것입니다. 어떻게 느닷없이 눈·귀·코·혀·몸·뜻이 없다는 말을 하겠습니까? 불교의 처음과 끝은 6근과 6경입니다. 너와 나, 일체. 이 내용을 깊게, 더욱 깊게, 더욱더 깊게 분석합니다. 생명체를 분석하는 것입니다. 생명체를 다루는 종교가 불교입니다. 마음의 분석이 아니라."

오온이라면 색·수·상·행·식을 말한다. 물질적으로 집착하여 생성된 그런 몸의 색, 느낌의 수, 생각의 상, 의도하여 결합을 실천해버린 행, 달라진 것을 달라졌다고 인식하는 식별이다. 얼핏 보면 몸은 물질이되 나머지는 역시 물질의 하나인 뇌세포의 작용에서 비롯된 수·상·행·식으로 보인다. 무신론자나 과학에 익숙한 일반 사람들은 모두 이런 방식의 생각일 것이다. 하지만 한국불교는 몸을 물질로 두되 나머지 네 가지인 수·상·행·식을 물질을 배제한 정신의 작용으로만 보는 잘못을 일으키고 있다는 사리풋타의 설명이다. 6근에 있어 제6의 근인 의근을 정신으로 해석하고는 눈·귀·코·혀·몸을 물질로 해석해버렸다고 하니 말이다. 그렇게 해석한 것은 부파불교시대부터 벌어진 사건이라고 한다.

여기서 일반 사람들이 듣기에 뜻밖의 소리를 사리풋타가 말한다. 누구나 만물 전체를 물질로 보든지 물질과 마음 또는 영혼으로 나뉘어 살피든지 하는 것이 일반적인데 사리풋타는 만물 일체를 물질과 정신으로 파악하고 있다는 점이다. 그것도 물질을 지닌 정신, 달리 말하면 정신을 지닌 물질. 그러면서 근거의 하나로 반야심경의 구절을 지금 내세운다.

"언젠가 어느 불자님이 오온가합의 생명체 어디에 성품이 붙겠는가 하는 중요한 언급을 하고, 뜻에 대하는 사물로 의(意)와 법(法)을 물어 오셨던 기억이 납니다. 그때 그 불자님은 직관으로 6근과 6경을 분석하는 부처님의 방식에 다가간 것입니다. 이 세상만물 일체가 서로 부딪치고 속성이 다른 이유가 의(意)와 법(法)이라는 두 가지 상반되는 속성에서 생긴 것입니다. 작용과 반응의 관계입니다. 그런 문제를 본격적으로 풀면 대승에서 말하는 성품으로 불성 같은 개념은 자연스럽게 해결이 될 것입니다."

성품이 어디에 붙느냐는 불자의 질문에 대한 답으로, 사리풋타는 6근과 6경을 이루는 오온에 두려는 모양이다. 오온의 작용으로 성품이 일어나고 형성되는 성품이 오온에 작용한다는 원리를 말하려는 모양새가 조심스럽다. 아직 확증될 수 없는 문제라서 그럴까? 본래성품이라고 말하는 대승불교의 불성이 해결된다는 강조가 이런 의와 법을 염두에 둔 게 분명하겠다. 사리풋타는 앞서 버릇으로 윤회한다고 하였는데, 그 버릇이 결국 오취온에 의해 떼어낼 수 없는 오온을 말하는 의미가 아니겠는가? 그 생각에 무씨가 돌려 묻는다.

"앞서 버릇으로 윤회한다고 하셨는데 그렇다면 대승불교에서 말하는 식은 무엇입니까? 식이 윤회하는 것이 아닌데 왜 여태 그런 주장을 버리지 않았을까요?"

"식(識)에서도 한국불교와 부처님사상은 많이 다릅니다. 부처님의 식(識)은 다음으로 넘어가는 마음이 아닙니다. 인식도 아닙니다. 이전 존재와 이후 존재가 변화하여 달라진 것을 안다는 지혜가 식(vijna)이라고 붓다께서 초기경전에서 분명하게 설법을 하십니다. 반야지혜의 원어가 prajna인데 식의 원어에서도 보이지요? jna. 저 단어가 앎이라는 뜻입니다. 불교에서 말하는 지혜입니다. 부처님께서 사용하시는 지혜, 앎은 종류가 무수합니다. 미리 거론한 prajna, vijna 외에도 abhijna(잘 앎), parijna(완전히 앎), samjna(함께 앎) 등등. 붓다께서 사용하신 깨달음의 법에 대한 불교의 기술적 용어를 내팽개치고 식을 다음으로 넘어가는 무언가의 실체로 잡아버린 것은 부처님의 진실한 뜻을 알아보지 않은 게으름이라고 말할 수밖에 없겠군요. 부처님의 완전한 열반에서, 게으르지 말라는 마지막 유훈을 실천하지 않았다는 것입니다. 말법시대 중생들의 진리추구에 대한 게으름을 미리 아셨다는 것일까요? 하하, 질문에서 식이 아니면 무엇으로 윤회하느냐고요? 오온 상태로 윤회하는 것입니다. 앞서도 말했듯이, 무엇이 윤회하는가? 주체를 상정한 엉뚱한 질문에 엉뚱한 답으로 만약에 오온이! 그래버리면 오온이 주체가 되어버립니다. 그런 고정된 주체는 없습니다. 이 세상 만물에는 말입니다.

오온! 이 온(蘊)의 한자 번역에 문제가 많습니다. 부파불교에서는 온을 쌓임이라고 번역합니다. 그걸 한국불교가 받아들여서 딴소리를 합니다만, 온(蘊)은 존재의 (Skandha) 근간이라는 뜻입니다. 오온의 각 지분은 분단된 상태로 다섯 가지 지분은 쌓인 상태가 아닙니다. 오히려 오온을 끌어당겨서 하나로 만들어버린 오취온이 쌓였다면 쌓인 것이겠지요. 오온은 눈·귀·코·혀·몸·뜻이 생기기 전 소식입니다. 한국불교는 오온에서 식을 마음 운운합니다. 그게 아닌데요. 하여간 이 오온에서 저 오온으로 상속하는 그런 상태가 이음상속이고 붓다께서 거론하신 상속의 의미입니다. 그렇게 넘어갈 때 더욱 세밀한 분석을 언급한 것이 12연기입니다. 그래서 그냥 혼자 생각을 일으켜서, 무엇이 윤회할까? 무엇이 있어야 넘어갈 텐데. 그렇게 궁리한 모든 생각이 잘못이라는 것입니다. 제대로 의문하지 않았다는 것이지요. 의문하는 방식이 잘못이기에 답을 못 찾아내잖아요? 그냥 무엇이 있다는 상견과 무엇은 없다는 단견에 빠진 상태에 머무는 것입니다."

"인간은 오온에서 끝나는 것이 맞겠습니다. 윤회가 옳다면요. 그러지 않을 경우엔 기독교 사상으로 전개가 되니까요. 그런 점에서는 중국불교가 기독교를 빼닮았습니다. 특히 단경을 읽어보니 혜능의 사상이 그렇더군요. 마치 신약성경을 베껴서 돈오에 이른 것처럼 비쳐지던데요? 기독교 사상을 접해서 영향을 받았는지 혹은 저절로 기독교적 사상에 이르렀는지는 몰라도 말입니다. 그리고 내가 알기로는 한국불교가 식만을 가지고 마음이라고 하지는 않고 오온과 말나식과 아뢰야식까지 전부 결합된 상태의 작용을 그렇게 부르는 것으로 압니다만, 종파의 주장에 따라 다르기는 하겠지요? 식의 하나라는 아뢰야식을 영혼과 비슷하게 표현하는 소리를 듣긴 하였습니다."

"마음 심(心), 뜻 의(意), 식별 식(識). 부처님은 이 용어를 전부 다르게 분석하십니다. 그런데 한국불교는 비슷하게 말합니다. 말나식과 아뢰야식도 마음만 분석합니다. 오온은 다릅니다. 한국불교는 오온에서 색(色), 온만 물질로 보고 나머지 수·상·행·식(識), 온을 마음작용으로 봅니다. 이미 부파불교시대에 몇 백 년을 논쟁했던 주제인데, 물질과 마음을 따로 떼어냈다는 것입니다. 하지만 부처님의 오온은 6근과 6경의 만물일체를 더욱 깊게 분석한 법이기에 그대로 물질과 정신의 화합상태가 생명체입니다. 색·수·상·행·식 모두가 물질과 정신의 미묘한 화합 상태에서의 작용을 분석하시는 것이지요. 일체생명체는 물질과 정신이 떨어져서 존재하는 것이 아닙니다. 하나가 아니고 둘이 아닌 것으로, 불가분의 관계를 형성하는 것이 물질과 정신입니다. 물질과 정신의 미묘한 관계를 주장하신 부처님의 뜻을 다른 표현으로 하자면, 물질과 정신은 하나도 아니고 둘도 아니다! 그런 것입니다."

물질과 정신

무씨가 어려운 듯 고개를 갸우뚱거리며 말한다.

"물질인데 그 물질이 물질 외에 다른 무엇이 있을 거라는 가정은 비과학적입니다. 심령술에 가까운 미신이라고 봐야 합니다. 아직은 도무지 확증되지 않을 것의 주장이니까 말입니다. 물질은 물질일 뿐이라고 이미 과학에서 실증했습니다. 다만 물질에는 어떤 작용이 있기도 하는데 그 현상을 보고 아마 따로 정신이라는 것이 있지 않겠나 하고 추측한 것이라 봅니다만, 글쎄요?"

"그게 아니죠. 물질은 물질이고 정신은 정신인데 물질과 정신이 따로 존재하는 것이 아니라는 얘기입니다. 이것을 표현하기를, 물질을 가지는 무언가의 정신적 작용을 거론한 것입니다. 그렇게 말한 것이에요. 그것을 거사님은 물질이 물질 외에 다른 무엇이 또 있나 보다, 이렇게 번져나간 것이고요."

"물질과 정신의 결합이 아니라 물질의 작용, 나는 여전히 이렇게 봅니다. 다만 물질과 연결을 가지는 비자아의 영혼이 그 물질, 그러니까 인간의 육체 안에 머물러 있다는 것이지요. 스님과 다소 차이 나는 부분입니다."

"정신작용을 함부로 해석했기에 말하자면, 기독교는 영혼 운운하고 한국불교는 마음 운운하는 것입니다. 그것은 있는 그대로 본 것이 아니라는 말이지요. 있는 그대로 봐야 합니다. 물질과 정신의 화합은 존재의 있는 그대로의 상태를 나타낸 것입니다. 진리를 고찰하려면 세상을 있는 그대로 보는 훈련을 해야 합니다. 궁극이 보이지 않는다고 영혼이나 마음을 미리 전제해버리면 그게 진리에서 멀어졌다는 얘기겠지요. 왜냐? 보이지 않는 것을 멋대로 단정해서는 안 될 테니까. 있는 그대로 관찰하면서 깊게 분석을 해야지요. 보이는 대로, 차례대로.”

“보이지 않는 것을 말하지 못한다면 그건 유물론자가 주장할 소리 아닐까요?”

“보이지 않는 영역은 모든 사상에서 말합니다. 유신론, 신(神). 유물론, 물질이 우선한다. 운명론, 모든 건 운명이다. 숙명론, 모든 건 전생에 지었던 숙업이다. 그렇다면 불교는? 법칙이 보이지 않는 것입니다. 실제 금강경에 나타나는 시에 ‘약이색견아 이음성구아 시인행사도 불능견여래’라는 유명한 구절에 범어 금강경 뒤에 또 다른 구절이 이어지는데 ‘법칙은 보기 어렵다.’는 구절입니다. 소명태자가 분단을 나눈 것에서, ‘26 법신비상분(分)’에 나타나는 시입니다. 소개를 하자면. 〈그때 세존은 이런 시를 읊으셨다. 형체로 나를 보거나 소리로 나를 찾거나 잘못된 노력에 빠진 것 그들은 나를 못 볼 것이다. 붓다는 법으로 살펴보아야 한다. 세간을 인도하는 분은 법을 몸으로 하기 때문이다. 그러나 법(칙)성은 알려지지 않아서 식별하기가 어렵다.〉 현재 이 눈에는 보이지 않는 법칙이지만 지혜의 눈에는 보입니다. 마치 중력의 법칙을 찾아낸 것처럼 부처님은 우주와 인생을 지배하는 법칙을 발견하셨어요. 기독교가 보이지 않는 신을 먼저 전제하여 단추를 끼워간다면, 부처님은 현재 보이는 상황을 있는 그대로 보시면서 깊게 분석하는 과정에서 무언가 보이지 않는 법칙을 발견하신 것입니다. 보이지 않는다는 그 무엇이 다르고 그걸 보게 되는 눈을 얻는 방법이 다른 것입니다. 불교와 기독교는.”

“그래요. 지혜의 눈으로 법칙을 발견하는 것이 중요하겠지요. 그렇듯이 정신작용은 뇌세포에서 발생한다고 이미 과학에서 밝혔습니다. 다시 말해 뇌세포라는 물질의 작용으로 정신이 발생합니다. 영혼은 물질에 상관하지만 인격체가 아닌, 한 요소라는 것이 내 생각입니다.”

“지금은 그것과 다른 문제지요. 정신작용을 왜 영혼만? 왜 마음만? 이게 주제입니다.”

둘의 대화가 진행되면서 차츰 남들이 보기에는 마치 무씨가 유물론자처럼 비쳐지기에 족한 소리를 골라서 하는 듯하다.

“하긴 그렇습니다. 정신작용은 영혼이나 마음이 주관하는 것이 아닙니다. 아무 역할도 하지 못합니다. 뇌세포를 포함한 물질의 작용에 의해 마음이 일어나고 영혼이 형성되는 것일 뿐, 불교술어의 행이나 버릇이나 업 같은, 의도와 행위에 의해 자라나는 영혼이 사후에 달리 작용한다고 봅니다."

"정신작용은 여러 가지입니다. 생각 느낌 의도 그리고 마음 등이 있는데도 그것을 영혼만, 마음만으로 잡는 견해가 문제입니다."

"영혼만, 마음만, 이런 주장은 낡아빠진 거짓의 가르침이 분명하겠습니다. 그런 점에서는 스님 말씀에 공감합니다."

"궁극을 미리 설정하지 않고, 있는 그대로 보고 관찰하여 지혜의 눈으로 보는, 그런 분석하는 힘을 가져야 진리에 가깝게 가는 길입니다."

하지만 무씨는 물질과 정신의 문제에 있어 사리풋타의 견해를 완전히 수긍하기가 어렵다. 사리풋타는 물질과 정신의 미묘한 화합이라는 표현을 사용하여 더욱더 정신이라는 존재를 독특한 다른 개체로 파악하고 있다고 느끼기 때문이다.

한때 무씨는 정신이라는 것을 이렇게 파악했다. 뭐냐면, 정신은 뇌세포라는 물질의 전자기적 작용이 분명하다고 말해왔다. 그래서 사리풋타가 오히려 물질을 대단한 존재로 보는 유물론자에 가깝겠다고 생각하기도 했다. 아니 어쩌면 정신의 독자성을 강조하는 유신론자에 가깝지 않을까? 그렇게 말이다. 왜냐? 물질과 정신을 따로 떼어낼 수 없다고 말해도 결국 화합되어야 하는 별개의 존재이니 말이다.

달리 들으면, 홀로는 어떠한 작용도 할 수 없다는 무아의 설명으로 비쳐지기도 했다. 어쨌든 지금 주장하는 이런 모든 견해가 사리풋타의 생각에서 나오는 것이 아니라 붓다가 설파한 가르침에 이미 다 들어 있다는 얘기 자체가 신비롭기는 하다. 정말? 무씨가 지금 품는 생각을 들려주자 사리풋타가 설명을 이어간다.

"물질과 정신의 미묘한 화합이라는 것은 정신을 독특한 다른 개체로 파악하는 것이 아닙니다. 물질은 무엇이며 정신작용은 무엇인가? 아직 분석하지 않은 상태에서 현재 이 모습 그대로 눈·귀·코·혀·몸·뜻이 물질과 정신의 화합 상태가 생명체라는 것입니다. 떼어내지 못하는 불가분의 관계라는 것입니다. 정신이라는 것은 뇌세포라는 물질의 작용이겠지만 그것에서 물질을 우선하는 사상이 유물론입니다. 저는 물질이 먼저인가 정신이 먼저인가, 아직 그러한 분석은 하지 않았는데 무슨 유물론자이겠습니까? 물질과 정신을 따로 떼어내지 못한다고 말해도 결국 화합되어야 하는 별개의 존재이지 않느냐는 생각보다는, 존재의 현재 상태를 살펴보면 물질과 정신은 분리된 것이 아니다. 서로 떨어지지 않는 화합 상태다. 이게 맞겠지요? 그리고 홀로는 어떠한 작용도 할 수 없다는 것은 무아의 설명이 아닙니다. 홀로 그 어떤 작용도 하지 못한다는 것은 무(無)자성, 즉 자성이 없기에 홀로 그 어떤 작용도 하지 못한다는 것을 일컬음입니다."

"사리풋타 스님, 물질을 지닌 무언가가 있는 것이 아닙니다. 마음과 정신은 물질의 작용이고 영혼이거나 업, 식, 버릇이라 일컫는 그 존재들은 물질과 상관되어 있다고 봅니다. 눈이 모양과 색깔을 본다고 해서 그 눈이라는 물질에 다른 무언가가 있을 거라 생각하시면 곤란하지 않을까요? 모든 감각적 요소는 뇌세포라는 물질이 통합해서 명령하니까 말입니다. 물론 반사작용은 단위세포가 먼저 움직이고 찰라지만 나중에 뇌세포가 마무리 짓기도 합니다만, 없는 윤회를 이론적으로 가능하게 하려고 이런 무리한 발상까지 일으키지 않았나 하는 의문을 가져봐야겠네요."

"없는 윤회를 이론적으로 가능하게 하려는 것이 아닙니다. 불교에서 부처님의 분석은 그런 방식이 아닙니다. 이전에도 제가 지적을 했지만 불교방식은 현재 상황부터 있는 그대로 보는 것으로 시작합니다. 그래서 기독교는 하향식 종교라고 하고 불교는 상향식 종교라고 합니다. 일반 세상에서 흔히 인정되는 사실부터 거론하는 종교가 불교인데, 아까 제가 드러낸 6근과 6경이 그렇습니다. 생명체 감각기관인 눈·귀·코·혀·몸·뜻은 기독교인도 가졌잖아요? 부처님은 그것부터 분석을 하십니다. 불교는 범부가 해석을 하는 것이 아니라 부처님의 눈으로 보신 세계입니다. 범부는 그 법을 골똘하게 사유하여, 아, 정말 그렇구나! 이렇게 될 때까지 사유를 하는 것입니다. 일 더하기 일은 이라는 답은 간단하게 나오겠지만 우주와 인생의 해답이 그렇게 간단하게 얻어지는 것은 아니니까요. 물질과 정신은 앞서도 거론을 했지만 이렇게 파악하시면 됩니다. 물질과 정신은 그 작용이 다릅니다. 그러나 서로 영향을 줍니다. 그런데 둘은 떼어내지 못하기에 하나도 아니고 둘도 아닙니다. 물질을 지닌 무언가. 그 설명은 꼭 그게 영혼이거나 마음이 아니라 물질과 정신은 떨어지지 못한다는 말과 같습니다. 그것을 지금 거사님이 오해하시기에 제가 그렇게 대답을 했습니다."

"그렇다면 죽어서도 물질과 정신이 떨어지지 않나요?"

"죽음은 그 앞의 존재가 사라진 것인데요? 죽을 때까지 화합 상태는 변하지 않습니다. 정신은 변화하는 것이지만 물질처럼 늙지 않습니다. 거사님, 물질과 정신은 분리된 상태가 아니지만 그렇다고 서로 영향을 주고받지 않는 상태도 아니기에 물질과 정신은 하나도 아니고 둘도 아니다, 이게 부처님사상이고 사실입니다. 현재 관찰이 가능하겠지요. 그걸 강조하려고 제가 물질은 무언가를 지닌 것이라고 표현한 것을 너무 넘치게 생각을 하셨나 보네요. 제 말은 오온의 색(色)을 설명한 부처님의 설법입니다. 눈·귀·코·혀·몸·뜻을 더 깊게 분석하여 4대요소로 된 것을 관찰했으며 그 상태가 오온입니다. 오온에서 색온, 색의 원어가 Rupa인데 부처님은 오온의 색온을 나타내는 단어로 Rupin이라는 소유격용어를 사용하셔서 결국 눈·귀·코·혀·몸·뜻 감각기관처럼 물질과 정신이 화합되었다는 걸 밝히셨습니다. 그걸 모르는 한국불교가 오온의 색온을 물질로 해석했고 기어이 수(受)·상(想)·행(行)·식(識) 온을 정신작용으로 해석하여 결국 마음만 보는 한국불교가 되어버렸습니다."

"스님 말씀의 뜻은 이해가 됩니다만, 죽어서야 흩어지는 것이라면 살아서의 화합은 그냥 작용일 뿐입니다. 그렇게 봐도 과학적으로 무방하지 않을까요?"

"어차피 화합은 작용입니다. 그런데 죽어서야 흩어지는 것이 아니라 죽음 이전까지 그대로입니다. 화합 상태로 죽는다는 것입니다. 죽음 이후는? 다른 존재입니다."

"죽음 이후의 다른 존재는 어떤 상태입니까? 역시 물질과 정신의 화합 상태입니까? 말씀으로는 그렇지 않은 걸로 들립니다만. 그리고 과학으로나 내가 볼 때는 물질이 전자기적 작용을 일으켜 정신이 생성된다고 보는데 스님께서는 여전히 화합 상태를 강조하십니다. 그 관찰은 붓다시대의 원시적 관찰이 혹시 아닐까요? 또 하나는 물질과 정신의 화합 상태라고 했을 때 그 정신의 성분은 무엇입니까? 그러니까 구성원소나 갖춰진 요소가."

"궁극을 찾아가는 길이 기독교 시각과 달라진 거사님인가요, 그런가요? 그 래서 불교에 대한 관심도 가지는 것인가요? 인도 부파불교를 석권한 유부논 사 세친은 유부(有部)가 핵심적으로 강조하는 내용과 다른 사유를 했지요. 그 건 바람직한 태도겠지만 그만 딴 동네로 가서 부처님과 아예 다른 유식학이라 는 것을 만들어냈듯이 거사님의 불교 관심이 그렇게 되지 않길 기원합니다. 관 찰 내용은 유신론자나 불자 혹은 부처님이라도 같아야 한다는 것입니다. 그게 관찰입니다. 판단과 다른 점이지요. 제가 거론한 존재의 물질과 정신의 미묘한 화합이라는 것은 물질이 어떤 상태인지 정신이 어떤 상태인지, 그런 별개의 현 상을 거론하자는 것이 아닙니다. 있는 그대로, 현재 관찰이 가능한 존재의 모 습이 그렇지 않나요? 물질과 정신은 하나도 아니고 둘도 아닌 불가분의 관계 를 유지하면서 함께 존재한다는 것, 이걸 당장 관찰해보세요. 현재 거사님 모 습이니까요.

거사님은 이렇게 물으셨습니다. '물질과 정신의 화합 상태라 했을 때, 정신의 성분은 무엇입니까? 그러니까 구성원소나 갖춰진 요소가.' 이렇게 중요한 의문 을 드러내신 거사님은 이제 존재의 구성 요소인 물질과 정신의 작용에 대한 분 석이 시작되는 것인가요? 구성성분을 궁금하게 여기시니 말입니다. 거사님과 몇 차례 물질과 정신에 관한 대화를 나누면서 이런 점을 보았습니다. 먼저 거 사님이 어떤 내용을 전제하여 질문을 하셨고 그에 대한 대답을 제가 했는데, 주제가 된 그 대답에 대하여 골똘하게 챙기는 것보다는 거사님이 평소 가진 견 해를 드러내는 점, 예를 들면 거사님이 볼 때는 물질이 전기적 작용을 하여 정 신이라는 관념을 생성시키더라는 것입니다. 이런 식이네요. 물론 자신이 보는 견해를 드러내는 것도 좋겠지요.

하지만 그렇게 본다는 사실은 아직 보편타당한 진리에 접근하기에는 부족할 사유의 자세를 가졌어요. 왜냐하면 제가 거론한 물질과 정신의 미묘한 화합은 그런 내용을 지적한 설명이 아닙니다. 물질과 정신이 서로 그런 관계를 주고받 는 점은 다음에 분석을 해야지요. 그것이 유물론으로 흐르든 유신론으로 가 든 그거야 어쨌든지요. 그렇다면 지금은 무엇을 분석합니까? 물질과 정신이 과연 이분화 되는가? 이게 핵심주제니까요. 일단 이 주제에서 벗어나지 말아야지요. 그 안에서 아까 제가 말씀을 드렸던, 물질은 무언가를 지닌다. 이것도 거론하면 좋을 테니까요. Rupin에 대하여 이런 식으로 말하면 더 파악이 쉽게 될까요? 약간 표현을 다르게 해서, 무엇이 물질을 지녔다. 이 표현은 어떤가요? 물질과 정신의 화합체로 존재가 인식되는지요?”

물질과 정신의 구성 요소

무씨가 대화 중에 정신의 구성 요소를 묻자 중요한 의문을 드러냈다며 반색한 사리풋타가 이제 물질과 미묘하게 화합하는 정신의 구성 요소를 설명해보겠다며 멍석을 깐다. 무씨는 정말로 궁금증에 빠져들어 사리풋타의 얘기를 귀담아 듣는다.

"우선 거사님과 제가 도반으로 만났다면 참으로 좋은 인연이 됐을 거라는 생각이 드네요. 거사님 말씀에 한 번씩 나타나는 중요한 지적이 그런 생각을 일으키게 합니다. 저는 속가 시절부터 불교를 몸에 익혀야겠다는 스스로의 강렬한 요구가 생겨 사찰 수련회에 많이 참가했어요. 당시 어느 사찰 수련회가 유명했는데 참가 신청 이유를 먼저 편지로 보내고 3 대 1의 경쟁률을 뚫고 통과하면 수련생으로 동참합니다. 하루 열 시간이 넘는 참선 시간을 견뎌내지 못해 포기하고 돌아간 사람도 보았지요. 그 사찰에서 참선을 지도한 스님이 훗날 전라도 고흥반도 앞바다, 소록도 바로 옆 섬의 한 암자에 공부하러 가서서 그 당시에 흔하지 않던 겨울수련회를 개최하셨습니다. 그 수련회도 그렇고 대부분의 사찰 수련회가 묵언을 하는데, 그 와중에도 잠자리에 들면 스님 몰래 옆자리의 낯익은 벗과 밤새도록 법담을 나눴습니다. 이런저런 세상 이야기, 괴로운 이야기, 불교 인연을 나누다가 달빛 환한 마당에 내려서서 해우소로 가던 길, 그 장면. 그리고 돌아와 벗과 나머지 얘기를 소곤거리다가 새벽예불에 동참하던 일, 그런 그림들이 그려져 거사님과의 대화에서 문득 옛 생각을 떠올려봅니다."

도반이라, 사리풋타는 지금 이렇게라도 무씨와 법담 나누는 행위를 은근히 바라고 있나 보다. 누군가를 혹은 무엇인가를 사모하거나 추구하게 되면 온통 그 얘기로 꽃을 피우고 싶은 절절한 심정이 되긴 하겠다. 그런데 어찌하여 하필

이면 기독교 신자와의 대화에서 옛 생각이 절로 떠오른 것일까? 무씨가 도반이었길 원망하는 사리풋타의 심정은 포교가 아니라 분명히 법담을 나눌 친구가 필요하다는 소리다. 그것은 수많은 스님이 있되 제대로 법담을 나누지 못할 현실에 처했다는, 감춰진 비구니스님의 입장이 노출된 소리처럼 들려 무씨의 마음이 일순 착잡해진다.

"우선, 질문하신 내용을 제가 파악하였으니 간략한 주제를 드러내어 설명하는 식으로 대답하겠습니다. 물질과 정신, 이 내용은 6근과 6경이라는 생명체의 내부구조 단면입니다. 맞겠지요? 물질과 정신으로 이루어진 생명체. 부처님은 생명체를 6근과 6경으로 분석하신 다음에 그 생명체가 과연 무엇과 무엇으로 구성된 것인가를 밝히시는데 역시 물질과 정신입니다. 물질과 정신의 미묘한 화합작용을 가진 생명체도 그렇게 관찰내용으로 나타나겠지요. 6근과 6경. 존재의 감각기관에 대한 여러 가지 분석을 하고, '나와 너'로 이뤄진 이런 세상에서 과연 이 두 관계가 어떠하기에 세상의 복잡한 문제가 발생했는지 이 점도 고찰합니다.

그런데 나중에 법이 깊어지면서 드러날 물질과 정신의 구성 요소, 이 문제를 미리 거사님이 거론하셨다는 것입니다. 쉽게 제 모습을 갖고 설명을 해봅니다. 물질은 근본과 현상으로 짜여 있는데, 나를 구성하는 물질적 요소의 근본을 바탕으로 하는 현상이 변하여 10대에서 지금으로 흘러왔을 것입니다. 그런데 내 현상은 그 무슨 원인으로 남보다 젊었다는 것이 특징입니다. 건강하게 변해간다는 것일까요? 뭔가 이유가 있겠지요? 그건 정신과 연결된 작용입니다. 정신건강이 발랄하고 자유의지가 매우 강하며 삶의 긍정적 노력과 무엇이든 희망적이며 무언가에 열정을 다하는 내 정신이 몸을 그렇게 만들겠지요? 그런 정신. 그렇다면 그릇과 내용으로 짜인 내 정신은 어떨까요? 마음속 번뇌를 버리지 못한 꼴이 보이더군요. 내 정신그릇에 담겼던 내용이 그랬기에.

저는 그 번뇌를 소멸시키려고 수많은 노력을 한 사람입니다. 꽃가게를 하면서도 틈을 내어 올라간 사찰에서 밤새도록 그 추위에 삼천배를 하던 나입니다. 잠시 휴식하면서 하얀 달빛 아래 커피 한잔 마시는 가운데 내 정신이 일으킨 작용의 내용은, 이 번뇌에서 벗어나고 싶다는 강렬한 의욕을 냈던 것인데. 그런데 어느 날은 다리 틀고 앉아서 아무리 내 안을 들여다봐도 대체 번뇌가 어디에 숨었는지 보이지가 않더군요. 일 년 가까이 답답하여 눈물이 날 지경이었습니다. 골똘하게 사유한 계기가 되었지요. 내가 과연 무엇에 집착하는가? 저 무엇은? 나의 내면의 정신작용에서 과연 어떤 번뇌를 콕 집어내야 하는가, 라는 살뜰한 주제로 진입한 것입니다. 나는 그 주제를 잘 잡아냈고 확연하게 나를 괴롭히는 번뇌의 이름부터 찾아냈습니다. 내 앞에 우뚝 선 바위 덩어리. 내 수행의 힘은 과연 저 번뇌를 부술 다이너마이트의 위력을 갖는 것이 가능한가? 그걸 파악했습니다.

정신을 구성하는 그 내용 속에 무명도 들었고 자잘한 번뇌가 숨었겠지요. 그걸 분석하는 것입니다. 불교 수행은 그 내용을 바꾸는 것이 가능합니다. 내용은 변화하니까. 이 설명의 기본설정은 물질과 정신의 화합이라는 관계는 그대로 유지하면서 물질과 정신의 구성성분을 파악한다는 것입니다. 현재 나의 정신그릇을 바탕으로 한 정신내용은 예전과 아주 많이 달라졌어요. 좋은 방향으로 변화를 했다는 것입니다. 이생에서 나를 힘들게 한 괴로움의 이유를 분석했고 그 번뇌를 찾아내어 끊어냈습니다. 앞으로 이런 방향으로 부처정신그릇의 내용까지 가야 부처가 되는 것이겠지요?

저는 거사님과의 이런 대화를 소중하게 여깁니다. 이건 내 스타일이에요. 이런 저와 대화를 나누는 거사님 정신그릇에 담긴 내용은 신(神)이라는 신앙과 함께 저를 통하여 바르게 이해한 불교가 담기길 기원합니다. 신앙은 인연을 따르겠지만 저와 만나진 이곳도 인연입니다. 진솔하게 전해드린 이런 대답에 거사님의 사유가 풍요롭고 올곧게 나아가는데 도움이 되길 기원하면서 이만 그치겠습니다."

휴식이 필요하다! 벌써 긴 시간을 들여 많은 대화를 나눠 피곤한 탓도 있지만 이쯤에서 나눴던 얘기들의 생각 정리가 무씨에게 필요할 게다. 사리풋타가 설록차를 준비한다. 점심공양까지를 준비하는 기색이다.

존재는 죽어 어디로 가나

"스님, 죽어서도 유지된다는 물질과 정신의 화합, 그 존재가 변하지는 않습니까? 그게 어디로 갑니까? 윤회되어 다시 태어납니까?"

"죽어서도 유지된다는 그 생각을 더 깊게 분석해보세요. 그 생각이 발생했기에 다음 생각으로 나아간다면? 어쩌면 첫 생각의 잘못으로 다음 생각도 그럴 가능성이 충분할 테니까요. 죽어서도 유지된다는 것이 아니라는 것은 죽음 이전과 이후는 다른 존재이기에."

"아, 스님께서는 그렇게 말씀하시지 않으셨군요. 죽어서 다른 존재가 된다는 얘기에, 죽어도 하나의 다른 존재로 남는 것이니 역시 물질과 존재의 화합상태를 이루는 것이 아니겠는가 하고 내가 성급하게 판단했습니다."

"한 개체에서 물질과 정신이 화합된 것은 사실로 관찰되잖아요? 산에서 공부하던 어느 날, 심심한 것은 아니었지만 장난기로 책 위를 꼬물꼬물 걸어가는 아주 작은 벌레를 보았어요. 그때 자유의지를 관찰하고 싶은 마음에 제가 연필을 그 벌레 앞에 갖다 대니까 순간 멈추더군요. 멈추고 싶다는 그 자유의지는 정신작용이고 멈추는 행동은 물질작용입니다. 같이 존재한다는 것입니다. 물질적 작용과 정신작용이."

"그게 물질이 일으킨 작용이라면?"

무씨는 앞에서의 설명으로 정신과 물질의 상관관계를 파악하였다. 정신이 물질의 상태를 조절할 의지를 물질에게 던져주는 것이지 물질이 물질 자체를 위해 정신을 생성시킬 이유가 없는 것이다. 마음먹기에 달렸다는 표현이야말로 화합하되 별개라는 사실을 알려주는 적절한 표현이겠다. 그런데도 거듭 확인하고픈 충동이 일어 물질에 우선을 두려는 질문을 던졌다.

"혹시 유물론자로 변신하셨는지요? 물질과 정신에서 무엇이 우선인가? 이건 물질과 정신의 화합 상태를 고찰한 후에 그 다음 문제이겠습니다."

"앞서 말씀에서 스님은 물질과 정신의 화합 상태는 그대로임을 언급하셨다 싶어서 그리 물었습니다."

"네. 그건 한 개체에서 그 개체가 변하여 다른 개체가 되는 것은 또 다른 문제입니다. 물론 그 다른 개체 역시 물질과 정신의 미묘한 화합 상태입니다."

"해체된 것은 생물학적으로 원자 상태로의 분해라고 봐야 하는데 그걸 말씀하시는 겁니까? 그게 또 다른 물질과 정신의 상태입니까?"

"이 지구에서 움직이는 유정물은 모조리 물질과 정신의 구조가 같아요. 단지 A에서 A'로 변화하는 과정에 일어나는 사건은 따로 고찰을 해야죠."

죽어서 해체된다는 것은 무정물의 물질로 돌아갈 가능성이 높을 텐데 사리풋타는 여전히 유정물의 인식에 사로잡혔다. 아마도 즉각적으로 일어날 윤회를 의식해서일까?

"죽어서 흩어지면 존재의 와해이겠군요. 사라짐."

"그 흐트러짐은 물질과 정신의 화합이 아니라, 병합이 그렇습니다. 집착한 것이 횡적으로 흩어졌다는 것입니다. 예로, 호흡 같은. 또는 4대(大)의 조합 같은. 이 강조는 거사님과 4대에 대한 대화를 했기에 거론해봅니다."

"전류, 열기, 에너지, 알갱이. 이런 상태로 존재한다는 말씀이세요?"

"그런 작용을 이리저리 조합하여 한 개체가 되겠지요."

"그런데 그것의 조합으로 다시 같은 형태의 존재가 만들어지지 않습니다. 생명체는 개체의 번식에 의해 존속합니다."

"네. 이 지구에 똑같은 생명체는 없습니다. 화합, 결합, 병합도 그걸 진행하는 존재의 자유의지가 다르기에 그렇습니다. 그리고 아까 거사님 말씀 중에 중요한 단어가 나왔네요. 불교에서 생, 주, 이, 멸, 여기서 소멸의 원어가 사라짐입니다. 완전히 소멸되었다는 것이 아니에요. 그러니까 다음이 있다는 암시겠지요?"

"소립자 같은 존재를 말씀하십니까?"

"그림을 그려보세요. 사람이 죽었다, 그러면 즉시 무엇이 될까요?"

"물질의 해체가 진행되겠지요."

"네. 해체된 그 다음 존재는 단번에 앞의 존재와 아예 다른 존재는 아닐 것입니다. 서로 연결이 되었기에 관계가 있다는 것입니다."

"관계가 있기에 윤회가 가능하다는 말씀이세요?"

"관세음보살! 너무너무 중요한 지적을, 세상 사람들이 그렇게 못 알아듣던, 그 질문이 생겨야 부처님의 대답이 등장할 것입니다. 반갑네요, 그런 질문."

"내가 윤회라는 개념을 인정해버리면 스님의 말씀이 무슨 뜻인지를 알겠고 그 원리도 즉시 인정할 수 있을 것 같습니다만, 어렵습니다."

"제가 이 자리에서 한 단어를 딱 거론하면 윤회할 수밖에 없겠구나 하고 거사님이 인식하게 됩니다만 거론하지 않을게요. 왜냐하면 그 답만 파악한다고 거사님의 윤회에 대한 궁금증이 다 풀리지 않아요. 그 정도로 사람이 일으키는 생각이 그물입니다."

윤회 시점이 언제인가

"윤회 시점이 난자와 정자가 만났을 때입니까? 전에 물었을 때 정확하게 말씀하지 않으시고 대충이라는 표현을 쓰셨습니다."

"윤회의 시점? 좀 이상한 발상입니다. A가 A'로 변화할 때 그 부분이 넘어가는 과정이고 존재 A에서 존재 A'로 윤회한 것입니다. 존재 A일 때는 존재 A만 있고 존재 A'일 때는 존재 A'만 있습니다. 여기에서 무슨 시점 말입니까?"

"그렇다면 A는 별일 없으면 그냥 우주에 떠돕니까?"

"거사님 생각이 너무 건너뛰고 있습니다."

"인간으로 태어나는 경우의 시점을 말하는 것입니다. 버릇이 육체에 달라붙는 시점."

"버릇은? 생명체 현재 몸에 붙었습니다. 현재, 그걸로 삽니다. 생사윤회도 버릇입니다."

"수정란은 아무 버릇도 없는 상태입니까? 있다면 그 버릇이 어떻게 해서 있는 것입니까?"

"A가 A'로 변화할 때, 그 과정에 생기는 작용들은 또 다른 분석을 해야지요."

물론 사리풋타의 표현을 빌리면, 불법을 단번에 알기에는 한계가 있겠다. 의문에 해답을 준다고 해서 그 의문 전부가 완전히 풀리는 것이 아니라는 예감을 무씨 자신이 갖고는 있다. 하지만 지금 무씨가 묻는 질문에 살짝 피해가는 사리풋타의 논리 전개엔 다소 불만도 없지 않은 것이다. 혹시 사리풋타 자신도 질문에 대한 해답을 알지 못해 두루뭉술하게 얼버무리는 것은 아닐까? 앞서 질문의 대답도 그러한 것이, 생명체는 개체의 번식에 의해서 이어지는데 4대원소가 이리저리 조합하여 개체가 된다는 것은 대체 무슨 얘기인가? 사리풋타가 이런 무씨의 마음을 알아차렸는지 잠시 언급을 한다.

"버릇이 육체에 달라붙는 시점, 그건 눈·귀·코·혀·몸·뜻이 담당을 합니다. 보는 순간, 듣는 순간, 냄새 맡는 순간, 맛보는 순간, 촉감 하는 순간, 대상을 인식하는 순간이, 버릇이 달라붙는 시점이겠지요. 물론 오온의 버릇과 12연기의 버릇 등 이미 허상에 사로잡힌 생명체 버릇도 거론해야겠지만 쉽게 설명을 하겠습니다. 존재의 눈·귀·코·혀·몸·뜻의 감각기관은 대상을 인식하는 작용을 합니다. 그런데 그 감각기관은 예전부터 익혀온 좋은 버릇과 나쁜 버릇을 강화시킨 그런 상태에서 당장 대상을 보는 그 순간에 범부는 뭔가 착각을 한 상황입니다. 그 현상을 무명이라고 말해도 됩니다. 무명과 갈증 나는 애착을 제거하지 못한 범부이기에 대상을 있는 그대로 보기 어렵다는 것입니다. 뭔가 집착한 상황에서 대상을 인식한다는 것이지요. 그렇게 버릇이 형성됩니다. 대상 사물을 있는 그대로 보는 습관을 길러야 합니다. 나쁜 버릇을 기르지 않기 위해서이고 그래야 존재와 존재의 관계도 순조롭게 되겠지요.

사람의 생김새는 모두가 다르지요? 그것도 버릇 때문입니다. 악을 저지르는 강도 얼굴을 보면 어쩐지 악인 같은 분위기를 풍기잖아요? 그게 내면의 나쁜 버릇이 외면에 드러났다는 것인데 그 악행의 버릇을 제어하지 못하면 나쁜 버릇이 자꾸 쌓이겠지요? 결국 무작정 악행에 빠지는 사람이 되고 만다는 것입니다. 불교에서 거론하는 번뇌에서 anusaya는 따라서 흐른다는 뜻입니다. 있는 그대로 보기를 거부하여 착각한 상태의 범부 버릇은 그렇게 존재내면에 달라붙어버렸다는 것일까요? 세 살 버릇이 여든까지 간다는 말이 왜 나왔겠습니까? 하하. 버릇, 무서운 것입니다. 남자분들은 술 담배 버릇도 끊기가 어려워서 작심삼일 운운하지요? 그러니까 갈증 나는 애착의 버릇을 가진 생명체가 잘못된 생각의 버릇을 끊어내지 못하면 윤회는 당면한 과제가 될 것입니다"

"윤회는 태어남에 의해서만이 아니라 현재 누리는 삶에서도 줄곧 일어난다는 말씀이시군요. 그런데 쉽게 표현해서 정신을 지닌 물질을 영혼이거나 업, 버릇, 행이라 봐도 됩니까?"

"행(行)은 제행(諸行)으로 존재가 생명력(ayu)을 지닌 한에 계속되는 결합작용입니다. 생명체가 행위로 업을 짓고 버릇을 키우면서 계속 결합작용을 이어간다는 것입니다. 하지만 정신작용에서 영혼은 거론하지 않기로 했던 것 아닌가요?"

"영혼은 없다, 그런 말씀이시군요?"

"정신적 작용을 모조리 분석을 해야지요? 그래야 뭐가 있는지 알아내겠지요? 생각, 느낌 의도, 기타 등등 모두 정신작용이라고 분석하신 부처님께서 영혼이라는 실체는 거론하지 않으십니다."

"그러하신데 왜 물질 자체가 정신작용을 지녔다고는 보지 않으십니까? 떼려야 뗄 수 없는 그런 관계에만 그칩니까?"

"그 불가분의 관계는 더 분석을 해야 누가 누굴 지녔는지, 그 속사정도 파악해야겠지요? 그래야 물질이 먼저인가, 정신이 먼저인가, 이런 문제로 나아가겠지요."

"그렇다면 윤회를 끊은 물질은 어디로 돌아갑니까?"

"아직 대답할 시점이 아닙니다. 왜냐하면 불교의 윤회는 먼저 무아가 파악되어야 합니다. 세상에서 무아윤회, 부처님 사상을 이해하지 못하고 얼마나 이상하게 말하는데요? 그게 다 순서대로 파악하지 않아서 그렇습니다. 오온을 말하는 불교입니다, 오온은 무아, 이 오온에서 저 오온으로 넘어가는 것입니다, 당연히 무아의 상태로 윤회한다는 것이 맞겠지요? 대략 살펴도?"

"그래요. 물질로 구성된 만물은 윤회한다고 봐야겠습니다. 하지만 인간의 경우가 좀 유별나서요. 그래서 인간의 윤회 문제로 해서 윤회를 인정하기가 어려운 것입니다."

"이런 사유를 해보세요. 신(神) 혹은 법칙은 일체생명체를 지배하는 어떤 원칙이라고 유신론과 불교에서 강조합니다. 아까 제가 금강경을 거론하면서 법칙은 보기 어렵다고 했지요? 마찬가지입니다. 윤회를 보려는데 처음부터 내가 나를 보기 어렵겠지요, 그렇지 않나요? 눈은 남을 보는 작용인데요. 그러니까 불교에서 말하는 6경인 대상부터 보는 것이 좋겠습니다."

"불경에도 스님이 주장하는 원리가 적혀 있습니까?"

"거사님과 대화하는 모든 불교이야기는 초기경전에 근거하여 말합니다. 모두가 제멋대로 불교를 지어내지만 그건 아니지요. 저는 머리가 별로 좋은 편이 아니지만 이 정도의 내용을 전달하는 것은 무리가 아닙니다. 열심히 노력한 결과이지요."

"죽어 해체된 물질이 다른 물질로 바뀌었을 때에도 정신작용은 여전합니까?"

"생명력(ayu)을 지닌 유정물에서는 그렇습니다. 하지만 바윗돌을 깨트려 돌멩이가 되는 그런 변화는, 눈·귀·코·혀·몸·뜻을 가진 생명체와 같은 일반적 정신작용은 못하겠네요."

"그렇게 말씀하시니까 정리되던 관념에 다시 혼선이 옵니다. 왜냐면, 물질은 모두 같은 것이어야 하는데도 구별을 두는 이유를 알 수 없기 때문입니다. 성경에서는 그 이유의 흔적을 찾을 수가 있지만 스님의 논리 전개상으로는 그렇습니다."

"물질에 대한 분석은 다양한 차원에서 시도해야겠지요. 눈·귀·코·혀·몸·뜻을 가진 그런 생명체와 바위 같은 대상은 우선 생김새부터 다르니까요. 어떻게 같은 차원에서 분석을 하겠습니까? 성경에서는 일체만물을 창조하신 하나님이 아닌가요? 불교에서 거론하는 6근인 나와 6경인 너는 일체(sarva)입니다. 일체만물이 그 안에 포함된다는 것이지요. 그 분류에 유정물과 무정물도 포함되겠지요? 예를 들면, 6근인 나와 6경인 너의 분류에서, 내가 며느리가 되면 대상은 시어머니가 되는 것도 가능하고 내가 사람이라면 대응하는 너는 무정물의 자연도 되겠지요? 내 눈에 보이는 대상이 너니까. 말하자면 내 감각기관에 걸리는 그 모든 대상이 6경(境)입니다. 당연히 바윗돌도 분석을 해야지요."

"그래서 드리는 말씀입니다. 일체인데 정신작용에 구별을 두다니요?"

"구별이 아니라 분석하는 차원이 다양하다는 것입니다. 저 일체에 대한 모든 소식을 정확하게 파악하려면 일체사물을 더욱 깊게 살펴보는 오온의 분류에서 그 모든 생명체가 다시 새롭게 분석이 됩니다. 시작은, 내 감각기관에 인식되는 대상의 자연물로서 형체·소리·냄새·맛·촉감·사물입니다. 그때 자연물은 보이고 소리가 나고 냄새를 풍기고 맛을 갖고 촉감이 감지되는 그런 사물이었는데 오온법문으로 진입을 하면 그 자연물 역시 오온으로 구성되었다는 것이 밝혀집니다. 일체가 오온으로 분석이 된다는 것인데, 나라고 일컫는 존재와 너라고 일컫는 존재가 모조리 오온이라는 것이지요. 그리고 일체사물의 오온 분류는 세밀하게 11가지로 나눠집니다. 안과 밖, 거칠고 미세함, 가깝고 멂, 과거 현재 미래, 열등함과 수승함, 저 분류에서 일체생명체가 다 분석되는 것입니다. 불교는 처음부터 끝까지 일체생명체가 거론됩니다. 일체존재에 무정물도 존재하니까요."

"내가 대화 중에 느끼는 오류의 문제를 쉬운 방식으로 표현해볼까요?"

"거사님은 현재 저와의 대화 주제가 물질과 정신의 미묘한 화합 상태인데요?"

"뗄 수 없다고 하셨잖습니까? 그러니 정신작용은 다른 존재로의 변화가 있어도 마찬가지로 정신은 유지되어야 하지 않겠습니까?"

여기서 무씨는 잠시 착각에 빠졌다. 물질은 다 같은 것이어야 함에도 구별을 두는 이유를 알 수 없다고 아까 그랬다. 물질의 모양과 구조의 차이에 따른 다양성이 분명한데도 착각했듯이, 여전히 정신 또한 한결같이 동일 수준의 입장에다 놓고 의문을 갖는 것이다. 물질이 다른 형태를 띠면 거기에 어울릴 다른 정신이 자리하겠다는 사실을 순간적으로 놓친 것이다. 무씨가 이런 혼선에 잡힌 까닭은, 양자물리학에 있어서의 소립자 개념에 의해 비롯되었다. 물질의 최소 단위인 소립자도 알갱이, 전류, 열기, 에너지의 요소를 지닌 것으로 보이고 게다가 스스로 작용하는 존재로서 추론되는 마당에 있어, 그 소립자 물질에 달라붙는 정신이나 원리에 무슨 차이가 있겠느냐는 생각에 빠져서이다. 하지만 그 소립자가 결합하여 분자가 되고 그것들이 모여 물질의 형태를 띠는 과정에서 결합하는 정신과 물질의 체계가 어찌 같겠는가. 결국 바위는 바위 수준의, 동물은 동물 수준으로, 제각각 어울릴 결합구조에 의해 형성된 물질과 정신의 미묘한 화합 상태가 아니겠는가.

"변화 과정의 소식에서 12연기는 불교에서 벽지불(佛)의 공부입니다. 그건 아직 건드릴 문제가 아니에요."

"스님, 의문이나 궁금증에 의한 문제는 풀어야 하지 않겠습니까? 그냥 참을까요?"

"참지 않으셔도 되지만 문제를 건너뛰어 버리면 곤란해요. 참고로, 물질과 정신이라는 한 가지 주제를 풀기 위하여 수많은 작은 문제가 생기잖아요? 지금 대화처럼. 그러니까 한 가지를 확실하게 풀어놓고 다음으로 넘어가야죠. 지금 거사님은 생각에 혼선을 빚었어요. 왜냐하면 진행적 사유가 아니기에 그렇습니다. 내면 분석은 수많은 문제를 풀어야 합니다. 그냥 마음만 보는 것과 완전 다릅니다. 질문과 의문을 수없이 던져야 합니다. 부처님께선 죄다 대답을 하시지만 불교는 법이 정확하지 않으면 나중에 무슨 소리를 하는지 못 알아듣게 됩니다. 세상을 보세요. 이 정도의 토론도 못 알아들어서 딴소리를 하는데요? 법 논리대로 사유를 진행하기! 이게 불교입니다. 법의 전부가 존재를 분석한 내용입니다. 그만큼 존재내면은 복잡해요. 그런데, 거사님은 윤회에 왜 그렇게 관심이 많습니까?"

"물질의 실재를 파악할 수 있을 것 같아서 그렇습니다."

"관계를 철저하게 분석하는 것은 앞서 설명으로 알려드렸잖아요? 물질의 구조와 정신의 구조. 각 구조도 분석해야 합니다. 물질과 정신은 서로 무슨 작용을 주고받는가? 이건 점차 분석하겠지만 거사님은 일단 A가 A'로 윤회한 것이라면? 서로 어떤 관계였기에? 그 의문에서 잠시 멈추세요. 더 나아가지 말고요. 여기서 골똘한 사유가 필요한 시점입니다."

무씨가 잠시 몸을 비튼다. 정신을 환기시킬 필요에 주위를 둘러보면서 말한다.

"바위의 비유에서 정신은 없다는 소리에 그만 이렇게 생각이 번져버렸네요. 바위도 정신이 있어야겠다는 생각이 스님과의 대화에서 받았는데, 그것이 아니라고 해서 개념 정리가 무너졌었습니다."

"그게 아닌데요? 죽어 해체된 물질이 다른 물질로 바뀌었을 때에도 정신작용은 여전하냐는 질문에 생명력(ayu)을 지닌 유정물에서는 그렇다고 했습니다. 바윗돌을 깨트려 돌멩이, 저런 변화는 눈·귀·코·혀·몸·뜻을 가진 생명체와 다른 분석을 해야 한다고 앞서 말씀을 드렸어요. 온 생명체를 분석하는 불교입니다. 기독교에서 신께서도 일체를 창조하셨다는 것이겠지요?"

"생명체든 아니든, 모든 만물 일체를 창조하셨습니다. 그렇게 기독교는 말하고 있지요."

"불교가 다루는 내용도 일체생명체입니다. 6근(根)과 6경(境)은 12포섭 처입니다. 이외에 다른 존재는 없다는 부처님 주장입니다. 잘려나간 나무 그루터기도 다뤄야 합니다. 그렇지 않나요? 왜 인간 중심으로 다른 대상을 볼까요? 인간의 눈을 바꿔서 다른 생명체가 발생하고 소멸하는 과정도 알아낸다는 것이 불교입니다."

무씨는 이제 사리풋타의 설법이 무엇을 말하려는 것인지를 대충 헤아리는 상태에 놓였다. 그럼에도 확실한 답을 얻으려는 심사인지 똑같은 소리를 되묻는다.

"그러니 돌멩이도 물질인데 정신작용이 없어서야 되겠습니까?"

"그 분석은 오온의 분류에 11가지가 나타난다고 아까 말씀드렸습니다. 그 안에서 유정물과 무정물이 모조리 파악이 된다고요. 그런데 갑자기 돌멩이도 물질인데 정신작용이 없어서야? 그렇게 의문해버리면 그건 거사님의 생각이지만, 답이 없는 질문이에요. 그럼 돌멩이를 잘 관찰해보세요."

내친 김에 마구 달려볼까 하는 충동에 무씨가 이어 묻는다. "나는 스님 말씀의 영향으로 지금 현재로서는 바위도 정신작용을 한다고 봅니다. 어차피 자아가 없는 건 마찬가지 아닙니까? 인간이나 바위나 작용의 수준 차이가 있을 뿐이겠지요?"

"그건 오온이라는 현상을 다 파악하면 알게 됩니다. 오온, 물질과 정신을 따로 떼어낸 것은 아니지만, 한국불교는 따로 뚝 떼어버렸지만, 바위가 무슨 작용을 하는가? 그것에 대한 답이 등장합니다. 바위에 눈·귀·코·혀가 붙지 않았잖아요? 그런 존재를 분석한다는 것이지요. 눈·귀·코·혀가 달린 존재와 그게 보이지 않는 존재는 분명하게 다른 작용을 할 테니까 말입니다."

무씨의 짓궂은 행태를 눈치챈 것일까, 사리풋타가 다른 주제로 대화를 돌린다.

수정란은 어떤 상태인가

"아까 수정란은 아무 버릇도 없는 상태인지, 있다면 그 버릇이 어떻게 해서 있는 것인지를 물으셨습니다. 먼젓번 대화에 수정 과정에서 발생한 작용으로 부파불교의 견해가 거론되었어요. 현재 한국불교는 무아윤회에 중요한 법인 오온에 대한 해설도 부처님과 다르고, A가 A'로의 변화 과정에 발생한 사건을 부처님께서는 12연기로 드러내셨는데, 그 12연기도 이미 19세기에 폐기된 일본학자의 이론을 따릅니다. 그게 연기법을 인과로 해석하여 12연기 각 12지분을 과거 현재 미래로 나눠버린 것이지요. 3세양중인과설입니다.

그럼 버릇은 어떻게 생겼는가? 눈·귀·코·혀·몸·뜻의 감각기관으로 인식대상인 6경(境)의 형체·소리·냄새·맛·촉감·사물을 인식할 때, 그것을 멋대로 기억하거나 마구잡이로 사유하면 근본사유가 아닙니다. 근본사유의 원어가 yoniso manasikara인데 태에서 하는 사유라는 뜻입니다. 태, 근본을 상징하겠지요? 무엇을 대상으로 인식할 때는 근본사유를 철저하게 실천하기를 부처님은 강조하십니다. 그래야 실천해야 할 일과 실천하지 않아야 할 일을 구별하겠지요? 실천하지 않아야 할 일을 했기에 나쁜 버릇이 생긴 것입니다. 진행적 사유를 잘 실천한 바른 사람은 인과에 눈을 밝혀 미래를 예측하고 이왕에 좋은 행위가 늘어나서 좋은 버릇을 소유하게 됩니다.

이런 내용은 보조수행 37가지에 드러나는데 수행자가 선행만을 버릇으로 갖도록 실천하는 수행을 '4정근'이라고 합니다. 이미 생긴 좋은 버릇은 더 많이 증가시키고, 이미 생긴 나쁜 버릇은 수행으로 빨리 끊어내고, 아직 생기지 않은 좋은 버릇은 빨리 생기도록 노력하고, 아직 생기지 않은 나쁜 버릇은 아예 나오지 못하도록 하는 것입니다. 철저하게 선과 악의 차원에서 착한 일만 하도록 수행자의 몸을, 버릇을 바꾸는 수행이 4정근입니다. 좋거나 나쁘거나, 이미 버릇은 생명체에 내재된 상태입니다. 범부는 버릇으로 살아가다가 그 버릇을 바꾸지 못하여 생사윤회까지 흘러가는 것입니다. 버릇을 바꿔야겠지요? 바꾸다, 그 원어가 Bhavana. 수행의 원어인데 눈을 바꿔야 한다는 것이 불교의 가르침입니다.

그렇다면 수정란의 버릇은? 정자이거나 난자이거나 이미 성행위를 한 그 자체가 버릇이겠지요? 그 다음에 수정이 될 테니까. 그런데 수정되는 과정에 대한 해석은 부파불교가 하였지만 부처님은 12연기로 나타내십니다. 무명 지분 다음에 행(行)을 거론합니다, 물론 오온의 행과 12연기의 행은 작용이 다릅니다. 법문이 달라지면 그 작용에서 뭔가 다른 점이 생겼다는 것이지요. 12연기에서 10가지 지분을 거론해놓고 그 다음에 탄생하고 늙고 죽는다고 하잖아요? 무명에서 연기한 10가지 지분은 탄생하기 이전 소식이라는 것입니다. 이 무명은 이미 그 이전 연기법에서 구조가 드러납니다. 그동안 몇 번 강조를 했습니다만, 그 구조가 생명체의 발생과 소멸의 구조이며 그걸 바탕으로 계속 연기법이 진행되기에 12연기에서 무명은 그 구조를 언급하지 않고는 아예 모르는 것입니다. 한국불교가 마음만 운운하는 바람에 알아볼 기회조차 잃었다는 것이지요."

옛이야기를 들려준 까닭

　많은 대화가 오갔어도 세월을 붙들어서라도 이야기를 계속 나누고 싶지만 현실이 그러하지가 못하다. 무씨는 프로덕션으로 돌아가 마저 처리해야 할 남은 작업이 있었지만 무엇보다도 사리풋타를 찾아온 불자가 있어서이다.

　"불경을 추천받고도 여태 손대지 않았습니다. 이제 돌아가면 맘껏 읽어볼까 합니다."

　"추천이라뇨? 저는 거사님께 권해드린 불경이 없습니다."

　아, 그랬다. 화엄경, 신수대장경, 그것은 동원스님이 추천한 경전이다. 그렇다면 사리풋타 스님은 내게 무슨 경전을 추천할까? 니카야경전, 그것의 입수가 당장에 어렵다면 아마도 니카야경전의 한문 번역본인 아함경이지 싶다.

　"불교 공부는 10년을 해도 채 알기가 어렵습니다. 당장 무턱대고 불경을 권유하고 싶진 않지만 대승불교 쪽도 알고 싶으시다니 일단 대승기신론과 유마경을 읽어보시라고 권하겠습니다. 단경을 거론하는 분들도 계시는데 참고하겠다는 마음으로 읽는 것은 괜찮겠습니다만 저로서는 그다지 내키지 않습니다."

　"알겠습니다. 반드시 추천하신 경전을 읽도록 하겠습니다."

　"니카야경전 우리말 번역이 완간되면 정독하시는 것, 꼭 잊지 마십시오."

　"네, 그러겠습니다. 이제 돌아가면 스님 뵐 기회가 생길지 모르겠습니다."

　"인연에 따라 맺고 풀리겠지요. 아내에게 돌아가면 그 사랑에 충실하셨으면 합니다. 여자라는 존재는 남자와는 다르게 원래가 사랑 하나만을 바라보고 살아갑니다. 그러한데도 다른 남자와의 사랑에 여자가 눈을 돌렸다면 그건 필시 여자 자신이 갖는 사랑의 가치체계에 흐트러짐이 일어났다는 얘기가 됩니다. 이미 사랑을 잃은 그런 여자에게 굳이 사랑을 쏟을 이유가 없습니다. 그것은 사랑이 아니라 삿된 음행에 불과하기에 더욱 그렇습니다. 불교에서는 그런 감정을 버려야 할 것으로 다룹니다. 남자에게도 해당될 얘기겠지요? 거사님께 이미 지나간 덧없는 제 옛이야기를 들려드린 이유였습니다."

합장하는 사리풋타의 모습에 무씨가 엉겁결에 따른다. 마치 사리풋타의 설법을 받아들이고 거기에 따르겠다는 마음가짐 자세처럼, 그렇게 비쳐지면서.

"스님께서는 어찌 그리 나의 개인 애정사를 잘 아십니까? 아내 아닌 다른 여자와 사랑놀이에 빠진 것을 고백하겠습니다."

"텔레파시 단어를 들먹이고 싶진 않네요, 하하. 이혼한 전남편과 비슷한 심리 상태에 놓인 얼굴 표정을 보고 알았지요. 사랑 문제를 놓고 거사님께서 제게 견해를 묻기까지 하셔서 더욱 그런 확신이 들었다고 해두지요. 어쨌든 이제는 평온을 찾으셨나 싶어 마음이 놓입니다."

"보지 않으면 잊힌다는 말처럼 그리 되나 봅니다. 사랑이라 느꼈던 감정이 콩깍지 벗기듯 한 꺼풀 벗겨지자 그것을 빌미로 내세웠던 행위들이 부끄러워지고 사상적으로 확신을 잃어갑니다. 사랑이 아니었는지 사랑이 때를 따라 변해서인지 사랑이 원래 그러한 성질의 것인지, 지금은 아무런 판단도 내리지 못하겠습니다."

사리풋타는 잠시 무씨를 물끄러미 바라볼 뿐 어떠한 언질도 주지 않는다. 그것이 불쑥 무씨의 마음을 아프게 했다.

"인생이 고라는 생각이 문득 듭니다. 삶의 속성이 고통이라는 자각이 일어납니다."

"거사님에게 어떤 알아차림이 일어나나 봅니다. 정진하시기를 기원합니다. 부처님께서 분석하시는 오온이라는 깊은 법의 소식을 거사님께 이런 설명을 해봅니다. 물론 이건 오온을 파악하면서 법이 확실하게 보일 때, 제가 나름으로 만다라 그림을 그려본 것입니다. 아까 대화에서 불교가 고찰하는 영역은 일체로 12처, 6근과 6경이라고 했는데 그건 자연과 인간이라는 단어로 바꿔도 됩니다. 왜 사람들이 자연을 찾아 휴식하고 산이나 바다에서 생명의 기운, 그 힘을 느끼는지 아세요? 이유가 파악되어야겠죠. 이 지구에서 발생한 일체 현상에서 자연은 인간보다 덜 집착한 존재입니다. 자연도 인간도 4대와 4대의 조합물인데 자연은 오온 상태에서 머물지만 인간은 더욱 집착하여 나를 유지하려는 힘인 아집을 키워서 눈·귀·코·혀·몸·뜻까지 생겨버렸다는 것이지요. 그래서 덜 집착한 존재의 품에 가면 여유로운 마음으로 풍요롭게 더 넓어진다는 것입니다. 인간과 인간 사이에서 느끼지 못하는 기분이겠지요. 사람도 그럴 것입니다. 편안한 사람, A 앞에 편안하다가 B 앞에는 불편한데, 정작 또 다른 C는 B에게 편하고 A에게 불편함을 느낀다는 것이겠지만, 하여간 편안한 사람이 있잖아요? 그런 사람은 대체로 대상에게 집착을 덜하여 욕심이 적은 사람이겠지요. 이렇게 불교의 법은 온 세상만물의 근본이치를 드러냅니다. 아까 대화에서 바위의 감각, 그러니까 정신적 영역에 대하여 눈·귀·코·혀·몸·뜻을 가진 존재와 자연물은 감각작용이 서로 다르다는 것을 기억해주세요.”

조문주와 무씨가 약속 장소를 도시 변두리의 한적한 곳으로 정한 이유가 나타난 마음처럼, 사리풋타가 불교의 법에 근거하여 지구에서 발생하는 일체 현상을 설명하려 한다. 과연 모든 현상이 불교의 법에 의해 죄다 파악이 가능할 것인지가 여전히 의문스럽지만. 모르는 자는 여전히 모르며 따라서 할 말이 없으니 파악을 마쳤다는 사리풋타의 견해를 묵묵히 들을 수밖엔 없다. 기독교 방식의 일체 현상에 대한 해석을 시도할 이유가 지금은 없으니까.

이때, 문밖에 어떤 한 중년 남자가 기웃거리더니 사리풋타가 쳐다보자 바로 문 뒤로 사라진다. 아까부터 찾았는데 사리풋타가 지체하니 급한 마음에 여기까지 들른 모양이다. 무씨에게 양해를 구하고 자리에서 일어나는 사리풋타의 모습으로 보아, 필시 잘 아는 사이일 뿐만 아니라 무척 가까운 사이 같다. 반사적으로 반가워했으면서도 이내 조심스러운 듯 신중하고도 진지한 자태가 감도는 몸짓으로 방을 나선다. 발을 딛고 걸어나서는 마룻장으로 따스한 햇살이 먼지처럼 피어오른다. 무씨는 직감으로 고향 오빠일지 모른다는 생각이 번쩍 든다.

“거사님. 재가 불자 한 분이 마침 오셨는데 대화 나누시겠습니까? 기독교 교리를 어느 정도 아시고 여러 학문에 두루 식견을 넓히신 분입니다. 아마 거사님하고도 대화가 통할 거예요.”

방문 앞에 다가서서 사리풋타가 의견을 물어온다.

“지금 어디 계시지요?” 무씨가 열린 문밖을 내다보니 적당한 키에 하얀 얼굴이 두드러진 중년 남자가 주춤 방으로 들어선다. "반갑습니다."

"안녕하십니까."

그를 맞는 무씨와 악수가 오가고 대략 자기소개가 끝나자 사리풋타가 염불을 핑계로 자리에서 일어난다. 장경록, 이 중년 남자의 이름이다. 얘기를 들어보니 역시 예감대로 고향 오빠라는 사람이다. 하지만 사리풋타로부터 들은 과거 이야기를 아는 체할 수가 없다. 그는 사리풋타의 영향으로 불자가 되었다고 밝힌다. 처음 대면하는 사이인데도 장경록의 표정과 행동은 마치 무씨를 전부터 잘 아는 사이처럼 스스럼없이 대한다. 원래가 붙임성이 좋은 사람이라서 그렇겠지 싶으면서도, 자기의 일거수일투족을 지켜보고 살폈다는 사리풋타의 얘기를 들은 탓에 무씨는 부담이 되는지 주춤거린다. 처음 갖는 어색한 자리이기도 한지라, 일상사의 얘기를 담담히 나누는 것으로 둘의 만남이 짧게 끝난다. 인사치레의 재회를 기약하면서 말이다. 요사채를 나서자 사리풋타가 마침 법당 마룻장에 내려서면서 고무신을 챙긴다. 아까부터 간다, 간다, 노래하던 이별이 새삼스레 아쉬운 무씨다.

"저 오빠가 어쩐 일로 여길 들렀는지 모르겠네요."

고향 오빠는 참배하러 일찌감치 법당 안으로 사라졌고 무씨는 아무 말이라도 꺼내야 했다.

"대본이 있으니 일단 해설 녹음까지는 내가 하고 싶군요. 스님, 조만간에 시간 내서서 찾아주십시오."

무씨가 승용차에 오르기까지 멀찌감치 서서 지켜봐주는 사리풋타다. 승용차가 산길을 털레털레 내려간다. 평소엔 듣지 않던 라디오를 켜자 호소력 짙은 곡조가 흘러나온다.

"열아홉 시절은 황혼 속에 슬퍼지더라. 오늘도 앙가슴 두드리며 뜬구름 흘러가는 신작로 길에 새가 날면 따라 웃고 새가 울면 따라 울던 얄궂은 그 노래에 봄날은 간다."

기슭 곳곳에 나뭇가지 마다마다 꽃망울이 함박 터져나 두런거리는 모양을 보아하니 아무래도 산사의 청아한 독경 소리가 허구한 날에 이른 봄을 깨웠나 보다.

속가 시절의 사리풋타

앞으로 할 일에 만반의 준비야 사리풋타의 머릿속에 든 공부가 바탕이겠지만 어쩌면 종교적 성향이 옅어진 이런 말법의 세상에서 부처님 법을 펼친다는 것이 불가능할 정도로 이미 세상은 종교와 아무 상관이 없는 그런 장소처럼 비친다. 이 세상 어느 곳에서든 부처님 법에 궁금증을 가지고 혼자 애태우는 사람이 있다면 그런 사람과 대화를 해보고 싶다. 그런 막연한 기대를 했던 사리풋타가 무씨와 다시 마주친 것이다.

진리추구에 대한 진지한 자세를 가진 무씨. 어떤 이유로 생사해탈을 놓쳤을 몇 몇의 사람들이 노력하고 또 노력하여 마치 마지막 끈을 잡듯 이 지구에서 탈출하려는 시도를 하는구나, 불교에 대한 궁금증으로 가득한 무씨의 모습을 보면서 그런 생각에 잠겼던 사리풋타. 세상을 살면서 대상을 보는 눈의 순수함과 무엇을 추구하는 열정을 잃지 않았던 사리풋타의 성향이 사실은 불교 공부와 맞아떨어진다고, 사리풋타는 돌이켜 자기의 과거를 바라보는 것이다.

여고시절에 문득 그 오빠가 그리우면 공부하던 노트 뒤에 편지를 적어보던 감수성을 어른이 되어서도 그대로 유지했다는 것이며, 그 오빠에게는 비록 도망자로 불렸지만 이기적 행동으로 그를 버린 것이 아니라 세상의 잣대에 맞춰야 하는 남녀의 사랑은 대체 무엇일까 하는 궁금증에 골몰했다는 것인데. 아련한 그리움에 눈물 흘리던 사리풋타의 울음은 그 오빠를 만나고 싶다는 세속적 욕망이 아니라, '왜 내 마음에 그 오빠를 만나면 안 된다는 생각이 들까? 왜 내 안에 다른 내가 있을까?' 하는 본질적 물음이라고 한다.

세속적 욕망과 사리풋타와는 아무 상관이 없었다. 감성의 순수함, 의문의 순수함, 그것은 부처님 당시의 출가자들과 같다는 것을 스스로 강조하던 사리풋

타. 사리풋타가 꿈꾸는 세상은 궁극에 절실하고 삶 자체가 순수덩어리였던 부처님 당시의 출가자들과 만나는 것이었다. 그게 끼리끼리 법칙으로 사리풋타 자신에게 어울린다고 여겼다. 마치 미운 오리새끼처럼 홀로 방황하던 모든 것을 스스로 끈질긴 노력으로 세상의 궁금증을 풀었다는 사실에 안도하여 천만다행으로 여긴다는 것이다. 그렇게 살아온 길 끄트머리에 종교적 의문으로 소설을 적어나가는 무씨와 인연이 되었고, 불교적 이해에 작은 도움을 건네는 일도 분명히 자신의 할 일이라 여기는 사리풋타다.

사리풋타는 무씨와 속마음의 교감이 가능한 텔레파시를 경험했다고 한다. 마치 미래를 예언하듯 무씨와 인연이 되었던 그때, 사리풋타는 흔하지 않은 텔레파시를 경험했는데 아마 진리추구라는 입장에 선 무씨와 마주친 이후로 그의 심경이 종종 자신에게 와 닿는 상황이 전개되었다는 것인데. 그것은 종교적 대화를 나누는 벗으로서 무씨와 대화를 나눌 미래를 예측했노라고 사리풋타 스스로 안다는 것이며, 무씨의 내면에 꿈틀거리는 그 모든 작용은 설명이 되어야 한다는데. 더구나 그 작용이 사람과 사람 사이를 잇는 작용이라면.

왜 사는가? 바깥에 관심을 쏟는 것보다 내면을 바라보는 버릇이 발달한 조용한 학생이던 사리풋타가 여고 졸업앨범을 펼친다. 까만 눈알을 반짝이며 무언가 찾아서 살피다가 교실 풍경을 담은 사진에서 눈길을 멈춘다. 칠판 앞에 서서 뭔가를 설명하는 선생님을 바라보는 사리풋타의 뒷모습이 다른 애들과 비교될 정도로 꼿꼿하지만 사리풋타는 사진이 찍혔을 그때의 자기 마음을 바로 읽는다. 자세는 똑바르게 했지만 정작 딴생각에 몰두한 것이다. 무슨 생각을 했는가? 그건 사리풋타만 아는 은밀한 비밀이기도 하였다. 누군들 그 생각 속에 들어와 살피지 못할 테니까.

국사시간이던가? 선생님을 마주보면서 햇살에 녹는 고드름처럼 눈물이 주르륵 한줄기 쏟아져 내렸던 것이다. 키가 크신 그 선생님이 놀라지 않았을 리가 없다. 잠깐이었지만 안경을 힐끗 추켜올렸고 허둥거리셨다. 사리풋타는 학습에 몰두한 것이 아니었다. 뭔가 풀리지 않는 머릿속 문제를 쳐다본 것이었다. 그런 일이, 열린 창문에 스치는 바람결처럼 일어나 기억을 돌이키는데, 그만큼 사리풋타는 어린 시절부터 세상일을 물끄러미 쳐다보는 것을 선선하게 즐겼다. 모두들 왜 사는 것일까? 정작 눈물이 났던 이유는 세상의 해답을 모르겠다는 것이다.

해답을 찾고 싶다! 출가하여 이제 스님이 된 사리풋타가 무씨와의 대화에서 밝혔듯이 이성에 대한 애욕은 끊어냈다는 것을 강조한다. 부처님 방법으로 그랬다고 한다. 하지만 그 방법을 모르면 끊어내기 어렵다는데 그 사람, 고향 오빠 이야기를 꺼낸 것은 무씨의 현실문제에 도움을 주기 위한 배려이기도 했고 그것은 속가 시절의 사리풋타에게 닥친 현실문제였지만 현재는 당당하게 그 문제를 풀어냈다는 선언적 의미를 담는 것이기도 하였다. 사람이 살아오면서 겪는 문제를 크게 보면 한가지라고 사리풋타는 말한다. 이 지구에 온 것은 하나의 문제를 풀기 위해서다. 사리풋타는 그렇게 보는 것이다. 내 앞에 던져진 숙제이다!

사리풋타가 어린 시절부터 풀리지 않는 궁금함으로 이 세상을 물끄러미 본 것을 단어로 표현하라면 '관계'이다. 사람과 사람과의 관계, 무엇과 무엇의 관계가 참으로 궁금하단다. 부모를 만나게 하는 것, 형제로 만나지는 것, 사랑하는 이를 만나는 것, 동료를 만나는 것. 이런 관계를 과연 무엇이 결정을 짓는가? 이 의문을 풀지 못하여 언제나 가득한 궁금증을 가슴에 지녔던 사리풋타. 사랑한 그 고향 오빠가 아니더라도, 남편과의 이혼문제가 아니더라도, 돌이켜봐서 자신의 삶에 이런저런 영향을 끼친 사람들이 아니었더라도, 사람과 사람과의 관계에 절실한 물음을 던질 줄 알던 사리풋타였다. 헤어지고 나서야 뒤늦게 그 오빠를 사랑했다는 것을 자각한 사리풋타는 온 세상이 다 슬펐다.

어느 날, 방구석에 쪼그리고 앉아 펑펑 울면서 하늘을 보는 시늉으로 사리풋타의 이런 말이 자신도 모르게 탄식처럼 새어나왔다.

"신이시여, 왜 제가 그 오빠와 만났을까요? 이런 관계는 누가 만드는 것입니까? 그걸 알아야 제발 이렇게 슬픈 관계는 맺지 않게 해달라고 기도를 할 게 아닙니까!"

'이뤄지지 않는 사랑의 이유는?' 하고 물으면 사람들의 대답은 세상의 일반적인 이런저런 모습만을 설명한다. 하지만 사리풋타의 질문은 대체 그 관계를 누가 설정한 것인가에 대한 의문으로 나아갔다. 로미오와 줄리엣은 대체 어떤 관계로 만나졌기에 이뤄지지 않는 사랑의 아픔을 겪었던 것인가를 알 수 없어 애가 탔다는 것이다. 로미오와 줄리엣이 만약 원수관계의 가문에 태어나지 않았더라면 그 상황은 달라졌을 테니까.

사람이 사는 일, 눈을 크게 뜨고 살펴보면 바로 그 관계에서 울고 웃는 일이 생겨난다는 것이 보인다. 부부관계, 부모와 자녀관계, 노사관계, 국가와 국가관계, 그것을 극도로 발달한 지혜의 눈으로 살핀다면 그 관계에 어떤 특징을 본다는 것이다. 나와 너의 관계에 대한 문제가 속가의 사리풋타 곁을 맴돌았다.

연선이

　사리풋타의 원래 이름은 이연선이다. 20살이 갓 넘어서 누가 연선이에게 말하길, 여자 같이 생긴 여자라고 했다는데 정작 연선이 자신은 남동생들 틈에 자라면서 여자처럼 꾸미거나 치장하는 것을 몰랐을 정도로 담백한 성품에 관심마저 외모에 두지 않았지만 생긴 꼴이 그렇다는 것일까? 여고시절, 친구들이 개미허리라고 별명을 지어주었고 대학생인 된 연선이 별명은 올리브였다. 시금치 먹고 힘내는 뽀빠이의 여자 친구, 올리브. 그렇게 불러준 친구들의 뜻은 무엇이었을까.

　어느 날, 여대생 연선이가 친구와 명동을 걷는데 그날따라 하필 청바지 안에 남방셔츠를 넣는 바람에 허리와 엉덩이 차이가 너무 도드라져 보였나 보다. 뒤에서 한 사내가 미친 사람처럼 연선이의 허리를 붙들고는 희롱하여 옥신각신하는 통에 친구도 놀라 어리둥절하였고 연선이가 거듭 소리를 지르면서 사내의 손아귀에서 달아나려 휘청거렸다. 저만치 사내 한 무리가 말릴 생각 아예 없이 키들거리는 걸로 봐서 무슨 내기 게임을 치르는 인상을 받았는데 이윽고 사내가 허리에 손뼘재기 시늉을 해보이며 으쓱 물러선다. 이대 앞 미용실에서 머리를 예쁘게 치장하고 옷도 사 입고 말이 통하던 친척 언니와 명동 신세계 앞을 걸어갈 때에 마침 점심시간에 맞춰 주변 빌딩에서 나온 남자들이 삽시간에 무리를 이뤘는데 앞에서 성큼 다가온 한 남자가 연선이의 손을 확 잡아버리는 것이다. 그러고는 본인도 무심결에 일어난 행동이라는 듯 황급히 사과하고는 갸웃거리며 무리 속으로 사라진다. 친척 언니가 그날 내내 말했다. "선아, 너 진짜 예쁘다. 그러니까 그 남자가 그랬겠지?" 모델이 아니고 배우가 아니었지만 여자 같은 여자였다.

여자는 상대적으로 남자와 어떤 관계를 맺게 된다. 물론 성관계를 의미하는 것이 아니다. 남자와의 관계에서 그 모습이 곱상한, 여자 같은 여자에 가까울수록 그 여자는 더 많은 남자들의 관심을 받을 것이 분명하다. 시쳇말로, 남자를 실으면 트럭 한 대는 충분하겠다는 농담을 듣던 시절에도 정작 연선이 자신은 얌전한 여자라고 여겼다. 실제로 관심을 받는 것과 아무 사건도 일어나지 않는 것은 다르니까. 하지만 가만히 있어도 몸에 끼가 보인다는 소리를 듣던 연선이, 목소리까지도. 그렇다면 이런 여자의 삶은 끼를 필요로 하는 직업을 가지거나 아니면 정숙한 여자로 살면서 모양을 내는 일에 치중하거나 그렇게 살면 되겠다. 하지만 연선이는 여기에서 일반적인 삶과 다른 차이를 드러낸다. 나름으로 가진 내면의 색깔로 외면을 다독거리면서 잘 살아가고자 하는 일에 걸림돌이 된 것은, 자신에게 다가오는 사람들의 분위기 때문이다. 쉽게 만나서 웃고 헤어지는 세상사처럼 홀가분한 것이 아니라 무언가 갑갑한 느낌을 던져주는 것이다. 그것이 얼마나 답답한 일인지 알겠느냐고 늘 마음속으로 호소하는 연선이었다.

연선이는 자신의 마음에 담긴 생각들을 굳게 신뢰하면서 지켜나갔다. 여자는 정숙해야 한다는 생각. 결혼은 부모님이 정해준 남자와 하는 것이라는 생각. 그렇게 떠오르고 다져지는 생각을 내 생각, 내 것이라 확신한 것이다. 생각해보면 연선이의 20대 그 시대 역시 젊은 남녀가 흔하게 사랑 운운하고 섹스를 즐기던 시절이었으며 혹시 부모가 반대하면 둘이서 뛰쳐나갈 작정으로 막무가내로 결혼도 하던 시절이었다. 그런데도 연선이의 머릿속에 이미 담겨진 생각은 '결혼은 부모님이 정해주신 남자와 하는 것이다.' 이랬다는 것이다. 친척 오빠를 사랑한 여자가 바로 내일이 결혼식인데 그 오빠를 찾아와서 하는 말이, 나를 가져달라고 했다는 소리를 듣고는 까무러치던 연선이가 반문한다. '왜 내 머릿속에는 그런 생각이 일어나지 않았을까?' 고향 오빠와 연선이는 서로가 곁에 있다는 사실만으로도 편안하던 그런 사이였는데.

이별, 그건 생각이 주범이란다. 오빠를 만나지 말아야겠다는 생각이 일어나서 괴로웠다면, 그 괴로움을 제거하기 위해서라면, 그 생각의 이유가 밝혀져야할 것이다. 그 생각이 헤어지게 만들었고 헤어졌기에 괴로워하니까. 만약에 꼭 그 오빠와 같이 살아야 한다는 생각을 했다면 얼마든지 연선이와 그 오빠는 결혼에 이르렀을 것이다. 주저할 게 아니라 같이 살아보고서, 아니다 싶으면 그때 얼마든지 이혼하고, 세상의 흔한 사람들처럼 연선이도 그렇게 살았을 것이다. 하지만 헤어져야 한다는 생각과 좋아한다는 생각, 서로 다른 생각. '내 안에 내가 너무도 많아.' 연선이는 그걸 지켜보던 것이다. 내면에서! 연선이는 자신의 내면에 꼼짝하지 않고 머무는 수많은 생각에 괴로워했지만 그것도 꼭 남자와 여자, 그런 관계에서 발생한 생각에 괴로워한 것임을 알아차렸다. 그 정도면 운명이라고 말할 정도로 이생에서 연선이가 풀어야 할 한 가지 문제는 남자와의 이별이었다. 스스로 도망쳐서 헤어진 오빠이거나 타인의 개입에 의해 헤어져야 했던 남자이거나 간에.

연선이는 단짝처럼 지내던 친척 언니가 들려주던 일을 떠올린다. 그 언니는 연선이와 나이 차이가 약간 났는데, 고향 오빠를 좋은 인상으로 보았던지 그 오빠와 너무 쉽게 헤어진 연선이의 모습을 보고, 숙맥 같은 짓을 한다면서 참 안타깝게 여기던 언니였다. 그 오빠와 헤어진 이후에 마음을 다독거리며 살아가던 연선이가 우연히 전해들은 오빠의 연애 소식에 쓰러져, 그 오빠와의 추억을 감당 못하여 흘린 연선이의 통곡의 눈물을 가만히 옆에서 지켜봐 주던 언니다. 그 친척 언니에게 들었던 이야기란다.

언니 친구가 대학 시절에 좋아했던 한 회사원 아저씨가 있었는데, 나이가 무려 10살이나 차이 나는 탓에 언니 친구는 혼자서 마음만 졸이다가 서로의 마음을 확인하지 못한 채 그만 소식이 끊겼다고 한다. 세월이 좀 흐르고 언니 친구가 애를 하나 낳고 임신 상태였던 그때, 그 아저씨가 갑자기 나타나서 결혼하자고 그러더란다. 언니 친구가 어렸기에 결혼했을 줄은 상상도 못했다는 그 아저씨 눈에 임신한 언니가 어떠하게 보였을지. 그렇게 다시 헤어졌는데 어느 날, 백화점에서 쇼핑을 하다가 언니 친구는 그 아저씨와 한 여자를 눈앞에서 만났다는 것이다.

나중에 확인했지만 그날 아저씨는 결혼을 앞두고 아내 될 아가씨와 쇼핑하러 왔었다는 것인데, 언니 친구가 얼마나 당황했을까? 그런데 이미 유부녀가 된 마당에 확인은 또 왜 했을까, 어쩌자고? 이게 끝이 아니라 언니 친구가 어느 교회에서 그 아저씨와 또 만나졌다고 한다. 순간 당황하여 뒷걸음만 쳤다는 언니 친구. 마치 드라마의 한 장면처럼 도시의 어느 곳에서든 만나야 할 사람은 꼭 만나진다는 것처럼, 헤어져야 하는 사람은 반드시 헤어져야 한다는 것이다. 그 시절에 친척 언니와 연선이가 온통 화제의 꽃을 피우던 인생의 순간들이었는데, 대체 드라마보다 왕왕 더 극적으로 삶이 전개되는 까닭은 뭘까? 마찬가지로 연선이의 삶조차 그렇게 나아가는 이유는?

결혼 전에, 그러니까 고향 오빠를 사랑하면서도 달아날 궁리만 하다가, 남편을 만나기 직전에 연선이는 시인을 꿈꾸며 시 공부에 매달렸다. 시 벗들과 무슨 속내를 드러내더라도 아무 흉이 되지 않고 오직 시 소재의 대상으로 벗들의 얘기가 전개되는 대화에도 연선이는 오빠 얘기를 꺼내지 않았다. 누구나 숨기고 싶고 혹은 흉이 되기도 할 사연을 언제나 객관화 시켜놓고 시 창작을 하기 위한 도구로 혹은 내면을 시로 다듬어 드러내기 위한 준비 과정으로 이런저런 얘기가 등장했음에도 불구하고 정작 연선이는 오빠 얘기를 숙제로 남겼다.

연선이에게 시로 만나 친해진 한 벗이 있었다. 비닐하우스에 떨어지는 빗소리가 듣기 좋다며 비가 내리면 농가로 혼자 달려가고, 낮에 보았는데 언제 냉큼 여행을 떠났는지 춘천의 공중전화 박스에서 안부를 전하고, 소설 공부를 하던 벗이지만 연선이의 시 비평을 도맡아 해주던 그 벗조차 연선이가 토굴로 공부하러 가면서 소식이 끊겨졌다. 어디서 사는지, 머리카락 깎은 모습을 보면 뭐라 할 것인지.

문학의 길에 잠시 만난 그 벗마저 이별이라는 굴레를 벗어나지 못한 연선이. 그 오빠와의 관계를 해결 짓지 못했기에 살아가면서 그런 문제만 만난다는 것인가? 분명히 연선이는 삶의 모습에서 윤회의 사슬을 봤겠지 싶다. 명확하게 의식에 떠올라 달라붙은 생각이 아니래도 전생의 흔적이 이생에 어떤 영향을 끼치지 않는가 하는 질문에 스스로 의문을 던졌는지 모른다. 이전의 것들에 더욱 애착이 결합되어 드러난 현상이라면 반드시 그것을 풀고 가야 할 숙제로 만났던 것은 아닐까?

연선이의 남편

　나이가 차는데 결혼할 생각이 통 없는 딸이 안쓰러워 여기저기 발품을 팔던 부모의 설득에 못 이겨 연선이가 결국 맞선에 응한다. 맞선을 본 그날, 뭐가 급한지 남자는 밥 한술 같이하지 않고 연선이에게 뭔가 다음을 기약하는 시늉을 보이고는 허겁지겁 가버렸는데 나중에 알고 보니 같은 날 오후에 다른 두 여자와 선을 더 보았고 처음 본 아가씨, 연선이를 신붓감으로 결정해달라며 알렸다고 한다. 연선이가 집에 들어가니까 기다리던 친척들과 아버지가 묻는다.

　"신랑감이 뭐라더냐?"

　"집에 월급을 얼마주면 살겠느냐고 하던데요?"

　"그래서 뭐라고 대답했는데?"

　"주는 대로 살면 되죠. 그렇게 말했는데요?"

　그날, 남자가 유난스럽게 이런저런 말을 많이 했다는 사실은 나중에 결혼을 하고 남편이 된 후에 일상의 성품을 보면서 알았다. 이 세상에서 부모형제도 아닌 연선이 앞에서 자신의 모습을 가장 많이 보여줬다는 것을. 연선이와 남편의 인연은 그렇게 시작되었다. 신혼 초부터 연선이는 남편을 원호오빠라 불렀고 남편은 아내를 연선아, 그렇게 불렀다. 소녀시절에 친구들은 속상하거나 뭔가 답답한 일이 생기면 언니나 오빠에게 의논한다는 그런 얘기를 들으면서 연선이는 '나는 왜 오빠가 없을까?' 궁금하게 여겼다. 이럴 때에 오빠가 있다면 이 일을 저 일을 의논할 텐데, 그 생각을 하면 괜스레 눈물이 주르륵 흐르던 연선이었기에 마치 오빠가 생긴 듯 오빠처럼 여기면서 시간 속을 살고 세월을 보내려고 했는데.

　전생! 어느 스님이 관음전에서 백일기도를 정성껏 올리는데 그 기도가 삼매에 들 무렵, 스님의 전생이 눈앞에 파노라마처럼 지나가더란다. 일반인은 믿기 어려울 뿐만 아니라 이해가 되지 않을 것이다. 범부가 전생을 본다는 것은 마치 실재한 어제를 보는 것처럼 그렇다고 한다. 어제는 분명히 존재했는데 지금 이 눈에 보이지 않을 뿐. 하지만 붓다가 보라는 전생은 그런 의미가 아니다. 이전에 뭘 했나를 알아서 대체 뭣에 쓰려고? 아마 원수로 만나졌던 사람에게는 더 악한 감정을 품을 것이며 친한 이에게는 더욱 갈증 나는 애욕을 부릴 범부 중생의 마음, 그건 분별심만 더 키울 뿐이겠다. 그래도 사람들이 마치 어제의 잔상이 남아서 언뜻 보이듯이 전생의 강한 이미지는 간혹 떠올려지기도 하는 것이 사실이라고 하는데?

아직 신혼의 단꿈에 젖은 그해, 한여름 날에 여는 사찰 수련회에 참석하려고 일 년에 휴가가 며칠 되지 않는 남편과 간신히 사찰에 도착해서 여장을 푼다. 참선을 배우러 가자는 낯선 얘기에 연선의 남편, 원호는 순순히 받아들였다. 부부 동반으로 동참한 수련생도 묵언을 했기에 누구끼리 부부인지를 아무도 모르는 상황이다. 연선은 맨 앞에 자리를 잡고 남편은 약간 뒷자리에 앉게 되었다. 다리를 풀면서 걷는 경행시간이면 연선이는 남편의 심기가 어떤지 자꾸 살폈다. 처음 오는 낯선 환경에의 부적응을 염려해서다. 그런데 남편의 얼굴은 아주 편안하여 아무 일도 없다는 듯 고요한 상태이지 않는가? 그 모습이 오히려 의아할 지경이었는데.

모든 일정을 마치고 산문 밖으로 나오면서 남편 원호는 사찰 경내의 불교용품을 파는 곳에 들러, 앞서 다녀간 선배 수련생들의 감상문을 적은, 수련회 후기라는 제목의 작은 책자를 한 권 산다. 자신에게는 소중한 계기가 되었다는 듯이 말이다. 돌아오는 길에 어느 공원에 핀 연꽃을 구경하면서 남편이 신중하게 이렇게 말한다. "참선 중에 나의 전생을 보았어." 그러고는 그 광경을 소상하게 설명한다. 남편이 승복을 입고 아주 큰 사찰의 대웅전에 혼자 앉았는데 그 대웅전 앞에는 두 그루의 커다란 나무가 섰고 겨울 장면으로 하얀 눈이 쌓여 전체 분위기가 너무 쓸쓸하더라는 것이다.

더욱 기가 막힌 얘기는 그야말로 믿거나 말거나인데, 남편이 대학 입학시험에 불합격하고 재수 끝에 다시 입학시험을 코앞에 두고는 그야말로 고독한 상황에서 망상을 피우길, 혹시 이번에도 떨어지면 어쩌나? 그런 생각에 잠겼는데 참선 중에 보았던 똑같은 장면이 그때 그려졌다는 것이다. '혹시 시험에 떨어지면 중이 되려고 내가 이러는 것일까? 말도 아니다. 이건 쓸데없는 짓이다.' 머리를 흔들어 강한 부정을 하면서 그려지는 그림을 떨쳐내었고 마침내 입학시험에 합격을 했단다. 그렇게 잊고 살던 그때 그림을 이번에 또 보았다는 것인데, 믿어지겠는가?

연선이를 불교대학으로 이끈 인연은 어찌 보면 남편이었다. 책장에서 남편의 책들을 살펴보던 중에 남편이 학창시절에 심취했다는 금강경 해설을 대강 넘겨보면서 연선이는 이런 생각을 했다. '아, 불교가 적어도 미신은 아니구나.' 연선이는 남편의 불교적 분위기에 고무되어 사찰에서 여는 불교대학을 수강하면서 무척 아름답고 황홀한 시간을 보낸다. 생각해보면, 그들 부부의 그런 기운은 나중에 이혼하고 나서도 지속됐다고 봐야겠다. 연선이와 마주앉아 법담을 나누면 남편의 불교 이해가 아주 뛰어났음을 알 정도였는데.

연선이가 남편과 인연이 되었던 이야기를 조금 더해보자. 맞선을 보려고 호텔 커피숍에 들어서자 책 한 권을 탁자 앞에 놓고 앉은, 우등생처럼 보이는 한 남자의 모습이 눈에 들어왔다. 연선이는 그날 처음으로 살짝 화장을 했는데 그건 엄마의 솜씨였고 딸에게 화장을 시켜놓고는 흡족하다는 듯 길을 걸으면서 자꾸 쳐다보던 엄마의 흐뭇한 표정이었다. 딸, 연선이가 출가한 후에 "보살님!" 하고 자기를 부르자 한때 거의 실신 상태에 빠졌다는 엄마다. 그 엄마와 연선이가 들어서자마자 마치 영화에서 보는 클로즈업 장면처럼, 그 안경 쓴 말쑥한 총각이 자기 눈에 쏘옥 들어오더란다. 그래서 부부 인연을 맺었다는데.

남편은 중매사진으로 보았던 연선이의 처음 인상이 안방마님 같았다고 나중에 기억을 더듬었다. 한복을 입고 다소곳하게 정숙한 자세로 안방을 지킬 그런 인상으로 보았다고 한다. 달콤했던 신혼의 기억이 길지는 않았어도 살면서 그런 얘기를 몇 번이고 꺼내던 남편, 원호. 여자 문제로 차디찬 이혼의 길을 선택하고 또한 문제를 일으킨 그 여자와 새로운 삶을 선택하면서도 출가를 결심했다는 연선이의 소식을 듣고는 기어코 만나보겠다며 눈 덮인 산골까지 다니러 온 전남편이었다.

"인생 참 허무하네, 참 허무하네. 연선이를 처음 보았을 때 그 인상이 안방마님 자세로 이렇게 앉았던데 이렇게 산에 올지 누가 알았겠나."

혼잣소리로 무심하게 말하는 전남편의 모습을 쳐다보다가 연선이가 불쑥 한다는 말이,

"그게 무슨 안방마님 자센데? 참선하는 폼이구먼!"

전남편 원호가, 그러네? 하며 깜짝 놀란 듯 연선이가 앉은 모습을 살펴보았다. 살면서 자기의 첫인상에 대하여 남편이 몇 번 거론을 했지만 무심하게 흘려들은 것을, 정작 참선하는 산에서 알아차린 것이다. 그 다소곳한 자세가 참선 자세였음을. 키우던 개도 주인을 닮아 참선자세로 앉았다는 말을 들었던 그 산골 토굴에서 깨닫는 것이다. 마치 맞선 장소에서 보았던 연선이의 첫인상은 결국 미래를 예측한 일이 되어버렸다. 우습게도! 인생의 미래가 무엇에 의해 결정된 것은 아니지만 사람의 행위가 바뀌지 않는 한, 결국 미래도 같은 방향으로 흘러간다는 얘기다. 범부중생은 기억의 저편에 남은 어제를 보듯 정신의 편린에 남은 전생의 기억을 보기도 하겠지만 출가자는 전생과 이생을 상속하는 과정에 과연 무슨 사건이 생겼는가? 이걸 보는 것이다. 그리고 그 사건을 끊어내야 한다는 것이다. 잘못된 구조이기에. 출가 후에 사리풋타가 늘 강조하여 설법하는 메시지이다. 끊어내야 하는 잘못된 구조.

파경과 출가

　사리풋타의 지난 삶이 생각하기에 따라 각기 색깔을 달리하며 보였지만 정작 나타난 여러 모습들이 자신의 실재가 갖는 본질적 내용의 설명이 될 수는 없다. 이생에서의 현상을 정신분석적으로 파악할 수 있는 것이 아니며 유전적, 환경적 요소 등의 분석적 측면을 가지고 따질 성질의 것이 아니라고 사리풋타가 파악하는 것이다. 뜨거운 사랑은 아니지만 담담하게 일상의 삶을 같이 노래하던 어느 날, 남편에게 불쑥 여자가 나타나고 그 여자로 해서 연선이는 충격의 갈등에 휩싸여 어쩔 줄 모르는 와중에 고향 오빠와 마주친다.

　"어마! 오빠가 여긴 어쩐 일이야?"

　같은 아파트 단지의 같은 건물에서 엘리베이터를 타고 내려오다가 고향 오빠와 마주쳤다는 기막힌 사실 앞에 어이가 없다. 볼일이 있어 마침 여기 아파트에 들른 것이겠지 했지만 대화를 나눠보니 같은 아파트 울타리 속에서 같이 산다는, 이 사실 앞에 사리풋타는 지금 돌이켜도 어이가 없는 일이었다고 술회한다. 세상에 어떻게 이런 일이 생긴단 말인가? 고향 오빠의 얘기를 들으니 이건 의도된 것이 아니라 고향 오빠의 아내가 결혼 전부터 마련해서 살던 집일 뿐, 오히려 연선이가 그것도 모르고 결혼하면서 이곳을 선택한 것이라는 기막힌 사실 앞에 몸을 부르르 떤다. 남자와 이별했다는, 그것도 마음에 없이 억지로 팽개친 이별이 모양을 다르게 만들어낸 현실 앞에 죽고 싶었던 것이다.

　남편에게 여자 있음이 지금 문제가 아니라는 생각이 한순간에 연선이를 휘감는다. 고향 오빠를 마음에 품어놓고, 그 품은 마음을 떨쳐내지 못했다고 해도 그건 풋사랑으로 가슴속에 간직한 하나의 추억으로 아무 문제가, 의미가 없는 것으로 연선이는 알았다. 자기의 마음을, 다른 남자에게 무의식적으로 향한 자기의 마음을, 남편이 읽었지만 남편 자신이 표현하여 들려준 마음처럼 그건 풋사랑이자 나이 어린 감수성에서 온 일시적 기억의 편린 정도로, 남편 원호가 생각하는 줄로 알았다. 그런데 이렇게 불쑥 고향 오빠와 마주쳐 같이 길을 걷고 빵집에 앉아 대화를 나눌수록 연선이는 알 수 없는 기운에 몸이 소스라치며 놀라는 것이다. '장난이 아니다! 이건 바람처럼 스쳐 지나갈 가벼운 현상이 아니야!'

남편 원호는 그 고향 오빠의 존재를 확인한 이후로 메모된 노트를 훔쳐보고 알게 된, 더욱 구체적으로 알게 된 연선이의 마음을 알아내고는 괴로움에 질투심으로 직장의 그 여자에게 다가갔던 것은 아니었을까? 언제든 손을 내밀 수 있는 동료이고 곁에서 유혹의 몸짓으로 남편 원호를 늘 향하고 있었다면? 모든 일의 원인이 자기를 향한 것 같아 몸을 가누기가 어려울 지경인데다, 택시로 집까지 바래다주는 현장에서 공교롭게도 남편의 시선에 걸려들기까지 했으니.

연선이는 아파트 벽을 모조리 무너뜨리고 싶은 충동에 온통 괴로운 나날의 처절한 심정에서도 불쑥 엉뚱한 궁리 하나가 삐져나왔다. '위쪽 층에서 떡을 좀 가져왔으니 맛보라고 하면서 오빠의 아내 모습이라도 엿볼까? 어찌 생겼지?' 하여간 죽을 듯이 달라붙는 그 망상은 암만 생각해도 끔찍스러운 일인 것이다. 연선이는 이제 새로운 고민에 빠진다. 어쨌거나 같은 아파트 단지에 산다면 남들이 보기에도 얼마든지 불륜을 저지를 가능성이 짙지 않겠는가. 남편의 간음이 연인의 입을 통해 대충 드러났고 더구나 이제는 같이 있었다는 모습의 목격만으로도 아내의 순결성마저 의심되는 이 험악한 현실 앞에서 더 이상 무엇을 망설이고 주저할 이유가 서로에게 남아 있겠는가? 사랑이 느닷없는 결별로 돌아선다는 갑갑증에 숨을 몰아쉬는 연선이가 자신의 앞날을 두고 심각한 생각에 빠졌을 것이 분명하다. 그날 이후로, 연선이가 남편에게 요구한다. 이혼하자고! 아니 남편에게 권유했다고 해야 옳겠다. 이혼을 꺼려하는 남편에게, "이런다고, 이런 상태에서의 결혼생활 유지가 보기 좋은 모양새는 정말 아니야." 그렇게 말한다. 그래서 그들은 이혼했다. 그런데 연선이는 어찌해서 그 고향 오빠와의 재회 시도는커녕, 더욱 달아날 출가자의 길로 나선 것일까?

연선이가 출가하여 스님이 되고서도 자신에게 다가오는 이별이 끝나지 않는 현상에 놀란다. 사리풋타가 군부대 법사시절에 한 청년과 인연이 된다. 이 청년과 제대 후에도 계속 인연을 맺고 지방에 갈 일이 생기면 서로 가까운 지역에서 만나 법문을 이어갔는데 그 청년도 그걸 원했다. 워낙에 세상을 보는 눈이 젊은이 같지 않게 많은 질문을 던지며 사유가 깊은 청년이었기에, 그래서 아꼈던 학생이라서 수고롭게 여기지 않았다. 그렇지만 공부에 진전이 생기길 원했던 그 청년은 시간이 흘러 여자 친구가 생기자 사리풋타의 바람과는 다르게 그만 이별하고 말았다. 우선적으로 사회생활에 전념해야 할 청년의 상황을 이해하면서, 사리풋타 곁을 줄곧 맴돌던 숙제는 이별이었다. 처음의 얘기로 돌아가면, 사랑과의 아픈 이별의 이유는 '내 안에 담긴 무엇' 때문이라는 것이다. 사리풋타가 그걸 찾아낸다. 혹시 이별을 즐기는 버릇을 가진 것은 아닌지, 혹시 사랑에 집착한 것은 아닌지.

사리풋타의 한 가지 모습은?

사리풋타의 현재와 미래는 이제 한가지의 모습이다. 이미 바른 출가의 길을 디딘 그날부터 죽는 순간의 그날까지 사리풋타의 모습은 부처님만 그리는 비구니 수행자로 그렇게 살아가는 것이다. 이것은 변할 수 없는 진실이라고 사리풋타가 강조한다. 자신이 죽을 나이, 80살이 되는 그 순간을 언제나 잊지 않고 산다는 사리풋타. 죽음의 나이를 정해놓은 것이 자기 마음대로 될지 안 될지는 모르겠지만.

배낭 하나 메고 노트북 하나 들고, 머리카락을 깎겠노라 결심하고 찾아간 큰 사찰 입구에서 입장료를 받자 사리풋타가 당당하게 말한다. "나, 출가하러 왔는데 입장료 내지 않아도 괜찮지요?" 그 소리를 들었던 건너편에 한 거사가 암자까지 사리풋타를 안내하였다.

사리풋타가 언젠가 무씨에게 이렇게 들려주었다.

"이 길에 온 열정을 다하여 걷는 나를 모르는 사람들이 저렇게 오해를 하겠죠? 부처님을 사모하는 제 마음을 잘 모르는 사람들의 착각이겠지요. 사람이 무엇을 무작정 참는다면 그것은 심장병 혹은 울화병의 시초가 될 것입니다. 그냥 참는다는 것은 말이 아니겠지요? 그런데 제가 산에서부터 지금까지 이어오는 정념(正念)은, '세상은 죽음에 이르는 길이다.'라는 부처님의 일갈입니다. 삶에서 겪는 그 모든 것은 결국 죽음이라는 한 점에 귀결된다는 것이겠지요? 이 세상은 그런 죽음을 향하여 달려가는 장소입니다. 태어난 자는 다 죽으니까. 삶과 죽음의 과정에 만나진 괴로움의 현장에서 나만큼 절실했던 자, 나오라고 하세요. 세상은 공평하다는 것입니다. 내가 부러워했던 사랑에 성공한 사람들은 행복하게 살다가 그렇게 죽을 뿐이겠지만 아픈 만큼 성숙해지고, 그 노랫

말처럼 괴로움과 아픔을 딛고 일어나 부처님과 귀한 인연을 맺어 노력한 결과, '죽음이 무엇인가?' 이 문제를 풀려고 골몰하는 귀한 보석을 갖게 되었는데 어떻게 다시 죽음에 이르는 그런 세상으로 돌아가겠는지요? 현재 제가 푸는 문제는 그 고향 오빠가 아닙니다. 그건 넘어섰습니다."

소리에 놀라지 않는 사자처럼, 어떻게 저렇게 자유로운 경지를 얻게 되는가? 그 오빠가 그리운 어느 날, 하루 종일 울면서 숫타니파타의 구절을 보고 또 보고 노트에 적고 부엌 싱크대 찬장에 격언으로 붙여놓고 새기고 또 새겼다. 음악만 들어도 무슨 영화를 봐도 길거리를 지나가는 회사원의 하얀 와이셔츠만 봐도 눈물이 주룩 나오던 그 당시에 누군가 하던 말이, "병이다. 병!" 머릿속에 지워지지 않는 그 오빠에 대한 기억과 생각과 느낌, 그게 병이라고 말하는 것이다.

사리풋타는 어떻게든 벗어나서 자유롭게 되길 원했다. 소리에 놀라지 않는 사자처럼! 사리풋타가 수행하면서 경험한 것은 인간의 미세한 번뇌는 도려내기 어렵다는 것이다. 번뇌를 분석하여 알 것은 알고 볼 것은 보고 그러는 과정에 드러난 것은 정말 미세한 생각은 생명체 내면에 뿌리가 깊다는 걸 파악했다고 한다. 머릿속에 생긴 그 수많은 사건들을 분석하자면, 이 존재는 시한폭탄일 정도로 엉키고 꼬여서 복잡한 내면이라는 것이다.

"저는 그 오빠에 대한 슬픈 기억을 담아놓았던 복잡한 내면에 시달리면서 괴로움이라는 사실을 그 누구보다 절실하게 파악했습니다. 그랬기에 그 복잡한 사건들을 정리하면 반드시 소리에 놀라지 않는 사자처럼, 그런 경지를 이룰 것임을 눈치챘지요. 제 현재와 미래는 부처님뿐입니다. 자신감을 가집니다."

붓다가 이르신 정념

무씨는 언젠가 자기에게 들려주던 사리풋타의 한 설법이 떠올랐다. 맛지마 니카야 제152 감관수행 경에 적힌 내용이라 하였는데.

"이와 같이 나에게 들렸다. 한때 세존께서는 카장갈라의 무켈루바나에서 지내셨다. 그때 바라문 파라싸리야의 제자, 청년 웃타라가 세존께서 계신 곳으로 왔다. 가까이 다가가서 세존께 인사를 드리고 서로 안부를 주고받은 뒤에 한쪽에 물러앉았다. 세존께서 말씀하셨다.

〈웃타라여, 바라문 파라싸리야는 그의 제자들에게 감각기관을 닦음에 대하여 가르치는가?〉

〈존자 고타마시여, 바라문 파라싸리야는 그의 제자들에게 감각기관을 닦음에 대하여 가르칩니다.〉

〈웃타라여, 어떻게 감각기관을 닦음에 대하여 가르치는가?〉

〈존자 고타마시여, 이 세상에서 눈으로 형체를 볼 때 귀로 소리를 들을 때 눈으로 형체를 보지 않고 귀로 소리를 듣지 말라고 감각기관을 닦음에 대하여 가르칩니다.〉

〈웃타라여, 바라문 파라싸리야의 말대로라면 봉사와 귀머거리도 감각기관을 닦음에 대한 수행을 하는 것이다. 왜냐하면 봉사는 눈으로 형체를 보지 않고 귀머거리는 귀로 소리를 듣지 않기 때문이다.〉

이렇게 말씀하시자 바라문 파라싸리야의 제자, 청년 웃타라는 말없이 얼굴을 붉히며 어깨를 떨어뜨려 고개를 숙이고 생각에 잠겨서 대꾸를 못했다. 그러자 세존께서는 바라문 청년 웃타라의 그런 모습을 보시고 존자 아난다에게 이와 같이 말씀하셨다.

〈아난다여, 바라문 파라싸리야가 제자들에게 감각기관을 닦음에 대하여 나름대로 가르친다. 그러나 감각기관을 닦음에 대한 최상의 내 가르침은 그것과 다르다.〉

〈붓다시여, 동등한 붓다시여. 지금이 바로 때입니다.〉

〈아난다여, 잘 듣고 자세히 사유하라. 설법하겠다. 어떤 것이 감각기관을 닦음에 대한 최상의 내 가르침인가. 눈으로 형체를 볼 때, 귀로 소리를 들을 때, 코로 냄새를 맡을 때, 혀로 맛을 볼 때, 몸으로 촉감을 느낄 때, 뜻으로 사물을 대할 때, 마음에 드는 것과 마음에 들지 않은 것과 마음에 드는 것도 아니고 들지 않은 것도 아닌 것으로 집착하는 마음과 거슬리는 마음이 발생한다. 이미 발생한 그 어떤 마음에 대해서도 그것은 결합된 것이다. 거친 것이다. 기대어 함께 일어난 것(연기)이다. 언젠가는 소멸할 것이다. 이렇게 알아야 한다. 그리고 극단적 마음이 사라진 담담히 바라봄의 마음이 고요하고 고상하다는 앎에 머물러야한다. 그러면 마음에 드는 것과 마음에 들지 않은 것과 마음에 드는 것도 아니고 들지 않은 것도 아닌 것으로 이미 발생한 집착하는 마음과 거슬리는 마음이 소멸하고 담담히 바라봄의 마음이 확립된다. 어떤 대상이든 이와 같이 재빠르게 이와 같이 신속하게 이와 같이 손쉽게, 마음에 드는 것과 마음에 들지 않은 것과 마음에 드는 것도 아니고 들지 않은 것도 아닌 것으로 이미 발생한 집착하는 마음과 거슬리는 마음이 소멸하고 담담히 바라봄의 마음이 확립된다. 아난다여, 이것이 감각기관을 닦음에 대한 최상의 내 가르침이다. 그렇다면 아난다여, 어떻게 학인의 길에 들어서는가. 눈으로 형체를 볼 때, 귀로 소리를 들을 때, 코로 냄새를 맡을 때, 혀로 맛을 볼 때, 몸으로 촉감을 느낄 때, 뜻으로 사물을 대할 때, 마음에 드는 것과 마음에 들지 않은 것과 마음에 드는 것도 아니고 들지 않은 것도 아닌 것으로 집착하는 마음과 거슬리는 마음이 발생한다. 이미 발생한 그것들이 부끄러움과 수치와 혐오에 잇닿는다. 이렇게 학인의 길에 들어선다. 또한 아난다여, 어떻게 감각기관을 닦음에 대한 길에 들어서서 아라한 성자가 되는가. 눈으로 형체를 볼 때, 귀로 소리를 들을 때, 코로 냄새를 맡을 때, 혀로 맛을 볼 때, 몸으로 촉감을 느낄 때, 뜻으로 사물을 대할 때, 마음에 드는 것과 마음에 들지 않은 것과 마음에 드는 것도 아

니고 들지 않은 것도 아닌 것으로 집착하는 마음과 거슬리는 마음이 발생한
다. 이미 발생한 마음에 드는 것과 마음에 들지 않는 것의 둘을 피하고 담담히
바라봄을 확립하고 바로 기억하고 바로 알아차린다. 이렇게 아라한 성자가 되
는 길에 들어선다. 이와 같이 아난다여, 나는 감각기관을 닦음에 대한 최상을
가르쳤고 학인의 길을 가르쳤고 아라한 성자의 길을 가르쳤다. 내가 그대를 위
해 설법한 것은 이 세상에서 스승이 제자들을 동정하고 제자들의 이익을 위한
우정의 마음에서이다. 아난다여, 여기 나무뿌리와 빈집에서 게으르지 말고 명
상하라. 그렇지 않다면 나중에 후회할 것이다. 이것이 그대에 대한 내 가르침이
다.)

　세존께서 이와 같이 말씀하셨다. 존자 아난다는 세존의 말씀을 기쁘게 받아
들였다.”

친구가 찾아오다

무씨는 프로덕션을 떠나갈 준비로 하루하루가 바쁘다. 인서트 영상화면이 들어갈 부분을 제외한 나머지의 영상편집과 자막 처리, 오디오 작업 등이 밤낮을 가리지 않는 수고 끝에 거의 마무리되었다. 겨울의 끄트머리이자 이른 봄인 삼 월까지는 맡은 영상작업을 모두 끝내고 싶은 무씨이니까. 그런 날 오후에, 치적치적 내리는 이른 봄비를 우산에 묻히며 준태가 사무실 문을 열고 들어선다. 누군가 싶어 여직원이 준태 쪽으로 다가가는데 그 모습을, 콘티 뭉치를 들고 책상에서 일어서던 무씨가 발견한다. 준태 곁에는 딸이 따른다.

식당 식탁에 복국 요리가 차려졌다. 끼니를 놓친 듯 준태의 딸이 허겁지겁 먹는다.

"어떻게 여기까지 올 생각을 했나? 몸은 괜찮아?"

"여기가 본래 내 고향이잖아. 딸애랑 오랜만에 고향 바다 보려고 데려왔어."

"이름이 뭐였더라?"

"박인희입니다."

"참, 맞아. 그랬지, 인희. 네가 고생이 많구나."

"아빠하고 여기저기 구경 다니니까 좋은데요?"

"그렇겠다! 어릴 때부터 아빠를 졸졸 따라다니더니만 여전하네, 하하. 그런데 병원은 어떡하고? 이렇게 다녀도 아무 문제 없나?"

인상을 찡그리며 준태가 말한다.

"병원도 오래 있으면 지겹잖아. 바람도 쐴 겸 좀 돌아다니기로 했다."

"그러네. 그래서 그런가? 얼굴이 전보다 살이 좀 붙은 거 같네? 몸도 보니 생기가 돈다. 병원에만 있으면 환자라는 생각에 하릴없이 주눅 들겠지?"

"병원도 나갔으면 하더라. 낫게 할 수 없으니까 진통제나 냅다 주고는 집에 있으라는 거지. 아, 잠시만!"

준태가 얘기 중에 주섬주섬 몸을 일으켜 자리에서 일어난다. 화장실에 다녀오겠단다. 아빠가 염려되는지 나간 쪽을 자꾸 힐끔거리는 인희를 물끄러미 바라보자 그걸 눈치챈 인희가 무씨에게 묻는다.

"아저씨, 영혼이 허공에서 떠돌아요?"

깜짝 놀라는 무씨다. 중학생밖에 되지 않은 아직 어린 아이가 영혼을 들먹이다니?

"인희는 영혼의 존재를 믿는 거니?"

"네. 아빠가 있다고 그러셨는데 제 생각도 그래요."

무씨는 아이가 알기 쉽게 설명해 줄 필요성을 느낀다. 되도록 아이의 마음을 위로하고 평온할 수 있는 얘기로.

"영혼이 떠돈다는 생각은 무속신앙에서 엿볼 수 있는 사상인데 우리가 흔히 말하는 귀신이라 보면 되겠지? 이거와는 조금 다른 뜻으로 불교의 가르침을 들 수 있는데 불교는 영혼이 없다고 말해. 그렇지만 윤회를 하기 위해서는 영혼과 유사한 성질의 것이 새로이 인간의 몸을 받고 태어나기 위해서 준비하는 과정이 있다고 하는데 이게 떠도는 의미로 생각할 수 있겠지? 그런데 아저씨 생각은 그렇다. 영혼은 있고, 있는데 그 영혼이 죽으면 어디를 떠도는 게 아니라 어디론가 곧장 향해 간다는 얘기야. 그곳이 천국이든 아니면 우주 끝 다른 공간이든, 그곳으로 바로 가서는 거기서 어떤 모습으로든 하나의 생명으로서 여전히 존재한다는 얘기야. 아저씨 말, 알겠나? 어렵지 않나?"

"알아들었습니다. 쉬운데요?"

"그래? 하하. 다행이다. 그러니 누구나 마음을 편하게 가지는 것이 중요해."

아이가 실제로 말뜻을 알고 그런 대답을 했는지 어떠한지가 중요치 않다. 막연하게나마 자기 아빠의 생명이 죽어서도 지속된다는 사실을 믿고 싶은 것일 게다. 그것의 들음에 안도하며 스스로 위안이 되려고 하는 아이의 의지를 엿볼 수 있어 무씨는 즐거운 것이다.

"약간만 맛봐야 하는 건데 맛있어서 조금 더 먹었더니 넘쳤다. 과유불급이라고."

화장실에서 돌아온 준태가 의자에 앉으며 한마디 하였다.

"겨우 그거 먹고?"

오랜만에 복국이 먹고 싶다고 하고서는 간신히 국물 몇 숟가락과 복어 살점 몇 젓가락에 그친 준태가 조금 힘들어하는 기색이다.

"음식이 들어가면 먹은 분량만큼만 액을 내어야 하는데 이게 기능이 망가져서 한 숟가락만 뭐가 들어가도 왕창 액을 쏟아낸다. 그러니 속이 무지 쓰리다. 지금이 또 그러네. 시종아, 그만 가봐야겠는데 한 가지 부탁 좀 하자."

"그래, 말해라. 그게 뭔데?"

준태가 말에 뜸을 들이고는 주춤거리자 재촉하는 무씨다.

"내가 내 딸 인희를 많이 좋아하는 거, 너도 알지? 나는 이제 얼마 못 살 것 같다. 내가 없으면 애가 많이 외로움을 탈 거야. 물론 제 엄마가 있긴 하지만 유별나게 아빠를 따랐잖아. 내 친구 네가 내 딸이 앞으로 인생 살아가는 데 가끔씩이라도 인생 길잡이가 되어줬으면 해서, 그 부탁 좀 하려고."

무씨가 얼른 대답한다. "준태야. 그건 걱정 마라. 이제 내 일도 마쳤다. 집으로 돌아가면 언제든지 아이가 찾아와도 돼. 어려운 문제가 생기면 상의도 하고 그럴 거니까 그건 마음 놓아도 된다. 내 집사람도 있잖아. 교사니까 나보다도 아마 더욱 도움 되겠지? 언니 되는 내 딸도 있고 말이야."

"고맙다. 딸애 보고 아저씨 집으로 조만간 찾아가 봐라 할게."

아빠의 얼굴을 멀뚱하게 바라보는 인희에게 무씨가 말한다.

"인희야. 내가 당분간 없더라도 아줌마랑 언니가 있으니까 연락하고 찾아가면 돼."

"네, 알겠습니다."

인희가 답례하듯이 빙긋이 미소 지어 보인다. 부모의 마음은 죽기까지 자식을 생각하는가 보다. 생각하기에 따라서는 씁쓸하고 안타까운 일이다. 내리사랑이라는 것이 벗어버릴 수 없는 인간의 모습이런가?

문병. 사람과 정들고 사람과 이별에 눈물짓는다지만, 정든 사람 있어 죽기까지 정 담근 오온의 즐거움에 온종일 죽음도 허공에 춤추네! 살고 죽고가 이놈의 정 때문에 인간 몸을 떠나지 않는 걸세?

생명체는 뭐가 같을까

　지구상의 모든 생명체는 공통점이 많다. 대표적인 것이 세포, 물질대사, 생식, 생장, 반응, 적응 등인데 그 외에도 유전이나 진화들을 이에 포함시키려 애쓴다. 하지만 이런 것들은 생물학적 측면을 강조하다보니 드러난 생물체의 기본요소이고, 가장 드러나는 공통점은 아무래도 종교인이 즐겨 구사하는 죽음이라는 문제와 직결된다고 하겠다. 생명은 살아서 꿈틀거리는 힘의 근원을 말하지만 또한 그렇게 생성하는 존재들은 언젠가는 멈추고 소멸하게 됨을 의미하기도 한다. 그러니 생명체의 가장 뚜렷한 공통점은 반드시 죽는다는 것인데, 이것은 우리 지구에 자리한 생명체들은 우주적 질서에 종속되어 때가 되면 결국 거기에 옭아매어 돌아가게끔 되어 있음을 의미한다.

　생명체의 죽음은 물질대사의 정지만이 아니라 외형적 소멸까지도 완벽하게 이뤄지기에 무생물과의 연관성을 배제할 수가 없다. 즉 생물체라면 아니 인간이 설정한 우주에 머무는 존재들이라면 반드시 죽음과 소멸의 길을 걸어가야 한다. 별들도 때가 되면 붕괴되어 사라지거나, 새로운 파편들로 흩어져 마치 세포가 분열을 일으키며 확장되듯이 여러 개의 별들로 재탄생하는 모습을 오늘에 와서 목격하는 것처럼, 죽음은 소멸이며 새로운 탄생으로 이어지는 것이다. 이렇듯 생명체라는 존재는 소멸의 블랙홀에 강제로 빨려드는 만큼이나, 악착같이 헤쳐 나오려는 의지와 작용을 지니고 있다. 어느 생명체든지 그래서 자극에는 반응하고 환경에 적응하면서 자기와 닮은 존재라도 많이 퍼뜨리려는 행위들을 본능처럼 해댄다. 언젠가는 죽는다는 사실을 동물이나 식물이나 모든 생명체라면 직감으로나 본능으로나 지적 능력으로 다들 알고 있기에 그들은 살아남으려는 작용을 마음껏 발휘한다.

그런데 태초부터 죽음을 직감했다면 그들은 왜 죽음을 극복하지 못했을까? 다윈진화론자들의 입장을 빌린다면, 기체나 단세포에서부터 진화하면서 인간이라는 존재로의 변화를 추구하며 이룰 것이 아니라 죽지 않는 존재로의 진화를 이뤄나가는 작업을 끊임없이 시도했어야 정당하지 않을까? 우주적 질서에 묶여 그것만큼은 극복할 수 없는 진화상의 문제라면 진화론자들도 우주적 질서를 인정한다는 얘기이고 인정할 수밖에 없다면 그 우주적 질서에 순응하며 살아가야 할 것이다. 종교가 우주적 질서를 알아내려는 시도라고, 여기서 거론할 필요까지는 없겠다. 아닐 수도 있으니까. 그것보다 먼저 풀어야 할 문제는 어차피 죽을 존재인데 생명체가 왜 발생하려고 나부댔을까 하는 의문이다.

우연히 어쩌다가 생명체가 발생했다고 한다면 굳이 다른 생명체를 잡아먹는 쪽으로, 그래야만 생명이 유지되는 존재로, 하필 진화를 시작하고 거듭 발전시켰을까 하는 궁금증이 더하게 된다. 모든 생명체는 기생하거나 포식하는 존재이다. 그래야만이 살아남을 힘을 얻기 때문인데 이것은 생명체의 불행이다. 붓다는 생로병사의 인간사를 번뇌한 것이 아니라 태어남의 문제, 즉 왜 하필 태어나 성가시게 물질대사를 하면서 더럽게 잡아먹는 짓거리를 죽을 때까지 해야 하는가의 회의를 혹시나 했던 것이 아닐까, 그런 생각을 떠올려본다.

죽고 다시 태어남의 윤회를 끊기 위해 해탈하는 것이라면 해탈은 불가능하다. 생명체의 죽음은 새로운 탄생을 예고하는 것이며 태어남이 없이는 죽음도 없기 때문이다. 지구를 폭파시켜 지구 전체를 소멸시키지 않는 한, 생명체는 끈질기게 태어나고 태어났기에 죽을 운명이다. 약육강식의 논리라든지, 신은 강한 자를 먼저 구원한다든지, 잘 나가는 놈 키워줘야 떡고물이라도 얻어먹을 수 있다든지, 경쟁논리의 개발 등등, 이런 짓거리들은 죄다 생명체의 특성을 풀이한 것이며 인간들의 두뇌에서 체계화한 생명체의 공통점에 대한 설명이라고 볼 수 있다. 먹는 게 남는 거라는 농담도 있듯이 먹고 먹히는 생명체 질서에서 이토록 엉터리로 진화가 이뤄진 만큼, 인간이 신이 될, 그렇게 진화할 가능성은 아예 없으니, 왜 이런 존재가 생명체인가를 이제부터 심각하게 다뤄야겠다.

진화론자의 입장을 빌려 사색을 더해보면 태초에 어찌하다가 세균이 생겨났는데 미토콘드리아를 잡아먹었다는 것이다. 다행인지 불행인지 잡아먹혔으나 미토콘드리아는 죽지 않았고 결국 잡아먹었던 세균과 공생관계를 이루게 되다 보니까 고등 생명체로의 진화가 형성되었다고 추측한다. 모든 생명체의 속성이나 행위들을 살펴보면 앞서 말한 먹고 먹히는 생명의 역사가 태초부터 시작되었다고 봐야겠다.

지금도 먹고 먹히는 생명체의 행위는 진화 없이 이어지고 있다. 가장 화려하게 진화했다고 자부하는 인간조차도 방법만 달리할 뿐, 먹기만 하고 먹히지는 않으려는 몸부림을 죽을 때까지 지속한다. 정말로 인간이 진화의 산물이라면 껍데기만 쌓아올린 엉터리 진화의 역사였다. 인간의 영적 요소를 완전히 배제한다면 세균과 뭐가 다르단 말인가? 하나도 다를 것 없고, 허공 하나 스스로 날아오르지 못하는 주제에 진화의 첨단이니 고등동물이니 소리 높일 이유가 전혀 없다. 생명체의 물질적 요소의 향상을 부르짖는 것이 다윈주의 진화라고 말하는 한, 인간이라는 존재가 진화의 결정체라고 떠들 수 없지 않은가.

사유와 판단력 등의 지적 산물이 두뇌의 진화에서 비롯된 만큼 고등으로 진화한 생물체는 인간이 분명하다고 주장한다면 그것이야말로 두뇌의 착각이다. 진화의 꽃이라는 두뇌의 멍청한 진화를 입증하는 꼴이 된다. 철저하게 물질대사와 향상 그것의 발전에 의해 이루어진 존재이면, 물질적으로 육적인 작용에서 완벽성에 가까워야지 눈에 없는 허상의 공간과 관념을 끄집어내는 존재로의 발전이 어떻게 물질적 진화의 향상된 결과일 수 있겠는가. 쓸데없는 짓에 진화를 거듭하다가 제풀에 죽어 소멸될 존재, 신도 없고 영혼도 없다는 인간이 종교무용론 등의 사고체계까지 주저 없이 만들어내었으니 진화가 잘못되어도 한참 잘못된, 엉터리 짓거리의 존재가 되어버렸다. 기껏 진화했다는 존재가 죽음 하나 해결하지 못하고 오히려 다른 생명체는 그다지 갖지 않는 죽음에의 공포까지 쓰레기처럼 계속 쌓아올리고 있으니 말이다.

먹고 먹히는 문제가 생명체의 풀지 못할 수수께끼이니 이것을 좀 더 생각해 보자. 누구나 먹으려고만 하고 먹히지는 않으려는 의지와 작용을 가지고는 있는데 그럼에도 누구나 누군가에게 먹히고 소멸에 이르게 된다. 인간도 예외가 아니다. 이것을 해결할 방법은 전혀 없는 것일까? 먹지 않으면 누구를 막론하고 죽게 되니, 산다는 것은 먹는 행위가 삶의 존속 문제에 있어 전부다. 그렇다면 모든 생명체는 먹기 위해서 태어난 것일까? 그것은 아니다. 그것만큼 배 터지게 구역질나는 소리가 없게 들린다. 대체, 무엇일까? 아아, 모든 생명체는 먹히기 위해서 만들어진 것이다. 다만 먹는 행위가 자신이나 관찰의 입장에서 절실하기에 그리 보이는 것일 뿐, 생명체는 먹히기 위해 태어나는 것이 분명하다.

불교에서 말하는 보시 문제가 문득 떠오른다. 수행하는 승이 사자의 굶주림을 풀어주기 위해 자기 몸을 던졌던 전설적 행위나, 지금도 모방마냥 악어의 밥이 되려고 몸을 던지는 인도 수행승이나, 어떤 인생사의 불합리에 대해 스스로를 번제함으로써 해결하려는 고행자들의 행위가 생명체의 근원적, 먹히는 문제로까지 저절로 이어져 다가오는 것은 무슨 까닭인가? 이러한 종교적 근원에까지 올라가는 인간들의 역사적 행위는 무엇을 말하는 것일까. 바로 이러한 먹고 먹히는 문제에 있어 먹혀야 하는 절대적 명제를 깨닫고 터득하여 몸소 실행에 옮기는 행위가 아니겠는가 하는 것이다. 먹히려고 생성된 존재가 먹으려는 상태로 변질되면서 일어나는 모든 악적 요소를 제거하기 위한 고도의 종교적 수행이라는 생각을, 오늘 불꽃처럼 해보는 것이다.

미토콘드리아는 뛰어난 존재인데도 불구하고 미생물에게 먹혔으며 미생물을 존속시켜 살아 숨쉬는 존재로 만들었다. 먹혀도 죽지 않는 존재로 아니 먹은 자를 제대로 살리는 존재로, 그러면서 미토콘드리아 자신도 거듭 살아남아 오늘에 이르고 있다. 붓다는 먹히는 삶에 대해 무엇을 소리하고 어떻게 행동하였는지는 잘 모르겠으나 정녕 깨달은 종교의 성자들은 먹히는 순간에 처하면 그것을 그대로 받아들였다는 점이다.

예수는 십자가에 매달려 죽으시면서 '다 이루었다'는 한마디를 하셨는데, 이것은 먹힘의 절대적 선을 알려준 행위이기도 하다. 먹힘은 사랑이고 의로움이다. 태초의 세균은 비록 잡아먹었지만 생명체의 본질은 먹힘에 있었던 것이다. 물론 이것이 진화의 질서에 입각하여 먹어야 사느니라. 그러면서 세균이 발생하자마자 덥석 잡아먹기를 시작했는지 아니면 창조질서에 의해 먹히게끔 그렇게 배열이 되었는지는 두고 볼 일이지만, 육적 물질적 외적 요소가 진화이고 그것이 생명체의 질서라고 주장한다면, 그렇게 주장하면서 오늘을 살아가는 존재들은 잡아먹는 세균처럼 오늘도 잡아먹고 살려고 애쓸 게 분명하다는 사실이다. 스스로 다윈진화의 질서를 무시하고 영적 순수를 거론하면서, 영적 존재의 부재와 다윈진화의 논리를 버젓이 내세울 수는 없을 테니 말이다.

하지만 어찌 약육강식의 논리에 따르는 것들만이 생명체라고 할 수 있겠는가. 잡아먹힌 생명체도 자기생명논리로서 오늘도 잡아먹혔으나 살아남아 생명체의 근본원리로서 이기적 생명체가 살아남게끔 역할을 다하는 것이다. 마치 영혼을 닮은 역할을! 미토콘드리아는 물질세계의 원동력으로 움직이다가 현대 과학에 의해 이제야 드러났듯이 영혼도 어느 때에 확연하게 드러날지 모를 일이다. 이러니 죽는다는 것은 발악해봐야 결국 절대적 진리의 하나인 먹히는 세계를 맛보며 그 정신으로 돌아간다는 것을 뜻하겠다. 아아, 생명체라면 누구나 한번은 실천해야 하는 절대적 행위, 죽음. 먹히는 자는, 제대로 죽는 자는 죽어도 영원히 살 것만 같은 오늘이다.

생명체는 뭐가 다를까

　생명체가 섭취를 통해 생명을 유지하는 운명에 놓였다면 그걸 뿌리치고 발돋움하려는 고뇌의 결과가 먹히는 행위라 하겠다. 종족 보존에 기반을 둔 본능적 먹히는 행위가 다른 생명체에도 발견이 되지만 이타적이거나 관념적 사고의 실천덕목으로서 이뤄지는 존재는 아무리 뒤져봐도 인간밖에 없다. 인간은 이렇듯 일반 생명체와 구별되는 인간만의 고유한 삶의 방식이 존재하는데 과연 다른 생명체들은 각기 다른 점이 없는 것일까. 이성적 작용 여부를 떠난 본능적 행위만을 놓고 본다면 모든 생명체들은 주변머리와 행동거지를 죄다 가지고 있는데 하나같이 그 움직임이 다르다는 것을 알 수 있다. 인간의 일란성 쌍둥이조차도 두뇌 작용과 행동이 같지 않음을 볼 때 천차만별한 생명체의 무진장한 다양성을 이루 헤아릴 수가 없겠다. 박테리아조차도 성질과 행동이 제각각 다르다는 보고가 있다.

　왜들 이렇게 다르고 달라졌을까. 다르다는 현상의 문제를 과연 종교적으로 풀어갈 수 있을까? 다른 점이 뭐냐고 물을 문제가 아니라, 너무도 다른 생명체의 뒤죽박죽인 성질머리를 어떻게 봐야 하는가 하는 문제가 어지럽게 다가온다. 행위의 결과로 윤회되어 형성되는 다름이라면 공통되는 속성은 왜 생겨나는 것이며 다름의 처음도 다름이 분명한데 왜 다름으로 시작되었냐는 것이다. 아무래도 다름의 궁리는 생명체의 모양, 성질, 행위 등 현상의 파악 가능한 경지에만 있는 분석 가능이 아니라 알지 못할 근원의 원인을 풀 실마리 같다.

　하나도 같지 않으면서 하나의 진리로 나아갈 까닭이 있을까? 적응의 문제로 달라졌지만 그 근원은 하나의 원자에 기초해서일까? 하지만 진화에 의해 다양성으로 변화해나갔다고 하기에는 두뇌세포가 걸린다. 제대로 쓰지 못할 두뇌를 진화의 작용으로 만들어둘 까닭이 없다. 적응과 반응, 생존 때문에 점차 서서히 형성된 진화의 결정체인 두뇌가 미래에 사용할 고도능력의 인간을 위해 미리 형성시켜 놓을 까닭이 없지 않은가. 인간은 무수한 뇌세포 중에 극히 일부만을 사용한다고 한다. 보기에 좋으라고 다양성을 이룬 창조의 권능을 끝내 거부하고, 다윈진화론만으로 설명을 시도한다면 절대로 실현불가능한 일이다. 하지만 창조논리로도 이것을 제대로 알아차리기가 힘들다.

사색을 엉뚱한 데로 돌려보자. 다양성의 원인을 몰라도 생명체의 성질은 다양하며 다양하지만 어지럽지 않고 그것은 질서를 이룬다. 파고 들어가면 다르다는 사실이 보기 좋거나 혼란으로 비쳐지겠지만, 빠져나와 바라보면 그것은 똑같다. 다르지만 같은 것이다. 오케스트라 연주는 다양한 악기의 배치만큼 다양한 음색의 선율이 흐른다. 우리는 각기 다른 악기의 음색과 리듬, 그 선율을 파고들며 즐기기도 하지만 궁극적으로는 화음을 이룬 음악의 선율을 감상하고 평가하며 가치를 따진다. 그것은 다양한 철학과 사유를 통해, 그러니까 편협하여 한쪽에만 매달리는 억지스런 삶의 속성에서 벗어나는 철학들을 통해, 선이라는 하나의 절대진리를 두뇌만이 아닌 온몸의 세포에 가득 받아들인 것처럼, 생명체는 하나의 진리를 향해야 하되 그것은 다양성에 기초를 둬야 한다는 사실이다. 다양성, 즉 다름의 근본원인은 절대진리를 향할 기초적 필연적인 바탕이다.

그렇다면 인간 외에 다른 생명체들도 절대진리의 방향으로 움직이는가? 한마디로 장담할 수는 없지만 그것들도 질서를 이루고 동일한 가치체계 안에서 움직일 것이라 유추할 수가 있다. 살아남아 오늘도 존재함이 그 증명이 된다. 설사 그렇지 않더라도 인간이라는 존재가 그것들을 움직인다. 그것들을 이끌고 가는 것이다. 절대진리를 향하도록 말이다. 인간들이 질병을 예방하고 수명을 연장하고 아픔을 덜기 위해, 즉 선한 존재들이 행복감을 맛볼 수 있도록 뭇 생명체들을 인간의 의도대로 몰아간다. 이것을 두고 비난할 이유가 전혀 없다.

진화의 입장에서 봐도 진화의 궁극이 인간 쪽으로 모아졌으며 인간이라는 존재가 적당한 존재로의 진화였든 아니든, 인간의 행복을 우선시하는 진리를 설정할 수밖에는 없는 일이다. 인간을 떠난 진리는 없으며 사유조차 불가능하니까 말이다. 창조의 입장에서 보면 더욱 확연하다. 신의 형상을 닮은 인간의 자격으로서 그것을 누릴 충분한 근거가 마련된다. 인간 외의 생명체를 위해 인간이 희생되어야 할 이유는 아무것도 없다. 질병에 걸렸음을 알고서도 그냥 죽어갈 인간은 아무도 없으니까.

소크라테스는 다양성을 알되 아는 것으로 그쳐서는 아니 된다고 역설한 것으로 본다. 활용하지 못할 다양한 지식의 앎을 나무랬다. 인간은 신의 창조에 의해 특별한 존재이며 진화의 양상을 살펴도 궁극의 자리에 이르렀다. 인간은 다양한 생명체의 다름을 지휘하여 하나의 선율을 낼 자격이 있으며 그것들을 다룰 최선의 지혜를 갖추려고 애쓰는 과정이 인간학문이다.

그렇다면 이제, 인간의 다름은 이걸로 완결된 것일까. 다른 생명체의 다름을 인간이 조절하려고 시도하는 마당에 인간의 조절은 어떠한가? 불완전한 인간이 다른 인간들을 완전하게 조절하는 것은 불가능하다. 법질서를 만들고 약속을 형성하고 동질적 문화를 꾸린다고 하더라도 이것은 부는 바람을 옷깃으로 막으려는 짓에 지나지 않는다. 아무리 삶을 경험하고 선의 영역을 파악하여도, 아무리 서로 사랑하고 희생하더라도, 인간은 다르다는 속성에 휘말리어 다름을 떠들게 되는 것이다. 도무지 종교로도 어찌하지 못하는, 다르다는 것. 인간도 다름을 조절 당할 다른 존재의 등장을 기다려야 하는가? 기다리기 싫어도 달아나려 하여도, 나타나야 하는 다른 존재적 가치를.

조문주의 쪽지

준태와 헤어진 무씨가 젖은 우산을 들고 사무실에 들어서니, 마침 사리풋타가 녹음실 부스에 앉아서 내레이션에 들어갈 대본을 연습 삼아 읽고 있다.

"감독님, 어느 여자분이 찾아왔었어요. 메모 쪽지, 감독님 책상에 뒀습니다."

알겠다며 무씨가 녹음실 부스로 들어간다. "아, 일찍 오셨네요?"

'오늘로서 내가 할 작업도 끝나겠구나, 사리풋타 스님과도 뵐 기회가 드물어지겠구나,' 이런저런 생각에 프로그램을 끝까지 마무리 짓지 못하는 아쉬움이 뒤섞여 밀려온다.

해설 더빙을 간단하게 끝마친다. 사리풋타가 무씨 책상 옆 의자에 앉고, 무씨는 대본을 뒤적거리며 살핀다.

"해설, 나머지 부분의 해설자는 남자 성우가 맡을 겁니다. 앞으로의 제작 과정은 김피디와 상의하세요. 그 친구가 잘할 겁니다."

"그동안 수고 많으셨습니다. 거사님."

"수고랄 거까지 있나요. 응당 해야 할 일이었죠. 오히려 내가 불교에 관해 많은 공부가 됐습니다. 그런데 그날, 오빠가 무슨 일로 찾아왔던가요?"

내색은 하지 않았지만 오빠의 등장은 무씨에게 염려를 안겨주기에 충분하였다. 그 오빠로 해서 번뇌에 쌓인 인생과 사랑의 이별에 대한 괴로움을 끝내 떨쳐버리지 못해 연선이를 이혼까지 몰고 간 마당에 이제 또 다시 무엇을 어찌하려고?

"출가 이후로 그 오빠와 직접 대면은 하지 않았어요. 제 의중을 알렸고 오빠도 흔쾌히 제 뜻을 헤아렸습니다. 간혹 도움 줄 정보가 생기면 메일로 알려주는 정도였지요. 그날은 연락도 없이 덜컥 찾아왔기에 참으로 놀랐습니다. 나름

이유가 있긴 했어요. 어두운 소식 하나를 일러주더군요. 속가 때의 남편이었던 사람이 회사 일로 중국에 체류 중인데 곧 이혼할 거라네요? 아내 되는 그 여자는 미리 입국한 상태이고 별거에 들어간 지가 좀 된답니다. 어째서 제 주변 일이 이렇게 자꾸 꼬이는지 모르겠습니다. 수행만 하려는 저를 무엇이 가만두지 않으려고 작정을 했나 봅니다. 하기야 내 앞에 나타난 일은 나를 비추는 거울이라고 하지만. 하하.”

웃지만 표정이 그리 밝아 보이지 않는다. 얘기를 듣다가 무씨의 시선이 메모지로 향하는데, 조문주? 누군가야다! 놀랐지만 차분하게 손을 뻗어 쪽지를 천천히 집어 든다. “한국에 돌아왔어요. 좀 됐지만 여러 일로 소식이 늦었어요.” 그러고는 그 밑줄에 전화번호가 간략하게 적혀 있다. 무씨가 의자에서 일어난다.

“스님, 나가서 차라도 같이 하시죠. 부근에 아담한 전통찻집이 있습니다.”

부슬부슬 내리는 이른 봄비를 맞으며 우산 둘이 나란히 걸어간다. 길을 걸으며 사리풋타가 말한다.

“집착은 몇 가지로 분류가 됩니다. 제각각 생긴 모양에 따라 이름이 만들어진 번뇌가 존재하며 발생 과정에 따라서 여러 가지 집착을 구분하기도 하고 혹은 구조적 모순을 표현한 번뇌들도 존재합니다. 또 ‘과연 무엇에 집착하는가?’ 집착하는 대상에 따라 다양한 번뇌들의 그림이 그려집니다.”

집착의 분류

애욕에 대한 갈증 나는 집착, 이것은 보통 사람들이 대체적으로 갖는 번뇌다. 남자와 여자의 본능적 욕망. 그걸 끊어내지 못한 사람들이 갖는 번뇌다. 존재에 대한 갈증 나는 집착, 이것은 생명체 자체에 집착하는 번뇌다. 사랑하는 한 사람에게 갈증 나게 애착하는 그런 모습이겠다. 마치 스토커처럼 나아가기도 한다. 관념에 대한 갈증 나는 집착, 이것은 관념을 궁리하는 것이다. 환경운동가처럼 환경문제에 온통 마음이 쏠려서 일상생활을 희생해서라도 환경지킴이로 사는 것이 행복한 사람이다. 혹은 정치적 불만에 데모를 해서라도 그 모순을 풀려는 사람들인데 그러다가 고문을 당하거나 목숨을 내놓는 것도 마다하지 않는다. 혹은 사랑에 있어 사랑하는 존재에게 집착하는 것이 아니다. 사랑은 과연 무엇일까를 궁리하는 것이다. 사랑이라는 개념에 그 궁리가 풀리지 않으면 답답하여 눈물도 흘린다.

"오래 전에 한 사찰에 친구와 기도하러 가서 스님들에게 차를 얻어마셨어요. 스님들이 나누는 대화를 옆에서 들으니까 사찰 바로 앞산에서 어느 대학교수와 여 제자가 손을 꼭 잡고 자살을 했다고 합니다. 그 시체를 스님들이 손수 옮겼다는데, 이뤄질 수 없는 사랑에 대한 관념에의 집착으로 얼마나 힘이 들었으면 죽음을 택했을까요? 애욕에 대한 집착을 부리는 사람들이 많습니다. 사람으로 태어나서 어쩌면 저렇게 사는가? 의문할 정도입니다. 이 세상에서 귀한 존재는 바로 나라는 것인데 그런 나를 함부로 굴리는 여자들이 갖는 번뇌겠지요. 삶의 목적을 잃고 맹목적으로 사는 그런 여자들에게 집착하는 남자들도 많겠지요?

사람은 자신을 망가뜨리고 살아서는 안 되며 천박한 삶은 버려야겠다는 의지를 분명하게 보여야 합니다. 그 어떤 희생과 어려움을 겪더라도 자기 모습이 반듯하길 원해야 합니다. 누굴 위해서가 아니라 자신인 나를 위해서입니다. 만약에 그 오빠에 대한 집착이 존재에 대한 갈증 나는 애착이었다면 내 성격에 그 오빠를 놓치지 않았을 것입니다. 내가 선택한 유일한 사람이고 더구나 두 사람의 마음이 통했는데 더 이상 뭐가 필요하겠습니까. 사랑? 그 이름이 뭐라고 불리거나 간에 그 사람이라는 존재 자체에 집착을 했다면? 이건 난리가 났어도 보통이 아니었을 것입니다. 나를 속이면서 사는 것은 죽음과 같기에 말이지요.

그랬던 내가 끊어내야 할 집착이 무엇일까요? 그리고 거사님은 어떻습니까? 만다라를 그리면서 신도들에게 어떤 비유를 합니다. 교집합에 대한 만다라입니다. 사람마다 갖가지 성향을 가집니다. 성향과 성격과 이런저런 버릇이 더해져서 한 사람이 됩니다. 그 한 사람과 상대방이 서로 공유하는 어떤 성향을 교집합이라 비유를 하면, 서로 공유하는 교집합 부분의 분량이 많을수록 사람은 서로 동질감을 느낍니다. 비슷하다는 것이지요. 그것이 끼리끼리입니다. 그러한 끼리끼리의 만남은 서로 텔레파시를 느끼기도 할 것입니다. 그것은 마치 텔레비전의 주파수를 맞춰야 자신이 보고 싶은 방송프로그램을 보듯 텔레파시는 공유하는 주파수를 서로 맞췄다는 것이겠지요?

저는 부처님을 사모하는 이유가 또렷합니다. 그래서 그 오빠에 대한 집착에서 벗어나는 것이 가능했지요. 부처님을 사모한다는 것은 세상의 사랑에서 도피하는 것이 아닙니다. 이 세상의 그 어떤 사랑도 부처님을 사모하는 그런 내 사랑과 비교하지 못합니다. 왜냐하면 그것은 부처의 경지가 이 세상의 남자들과 다르기 때문이고 그런 부처 경지를 사모하는 내 경지는 이 세상의 여자들 지경과 달라졌다는 것입니다. 그런데 그런 사실을 이제 알아줘야 하는데 여전히 모른다는 것이죠. 여전히 모르고 텔레파시를 보내면서 한순간 멈칫거리게 나를 혼선에 빠뜨린다는 점입니다. 그것이 아직도 해결 짓지 못한 그 오빠와의 관계입니다."

언젠가 예수님을 사랑하여 독신을 즐거워한다는 신앙심 깊은 노처녀의 모습이 떠올랐다. 그녀는 지금 뭐하고 있을까!

선(禪)과 정(定)의 올바른 이해

  연잎 차의 초록 물살에 봄빛이 녹는다. 녹아 향내로 피어나 마주앉은 두 사람 곁에 감돈다. 달그락거리는 소리에 봄빛이 묻어난다. 무씨를 만나 오늘 들려줄 법문으로 집착의 분류 같은 내용을 작정한 것이 원래는 아니었다고 한다. 프로덕션을 찾아오면서 여러 가지 일들에 부딪힌 마음이 어수선해져 잠시 넋두리를 늘어놓은 것이라면서 다음과 같이 법문을 들려준다.

  "거사님, 일찍이 제가 거론했던 불교 수행론 선(禪)과 정(定)은 한자번역 때문에 수행론 자체가 제대로 파악조차 안 되는 한국불교 실정입니다. 그런데 무슨 실천을 하겠습니까? 말로는, 아는 게 뭐 중요한가, 실천을 잘 해야지 운운하면서 제대로 아는 것이 없는데 무슨 실천을 제대로 하겠는지! 선과 정은 두 가지 다른 내용입니다. 그걸 한자로 뜻을 표현했는데 한국인의 언어감각은 단 한 글자로는 그 뜻의 전달이 불명확하다고 합니다. 그래서 선정, 이렇게 하나로 붙여버린 것이 부처님 수행론에 어둡게 된 요인이 되었다고 해도 과언이 아닙니다.

  그래서 저는 언제나 강조합니다. 선과 정. 분명하게 다른 이 두 가지 수행론을 구별하여 사용하라고. 선(禪). 색계4선(禪). 물질적 집착으로 생성된 존재의 그 모든 상황을 고찰하는 고타마붓다의 고유한 수행론입니다. 정(定). 삼매입니다. 누구나 일상에서 경험하는 것으로 고대인도의 다른 사상가도 실천을 했습니다. 무슨 일에 집중한다는 것이지요. 손연재 선수의 운동삼매, 직장인의 일삼매, 설거지삼매 등이 해당됩니다.

  중국선종, 선불교는 그 이름에 선(禪)을 붙여놓고는 정작 삼매에 드는 것입니다. '이 무엇인가' 집중하다가(定) 한 순간에 탁 깨닫는 직관입니다. 말하자면 집중 상태에서 뭔가를 보았다는 것입니다. 중국선사들의 경지는 그나마 훌륭했

493

기에 뭔가 멋진 것을 보았을 가능성도 배제하지 못합니다. 하지만 선불교의 맹점은 직관한 그 어떤 내용을 다른 사람이 확인하지 못한다는 것입니다. 고도의 집중(定) 상태에서 무언가 본 것을 남이 확인하지 못한다는 것이지요. 그래서야 진리가 될까요? 서로 확인하지 못하여 보편타당하지 못한 것은 진리의 요소가 아닙니다. '일 더하기 일은 이'라는 사실을 나와 남이 서로 확인하고 공유하듯 진리를 추구하는 당사자들끼리 서로 확인하는 무엇인가가 개입되어야 한다는 것은 진리추구에 필요한 요소입니다. 부처님의 색계4선(禪)은, 제1선(禪), 제2선(禪), 제3선(禪), 제4선(禪)이 제각각 역할이 다릅니다.

제1선에 필요한 덕목은 논리입니다. 그 논리는 부처님의 논리인데 정말 훌륭합니다. 사람이 사유할 줄 아는 기능을 활용하면서 범부가 미처 사유하지 못하는 내용까지 이끌어주십니다. 그런 다음에 부처님께서 내신 문제가 등장하는 것이지요. 논리가 바탕이 되었다면 논리 끝에 찾아지는 해답은 수행자가 서로 공유하는 보편타당한 진리로 받아들여도 되겠지요. 논리가 어긋나면 그것은 틀린 것이기에 그렇습니다. 답을 찾으려고 제2선에서 집중(定) 상태로 들어갑니다. 마치 비유를 하면, 길을 걷다가 누구를 만났는데 분명히 낯이 익은 아는 사람인데도 이름이 기억나지 않는 경우가 흔하지요? 사람들은 대체적으로 이름을 몰라도 문제 삼지 않지만 이름이 뭔지가 문제된다면 그 문제는 풀어야겠지요. 제1선에서는 지나온 시절에 알았던 온갖 이름을 떠올리게 됩니다. 혹시 그 지인과 같이 살았을지 모를 동네 이름까지 끄집어낸다는 것이지요. 온갖 논리를 다 동원해도 기어이 떠오르지 않는 그 이름, 기억했던 무엇을 잊었다는 것입니다.

그런데 신기한 일은, 혹시 영철이던가? 아닌데! 정답은 아직 모르는데도 떠올린 생각이 틀렸다는 것은 압니다. 틀렸다는 것을 아는 마음의 기능, 재미나지요? 이것은 우리 내면에 정답이 들었다는 말과 같습니다. 그런데 못 보는 눈을 갖고 산다는 것이지요. 이걸 두고 돼지 눈에 돼지가 보인다면서 육안을 강조합니다. 제2선에서는 이왕 챙겨보았던 이전의 논리마저 필요하지 않을 정도로 고도의 집중만 합니다. 골똘하게 집중하여 해답을 스스로 찾아낸다는 것입니다. 그 지인의 이름은 언젠가 내가 알던 것으로 단지 기억이 나지 않을 뿐입니다.

기억이 나지 않던 그 답을 찾고 알아내어 내면에서 보는 것은 제3선입니다.

앞의 과정을 거친 결과, 제3선에서 답이 시원하게 떠올랐습니다. 아, 철수였구나! 스스로 깨달았다는 것입니다. 그런데 그 이름이 떠올랐다고 그게 무슨 큰일일까요? 궁금한 문제를 풀었지만 그 답이 집착할 법은 아니라는 것입니다. 그렇게 부처님께선 다음 문제를 내시는 것입니다. 색계4선(禪)은 수많은 문제를 푸는 수행 장치입니다. 부처님의 고유한 수행론으로 선은 이렇습니다. 그걸 선불교에서 화두 하나로 온 세상을 죄다 뚫어버리겠다고 저 아우성이니. 자신의 인생을 굴려가는 휘발유 에너지가 새는 줄도 모르고 몸만 앉아 참선을 한다면 그건 헛수고입니다. 부처님께서 강조하신 것은 '홀로 고요한 곳에서 골똘하게 사유하라'는 것입니다. 골똘하게 사유할 주제가 생겼다는 것이지요. 논리적 근거를 마련하지 않고 아무 생각도 없이 몸만 앉아서 이 우주와 인생의 비밀을 풀기는 어려울 것입니다. 그건 마치 뒷동산 바위처럼 앉은 것과 같다는 것입니다."

잠시 침묵하다가, 차를 한 모금 마시다가, 천천히 말을 잇는다.

"아, 제가 네 번째 단계로 색계 제4선에 대한 언급은 하지 않았답니다. 그 안에 들어가면 복잡하고 다양한 소식이 많이 담겼기에 그랬습니다. 거사님, 제가 부처님을 사모하는 까닭은 부처님의 깨달음과 더불어 이렇게 세밀한 깨달음의 길이 훌륭하기 때문입니다. 범부가 이 광활한 우주와 오묘한 인생의 생성과 전개와 소멸을 스스로 깨닫도록 수행론을 시설하신 부처님의 경지는 생명체의 모든 비밀을 푸는 것이 가능합니다. 또 이런 수행론을 범부가 시설하는 것은 불가능합니다. 어쨌거나 기독교인 거사님에게 불교집안의 이런 실정을 알려드리는 기회의 인연이 새삼스레 여기까지 왔네요. 앞으로 기독교집안, 불교집안이 함께 잘되는 날이 오겠지요? 거사님도 힘내시고 진리추구의 고삐를 늦추지 마십시오."

말법시대라

　오랜만에 다시 암자의 흙을 밟는 기분이 산뜻하다. 봄비가 그쳤고 아직은 뺨을 할퀴는 쌀쌀맞은 바람이어도 오온에 깃든 신명을 흔들기에 충분한 감촉이다. 문안도 드릴 겸 오늘은 암자에 가서 자겠다는 사리풋타였다. 해가 길어지긴 했지만 단숨에 어둑해져간다.

　"기독교인이 불교를 비판하면 불자들이 이상한 눈으로 바라보겠지요? 모르면서 떠든다고 신경이 곤두설 불자들이 있을 것 같습니다."

　"누구든 고쳐야 할 것은 비판해야 옳겠죠. 부처님교단에 출가하는 것은 이유가 뚜렷해야 합니다. 그런데 대체 무슨 이유로 머리카락을 깎았는지 모를 지경의 출가자들도 많아요. 수행에 절실함이 모자라니까 헛짓에 빠지는 것이겠지요. 불교에서는 대상에 집착하여 빠지는 것을 금지합니다. 6가지 감각기관, 눈·귀·코·혀·몸·뜻에 걸려 경계에 부딪치지 말라고 하는 것입니다. 감각기관의 대문을 닫으라는 말로 강조도 합니다. 비구스님들께 관심을 갖는 여자 신도들에 관한 얘기는 남 탓을 하는 구실일 뿐 모든 것은 수행자의 몫입니다. 붓다께서는 나 밖의 경계를 악마의 갈고리에 비유하셨는데 애욕에 물드는 것을 숲 속의 사슴이 멋모르고 놀다가 사냥꾼의 덫에 걸리고 마는 것이라고 표현을 하시지요. 스님들은 세상을 보는 그 눈을 바꿔서, 생로병사의 괴로움을 봐야 수행에 이익이 될 것입니다. 부처님께 부끄럽지 않는 출가생활을 해야겠지요. 신도들을 이용한 돈벌이에 눈이 어두워서도 안 될 것입니다. 말법시대에 태어났지만 노력한다면 깨달음을 얻지 못할 것도 없기에 노력에 노력을 더하여 정진을 해야겠지요."

　"여기도 사람 사는 곳이니 문제가 없기야 하겠습니까. 사람 자체가 골칫덩어리인데요. 어쩌면 문제가 눈덩이처럼 커지는 사람들이 종교를 찾기에 더 혼탁해 보이지 않겠습니까?"

"삶의 무거운 짐을 짊어진 사람들이 평안을 얻을 목적으로 때로 인생의 숙제를 풀고 문제 덩어리를 정화하려고 종교를 갖습니다. 그렇다면 불교에서는 부처님께서 그 무거운 짐을 놓기까지 어떤 길을 걷도록 요구하셨는가를 파악하고 어떤 설법을 하셨는가에 관심을 가져야 합니다만 아직 한국불교가 제대로 해결하지 못한 부분이 있다는 것은 사실입니다. 혹시 부처님 길과 다르지 않을까, 부처님과 다른 법을 말하는 것은 아닐까, 다른 수행을 하는 것은 아닐까를 언제나 염두에 둬야 합니다.

한 가지 예를 들자면, 출가하여 행자시절에 익히는 천수경은 배운 그대로 외우기에 한자로 내려오는 내용에 혹시 잘못이 발견되더라도 얼른 고쳐지지 않고 그대로 내려가게 됩니다. 무슨 소린지 알아듣지 못하는 염불을 하면서도 심지어 신도들이 못 알아들을수록 좋은 것이라는 말까지 나오는 농담은 심각한 문제입니다. 어른 스님들이 자각하셔서 지적해주시면 시일이 좀 걸리더라도 언젠가는 사부대중이 바른 길을 걷게 될 것입니다. 잘 파악하지 않고 어중간하게 배운 그대로를 습관처럼 사용하는 방식은 앞으로 나아질 기회조차 잃어버리는 것이겠지요.

그렇게 내팽개친 것을 원인으로 세월 따라 사람 따라 부처님과 멀어졌다면 이제야말로 부처님의 바른 길에 대한 정확한 파악을 하는 노력이 필요한 것입니다. 한국불교가 이상해졌다는 말이 생기기 전에 그래야지요. 분명하게 틀린 것을 알면서도 고쳐지지 않는 점을 보면서 저는 속이 갑갑하더군요. 하하, 그래도 어쩌겠어요. 이대로 살다가 가는 것일까요? 나무 석가모니불, 휴우!"

어디고 문제없는 종교 없다는 생각에 우울하다. 인간에 의해 발생하고 움직이는 종교이니 어쩌랴.

"저는 한국불교에서 사용하는 용어 중에 몇 가지는 고쳐서 부릅니다. 불교집안에서는 여자 신도들을 보살이라고 호칭을 합니다만, 구도자 보살이라는 명호는 부처님께서 제시한 수행의 길을 걸어서 어떤 수행 결과를 이루신 성자를 지칭하는 이름입니다. 구도자 보살에 대한 정체성이 뚜렷하지 않으니까 때로 무당들도 그 이름을 사용합니다. 안타까운 일이지요. 굳이 사부대중에서 여자 신도에게만 보살이라는 호칭을 사용하는 것도 이상합니다. 수행자는 보살이라는 탈 것을 타야 하는데 말이지요. 그래서 저는 우리 불자들을 신도님이라고 부릅니다. 신도들끼리는 서로 법우라고 부르면 좋겠지요. 우선 시급한 것은 기도에 동참한 신도들이 알아듣는 염불을 했으면 좋겠어요. 알아들어야 그 내용에 맞는 행위를 일으키든지 어쩌든지 하지 않겠습니까. 그렇지 않다면 불교가 실천하는 기도가 무엇인지에 혼란이 생길 것입니다.

붓다께서 인도 전역에 포교를 하시던 당시에, 드넓은 인도 대륙 각 지역마다 제각기 사용하는 언어가 달랐습니다. 그래서 제자 비구들에게 일침을 가합니다. 먼 지역에 붓다의 설법을 전달할 때는 반드시 그 지역의 언어로 고쳐서 전달하라고 하십니다. 그렇지 않으면 악작 죄를 짓는 것이라고 강조하시지요. 그걸 현재 불교집안에서 실천하지 않는다면 그건 잘못된 일입니다.

저는 어느 소녀원에 포교하면서 부처님 설법 자료를 한글로 풀어서 같이 읽고 했습니다만 그게 보편화되지 않으니 저로서도 한글염불을 고집해서 내세울 입장이 되지 않습니다. 어느 선배스님은 한글염불 의식은 가볍다는 말까지 하더군요. 아직도 큰절에서조차 '아제 아제 바라아제' 이런 식으로 경을 읽으니까 오죽하겠습니까. 반야심경의 진언에 부처님의 귀한 법이 함축되었다는 것은 상상도 하지 못하는 실정입니다. 거사님, 기독교는 어떻습니까? 외우는 것이 어느 정도이고 모두 한글로 되어 있습니까?"

"말을 듣고 보니 그 점은 한국 기독교가 잘되어 있는 것 같습니다. 필수로 외우는 거야 주기도문, 사도신경, 겨우 그 정도이고 한글로 풀어 말합니다. 가톨릭은 많은 기도문이 있고 외울 것들이 추가로 있나 보던데 그것들은 모두 책을 보면서 읽어가는 방식으로 알고 있습니다."

"한문으로 된 의식으로 염불을 하면 딱딱 끊기는 맛으로 여러 대중이 함께 박자 맞추기가 좋아서, 염불하는 스님에 따라 아름답고 장중하게 들립니다. 그런데 어느 도반이 한글 염불로 천도재 의식을 했더니 그 내용을 알아듣고서 뒤에서 듣는 불자들이 눈물을 훌쩍거리더군요. 한글로도 염불 맛을 낼 수 없을까, 궁리할 필요가 있겠네요."

외로이 홀로 우뚝 선 한그루 나무, 그 나뭇가지 꼭지에 목련꽃이 고고하게 피었다. 어디 그것뿐이랴, 암자 뒤편 야산에 선율처럼 흩어진 벚꽃나무 가지마다 꽃들이 눈꽃처럼 피어나련다. 이미 어둑하여 쌀쌀맞은 밤공기를 타고 하얀 꽃이 하얗게 돋아나 매달린다. 이슬로 떨어지지 않겠다는 듯이.

"스님, 전남편 일로 마음이 편치 않겠습니다."

무슨 생각이 드는지 아까부터 땅을 보고 걷던 사리풋타가 고개를 든다.

"거사님, 아까 녹음 연습하다가 그 여자를 봤습니다."

"네? 무슨 말씀이신지?"

"나는 바로 알겠던데 그 여자는 나를 모르는 눈치였어요. 제가 머리를 깎아서 그렇겠지요? 거사님을 찾더니 메모 남기고 가더군요. 아까 그 쪽지 보시던데?"

"그 여자를 안다고요? 스님이?"

뒤통수를 맞은 것처럼 충격을 받는 무씨다.

"전남편과 살던 여자예요. 이혼 준비 중이고 오빠를 쫓아다니고 지금 그런답니다. 근데, 거사님이 그 여자를 어떻게 아시는 거예요?"

걸음을 멈추는 무씨다. 갑자기 할 일을 잊은 사람처럼 멍한 심정이 되어 두리번거린다. 사리풋타도 걸음을 멈추고 돌아서서 무씨의 모습을 눈여겨 바라본다. 그랬구나! 그랬나? 지난 기억과 행위들이 의식할 새도 없이 명멸하며 빛의 속도로 스쳐간다.

"정말 어이가 없군요. 아는 사람입니다."

"그 오빠가 찾아온 이유가 그러네요. 혹시 내게 무슨 해코지가 있을까 봐 염려되어 들른 거랍니다. 거사님과의 연관도 언급하던데, 막상 프로덕션에서 마주칠 줄이야!"

지금 사리풋타는 누군가야의 얘기를 한다. 연적 관계의 그 여자가 바로 누군가야, 조문주였다는 사실 앞에 어이가 없는 무씨다. 여태껏 사리풋타의 얘기를 들으면서도 몰랐고, 그때 당시의 상황을 떠올렸어도 전혀 짐작조차 하지 못했다. 더군다나 두 번의 사건이 꽃집에서 일어났을 때마다 공교롭게도 그것을 목격한 입장이지 않은가? 그런데도 몰랐다니! 기가 찰 일이다.

'아! 그래서 누군가야가 낯설지 않았나? 그래서 알지 못할 이끌림에 붙들려 그토록 그녀를 찾았다는 말인가?' 얼핏 스쳤던 그녀의 옆모습과 몸짓들이 지금 생각할수록 확실히 누군가야로 떠오른다! 생각이 깊어질수록 더욱 더 미묘한 느낌에 몸이 추워진다.

"거사님, 날씨가 갑자기 쌀쌀해집니다. 들어가셔서 차라도 좀 드셔요. 저도 몸을 좀 녹여야겠습니다."

"네, 스님. 잠시만 앉았다 가겠습니다."

- 하권에서 계속